ウェルギリウス

アエネーイス

西洋古典叢書

凡　例

一、翻訳に当たっては、マイナーズの校訂本（R. A. B. Mynors(ed.), *P. Vergili Opera*. Oxford 1972）を底本として用い、できるかぎりその読みを尊重するとともに、異なる読みに従った場合は訳註に記した。

二、原文はヘクサメトロスの韻律で書かれており、可能な範囲で行ごとに対応するように訳出した。訳文欄外下部の漢数字は行番号を示す。

三、固有名詞は原則としてラテン語形で統一した。ただし、慣例に従ったものもいくつかあり、また、訳註および解説で参照されるギリシア語作品に関わる固有名詞はこのかぎりではない。

四、ラテン語固有名詞のカナ表記は次の原則に従った。なお、巻末に「固有名詞一覧」を付し、簡単な説明とともに原綴りを記した。

(1) ph, th, ch は p, t, c と同音に扱う。

(2) cc, pp, ss, tt は「ッ」音で表わす。ただし、ll, rr は「ッ」を省く。

(3) 本叢書では固有名詞の母音の音引きについて省略を原則としているが、本訳では、口調や読みやすさなどを考慮して、単語アクセントの置かれる音節の長母音に音引きを施した。

五、訳文において「夜」「噂」など、普通名詞を「　」で囲んだものは擬人化表現を示し、「固有名詞一覧」にも掲げた。

六、本文中、［　］の記号はテキストの真正に強い疑義のある箇所を示す。

目次

アエネーイス

岡道男
高橋宏幸
訳

第一歌

戦いと勇士をわたしは歌う[1]。この者こそトロイアの岸から初めて
イタリアへと運命ゆえに落ち延びた。ラウィーニウム[2]の岸辺へ
着くまでに、陸でも海でも多くの辛酸を嘗めた。
神威と厳しいユーノ女神[3]の解けぬ怒りゆえであった。
戦争による多大な苦難を忍びつつ、ついに都を建て
神々をラティウム[4]へ移した。ここから、ラティウムの一族が、
また、アルバ[5]の長老と高い城壁のローマがやがて生まれる。
ムーサよ、そのわけをわたしに語れ。なにゆえ御心が傷つけられ、
何を憤ってのことか、神々の女王が、幾多の危機に臨むよう、
幾多の苦難に立ち向かうよう、敬虔心の篤い勇士を
苛んだのは。かほどの憤怒を天上の神々が胸に宿すのか。
　古来栄えた都があり、テュロス[6]から植民した者が住んでいた。
カルターゴという名で、イタリアに面して、遠くティベリスの
河口を望み、財に富んでいたが、戦争に明け暮れ荒んでいた。

（1）一―三三行は序歌と呼ばれる部分で、詩人が詩歌の女神ムーサに加護を乞い、作品の主題を提示する。

（2）ローマに近い、イタリア西岸の古市。その名はラティーヌス王の娘ラウィーニアにちなみ、トロイア人の最初の植民市とされる。

（3）神々の女王。ギリシアのヘラに相当。

（4）ローマ周辺の地域。現在のラチオに相当。

（5）アルバはアエネーアスの子により築かれ、ローマの母市となったアルバ・ロンガ（二七一行）のこと。

（6）フェニキアの都。

（7）小アジア西岸の島サモスにはユーノの有名な神殿がある。ここで女神は育ち、ユッピテルと結婚した、という伝承もある。

人の伝えによれば、ユーノはあらゆる国にましてこの国一つを
大切にし、これにはサモス(7)も及ばなかった。ここには女神の武具が、
その戦車がここにはあった。女神は、この国を諸民族の王としよう、
運命が許すかぎりは、と、以前から熱心に努めている。
だが、トロイア人から血を引く後裔が生まれ、
テュロス人の建てた城塞をやがて覆すことをすでに知っていた。
ここから、広く諸国を治め、戦争に勝ち誇る民が
現われてリビュア(8)を滅ぼすであろう、それが運命の定めであった。
サトゥルヌスの娘(9)はこれを恐れ、その昔の戦争を忘れずにいた。
トロイアで愛しいアルゴス人(10)のために行なったこの戦争ゆえの
怒りと激しい苦痛はいまなお女神の
心から消えてはいなかった。胸の奥深くへ留めつつ、
パリスの審判(11)とないがしろにされた美貌、
憎い一族とさらわれたガニュメーデス(12)への栄誉を根にもつ。
これらの怒りに燃え、海上いたるところでトロイア人を
翻弄した。ダナイ人(13)と無慈悲なアキレスから逃れ生き残った者たちを
ラティウムから遠く引き離した。彼らは多くの年月を

(8) リビュアは広くアフリカの意味で用いられる。ここでは、とくにカルタゴを意味する。

(9) ユーノのこと。

(10) ユーノはトロイア戦争でギリシア軍に味方した。アルゴスはユーノ崇拝の中心地である一方、ここでは、ギリシア全体を指す。

(11) ユーノ、アテーナ、ウェヌスの三女神が美を競ったとき、トロイアの皇子パリスが審判を務め、ウェヌスに軍配を上げた。彼がその見返りにヘレナを獲たことがトロイア戦争の原因となる。

(12) トロイア王家の美少年。鷲にさらわれて天に昇り、ユッピテルの寵愛を受け、酌人を務める。

(13) ダナイ人はアルゴス人（二四行）と同じく、ギリシア人を指す呼び名。

運命に追い立てられるまま、あらゆる海をさまよいめぐった。
ローマの民の礎を建てることは、かくも大きな苦難の業であった。

いまやシキリアの地は視界から消えた(1)。沖に向け、
彼らは喜々として帆を張り、泡立つ波を青銅の舳先で切り進んでいた。
そのとき、いつまでも消えぬ恨みを胸に抱くユーノは
心中に言った。「負けたのか、わたしは。事を仕遂げることを諦めるとは。
テウクリア人(2)の王をイタリアから遠ざけられないとは。
そうだ、わたしには運命が許さぬ。パラス(3)はどうだ。アルゴス人の艦隊を
焼き払い、彼らを海中に沈めることができたが、
それは一人の罪、オイーレウスの子アイアクスの狂気ゆえではなかったか。
女神はユッピテルの激しい雷火を雲間から投げて
船を散り散りにし、疾風で海原を覆した。
かの男が胸を貫かれ炎の息を吐き出すところを
つむじ風でさらって、鋭い岩に串刺しにした。
だが、このわたしは、神々の女王にして、ユッピテルの
妹であるのみか妃でもあるのに、かくも多くの年月、ただ一つの民と

(1) 物語はアエネーアス一行の放浪の途中から始まる。トロイア陥落からここまでの経違は第二、三歌で英雄自身の口から語られる。

(2) トロイア王家の祖テウケル(一二三五行)にちなんで、トロイアはテウクリアとも呼ばれる。

(3) トロイア陥落の混乱の中でアイアクス(ギリシア名ではアイアス)はパラス・アテーナの神殿を穢し、また、女神の祭壇の前でカッサンドラを捕らえた。この狂乱の行為に対し、女神はアイアクスの乗る艦船に雷電を投げて破壊した。

戦っている。これでユーノの神意を尊ぶ者があるのか、
今後、救いを求めて祭壇に供物を捧げる者があろうか」。
　このように女神は燃える怒りを心中にめぐらせると、
嵐雲の生まれる地、猛り狂う南東風に満ち満ちたところ、
アエオリアへやってきた。ここでは王アエオルスが巨大な洞窟の中で
あらがう風と唸りを上げる嵐を
抑えつけて統治している。鎖に繋がれ、牢に入れられて
嵐どもは憤激のあまり、山に巨大な鳴動を起こしつつ、
閂のまわりで吠える。と、アエオルスは聳え立つ砦の上に座り、
王笏を手にして、嵐どもの心を和らげ、憤怒を鎮める。
そうしなければ、海も陸も高い天も、
必ずや、嵐どもの勢いに巻き込まれ、宙へ吹き飛ばされたろう。
だが、全能の父神が彼らを暗い洞窟の中に隠してから、
かの恐れゆえに、その上へ高く聳える山塊を
積んだ。そして、王を与え、この王に、たしかな取り決めのもと、
命令のとおりに抑えつけるすべも、手綱を緩めるすべも心得させた。
そのときユーノは王に嘆願しながらこのように語りかけた。

「アエオルスよ、あなたは神々の父にして人間の王である方から
波を静める力も逆立てる力も与えられた。
いま、わたしの憎む民がテュレーニアの海(1)を航海し、
イーリウムの敗れた守り神をイタリアへと運んでいる。
風どもに力を吹き込め。船を粉微塵にして打ち沈めよ。
あるいは、さあ、彼らを四散させよ。死体を海上にまき散らせ。
わたしのもとには容姿にすぐれた十四人のニンフがいる。
そのうち一番に器量の美しいデイオペーアを
揺るがぬ婚姻の契りでおまえと結ばせ、おまえのものと宣言しよう。
この手柄により、彼女は終生おまえとともに
過ごし、おまえを立派な子どもの親とするであろう」。
　これに答えてアエオルスは言った。「女王よ、何をお望みか
見つけ出すのがあなたの仕事。わたしは命令をただ実行するのみ。
この王国のすべても、王笏とユッピテルの恩恵も、あなたこそが
授け主、あなたこそがわたしに神々の宴席に列することを許し、
嵐雲と暴風を司る力を与える」。
　こう言うと、槍を逆さにして中はうつろの山腹を

(1) テュレーニアはエトルーリアと同義。その海はイタリア西岸、サルディニアとシキリアのあいだの海域。

打った。すると、風どもはあたかも戦列を組んだかのように
開いた出口から飛び出し、大地につむじ風を吹きつける。
海に襲いかかった風どもは全体を底の底より、
東からも南からも一緒に吹いて、覆す。また、烈風はしきりに
アフリカからも吹き、巨大な波を海岸へ打ち寄せる。
それに続いて、人々の叫喚と帆綱の軋む音が起こる。
にわかに嵐雲が広がり、天も日光も
テウクリア人の目から消える。海上を漆黒の夜が蔽った。
天極のあいだに雷鳴が轟き、中空にはしきりに雷火が閃く。
すべてが勇士らの目前に死を突きつけていた。
たちまちアエネーアスは四肢が凍えて力を失う。
呻き声を上げ、両手を天に差し伸べて
このように言った。「おお、三重にも四重にも幸せな者たちよ、
おまえたちは父親の目の前、トロイアの高き城市のもとで
死ぬ定めを得たのだから。ダナイ人の中で最大の勇士
テューデウスの子(2)よ、なぜわたしはトロイアの野で倒れ、
おまえの右手でこの息の根を断つことができなかったのか。

(2) テューデウスの子はギリシア軍の英雄ディオメーデスのこと。アエネーアスは彼と戦って殺されかけたところを危うくウェヌスに救われた（ホメロス『イリアス』第五歌二九七行以下）。

そこではアエアキデス(1)の槍でヘクトルが、そこでは逞しい
サルペードンが倒れ、シモイスの川波の下にさらわれて数多くの
勇士の盾と兜、雄々しい遺体が押し流されたというのに」。
　こう叫ぶあいだにも、唸りを上げて北からの烈風が
帆に真っ向から吹きつけて、波を天まで打ちあげた。
船は櫂を折られ、舳先を回されて波に
船腹をさらす。と、そこへ山のように盛り上がった海水が落ちかかる。
ある者が大波の天辺に巻き上げられると、ある者の前には海が口を開けて
波間に底をのぞかせ、砂が激しく渦巻く。
三隻は南風にさらわれ、隠れた岩場に打ちつけられた。
この波間の岩礁は、「祭壇」とイタリア人に呼ばれ、
巨大な背を海面にのぞかせている。ほかの三隻は東風が沖から
浅海と砂州へと追いやる。見るも無残ながら、
浅瀬に打ちつけて砂の土手で囲ってしまう。
リュキア人らと誠実なオロンテスが乗っていた一隻は、
アエネーアスの眼前で大きく盛り上がった海に真上から
船尾を打たれた。舵取りが投げ出されて

(1)「アエアクスの孫」の意で、アキレスのこと。

真っ逆さまに落ちる一方、船は大波により三たび同じところで
錐揉みしてから、海の激しい渦に呑み込まれた。
広大な深淵のあちらこちらに泳ぐ者が見え、
勇士らの武具や船板やトロイアの宝物が波間に漂う。
いまや、イリオネウスの頑丈な船を、いまや勇敢なアカーテスの船を、
アバスの乗った船、高齢のアレーテスの乗った船を
嵐が圧倒した。どの船もみな船腹の継ぎ目が弛んで
憎むべき海水が流れ込み、いたるところ裂け目が開いている。
　そのあいだに、海をかき乱す大きな騒ぎと
暴風の解放にネプトゥーヌス(2)は気づいた。海の底から
澱んだ水が湧き上がるのに、激しく憤り、沖を
見渡そうと、頭を静かに波の上へもたげた。
と、海面いたるところに吹き散らされたアエネーアスの艦隊が見える。
トロイア人が大波と崩れ落ちる天に圧倒されていた。
ユーノの策謀と怒りに兄神は気づかずにいなかった。
東風と西風を呼びつけてから、このように言う。
「それほどにも大きいのか、おまえたちの己れの種族への自負は。

(2) 海の神。ギリシアのポセイドンに相当。ユーノとは兄妹。

風どもよ、いまや、わが神威を無視して天と地を
混ぜ合わせ、これほどの騒乱を起こす挙に及ぶのか。
このような者をわたしは(1)――だが、大波の動乱を鎮めるのが先だ。
今後は、この程度の罰では罪を償えぬぞ。
早々に立ち去れ。おまえたちの王にこう言うのだ。
大海の支配と恐るべき三叉の矛は、おまえではなく、
このわたしに籤で与えられたのだ、と。あの王の領分は巨大な岩山、
東風よ、おまえたちの棲みかだ。威張るなら、その広間の中ですることだ。
アエオルスは風どもの閉ざされた牢獄を支配するがよい」。
　こう言うと、言うが早いか海面のうねりを静め、
嵐雲をかき集めてから追い散らして、太陽を呼び戻す。
キュモトエとトリートン(2)が力を合わせて鋭く尖った
岩礁から船を押し出すと、それをネプトゥーヌスが運ぶ。三叉の矛で
広大な砂州を切り開き、海原を平らに静めてから、
車を軽やかに波の上を渡って滑らせる。
それはあたかも、大勢の民衆が何度となく起こす
暴動のよう。身分の低い大衆が怒りのあまり荒れ狂い、

(1)「決して容赦せぬ」というような言葉を言いかけて話を転じた。

(2) ともに海の神格。

いまにも松明や石が飛び、狂気が武器を授けようとする。
そのとき、敬虔さと功績ゆえに重きをなす人物が折よく
彼らの目に入ったなら、みな沈黙して足を止め、耳をそばだてる。
その人物は言葉をかけて激情を治め、胸をなだめる。
そのように大海のどよめきがことごとくやむまで、海面を
見渡しつつ、父神は晴れ渡った空に乗り入れて
馬を操る。喜んで走る戦車の手綱をさばいて飛んだ。
　疲れ果てたアエネーアスらは一番近い岸へと船を走らす。
これを目指して急ぎ、リビュアの浜へ向かう。
入り江の奥まったところに一つの島があり、両側の砂州が
港を形作っている。両側面が防波堤となって、沖から来る波を
ことごとく砕き、さざ波にして押し戻す。
左右両側に巨大な崖が双子の巌を
天に突き上げる一方で、その頂の下には広々と
海面がのどかに静まりかえる。また、背後には木々の揺らぎが
上から迫り、黒ずんだ森が不気味な影を投げかけている。
真正面には崖が張り出してできた洞穴がある。

中には清水が湧き、自然にできた石の座席があって、
ニンフたちが住まいとしている。ここでは、疲れた船を鎖で
留めることもなく、錨の鉤で繋ぐこともない。
ここへとアエネーアスは、全船団のうちから七隻[1]を
かき集めて入る。すると、陸地を恋しく思うあまり、
トロイア人は船を降りるや、望んでいた砂浜を手に入れ、
塩水に濡れた四肢を海辺に横たえる。
ただちにアカーテスは火打ち石から火花を打ち出すと、
火を木の葉で受け、まわりに乾いた
燃え木を置き、焚きつけの中の炎に勢いを与えた。
それから、彼らは波に浸かった食料と調理具を、
万事に疲れ果てながら、取り出し、救った穀物を
火で乾かし、石で砕こうと用意する。
　そのあいだに、アエネーアスは岩山に登り、すべてを
一望のもとに広く大海を見渡そうとする。アンテウスか誰かが
見えないか、プリュギア[2]の二段櫂船ともども翻弄されていないか、
あるいは、カピュスは、船尾高く置かれたカイークスの武具はどうかと。

（1）アエネーアスは二十隻の船で出発した（三八一行参照）。

（2）小アジアの地方名だが、トロイアと同義に用いられる。

だが、船は一隻の影もなかったものの、岸辺に三頭の鹿の
さまよう姿が見渡せた。これらを追って群れのすべてが
うしろに続き、谷あいに長い列をつくって草を食んでいる。
アエネーアスはそこに立ち止まると、弓と速い矢を
すばやくつかんだが、この飛び道具は誠実なアカーテスが携えてきていた。
まずは、群れを先導し、高くもたげた頭に
枝分かれした角をもつ三頭を倒してから、あとに従う群れの
すべてに矢を射かけて混乱に陥れ、葉の茂る森中を追い立てる。
そのまま手を休めず、ついには巨大な七頭を大地に
打ち倒して勝ち誇り、その数は船と等しくなった。
それから港を目指し、獲物をすべての仲間に分け与える。
そして、善良なるアケステス[3]が壺に入れてもたせてくれたぶどう酒、
トリナクリア[4]の岸より出発する彼らに英雄が与えたぶどう酒を
注ぎ分けてから、言葉をかけて悲嘆に沈む心を慰める。
「友よ、われわれはこれまでに不幸を知らずにきた者ではない。
ああ、もっと辛いことにも耐えたのだ。これにも神は終わりを与えよう。
おまえたちは狂暴なスキュラと深く鳴り響く岩礁[5]の

(3) シキリアの王。第五歌三六行以下参照。
(4) シキリアが三角形であることによる別称。
(5) 第三歌四二〇行以下、および五五〇行以下参照。

すぐそばまで行った。キュクロプスの岩山(1)をも
経験した。勇気を呼び戻し、悲しみと恐れを
捨てよ。おそらくいつか、このことも思い出して喜ぶときが来るだろう。
さまざまな不幸を経て、かくも多くの危難をくぐって
われわれはラティウムを目指している。そこに運命が安住の地を
示している。その地でトロイアの王国再興がかなうのだ。
辛抱せよ。幸せな日のために自重するのだ」。
　彼はこのように語り、いとも大きな悩みに苛まれながら、
顔には希望を装いつつ、悲痛な思いを胸の奥深くに抑えつける。
彼らは獲物を調理して宴をなそうと支度にかかる。
胴から皮を剝ぎ、身を露わにすると、
ある者は細かく刻んでから、まだぴくぴく動く肉を串に刺し、
ある者は岸辺に大釜を据えて火を燃やす。
それから食事で力を取り戻し、草の上に横たわって
年を経たぶどう酒と肥えた鹿肉で腹を満たした。
食事で飢えが取り除かれ、食卓が片づけられると、
尽きぬ話に耽り、失われた仲間はいまどこか、と恋しく思う。

（1）第三歌五六九行以下参照。

希望と恐れのあいだに心は揺れて、まだ生きているはずとも、
命果てて、もはや呼べど聞こえぬ者になったとも考える。
とりわけ、敬虔なるアエネーアスは、ときに勇猛なオロンテスの、
ときにアミュクスの定めを嘆き、リュクスの無残な
運命、ギュアスとクロアントゥスの勇姿を心中に思い浮かべる。
　さて、それも終わったとき、ユッピテルは高天の頂から
眼下に帆が翼のように走る海、横たわる大地、
海岸と広く住みなす民を見やる。天の頂上に
立ったまま、両眼はリビュアの王国を見据えた。
このようにして神が心配を胸にめぐらせていると、
いつもより悲しげに、涙の浮かんだ目を輝かせながら
ウェヌス(2)が語りかけた。「人間と神の世を
永遠の支配の下に治め、雷光で恐れさせる方よ、
あなたに対し、どれほどの大罪をわたしのアエネーアスが、
トロイア人が犯しえたからでしょうか、幾多の災難を耐えたうえに、
イタリアゆえに世界のどこからもずっと閉め出されたままでいるのは。
おっしゃったはずです、年月がめぐり、やがて彼らがローマ人の祖となる、

（2）愛と美の女神。ギリシアのアプロディテに相当。アエネーアスの母。

彼らによりテウケルの血統が甦り、そこから生まれた支配者が
海とすべての土地を領有するであろう、と。
それが約束でした。父よ、どのように考えを変えたのですか。
その約束をわたしはトロイアの不幸、悲惨な陥落の
慰めとしました。それが運命と運命の釣り合いだと考えたのです。
しかし、いまも勇士たちの境遇は同じです。幾多の不幸を忍んだあとも、
なお迫害されています。偉大な王よ、いかに終わらせるのか、この苦難を。
アンテーノル(1)はアカイア軍のただ中から逃れることができました。
イリュリアの湾内に深く入り、無事にリブルニアの
奥地の王国とティマーウスの源泉を越えました。
そこでは、山に轟音を響かせつつ、九つの口から
海のような流れが湧き出ています。水音が田野一面を蔽うのです。
ここにあの者はパタウィウムの町をテウクリア人の住まいとして
建てました。一族に名前を与え(2)、トロイアの武具を
神に捧げました。いまは落ち着いて平穏な安らぎの中にいます。
でも、わたしたちはあなたの血筋で、天の城塞に住む許しも受けながら、
船を――言うも忌まわしいことに――失いました。一人の者の怒りゆえに

(1) アンテーノルは、アエネーアスと同じく、トロイアから落ち延びてイタリアへ逃れ、パタウィウム(現パドゥア)を建設した。アカイアはギリシアに同じ。イリュリアは現クロアチアに相当。また、ティマーウス(現ティマーヴォ)川は全体の半分あまりが伏流で、サン・ジョヴァンニ・ディ・トゥバで多数の泉をなして地上へ現われ、そこから一キロ半ほど平らな湿地を流れ、トリエステ湾へ注ぐ。
(2) ウェネティ人(Veneti)のこと。

裏切られ、イタリアの岸から遠く隔てられているのです。
これが敬虔心への報いか。これでわたしたちが支配の座に戻れるのか」。
　彼女に微笑みつつ、神々と人間の父神は
天から嵐を払うときの顔で
娘に口づけを与えてのち、このように言った。
「恐れるな、キュテーラの女神よ[3]。変わりも揺らぎもせぬ、そなたの
一族の運命は。そなたは必ずや目にするであろう、都と約束された
ラウィーニウムの城市を。必ずや星天高く運び上げるであろう、
雄々しい心のアエネーアスをな。わたしの考えも変わってはいない。
このおまえの息子は——言って聞かそう。この懸念がおまえを苛むゆえに、
言葉を惜しまず、運命を隠す巻物を延べ広げよう——
イタリアにおいて大戦争を行ない、猛々しい民族を
打ち砕き、人々のため、しきたりと城市を定め置くだろう。
そうしてラティウムを支配する姿が見られるまでに三度の夏を、
ルトゥリ人[4]を征服するまでに三度の冬を陣営中に過ごすだろう。
他方、少年アスカニウスは——いまの添え名はイウールスだが、
イーリウムの王国が存立したあいだはイールスであった——

（3）ペロポネソス半島南端沖にあるキュテーラ島はウェヌス（アプロディテ）信仰の一大中心地。

（4）アルデアをその都とするラティウム土着の民族。第七歌四〇九行以下参照。

月のめぐる大きな循環が三十を
数え終わるまで統治するであろう。王国をラウィーニウムの地から
移し、アルバ・ロンガを強力な城壁で固めるであろう。
この地で、三百年ものあいだ絶えることなく王権を
ヘクトルの子孫が握る。やがてついに、王の血を引く巫女
イーリア(1)がマルスの子を身籠り、双子を産み落とす。
そして、乳母となった雌狼の褐色の毛皮に喜び勇みつつ、
ロームルスが王家を継承する。マルスの城市を
築き、己れの名にちなんで民をローマ人と呼ぶであろう。
わたしは彼らの支配に境界も期限も定め置かぬ。
限りのない支配を与えたのだ。それだけではない。厳しいユーノも、
いまでこそ海と陸と天にいつまでも恐怖を与え続けているが、
考えをあらためるであろう。わたしとともに慈しむであろう、
ローマ人を、世界の支配者にしてトガ(2)を着た民を。
これが定めなのだ。歳月は流れ、その時代が必ず来る。
そのときはアッサラクス(3)の家がプティーアと名高いミュケーナエを
隷従させ、アルゴスを征服して君臨するであろう。

(1) アルバ・ロンガの王ヌミトルの弟アムリウスは兄から王位を簒奪、その娘イーリアをウェスタ女神の巫女とした。純潔が巫女の資格であったので、男子を生まぬようにとの狙いであったが、軍神マルスが彼女と交わり、ロームルスとレムスの双子を生ませた。アムリウスの命により、幼い兄弟は捨て子にされたが、雌狼の乳で育ち、成人してのちアムリウスを打倒して、ローマを築く。

(2) ローマ人の市民服。軍服との対比で用いられる。

(3) アッサラクスはアエネーアスの曾祖父。また、プティーアはアキレスの生地、ミュケーナエはアガメムノンの領地。

(4) オケアヌスは大地を取り巻く大洋の流れ。したがって、地

この高貴な血統から生まれるトロイア人こそカエサルだ。
支配の及ぶ果てをオケアヌス(4)に、名声の及ぶ果てを星空におく者、
それが偉大なイウールスから名を受け継ぐユーリウスだ。
この者(5)はやがて東方から戦利品を担ってくる。彼をそなたが天に
迎えるとき、不安は消えていよう。彼の名も祈願のとき呼びかけられる。
このとき、戦乱は収まり、荒んだ世は和むであろう。
白髪のフィデスとウェスタが、クイリーヌス(6)が弟レムスとともに
法を布き、固く下ろした鉄の閂も不気味な
『戦争の門(7)』が閉ざされるだろう。その中では不敬な『狂気』が
後ろ手に縛られ、血まみれの口から恐ろしい唸り声を上げる」。
　こう言うと、マイア(8)の息子なる神を天より遣わした。
カルターゴが、その土地と新しい城塞を開いて、
テウクリア人を歓迎するよう、また、運命を知らぬディードが彼らを
領土から退けぬようにとの計らいだった。神は広大な天を飛んで行く。
翼を櫂のように動かし、速やかにリビュアの岸に降り立つと、
ただちに命令を実行する。ポエニ人(9)は神の望みのままに

上世界の果て、の意。

(5) 前行のユーリウス・カエサルを受けるか、アウグストゥスを指すか曖昧な表現となっている。

(6) フィデスは「信義」の意で、誓約を司る女神。非常に古い神格であるので、「白髪」と言われる。ウェスタも古い神格で竈の火を司る女神。クイリーヌスは本来は戦争を司る神格であったが、のちに神格化されたロームルスと同一視される。

(7) ローマ中央広場には門戸を司る神格ヤーヌスの小さな社(いわゆるヤーヌス門)があり、これが戦時下では開かれ、平時には閉じられたことを踏まえる。

(8) アトラスの娘なるニンフで、プレイアデスの一人。ユッピテルとのあいだにメルクリウス神を産む。

(9) カルターゴ人に同じ。

猛々しい心を捨て、なかでも、女王は穏やかな
心と好意をテウクリア人に対して抱く。
　だが、敬虔なるアエネーアスは、夜どおし多くのことを思いめぐらし、
恵み深い光が現われるや、ただちに出発して未知の場所を
偵察しようとする。風に流されてどの岸に来たのか、
――目の前の土地は未開だったので――何者が住むのか、人間か野獣か
探り出し、調べた仔細を仲間に報告することに決めた。
艦隊を、うつろな岩の下、穹窿をつくる森の中、
まわりを鬱蒼たる樹木の蔭が囲むあいだに
隠してから、彼はアカーテスを供に二人だけで出かけ、
手には幅広い穂先をつけた二本の槍を握る。
すると、その前に母神が森の中で姿を現わした。
乙女の顔と物腰をして、携える武器はスパルタの
乙女のものか、あるいは、馬を疲れさせるほどのトラーキア娘、
ヘブルスの急流を追い抜くハルパリュケ(1)の武器にも似る。
習いにかなって肩から手ごろな弓を懸け、
髪を風の吹き流すにまかせたさまは女狩人そのもので、

(1) 伝承では、トラーキア王ハルパリュクスの娘で、父が民衆に殺されたとき、森に籠って暮らしたという。

膝を露わにし、流れる襞《ひだ》を結び目で留めていた。
彼女から先に「もし」と言った。「お若い方、教えてください。わたしの
姉妹の誰かを見ませんでしたか。ここらで迷っているかも知れません。
箙《えびら》と山猫の斑の皮を身につけています。
あるいは、泡を吹く猪を叫びを上げて追っています」。
　こうウェヌスが尋ねると、ウェヌスの息子は答えて言った。
「わたしはあなたの姉妹を誰一人見かけていないし、声も聞いていない。
ああ、だが、あなたを何と呼ぶべきか、乙女よ。まったく、あなたの顔は
死すべき身のものではない。声も人間の響きではない。きっと女神だ。
ポエブスの姉妹か(2)、それともニンフの血族の一人か、
あなたが誰であれ、恵みを授けたまえ。われらの労苦を和らげたまえ。
どうか、どの空のもとに、世界のどの岸辺にわれわれが
打ちあげられたか、教えたまえ。われわれは人も場所も知らずに
さまよっている。風と大波でここへ流されてきたのだ。
あなたの祭壇の前に多くの贄《にえ》がわれらの手で屠られよう」。
　するとウェヌスは言った。「この身はそのような崇敬には値しません。
テュロスの乙女の習わしなのです、箙を背負い、

(2) ポエブス・アポロ神の姉妹はポエベ、もしくは、ディアーナで、狩猟を司る処女神。

緋紫の長靴の紐を高くふくらはぎの上まで縛るのは。
目の前にあるのはポエニ人の王国、テュロス人とアゲーノル(1)の都、
でも、領土の周囲はリビュアで、これは敵にすると手強い民です。
国の舵取りはディードで、テュロスの都より来ました。
兄弟から逃れてきたのです。語れば長い話です、彼の非道な行ない、
その紆余曲折は。でも、事件の要点を辿ってみましょう。
ディードの夫はシュカエウス、ポエニ人の誰よりも
黄金に富み、不幸な妻の深い愛を身に享けました。
彼は父親から生娘のまま彼女を貰い受け、最初の予兆により
契りを結びました。しかし、テュロスの王権は、彼女の兄弟ながら、
ピュグマリオンという他の誰にもまして凶悪な男が握っていました。
二人のあいだに狂気が割って入ります。シュカエウスをかの
不敬な男が、黄金の欲望に目がくらみ、祭壇の前で
不意打ちに倒します。気にもかけません、愛情を寄せる
姉妹のことなど。所行を長いあいだ隠したうえ、愛情深く
心を痛める姉妹に悪辣にも多くの偽りを告げ、空しい望みで欺きました。
しかし、夢の中に現われた亡霊は、まさしく、まだ埋葬されぬ

（1）アゲーノルはフェニキアの王で、ベールス（七二九行参照）と双子の兄弟。「アゲーノルの子」は「カルターゴ人」の意で用いられる。

夫で、不気味に青ざめた顔を上げつつ、
無惨な祭壇と鉄剣で貫かれた胸を
露わにし、一家の隠された罪業をすべて暴きました。
それから、急いで逃れよ、国を去れ、と説得します。
旅の助けにと、地中の在りかを明かしたのは往時の
宝物、誰も知らずにいた金塊と銀塊でした。
これに驚いたディードは、亡命と、供をする仲間の準備にかかりました。
それに加えて、僭主に残忍なほどの憎しみか、
激しい恐れかを抱く者たちが仲間となり、折よく用意されていた船を
奪うと、黄金を積み込みます。貪欲なピュグマリオンの富は
海を越えて運ばれたのです。行動の指揮を執ったのは女でした。
そうして辿り着いた場所が、いま目の前にある巨大な
城市、新しいカルターゴの城塞の聳え立つところです。
ここに土地を買いましたが、ビュルサ(2)の名が示すように、
その広さは一頭の牡牛の皮でまわりを囲めるほどでした。
だが、あなた方はどなたですか。どこの岸から来たのですか。
どこを目指して旅をしていくのですか」。彼女がこう尋ねると、

(2)ギリシア語のビュルサは「牡牛の皮」の意。カルターゴの城塞の名がボスラであったことから、ここに語られるような語源説が生まれた。

彼はため息をつき、胸の底から声を絞り出して言った。
「女神よ、わたしが事の始まりに遡って語るとすれば、
たとえ、われわれの苦難を年ごとに辿って聞く余裕がおありでも、
それより前に天が閉ざされ、宵の明星が一日を終わらせてしまう。
われわれは、いにしえのトロイアから――もしや、あなた方の耳にも
トロイアの名は届いていようか――さまざまな海を渡ってのち、
暴風のため思いがけずリビュアの岸へ打ち上げられた。
わたしは敬虔なアエネーアス、敵から危うく救い出した守り神を
携えて船で運ぶ者、その名は天上まで知られている。
わたしが目指すは父祖の地イタリア(1)、一族の祖は至高のユッピテル。
二十隻の船を率いてプリュギアの海に乗り出したのも、
母神が示す道を辿り、課せられた運命に従ってのこと。
だが、かろうじて残るは波と東風に痛めつけられた七隻のみ。
この身は名もなく、窮乏のうちにリビュアの荒れ地をさすらう。
ヨーロッパとアジアから逐われたのだ」。だが、それ以上の嘆きを
ウェヌスは許さず、彼の悲痛な思いを遮るように言った。
「あなたが誰であれ、天の神々に嫌われているとは思えません。大気を

(1) イタリアが父祖の地であるというのは、トロイア人の祖ダルダヌスがエトルーリアのコリュトゥス出身である（第三歌一七〇行、第七歌二〇九行参照）ことによる。ダルダヌスはユッピテルの息子。

吸って生命を支えつつ、このテュロスの都に着いたのですから。
このまま進んで、ここから女王の館に出向きなさい。
そこにあなたの仲間も無事に戻り、船団も取り戻されたことを
お知らせします。北風が転じて安全な場所に導かれたのです、
もし両親がわたしに空しい偽りの占いを教えたのでなければ。
ご覧なさい、あそこに十二羽の白鳥が楽しげに列をなすのを。
先には天の高みから舞い降りたユッピテルの鳥(2)によって広い
空を追い回されていましたが、いまは長い列をつくって地上に
降りているか、または仲間が降りたところを上から眺めています。
ちょうど、戻ってきた彼らが翼を羽ばたかせて戯れ、
一群となって天をめぐり、歌声を上げたように、
そのように、あなたの船と仲間の若者たちは
港に達したか、さもなくば、満帆に風を受け港へ入ろうとしています。
このまま進んで、道の導くままに歩みを向けなさい」。
　こう言って向きを変えると、薔薇色のうなじが輝いた。
神々しい髪は頭の頂から天上の芳香を
放ち、衣服は足の先まで垂れて、

(2) 鷲のこと。

その歩みはまぎれもなく女神であることを明かした。母だ、と彼にも分かったとき、去り行く背へこう声をかけた。

「なぜ息子を何度も——あなたもまた無慈悲な方だ——偽りの姿で欺くのですか。どうして手に手を握り、まことの言葉を聞き、また、返すことが許されないのですか」。

このように母を責めると、歩みを城市へと向ける。

だが、ウェヌスは、彼らが進むあいだ、暗い大気で包んだ。

女神の力で、まわりに厚い雲の蔽いをかけて、
誰の目にも留まらぬように、誰も接触しないように、
引き止めたり、来訪の理由を尋ねたりしないようにした。

そうしてから、女神はパプス(1)を指して天を進み、自分の住まいに戻って喜んだ。そこには、彼女の神殿があり、百の祭壇がサバエイ族(2)の香を燻《くゆ》らせ、新しい花輪の芳香を放っている。

　そのあいだに、彼らは細道が指し示すとおりに急いで進み、いまや、ある丘の上へ登ろうとしていた。それは都に大きくのしかかるように迫り、城塞を正面から見下ろしている。

その巨大さにアエネーアスは驚く。あれがかつて小屋であったとは。

(1) キュプルス島西岸にあるパプスはキュテーラ（二五七行参照）と並び、ウェヌス信仰の一大中心地。
(2) 現イエメンに当たる地方の住人で、アラビアの民族の中でも香料で有名。

また、城門と喧騒と舗装路に感嘆する。
テュロス人は熱心に立ち働いている。ある者は城壁を延長し、
城塞を築き上げて、大岩を手で転がす。
ある者は場所を選んで家屋を建てようとし、まわりを溝で囲む。
また、法を定め、公職と神聖な元老院の議員を選んでいる。
こちらで港を掘り下げているかと思うと、あちらでは劇場のため地面深く
基礎を据える。いくつも巨大な柱を
崖から切り出し、舞台にふさわしい飾りにしようとする。
それはちょうど初夏の蜜蜂のよう。花咲き乱れる田園一帯で、
太陽のもとに働くとき、ある者は成長した一族の
若蜂を外へ連れ出し、ある者は流れる蜜を
詰め込んで、甘露ではち切れんばかりに蜜房を満たす。
また、戻ってくる蜂から荷を受け取る者や、隊列を組み、
怠け者の雄蜂の群れを巣から遠ざける者もある。
仕事は熱を帯び、芳しい蜜は麝香草の香りを漂わせる。
「おお、幸せな者たち、すでに立ち上がる城壁をもつ人々よ」。
アエネーアスはこう言って、都の胸壁を見上げた。

彼は、語るも不思議なことだが、雲に包まれたまま進んで、
人々のあいだを抜ける。中に混じっても、誰の目にも留まらない。
　都の真ん中に、とりわけ蔭に富む森があった。
そこは、波と旋風によって打ち上げられたポエニ人が最初に、
神のしるしを掘り出した場所で、そのしるしとは女王神ユーノが
示した駿馬の頭部であった。駿馬のように一族が戦争に
すぐれ、暮らしも楽に幾世紀を生き抜くであろう、というのであった。
ここにシードン(1)のディードはユーノに捧げて壮大な神殿を
建てていた。それは奉納物と女神の神威に満ち、
青銅づくりの敷居の上へ階段が高く聳える。扉の枠を
組むのが青銅なら、扉も青銅づくりで、枢《くるる》の上で軋みを上げる。
この森で思いがけぬ光景が眼前に現われ、初めて恐れを
和らげた。ここで初めてアエネーアスは救いを望む
勇気が湧き、打ち拉がれながらも、事態が好転すると自信をもてた。
彼は壮大な神殿のもとで各部を目で辿りながら
女王を待っていた。都の繁栄ぶりを示すように、
工匠たちが互いに腕前を競い、精魂込めた作品に

（1）シードンはテュロスと並ぶフェニキアの都。ここでは、フェニキアと言うのと同じ。

感嘆していたとき、彼の目に映るは、事の順に描かれたトロイアの戦い、
いまや世界中に名高く知れ渡った戦争、
アトレウスの子ら(2)とプリアムスと、彼ら双方に残酷なアキレス。
彼は立ち止まり、涙を流して言った。「アカーテスよ、いまやどの場所が、
地上のどの国が、われわれの苦難で満たされていないだろうか。
見よ、プリアムスを。ここにも誉れは報酬を受けている。
ここにも人の世に注ぐ涙があり、人間の苦しみは人の心を打つ。
恐れを捨てよ。この名声がおまえにもたらす救いは必ずある」。
こう言うと、実のない絵で心を慰めつつ、
何度も嘆息し、溢れる涙で顔を濡らす。
彼が見ていたのはペルガマ(3)をめぐって戦う者たちであった。
ここではギリシア人が敗走し、トロイアの若者らが追撃している。
そこではプリュギア人のあとに飾り毛をつけたアキレスが戦車で迫る。
さらに、その近くにあるのが雪白の布で作られたレーススの天幕と(4)
分かって、涙を流す。その天幕は最初の眠りで裏切られ、
テューデウスの子により無惨に荒らされた。彼は多量の返り血を浴びつつ、
逸る馬どもを陣営へ向けて連れ去った。先手を打って、これらの馬が

(2) アガメムノンとメネラーウスのこと。

(3) ペルガマはトロイア、とくに、その城壁と城塞を指す呼び名。

(4) トラーキア王レーススはトロイアに加勢するため夜遅く到着した寝入りばなを、ディオメーデスとオデュッセウスの二人に襲われて殺され、馬を奪われた。この馬はトロイアの草を食べ、川の水を飲んだならトロイアは陥落しないと神託に言われていた（ホメロス『イリアス』第十歌四六九行以下）。

トロイアの牧草を食めぬよう、クサントゥスの流れを飲めぬようにした。
他のところでは武具を失って逃げるトロイルス、
アキレスとは互角に渡り合えなかった不幸な少年が
馬に運ばれてゆく。身をのけぞらせて空の戦車にしがみついていたが、
手綱は握ったままであった。彼の首と髪は地面の上を
引きずられ、砂地に矛先を転じた槍の跡が刻まれていく。
そのあいだにも、敵意を抱くパラスの神殿へと向かったのは
イーリウムの女たち、髪をふり乱し、捧げ持った聖衣を
嘆願のしるしとしつつ、悲しげに胸を打っている。
だが、女神は背を向け、両眼を地面へ据えたまま動かさなかった。
三度イーリウムの城壁のまわりへヘクトルを引きずり回したあと、
アキレスは黄金と引き換えに息絶えた身体を売り渡していた。
このとき、アエネーアスは胸の奥底から深い呻き声を上げる。
奪われた武具を、戦車を、ほかならぬ友の遺体と
弱々しい両腕を差し伸ばすプリアムスを目の当たり見た。
また、彼自身がアカイア(1)の大将らと渡り合ったときの姿や、
東方の軍勢の戦列と色黒きメムノン(2)の武具を認めた。

(1) アカイアはギリシアと同義。
(2) メムノンは暁の女神アウローラの息子（七五一行参照。このため、「東方の」と言われる）で、エチオピア軍を率いてトロイアに加勢した。

三日月形の盾をもつアマゾン(3)の隊列を率いるのは
猛り狂うペンテシレーアで、数千の兵のただ中で火と燃える勢い。
露わにした乳房の下に黄金の帯を結んだ
武者姿で、乙女の身ながら敢然と男どもに立ち向かう。
　これら驚くべき情景をダルダニア(4)のアエネーアスが眺め、
呆然として釘づけになったまま凝視しているあいだに、
誰にもまして美しい姿の女王ディードが神殿へと
歩みを運んだ。大勢の若者の一隊に取り巻かれた様子は
あたかも、エウロータスの川岸、あるいはキュントゥスの尾根(5)を通って
ディアーナが歌舞の一隊を率いるときのよう。あとに従って大勢の
山のニンフたちがあちらからもこちらからも集まると、女神は箙を
肩に担う。歩みを進めるとき、背丈がすべての女神に抜きん出る。
これを見て、ラトーナ(6)の胸は言葉にできぬ喜びに躍る。
ディードはそのような姿で、そのように喜ばしげに現われると、
人々のあいだを抜け、未来の国の仕事に取りかかる。
それから、女神の扉のもと、切妻造りの神殿の中央で
武器に囲まれ、高い王座に身を置いて座った。

(3) 伝説的な女戦士の民族。女王ペンテシレーアに率いられてトロイアに加勢した。

(4) トロイアの別称。トロイア人の祖ダルダヌス（五五九行）にちなむ呼び方。

(5) エウロータスはスパルタを流れる川で、狩猟を司る処女神アルテミス（ディアーナ）信仰の中心地。また、キュントゥスはディアーナが生まれたデーロスの山。

(6) ラトーナはディアーナの母なる女神。

彼女は人々に法と法律を定め、労働の仕事を
公平に配分し、あるいは、籤を引いて決めていた。
そのとき突如、アエネーアスは大勢の群衆に近づく
アンテウスとセゲステスと勇敢なクロアントゥスの姿を目にする。
他のテウクリア人もいる。彼らは真っ黒なつむじ風により海上で
散り散りにされ、遠く別の海岸へ押し流されていたのだった。
アエネーアスも驚いて呆然とし、アカーテスも驚愕に打たれた。
喜びと恐れが混じっていた。手に手を取りたいとの熱い思いに
逸ったけれども、わけが分からず心が混乱する。
気持ちを抑え、まわりを蔽う靄《もや》に包まれたまま様子を窺う、
仲間がどのような立場なのか、どの岸に船を残してきたのか、
なぜやって来たのか、と。見れば、すべての船から選ばれた者たちが来て
庇護を願っていた。大声を上げながら神殿を目指していた。
　中に入って女王の前で話すことを許されると、
最年長のイリオネウスが穏やかな心で語り始めた。
「女王よ、ユッピテルより、新都建設と
正義をもって驕れる民どもの統御とを許された方よ、

われわれは不幸なトロイア人です。あらゆる海へと風に流されました。
お願いです。われわれの船を忌まわしい炎から防いでください。
敬虔な民を寛大に扱い、われわれの事情に好意ある目を向けてください。
われわれが来たのは、リビュアの家々を刃で荒らすためでも、
奪った獲物を海辺へ運び去るためでもありません。
暴力を振るう気持ちも、大それた驕慢の心も敗れた者にはありません。
ギリシア人がヘスペリア[1]と名づけて呼んでいる場所、
武力と肥沃な土壌ゆえに強大な、いにしえの土地があります。
かつての住人はオエノートリ人[2]でしたが、いまは彼らの子孫が
指導者の名にちなみ、その民の国をイタリアと呼んでいるとのことです。
そこへと船を進めていたとき、
突如、嵐雲を生むオリーオン[3]が怒濤とともに起こって、
われわれを暗礁へと追いやりました。激しい南風と
大波に圧倒されるまま、波間と岩礁の迷路とを越え、はるか遠くまで
追い散らされ、わずかの者だけです、あなた方のこの岸へ辿り着いたのは。
だが、これはいかなる人間の族か。どれほど野蛮でも、このような習慣を
許す国があるものなのか。われわれを歓迎するどころか砂浜にも入れず、

（1）イタリアの別称。ギリシア語で「西方の国」を意味する。

（2）伝説的なイタリア土着の民族。その王の名はイタルス。

（3）ここでは、真夏に見られるオリオン座の昇りが嵐の発生と結びつけられている。が、通常、嵐を呼ぶのはオリオン座の沈み（十一月）とされる。

戦いを煽り立て、国土に足を踏み入れることを禁じています。
あなた方は、たとえ人間の族と人の武器を軽んじるとしても、
神々に思いを向けなさい。正邪を記憶に留めているでしょうから。
わたしどもの王であったのはアエネーアス、彼にまさって心正しく、
敬虔な者、戦闘と武器にかけてすぐれた者は他にいませんでした。
この勇士が、もし運命により守られ、大気を吸って
この世にあるなら、いまだ悲惨な闇の国に倒れずにいるなら、
恐れることはありません。あなたのほうから先を競って親切を施しても
後悔しないでしょう。また、シキリアの地には町々もあります。
武器もあります。トロイアの血を引く名高いアケステスもいます。
どうか許してください、風に打たれた船を岸に引き上げ、
森で船材を組み立て、櫂を削ることを。
これにより、もし仲間と王を取り戻してイタリアへ向かうことが
かなうのなら、喜び勇んでイタリアとラティウムを目指します。
だが、もし救いが断たれ、テウクリア人の最良の父よ、あなたを
リビュアの海が捕らえて、もはやイウールスの望みが残っていないなら、
せめて、シキリアの湾と用意された居住地を

目指します。われわれが出発してきた地でアケステスを王とします」。
イリオネウスがこのように言うや、ダルダヌスの血を引く者たちは
一斉に賛成の声を上げた。
　そのときディードは顔を伏せて言葉短く言った。
「胸から恐れを解きなさい。トロイア人よ、憂いを払いなさい。
厳しい事情と王国の新しさゆえ、やむをえないのです、このような
措置を講じ、広範囲に領土の警備を固めるのも。
誰がアエネーアス一族を、誰がトロイアの都を知らずにいよう、
あの武勇と勇士らを、あるいは、かの大戦火を。
わたしたちポエニ人の心はそれほど情知らずではない。
テュロスの都はそれほど遠くではない、太陽神が馬を軛《くびき》に繋ぐ場所から[1]。
あなた方が大ヘスペリアとサトゥルヌスの土地を[2]
選ぶにせよ、エリュクス[3]の領土にアケステスを王として望むにせよ、
護衛をつけて安全に送り出し、資財の援助をしましょう。
あなた方の望みが、わたしと対等にこの国に居住することであるなら、
わたしが建てる都はあなた方のものです。船を岸に引き上げなさい。
トロイア人とテュロス人をわたしは決して分け隔てしません。

(1) テュロスの都が地中海沿岸にあり、文明の光が及ぶ範囲である、という意。
(2) ラティウムのこと。サトゥルヌスがユッピテルに天界を逐われたあと、ラティウムに隠れ住んだことから。その平和で悪と無縁な統治はイタリア原初における黄金時代とされる。第八歌三一九行以下参照。
(3) シキリアの英雄。第五歌二四行参照。

願わくは、王も同じように南風に押し流されたのなら、
アエネーアスもここに来ていたらよいのに。海岸一帯へ頼れる者たちを
派遣してみます。リビュアの国境まで探索するよう命じましょう。
打ち上げられ、どこかの森か町々をさまよっているかも知れません」。
　この言葉に勇気を得て、勇敢なアカーテスと
父アエネーアスとはさきほどより靄を破って出ようと
熱望していた。先にアカーテスがアエネーアスに呼びかける。
「女神の子よ、どのような考えが心に湧いているのか。
ご覧のとおり、すべては安全だ。船団も仲間も取り戻された。
一人だけ欠けているが、その者はわれわれの日の前で大波の真ん中に
呑み込まれた[1]。ほかのことは母神の言葉のとおりだ」。
　こう言うや、突如として、まわりを蔽っていた
靄が裂け、広々とした大気の中へ消え去った。
姿を現わしたアエネーアスは明るい光の中に輝いて、
その顔と両肩は神と見紛った。そのように美しい
髪を母神が息子に与え、青春の照り映える
赤みと喜ばしい目の輝きを吹き込んでいた。

(1) オロンテスのこと。一一三行参照。

それはあたかも、工匠の手が象牙に与える美しさのよう。あるいは、
銀かパロス[2]の大理石が明るい金箔を着せられるときのよう。
このとき、彼は女王にこう語りかける。すべての者を突然のことで
驚かせつつ言った。「お尋ねの者は御前《おんまえ》におります。このわたしが
トロイアのアエネーアス、リビュアの海から逃れてきました。
おお、トロイアの忌まわしい苦難を憐れむただ一人の方よ、
われわれはダナイ人から逃れて生き残った者、陸と海で
あらゆる災難を嘗め尽くし、すべてのものを失った。
都と家を分かち与える方よ、ふさわしい報恩を果たす
力はわれわれにはありません。ディードよ、どこにどれほどの
ダルダニアの民があろうと、広大な世界に四散したのですから。
神々に願います、敬虔な人々に注ぐ神の目があるなら、
どこかに正義なるものがあり、正義を忘れぬ心があるなら、
あなたがふさわしい報いを得ますよう。どのような幸せな時代があなたを
生んだのか。どのような偉大な両親がこのような方を生んだのか。
河が海に流れ込むかぎり、影が山の斜面の上を
移り行くかぎり、天が星辰を養うかぎり、

（2）パロスは大理石の産出で有名なエーゲ海の島。

あなたの誉れと名と称賛はいつまでも変わらないでしょう、
どの土地へわたしが呼ばれて行くにしても」。こう言うと、友のほうへ
向かい、右手でイリオネウスと、左手でセレストゥスと握手し、
次いで他の者、勇敢なギュアスや勇ましいクロアントゥスの手を取る。
　シードンのディードは初めて彼を見て驚きに打たれた。
勇士の不幸の大きさを思い、こう話しだした。
「女神の子よ、なんという不幸か、これほど大きな危難に遭いながら
なお苛まれるとは。いかなる力があなたを恐るべき岸に投げ上げたのか。
あなたがあのアエネーアス、ダルダニアのアンキーセスのため
恵み深いウェヌスがプリュギアのシモイスの川辺で生んだお子ですか。
わたしは覚えています、テウケル[1]がシードンへ来たときのことを。
祖国を追われて、新しい王国を求めたとき、
ベールスの援助を受けました。そのとき、わたしの父ベールスは富める
キュプルス島を荒らしていました。戦勝により領有していたのです。
すでにそのときから、不幸をわたしは知っていました、トロイアの
都のこと、あなたの名前、ペラスギ人[2]の王たちのことも。
敵でさえ、テウクリア人のことを口をきわめて称えていました。

（1）一二三五行に出たテウケルとは別人。テラモンの子アイアクスの異母兄弟で、サラミス出身。プリアムスの姉妹ヘシオネを母とする。トロイアから帰還した際、アイアクス（トロイア陥落後に自殺）が一緒でなかったため、父から帰国を拒絶される。キュプルス島に逃れ、もう一つのサラミスを建てた。その間の放浪中にテウケルがシードンに着き、キュプルスを領有していたベールスの支援で植民を果たした、という話にしている。
（2）ギリシア人に同じ。

自分の出自がテウクリア人の由緒ある血統であればと願っていました。
ですから、さあ、若者たちよ、わたしたちの館に入りなさい。
わたしの境遇も似かよっています。多くの苦難に
翻弄されてから、ようやく、この地に定住できました。
わたしは不幸を知らぬ者ではない。惨めな人々を助ける心得はあります」。
このように言うや、アエネーアスを王宮の中へ導き入れ、
同時に、神々の神殿に犠牲を捧げることを宣言する。
また、他の仲間のためにも、海岸へ届けようと、
二十頭の牡牛と背に剛毛をもつ百頭の大豚と、
肥えた百頭の仔羊に母羊を用意し、
その日の喜びの贈り物とする。
さて、館の中には輝くばかり華やかな贅を尽くした
支度により、広間の中央に宴が用意される。
技と誇らしげな緋紫で仕上げられた織物が広げられ、
山のごとき銀器が卓上に並ぶ。黄金の器に彫られた絵柄は
父祖の武勲で、その偉業の限りない連なりは
一族のいにしえの起こりよりあまたの勇士に引き継がれる。

アエネーアスは――父の愛情が心を休めることを許さなかったので――アカーテスを急がせて船へ遣わし、アスカニウスにこのことを伝えよ、城市へ連れてまいれ、と頼む。愛する父のアスカニウスを思う心はいつも変わらない。加えて、イーリウムの廃墟から救い出した贈り物を運んでくるよう命じた。それは金糸で刺繡した絵柄がこわばった長衣とサフラン色のアカンサス模様で縁どられたヴェールで、かつてアルゴスのヘレナが飾りとした品。彼女がミュケーナエよりペルガマへ向けて許されぬ婚礼を求めたときに持ち出した、母レーダからの見事な贈り物であった。このほか、かつてプリアムスの長女イリオネが携えていた王笏、真珠の首飾り、宝石と黄金の二重の環で飾られた冠もあった。これらを速やかに行なうためアカーテスは船へ向かった。

だが、キュテーラの女神には新たな術策、胸にめぐらす新しい計画があった。クピード(1)に姿と顔を変えさせ、愛らしいアスカニウスの代わりに来させよう、贈り物で狂気の火を

(1) クピードはギリシアのエロスに相当する恋の神。ウェヌスの息子。

女王に吹き込み、骨の髄まで絡め取らせよう、と考えた。
まったく、この一家は信用ならぬ、テュロス人は二枚舌だ、と恐れ、
残酷なユーノへの不安が夜になると繰り返し胸を焼き尽くすように襲う。
そこで、翼をもつアモル(2)に語りかけ、このように言った。
「息子よ、わたしの権能、わたしの偉大な力よ。おまえただ一人だ、
テュポエウス(3)を倒した至高の父の槍も恐れぬのは。
わたしはおまえにすがる。嘆願者としておまえの神通力を求める。
おまえの兄弟アエネーアスがあらゆる岸をめぐり、
海原で翻弄されるのも、冷酷なユーノの憎悪ゆえであることを
おまえは知っている。わたしの痛憤に何度も心を痛めてもくれた。
いま、フェニキアのディードが彼を引き留め、甘言で
足止めしている。わたしには不安だ。どうなるのか、ユーノが差し金の
歓待の結果は。このような事態の岐路に彼女が手をこまねいてはいない。
それゆえ、先手を打って、策略による捕縛、炎による包囲を
女王に仕掛けようと思う。神に唆されて心変わりすることなく、
アエネーアスへの大いなる愛に囚われ、わが味方となるようにするのだ。
どうすればおまえにそれができるか、わたしの考えを聞くがよい。

(2) クピードに同じ。

(3) 大地から生まれた巨大な怪物で、天界を一時的に攻略したが、ユッピテルの雷電に打たれ、アエトナ山の下に押し込められた、とされる。

愛情深い父に呼ばれ、王家の者が
シードンの都へ行く用意をしている。わたしの最愛の少年だ。
大波とトロイアの炎を免れた贈り物を携えて行く。
この子をわたしはぐっすり眠らせ、キュテーラの高みの上か、
あるいは、イダリウム(1)の頂の人目につかぬ神域に隠すつもりだ。
これで、策略に気づくことも、邪魔に入ることもないようにする。
おまえはこの子の姿をただ一夜のあいだだけ
巧みに装え。おまえも少年ゆえ少年の顔を知っている。それをつけよ。
そうして、おまえを喜びに満ちたディードが膝に置くときがあろう。
王宮の饗宴と酒盛りのさなかに
抱擁して、甘い口づけを与えるときがあろう。そのとき、
おまえは隠れた炎を吹き込み、気づかれずに毒を盛るのだ」。
アモルは愛情深い母の言葉に従う。翼を
脱ぎ捨てると、喜ばしげにイウールスの歩きぶりで進む。
他方、ウェヌスはアスカニウスの四肢に穏やかな安らぎを
注ぎ込む。女神が彼を胸に抱き上げ、高き
イダリウムの森へ運ぶと、そこでは柔らかなマヨラナ草が

(1) パプス(四一五行)とともにキュプルス島でのウェヌスの信仰地。

芳香を吹きかけ、花片と甘美な蔭で包み込む。
　いまや、クピードは言いつけに服して出発した。王にふさわしい
贈り物をテュロス人へ届けようと、喜々としてアカーテスのあとに従った。
到着したとき、すでに女王は豪奢な織物に囲まれて
黄金造りの長椅子の上に身を置き、満座の中央を占めていた。
すでに父アエネーアスも、トロイアの若者たちも
顔をそろえ、緋紫の敷物の上に横になっている。
召使たちが手に水を注ぎ、籠からパンを
供しつつ、毛足を短く切りそろえたナプキンをもってくる。
奥には五十人の女召使がいて、長く続く
食事を手順よく用意し、竈の神々を炎で崇める仕事をこなす。
このほかにまだ百人の女召使と、同じ数の同年配の召使がいて、
食卓に食事をのせ、酒盃を配っている。
また、テュロス人らも門口まで喜びを溢れさすほど賑やかに
集まった。請じ入れられて、縫い取りした長椅子に身を横たえながら、
アエネーアスの贈り物に感嘆し、イウールスに感嘆する。
だが、そのかぐわしい顔は神のもの、イウールスの話し方を装い、

サフラン色のアカンサス模様を描いたヴェールと長衣を着ている。
なかでも、やがて来る破滅の宿命を負う、悲運の女王は
心に飽くことなく感嘆する。見つめては思い焦がれる
フェニキアの女は少年にも贈り物にも胸をときめかす。
彼は、アエネーアスに抱かれて首にすがりつき、
欺かれた父の深い愛情を満たしてから、
女王のもとへ行く。女王は目も、胸のすべても
彼に釘づけになる。ときおり膝に抱きながら、ディードは気づかない、
いかに偉大な神が己れの哀れな身に取り憑いたのか。だが、神は忘れない。
アキダリア(1)の母の言いつけどおり、少しずつシュカエウスを記憶から
消しにかかる。生き生きした愛で満たそうと試みる、
すでに長い間ときめきを忘れた心と恋を打ち捨てた胸を。
　宴に最初の休息が訪れ、食卓が片づけられると、
彼らは大きな混酒器を据え、花輪で飾った。
館にざわめきが起こり、飛びかう声が広壮な
広間を満たす。黄金を貼った天井の鏡板から下がるランプに
灯が点《とも》り、松明の炎が夜を圧倒する。

七二〇

(1)ボエオーティアの泉。ウェヌスが水浴したとされる。

ここに、女王は宝石と黄金で重い酒杯を求めた。
生《き》のぶどう酒を満たした、その酒杯はベールスとベールスのあとを継ぐ者
すべてがつねに使っていた。このとき、館が静まりかえった。
「ユッピテルよ、あなたは客人と主人の掟を定めると言われていますから、
この日がテュロス人にも、トロイアを発って来た人々にも晴れの日となり、
わたしたちの子孫がこの日を忘れずにいるよう、お計らいください。
喜びを与える神バックスと恵み深いユーノがこの席に現われますよう。
テュロス人らよ、おまえたちもこの集いの賑わいに好意をもって臨め」。
こう言うと、食卓に神を称えるぶどう酒の注ぎものを注ぎ、
注ぎ終えると、最初に唇の先だけ杯につけてから、
ビティアスに、これを飲め、と言って与えた。彼は勢い込んで泡立つ
酒杯を飲み干した。黄金の杯いっぱいに注いだ酒を体に染み渡らせると、
他の主だった者たちもあとに続いた。髪を伸ばしたイオーパスが
いとも偉大なアトラスの教えを受けた黄金の竪琴をかき鳴らす。
彼は歌う、さまよう月と、太陽の苦難を、
どこから人間の族と家畜が生まれ、どこから雨と火が生じたかを、
アルクトゥールス(2)と雨をもたらすヒュアデスと二頭の熊を、

(2) 牛飼い座の主星。原義は「熊の番人」で、大熊座と小熊座を追いかける形で天球を回るところから。

なぜ冬の太陽がそのように急いでオケアヌスに身を浸すのか、
いかなる障害に阻まれて夜がゆっくりと歩むかを。
テュロス人は何度も喝采し、トロイア人もそれに倣う。
これにもまして夜遅くまで、さまざまな話を続けたのは
悲運のディードで、長引くだけ深く愛を飲み込んでいった。
彼女はしきりに尋ね続ける、プリアムスのこと、ヘクトルのこと、
あるいは、アウローラの子[1]がどのような武具をつけて来たか、
ディオメーデスの馬の姿は、アキレスの威容のほどは、と。
「それより、さあ、客人よ。わたしたちに最初の起こりから語ってください」
と彼女は言った。「ダナイ人の計略とあなたの仲間の不幸と
あなたの放浪を。もう七年目になるのです、あなたが
あらゆる陸と海をさまよう旅もこの夏で」。

（1）四八九行参照。

第二歌

　すべての者は沈黙し、熱心にじっと見つめた。
そこで、父アエネーアスは高い寝椅子からこう語り始めた。
「女王よ、言葉にし難い悲しみを新たにせよ、とあなたは命じている。
いかにしてトロイアの富と痛ましい王国を
ダナイ人が覆したか、この目で見た悲惨きわまりない出来事、
この身が少なからぬ役割を果たした出来事を語れ、と。これを聞いて誰が、
ミュルミドネス人であれ、ドロペス人であれ(1)、また、非情なウリクセスの
　兵士であれ、
涙を抑えることができましょう。すでに湿った夜が天を
急いで降り、沈む星々が眠りへ誘っています。
しかし、われわれの不幸を知りたいと強く望まれ、
少しでもトロイア末期の苦難を聞こうとなさるなら、
たとえ心は思い出すことを恐れ、苦痛に怯んだとはいえ、
始めることにしましょう。

(1) いずれもテッサリアの民族、とくに、ミュルミドネス人はアキレスの部下。また、ウリクセスはイタカ出身（一〇四行参照）のギリシアの英雄オデュッセウスのラテン名。

戦争で挫かれ、運命にはねつけられ、
ダナイ人の将軍らは、すでに幾多の歳月が過ぎ去ったため、
パラスの神の技に助けられて山のごとき木馬を
建造し、肋材に樅の木の板を組み合わせた。
これを帰国祈願の奉納物と偽って、その噂を広めながら、
選り抜きの勇士の一団を籤で選び、密かに
暗い横腹の中に入れる。巨大な空洞をなす
馬の胎内を武装した兵士で奥まで満たした。
岸から見えるところにテネドスがある。世に名高き
島で、プリアムスの王国が存続したあいだは豊かに富んでいたが、
いまは入り江が一つあるにすぎず、ここに船を泊めても安心はできない。
彼らはここへと船を向け、人影のない岸に姿を隠したが、
それをわれわれは、もう行ってしまった、風に乗ってミュケーナエを目指した、と考えた。
こうして、テウクリア全土は長いあいだの苦痛から解放された。
城門が開かれる。外へ出るのが楽しく、ドーリス人(2)の陣営や
人影のない場所や見捨てられた海岸を眺める。

(2) ギリシア人に同じ。

ここにドロペス人の部隊が、ここに冷酷なアキレスが幕舎を構えていた。
ここは船団の泊り場、ここに戦列を組んで、いつも戦っていた。
ある者は処女神ミネルウァの破滅を呼ぶ贈り物を見て呆然とし、
巨大な馬(1)に感嘆する。テュモエテスが最初に、それを
城内に引き入れよ、城塞に安置せよ、と勧める。
策略か、さもなくば、それがトロイアの運命とすでに定まっていたのだ。
だが、カピュスと、思慮にまさる者たちは
ダナイ人の奸計、怪しい贈り物を海中に
真っ逆さまに突き落とせ、下から火を焚いて焼き払え、と命じ、
さもなくば、うつろな腹を突き刺して隠れていないか調べよ、と言う。
民衆は決心がつかずに、相対立する二派に分かれた。
　そこへ、みなの者の先頭に立ち、大勢の群衆を従えてきたのが
ラオコオンであった。激しい勢いで城塞の頂から駆け降りると、
遠くから叫んだ。「不幸な市民たちよ、なんと大きな狂気か。
おまえたちは敵が引き上げたと信じるのか。考えられるか、
ダナイ人の贈り物に計略がないなどと。それがおまえたちの知っているウ
リクセスか。

(1) 以下、有名なトロイアの木馬の物語。トロイア人に木馬を城内へ引き入れさせる策略の遂行はシノンという若者(五七行)に託された。

この木造物は、アカイア人らを中に潜ませているか、
さもなくば、われわれの城壁を壊すために造られた仕掛けで、
家々の様子を窺い、上方から都に襲いかかってくるのだ。
いずれにせよ、隠された謀略がある。馬を信じるな、テウクリア人よ。
これが何であろうと、わたしはダナイ人を恐れる、たとえ贈り物を携えてきても」。
こう言うや、剛力を振るって巨大な槍を
獣の横腹、弓形に組み立てられた腹部めがけて
投げつけた。槍は突き刺さって震えた。腹はこだまを返し、
空洞がうつろな響きと呻きを上げた。
そうして、もし神々の告げる運命が、もし御心が敵意を含まなかったなら、
彼の促しにより、アルゴス人の隠れ家は槍で切り裂かれ、
トロイアはいまも立っていた。プリアムスの城塞も高く聳えたままであったろう。
そのあいだに、見よ、後ろ手に縛られた一人の若者を
牧人たちが大声を上げながら王のもとへ引きずってきた。
若者は自分の正体を知らぬダルダニア人が通る前へ進んで現われたが、

それがまさしく彼の狙いで、トロイアをアカイア人に開こうとしていた。
身をさらしたとき、勇気をたのんで、二つに一つの覚悟ができていた、
策略をやり遂げるか、それとも、死の決意をまっとうするか、と。
四方から、これを見ようと逸るトロイアの若者たちが
駆け寄ってまわりを囲み、競って囚われの者を嘲った。
さあ、ダナイ人の計略を聞いてください。この一つの悪事から
すべてを察してください。
その若者は衆目の注視の中で痛めつけられ、武器を奪われながらも、
立ち上がって、プリュギア人の群衆に目を向け、見回した。
彼は言った。「ああ、いまはどの土地が、どの海がわたしを
受け入れてくれるのか。惨めなこの身にいったい何が残っているのか。
ダナイ人のもとではどこにも身の置き場がない。そのうえ、このように
ダルダニア人は敵意を露わに血濡れた刑罰を求めている」。
その嘆きに人々の心は一変し、衝動はすっかり抑えられた。
われわれは、話してみよ、と元気づける。どの血筋の生まれか、
どんな知らせを携えているか、囚われの身のいま何が頼りか、語れ、と。
[ついに恐れを捨てると彼はこのように言った。(1)]

(1) この詩行は第三歌六一二行と同一で、後世に加筆された可能性が高い。ここでの文脈(シノンは恐れを表わしていない)に合わないことから、底本も含めて削除する校本が多い。

「すべてをあなたに言いましょう、王よ。何が起ころうとも、話します、
本当のことを」と彼は言った。「わたしはアルゴス人です。否定しません。
これがまず第一です。また、シノンが運の女神により惨めな境遇に
置かれたにしても、その邪な手で空虚な嘘をつく人間にされはしません。
おそらく、人づてにあなたの耳にも届いていることでしょう、
ベールスの子パラメーデス(2)という名と、世に名高い
栄光とが。この者にペラスギ人は謀反の濡れ衣を着せました。
戦争を止めようとしたため、おぞましくも無実の彼を告発し、
死刑に処しました。しかし、いまでは生命を奪ったことを嘆いています。
わたしは彼の供でした。近い血縁にあったので、
成年に達したばかりのとき、貧しさから父がこの戦場へ送ったのです。
彼の権力が無事に揺るがぬあいだ、王侯の会議でも
勢いのあったあいだは、わたしもそれなりの名声と栄誉とを
享受しました。ところが、口ばかり達者なウリクセスに嫌われました。
この話を知らぬ人はありません。そのために彼がこの世を去ったのち、
わたしは暗闇と悲嘆に打ち沈められて生を引きずり、
罪なき友の不幸への憤りを胸に抱いていました。

(2) ギリシア軍の将軍パラメーデスは、トロイア遠征前に、出陣を嫌って狂気を装うウリクセスが引く鍬の前に幼い息子テレマクスを立たせることで、彼の芝居を暴いた。これに恨みを抱くウリクセスは、パラメーデスの戦功にもかかわらず、敵側と密通の濡れ衣を着せた。

それをわたしは血迷ったか、口に出しました。機会が到来したなら、
勝利を収めて祖国アルゴスに戻るときが来たなら、
復讐すると誓いました。言葉に出して激しい憎悪をかき立てたのです。
これがわたしの転落の始まりでした。このときから絶えずウリクセスが
新たな罪を着せようと脅し、このときから曖昧な言葉を
人々のあいだにまき散らし、わたしを狙って武器を求めます。
その策動の休むときはなく、ついにはカルカスを手先に使いました。
だが、なぜこんなことを蒸し返すのか、嬉しくもなく、役にも立たぬのに。
なぜ手間取るのか。アカイア人ならみな同列、とあなた方が思うなら、
それさえ聞けば十分というなら、すぐにもわたしを罰していただきたい。
これこそイタカ人[1]の望むこと、アトレウスの子らも大きな賞金を出すでし
ょう」。
このとき、われわれは問い質したい、理由を尋ねたいと熱望する。
ペラスギ人のかくも大きな悪行と術策を知らなかったのだ。
怯える様子で彼は話を続け、偽りの感情を見せて言った。
「何度もダナイ人は望みました、トロイアを捨てて逃走に
取りかかろう、長い戦いに疲れたいま撤退しよう、と。

（1）ウリクセスを指す。

そうすればよかったのに！　だが、その行く手を何度も大海の激しい
嵐が妨げました。南風の脅威が出発を阻んだのです。
とりわけ、すでに楓の梁材を組み合わせてこの馬が
立ったとき、全天に嵐雲が轟きを響かせました。
不安に駆られ、ポエブスの神託を伺うためにエウリュピュルスを
派遣すると、彼は神殿からこの不吉な答えをもち帰ります。
「おまえたちは風を鎮めるため血を流し、乙女を屠った(2)。
そうして初めてイーリウムの岸へやって来たのだ、ダナイ人よ、
帰国を求めるにも血を流さねばならぬ。神助を乞うならアルゴス人の
生命を捧げねばならぬ」。その言葉が大勢の耳に達すると、
彼らは心を奪われ呆然とし、凍るような戦慄が骨の髄を
走りました、誰を運命は仕立てるのか、アポロは誰を求めるのか、と。
ここで、あのイタカ人が予言者カルカスを騒々しく
みなの真ん中に引き出し、この神意は何であるか、
早く言え、と求めます。すでに大勢が予言していました、わたしに残忍な
悪行を策士が仕掛けると。口に出さぬ者も何が起こるか見通していました。
十日のあいだ予言者は沈黙したまま幕舎に籠って拒んでいました、

（2）トロイア戦争を前にギリシア軍がアウリスに集結したが、順風が吹かず出航できなかったとき、ディアーナの怒りを解くため総大将アガメムノンは実の娘イピゲネイアを犠牲に捧げた。

自分の口から誰かの名を告げることも、死へ追いやることも。
しかし、ようやくついに、イタカ人の大声に引き出されました。
打ち合わせたとおり沈黙を破り、わたしを祭壇の贄《にえ》に定めます。
誰もがこれに賛成しました。わが身のために恐れていたことも、
一転して一人の惨めな者を破滅させるとなれば、黙認したのです。
いまや、忌まわしい日が来ました。わたしの犠牲式の用意に
塩を混ぜたひき割り麦と額に巻くリボンも調えられます。
しかし、そうです、わたしは死を逃れました。縛《いまし》めを破ってから、
一晩中、泥沼の菅《スゲ》の中に身を潜めて
隠れていたのです、彼らが出帆するものなら、出帆するまで待とうと。
もはや、わたしにはいにしえの祖国を見る望みもありません。
愛しい子供となつかしい父にも会えません。
彼らにも、おそらく、あの連中がわたしの逃亡を償う処罰を
要求するでしょう。わが身の罪を惨めな者たちの死で贖わせるでしょう。
それゆえ、神々と、真実を知る神霊にかけて、
また、もし人間のあいだにいまなお残る
穢れなき信義があれば、これにかけて願います。憐れんでください、

かくも大きな苦難を。不当な仕打ちに耐える心を憐れんでください」。
　この涙にわれわれは生きることを許し、そのうえに憐れみまでかける。
みずから最初に、男の鎖と堅い縛めを解くようにと
プリアムスは命じ、真心込めた言葉を語りかける。
「おまえが誰であれ、もはや失われたギリシア人のことは忘れよ。
いまからおまえはわれわれの仲間だ。わたしのこの問いに真実を述べよ。
何のために彼らはこの巨大な馬の怪物を立てたのか。誰の発案だ。
何が狙いだ。何を崇拝してのものか。それとも、戦争の道具なのか」。
王が言い終わると、かの者は、ペラスギ人の策略と巧妙さを心得ていて、
縛めを解かれた掌を星々へ向けて上げ、
「永遠の火よ、あなた方と、あなた方の侵されぬ
神威をわたしは証人とします」と言った。「祭壇と忌まわしい剣よ、
おまえたちをわたしは逃れた。神々のリボンよ、おまえは生贄となるわが
　身を飾った。
ゆえに、わたしには許される、ギリシア人の神聖な誓いを取り消すことも。
あの者どもを憎むことは正しい。一切を明るみに出してもよいのだ、
彼らに隠し事があるなら。わたしは祖国の掟にも決して縛られない。

トロイアよ、さあどうか、約束を違えるな。おまえの身が守られたのなら、
おまえも信義を守れ、わたしが真実を語り、大きな報いを返すかぎりは。
ダナイ人の望みと、戦争を始めたときの自信はすべて
つねにパラス女神の援助にかかっていました。しかし、不敬な
テューデウスの子と悪行を策するウリクセスが
神聖な神殿から運命を決するパラディウム[1]を盗み出そうと
侵入して、城塞の頂の護衛を殺害したとき、
聖像を奪い取り、血濡れた手で
処女神のリボンに触れる暴挙をなしたとき、
そのときから、ダナイ人の希望は流れ、後ろへ退いて消え去った。
力は挫かれ、女神の心は彼らから離れました。
また、トリートン生まれの女神[2]がまぎれもない予兆でしるしを示しました。
陣営に神像が据えられるや、燃え閃いたのです、
かっと開いた両眼から炎が。体中に塩辛い
汗が流れました。語るも不思議なことながら、三度も地面から女神の体が
盾と震える槍を携えたまま飛び上がりました。
ただちにカルカスが告げます、脱出して渡海を試みるべきだ、

（1）パラディウムはパラス・アテーナ（ミネルウァ）女神を体現する像で、トロイアはこれを護持しているかぎり無事であると運命に定められていた。

（2）パラス・アテーナのこと。トリートンはリビュアを流れる川で、女神がそこで生まれた、という伝承から。

アルゴスの武器によるペルガマ陥落を果たそうとすれば、
アルゴスで新たに予兆を求め、神像を再びもち来たらねばならぬ、
いったん海を越えて舳の反った船で運び去ったのちに、と。
そこで、いま彼らが風に乗って祖国ミュケナーエを目指したというのは、
武力と神々の加勢を用意しているので、やがて海を引き返し、
不意を突いて襲ってきます。それがカルカスの解いた予兆の意味です。
これはパラディウムの代償、神威を傷つけた償いです。そう教えられて
この像を立てました。まがまがしい罪の穢れを清めるためのものです。
しかし、これをカルカスは計れぬほど巨大な高さにせよ、
材木を組み上げて天まで伸ばせ、と命じました。
城門を通れぬように、城内へ引き入れられぬように、
古式に従い崇める民人を守護することのないようにするためです。
まことに、あなた方の手がミネルウァへの奉納物に不敬を働いたなら、
全き破滅が——この予兆を神々があの男へまず先に
向けますよう！——プリアムスの王国とプリュギア人を襲うでしょう。
しかし、もしそれがあなた方の手で都の中に引き上げられるならば、
今度はアジアのほうからペロプス(3)の城壁に

(3) ペロプスは小アジアから移住してギリシア人の祖となったとされる英雄。ここではギリシア一般を指す。

押し寄せます。それがわれわれの子孫を待ち受ける運命なのです」。
　このような計略と、偽りの誓いを立てたシノンの術策のゆえに
人々はすっかり信じた。策略と偽りの涙の虜となった、
それまで、テューデウスの子にも、ラリーサ(1)のアキレスにも、
十年の歳月、千隻の艦船にも征服されなかったのに。
　ここで、哀れなわれわれの前に、さらに大変な、はるかに恐るべき
出来事が生じ、予想もしなかった胸をかき乱す。
ラオコオンが、籤によりネプトゥーヌスの神官に選ばれ、
巨大な牡牛をしきたりどおりに祭壇の前で屠っていたところ、
そこへ、見よ、テネドスから凪の海を越えて二匹の——
話しても身の毛がよだつ——大蛇が、いくつも巨大な輪をつくりつつ、
波をついて進み、並んで岸辺を目指してくる。
胸は波間にもたげ、冠毛を
血の色に染めて波頭の上へ出しながら、他の部位はうしろで
海中を進み、巨大な背を弓なりにくねらせている。
海が泡立ち、どよめく。いまや、陸に上がろうとして、
両眼に血と火が満ち、赤々と燃える。

(1) ラリーサはテッサリア北部の都だが、ここでは単にテッサリアと同じ。

舌が小刻みに震えながら口を舐める音がしゅうしゅうと響いた。
われわれはこれを見て血の気が引き、逃げ去ったが、大蛇は針路を
ラオコオンに狙い定める。まず、二人の幼い
息子の体に二匹がそれぞれ輪を巻きつけて
絡め取る。哀れな者たちに嚙みついて貪り喰う。
次いで、武器を手にして救助に駆けつけたラオコオン自身を
つかまえ、巨大なとぐろで締めつける。いまや、
胴へも二重に巻きつき、首のまわりにも二重に鱗立つ
背を巻きつけ、頭とうなじを高々と差し上げた。
ラオコオンも懸命に両手で結び目を引き裂こうとして
リボンが血膿と黒い毒にまみれ、
その刹那、星の高みへ恐ろしい叫び声を上げる。
その呻きはあたかも、傷つけられた牡牛が祭壇から逃れ、
狙いの外れた斧を首から払い落として鳴いたときのよう。
だが、二匹の大蛇は神殿の高みへ滑るように
逃げ去る。トリートン生まれの非情な女神の城塞に向かい、
女神の足もと、丸い盾の下に身を隠す。

このとき、すべての者の胸がおののき、これまでにない
恐怖が忍び入る。罪業にふさわしい償いを払ったのだ、
ラオコオンは、と口々に言われ、神聖な木像を槍の穂先で
傷つけたせいだ、その背に呪われた槍を投げつけたからだ、
木像を神殿へを引いて行くべきだ、女神の御心に訴えて
嘆願すべきだ、と叫びが上がる。
われわれは城壁を切り開き、城市を開け放つ。
全員が作業のため身支度をし、像の足の下に車輪を
入れて滑らかに動くようにし、首に麻の綱をかけて
引っ張る。運命を決する仕掛けが城壁を登ってゆく。
胎内に武器を孕んだ、そのまわりで少年らと未婚の乙女らが
聖歌を歌い、引き綱に手を触れて喜ぶ。
仕掛けは登り、いまや、その威容を都の真ん中に滑り込ませる。
おお祖国よ、神々の住まうイーリウム、戦争に名高い
ダルダニア人の城市よ。それは四度、城門の敷居の真上で
立ち止まり、四度、腹から武器の響きを立てた。
だが、われわれは進み続ける。何も心に浮かばず、狂気に目を塞がれ、

まがまがしい怪異を神聖な城塞に据えた。
このときにもカッサンドラはやがて来る運命を告げるべく口を
開いたが、それは神命によりテウクリア人の誰にも信じてもらえなかった。(1)
われわれは都の神殿という神殿を哀れにも――これが最後の
日となるのに――祝祭にふさわしく葉飾りで蔽いつくす。
　そのあいだに天がめぐり、オケアヌスから夜が迫る。
包み込む大きな闇に大地も天空も
ミュルミドネス人の策略も隠れる。テウクリア人は身を横たえ、城市は
どこも静まりかえった。眠りが疲れた手足を包んでいる。
いまや、アルゴスの軍勢が船をそろえて出発していた。
テネドスを出て、もの言わぬ月の静けさを味方に、
見覚えある海岸を目指した。そのとき、王の船がのろしの炎を
打ち上げるや、神々の非情な運命に守られ、
腹中に籠るダナイ人を解放すべく、密かに松材の
閂を外す役目をシノンが果たす。彼らは外気のもとへと開かれた
馬から出る。うつろな木から喜び勇んで現われ出るのは
テッサンドルスとステネルスの両指揮官と忌まわしきウリクセスらで、

(1) カッサンドラはアポロから予言の力を与えられたが、神の愛を受け入れなかったため、真実の予言をしながら、いつも誰からも信じられなかった。

これらは垂らした綱を伝い降りた。また、アカマスにトアス、
ペーレウス[1]の裔ネオプトレムス、大将のマカーオン、
さらに、メネラーウスと、策略の具を組み立てた当のエペーオスもいる。
彼らは眠りと酒に埋没した都に攻め入るや、
見張りの者どもを切り倒し、開かれた城門から
友軍全員を引き入れ、密議に与った軍勢と合流する。
　時は倦み疲れた人間にその夜初めて安らぎが
入り込み、神々の恵みにより心地よく忍び寄る頃であった。
このとき、見よ、眠りの中で、眼前に世にも悲しげなヘクトルが
現われ、とめどなく涙を流している姿が見えた。
かつて戦車に引きずられたときに似て、どす黒く血混じりの
砂にまみれ、両足は革紐で貫かれて膨れている。
ああ、なんという姿か！　なんと変わってしまったことか、あの
帰還したときのヘクトルとは！　アキレスから剝ぎ取った武具を身に着け、
ダナイ人の艦船にプリュギアの松明の火を投げ込みもしたのに。
いま、髭は汚れ、髪は血糊で固まっている。
あの傷も見えている、数限りなく祖国の城壁のまわりで

（1）ペーレウスはアキレスの父で、ネオプトレムスの祖父。

受けた傷も。わたしは泣いていたようだ。そして、こちらから
勇士に呼びかけ、悲嘆の声をしぼり出した。
「おお、ダルダニアの光よ、テウクリア人が何よりも頼みとする希望よ、
何を手間取って、これほど遅れたのか。ヘクトルよ、どこの岸から
来たのだ。待ちかねたぞ。どういうことだ、すでにあなたの一族も
大勢を失い、人々も都もさまざまな苦難を経たいま、
疲れ果てたわれらに姿を見せるとは！　何が原因だ、無残にも朗らかな
顔が汚されたのは。なぜだ、わたしがこれらの傷を見るのは」。
彼はこれに答えず、わたしの尋ねる埒なきことには気を留めない。
胸の奥底から重苦しい嘆息を吐きつつ、
「ああ、逃げよ、女神の子よ」と言った。「この炎から疾《と》く逃れよ。
敵が城壁を占拠している。トロイアは高い頂から崩れ落ちる。
祖国とプリアムスにできることはもうなされた。ペルガマを右手で
守ることがかなうのなら、このわたしの手でも守れただろう。
トロイアは己れの聖物と守り神をあなたに委ねる。
これらを運命の供として受け取れ。これらを置く城市を探すのだ。
その大都をあなたは大海を放浪したのちにようやく建てるであろう」。

こう言うと、両手のあいだにリボンと霊験あらたかなウェスタと
永遠の火を抱えて神殿の奥から運び出してゆく。
　そのあいだに、城市のいたるところに悲嘆が渦巻く。
しだいしだいに、他の家と離れてある父
アンキーセスの館でも、木々が蔽うその奥まった場所でも、
物音がはっきり聞こえ、武具の恐るべき響きが飛び込んでくる。
わたしは体中から眠りを振り払うと、館の一番高いところに
駆け登って立ち、耳をそばだてた。
それはあたかも、吹き荒れる南風のもと、実った畑に炎が
襲いかかるとき、あるいは、山の瀬から落ちる激流が
畑地を薙ぎ倒すときのよう。豊かな稔りと牛どもの労苦を薙ぎ倒して、
木々を真っ逆さまに引き倒すとき、わけが分からず呆然として高い
岩山の頂から牧人は音を聞き取る。
このとき、事実が明白となり、ダナイ人の策略が
露見する。すでにデイポブスの広壮な館が崩れ落ちた。
火神が軒を制圧している。すでに隣も炎上している。
ウカレゴンの家だ。シゲーウムの広大な浦にも火が照り輝く。

湧き起こる戦士らの叫喚とラッパの響きに、
わたしは狂ったように武器をつかむ。成算はなかった。武器を取り、
ただ、手勢を集めて戦おう、城塞へ駆けつけて
仲間と力を合わせようと闘志が燃える。狂気と怒りが心を
まっしぐらに駆り立て、武器を取って死ぬことが誉れとのみ考える。
　見よ、パントゥスがアカイア人の武器を逃れてくる。
オトリュスの子パントゥスは城塞にあるポエブス神殿の神官であったが、
聖物と敗れた神々を捧げ持ち、幼い孫の手を
引きながら、狂ったように門口へ向かって走ってくる。
「決戦の場所はどこだ、パントゥスよ。どこがわれわれの要衝だ」。
わたしがこう言うや、嘆息とともに彼はこう答える。
「ついに来たのだ、最後の日と抗《あらが》いえぬ時が
ダルダニアに。もう過去のものだ、われらトロイア人も、イーリウムも、
偉大なテウクリア人の栄光も。荒ぶるユッピテルがすべてをアルゴスへ
移してしまった。いま都には火が放たれ、ダナイ人が君臨している。
城市の真ん中に高く聳え立つ体から武装兵を
馬が吐き出すや、シノンは勝ち誇り、八方に火を放ちつつ

跳び回る。すでに兵の一部が両の扉を開いた城門に来ている。
これはかつて強大なミュケーナエからやって来た数千の者どもだ。
一部は道の狭いところを塞いで、槍ぶすまを
立てた。構えた剣の戦列が白刃を煌めかせる。
鞘《さや》を払い、殺戮の用意を整えた。かろうじて最初だけは応戦を試みるも
城門の守りは果たせず、抵抗しても先の見えない戦いだ」。
このような、オトリュスの子の言葉と神々の御心に駆られ、
わたしは炎と武器の中へ向かう。まがまがしい復讐女神が、
どよめきと天に達する叫喚が呼ぶところへと進む。
この仲間に加わって、リーペウスと武器を取っては最強の
エピュトゥスが月光の中に現われた。ヒュパニスとデュマスも
われわれのそばに集まる。さらに若いコロエブスが加わるが、
この者はミュグドンの子で、その頃ちょうどトロイアへ
来たばかりだった。カッサンドラへの狂おしい愛に燃えて、
婿となり、プリアムスとプリュギア人に力を貸そうとした。
だが、不幸な者だ、狂える婚約者の警告を
聞き入れなかったとは！

わたしは彼らが一団となり、戦いを求めて逸るのを見るや、
さらに励まそうと語り始める。「若者らよ、最高の勇気を空しく
胸に備える者たちよ、わたしは最後まで果敢に戦う。諸君の望みがそれに
つき従おうと固く動かぬなら、国運がいかなる情勢かは見てのとおり。
みな神殿の内陣と祭壇から出て行ってしまったのだ、
この王国を存立させていた神々は。諸君が助けに向かう都には
火が放たれた。死のうではないか。戦闘の真っただ中に突進しよう。
敗れた者が救われる道はただ一つ、いかなる救いも望まぬことだ」。
この言葉が若者たちの勇気に狂気を加えた。そのあとは、まるで狼が
暗い靄の中へ獲物を漁りに行くかのよう。胃袋が催す邪悪な
渇望のため当てどもなく外へ出たが、残された仔らは
喉を渇かせて待ち受けている。われわれは武器の中、敵の中を
まぎれもない死地へ進み、都の真ん中へ向かう
道を取る。まわりには暗い夜が羽ばたき、影で蔽う。
誰があの夜の破壊を、誰があの殺戮を言葉で
語り尽くせよう。どれほど涙を流せば釣り合うのか、あの苦難に。
いま、いにしえの都が崩れ落ちる、長い歳月にわたり君臨してきたのに。

道々のいたるところに、数知れず、薙ぎ倒されたまま転がる
死体があり、家々や神々の神聖な門口をも満たしている。
だが、テウクリア人のみが血の罰を受けたのはではない。
ときには敗者の胸にも武勇がよみがえり、
勝ち誇るダナイ人も倒れる。どこを見ても惨たらしい
嘆きが、どこを見ても恐怖と死の姿が数知れず目に入った。
　ダナイ人の大部隊を引き連れて最初に姿を
現わしたのはアンドロゲオスで、われわれを友軍とばかり思い込んでいた。
それとは知らず、向こうから先に親しげな言葉で呼びかけてくる。
「急げ、勇士らよ。まことに、これほどまで遅く手間取るとはなんという
怠け心か。他の者たちは襲撃と掠奪のまっ最中だ、火を放たれた
ペルガマにな。いま初めてなのか、おまえたちが高い船を出てきたのは」。
こう言ったあと、彼はすぐさま——返ってきた答えが
信頼するに足りなかったので——敵勢のただ中に陥ったことに気づいた。
呆然として、戻ろうとしつつ、足も声も止めた。
それはあたかも、茨道で思いがけず蛇を
踏みつけた人のよう。地面を踏みしめるや、慌てて急に逃げ出したが、

蛇は憤怒を露わに身を起こし、青黒い首をふくらませる。
そのように、アンドロゲオスはわれわれを見て恐れ、逃げ出そうとした。
われわれは襲いかかり、隙間なく武器でまわりを囲むと、
土地に覚えがなく、恐れに囚われた者どもをいたるところで
薙ぎ倒す。運の女神も最初の苦闘に順風を送る。
ここに、成功に勇気を得て小躍りしながら、コロエブスが
「戦友諸氏よ」と言った。「運の女神が最初に救いの道を
示すところへ、女神が幸先よく現われたところへつき従おうではないか。
盾を取り替えよう。ダナイ人のしるしをわれわれの
身につけよう。策略か勇気か、誰が敵に向かうとき尋ねようか。
武具ももらえるのだ、この者たちから」。こう言うと、毛飾りの揺れる
兜と美しいしるしの刻まれた盾をアンドロゲオスから奪って
身につけ、脇にはアルゴスの剣を帯びた。
このとおりのことをリーペウスやデュマスをはじめ、すべての若者が
喜んで行なう。それぞれが奪ったばかりの武具で身を固めた。
われわれはダナイ人と入り混じって進むが、決して神の加護はなかった。
夜の闇の中で幾度となく敵と遭遇しては戦いを

交え、数多くのダナイ人をオルクス(1)へ突き落とす。
ある者は四散して船へ逃げ、海岸を走って
安全な場所を目指す。ある者は恥ずべき恐怖のあまり、巨大な
馬へよじ登って戻り、勝手を知った腹の中に身を隠した。
　ああ、神意に背きながら神々を頼りとすることは決して誰にもできない。
見よ、プリアムスの娘なる乙女が引きずり出された。髪を
振り乱したカッサンドラがミネルウァ神殿の内陣から出され、
天へと燃える目を空しく向けている。
目だけ上げたのは、柔らかな掌が縛めに抑えられていたためだ。
コロエブスはこの光景に耐えられず、猛り狂う心に
死を決意して隊列の真ん中に突入した。
われわれはみな彼に続き、武器を密集させて突撃する。
ここで初めて、高い神殿の頂上から投げ槍が降る。
われわれは味方の攻撃に圧倒され、悲惨きわまる殺戮が起こる。
身につけた武具の形と、ギリシア風毛飾りが過ちを招いた。
次いで、ダナイ人が乙女を奪われたゆえの怒号とともに
四方から集結して攻め寄せる。勇猛無比のアイアクスに

(1) オルクスは冥界の神、もしくは、冥界のことだが、ここでのように、しばしば「死」を意味する。

二人のアトレウスの子とドロペス人の全軍であった。
それはあたかも、つむじ風が炸裂し、風と風が正面から
ぶつかり合うときのよう。西風、南風、エーオスの馬に喜び勇む(2)
東風にさらされ、木々が軋む。荒々しく三叉の矛を揮って
泡を立てつつ、ネーレウス(3)が大海を底の底からかき乱す。
さらに、薄暗い夜の闇の中でわれわれの
策略が潰走させた者たち、都のいたるところで追い立てた者どもまで
立ち現われ、最初に盾と槍のまやかしを
認める。言葉の響きも異なることに気づく。
たちまち、われわれは数で圧倒され、最初にコロエブスが
ペネレウスの右手に討たれ、戦いを司る女神(4)の祭壇の傍らに
倒れ伏す。リーペウスも倒れる。これは並ぶ者なき正義の士で、
テウクリア人のあいだで誰にもまして公正を守ったのに、
神々にはそう見えなかったのだ。ヒュパニスもデュマスも命を落とすが、
これは味方の槍に刺し貫かれた。パントゥスよ、あなたのきわめて篤い
敬虔心もアポロの髪紐もあなたが没するのを庇えなかった。
イーリウムの灰よ、わが一族の亡骸の炎よ、

（2）エーオスはアウローラと同じで暁の女神であるので、ここでは「東方」の意。風（の神）は馬車を疾駆させるものと考えられた。

（3）海の神格。

（4）パラス・アテーナのこと。

おまえたちが証人だ。おまえたちが倒れたとき、いかなる武器も
ダナイ人による反撃もわたしは避けなかった。運命がそう定めていたなら、
名誉の戦死をこの手で獲たはずだ。だが、その場からわれわれは引き離さ
れる。
わたしとイーピトゥス、ペリアスは——イーピトゥスはすでに齢を
重ね、ペリアスはウリクセスによる傷のため歩みが遅れたため——
そのままプリアムスの王宮へ向かう。叫喚に呼ばれたのだ。
ここでの戦いはじつに熾烈をきわめた。あたかも、他のどこにも
戦争が行なわれず、都中に一人の死者も出ていないかのように、
そのように、荒れ狂う軍神とダナイ人が館をめがけて殺到する。
われわれの目の前で亀甲隊形の部隊(1)が攻め寄せ、入り口を占拠した。
梯子が壁にはりつくと、門のすぐ下から
敵が階段をにじり上がる。矢玉に対して盾を左手で
かざして身を守り、右手で胸壁をつかむ。
対するダルダニア人は館の櫓と屋根を
すべて引きはがす。わが身の最期を見据えて、これが
死の間際まで防衛を試みるための武器であった。

四四〇

(1)ラテン語の原語は防護屋根をつけた攻城具を指す術語だが、ここでは、盾を互いに密に組んで防護幕を作った部隊。

金箔を張った梁、遠い祖先の高く掲げられた飾りも
転げ落とす。剣の鞘を払い、階下の
扉を守ろうと、隊列を密集させて陣取った者たちもある。
ここに王の館を救いに走ろうと再び勇気が湧き起こった。
加勢して勇士らを助け、敗者の力を高めようとする。
　一つの入り口があり、その隠された扉を通り抜けると、
プリアムスの館の棟と棟とを行き来できる。この門は顧みられぬまま
裏手にあり、王国が無事であったあいだは、ここをあの不幸な
アンドロマケ(2)が何度となく、供を連れずに通う姿がよく見られた。
夫の父母を訪ね、祖父のもとへ幼いアステュアナクスの手を引いていった。
わたしが屋根の一番高いところへ抜け出ると、そこから
テウクリア人が矢玉を投げつけているが、哀れにも効果は上がらない。
櫓が一つ、切り立つ縁に立ち、屋根の頂から
星空へ聳えている。そこからはトロイアのすべてが望め、
いつもダナイ人の艦船とアカイア軍の陣営とが見えたが、
このまわりへわれわれは鉄の道具を打ちつけた。最上層が
弱い継ぎ目を示すところで、深い土台から引き抜き、

(2) ヘクトルの妻。プリアムスとヘクバは、舅と姑にあたる。

押し出した。突如それは雪崩のように崩れると、
轟音とともに滑りながら、ダナイ人の隊列の上に広く
落ちかかった。だが、また別の者どもが続いて現われ、石つぶても、
どのようなたぐいの矢玉も、一瞬とて止むことはない。
　前庭の真正面、入り口の前ではピュルス（1）が
武器を手に勇み立つ。その青銅の光を煌めかせた姿は
ちょうど、毒草に養われた蛇が光の中に現われるときのよう。
寒い冬のあいだは膨れた体を地下に隠していたが、
いまは皮を脱ぎ捨て、若さにみずみずしく輝きながら
胸を立て滑らかな背をぐるぐると巻き、
太陽へと鎌首をもたげ、口から三叉の舌をちょろちょろと出す。
それと並んで、巨漢のペリパスと、アキレスの馬の御者にして
盾持ちのアウトメドン、また、スキューロスのすべての若武者もともに
館に迫り、炎を屋根の上へ投げつける。
ピュルスはみずから先頭に立つと、すばやく両刃の斧を取って堅固な
入り口を突き破る。青銅で蔽われた戸柱を枢《くるる》から
引き抜くや、いまや、羽目板を切り取って堅い樫材に

（1）ピュルスは、アキレスとエーゲ海の小島スキューロスの王女デイダミーアとの子。ネオプトレムス（二六三行）という別名をもつ。

孔を穿った。広々と口を開けた、この大きな窓から
館の内部が露わになる。長い広間が開け放しとなり、
プリアムスといにしえの王たちの奥の間が露わとなる。
入り口の近くに武装した兵士らが立っているのが見える。
だが、館の内側には呻きと痛ましい混乱が
渦巻き、高く広い屋敷いっぱいに女たちの
悲嘆の声が響き渡る。叫喚は黄金色の星々にも届く。
このとき、怯える婦人たちは広大な館をさまよい、
扉にすがりついてこれに口づけする。
父譲りの力を揮って迫り来るピュルスの前には、門にも、
守備兵にすら、もちこたえる力はない。扉は繰り返される
打撃によろめき、戸柱は枢から引き抜かれて倒れる。
力が道を開く。入り口を突破するや、先頭の兵を切り殺して
ダナイ人がなだれ込んだ。と、あたりはどこも兵士が満ち溢れる。
これにはとても及ばぬ、土手を破って泡立つ川が
溢れ出す勢いも。立ちはだかった堤防を渦で打ち破ったあとは、
猛り狂う津波のように畑地へ繰り込み、平野をどこまでも突き抜けて

小屋もろとも家畜どもを押し流す。わたしはこの目で見た、猛り狂って
殺戮をなすネオプトレムスを、入り口に立つアトレウスの二人の子を。
ヘクバとその百人の嫁[1]も見た。プリアムスは祭壇のもとにあり、
その血で汚していた、かつてみずからの手で清めた火を。
かの五十の閨房、子孫へのかくも大きな期待、
東方の黄金と戦利品を誇る戸柱は
倒れた。火勢の及ばぬところはダナイ人が占拠している。
　おそらく、プリアムスの運命がどうであったかもお聞きになりたいでしょう。
都が敵の手に落ちたのを目にし、館の入り口を
引き破って、奥の間にまで侵入した敵を見るや、
老王は長く使わずにいた武具を年齢のため震える
肩に空しくまとい、役に立たぬ剣を
腰に帯びると、死を決意して密集した敵中へと向かう。
屋敷の中央、開かれた天空のもとに
巨大な祭壇があった。傍らには月桂樹の古木が
祭壇の上へ張り出し、守り神を影で蔽っていた。

（1）プリアムスとヘクバのあいだには五十人の息子と五十人の娘があったとされるので、ここでは息子の嫁と自分の娘を合わせての数と考えられる。

ここにヘクバと娘たちはいた。空しく祭壇のまわりで、
あたかも黒い嵐に真っ逆さまに追い落とされる鳩のように、
一つにかたまりながら神々の像にすがって座っていた。
だが、プリアムスまでが若い頃の武具を手に取ったのを
見たとき、「世にも不幸な夫よ、なんという恐ろしい考えからか、
これらの武器を身に帯びたとは。どこへ突き進むのか」と后は言った。
「このような加勢も、そのような守り手も
必要な時ではない。無用です、たとえわがヘクトルがいま駆けつけようと。
どうかここへ退いてください。この祭壇がみなを守ってくれましょう。
さもなくば、ともに死んでください」。こう言うと、老人を
わが身に引き寄せ、神聖な座に座らせた。
　見よ、そこへピュルスの殺戮の手を逃れてきたのはポリーテスといい、
プリアムスの息子の一人であった。武器の飛び交うあいだ、敵中を抜け、
長い柱廊に沿って逃げつつ、がらんどうの広間を横切ってくる。
この手負いの者を仕留めようとの形相も火と燃えてピュルスが
追いすがる。いまにも、その手につかまえ、槍で貫こうとする。
彼は、ようやく両親の目の前、面前にまで逃げ延びたところで、

どうと倒れ、おびただしい血とともに生命を吐き出した。
このときプリアムスは、その身もいまや死に捕らわれんとしていたが、
我慢できなかった。怒りをありったけの声に出して
叫んだ。「おまえの罪業に対して、このような暴虐に対して、
神々が――そのように配慮してくれる道義が天にありますよう――
ふさわしい報いをおまえに払い、褒賞を取らせますよう。
おまえはそれを受けねばならぬ、わたしに息子の死を眼前で見るように
仕向け、父の顔を死で汚したのだから。
だが、あのアキレスは違った(1)。おまえが彼の胤《たね》というのはおまえの嘘だ。
彼は敵であってもプリアムスを前にそんな人間ではなかった。嘆願者の
権利と信義を重んじた。血の失われた遺体を埋葬できるよう
ヘクトルを返し、わたしをわたしの王国へ送り返してくれた」。
老王はこう言うと、弱々しい槍を力なく
投げつけたが、槍はたちまち鋭く響く青銅にはね返され、
盾のいぼの先から空しく垂れ下がった。
王にピュルスは言った。「ならば、こう伝えよ。知らせに行くがいい、
ペーレウスの子なる、わが父のもとへ。彼にわたしの悲しむべき行ないと

(1) アキレスは、プリアムスが一人で自分の陣屋までヘクトルの遺体返還の嘆願に来たとき、これを聞き入れ、葬儀のため休戦期間を設けた（ホメロス『イリアス』第二十四歌）。

父の名に恥じるネオプトレムスのことを語るのを忘れるな。
さあ、死ね」。こう言いながら、あろうことか祭壇へと打ち震える王を
引きずっていった。息子のおびただしい血にまみれて滑る王の
髪に左手を巻きつけると、右手で煌めく剣を
振り上げてから、脇腹に柄まで埋め込んだ。
これでプリアムスの運命は果てた。このような最期が王には
定められていた。いま、その目にトロイアの炎上とペルガマの
陥落を見ている者が、かつては幾多の民族と国々に君臨した
アジアの支配者だった。それが巨大な胴体となって岸辺に横たわる。
首が肩からもぎ取られ、名もなき死体にすぎない。
　だが、このとき初めて、激しい恐怖がわたしを包み込んだ。
わたしは呆然とした。優しい父の面影が浮かんだ――
同じ年頃の王が痛ましい傷を受け生命を吐き出すのを
見たからだ――、見捨てられたクレウーサ(2)と、
破壊された館と幼いイウールスが心に浮かんだ。
わたしはうしろを振り返り、まわりにどれほどの手勢がいるか、見回す。
と、誰の姿もなかった。みな疲れ果てた末に、己れの身を躍らせて

(2) アエネーアスの妻。

地上に飛び降りたか、あるいは、力尽きた体を火中に投じたのだ。
　いまや[1]、わたし一人だけが残った。と、ウェスタ神殿の入り口に
身を寄せ、息を殺して人の通らぬ一隅に隠れている
テュンダレウスの娘[2]が目に入る。火災が投げかける明るい光のもとで
あちらこちらへ足を運びつつ、八方を見回しているところだった。
あの女は、ペルガマ転覆ゆえに自分を恨むテウクリア人、
ダナイ人の刑罰、見捨てられた夫の怒りを
恐れるあまりに――トロイアと祖国と両方に疫病神なのだ――、
姿を隠したあと、憎まれた身を祭壇の傍らに置いていた。
わたしの胸に炎が燃え上がった。沸き起こる怒りが、倒れる
祖国の仇を討て、罪業への刑罰を科せ、と促す。
「では間違いないのか、この女が無事にスパルタと祖国ミュケーナエを
目にするのは、凱旋の栄誉を得て女王として進むのは。
夫と父の家と息子らを見るのか、
大勢のイーリウムの女たちとプリュギア人の召使にかしずかれながら。
プリアムスは剣で倒れたままか。トロイアは炎上したままか。
ダルダニアの岸は幾度も血潮に染められたままか。

（1）五六七―五八八行の「ヘレナの挿話」については、テキストの真正について議論がある。この箇所は主要写本に含まれない一方、古注の中に、ウェルギリウスの死後に校訂に当たったウァリウスとトゥッカにより削除されたとして、伝えられた。第六歌五〇九行以下でのデイポブスの話とも不整合がある。
（2）ヘレナのこと。スパルタ王テュンダレウスの妻レーダがユッピテルの種を宿して生んだ。

いや、そうはならぬ。世に伝えるべきいかなる誉れも
女を罰して上がるものでないとしても、この勝利には称賛がある。
ともかく、悪を消し去った、正当な処罰を
加えた、と称賛されよう。また、喜びであろう、胸いっぱいに
復讐の炎を燃やすこと、灰となったわが一族の無念を晴らすことは」。
こう叫ぶと、わたしは猛り狂う心で突進しようとした。
そのとき、かつてなく鮮やかにわたしの目に映るように
姿を現わした、夜の闇を通して澄んだ光を輝かせたのが
恵み深い母であった。女神とすぐ分かるよう、美しさも背丈も、
天の神々がつねに目にするとおりの姿を現わすと、わたしの右手をつかみ、
引き止めてから、薔薇色の口よりこう語りかけた。
「わが子よ、どのような大きな苦痛が憤怒を抑え難くかき立てるのか。
なぜ猛り狂うのか。わたしへの思いやりはどこかへ消え去ったのか。
先に目を向けるところがあるではないか。老いに疲れた父アンキーセスを
どこに置いてきたのだ。無事なのか、妻クレウーサは、
幼いアスカニウスは。これらみなのところで、四方から来るギリシア軍の
隊列がまわりを徘徊している。わたしの愛が防がなければ、

とっくに炎が彼らを呑み込み、敵の剣がその血を吸っていただろう。
言っておこう、テュンダレウスの娘、ラコーニア女の憎むべき顔ではない、
罪深いパリスでもない、神々だ、神々の無情なのだ、
この富める国を覆し、トロイアをその頂から薙ぎ倒したのは。
よく見よ。いま、おまえの目には蓋が被せられ、
人間の視力を曇らせている。まわりを湿った
闇で閉ざすこの靄をすべて払い除けてやろう。おまえの母の
命令だ。恐れずともよい。教えに従うことを拒むな。
こちらでは、巨大な建物が打ち砕かれ、岩から岩が
引き抜かれているのが見える。砂塵混じりの煙が波打っている。
そこにいるのはネプトゥーヌスだ。城壁と土台を大きな三叉の矛で
もち上げて揺り動かし、都全体を礎から
覆している。こちらにいるのは非情きわまるユーノだ。スカエア門を
真っ先に占拠し、猛り狂いながら友軍を艦船から
呼び寄せ、剣も身に帯びている。
うしろを見よ。いまや城塞の頂をトリートン生まれのパラスが
占め、ゴルゴの(1)盾をもつ恐ろしい姿を嵐雲から輝かせている。

(1) その視線が射たものを石に変える怪物ゴルゴを面につけた神盾。

父神までがダナイ人に勇気と、勝利への勢いを
注ぎ込み、進んで神々をダルダニアの軍勢めがけて駆り立てている。
急いで逃げよ、わが子よ。苦闘はもうこれまでだ。
わたしが片時もそばを離れず、おまえを安全に父の館へ届けよう」。
こう言い終わると、母は夜の濃い影の中に身を隠した。
と、恐るべき姿形が目に飛び込む。トロイアを憎む
偉大な神々の御心が現われた。
　このとき、わたしは見た、イーリウム全体が火中に
沈み、ネプトゥーヌスのトロイア(2)が礎から覆る様子を。
それはあたかも、山の頂でトネリコの老木に
襲いかかって、鉄と斧の打撃を幾度も加えつつ
樵たちが切り倒そうと逸るときのよう。木はいまにも倒れそうに
葉を震わせ、頂をぐらつかせながら揺れているが、
ついには重なる打撃に少しずつ屈して最後の
呻きを上げると、尾根から引き抜かれてどうと崩れ落ちる。
わたしは下へ降り、神の導くままに敵と炎のあいだを
くぐり抜ける。武器は道を譲り、炎は退いた。

（2）トロイアの城壁はネプトゥーヌスとアポロの助力で築かれた。しかし、プリアムスの父ラオメドン王は代価を払わず、神の憎しみを買った。

　だが、やっと父の館の入り口に辿り着いたとき、
この年を経た屋敷で、父こそ、わたしが抱え上げて高い
山へ誰よりも先に移そうと望み、最初に探し求めた人間であったのに、
それを拒んで、トロイアが滅びたうえは、いまさら生命を永らえぬ、
亡命の身に甘んぜぬ、と言う。「おまえたちには、年齢に損なわれぬ
血気がある。頑健な力を生来の気根が支えている。
おまえたちこそ、なんとしても逃れよ。
わたしに天の神々が生命を永らえるよう望んでいたなら、
この館を守ってくださったはずだ。一度だけで十分すぎる、
都の陥落を見るのも、占領されたのち生き残るのも[1]。
こうしてもう棺に身を横たえている。別れを告げたら、行ってくれ。
わたしはこの手で死を見つける。敵も憐れみをかけてくれよう。
この武具を剝ごうとするだろう。埋葬に与れぬのは大したことではない。
すでに以前から神々に憎まれ、役に立たぬまま、長の歳月、
この日を先延べしてきたのだ、神々の父にして人間の王がわたしに
稲妻の疾風を吹きかけ、雷火で触れてからというものは[2]」。
　このように言い張り、頑として動こうとはしなかった。

(1) 騙された報い（六二五行註参照）にネプトゥーヌスがトロイアに海の怪物を送ったとき、ラオメドン王はこれをヘルクレスに退治してもらった。が、褒賞に娘を嫁にする、という約束を守らなかったため、ヘルクレスはトロイアを陥落させ、王だけでなく、プリアムスを除く息子たち全員を殺した。

(2) アンキーセスはウェヌスとの関係を自慢したため、罰としてユッピテルの雷電に打たれたという。

これにわれわれは涙にくれた。妻クレウーサも、
アスカニウスも、家中の者が願った、己れとともに父がすべてを
滅ぼすこと、運命の重圧をさらに重くすることを欲せぬように、と。
だが、父の拒絶は最初のとおり変わらず、同じ場所に座って動かない。
わたしは戦闘へ戻ろうと心が動く。このうえなく不幸な身に死を望んだ。
あのとき、どのような策が、どのような機運があったというのか。
「父上、あなたを捨ててわたしが出て行けると
思ったのですか。そんな大それた所行が父親の口からこぼれ出たのですか。
かくも偉大な都から何一つ残らぬことが神々の気に召し、
それがまたあなたの決心でもあるなら、滅びゆくトロイアに御自身と
あなたの一族を加えることが喜びなら、その死への門は開かれています。
すぐにここへ来るでしょう、プリアムスの血をいっぱいに浴びたピュルス、
父親の眼前で息子を、さらに父親をも祭壇で殺した者が。
恵み深い母よ、このためだったのですか、わたしを武器の中、火の中から
救い出してくださったのは。敵が奥の間の真ん中に入り込むのを、
アスカニウスとわが父、さらにクレウーサが
犠牲となり、互いの血にまみれるのを見るためだったのですか。

武器だ、者ども、武器をもってこい。最後の光が敗者を呼んでいる。
わたしをダナイ人のもとへ戻してくれ。許せ、戻ってやり直したいのだ、
戦いを。われらは今日全員死すとも、復讐を果たす日は必ず来る」。
　こうしてわたしは再び剣を佩《は》き、盾に左手を
当てて差し込み、館の外へ出ようとした。
ところが、見よ、妻が敷居の上でわたしの足を抱いて
すがりつき、幼いイウールスを父親の目の前に差し出した。
「死地に向かう決意なら、わたしたちも連れ出してください。どこまでも
　ついて行きます。
でも、戦況を見て、手に取った武器に託す希望があるなら、
何よりも先にこの家を守ってください。誰の手に幼いイウールスを、
誰の手に父上と、あなたの妻と呼ばれたこの身を残して行くのですか」。
　このように彼女の叫ぶ悲嘆の声が館中に満ちたとき、
突如、語るも不思議な異兆が生じた。
まことに、両親が腕に抱き、悲しげに見つめる前で、
見よ、イウールスの頭の頂から現われたのは、軽やかに燃える
炎の舌で、光を放ち、触れても害を与えない。柔らかな

髪を炎が舐め、こめかみのまわりで燃えている。
わたしは恐怖におののき、燃えている髪を慌てて
払い落とし、神聖な火に水をかけて消そうとした。
だが、父アンキーセスは喜ばしげに目を星々へと
上げると、両の掌を天へ差し伸べて言った。
「全能のユッピテルよ、祈りがあなたの心を動かせるのなら、
われわれをご覧ください。ご覧になりさえすれば、われわれの敬虔心を誉められるはず。
ならば、助力を授けたまえ、父神よ。この予兆に確かな証を与えよ」。
　老父がこう言うやいなや、突然の轟音とともに
左手に雷鳴が響き渡り、天から暗闇の中を一つの星が
流れた。おびただしい光の尾を引いて走りつつ、
この星が館の高い頂の上を流れるのを
われわれは目にする。輝きをイーダの森に隠すまで
道筋を示していた。このとき、軌跡は長い筋を引いて
光り輝き、あたり一帯に硫黄の煙が立ち込める。
ここで、父の心は折れた。まっすぐに身を起こすと、

神々に呼びかけ、神聖な星を礼拝する。
「もうためらいません。あとに従い、あなた方が導くところへ参ります、
父祖の神々よ。家をお守りください、孫をお守りください。
この兆はあなた方によるもの、トロイアはあなた方の御心次第。
わたしの負けだ、息子よ。おまえの道連れとなることを、もう拒まぬ」。
父が言い終えたとき、いまや、城市を満たす火の勢いがさらにはっきりと
耳を打つ。さらに近くへ火災の熱波が迫り来る。
「それでは、さあ、愛する父上、わたしの首根につかまってください。
わたしのこの肩で支えましょう。こんな苦役なら重くは感じません。
どのような事態に陥っても、危難もともに一つ、
救いの道も一つ、二人で分け合いましょう。幼いイウールスはわたしと
一緒に行き、妻は離れてあとを追ってくることとしよう。
おまえたち召使はわたしの言うことをよく心に留めよ。
都の外へ出たところに、塚が一つと古い神殿がある。
寂れたケレス神殿だ。そばに糸杉の古木があり、
父祖に崇拝されて長い年月のあいだ守られてきた。
それぞれが別の道を取り、この場所で一つに集まろう。

父上、あなたは聖物と父祖の守り神を手に取ってください。
わたしはかくも激しい戦争と殺戮の場をたったいま離れて来たばかりで
触れることは許されません、流れる水でこの身を
清めるまでは」。
こう言うと、わたしは広い肩とかがめた首の上に
黄褐色の獅子皮の蔽いをかけ、
父を背負うため身をしゃがめた。幼いイウールスはわたしの右手に
手を巻きつけて、そろわぬ足取りで父に従う。
うしろに妻がつき、われわれは暗い場所を抜けて進む。
わたしはそれまで決して動じることはなかった、投げつけられる
槍にも、正面に隊伍を固めた大勢のギリシア兵を見ても。
しかし、いまは、どんな風のそよぎにも怯え、どんな物音にも驚く。
足が地に着かず、手に引く者と背負った者とのために恐れていた。
それでも、すでに城門に近づき、わたしは思った、これですべて
道のりを歩き通した、と。だが、そのとき突然、耳を突く大勢の者の
足音を近くに感じた。父も闇を通して
眺めやり、「わが子よ」と叫んだ。「逃げよ、わが子よ。彼らが来る。

燃えるように輝く盾と煌めく青銅が見える」。
これにわたしは慌てた。何か分からぬ神の悪意のために
混乱し、思考力を失った。わたしは駆け出して脇道を
辿った。そうして、覚えのある道の方角から逸れるあいだに、
ああ、なんと、妻クレウーサを失った。運命ゆえに
立ち止まったのか、道に迷ったのか、あるいは、転んで座り込んだのか、
定かではないが、その後わたしの眼前に再び現われることはなかった。
妻を振り返って、いないと初めて気づき、心配したのは、
いにしえのケレス女神の塚と神聖な居所に
着いたときだった。ここにようやく集まったとき、全員のうち一人だけが
欠けていた。供の者たちも息子も夫も気づかなかった。
わたしは分別を忘れた。人間と神々の誰を責めなかったろう。
覆された都でこれよりも残酷なことを見ただろうか。
アスカニウスと父アンキーセスとテウクリアの守り神を
わたしは仲間に託し、窪まった谷に隠すと、
再び都を目指し、輝く武具を身に着ける。
再びあらゆる危険を冒す決意を固め、引き返して隈なく

トロイアをめぐり、再びこの身を危難に曝そうとする。
手始めは城壁と薄暗い城門の入り口で、
都を抜け出した場所へ戻ってから、通ってきた道をもとへと
注意深く辿りつつ、暗闇の中に目を凝らす。
どこにあっても心がおののき、静けさそのものが恐怖を呼ぶ。
それから家にも――もしや彼女が足を向けたのではないかと――
戻ってみる。だが、すでにダナイ人が乱入して、館全体を押さえていた。
たちまち、むさぼる火が風にあおられて屋根の頂上へ
巻き上がる。炎が高く昇り、猛り狂う渦が上空に達した。
わたしは道を進め、プリアムスの王宮と城塞を再び訪ねる。
すでに、ユーノの聖域のだだっ広い柱廊には
選ばれて守備に立つポエニクスと恐るべきウリクセスが
略奪物を見張っていた。いたるところからここへトロイアの宝物が集まる。
火の放たれた神殿の内陣より運び出された神々の机、
金むくの混酒器、奪われた壁掛けなどが
積み重ねられる。少年や恐れおののく婦人たちが長い列を作って
まわりに立っている。

そればかりか、わたしは向こう見ずにも闇の中に声を上げて、
道という道を絶叫で満たした。悲しみのあまり、クレウーサの名を
空しく何度も何度も繰り返し呼んだ。
探し求めて都の家々のあいだを果てしなく走っていると、
不幸な幻影、まぎれもないクレウーサの亡霊が
わたしの眼前に現われた。それは見慣れた姿よりも大きく、
わたしは呆然とした。髪の毛が逆立ち、声が喉に詰まった。
そのとき彼女はこう語りかけ、このような言葉で不安を払いのけた。
「どれほどの役に立つのです、狂おしい悲嘆に身を委ねることが。
愛しい夫よ、これは神々の意に反した
出来事ではない。あなたがここからクレウーサを一緒に連れて行くことは
許されぬこと、高いオリュンプスを治めるかの神も認めません。
あなたの亡命は長く、広大な海原を漕ぎ渡らねばなりません。
着くのはヘスペリアの地、リューディアのテュブリス(1)が
人々の豊かな畑のあいだをゆるやかな歩みで流れるところです。
この地で、富める国土と王権と王家の妻を
あなたは得るのです。愛するクレウーサへの涙は払いのけてください。

(1) リューディアは小アジア中部にあるが、ここでは、エトルーリアに同じ。エトルーリア人がリューディアから移住したと言われることから。テュブリス川はエトルーリアとラティウムの境界を流れる。

わたしはミュルミドネス人やドロペス人の驕れる家々を
目にはしません。ギリシア婦人の奴隷となるため旅立ちもしません。
ダルダニアの女、女神ウェヌスの嫁のままです。
わたしを神々の偉大な母神(2)がこの岸辺に引き留めているのです。
では、お健やかに。わたしたち二人の子への愛を大切にしてください」。
こう言うと、涙を流しながら多くを語ろうとする
わたしから去り、かすかな大気の中へ退いた。
三度わたしは首のまわりに手を巻こうとしたが、
三度空をつかんだ手から幻は逃れ去った。
さながら、そよ風か、翼をもつ夢にも似ていた。
こうしてようやく、一夜を空費してから、わたしは仲間のところへ戻る。
　すると、そこへ新たに供として合流した者たちがたいへんな
数であるのを見出して驚嘆する。婦人たちと男ども、
亡命のため結集した人士、憐れむべき群衆であった。
八方から集まった人々の覚悟は決まり、資材を調えて、
わたしが大海を越えて導こうとするどのような土地でも目指せた。
いまや、イーダの尾根の頂上から暁の明星が昇り、

(2) プリュギアの大地母神と呼ばれるキュベーベのこと。

一日をもたらそうとしていた。ダナイ人は城門の入り口を押さえて塞ぎ、いかなる援助の希望もなかった。わたしはそこを離れ、父を負って山地へ向かった」。

第三歌

「こうしてアジアの王国が滅びるよう、プリアムスの民に
罪はなくとも、天上の神々は定めていた。誇り高きイーリウムは
倒れて、ネプトゥーヌスのトロイアはすべて土に帰し、煙と化した。
こののちは、遠方へと落ち延びて人の住まぬ土地を探し求めよ、との
神々の予兆がわれわれを駆り立てる。アンタンドロス[1]のすぐそば、
プリュギアのイーダ山麓で艦船の建造に当たるが、
どこへ運命が導くのか、どこに定住を許されるのか、定かではない。
それでも、人々の力を結集して、初夏に入るや、ただちに――
このとき、父アンキーセスも船を運命に委ねるよう命じていた――
わたしは涙ながらに祖国の岸と港をあとにする。
かつてトロイアが立っていた平野を去って、亡命の身を大海へと向け、
仲間と息子と偉大な守り神とを引き連れてゆく。
　やや離れて、広大な平野に人の住むマルスの地[2]がある。
いまはトラーキア人が耕しているが、かつては猛きリュクルグスが治め、

(1) アンタンドロスはトロイアから南へイーダ山を越えたところの海岸の町。

(2) トラーキアのこと。アレス（マルス）と関連が深い。

古くからトロイアと友誼を結び、守り神もわれわれの神と結ばれていた。
だが、その運もすでに尽きていたのに、ここへと船を向け、湾曲した岸に
最初の城市を建設しようと、非情な運命に導かれて着手した。
わたしの名にちなんでアエネアダエ[3]の名を冠し、
ディオーネの娘なる、わが母神と神々とに犠牲を捧げようとした。
着手した事業の幸先を祈り、天上の神々の崇高なる王に
つやつやした牡牛を岸辺で屠っていた。
折しも、傍らに塚があり、その頂には、ミズキの
茂みと、槍のような枝を密生させたミルテが生えていた。
わたしは近づき、緑の茂みを地面から引き抜こうとした。
葉の茂る枝で祭壇を蔽って飾ろうとしたのだが、
そこで、身の毛もよだつ、語るも不思議な異兆が目に入る。
根を引きちぎり、最初の木を大地から
抜くと、ここから黒い血の滴りが流れ落ち、
地面を凝血で汚した。わたしは冷たい戦慄を覚えて
四肢が震え、恐怖で血が凍りつく。
もう一度、別の木からもしなやかな枝を引き抜こうと

(3)「アエネーアスの子ら」の意で、町の住民につけられた名前。町そのものの名は示されていない。

手をかけ、奥底に隠れた原因を探ろうとする。
すると、二本目の木の樹皮からも血が流れ出る。
熟慮の末、わたしは野のニンフたちに祈りを捧げた、
ゲタエ人の畑地を治める父神グラディーウス（1）とともに、
眼前の異変を然るべく吉兆となしたまえ、凶兆を祓いたまえ、と。
しかし、いっそう力を込めて三つ目の槍の枝に
襲いかかり、砂地に膝を押し当てながら、これと格闘したとき、
——語るべきか沈黙すべきか——痛ましい呻き声が塚の
底から聞こえ、応える声が耳もとへ届く。
「なぜ惨めな者を引き裂くのか、アエネーアスよ。手を出すな。すでに埋
　葬されているのだ。
敬虔な両手を罪で穢すことを控えよ。わたしはトロイアの生まれ、
あなたと異なる国の人間ではない。この血も流れ出る源は木の幹ではない。
ああ、残忍な土地から逃げよ。貪欲な岸から逃げよ。
わたしはポリュドールスだ。ここで、わが身を刺し貫いた槍が体を蔽い、
鉄の稔りとなった。投げ槍が鋭さをそのままに生長したのだ」。
そのとき、わけの分からぬ恐怖が心にのしかかり、

（1）ゲタエ人はトラーキアの民族。また、グラディーウスはマルスの別称。一三行註参照。

わたしは呆然とした。髪の毛が逆立ち、声が喉に詰まった。
　このポリュドールスは、その昔に莫大な黄金を添え、
不幸なプリアムスにより養育を託すべく密かに
トラーキア王(2)に預けられた。すでにダルダニアの軍勢に
信が置けず、包囲軍が都を取り巻くのを見たときのことだ。
トラーキア王は、テウクリア人の戦力が挫かれ、運の女神が去るや、
アガメムノンの勢力と勝ち戦の側について、
すべての神聖な掟を破った。ポリュドールスを殺し、黄金を
力づくで手中にする。おまえが人の心に無理強いできぬものなどあろうか、
黄金への呪われた渇望よ。恐怖が骨の髄から去ったとき、
わたしは人民の主だった者に絞り、なかでも最初に父に
神々の示した異兆を報告し、その意見を求める。
と、誰もが同じ考えを述べ、罪に穢れた土地を去り、
友誼を踏みにじった地をあとにして、艦隊を南風に乗せることとする。
そこで、あらためてポリュドールスの葬儀が営まれる。うずたかく
土が塚の上に盛られ、死者の霊のために祭壇が設けられる。
祭壇は黒ずんだリボンと黒い糸杉で喪を表わし、

(2) ポリュメストルのこと。プリアムスの娘イリオネを妻に迎えた。

そのまわりでイーリウムの女たちがしきたりに従い髪を解いた。
われわれは温かい乳で泡立つ杯と
生贄の血の鉢を捧げ、霊魂を墓所に
納めると、大声で名を呼んで最後の別れを告げた。
　このあと、大海原から不安が消え、吹く風も穏やかな
海をもたらす。柔らかにささやく南風により沖へと呼ばれるや、
ただちに仲間は船を引き下ろし、海岸一面を埋めた。
われわれの船が港を出るにつれ、陸地と町々が遠ざかる。
大海の真ん中に人の住む神聖な地[1]があり、格別の情愛を
ネレイデスの母とエーゲ海のネプトゥーヌス神が注いでいる。
敬虔な弓矢の神は、この島が岸と浜をめぐって
さまよっていたのを、高いミュコノスとギュアルスに結びつけた。
動きを止めて人に住まわれるよう、風をものともせぬようにした。
ここへと船を向ければ、われわれの疲れた体はいと穏やかに安全な港へ
迎え入れられる。われわれは船を降りてアポロの都に敬意を表する。
すると、人々の王でもあり、ポエブスの神官でもあったアニウス王が
こめかみのまわりにリボンと神聖な月桂樹を巻いた出で立ちで

（1）デーロス島のこと。ラトーナ女神を匿って、アポロとディアーナ出産の場所を提供した島。これに感謝してアポロはそれまで浮島であったデーロスを固定させた。その美しさから海の神格ドーリス（ネーレウスの妻。ネレイデスと呼ばれるニンフを産む）とネプトゥーヌスに愛される。

迎えに出て、古くからの友人アンキーセスの姿を認めた。
われわれは握手を交わして友誼を確かめ、館に入る。
　神の社は古い石の造りであったが、そこでわたしはこう祈った。
「授けたまえ、テュンブラの神よ、(2) われらの家を。疲れた者に城市と
民族と永続する都を授けたまえ。守りたまえ、トロイアの第二の
ペルガマを、ダナイ人と無慈悲なアキレスから逃れ生き残った者たちを。
誰なのか、われらの導き主は。どこへ行って居所を定めよ、と命じるのか。
父神よ、兆を与えたまえ、われわれの胸に霊感を吹き込みたまえ」。
わたしがこう言うやいなや、突然あらゆるものが震動するように思われた。
扉と神の月桂樹が、まわりの山全体が揺れ動き、
神殿の奥が開かれて鼎が(3) 呻きを上げる。
われわれが地面にひれ伏すと、声が耳に届いた。
「忍耐強いダルダヌスの子孫よ、おまえたちが父祖の血筋から
最初に生を受けた土地、その同じ土地の実り豊かな胸がおまえたちの
帰還を迎えるだろう。いにしえの母を探し求めよ。
この地でアエネーアスの家が国々のすべてを支配するだろう、
息子からその息子たち、さらに生まれ来る代々にわたって」。

(2) テュンブラはトロイア地方の町で、アポロの有名な神殿があった。ここでは単に神への呼びかけに用いられている。

(3) 神託所では、神託を告げる巫女は神聖な鼎の上に座を占めた。

ポエブスがこう告げると、どよめきに混じって大きな
喜びが生じた。誰もが、それがどの城市であるか、と尋ね、
ポエブスがさまよう者たちをどこへ呼ぶのか、どこへ戻れと命ずるのか思案する。
このとき父はいにしえの人々の言い伝えに思いをめぐらし、
「聞け、高貴な方々よ」と言った。「あなた方の希望を知るがよい。
大海の真ん中にユッピテル大神の島クレータが横たわり、
そこにイーダの山とわが一族の揺り籠がある。
百の偉大な都市、すぐれて豊かな王国に人々が住む。
わたしの聞き覚えに間違いがなければ、この島から一族の太祖
テウケルが初めてロエテーウム[1]の岸に到着して、
王国を築く土地を選んだ。そのときはまだイーリウムも、ペルガマの
城塞も立っていなかった。人々は低い谷に住んでいた。
この島が起源なのだ、キュベルス山に住む母神もコリュバンテスの青銅[2]も
イーダの森も、また、秘儀[3]に忠実な沈黙も、
獅子が軛をかけられ、女神の戦車を曳いたのも[4]。
それゆえ、さあ、神々が命じ、導くあとについていこう。

(1) トロイア沿岸の岬と町の名。
(2) 母神はプリュギアの大地母神キュベーベ（またはキュベレ）。その神官コリュバンテスは青銅でできたシンバルを鳴らした。のちにクレータ島往古の民族クレーテスと同一視される。ユッピテルを崇拝したクレーテスは盾を打ち鳴らした。
(3) キュベーベ信仰に秘儀は知られていないが、同じプリュギアの神格デメーテル（ケレスに同じ。エレウシスでの入信の秘儀が有名）と連想が働いていると考えられる。
(4) 女神はつねに獅子を従えた姿で描かれ、とくに、獅子の曳く戦車に乗った姿が多い。

風どもを宥め、クレータの王国を目指そう。
決して遠い道のりではない。ユッピテルの神助さえあれば、
三日目の朝にも艦隊はクレータの岸に着けるだろう」。
こう言うと、父は祭壇にふさわしい贄を屠った。
ネプトゥーヌス神には牡牛を、美しいアポロよ、あなたにも牡牛を、
また、嵐の神には黒い羊を、好意ある西風には白い羊を捧げた。
　流布する噂があり、将軍イドメネウス(5)が父の王国を
逐われて去った、クレータの海岸に人影はなく、
家に敵の姿もない、住まいは立ち去ったときのまま残っている、という。
われわれはオルテュギア(6)の港をあとにして大海を飛ぶように進む。
尾根でバックスを称え乱舞するナクソス、緑のドヌーサ、
オレアロス、雪のように白いパロス、水面にまき散らされた
キュクラデスの島々を過ぎ、多くの島が突き出た海峡を縫って行く。
さまざまに競い合う水夫たちの叫びが起こり、
クレータを、われらの祖を求めよう、と仲間同士で励まし合う。
船尾から起こった風に送られて、われわれは進み、
ついにクレーテス(7)のいにしえの岸へと滑るように到着した。

(5) トロイア戦争のギリシア方の大将の一人でクレータ出身。帰還の途中で嵐に遭い、救われたら最初に目に入ったものを犠牲に捧げる、と願掛けして、それが息子であったため、そのとおりに御礼を果たすと、疫病が土地を襲い、彼は追放された、という。カラブリアのサレンティーニ(四〇〇行参照)に渡って町を建設した。
(6) デーロスの別名。「ウズラ島」の意味で、ラトーナの妹アステリアがユッピテルの愛を避けてウズラに変身した、あるいは、ラトーナ自身がユッピテルによりウズラに姿を変えられた、などさまざまな縁起譚がある。
(7) 一一一行註参照。

こうして、わたしは気負い込んで待望の都の城壁建設にかかり、
これをペルガマ市と名づける。この名を喜ぶ民人に、
わが家を大切に守れ、城塞の甍を高く築け、と励ます。
　いまや、乾いた岸に船の引き上げも終わり、
若者らは結婚に、新しい畑の耕作にと立ち働いて、
わたしは掟と家々を授け始めていた。と、突如、四肢を蝕むものが
汚染された天の一隅から襲った。無惨に
木々と作物を破滅させる悪疫の季節であった。
人々はいとしい命を落とすか、あるいは、体を痛々しく
引きずった。このとき、田畑はシーリウス(1)に焼き尽くされて不毛となり、
草は枯れ、病んだ作物は日々の糧となることを拒んだ。
もう一度、オルテュギアの神託とポエブスのもとへ引き返そう、
海路を戻ろう、と父が促す。神の恩恵を乞い願い、尋ねるのだ、
われわれの疲弊を神はいかに終わらせるのか、また、どこに苦難に対する
援助を求めよ、どこへ進路を向けよと命じるのか、と。
　夜であった。地上の生き物は眠りに包まれていた。
このとき、神聖な神々の像、プリュギアの守り神の姿、

（1）冬の星座である大犬座の主星。夏には太陽と重なって暑さを増すと考えられた。

この身に抱えてトロイアから、燃える都の真ん中から
運び出した神々が現われた。身を横たえたわたしの眼前に立ち、
眠りの中でも輝く光を浴びてまざまざと見える。そのまわりには
閉め切らぬ窓を通して満月が差し込んでいた。
このとき、神はこう語りかけ、このような言葉で不安を取り除いた。
「おまえがオルテュギアに着いたときに語るはずのことを、アポロは
いまここで告げる。見よ、われわれを神がおまえの館へ遣わしたのだ。
われわれはダルダニアが燃え落ちたとき、おまえとおまえの武器に従い、
おまえに率いられ、船に乗って波高い海原を渡った。
われわれはまた、やがて生まれる子孫を星々へ引き上げ、
都に世界の支配を授けるだろう。おまえは偉大な者たちのため
強大な城壁を設けよ。長い亡命の苦難を避けてはならぬ。
変えるべきは住む場所だ。この岸ではないのだ、おまえにデーロスの神が
勧めたのは。クレータに居住せよ、ともアポロは命じなかった。
ギリシア人がヘスペリアと名づけて呼ぶ地がある(2)。
いにしえの土地にして、武力と肥沃な土壌ゆえに強大だ。
かつての住人はオエノートリ人であったが、いまは彼らの子孫が

(2) 第一歌五三〇行以下参照。

指導者の名にちなみ、その民の国をイタリアと呼んでいる。
この地こそわれわれが住むべき場所。ここが出生の地だ、ダルダヌスも、
わが一族の始祖、父イアシウスも[1]。
さあ、立て。この言葉を喜び勇んで年老いた父のもとへ
届けよ。ためらうな。コリュトゥス[2]とアウソニアの地を
求めてゆけ。ディクテ[3]はユッピテルがおまえに定める田野ではない」。
わたしはこのような幻と神々の声に驚愕した。
それは夢ではなかった。目の前にわたしの知る神々の眼差し、
リボンを巻きつけた髪と間近に寄せた顔を認めたように思われた。
このとき、冷たい汗が全身を流れ落ちた。
寝床から身を引き起すと、わたしは掌を上に向けた両の手を
天に差し伸ばし、祈りの声とともに、混じりけのない供物を
竈の上に注ぐ。礼拝を済ませるや、喜び勇んで
アンキーセスに知らせを届け、事の次第を明かす。
彼は血統にも二筋、始祖も二人あったことを認め、
いにしえの土地を新しい土地と取り違えていたことに気づいた。
このとき、彼は言った。「息子よ、イーリウムの運命を耐えた者よ、

(1) イアシウスとダルダヌスは兄弟（父はコリュトゥス、母はエレクトラ）で、二人はイタリアを出発し、ダルダヌスはトロイアへ、イアシウスはサモトラーキアへと移住地を海外に求めた。ダルダヌスはサモトラーキアとトロイアの両方へ向かった、という伝承もある。

(2) ダルダヌス兄弟の父の名にちなむ町。エトルーリアのコルトナ（Cortona）と同定される。また、アウソニアはイタリアの別称で、「アウソネス人の国」の意。アウソネスはイタリア中央から南部の古民族で、アウルンキ（第七歌二〇六行註参照）は同根の呼び名。

(3) ディクテはクレータの山の名だが、ここではクレータというのと同じ。

カッサンドラのみがわたしにこのような成り行きを告げていた。
思い出してみれば、彼女はこれこそわが一族の定めと予言し、
しばしばヘスペリアを、しばしばイタリアの王国を口にしていた。
だが、テウクリア人がヘスペリアの岸に至るだろうと、
誰が信じたろうか。誰があのときカッサンドラの予言に動かされたろうか。
われわれはポエブスに従おう。教えのとおり、より良き目標へ向かおう」。
こう言うと、全員が喜びの声を上げて、その言葉に従った。
われわれはこの居住地をもあとにする。わずかの者を残して
帆を上げ、うつろな船で広大な海の上を走った。
　船が沖に達して、もはや、どこにも
陸地が見えず、いたるところ空と海ばかりとなったとき、
黒い雨雲がわたしの頭上に湧き起こって、
夜と嵐をもたらす。暗闇の中に波が逆立つや、
たちまち風が海を巻き上げる。高くうねる
海面がわれわれを散り散りにし、巨大な渦で翻弄する。
嵐の雲が昼の光を包み込み、雨に濡れる夜に天が
奪い去られると、雷火が雲を引き裂いて激しさを増す。

われわれは針路から逸れて闇が蔽った波の上をさまよう。
パリヌールス[1]さえ、昼と夜の見分けがつかない、
波浪のただ中で進むべき道を思いつかない、と言う。
じつに三日のあいだ、黒い闇が太陽を蔽い隠したもとで、
また、星の出ぬ三夜のあいだ、われわれは大海をさまよった。
四日目にようやく初めて陸地が浮かび上がり、
遠くに山々を現わして噴煙を巻き上げるのが見られた。
帆が下ろされ、われわれは櫂を取る。すぐさま、水夫らは
力いっぱいにしぶきをかき立て、紺碧の海を漕ぎ進んだ。
わたしは波間から救われ、まずストロパデスの岸に
迎えられる。ストロパデスはギリシア人による呼び名で、
広大なイオニア海に群島をなす。そこには恐るべきケラエノと
他のハルピュイア[2]どもが棲んでいる。それ以前にいたピーネウスの
館を閉ざし、恐怖ゆえに、それまでいた食卓を見捨ててきていた。
彼女らよりいっそうまがまがしい怪物も、いっそう過酷な災いと
神々の怒りも、ステュクス[3]の流れから立ち現われたことはかつてない。
怪鳥は乙女の顔をもつが、腹からきわめて汚らわしい

（1）アエネーアスの船の舵取り。

（2）ハルピュイアは「奪い去るもの」という原義で、乙女の顔をもつ鳥の怪物。彼女らをユッピテルはビテューニアの王ピーネウスに罰として遣わした。彼女らはピーネウスの食べ物を奪い、残りを汚物まみれにしていたが、アルゴ船に乗った英雄たちが通りかかったとき、有翼の英雄カライスとゼーテスの兄弟により追い払われた。兄弟はストロパデス（「引き返し」の意）のあたりで追撃を止めて引き返した（アポロニオス『アルゴナウティカ』第二歌一七八行以下）。

（3）冥界の川。

排泄物を出す。手の爪は曲がり、顔は飢えでいつも
青ざめている。
ここへと辿り着いて、われわれが港に入ったとき、見よ、
野のいたるところに沢山の牛の群れが目に入る。
山羊の群れも番人のつかぬまま、草原に広がっている。
われわれは剣を抜いて襲いかかり、神々とユッピテルみずからが
獲物を分かち合うよう祈った。それから、湾曲した岸に
寝椅子をしつらえ、豪華な宴に与る。
だが、突如として、恐ろしい勢いで山々から飛来してきた
ハルピュイアどもが、大音響とともに翼を羽ばたかせながら、
食べ物を奪い、すべてのものに忌まわしい手で触って
これを汚した。このとき、鼻をつく悪臭におぞましい叫びが入り混じる。
もう一度、うつろな岩のもと、深く奥まったところに
[まわりを鬱蒼たる樹木の蔭が囲むあいだに(4)]
われわれは食卓を調え、祭壇に火を点《とも》した。
すると、もう一度、天の反対の方角、目に見えぬ隠れ家から
鉤爪の足もつ群れが騒がしく獲物のまわりへ飛んで来るや、

(4) 第一歌三一一行と同一であり、ここでは文法的不整合があるため、竄入と考えられている。

口をつけて食物を汚した。そこで、わたしは仲間に、武器を取れ、
おぞましい一族と戦争を行なわねばならぬ、と指図を出す。
と、彼らは下命に違わず事を行なう。草のあいだに潜ませて
剣を配置し、盾も見えないように隠しておく。
こうして、彼女らが舞い降りて、叫び声を湾曲した岸に
満たしたとき、ミセーヌスが高い見張り台から合図を与える。
青銅のラッパとともに仲間が襲いかかる。かつてない奇妙な戦いを試み、
汚らわしい海鳥どもを剣で痛めつけようとした。
だが、その羽根はいかなる打撃も感じず、背中もなんら傷を
受けない。すみやかに逃れて星々のもとへと飛び去るや、
食べかけの獲物と汚らわしい跡を残してゆく。
その中で、ただケラエノのみが高い岩の上に留まった。
この不吉な予言者は胸から噴き出るような声でこう言った。
「戦争までするのか。牡牛たちを殺し、牝牛を屠った償いに
戦争を仕掛けようとするのか、ラオメドン(1)の子孫よ。
罪のないハルピュイアを父祖の王国から追い出すつもりか。
ならば、心して聞け。わたしのこの言葉を聞いて胆に銘じよ。

(1) 第二歌六二五行註、および六四三行註参照。

これは全能の父がポエブスに、ポエブス・アポロがわたしに
予言したこと、これを復讐女神の長たるわたしがおまえたちに明かそう。
イタリアがおまえたちの航路の目的地、風を呼び、
イタリアへ着けるであろう、港に入ることも許されよう。
しかし、約束された都を城壁で取り囲むまでには、
まず、われらに加えた不当な殺戮ゆえの忌まわしい飢えがおまえたちに
食卓をかじらせ、顎で噛み砕かせずにはおかない」。
こう言うと、彼女は翼に乗って森の中へ逃げ去った。
だが、仲間は突然の恐怖のため血が冷たく
凍りついた。意気沮喪して、もはや武力に頼らず、
誓願と祈りにより和を乞い求めよと、わたしに命じ、
彼女らが女神でも、恐るべき、汚らわしい怪鳥であってもよい、と言う。
すると、父アンキーセスは掌を差し伸ばし、岸から
偉大な神々に呼びかけ、ふさわしい贄を捧げることを誓う。
「神々よ、この脅威を防ぎたまえ。神々よ、このような不幸を祓い、
敬虔な者たちを恵み深く守りたまえ」。それから、岸より艫綱を
切り、帆綱を解き放つよう命じた。

南風が帆をいっぱいに満たし、われわれは泡立つ波の上を逃れる。
風と舵手が呼び求めるところへ航路を取った。
いまや、潮の流れの真ん中に、森の茂るザキュントスと
ドゥリキウム、サメと岩山の聳えるネリトスが現われる。
われわれはイタカの岩山、ラエルテス(1)の王国を過ぎて逃れ、
狂暴なウリクセスを育んだ土地を呪った。
まもなく、レウカーテ(2)の雪に蔽われた頂と
船乗りに恐れられるアポロの社とが現われる。
疲れ果てたわれわれはここを目指し、小さな町に近づく。
舳先から錨が投げ下ろされ、船尾が岸の上に立った。
　こうして、思いがけずも、われわれはようやく陸地に着いたため、
ユッピテル神のため清めを行ない、捧げ物を燃やす火を祭壇に点してから、
アクティウムの岸をイーリウムの競技で賑わす(3)。
油を塗って父祖伝来の格闘技に加わろうと
仲間は裸になった。嬉しいのだ、かくも多くのアルゴスの町を
無事に過ぎたこと、敵中を突破して逃れてきたことが。
そのあいだにも、太陽が一年の大きな環をめぐり、

(1) ウリクセスの父。

(2) レウカス島南端の岬で、有名なアポロ神殿があり、船の難所とされた。

(3) 前三一年のアクティウムの海戦に勝利したあと、オクタウィアーヌスは陣営を構えたニコポリスの町でアクティウム祭という大規模な祝祭を創始した。

凍てつく冬が北風を吹きつけ、荒波を起こす。
かつて偉大なアバスが携えていた、うつろな青銅の盾を
わたしは正面の戸柱に打ちつけ、銘を刻んで謂われを記した、
『これはアエネーアスが勝ち誇るダナイ人より奪いし武具』と。
それから、出港だ、漕ぎ座につけ、とわたしが命じるや、
仲間は競い合って海面を打ち、海原を漕ぎ進む。
たちまちパエアーケス人の天を摩す城塞(4)が視界から消え、
われわれはエピールスの沿岸を進んでカオニアの
港に入り、ブトロートゥムの高く聳える都に近づいた。

ここで信じ難い出来事の噂がわれわれの耳を捉える。
プリアムスの子ヘレヌスがギリシアの町々を支配している、
彼はアエアクスの裔ピュルスの妻と王笏を手に入れた、
アンドロマケ(5)が再び同国人に嫁いだのだ、という。
わたしは呆然とした。驚くべき熱望に胸が燃え、
かの勇士を訪ね、このような大事件をつぶさに知りたいと思った。
わたしが港から進み出て、艦隊と海岸をあとにしたとき、
折しも、いつも供える食事と哀悼の捧げ物を、

(4) パエアーケス人の島はホロメス『オデュッセイア』に登場する一種のお伽の国だが、のちにコルキューラ(現コルフ)島と同一視される。

(5) ヘクトルの妻であったアンドロマケは、トロイア陥落後、戦利品の一つとして籤により(三二一―三行参照)ピュルスに割り当てられた。

シモイス川に見立てた流れのほとり、都の手前の聖林で、
アンドロマケが死者の灰に手向け、その霊に呼びかけているところだった。
このヘクトルの墳墓は緑の芝生で蔽われ、骨を納めてはいない。
そこに祀られた二つの祭壇は彼女が涙を流すためのものであった。
わたしが近づく姿を認め、まわりにトロイアの
武器を目にするや、彼女はわれを忘れる。あまりの不思議に驚愕し、
見ているうちに身が硬直し、体熱が骨から去って
卒倒する。長い間があって、ようやく口を開いた。
「本物ですか、あなたのこの姿は。本当に知らせを届けてくださったのか、
女神の子よ。この世の方ですか。それとも、もし光の恵みを失った方なら、
ヘクトルはどこにいるのですか」。こう言うと、涙を瀧のように流し、
あたりを嗚咽で満たした。狂い叫ぶ彼女に、かろうじてわずかの言葉で
わたしは答えるが、心は乱れて、とぎれとぎれの声になる。
「わたしはたしかにこの世の者、生き永らえて、果てなき窮境をさすらう。
疑わないでください。あなたが見ているのは本当のことなのだから。
ああ、あれほど立派な夫を奪われたあと、あなたをどのような不幸が
見舞っているのか。あるいは、あなたに十分ふさわしい幸運が戻ったのか、

ヘクトルのアンドロマケよ。ピュルスとの婚姻を守り続けているのか」。
彼女は顔を伏せ、声を落として話した。
「他のどの女にもまして幸せなプリアムスの娘[1]よ、
彼女はトロイアの高い城壁の下、敵の墳墓のもとで
死ぬことを命じられて、いかなる籤引きの恥辱に耐えることも、
囚われの身で勝ち誇る主人の寝床に触れることもなかった。
わたしたちは、祖国が焼き払われてから遠く海を越えて運ばれ、
アキレスの子の驕りと思い上がった若さに耐えて、
奴隷の身で子供を生みました。しかし、そののち、彼が
レーダの血を引くヘルミオネ[2]とのラケダエモンでの婚礼を求めたとき、
召使のわたしは召使のヘレヌスに下げ渡されました。
ところが、彼に奪われた花嫁への激しい恋情に燃え、
また、大罪ゆえの狂気に駆り立てられて、オレステス[3]が
無警戒の彼を待ち伏せし、その父親の祭壇で殺したのです。
ネオプトレムスの死により王権は然るべく委譲されました。
一部はヘレヌスのものとなり、その平野をカオンの野と呼び、
全土をカオニアと名づけました。トロイアのカオンにちなむ命名です。

(1) ポリュクセナのこと。戦勝の報賞を求めるアキレスの霊に捧げて生贄にされた。

(2) スパルタ（ラケダエモン）の王であるメネラーウスとヘレナの娘。ヘレナはレーダとユッピテルの娘。

(3) オレステスは母クリュタエメストラを殺して父アガメムノンの仇を討ったあと、母の亡霊と復讐女神に取り憑かれた。

ここはペルガマです。山の尾根にイーリウムの城塞を置いたのです。
でも、どのような風が、どのような運命があなたの航路を導いたのか。
あるいは、どの神でしょう、何も知らぬあなたをこの岸に着けたのは。
幼いアスカニウスはどうでしょう。まだ命を保ち、大気を吸っていますか。
あの子はいまやトロイアが……(1)
どうです、子供心にも亡くなった母親のことを思っていますか。
どうです、いにしえの武勇の徳と男らしい勇気をもつよう
励まされていますか、父はアエネーアス、叔父はヘクトル(2)であることで」。
彼女がこのような言葉を涙とともに注ぎ出し、長く尾を引く嘆きを
空しく上げていたとき、城市から一人の勇士が現われた。
それがプリアムスの子なるヘレヌスで、大勢の供の者とやって来て、
われわれを同国人と認めると、喜んで館へ連れてゆき、
言葉を一つ交わすたびごとに多くの涙を流した。
わたしは歩を進めながら、小さなトロイアと、壮大なペルガマに倣った
ペルガマと、クサントゥスと呼ばれる涸れた川を
認め、スカエア門の入り口を抱擁する。
仲間のテウクリア人も同じように友邦都市に喜びを見出しながら、

(1)『アエネーイス』にある未完成の詩行のうち、この箇所のみ意味が完結していない。
(2) アエネーアスの妻クレウーサはヘクトルの妹。

王に迎えられて壮大な柱廊に入っていった。
広間の真ん中で彼らはバックスの酒杯を満たし、
鉢を手にもち、珍味が黄金の器に盛られた。
　いまや、一日が過ぎ、また一日が過ぎた。このとき、風が
帆を呼び求め、帆布を膨らませて南風が吹き込む。
わたしは予言者にこのような言葉をかけ、このように尋ねた。
「トロイア生まれの、神意を解き明かす方よ、あなたはポエブスの御心を、
クラロス(3)の三脚釜と月桂樹を、星々と
鳥のさえずりと空飛ぶ翼の予兆を知っておられる。
さあ、語りたまえ。たしかに、わたしの進む先に幸あることをすべての
神意のしるしが告げた。あらゆる神は御心を明かして諭した、
イタリアを目指せ、はるかな土地を求めて行け、と。
だが、ハルピュイアのケラエノのみは、奇妙な、語るもおぞましい
予兆を告げ、まがまがしい怒りを明かしている。
汚らわしい飢えが襲うというのだ。最初にどのような危難を避けるべきか、
どの道を取れば、かくも大きな苦難を克服できるのか」。
ここでヘレヌスは、まず、しきたりどおりに若牛を屠ってから、

(3) リューディアの町クラロスにはポエブス・アポロの有名な神託所があった。

神々の恵みを祈願し、聖なる額から
リボンを解く。わたしは、ポエブスよ、あなたの神殿へと
彼の手に引かれて赴くとき、漲る神威に不安を覚えた。
それから、神官が神に憑かれた口からこれらのことを告げた。
「女神の子よ、大海を越え行くあなたには大いなる
神の導きがある。それには明白な証があり、それが運命だと神々の王は
定めている。そのように変転の輪は回り、事は順を追ってめぐる。
だから、多くの中からわずかだけ教えよう。より安全に海原の旅路を
辿れるよう、アウソニアの港に行き着けるよう、その方途だけを
告げ明かそう。これ以上のことは、運命の女神らが許さず、
サトゥルヌスの娘ユーノが禁じている、ヘレヌスが知ることも語ることも。
最初にイタリアだが、あなたの考えでは、すぐ近くにあって、
隣の港にでも入るつもりであろうが、それは不案内というもの。
長い陸地に沿う、長い道なき道が隔てる向こうにあるのだ。
まず、櫂をトリナクリアの波に漕ぎ入れ、しならせねばならぬ。
船で越えるべく格闘せねばならぬ、アウソニアの塩水の水面とも、
冥界へ通じる湖やアエアエアのキルケの島(1)とも。

(1) ホメロス『オデュッセイア』では魔女キルケはアエアエア島に棲むとされるが、ここでの言及はクーマエ（四四一行）の北にあるキルケーイイの岬（第七歌一〇行）についてのもの。

それからだ、安全な土地で都の建設にかかれるのは。
目印をあなたに告げよう。あなたの心にしっかりと刻むがよい。
あなたが思い悩んだとき[2]、奥まった川の流れのほとりで
巨大な雌豚が川岸の樫の木のもとに見つかる。
三十頭の仔を生み落として横たわっていよう。
地面に横になった母豚も白く、乳房に群がる仔豚も白い。
そこが都の敷地となり、そこで必ずや苦難に休息がある。
また、食卓にかじりつくことになろうとも恐れるな。
運命は道を見出すだろう。あなたが呼べば、アポロが現われよう。
だが、あそこに見える土地、イタリアの海岸の中でも、あのあたりの、
すぐ隣にあり、われわれの海の潮で洗われているところは
避けよ。どの城市にも邪悪なギリシア人が住んでいる。
ここにはナーリュクムのロクリ人[3]が城市を設け、
サレンティーニ人の平野はリュクトスのイドメネウス[4]が
兵をもって占領した。ここにはメリボエアの将軍
ピロクテーテスの小さなペテーリアが城壁に支えられて立つ[5]。
さらに、海原を越えて艦隊が錨を下ろしたのち、

（2）以下の予言について、第八歌四三行以下参照。

（3）ロクリ人はオイーレウスの子アイアクスに従ってトロイア戦争に参加後、帰途にカパーレウス岬で遭難。一部はイタリアへ向かい、ロクリ・エピゼピュリをブルッティイの地域に建設、一部はリビュアへ達した。ナーリュクムはロクリ人の町。

（4）一一一行註参照。リュクトスはクレータ東部の町。

（5）ピロクテーテスはヘルクレスの弓を貰い受けた英雄。トロイアから無事に帰還後、故国であるテッサリアの町メリボエアを追放されて南イタリアに逃れ、ペテーリア（サレンティーニとロクリのあいだの沿岸の町）とクリミッサを建設した、という。

海岸に祭壇を設けて、願掛け成就の礼を果たそうとするときは、
あなたの髪に緋紫の蔽いを被るがよい。
これにより、神々を崇める聖なる火の燃えるあいだ、
仇なす形姿の現われと予兆の乱れを避けるのだ。
この祭儀のしきたりを仲間も、あなたも、しっかりと守れ。
子孫にも清浄な身でこの礼拝を保たしめよ。
だが、そこを離れてのち、あなたがシキリアの岸の近くへと
風に運ばれ、狭隘なペロールスの関門に潮路を垣間見たときは、
長い回り道だが、左手の陸地と左手の海原を
目指して行け。右手の海岸と波を避けよ(1)。
この地域はその昔に激しい力が広大な崩落を起こして裂けた
——それほど大きな変化を生む力が長い歳月の経過にはある——、
二つに割れた、と言い伝えられる。それまで両側の陸地は途切れなく
一つであったが、その真ん中に海が激しい勢いで流れ込み、波が
ヘスペリア側をシキリア側から切り離した。田野と町々は
岸に沿って引き裂かれ、狭い潮の流れに洗われている。
右側はスキュラが、左側は飽くことを知らぬカリュブディスが

（1）イタリア本土とのあいだの海峡を避けよ、の意。

占める。カリュブディスは渦巻く深淵の底で、三度おびただしい
海水をその深みへ吸い込むと、それをまた、その都度、
空中へと吹き上げ、星々に波しぶきを打ちつける。
スキュラのほうは、洞穴の暗い隠れ家に籠りながら、
口を外へ突き出しては、船を岩礁の中に引きずり込む。
まず目に映るは人間の姿だが、美しい胸をもつ乙女であるのは
腰の上まで、下のほうは奇怪な身体をもつ海の妖怪にして、
イルカの尾が狼の腹につながっている。
上策はトリナクリアのパキューヌス岬を目指して進む
迂回路、遠い回り道へ進路を転じることだ。
そのほうがよい、巨大な洞窟に巣くう醜いスキュラと、
青黒い犬どもの声が響き渡る岩場を一度でも目にするよりは。
このほかには、このヘレヌスの予言に、もし叡知があるならば、
もし信頼が置けるならば、もしアポロが魂に真実を満たすならば、
この一つのことを聞くがよい。女神の子よ、何にもましてこのこと一つを
予言しよう。繰り返し何度でも教えよう。
まずは、偉大なユーノに祈りを捧げ、その神威を崇めよ。

進んでユーノに誓願を唱えて、勢威を揮う女神の御心を
嘆願の捧げ物により己がものとせよ。それがうまく運んだときようやく、
トリナクリアをあとにして、あなたはイタリアの地へ送られよう。
その地へ着いてのち訪れるのはクーマエ(1)の都と、
神気漂う湖に木々がざわめくアウェルヌスだ。
あなたはそこで憑かれた巫女を見るであろう。巫女は洞穴の底で
運命を告げ、木の葉に印と文字を記している。
木の葉に書きとめた詩句のすべてを乙女の巫女は
順番に並べて洞穴の中にしまっておく。
詩句は置かれた場所から決して動かず、順番を崩さない。
それでも、扉の軸が回転して入ったそよ風が
動かしたとき、開かれた扉が柔らかな木の葉を乱したときは、
岩穴の中を飛びまわる木の葉のつかまることはもう決してない。
巫女は元の場所に戻して詩句をつなぎ合わせようとは考えぬ。
人々は神託を聞かずに立ち去り、シビュラ(2)のいる場所を憎む。
ここで時を費やし遅れても大きな落ち度と考えてはならぬ。
いかに仲間が責め立てようと、沖へ向かう旅路が強硬に

(1) 第六歌二行参照。
(2) クーマエの巫女の呼び名。

帆を張れと促し、順風を帆に満たすことができようとも、
かまわず、巫女のもとを訪れて乞い願い、神託を求めよ。
彼女自身の声で告げさせよ。好意ある口を開かせよ。
巫女はあなたにイタリアのもろもろの民と来るべき戦争を、
いかにして苦難の一つ一つを避け、これに耐えるべきかを
明かすだろう。恭しく求めれば、順調な旅路を授けてくれよう。
ここまでだ、わたしの声であなたに教えることを許されているのは。
さあ行くがよい。事績を重ね、天まで届かせよ、偉大なトロイアを」。
　予言者はこれらのことをこのように友情に溢れる口調で告げてから、
黄金と挽き切られた象牙の重い贈り物を
船へ運ぶよう命じる。船倉に積み込むように、
おびただしい黄金とドドーナ(3)の大釜、
鎖が織り込まれ、黄金で三重に編まれた鎧、
また、尖った頭頂に毛飾りが見事に映える兜を引き出すが、
これはネオプトレムスが身に着けた武具。父のためにも贈り物をよこし、
そのうえに、馬と案内者をもつける。
漕ぎ手を補充するとともに、仲間の装備を調える。

(3) ブトロートゥムに近く、ユッピテルの有名な神殿と神託所のある町。

　そのあいだに艦隊に帆を張ることを命じていたのは
アンキーセスで、追い風を受けるため一刻の遅れもないようにした。
その彼にポエブスの神意を解く予言者が大きな敬意を込めて語りかける。
「アンキーセスよ、ウェヌスとの尊い結婚にふさわしいと見なされた方、
神々に守られ、ペルガマの二度の陥落から救われた方よ、
見よ、アウソニアの地はあなたの前にある。帆を張り、そこへ急げ。
それでも、その地に沿ってなお海を進まねばならない。
アウソニアの中でも遠いところなのだ、アポロが示す場所は。
さあ行け」と彼は言った。「息子の孝心ゆえに幸せな方よ、何をこれ以上
言葉を続けて引き止めることがあろうか、南風が起こっているのに」。
アンドロマケもまた、最後の別れを悲しんで、
黄金の糸で模様を織り込んだ衣服、
プリュギアの外衣をアスカニウスに渡す。客人への敬意では誰にも劣らず、
織物の贈り物を惜しみなく与えて、このように言った。
「わが子よ、これらも受け取りなさい。わたしの手仕事を思い起こさせる
品となろうし、アンドロマケの永く変わらぬ愛情の証拠となろうから。
ヘクトルの妻だった女からあなたの一族への最後の贈り物を納めなさい、

わたしのアステュアナクスの面影を宿すただ一人の子よ。
あの子もこのような目、このような手、このような顔をしていた。
いまここにいれば、あなたと同じく大人になろうとする年頃のはず」。
わたしは彼らとの別れに涙が湧き起こり、こう語りかけた。
「幸せに暮らしてください。あなた方は味わうべき不運をすでに
嘗め尽くされた。だが、われわれは次から次と運命に呼ばれて行く。
あなた方は平安を得た。漕ぎ進まねばならぬ海原はない。
絶えず彼方へ退くアウソニアの田野を
探し求めずともよい。クサントゥスの似姿とトロイアが目の前にある。
あなた方の手が築いたこのトロイアに、願わくは、よりよき
加護がありますよう、ギリシア人の手が届きませぬよう。
やがて、テュブリスと、テュブリスのほとりの田野に
わたしが入り、わたしの一族に許された城壁を目にするときが来れば、
いつの日か、血縁で結ばれた町々と近隣の民族を、
エピールスとヘスペリアを——これらは同じダルダヌスを祖とし、
同じ不幸を分かつゆえ——、この二つをわれわれは一つにするでしょう。
これをトロイアとする志、この責務をわが子孫が抱き続けますように」。

さて、われわれは海に乗り出し、近くのケラウニア[1]に沿って進む。
イタリアへは、そこから波間を越える航路が最短であった。
いつのまにか日は沈み、山々は暗い影に蔽われる。
われわれは待ち焦がれた陸地に抱かれつつ、波打ち際で横になろうと、
まず、櫂を漕ぐ席を籤で決めた。それから、乾いた海岸のあちこちで
身体を休めると、眠りが疲れた四肢を潤す。
まだ『夜』は時の女神の駆る車を中天まで進めていなかった。
このとき、怠ることなく寝床から起き上がり、パリヌールスがあらゆる
風を調べ、耳で大気のそよぎを捕える。
天のしじまに流れる星のすべてに目を留め、
アルクトゥールスと雨を呼ぶヒュアデス、一対の熊[2]や
黄金の武器を携えるオリーオンを観察した。
天は晴れ渡り、すべてが落ち着いているのを見て取ると、
船尾より高く響く合図を送る。われわれは陣営を解いて、
海の道に乗り出し、帆の翼を広げた。
　いまやアウローラが星々を追い払って赤く染まり始めたとき、
われわれの前に遠くおぼろげな丘陵と低く横たわる

（1）ケラウニアは「雷電」を意味するギリシア語ケラウノスに由来し、海岸に高山が迫る峻険な地域。なかでも、アクロケラウニアと呼ばれる北に突き出した岬は八五〇メートルの高さに屹立し、イタリアからギリシアに向かう船乗りの目印。

（2）第一歌七四四行註参照。

イタリアが見える。イタリアだ、と最初にアカーテスが叫びを上げ、
イタリアよ、と仲間も歓声により挨拶を送る。
このとき、父アンキーセスは大きな混酒器を花冠で
飾ると、生のぶどう酒で満たしてから、神々に呼びかけた。
彼は高い舳先に立って祈る。
「海と陸と嵐を支配する神々よ、
風が押す、たやすい道のりを授けたまえ。吹きかけたまえ、順風を」。
すると、望んだとおりに風が吹きつのる。目前に開けた港は
すぐ間近になり、城山の上にミネルウァの神殿が望まれた(3)。
仲間は帆を巻いて収め、舳先を岸へと向ける。
港は東風が打ち上げる波で弓なりに曲がっていた。
波を阻む岩礁には海水のしぶきが泡立っているが、
港そのものは隠れて見えない。腕のように一対の壁を伸ばしながら、
岩場が塔のように聳えており、その奥に岸から離れて神殿はある。
ここで最初の予兆として、四頭の馬を草原の上にわたしは見た。
それは広い野原に草を食みつつ、雪のように白く輝いていた。
父アンキーセスが言った。「われらを迎える地よ、おまえがもたらすのは

(3) カラブリアにあるカストルム・ミネルウァエ（Castrum Minervae）の町のこと。「ミネルウァ砦」という意味で、その神殿がよく知られた道標であった。

戦争だ。
戦争のため馬どもは武装し、戦争の脅威をこの群れは突きつけている。
しかし、それでも、ときには車に繋がれることにも慣れた
馬どもだ。軛のもとに心を合わせて手綱に耐える。
平和の希望もあるのだ」。このとき、われわれは聖なる神威に祈る。
まず――最初にわれわれの歓呼を迎えたので――武器を響かせるパラスに、
次に、祭壇の前で頭をプリュギアの衣で蔽ってから、
ヘレヌスが何よりも大事だと告げた教えに従い、然るべき仕方で
アルゴスのユーノに命じられたとおりの贄を捧げた。
　一刻の遅れもなく、誓願を順に果たすや、
ただちにわれわれは帆を張った帆柱の先を海に向け、
ギリシア人の住みかと信用ならない田野をあとにする。
続いて、言い伝えが本当なら、ヘルクレスが築いたタレントゥム[1]の湾が
望まれ、その向かいにラキーニウム[2]の女神の神殿と
カウロンの城塞と船の難所スキュラケーウムが浮かび上がる。
そのとき、はるか彼方の波間からトリナクリアのアエトナが見える。
巨大な海鳴り、岩礁に打ちつける音を

（1）タレントゥムの創建については、さまざまな伝承があったが、ヘルクレスとの関連は知られていない。ただ、この地域にはヘラクレアという町があり、英雄は近くのクロトンの創建にも関わったとされる。
（2）ラキーニウムは南イタリアの岬で、非常に有名なユーノ神殿があった。トロイア人がここに上陸し、アエネーアスが椀の捧げものをした、との伝承もある。

われわれは遠くに聞き、波が岸に砕けた響きがする。
浅瀬が激しく波立ち、砂が潮に入り交じっている。
父アンキーセスは言った。「間違いない。ここだ、あのカリュブディスがいるのは。
これがヘレヌスの告げた岩礁、これが恐るべき岩場だ。
すみやかに逃れよ、みなの者。みな力を合わせて櫂を漕げ」。
彼らは命令に違わず、事を行なう。まず、軋みを立てる
舳先をパリヌールスが左手の波に向けると、
総員一丸となって櫂と帆に受ける風で左方を目指した。
われわれは山のような大波に天まで打ち上げられたかと思うと、
今度は退く波とともに冥界の底まで下る。
三度、岩礁がうつろな岩場のあいだに唸りを上げ、
三度、砕け散る泡と、しずくの滴る星々をわれわれは見た。
そのあいだに、風が太陽とともに疲れた者たちを見捨てた。
われわれは、道を知らぬまま、キュクロプスらの岸に流れ着く。
　その港は風を寄せつけない。港そのものは揺るぎなく広大だが、
すぐ近くでアエトナが恐るべき崩落の轟音を響かせる。

ときとして天に向けて噴き出される黒雲は
真っ黒に渦巻く噴煙となり、灼熱した灰が混じる。
打ち上げられた炎の球は星々を舐める。
ときとして岩塊と山から引きちぎられたはらわたが
垂直に吐き出され、溶岩は空気のもとで
唸りを上げて固まる。地は底の底から沸き立つ。
言い伝えによれば、雷火で半ば焦げたエンケラドゥス(1)の体を
この山塊が抑えつけている。その上に巨大なアエトナが
のせられたが、火炉の破れ口から炎が吹き出し、
彼が疲れて寝返りを打つたびに、トリナクリア全土が
どよめき震え、天を噴煙で蔽う、という。
その夜、われわれは森の中に隠れて底知れぬ恐怖を
耐え忍び、何が轟音の原因であるか分からずにいた。
星々の光が見えなかったからだ。明るく輝く
星が天になく、雲が空を暗くし、
月も夜更けの黒雲の中に閉じ込められていた。
　いまや翌日の朝日が明けの明星に続いて昇ろうとしていた。

(1) 巨人族の一人で、ユッピテルに対し反乱を起こした。

アウローラが露を含む暗がりを天空から追い払ったとき、
突如、森の中から極度に衰弱し、やつれ果てた
人の姿、誰とも分からず、異様な、憐れむべき風体の男が
進み出て、嘆願の手を岸に向けて差し伸ばした。
われわれが振り返って見ると、ぞっとするほど汚れ果て、髭は伸び放題、
衣服は茨の棘で留められている。ただ、そのほかはギリシア人のままで、
かつて祖国の武器を帯びてトロイアへ遣わされた者であった。
その者にダルダニアの衣服が目に入った。トロイアの
武器を遠くに見て、驚愕のあまり、彼はわずかに立ちすくんだ。
だが、歩みを止めたあと、すぐに海岸へとまっしぐらに向かってきて、
泣きながら嘆願した。「お願いだ、星々にかけて、
天上の神々にかけて、わたしが吸う大気の光にかけて、
わたしを連れ去ってくれ、テウクリア人よ。連れ去ってくれるなら、どの
　土地でもよい、
それだけで十分だ。わたしはたしかにダナイ人の船団の一員であるし、
イーリウムの神々に戦争を仕掛けたことも認める。
この報いとして、わたしの罪がそれほど正義に背くものなら、

この身を引き裂いて波に投げ込み、広大な海深くへ沈めてくれ。
死ぬのであれば、人間の手にかかって死んだことが喜びとなろう」。
こう言い終わると、われわれの膝をつかみ、ひざまずいて
取りすがった。われわれは、何者か、どの血筋の生まれか言え、
さらに、どのような境遇に苛まれているか告げよ、と促す。
父アンキーセスも、ほんのわずかためらったのち、右手を
若者に与え、即座の保証によって勇気づける。
そこで、男はようやく恐怖を静めてこのように語った。
「わたしの故国はイタカ、不幸なウリクセスの従者で、
名はアカエメニデスという。トロイアへは、父アダマストゥスの
貧しさゆえ――貧しい身分のままでいればよかったのだ！――出陣した。
わたしがここにいるのは、仲間が残忍な門口を慌てて去ろうとするときに
気がつかずにキュクロプスの広い洞窟の中に
置き去りにしたからだ。(1) それは血膿と血まみれの喰い物に汚れた棲みかで、
中は暗く、広く大きい。住人自身は見上げる背丈で、天の星々を
打つほどだ。どうか、神々がこのような禍いを大地から遠ざけますよう。
見るからに嫌われ者で、誰からも声をかけられることなく、

(1) 以下の挿話について、ホメロス『オデュッセイア』第九歌一〇五行以下参照。

犠牲となった人間の内臓と黒い血を喰い物としている。
わたしもこの目で見た。われわれの仲間のあいだから二人の体を
大きな手でつかむや、洞窟の中央に仰向けになったまま、
岩に打ちつけた。血糊が飛び散り、門口に
溢れた。わたしは見た。奴が黒い血膿の流れる手足に
かじりつくと、その歯の下で生温かい手足が震えていた。
だが、その報いは果たされる。この仕打ちをウリクセスが黙過しなかった。
イタカの勇士はこれほどの危機に己れを忘れなかった。
キュクロプスは喰い物で満腹となり、ぶどう酒に酔いしれると、
首うなだれて、横になってしまった。洞窟いっぱいに
大の字になり、眠ったまま、血塊や、血とぶどう酒の混じった
肉片を吐き出している。これを見るや、われわれは偉大な神々に
祈り、籤で役目を割り当ててから、一斉にまわり中から
襲いかかり、その目を鋭い武器で刺し貫く。
それは巨大な一つ目で、狂暴な額の奥に隠れており、
アルゴスの盾(2)か、あるいは、ポエブスの灯火に似ていた。
こうしてついに、われわれは仲間の亡霊の仇を討って喜んだ。

(2) ギリシア人が用いた大きな丸盾のこと。

だが、逃げよ、憐れな方々よ。逃げるのだ、岸から艫綱を
切り離せ。
性質も背丈もポリュペームスそっくりな者がうつろな洞窟の中に
羊の群れを閉じ込め、その乳を搾っている。
ほかにまだ百人もこの湾曲した岸のいたるところに棲みついている。
忌まわしいキュクロプスどもが高い山々をうろついているのだ。
これでもう三度、月の角が光で満たされるあいだ、
わたしは生きるため森の中の野獣たちが見捨てた
ねぐらと棲みかを渡り歩き、岩山から巨大なキュクロプスらを
眺めやっては、足音と声とに怯えている。
食糧にも恵まれない。木いちごや石のようなミズキの実を
木の枝から取り、草の根を引き抜いて食いつないでいる。
ずっと四方へ目を走らせていたところ、この艦隊が初めて岸辺へ
近づくのが見えた。これしかない、どこのものでもよいからと、この身を
わたしは委ねた。十分なのだ、呪われた一族を逃れただけで。
あなた方のほうがまだよい。この生命を奪ってくれ。死に方は問わぬ」。
　この言葉が終わるか終わらぬかのうち、山の頂に見えたのが

まさにあの者だった。羊の群れのあいだに巨大な体軀を動かしつつ、
牧人ポリュペームスが歩き慣れた海岸へ向かっている。
恐るべき怪異、醜悪な、目を奪われた巨人だ。
枝を払った松を手に方向を定め、足許を確かめている。
付き添う羊の群れだけがただ一つの喜び、
禍いの慰めであった。
彼は高波に手を触れた。海辺に着いてのち、
刳り貫かれた目から滴る血を洗い流した。
歯ぎしりし、呻き声を上げながら、海の中へ歩を進めると、
沖に至っても、まだ波が横腹も濡らさぬほど高く聳えている。
われわれは遠くにいるうちに急いで逃げようと慌てる。嘆願者も
受け入れた。それだけの功があったのだから。もの言わず艫綱を切るや、
身体を前に傾け、競うように海原を櫂で掃いて進む。
と、彼が気づいて、声が聞こえるほうへ足取りを向けた。
だが、どうしても右手で船を捕えることができず、
われわれを運ぶイオニア海の大波に追いつけない。
彼は恐ろしい大声を上げ、これに大海とすべての

波が打ち震えた。イタリアの地が奥深くまで
恐れおののき、アエトナの曲がりくねる洞窟が呻いた。
すると、キュクロプスの族《やから》が森と高い山々から
飛び出し、港へ走るや、海岸を満たす。
われわれは彼らが空しく立ちつくす姿を目にする。一つ目で睨みながら、
アエトナに棲む兄弟たちが頭を高く天に聳えさせている。
じつに恐るべき者どもだ。それはちょうど山頂の高みで
天を衝く樫の木か球果をつけた糸杉のよう。
群生して、ユッピテルの高い森か、あるいは、ディアーナの聖林をなす。
突き上げる恐怖のために、われわれはまっしぐらに方向もかまわず帆綱を
解き放ち、追い風に帆を広げる。
だが(1)、ヘレヌスの忠告は逆を命じていた。スキュラとカリュブディスの
あいだへは、どちらを通るにも死とすれすれであるゆえに、
進路を取ってはならぬ、と。そこで帆を転じて後戻りすることに決めた。
すると、見よ、ペロールスの狭い岬から北風が
吹き送られてきて、われわれは通り過ぎる、自然石が河口をつくる
パンタギアスとメガラ湾と低く横たわるタプススを。

（1）六八四行から六八六行前半までは伝存テキストから十分な意味が読み取りにくい。底本の読みに従いつつ、文意を補って訳した。

これらの海岸を以前にさまよい、いままた元へ辿りつつ教えてくれたのは
アカエメニデス、不幸なウリクセスの従者であった。
　シキリアの湾の前に長く横たわって一つの島があり、正面には
波に洗われるプレミュリウム岬を望む。昔の人の呼び名は
オルテュギアであった。言い伝えでは、ここへエーリスからアルペウスの
川筋が海の下に伏流をなして達し、それがいまは、
アレトゥーサ(2)よ、おまえの口から出てシキリアの波に混じるという。
命じられたとおり、この土地の偉大な神々にわれわれは贄を捧げる。
そこから、わたしは沼の多いヘロールスの地味豊かな国土を通り過ぎる。
次いで、われわれはパキューヌスの高い岩礁と突出した岩場を
かすめて過ぎる。すると、運命により動かすことを固く禁じられた
カメリーナ(3)が遠くに見え、ゲラの平野と、
荒れる河にちなんで名づけられたゲラ(4)も現われる。
それから、聳え立つアクラガスがはるか遠くから雄大な
城市を示す。ここではかつて勇敢な駿馬が産み出された。
風に乗ってわたしは、棕櫚《しゅろ》に飾られたセリーヌスよ、おまえをあとにし、
暗礁の危険に満ちたリリュバエウムの浅瀬に沿って進む。

(2) 有名な泉と、そのニンフの名。
(3) パキューヌスの西八〇キロほどの町。近くにある同名の沼地から疫病が発生したとき、住民が沼地の水を抜くべきか否か神託を伺ったところ、これを禁じる答えがあった（これが「カマリーナ（カメリーナ）を動かすな。動かぬがよいから」という意味のギリシアの諺となる）。しかし、住民が神託を無視して、沼地の水を抜いたとき、沼地のために近づけなかった敵の軍勢により攻略された。
(4) ゲラの町の名はゲラス川に由来する。

こののち、わたしはドレパヌムの港と喜びを消し去る岸に
迎えられる。大海原で幾多の嵐に追い立てられた果てに、この地で、
ああ、父までも、あらゆる苦悩と不幸の慰めであった
アンキーセスをもわたしは失う。最良の父よ、疲れ果てたわたしをここで
見捨てるのか、ああ、あの大きな危難から救われたのも空しかった方よ。
予言者ヘレヌスも、多くの恐るべきことを教えてはくれたが、
この悲しみは告げなかった。忌まわしいケラエノも語らなかった。
これが苦難の最後、これが長い道のりの到達地であった。
そこを出発したあと、わたしは神の力であなた方の岸に着いたのだ」。
　このように父アエネーアスは、全員の注目を一身に受けつつ、
神々の定めた運命を語り、旅路を教えていたが、
ついに口を閉ざした。ここに物語を終え、休息を取った。

第四歌

しかし女王は、すでに前から心に重い恋の傷を負っていた。
脈打つ血で傷を養い、目に見えぬ炎に苛まれている。
しきりに勇士の武勇が心に浮かび、かの一族の栄誉がしきりに心中を
駆けめぐる。彼の面立ちと言葉は胸に固く刺さって
離れず、恋の悩みは体が安らかに憩うことを許さない。
翌日、アウローラがポエブスの灯火で大地を照らし、
露を含んだ影を天空から追い散らしたとき、
われを忘れた彼女は心を一つにする妹にこのように話しかける。
「妹よ、アンナよ、なんという夢か、わたしは不安におののくばかり。
誰なのか、わが家を初めて訪れたこの客人は。
なんと高貴な振る舞いと面立ち、なんと力強い胸と肩か。
たしかに信ずるに十分なものがある。あの方は神々の血統なのだ。
恐れは卑しい心の証。だが、ああ、なんという運命にあの方は
翻弄されたか。なんという、精根尽きるまでの戦いを語っていたか。

ただ、わたしには心に固く決めたことがあり、それは少しも動かない。
これからは、いかなる結婚の絆によっても縛られはしないと決意した。
最初の愛が死をもってわたしを欺き、失望させてからは、
結婚の閨も松明も本当に厭わしいものとなってしまった。
さもなくば、わたしもこのただ一つの過ちにおそらく屈したはず。
アンナよ、あなただから打ち明けましょう。不幸な夫シュカエウスが
運命に倒れ、一家の守り神が兄弟殺しの流血に染まってからというもの、
この方ただ一人だけがわたしの感覚をたわめ、よろめくばかりに心を
突き動かした。わたしには分かる、これは昔の炎の名残。
だが、わたしの前に大地が底まで裂ければよい、
さもなくば、全能の父神がわたしを雷電で打ち、死者たちの国へ、
エレブスの青ざめた亡霊たちと深い夜の国へ突き落としてくだされればよい、
ああ、恥じらいの心よ、わたしがおまえを汚し、その掟を破るくらいなら。
あの人、最初にわたしと結ばれた人こそがわたしの愛を
もち去った。あの人がそれを手元にとどめ、墓場で守ってくれますよう」。
こう言って、湧き起こる涙で懐を満たした。
　アンナは答えて言った。「日の光よりも愛しい姉上よ、

お独りでこのまま若さある日々ずっと悲しみにやつれていくおつもりか。
愛しい子らもウェヌスの賜物も知らずにいるおつもりか。
そのようなことも灰となり墓に葬られた者が気にかけてくれるとお思いか。
それもよろしい。悲しむあなたを靡《なび》かせた求婚者はかつて一人もなかった。
リビュアにもテュロスにもなかった。目もくれなかった、イアルバスにも、
他の将軍たちにも。彼らを養うアフリカの大地は戦勝を重ねて
豊かであるのに。あなたは心にかなう愛とすらも戦うおつもりか。
あなたがどんな者どもの土地に植民したのか目に入らないのでしょうか。
こちらには、戦争にかけて無敵の種族たるガエトゥーリアの町々と　　四〇
暴れ馬のごときヌミディア人、近寄れば危険なシュルテスが囲み、
こちらには、水の涸れた荒野、広きにわたって荒れ狂う
バルケの民がいます。どうして、テュロスから起こる戦争のこと、
兄弟のもたらす脅威のことを言う必要があるでしょう。
わたしの見るかぎり、神々の導きのもと、ユーノに後押しされて
トロイアの船隊は風に乗り航路をこちらへと保ってきたのです。
姉上よ、その目でよくご覧なさい、ここがどのような都、どのような王国
　として立つものか。

それがこの婚儀でかないます。トロイア人の武器がともにあるならば
カルターゴの栄光は高まり、どれほど大きな国威を示すことか。
さあ、ご自分で神々に恩恵を求めなさい。神聖な犠牲を捧げたのち、
ひたすら客人を歓待し、理由をつけては滞在を引き延ばすのです。
まだ海には嵐と雨を呼ぶオリーオンとが猛り狂い、
船は傷んだまま、天候もまだ手に負えない、と」。
　彼女はこのように言って激しい愛の炎をディードの心に焚きつけると、
思い定まらぬ胸に希望を投じ、恥じらいの心のいましめを解いた。
二人はまず神殿に赴き、神々が平安を示されるよう、祭壇の一つ一つに
求めてまわる。しきたりどおりに選んだ二歳の羊を犠牲とし、
法を定め置くケレス、ポエブス、父神リュアエウス(1)、
なかでも、結婚の絆を司るユーノのために捧げる。
このうえなく美しいディードがみずから右手に聖杯をもち、
白く輝く牝牛の角のあいだに御神酒を注ぐ。
あるいはまた、神々の像の面前、供え物のあふれる祭壇へと歩を進め、
終日、捧げ物の献上を繰り返す。犠牲獣の開かれた
胸の中をのぞき込み、脈打つ内臓を見て、事を占う。

(1) ケレスは五穀豊穣の女神であることから、最初に文化的生活を人間に与えた、と考えられた。また、リュアエウスはバックスの別称。

ああ、占い師たちの何一つ知らぬ心よ。熱情に狂う女に願掛けが、
神殿が何の助けになるか。炎が柔らかな髄を蝕み、
もの言わぬ傷が胸の中に息づいている。
悲運のディードは身を焼かれる。都中をさまよい、
熱情に狂うさまは、まるで矢を射当てられた雌鹿のよう。
鹿はクレータの森の中で気づかずにいたところ、これを遠くから牧人が
弓矢をもって射抜いた。そのまま羽根ある鏃《やじり》を鹿に残したのを
牧人は知らない。鹿のほうは逃げ去りながらディクテの森と茂みを
さまよいゆく。が、死をもたらす矢は脇腹に刺さって離れない。
アエネーアスを連れて城市の中を案内すれば、
シードンの財力と整備のすんだ都を誇示するうちに、
いざ話を切り出しては言葉のなかばでつかえてしまう。
同じ宴の席を日が傾くころに求めれば、
繰り返しトロイアの苦難を聞かせてくれるよう狂おしい思いで
せがみ、繰り返し彼の語る口元に目が釘づけになる。
やがて宴がひけて、月がぼんやりと明るさを
落とし、沈む星たちが眠りを誘うとき、

彼女はただ独り、空っぽの館で悲嘆にくれ、彼が去った寝椅子の上に
横たわる。身は離れていても彼の声を聞き、姿を見る。
あるいはまた、父に似た顔立ちの虜となり、アスカニウスを胸に
抱き留める。もしや口には出せぬ愛を紛らせられぬかと思うのだった。
着工された櫓もいまや聳え立つことをやめ、若者は武術の
鍛錬をやめる。港や戦争に備える安全な防護壁を
整えることもない。工事は中断し、威容を誇る
巨大な城壁も、天を摩す起重機も動きを止める。
　彼女がこのような熱病にとらわれ、名声も狂気を妨げないことを
感じ取るや、ただちにユッピテルの愛しい妻、サトゥルヌスの娘は
ウェヌスのもとへ行き、こう言った。
「まったくあっぱれな手並み。たいそうな戦利品をせしめるものだ、
そなたとそなたの息子とは。そなたらは偉大だ。讃えられるべき神格だ。
たった一人の女を神が二人がかりで打ち負かしたというのだから。
わたしの目も節穴ではない。そなたがわが城市を恐れ、
高く聳えるカルターゴの家を妬んでいることは知っている。
だが、どこまで続けるのだ。あるいは、何のためにこれほど争うのだ。

それよりもどうだろう、永遠の平和と結婚の契りを
成就させようではないか。そなたは心の底から求めたものを得ている。
ディードは愛に燃え、すでに骨身のすべてに狂気を引き込んだ。
それゆえ、この国民をわたしたちが手を取り合って治め、足並み揃えて
指導しよう。彼女がプリュギアの夫に仕えるのもよい。
婚資としてテュロス人らをおまえの手に託すもかまわぬとしよう」。
　だが、これはユーノが本心を隠しての言葉、これは
イタリアの王国をリビュアの岸へ移す魂胆と見て取ったので、
ウェヌスはこう返答を切り出した。「そのような話を拒むなど狂気の沙汰、
誰があなたを相手に戦争をして争ったりするでしょう。
ただ、あなたの話がうまく成就の運びとなればよいのですが、
運命はわたしを不安にさせます。ユッピテルは同じ一つの都を
テュロス人とトロイアを旅立ってきた人々が分け合うよう望むでしょうか。
両国民が混じり合い、盟約の結ばれることを是とするでしょうか。
あなたは妻です。あなたなら掟に背きません、祈りで御心に働きかけても。
そうしてください。わたしはあとに続きます」。これを受けて女王神ユーノはこう言った。

「そんな仕事ならわたしに任せよ。さあ、どう算段すれば当面のことが
成し遂げられるか、手短に教えるから、注意して聞け。
狩りをしようとアエネーアスは哀れこのうえないディードともども
森へ向かう用意をする。刻限は明日の日の出、
ティータンが昇り、日射しにより世界を解き放ったころだ。
この一行の前にわたしは雹《ひょう》混じりの真っ黒な風雨を、
まだ騎馬の勢子《せこ》が右に左に走り回っては森に包囲網をめぐらすあいだに、
天上より注ぎ込み、雷鳴を全天に轟かせるだろう。
供の者たちは散り散りに逃げ、その上を闇夜が覆うこととなる。
だが、ディードとトロイアの指揮官は同じ洞穴へと
辿り着く。そこにわたしも臨座しよう。そなたも同じ決意であるなら、
わたしは揺るがぬ結婚の契りを結ばせ、彼女を正妻と宣言しよう。
これをもって婚礼としよう」。このようなユーノの求めに抗わず、
キュテーラの女神は頷いてみせながら、策略を見抜いて微笑んだ。
　そのあいだにもオケアヌスをあとにしてアウローラが昇った。
陽の出とともに城門より進み行く選り抜きの若者たち、
目の粗い網、仕掛け網、幅広の切っ先もつ狩猟槍。

マッシューリア人の騎馬隊と嗅覚鋭い猟犬たちが駆けていく。
女王は奥の間で手間取っている。それを門口でカルターゴきっての
名士たちが待ち受ける。紫と黄金の飾りも華やかな
馬もそこに立ち、猛々しく轡《くつわ》をかんで泡まみれにしている。
ようやく現われた彼女には大勢の供が従っている。
彼女は刺繍の縁取りをしたシードンの外套を羽織り、
矢筒が黄金製なら、髪を結いまとめるのも黄金、
黄金の留め具が緋紫の衣を留め合わす。
それに遅れずプリュギア人らもつき従い、イウールスも喜び勇んで
進み出る。アエネーアスも他に抜きん出た美しい姿を
彼女の傍らへ進め、二つの隊列を結び合わせる。
それはあたかも、アポロが冬に住まうリュキアとクサントゥスの流れを
あとにして母の島デーロスを訪れるときのよう。
神が新たに歌舞の祝いを始めると、祭壇のまわりにはクレータ人も、
ドリュオペス族も、入れ墨をしたアガテュルシ族も入り混じって叫ぶ。
神自身はキュントゥスの尾根を歩む。流れる髪を
しなやかな小枝で押さえ、黄金の留め具で編み上げる。

一四〇

肩の上では武器が音を立てている。アエネーアスはそれに劣らぬ素早さで
進み、それほどの美しさが秀でた顔から輝き出ていた。
一行が高き山上、道なき森の茂みに着いたとき、
見よ、野の雌山羊どもが岩山の天辺より追い出され、
尾根を駆け下りてきた。別の方角からは開けた
野原を越えて雄鹿どもが走ってくる。一塊りとなった群れは
土埃を上げながら逃げ、山をあとにしている。
さて、年若きアスカニウスは谷の真ん中で気負い立つ
馬に喜び、いまはこちら、いまはあちらと走らせて人々を追い抜く。
そして、か弱い獣ばかりでなく泡吹く野猪をわれに与えよ、
黄金色の獅子が山より降りてこい、と願掛けしつつ祈る。
　そのあいだにも天空をかき乱して大きな唸りが
響き始めると、続いて雹混じりの風雨が起こる。
テュロス人の供もトロイアの若者らも散り散りとなり、
ウェヌスの孫なるダルダニアの王子も恐れおののいて野中にそれぞれ
宿りの場所を求めた。山からは奔流が押し寄せる。
ディードとトロイア人の指揮官は同じ洞穴へと

辿り着く。原初の神格たる大地の女神と介添えのユーノとが
合図をする。と、火が上天に閃めいて婚儀の
立ち会いとなり、峰の頂ではニンフたちの叫びがこだました。
この日が破滅の始まり、これが災いの
原因であった。もはやディードは体面や評判を気にかけず、
人目を忍んで恋の思いに耽ることもない。
これは結婚だと言い、こう呼ぶことで罪に蔽いを掛ける。

　するとただちにリビュアの大いなる町々に「噂」が飛び回る。
「噂」、これよりも速い害悪は他にない。
動きが加わるや勢いづき、進むにつれて力を身に帯びる。
はじめこそ怖がって身を縮めているが、すぐに上空へと伸び上がる。
地上を歩みながら、頭は雲のあいだに隠れている。
その母は大地の女神、神々への怒りがつのったとき、
コエウスとエンケラドゥス(1)の妹に当たる末の子として産んだと
言い伝えられる。足が速く、敏捷な翼をもつ
恐るべき怪物は巨大で、体表には数多くの羽毛を生やし、
語るも驚異だが、それらと同じ数の眼がその下に不眠で見張り、

(1) ともに巨人族。

同じ数の舌、同じ数の口が響きを上げ、同じ数の耳がそばだてられている。
夜には天地の中ほどを飛び、闇を切って
音を立てる。甘い眠りに両の眼がふさがることはない。
昼には見張りとなり、館の天辺の高みか、あるいは、
聳え立つ櫓に座を占める。大いなる町々も震え上がるよう、
こしらえごと、歪んだことを携えながら、真実をも知らしめる。
このときも「噂」は諸邦の民をいくとおりもの話で満たした。
喜び勇んで、あることもないことも一緒にして告げていた。
「やって来たのはアエネーアスといい、トロイアの血筋に生まれた者、
これを夫として結ばれるのが似合いだと美しきディードは考えた。
いまは冬が長く続くかぎり、したい放題に二人は互いの身を暖め合い、
王国を忘れ、恥ずべき情欲の虜となっている」。
このような話を忌まわしい女神はいたるところで人々の口へまき散らす。
さらにはすぐにイアルバス王のもとへと進路を転じ、
言葉をかけて心に火をつけ、憤怒をつのらせる。
この王はハンモン(2)がガラマンティスというニンフをさらって産ませた子で、

(2) エジプトの神格で、ユッピテルと同一視される。

ユッピテルのために広い王領に百の大神殿、
百の祭壇を置いた。聖火を捧げて夜通し灯し、
神々の永遠の見張り番としていた。そこでは犠牲獣の血が
たっぷりと地面を濡らし、色とりどりの冠が門口を花で埋めている。
その王が心を取り乱し、苦い噂に激昂した。
言い伝えでは、祭壇の前、神々の威光に囲まれる中で
しきりにユッピテルに向かい嘆願の掌を差し上げて祈った。
「全能のユッピテルよ、いまあなたのためにマウルーシアの民が
刺繍を施した席に宴を催し、ぶどう酒を注いで捧げ物としました。
見てくださっていますか。それとも、父よ、あなたが雷電を投じるとき、
わたしたちが恐れるのは由無いことですか。雲間の雷火はやみくもに
人心をおののかせ、空しいどよめきをかき立てるだけですか。
あの女はわれらが領土内をさすらい、狭い土地を
買って都を置きましたが、これに海岸の耕地と
その地権を与えたのはわれわれです。それを、われわれとの婚儀を
拒絶したうえにアエネーアスを主として王領に迎えました。
いまや、かのパリスめは女々しい取り巻きとともに

顎と香油したたる髪とをマエオニア[1]の頭巾に
包み、獲物を掌中にしています。われわれはといえば、神殿への捧げ物を、
もちろん、あなたのために届け、評判にすがっていますが報われません」。
　このように言って祈り、祭壇に手をかける彼の言葉を
全能の神は聞き届け、視線を女王の城市へ向けると、
二人は気高い名声を忘れて愛し合っていた。
このとき、神はメルクリウスにこう語りかけ、このように言いつける。
「さあ行け、息子よ。西風を呼び、翼に乗って滑りゆけ。
いま、ダルダニアの指揮官はテュロス人の築くカルターゴで
時を待ち、運命により与えられた町々を顧みない。
語りかけよ。疾風を抜けてわが言葉を伝えよ。
そんな男ではない、このうえなく美しい女神がわれわれに
約束したのは。二度もギリシアの武器から救った[2]のはこのためではない。
彼こそは、指揮権を包蔵し、戦争に沸き立つ
イタリアを統治すべき者、テウケルの高貴な血筋を引く一族を
興し、全世界を法のもとに従えるべき者だ。
もしこれほどの大事業による栄光が少しも心を燃え立たせぬなら、

(1) マエオニアはリューディアと同義に用いられるが、ここでは、さらに転じて、プリュギアの意。

(2) トロイアの戦場（第一歌九七行註参照）でとトロイア陥落のとき（第二歌五八九行以下）の二度。

また、自分自身の誉れのためにも難業に力を尽くさぬとすれば、
父でありながらアスカニウスがローマの城塞を手にするのが妬ましいのか。
何がねらいだ。あるいは、何を期待して仇なす民のうちに留まり、
イタリアの子孫とラウィーニウムの田野(1)を顧みないのだ。
船出させよ。これが要だ。これをもってわが言づけとせよ」。
この言葉を聞いた神は偉大なる父神の命令に従うべく
支度を始めた。まず両足にサンダルを結わえる。
これは黄金製で、その翼により神を宙に浮かせ、海の上でも
陸の上でも等しく疾風に乗せて運ぶ。
次いで杖を手にする。これを用いて神は青ざめた霊たちをオルクスより
呼び出しもし、また、陰鬱なタルタラの底へ送り込みもする。
これにより眠りを与え、奪いもし、死に際しては目蓋を開く(2)。
この杖を頼りに神は風を操り、逆巻く雲間を泳ぐように
渡り行く。はや飛び来たって目にする頂と切り立った斜面は
頭上に天を支える厳しいアトラスのもの。
アトラスの頭はつねに黒雲に包まれ、
松を生やし、風と雨とに打たれている。

二四〇

(1) ラウィーニウムについては第一歌二行註参照。ここでは、ラティウムと言うのと同じ。

(2) 分かりにくい詩句だが、死者が冥土の住まいをよく見られるように火葬の薪の上で目蓋を開けるという習慣への言及と、通常は考えられている。

雪が両肩に降り積もって覆い、年老いた彼の顎からは
急流がほとばしるが、剛毛の髭は固く凍りついている。
ここで初めてキュレーネ[3]の神は左右の翼に釣り合いよく力を込めて
進みを止めると、ここから真っ逆さまに波間へと
身を投じた。さながら、鳥が岸のまわり、魚の群れる
岩棚のまわりを低く、海面すれすれに飛ぶときのよう。
まさしくそのように神は大地と天のあいだを飛び、
リビュアの砂浜へと着いた。風と風を割き、
母方の祖父のもとよりやって来たキュレーネ生まれの神は、
翼ある足で小屋に触れるやただちに、
アエネーアスが城塞の基礎を置き、館を新たに築く姿に
目を留める。彼は黄金色の宝石を鏤めた
剣をもち、テュロスの紫貝から染めて燃え立つような色の衣を
肩から垂らしていた。これは富めるディードが贈り物と
していたもので、織り地のあいだに細い金糸を織り込んでいた。
すぐさま神は詰め寄る。「おまえという男はいま高きカルターゴの
基礎を据え、妻思いの心から美しい都を

（3）メルクリウス神はアルカディアの山キュレーネに生まれた。また、アトラス（二四七行）は母方の祖父（二五八行）に当たる。

築き上げているのか。ああ、己れの王国と使命を忘れた者め。
明澄なオリュンプスよりわたしをおまえに遣わしたのはほかでもない、
神々の統治者、天と地を神意により動かす方だ。
ほかならぬこの方が、疾風を抜け、この言いつけを伝えよ、と命じている。
何がねらいだ。あるいは、何を期待してリビュアの地で時を空費するのか。
もしこれほどの大事業による栄光が少しもおまえの心を動かさぬとしても、
[また、おまえ自身の誉れのためにも難業に力を尽くさぬとしても、(1)]
伸びゆくアスカニウスと跡継ぎたろうとするイウールスの希望とを
顧みよ。イタリアの王国とローマの大地とは彼の手に
帰すべきなのだ」。キュレーネの神はこのように語ると、
話のなかばに死すべき人間の視界をあとにして、
眼界から遠く空気の薄みのうちへと消え入った。
　しかし、これを見たアエネーアスは動転のあまり口もきけず、
戦慄に髪は逆立ち、声は喉に詰まった。
この場を去って逃亡し、愛おしい土地を捨てようと胸を焦がす。
神々の警告と命令はかくも強く彼を驚愕させた。
ああ、どうすればよいのか。いまさら、熱情に狂う女王を宥めるにも、

(1) この詩行は主要写本には含まれず、真正を疑問視されている。

どう声をかけて切り出すのか。どのように最初の糸口をつかめばよいか。
そうして、いまはこちら、いまはあちらと忙しく心を砕き、
いくとおりにも思いを走らせ、あらゆることに気をめぐらす。
決めかねるうちに、これならよいと思う考えが浮かんだ。
彼はムネーステウス、セルゲストゥス、勇敢なセレストゥスを呼んで言う。
「艦隊を装備せよ。口外無用だ。仲間を海岸に集結、
武器を準備せよ。そして、乱を起こすどのような理由もないように
見せかけよ。自分はそのあいだに、いまは最良の人ディードも
気づかず、これほど大いなる愛が破れるとは思いもしていないゆえ、
歩み寄りを試みてみよう。もっとも穏やかに話せる
時機、事をなすに好ましい方途があるはずだ」。すみやかに全員が
喜々として命令に従い、下命の実行に走る。
　しかし、誰も恋する者を欺けない。女王は策略に
早くも気づいた。波乱の足音を最初に聞きつけた。
何一つ安心できずにいたからだ。あの不敬な「噂」が狂える彼女に
艦隊の艤装と航海の準備を知らせてきた。
彼女は正気を逸して猛り狂い、都中を火のついたように

狂乱の態でさまよう。それはあたかも興奮のうちに聖なる具をうち振る
テューイアスのよう。三年に一度の祭儀の場でバックスを呼ぶ(1)声に
突き動かされ、夜のキタエロン(2)に響く叫びに呼び寄せられる。
ようやく、彼女から先にアエネーアスにこう言って呼びかける。
「見せかけがきくとも思ったのか、不実な男よ。これほどの
非道をなし、わが領地から黙って出られると思ったのか。
あなたにはわが愛も、あなたにはかつて与えた右手の信義も、
酷い最期で死を迎えようとするディードも足枷とはならない。
それどころか、冬の星影に艦隊を動かそうと力を注ぎ、
北風の吹くまっただ中で沖を渡ろうと急ぐのか。
酷い男よ。どうであろう、仮に異国ではない土地、知らぬではない
家をあなたが目指しており、いにしえのトロイアがまだ残っていたなら、
この波高い海を渡ってまで艦隊がトロイアを目指したろうか。
逃げるのはわたしからか。この涙にかけて、あなたとその右手にかけて、
――いまや哀れなわが身のために残ったものは他に何一つないゆえに――
われらの婚儀にかけて、企てた婚礼にかけて、
わたしがあなたに尽くしたことがあるなら、あるいは、かつてあなたに

(1) テューイアスは「荒れ狂う(thyein)」というギリシア語に由来し、バックス神に憑かれた女を指すのに用いられる。また、「三年に一度」は含み計算であるので、「隔年」の意。

(2) ボエオーティアの山で、バックス信仰の中心地。

わたしが愛おしく思えたなら、崩れゆく家を憐れんで。いま、あなたの
考えを、心から頼む、もしまだ少しでも祈る余地があるなら、振り捨てて。
あなたのせいでリビュアの諸部族とヌミディアの王らが
憎しみを抱き、テュロス人らも敵意を示している。やはりあなたのせいで
消し去られた、恥の心も、それ一つでわたしを星の世界へ届かせていた
かつての名声も。誰のもとに瀕死のわたしを置き去りにするのか、客人よ。
いまはこう呼ぶしかない。それが夫の残滓なのだから。
わたしは何を手間取るのか。このままで、わが城市を兄ピュグマリオンに
打ち壊させるのか。それとも、ガエトゥーリア王イアルバスに捕らわれ、
　連行されるのか。
せめて、わたしがあなたから子種の一つでも
逃げられる前に宿していたなら、もしわたしのそば近く宮廷に遊ぶ
幼いアエネーアスがあり、未練でも、あなたの面影を映していたなら、
わたしは決して自分が捕らわれ、捨てられた女とは思わぬであろうに」。
　彼女は言い終えた。彼はユッピテルの警告のため両眼を決して
動かさず、じっとこらえて苦悩を胸の下に抑えていたが、
ようやく言葉少なに答える。「あなたが口に出してあらんかぎり

数え上げられることどもを、女王よ、わたしは決して否みはしない。
それだけ尽くしてもらったエリッサ(1)との思い出を厭うことはない。
それはわたしが自分を忘れず、息がこの手足を動かすかぎり変わらぬ。
要点を手短に話そう。わたしはこのように人目を盗んで隠したまま
逃げようと思ってはいなかった。そうは考えないでくれ。また、新郎の
松明を捧げ持ったことは一度もなく、そのような盟約を結んだこともない。
もし運命が許して、わたしの思うとおりに人生を送り、
みずからの力で苦悩を治めることができるのなら、
わたしはまず第一にトロイアの都に住み、愛しいわが同胞の
遺骸の世話をするだろう。プリアムス王の高き館も変わらずにあろうし、
わが手でペルガマを敗者のために再興もしただろう。
しかしいま、大いなるイタリアを、とグリューニウム(2)のアポロが、
イタリアをその手に収めよ、とリュキアの神託が命じた。
これがわが愛、これが祖国だ。あなたがフェニキアの生まれでありながら、
カルターゴの城塞とリビュアの都の景観とに心をつなぎ止められるのなら、
いったいどうしてイタリアの地にトロイア人が居を定めることを
敵視するのか。われわれにも外地の王国を求めることは許されている。

(1) ディードの別名。
(2) アエオリス地方の町で、アポロの聖地。

わたしはわが父アンキーセスが、いつも湿った陰で
夜が大地を蔽うころ、いつも火と燃える星々が昇るころ、
夢の中に乱れ悩む幻となって現われることを思い、心がおののく。
わたしの心をわが子アスカニウスが、愛しい者への不正が責める。
この子からわたしはヘスペリアの王国と運命の田野を騙し取っているのだ。
いまも神々の伝令がほかならぬユッピテルにより遣わされた。
偽りではない。われわれ二人の頭にかけて誓う。疾風を抜けて言いつけを
届けに来たのだ。わたし自身が神を目の当たり光の中に見た。
城壁の中へ入るのを見、その声をこの両耳から胸に呑み込んだ。
わたしにもあなたにも、嘆きの火を投げるのはやめてくれ。
わたしはみずから進んでイタリアを追い求めているのではない」。
　このように言う彼を彼女はずっと横目に睨んでいた。
左右に眼をめぐらし、黙ったまま彼の全身に
視線をさまよわせる。そして、燃え立つ心をこう言葉に出す。
「あなたの親は女神ではない。血統の祖もダルダヌスではない。
不実な男よ、あなたを産んだのは固い岩山もすさまじい
カウカスス、お乳を口に含ませたのはヒュルカーニア(3)の雌虎だ。

(3) カスピ海近くの荒野。

さあ、心に思うまま言えばよいのだ。それとも、いまはまだ我慢するのか。
この男はわたしの涙に嘆息したか。目を伏せたか。
負けを認めて涙を流したか。わが愛に憐れみを覚えたか。
だが、何からまず先に言えばよいのか。いまはもう最大の女神ユーノも
サトゥルヌスの子にして神々の父もここへ公正な目を向けていない。
どこにも安心できる信義はない。岸に打ち上げられ、困窮した者を
わたしは迎え入れて、狂気の沙汰か、王権に参画させた。
失われた艦隊を旧に復し、仲間たちを死から救った。
ああ、狂おしい熱情に身が燃え立つ。いまは占いの神アポロやら、
いまはリュキアの神託やら、いまはほかならぬユッピテルより遣わされた
神々の伝令やらが疾風を抜けて恐るべき命令を届ける。
なるほど、それが天上の神々の仕事だ。そんな気遣いが人々の平静を
乱すのだ。わたしはあなたを引き留めぬ。言われたことに反論もしない。
行くがよい。風に乗りイタリアを追い求めよ。波頭を越えて王国を目指せ。
わたしは願う、もし敬虔の心を知る神々の威光に少しでも力があるなら、
あなたが岩礁にはさまれて処罰の苦汁を飲み干すように、ディードの名を
何度も呼ぶようにと。わが身は離れていても黒い火を携えて追いかける。

冷たい死が魂を体から引き離したときには、
わが幻がいかなる場所にも現われる。邪な者よ、必ずや罰を受けるだろう。
そうわたしが耳にするよう、噂が冥界の底まで届くだろう」。
こう言うと彼女は話なかばで言葉を切る。痛ましい様子で
風通う明るい場所を避け、目の届かぬところへ身を翻し遠ざける。
残された彼は多くのことを言おうとしながら、恐れからためらったまま
口に出せない。彼女には侍女らが身の支えとなる。力の脱けた体を
大理石づくりの奥の間へ運び、床に横たえた。
　さて、敬虔なるアエネーアスは、彼女の心痛を和らげる
慰め、懊悩を紛らす言葉をかけようと欲しながら、
しきりに嘆息し、大いなる愛ゆえに心が揺らいでいた。
それでもなお、神々の命令を遂行し、艦隊の様子を見に戻る。
このとき、テウクリア人らは力をふりしぼり、海岸一帯で
高く聳える船を引き下ろしていた。瀝青《れきせい》を塗った船が水面に浮かぶ。
運び込まれる櫂にはまだ枝葉があり、材木は森からとって
手を加えぬまま、それだけ逃げ去ることに逸っていた。
彼らが旅立つさま、都中から走り出るさまが見える。

それはあたかも、蟻たちが麦の大きな山を前に
冬のことを忘れず略奪しては巣にしまうとき、
黒い列が野を進み、獲物を草のあいだの
狭い道筋に沿って運ぶさまに似る。そのなかには巨大な粒を
肩で支えて押し運ぶ者、なかには列を整え、
遅れを叱る者もあるが、通り道はどこも仕事に沸き立っている。
このようなさまを見たとき、ディードよ、そなたはどう感じたか。
どんな嘆息を吐いたか。このとき海岸が広く沸き立つのを
そなたは城塞の高みより眺め、海一面に
あの大喚声が入り混じるのを目の当たりに見たのだから。
邪なアモルよ、おまえが死すべき人の心に無理強いせぬことがあるのか。
彼女も涙にくれるかと思えばまた、祈りにより心を動かそう、
意地を捨てて嘆願し、愛の軍門に屈しようと強いられる。
試さぬまま残すことが一つもないよう、無駄に死なぬようにと思う。
「アンナよ、見てのとおり、海岸はどこも忙しく事が行なわれている。
いたるところから人が集結した。いまや帆布は風を呼び、
艫《とも》では喜々として水夫たちが花冠を飾った。

このように大きな心痛を、もしわたしに予期することができたなら、
耐え忍ぶことも、妹よ、できるでしょう。それでも、哀れなわたしのため、
アンナよ、このことだけは仕遂げてほしい。あの不実な男もあなただけは
大事に思い、あなたには秘めた気持ちも打ち明ける。
あなた一人がかの男へ和やかに歩み寄る方途と時機を知っている。
だからさあ、妹よ、行って傲岸な敵に嘆願の言葉を述べておくれ。
このわたしはダナイ軍に味方してトロイアの一族を根絶やしにしようと
アウリス(1)で誓ったこともなく、艦隊をペルガマに差し向けたこともない。
父上アンキーセスの灰と霊を切り刻んだこともない。
どうしてわたしの言うことを頑なにも耳に入れることを拒むのか。
どこへ突き進むのか。哀れな愛を抱く女への最後の贈り物に、こうしては
　もらえまいか。
たやすく去り行けるよう追い風の吹くまで待ってほしい。
もはや結婚は過去のもの、あの男が裏切ったもの、それをわたしは願わぬ。
美しいラティウムを見限り、王国を見捨てよ、とは言わぬ。
ただ、空しく過ぎる時間が欲しい。狂おしい熱情を鎮める間が欲しい。
そのあいだに、これがわが運、敗れた心は痛みを負うものと学べようから。

(1) ギリシア東部の港。トロイア遠征に向かうギリシアの艦船が集結した場所。

このことを最後の頼みとして願う。哀れな姉ではないか。
この頼みが聞き届けられたなら、わたしの死が幾倍にもして返礼しよう」。
　このように彼女が願うと、哀れきわまる様子で妹が涙の言葉を
繰り返し何度も届ける。しかし、いかなる涙も彼の心を
動かさず、いかなる声も届かず、聞こえない。
運命が立ちふさがり、神が勇士の耳に栓をして平静を与えている。
それはあたかも、年とともに芯が通って頑強な樫の木に
アルプスから吹く北風の一団がいまはこちら、いまはあちらと吹きつけて
根こそぎにしようと互いに競うときのよう。軋む音が走り、高い
梢の葉は揺れる幹から落ちて地面を覆う。
だが、樫の木そのものは岩場にしっかりと動かず、頂が天空へと
伸びているのと等しいだけ根が冥界へと伸びている。
そのように、英雄はこちらから、またあちらからと絶えず声による
打撃を受け、大いなる胸に苦悩を感じ取る。
だが、意志は揺るがぬまま、涙はこぼれても心を欠いている。
　このとき、悲運のディードは運命に恐れおののき、
死を願う。天の蒼穹を見つめることも厭わしい。

この企てをさらに進めよ、命の光を捨て去れとばかり、
祭壇に香を焚いて供物を捧げたとき、目に入ったのは、
言うも恐ろしいかな、神聖な清水が黒ずみ、
自分の注いだ御神酒が暗色の血と変わるさま。
これを見たことを彼女は誰一人、妹にすら口外しなかった。
そればかりではない。館のうちに大理石づくりの社が
いまはなき夫のためにあり、これを拝むに彼女は見事な捧げ物をし、
雪のように白い羊皮と晴れがましい枝葉が巻きつけてあった。
この社から声が呼び、言葉が聞こえてくると思うと、
それは夫で、夜が大地を暗く包む頃にいつも現われた。
また、雌のふくろうが屋根の上にただ一羽、弔いの歌を
何度も恨めしく歌い、涙にむせぶ声を長く引きずった。
そればかりか、以前に聞いた占い師による予言の多くが
恐ろしい警告となり戦慄を起こさせる。彼女を狂おしく追い回して
アエネーアスまでが惨い姿を夢に現わす。いつも置き去りにされる
ただ一人の自分、いつも長い道のりを供も連れずに
進みつつ人影のない地でテュロス人らを探しているさまが目に浮かぶ。

それはあたかもペンテウスが狂乱のうちに復讐女神の一団を目にし、
太陽も二つに、テーバエも二つに立ち現われるのを見るとき、[1] あるいは、
アガメムノンの子オレステスが舞台上を追い回されるときのよう。[2]
このときオレステスは松明と黒い蛇で身を固めた母を
逃れようとするが、すでに復讐なす女神どもが門口に座っている。

　こうして心痛に打ち破られるまま胸に狂乱を宿し、
死を決意したとき、彼女は独り心に決行の時と方法を
練り上げる。悲嘆にくれる妹に向かって言葉をかけたが、
胸の内を表情には出さず、眉間に晴れ晴れとした希望を示す。
「妹よ、わたしは道を見出した。姉のために喜んでおくれ。
これで、あの男を取り戻すか、あの男からわたしの愛を消すかできる。
オケアヌスの果て、太陽が没するあたりに
エチオピア人の治める最果ての地がある。この地で大いなるアトラスが
燃え立つ星々を鏤めた天軸を肩の上に回している。
この地から来たマッシューリア人の巫女がわたしにかつて教えてくれた。
その女はヘスペリデスの神殿の番人で、大蛇に食べ物を
与えていた。樹上の神聖な枝を見張りながら、

(1) テーバエの王ペンテウスはバックスに冒瀆を働いたことから、神に狂気を吹き込まれ、空に二つの太陽を見、テーバエの町も二つ見えた(エウリピデス『バッカエ』九一八―九一九行)。

(2) 第三歌三三一行註参照。エンニウスなどローマの悲劇作家により、オレステスを題材とする悲劇が多数書かれたが、散逸した。

滴る蜂蜜と眠りをもたらす芥子《ケシ》の実とを大蛇に撒いていたのだ。
この巫女が約束して言う。自分は呪文により人の心を解きほどく。
相手は選ばない。また、辛い苦悩を吹き込みもする。
川の流れを止め、星のめぐりを逆さにできる、と。
彼女は死霊を夜に動かしもする。あなたも見るでしょう、地面が
足の下で鳴き声を上げ、山からトネリコの木が下ってくるのを。
わたしは誓って言う。神々にかけて、愛しい妹よ、あなたとあなたの
大切な頭にかけて、この魔術をわたしは望まぬながら身につけている。
あなたは密かに葬儀の薪積みを館の奥の中庭に
築きなさい。男の武具が奥の間にある。不敬な男が壁に掛けて
残したものだ。それにあらゆる身の回りの品、わたしを滅ぼした
結婚の床、これらをその上にのせるがよい。消し去るのだ、非道な
男を思い起こさせるすべてを。そう心が欲し、そう巫女も教えている」。
彼女はこれだけを言い放つと押し黙る。と同時に顔一面が蒼白となる。
それでもアンナは、この見なれぬ儀式を装う下に死出の旅を
姉が隠しているとは思いもしない。それほどに大きな熱狂があろうとは
考えが及ばず、シュカエウスが死んだときほどにも深刻には恐れない。

こうして彼女は命じられたことを用意する。
　さて女王は、葬儀の薪積みが奥の間の中庭に
松と常磐樫の木材で大きく築かれると、
そこに花冠をかけ、枝葉の冠により
葬祭の場とする。この上で身の回りの品、残された剣、
人形を床に置くのは、これからのことがよく分かってのこと。
祭壇がまわりに立てられると、髪振り乱した巫女のように
三度、百柱の神々の名を雷鳴のごとく轟かす。エレブスとカオスと
三位の女神ヘカテ、三つの顔をもつ処女神ディアーナ[1]を呼ぶ。
また、アウェルヌス[2]の泉水を模した聖水を撒いたあと、
彼女が求めるのは、月明かりのもと青銅の鎌で刈り取った
若々しい草で黒い毒の乳液を含むもの。
また、求めるのは、生まれ落ちる仔馬の額より搾り取った
媚薬で、これは母馬を出し抜いて奪い取る。
　彼女は聖餅を敬虔な両手に持ち、祭壇の傍らで
片足は履き物を脱ぎ、衣の結び目を解いて
死を前にした誓いを神々と、ともに運命を知る

（1）ディアーナは空にあって月の女神、地上で狩猟を司り、下界では暗黒の女神ヘカテと同一視される。
（2）冥界への入り口と考えられた湖（第五歌八一三行参照）だが、ここでは冥界と同義。

星々とにかけて誓う。さらに、不公平な愛の契りを結ぶ者たちに
心を配る神、正しく、見捨てぬ神格があればと、これにかけて祈る。
　夜となった。穏やかな眠りを楽しみながら、疲れた
体が地上に横たわり、森も海面の波立ちも
静まっていた。このとき星々は滑り行くめぐりのなかばにあり、
このとき田野のどこにも声はない。家畜も彩り美しい鳥たちも、
広く澄み渡る湖や、茨の茂る
田園に住む生き物のどれも、夜のしじまのもと眠りについていた。
［悩みを癒し、心から労苦を忘れていた。(3)］
しかし、心に悲運を負うフェニキアの女王は、ただひとときも
くつろいで眠りに落ちることがない。目も胸も夜を
受け入れない。懊悩は倍加し、何度もぶり返す
愛の思いは荒立ち、怒りの大波をうねらせる。
そのような思いにとらわれ続け、このように胸の内で考えをめぐらす。
「いったい何をしているのだ。のこのことまた昔の求婚者たちを尋ねて
笑いものになるつもりか。ヌミディア人との婚姻を求めて嘆願するのか。
あれを夫にはできぬと、この口からこれまで何度も断わった相手なのにか。

(3) この詩行は第九歌二二五行とほぼ同一で主要写本に含まれないことから、多くの校本が削除している。

それなら、トロイアの艦隊のあとを追い、どこまでもトロイア人の
命令に従うのか。それは以前に窮地を救ってやった者たちが喜ぶからか。
彼らが昔のことをけなげに忘れず感謝しているからか。
だが、わたしが望んでも、誰が許すのか。傲岸な船が
疎ましい女を迎えようか。ああ、分からぬのか、救われぬ女よ。いまだに
ラオメドンの一族の不実に気づかぬのか。
それでどうなる。わたし独りが逃げて勝ち誇る船乗りらの供をするのか。
それとも、テュロス人やわが臣下をすべて従えて
乗り込むのか。彼らをシードンの都からやっとのこと引き連れてきたのに、
これをまたわたしは海に追い立て、風に帆を張れと命じるのか。
それよりは死のう。自分で播いた種だ。剣で心の痛みを取り去ろう。
いや、あなたのせいだ、妹よ。わたしの涙に負け、最初に
わが狂おしい心に災いの重荷を背負わせ、敵の前へ投げ出したのだから。
かなわぬことだったのだ、寡婦の身で罪なき人生を
過ごすなど。野の獣のようにはいかぬ。このような懊悩は必ず襲うのだ。
信義は守れなかった。シュカエウスの灰に守ると約束したのに」。

　かくも激しい嘆きを彼女が己れの胸から吐き出していたとき、

アエネーアスは高き船上にあり、すでに出発を心に決めて
眠りを貪っていた。すでに然るべく用意は済んでいた。
そこへ、以前と同じ表情で神の姿が再び
夢の中に現われた。またも警告するように見えた姿は
すべてがメルクリウスそっくりで、声も顔色も
金髪も若々しく美しい四肢も似ていた。
「女神の子よ、おまえはこのような危急のときに眠っていられるのか。
おまえのまわりにいましも起こる危険のほどが目に入らないのか。
たわけ者め。西から吹きつける順風の音が聞こえないのか。
あの女は謀りごとと忌むべき非道を胸の内にめぐらしている。
死を決意し、憤怒の大波を幾重にもかき立てている。
逃げぬか、ここからまっしぐらに。まっしぐらに行けば間に合う。
すぐにもおまえは見るであろう、海を船がかき乱し、無情に
松明が照らし出すのを、すぐにも岸辺が炎で沸き返るのを。
そうなるのだ、おまえがこの地にぐずぐずするうちに暁が昇ってしまえば。
とっとと行け。遅れを切り捨てよ。つねに移ろい変化するのだ、
女とは」。こう言うと神は真っ黒な夜に身をまぎれ込ませた。

　このとき、アエネーアスは突然の幻に恐れおののいた。
眠りを払って体を引き起こすと、くどいほどに仲間をせかして
まっしぐらに走らせる。「目を覚ませ、みなの者。漕ぎ座につけ。
手早く帆を広げよ。高き天空より遣わされた神が、
急ぎ逃げ去れ、綯《な》った艫綱を切り落とせと、
見よ、またもあそこでせき立てている。われわれはあなたのあとに続きま
　す、神々の中にも神聖な方よ。
あなたがどなたであれ、今度もご命令にわれわれは喜び勇んで従います。
おお、そばにいてください。好意をもって助けてください。天の星を
佳いめぐり合わせとしてください」。彼はこう言うと、鞘から剣を抜く。
稲妻の閃きとともに抜き放った剣で大綱を斬った。
と同時に、全員を同じ熱意が包み、一目散に彼らは突き進む。
岸辺がうしろに去って、海面が艦隊の下に潜り込む。
彼らは力を込めて飛沫をかき立てながら、蒼い水面を掃いていく。
　さていまや、あらたな陽光を大地に振り撒いて、
アウローラがティトーヌスのサフラン色の寝床をあとにした。
物見の塔に上った女王は、最初の光が白みゆく下に

釣り合いよく帆を揚げた艦隊の進み行くのを目にし、
岸辺も港も空っぽで、一人の漕ぎ手もいないのに気づくや、
三度四度と手で美しい胸を打ち、
金髪をかきむしって言った。「ユッピテルよ、行ってしまうのか、
この男は。よそ者がわが王国をあざ笑い、それですむのか。
装備を整え、都を挙げて追わぬのか。
船を船泊まりより引き出す者はないのか。
早く火を取ってこい。武器を配れ。櫂を漕げ。行け。
何を言っているのだ、わたしは。わたしはどこだ。何を血迷って考えを変
　えるのか。
悲運のディードよ、いまとなって不敬な所行に手を染めるのか。
そうすればよかった、王笏を渡そうとしたあのときに。あれが男の信義か。
あれが祖国の守り神をその身に担うと言われる男、
肩に老いさらばえた父を背負うと世に言う男なのか。
わたしにはできなかったのか、体を八つ裂きにして波間に
撒くことが。仲間たちを、そうだ、ほかならぬアスカニウスを剣で
斬り殺し、父の食卓に置く馳走とはできなかったものか。

だが、戦いの運はどちらに転ぶか分からなかった。そうだったとして、
誰をわたしは恐れたのか、死ぬ覚悟であるのに。松明を陣営に投げ込めば
　よかった。
甲板に炎を満たし、子も父も
一族もろとも滅ぼして、その上にわれとわが身を投ずればよかった。
太陽神よ、地上のあらゆる営みを炎により照らす方よ、
また、ユーノよ、このいまの懊悩を取り持ち、ともに知る方よ、
都中の三叉の辻で夜の叫びを受けるヘカテよ、
忌まわしき復讐女神らとエリッサの死に与る神々よ、
どうかこれをお聞き届けください。災いに相応のお力をお示しください。
わが祈りに耳を傾けてください。もし口にするのも忌まわしい者が
港に達し、陸地まで辿り着くことは変えようもなく、
そのようにユッピテルの運命も命じ、この道標が動かぬのなら、
せめて、勇猛な民が挑む戦争と武力に苦しめられ、
領土を逐われますよう。イウールスの抱擁から引き離されて
援助を嘆願しますよう。目にするは同胞の非業の
死でありますよう。また、不利な講和条件のもとに己れの身を

六二〇

差し出したとき、王国も命の光も享受できませぬよう。
時いたらずに倒れて、砂地のあいだに埋葬もされませぬよう。
これがわたしの祈り、これが最期の声、血とともに注ぎ出す。
それに、さあ、テュロスの人々よ、彼の子ら、将来の血統のすべてを
あなた方は憎悪の念で悩まし続けよ。わが灰にこれを手向けて
供物とせよ。いかなる愛も盟約も両国民のあいだにあってはならぬ。
立ち上がれ、そなた、まだ見ぬ者よ[1]、わが骨より出て復讐者となれ。
火と剣をトロイアの移民のうしろから突きつけるのだ、
いまも、このさきも、いつであれ、もてる勢力があるときには。
海岸が海岸と、波が波と敵対し、
武具が武具と敵対するよう祈る。戦い続けよ、彼らもその子孫も」。
　このように言うと、彼女は遺漏のないよう心をめぐらし、
厭わしい命の光を一刻も早く断ち切ろうと模索した。
それから、シュカエウスの乳母バルケに手短に呼びかけた——
彼女自身の乳母は昔の祖国に黒い灰となって葬られていた——。
「わが愛しい婆やよ、妹アンナをここへ連れてきて。
彼女に言っておくれ、急いで体に川の水を振りまくように、

（1）ポエニ戦争でローマを苦しめたカルターゴの将軍ハンニバルの出現を暗示する。

そして、犠牲の獣と教えた清めの具を携えてくるように、と。
彼女を来させたら、あなたも額に敬虔な髪留めを巻いておくれ。
祭儀はステュクスのユッピテルへのもの。作法どおりに始めて、用意はできている。
いま思うは、これを仕上げること、懊悩に終わりをもたらし、
ダルダニア人の命の薪を炎にくべること」。
彼女がこう言うと、乳母は年老いた身ながら懸命に足取りを速めた。
だが、ディードは心おののきながら大それた企みに猛り立つ。
血走る視線を宙にめぐらし、ひきつる両頬に
斑点を浮かべ、来るべき死に青ざめる。
館の奥の間に駆け込むや、高く積み上げた
葬儀の薪へ狂おしく登りつめ、剣を抜く。
それはダルダニア人の贈り物、このように使おうと貰ったのではなかった。
ここで、イーリウムの衣と慣れ親しんだ寝床に
目を止めて、しばらく涙と未練に浸ったのち、
床に身を横たえ、最後の言葉を述べた。
「彼の身を包んだ品々よ、運命と神が許したあいだは愛しかったものよ、

この魂を受け入れ、わたしをこの懊悩から解き放しておくれ。
わたしの一生もこれまで。運の女神がくれた道のりをわたしは歩き通した。
いまこそ、わたしの大いなる霊が大地の下へ向かうとき。
輝かしい都をわたしは建てた。わが城市を見届けた。
夫の仇を討ち、敵なる兄に罰を科した。
幸運だった。ああ、幸運すぎたのだ、もしわが海岸に
ダルダニアの船隊の着くことがなかったならば」。
彼女はこう言ったあと、口を床に押しつけ、「いま死ねば仇を討てぬ。
だが、死のう」と言う。「そうだ、こうして亡霊の世界へ行くのがよい。
この火を目から飲ませてやる、非情にも沖へ去った
ダルダニア人に。わが死の凶兆をみやげにもたせてやる」。
彼女は言い終えたが、そう語りながら剣の上へ
倒れ伏した姿が供の女たちの目に入る。剣は血で
泡立ち、手は血潮に染まる。叫喚が広間の高みへ
達するや、「噂」が乱舞して都中を揺り動かす。
哀泣、嘆息、女の叫びが
館に響き、激しく胸打つ音が天にこだまする。

それはまるで、なだれ込んできた敵の前に全市が崩れ落ちるよう。
それはカルターゴか、あるいは、その昔のテュロスか、炎が狂ったように
屋根を巻き込み、人家にも神殿にも次々と及ぶさまに似る。
これを聞きつけ、生気を失い、驚愕から転ぶように走ってきた
妹は爪を顔に、拳を胸に打ちつけつつ
人々をかき分けて駆け寄り、死にゆく姉の名を呼んだ。
「あれはこのためだったのか、姉上。わたしを騙すねらいだったのか。
これがわたしに命じた葬儀の薪積みか。火と祭壇はこの用意だったのか。
独り残されて、何からまず嘆けばいいのか。妹は道連れにならぬと
見くびったのか。死ぬのなら、わたしも同じ運命へ呼んでほしかった。
二人もろともに一つの剣の同じ痛み、同じ時が連れ去るべきだった。
わたしはこの両手で用意を整えもした。祖国の神々へ呼びかける
声も上げた。それは、ここに横たわるあなたから、非情な方よ、わたしが
　離れてあるためだったのか。
あなたは滅ぼし去った、姉上よ、ご自身もわたしも、シードンの国民も
元老院も、あなたの都も。そこの者たち、手伝っておくれ。傷を清水で
洗い清めるから。もしまださまよう臨終の息があるなら、

この口で集めよう」。こう言いながら彼女は段の尽きる上まで登った。
息絶えようとする姉を胸元に抱いて温もりを戻そうとした。
嘆息しつつ、黒い血糊を衣で拭おうとした。
姉のほうからも重い眼差しを起こそうと試みたが
力が及ばない。深く貫かれた傷が胸の底に風音を立てる。
三度、身を起こそうと、肘を支えに体を持ち上げたが、
三度、床に転び伏した。どこを見るのか定まらぬ目で高き
天なる光を求め、それが見つかると深く嘆息した。
　このとき全能なるユーノは苦痛が長引くのを憐れんだ。
死に切れぬ苦しみを見て、イーリス[1]をオリュンプスから遣わし、
もがく魂を絡みついた四肢から解きほどこうとした。
ディードがいま果てるのは、運命によるのでも業にふさわしい死でもなく、
哀れ、時いたらず、突然の狂おしい熱情に身を焼かれてのこと、
それゆえ、まだ済んでいなかった、プロセルピナ[2]が彼女の頭から金髪を
切り取ることも、身柄をステュクスなるオルクスに送れとの決裁も。
そこで露に湿るイーリスはサフラン色の翼で天を横切る。
太陽を真向かいに千のとりどりの色彩をたなびかせつつ、

（1）虹の女神。神々の使者を務める。

（2）冥界の女王。

飛び来ると、ディードの頭上に止まった。「これをわたしはディース[1]への捧げ物として届け、下命を果たす。これで、そなたを肉体から解き放つ」。こう言うと女神は右手で毛髪を切り取る。と、すべては一瞬であった。熱は四散し、命は風の中へと消え入った。

（1）冥界の王。

第五歌

そのあいだにアエネーアスは、艦隊がすでに沖合の航路に
達したことを確かめ、北風により黒ずむ波頭を切り進んでいた。
このとき、うしろを振り返ると、いまや悲運のエリッサの城市が
炎で光り輝いている。何がこれほどの大火を燃え上がらせたのか、
原因は分からない。しかし、激しい心痛が大いなる愛への
汚辱から生まれ、熱情に狂う女にどれほどの力があるかは知っていた。
ために、テウクリア人らの胸は陰鬱な予感に包まれる。
すでに大海へと船隊は達し、もはやどこにも
陸地は見えなかった。まわりがすべて海と空とになったとき、
アエネーアスの頭上に青黒い雨雲が止まって、
夜と嵐を運ぶや、暗闇に波が逆立った。
舵取りのパリヌールスまでが高き艫から言った。
「ああ、どうしてまたこれほどの大嵐が天空を包んだか。
父神ネプトゥーヌスよ、どうしようというおつもりか」。こう言うと、

索具を引き寄せて帆を縮めよ、頑丈な櫂に力を込めよ、と命じる。
帆を風向きと斜めに据えながら、こう語る。
「雄々しい心のアエネーアスよ、たとえユッピテルの保証と
約束がもらえても、この天候でイタリアへ着けるとはとても思えない。
風が向きを変え、前を横切って唸りを上げている。真っ黒な西の空から
暴風が湧き起こり、大気が凝集して雲を作っている。
われわれには立ち向かえぬ。前に進むだけの
十分な力はない。力は運の女神が上だ。われわれはそのあとに従おう。
どこへでも女神の呼ぶところへ進路を転じよう。それに岸は遠くない。
それは兄弟エリュクス(1)の信頼すべき岸、シキリアの港のはず、
星の標《しるべ》を以前に見覚えたとおりに正しく辿り直しさえすればよいのだ」。
このとき敬虔なるアエネーアスは、「わたしも、風がそう求めるのに、
いたずらにおまえが逆らって進むのを、すでにさきほどから見ていた。
帆を回して針路を変えよ。まったく、どんな土地が喜ばしいといって、
そこに疲れた船隊を上陸させようと望むなら、なおのこと、
ダルダニア人たる、わがアケステスを守る地、
父アンキーセスの骨を懐に抱く地にまさるところがあろうか」と言った。

(1) エリュクスはシキリア西端の岬と町に名を残す英雄。ウェヌスとブーテスの子で、アエネーアスとは異父兄弟に当たる。

この言葉を聞き、彼らは港を目指す。その帆を後押しして
西風がいっぱいに広げる。艦隊は潮路をすばやく進み、
ようやく喜々として見覚えある砂浜へと船を寄せる。
　すると、遠く、高く聳える山頂から驚きに打たれながら、
到着した同胞の船隊をアケステスが出迎えに走る。
投げ槍をもち、リビュアの雌熊の皮をまとった姿は恐ろしげだが、
トロイア人の母がクリニーススの河神とのあいだに身籠って
産んだ者であった[1]。彼はその昔の父祖らのことを決して忘れず、
トロイア人らがよく戻ってきたと喜ぶ。嬉しげに野の宝なる食材で
もてなし、彼らの疲れを友情あふれる品々で癒す。
　翌朝、最初の陽光が星々を追い払って、
日が明るくなったとき、仲間たちが岸のいたるところから集まるよう
アエネーアスは呼びかけてから、小高い場所に立って語りかける。
「偉大なるダルダニア人らよ。神々の高き血筋から生まれた者たちよ。
いまや過ぎ行く月の重なりが一年のめぐりを満たす。
一年前のあの日、神のごとき父の亡骸と骨とを
われわれは大地に葬り、哀悼の祭壇を捧げたのだった。

（1）アケステスの母セゲスタ（または、エゲスタ）は、ラオメドンによりトロイアから追放されてシキリアに着き、河神クリニーススと結ばれ、アケステスを産んだ。アケステスは母の名を自分の都に冠した。

わたしの誤りでなければ、その日がまたやって来た。この日はつねに辛く、
つねに誉れを捧げる日となろう。そう神々も欲したのだから。
今日、流刑の身でガエトゥーリアのシュルテスにあったとしても、
アルゴスの海かミュケーナエの都で取り押さえられていたとしても、
わたしは毎年の祈願と順序よく厳粛な行列を
執り行なったであろうし、祭壇にふさわしい捧げ物を供えたであろう。
いま、はからずも、まさに父の灰と骨の前へ、
神々の考えと意向があればこそ――それは間違いないことであろう――、
われわれは来ている。吹き流されて友の港へ入ったのだ。
それゆえ、さあ、みなで喜びのうちに誉れの儀式を営もう。
順風を願い求めよう。されば、わたしがこの祭儀を恒例とし、
都を築いてのちは御霊を祀った社に奉納することを父が望みますよう。
トロイアに生まれを発するアケステスが船一隻につき
二頭ずつの牛をおまえたちに与える。それで守り神をもてなすのだ。
父祖の守り神とわれらが主人アケステスが崇める守り神への宴とせよ。
加えて、死すべき人間たちのため慈しみ深い日の光を九日目の
アウローラが昇らせ、陽光により世界の蔽いを取り払ったならば、

テウクリア人らにまず最初の競技として艦船の速さを競わせよう。
また、誰の足に走力があるか、われこそは腕力ありて
投げ槍や軽き矢に秀でると進み出る者、
あるいは、生皮に拳を託す自信ありと言う者は誰か、
みながこぞって参加し、優勝の褒美は功に見合うものがあると期待せよ。
みなの者、口を慎め(1)。額に枝葉の冠を巻け」。
　こう言うと彼は母の神木ミルテで額を覆う。
それと同じことをヘリュムスがし、男盛りの年齢のアケステスがする。
同じく少年アスカニウスがすると、続いて他の若者らもする。
アエネーアスは集会の場から数千の者たちとともに出発した。
大勢の人々が取り巻く真ん中を墓所へと向かう。
ここで、作法どおりの供物として二杯の生酒、
二杯の搾り立ての乳、二杯の神聖な血を地面に注いだ。
そして、緋紫の花を捧げ、このように述べる。
「ご機嫌よう、神聖なる父よ。重ねて、ご機嫌よう、救い出されたことも
無益に終わった父の灰と魂と霊よ。
かなわぬことでした、イタリアの領土と運命の定めた田野を、

(1) 儀式に当たって、不吉な言葉を言わぬように、という定式の言葉。

また、どのようなところであれ、アウソニアのテュブリス川をあなたとともに求めることは」。
彼がこう言い終えたとき、霊廟の奥より一匹の蛇がぬらぬらと
七つのとぐろ、七重の輪も巨大な体を引きずりながら、
塚を穏やかに抱き、祭壇のあいだを滑り出た。
その背中には青黒い斑点があり、黄金とのまだら模様の
輝きが鱗を燃え立たせていた。それはあたかも雲間に虹が
太陽を真向かいに千のとりどりの色彩を放つよう。
これを目にしてアエネーアスは肝を潰した。蛇のほうは長くのびた体を
おもむろに椀と光沢のある杯のあいだへと這わせつつ
食べ物を味わうと、害を及ぼすこともなく、またもとの塚の
奥底へと引っ込んだ。食事を済ませると祭壇をあとにした。
このために、いっそう心を込めて、中断した父への捧げ物を献上し直す。
ただ、蛇がこの場所の鎮守か、それとも父に仕える聖霊か、考えても
決めかねた。犠牲獣として、しきたりどおり、二歳の羊二頭、
同数の豚、同数の背中が黒い牛を屠ってから、
アエネーアスはぶどう酒を椀から注いで魂を呼んだ。

大いなるアンキーセスの魂とアケロン[1]から解き放たれた霊魂たちであった。
仲間たちもまた喜々として、それぞれが手に持つものを
供物として捧げる。こちらの者が捧げ物を祭壇に積み上げ、牛を屠ると、
あちらの者は順序よく青銅の釜を据える。草の上へ広がって
串の下に燠火《おきび》をくべ、内臓をあぶる。
　待ち望んだ日がやって来た。九日目の暁を
澄み渡る朝日とともにパエトン[2]の馬車が運んだ。
近隣の人々も噂を聞き、名高きアケステスの名を耳にして
心が躍った。群衆が嬉しげに浜辺を埋めたのは
アエネーアス一行を見るためだが、なかには競技に加わる用意の者もある。
まずはじめに賞品が人々の目の前、競技場のカーブの中央に
置かれる。神聖な鼎、緑の冠、
勝利者の賞品たる棕櫚の葉、武具と紫に
染めた衣、銀塊に金塊などであった。
次いでラッパの音が中央の築山から競技の開始を告げる。
　最初の競技に挑むのは重い櫂を等しく揃えた
全艦隊から選り抜きの船四隻。

（1）冥界の川。ここでは、転じて、冥界そのものを表わす。

（2）パエトンの原義は「光り輝く者」。ここでは、太陽神の意味で用いられ、神話に語られるその息子のことではない。

気合い鋭い漕ぎ手を擁し、快速プリスティス号(3)を駆るのはムネーステウス。
ムネーステウスはやがてイタリア人となり、メンミウス家は彼の名を引く(4)。
ギュアスは巨大なキマエラ号に乗る。船体の巨大さは
一つの都かと思うほど。これをダルダニアの若者らが三列になって
漕ぎ進め、櫂座は三段に積まれて高い。
また、セルゲストゥスは、セルギウス家がその名の起源とする者だが、
大船ケンタウルス号に乗り込む。群青色のスキュラ号に乗る
クロアントゥスは、ローマ人クルエンティウスよ、そなたの一族の祖だ。
　遠く沖合に岩が一つ、波が飛沫を上げる岸と
向かい合ってある。それは高波が打ちつけるときはその下に
沈んでしまう。冬の北西風が星を隠してしまうときのことだ。
だが、のどかな日には静かに、凪いだ水面の上に出て
平地をなし、海鳥の日光浴にまたとない嬉しい泊まり場となる。
ここにアエネーアスは葉の茂る樫の木を用いた緑の標柱を
立てた。父アエネーアスはこれを目印とし、船乗りたちに引き返す場所、
長い走路を転じる場所が分かるようにした。
それから、出走位置を籤により選ぶや、船長らは艫の上で金色と

(3) 四隻の船の名はいずれも怪物。プリスティスは海の怪物、キマエラは前身が獅子、うしろが蛇、中央が雌山羊（ホメロス『イリアス』第六歌一七九行）、ケンタウルスは半人半馬、スキュラについては第三歌四二〇行以下参照。船の竜骨には名前を表わす像が取りつけられた。

(4) ローマの家系の相当数は起源をトロイア人に辿ろうとした。ウァロの散逸した著作に『トロイアの家系について』という題名のものも知られている。

紫の美しい装いを遠くまで輝かせる。
他の若者らはポプラの葉の冠をかぶり、
露わにした両肩に振りかけたオリーブ油を光らせている。
彼らは漕ぎ座につき、両腕を櫂に伸ばす。
張りつめて合図を待つあいだ、高鳴る胸を
呑み込むように恐れが脈打ち、賞賛への欲望が高揚する。
いざ高らかにラッパの音が響くと、全艇が出発点より
一瞬に飛び出した。天を打つばかりに漕ぎ手の
喚声が上がり、漕ぐ腕を引き寄せるたび海面が裏返って泡立つ。
一斉に航跡が刻まれ、水面はどこも
櫂と三叉の衝角により切られて裂け目を開く。
これほど激しい突進ではない、二頭立て戦車が競技場を
急ぐとき、戦車が出走枠から一目散に走り出すときも。
これほどに勢い込みはしない、御者が波打つばかりに鞭を
馬へ打ちつけるとき、爪先立って前のめりに鞭打とうとするときも。
このとき、人々の応援する拍手、喚声、熱意が
森全体に鳴り響く。その声が山に囲まれた海岸を

駆けめぐり、その叫びが丘にぶつかって反響する。
　他に先んじて抜け出し、波間の先頭に滑り出るのは
ギュアスで、混乱と喧噪に包まれている。このあとからクロアントゥスが
追いかける。漕ぎ手の力では優るが、船体の重さが
速さを鈍らせている。これらに遅れること等しい差でプリスティス号と
ケンタウルス号とが先の位置を争って競り合う。
いまプリスティス号が前に出ると、今度はこれをかわして巨大な
ケンタウルス号が追い抜く。と、いまはまた両艇が一緒に舳先を並べて
進み、長い船体で潮の瀬に畝を切ってゆく。
いまや彼らは岩場に近づき、標柱に達しようとしていた。
このとき先頭に立ち、波路の中間点での勝者たるギュアスは
船の舵取りメノエテスにこう言って呼びかける。
「おい、どこへ行くのだ、こんなに右に寄るとは。こちらに針路を取れ。
岸に沿え。左側の櫂を岩にかすらせよ。
沖は他の者に行かせればよい」。彼はこう言ったが、メノエテスは隠れた
岩を恐れて舳先を外海の波間へと向ける。
「針路を外れてどこへ行くのだ。岩を目指せ、メノエテスよ」と、またも

ギュアスが叫んで呼び戻そうとした。と、見よ、クロアントゥスだ。
振り返れば背中に迫り、岩に近いところを占めている。
クロアントゥスはギュアスの船と波音立てる岩場のあいだを
かすめるように左側を進む。先行する船を突如として内側から
抜き去るや、標柱をあとにして安全な水面に達した。
このとき、ギュアスの若い骨身から激しい心痛が燃え上がった。
涙が頬に流れた。メノエテスの臆病者めと、
自身の面目も仲間の安全も忘れ、
海中へ真っ逆さま、高き艫より投げ落とした。
みずから舵取りとなって舵を操り、みずから船長として
男たちを励まし、また、舵を海岸へと向ける。
だが、メノエテスは重い体をようやく海の底から生還させたが、
すでに年老いているうえに濡れた衣から水を滴らせながら、
岩場の天辺を目指して行き、乾いた岩の上に腰を下ろした。
彼が落ちたときも泳いでいたときもテウクリア人らは笑ったが、
いま潮水を胸から吐き出すのを見てまた笑う。
　ここで末尾の二艇に喜ばしい希望の火が灯った、

セルゲストゥスもムネーステウスも、手間取るギュアスには勝てる、と。
セルゲストゥスが前の位置を取り、岩場に近づく。
しかし、前と言っても、艇身一つも先に出てはいない。
船の一部は前でも、一部にはプリスティス号の船首が並びかけている。
と、船の真ん中で仲間たちのあいだを歩き回りながら
ムネーステウスが檄を飛ばす。「いまだ、いまこそ全力で櫂を漕げ。
ヘクトルの戦友たちよ。トロイアが最期を迎えたとき、
わたしが道連れに選んだ者たちよ。いまこそ、あの力をふりしぼれ。
いまこそ、あの心意気だ。それをガエトゥーリアのシュルテスや
イオニア海、マレア岬のしつこい波浪の上でも見せてくれたではないか。
ムネーステウスが目指すはもはや一等ではない。優勝を争うのではない。
無念だが、勝つがよい、ヌプトゥーヌスよ、あなたが勝利を授けた者が。
しかし、しんがりで戻ったのでは恥と思え。これには負けるな、諸君。
許されぬ恥辱を防げ」。すると仲間たちは懸命になって
漕ぐ手に力を込める。大きな衝撃に青銅張りの船が振動し、
その下に水面が引き込まれる。このとき間断ない喘ぎが四肢と
乾いた口を震わせ、汗の流れはいたるところに川をなす。

この男たちにまったくの偶然が望みの栄誉をもたらした。
心の熱狂するまま舳先を岩のほうへと近寄せていた
セルゲストゥスが適切な間合いを越えて内側に寄りすぎ、
不運にも岩の突出部に座礁してしまった。
岩が激しく揺れ、尖った岩礁の上に櫂が
打ち当たって砕けた。舳先が衝突したまま、はまり込んだ。
船乗りらは立ち上がり、大きな叫びを上げるが、動きはままならない。
先に鉄を打ちつけた竿と鋭い切っ先のある棹を
取り出し、砕け散った櫂を海面から集める。
ムネーステウスはこの僥倖に喜び、いっそう気合いが入る。
並んで息を合わせる櫂の速さと呼び込んだ風を活かして
岸へと下る海面[1]を目指し、開けた海へと走り出る。
それはまるで巣穴から突然の動揺により飛び出した鳩のよう。
鳩の棲む愛しい巣は身を隠すのによい多孔岩の中にあるが、
田野へと飛び去るとき、驚愕から翼の羽ばたきを
大きく響かせて巣を出るものの、すぐに穏やかな宙を滑る。
澄み渡る空の道を速やかにかすめ飛び、翼を打ち振ることはない。

（1）沖のほうが岸辺よりも位置が高いと考えられたことによる表現。

そのようにムネーステウスのプリスティス号が疾走して水路の最終区間を
切り進む。まさにそのような推力が船を飛ぶように走らせる。
まず置き去りにされるのは岩場の高みで苦闘する
セルゲストゥス。浅瀬の上で助けを呼ぶのも
空しく、砕けた櫂で船を走らすすべを学ぼうとしていた。
次には、ギュアスの乗る巨大な船体のキマエラ号にすら
追いつく。と、これが後退する。舵取りを奪われていたからだ。
まさしく決勝点をめぐり、残るはクロアントゥスただ一人。
これを目標にあらんかぎりの力をふりしぼって迫ってゆく。
　このとき、喚声は倍に高まる。あとから追う船に全員が
熱烈な声援を送り、天空が割れんばかりの叫喚が響く。
こちらでは、栄光は自分たちのもの、栄誉は手中のもののはず、
手にできぬは恥、誉れのためには命を賭してもよい、と思う。
こちらには僥倖が力を与えている。力があると思うゆえに力が出る。
このままなら双方が船首同体で褒賞を勝ち取るはずだった。
しかし、クロアントゥスが両の掌を海に差し出し、
祈りを捧げ、神々に呼びかけて願を掛けた。

「海を司る神々よ、あなた方の水面をわたしはいま走っています。
あなた方のためにわたしは進んでこの岸辺で輝く白牛を
捧げましょう。祭壇の前に願掛け成就の御礼を果たします。内臓を潮の
波に投げ込みましょう。流れる酒を注ぐでしょう」。
こう言うと、彼の言葉を波の底にいるすべての神が聞き入れた。
ネレイデス(1)とポルクスの一団に処女神パノペーア、
そして、父神ポルトゥーヌスみずからが大きな手で、船よ進めと
後押しした。と、船は北風や飛ぶ矢よりも速く
陸へと逃げ込み、深い港に船体を埋めた。
このとき、アンキーセスの子はしきたりどおりに全員を呼び集めたうえで
伝令の大音声により、優勝はクロアントゥスと
宣言し、緑なす月桂樹の冠でその額を被う。
贈り物として、それぞれの船に三頭ずつの牡牛を取るように、
ぶどう酒と大きな銀塊を持っていくようにと授ける。
これらに加え、船長たちには特別の栄誉の品を与える。
勝者には金糸で刺繍をした外套で、その縁には深さをきわめた
メリボエアの緋紫が川のうねる模様を二重に走らせていた。

(1) ネレイデスは海のニンフの姉妹（第三歌七三行註参照）、ポルクスは海の老神、パノペーアはネレイデスの一人、ポルトゥーヌス（Portunus）は港（portus）を司る神。

織り込まれた絵は王家の少年で、(2) 葉陰濃いイーダ山に
投げ槍を携え、足の速い鹿どもを飽くことなく追っている。
気合い鋭く、息を弾ませているように見える少年を鳥がイーダより
空中高く鉤爪の足で連れ去った。ユッピテル神の武器を担う鳥であった。
掌を空しく星々へ差し伸ばしている年寄りたちは
少年の守り役で、そばでは、犬たちが空へ向けてすさまじく吠えている。
次に、二着の功を立てた者に与えるは
つややかな鉤状の黄金を三重に編み上げた
鎧で、これはアエネーアス自身がデモレオスから奪い取ったもの。
高きイーリウムの城下、流れの早いシモイスの川辺での勝利であった。
それを着て勇士の栄誉、戦いでの防具とするよう授ける。
これを従者のペーゲウスとサガリスはいまやっとの思いで運んできた。
幾重にも編んだ重みの支えに両肩を使った。それをかつては身にまとって
デモレオスは逃げまどうトロイア勢を追走していたのだ。
三着の賞品には一対の青銅の大釜と、
銀細工の仕上げもよく、浮き彫りを刻んだ杯を贈る。
いまや、こうして誰もが賞品を贈られ、贈られた品々に意気揚々となり、

(2) トロイア王トロースの息子ガニュメーデス。第一歌二八行註参照。

額に紫のリボンを巻いて引き上げようとしていた。
そのとき、手だてを尽くし、ようやく酷い岩場から脱出したものの、
櫂を失い、漕ぎ座一列が使用不能となった
セルゲストゥスが栄誉を得るどころか笑い者となった船を戻してきた。
それはまるで、土手の上の路面にときとして見つかる蛇のよう。
青銅の車輪に横から轢かれたか、あるいは、重い打撃を
旅人が石によって加え、半死のさまに切り刻まれたか、
体を長々とくねらせ逃げようとするが空しい。
猛り立つ部位もあり、目は燃え立ち、舌を鳴らす首を
高くもたげる。しかし、傷のため不具となった部位が妨げとなり、
みずからを縛るように絡み、体と体がもつれ合う。
そのように船は櫂で進みながら、鈍重な動きをしていた。
それでも帆を上げ、いっぱいに張った帆で港の口へ入る。
セルゲストゥスにアエネーアスは約束した贈り物を授ける。
船が救われ、仲間たちが戻ったことを喜んだからだった。
彼には女奴隷が与えられる。ミネルウァの仕事をよく弁える女で、
クレータの生まれ、ポロエといい、乳を飲ませている二人の息子があった。

この競技を終えたあと、敬虔なるアエネーアスが向かうのは
草茂る野原。そこは四方から丘が弓なりに
囲み、上には木々が繁っていて、谷の真ん中は劇場のように
円形をなしている。そこへと英雄は数千の人々とともに
一行の真ん中を進んで行き、高く組み上げた座に腰を下ろした。
ここで、もしや誰か足の速さを競おうと欲する者があるかと、
賞品により闘志をかき立て、褒美の品を置く。
四方からテウクリア人とシキリア人が入り混じって集まるが、
一番手はニーススとエウリュアルスであった。
エウリュアルスには際立つ容姿の美しさ、みずみずしい若さがあった。
ニーススはこの少年を心より愛していた。この二人に続いたのは
プリアムスのすぐれた血筋を引く王子ディオーレスであった。
彼のあとにはサリウスとパトロンが並び、その一方はアカルナーニア人、
もう一方はアルカディアの血統で、テゲア生まれであった。
そのあとは二人のトリナクリアの若者、ヘリュムスとパノペスで、
森に慣れ親しみ、老アケステスの供をする者たちだった。
このほかにも大勢が集まったが、その名はあやしくなった言い伝えのあい

だに埋もれた。
アエネーアスはこれらの者のあいだに立つと、このように話した。
「この言葉を心して聞け。喜び勇んで聞き逃すな。
ここにいる者は競技を終えるとき一人残らずわたしの贈り物を受ける。
わたしは授けよう、よく磨かれた鏃が輝くクレータ製の矢を
二本と、銀の浮き彫りを施した斧を。もっていくがよい。
これを全員にそろって同じ栄誉としよう。先頭から三人には褒美の品を
取らせ、頭に黄緑色のオリーブの冠をかぶせよう。
第一位の勝者は飾りも立派な馬一頭を得るがよい。
第二位はアマゾンの矢筒だ。中を満たす矢は
トラーキア製で、まわりを巻いて幅広く黄金を打ち込んだ
帯がついており、つややかな宝石の留め具で留める。
第三位はこのアルゴスの兜に満足して引き取ってもらおう」。
　この言葉が述べられると、彼らは位置につく。突然の合図を
聞くや走路へ突進し、出発点をあとにし、
嵐のように飛び出した。決勝点が視界に入るところに来るや、
ニーススが抜け出して第一位、他のすべての者よりはるか前に

飛び出す。風や雷電の翼よりもなお速い。
これに続いて、はるかに間を開けられてではあったが、
サリウスがあとを追う。次いでまた距離をおいた
三番手がエウリュアルスだった。
エウリュアルスのあとにはヘリュムスが続く。そのすぐあと間近に、
見よ、ディオーレスが飛ぶように走る。いまや踵と踵を触れ合わせ、
肩へのしかかるように迫る。走路がまだ多く残っているなら、
追い越し、前へ滑り出るか、勝負を分からないものにするところだ。
いまや走路も終わり近く、いまや走者が疲れながらもまさに
決勝点に到達しようとしていた。と、そのとき血に滑ってニーススが
転ぶ不運が起きる。たまたま犠牲に屠った牛から
流れ出た血が地面と緑の草の上を濡らしていたのだった。
このとき若者はもう勝利に歓喜しかけていたが、足を下ろしたとたんに
地面によろめき踏みこたえられなかった。前のめりになり、
汚らわしき泥土と神聖なる血の真上に倒れ込む。
それでも彼はエウリュアルスのことを、その愛を忘れなかった。
滑る地面から身を起こし、サリウスの前に投げ出した。

と、サリウスは踏み固められた砂地にもんどりうって横たわった。
飛び出したのはエウリュアルス、友の献身により勝利を収め、
一等を手にする。拍手と叫喚に後押しされながら飛ぶように走った。
あとに続くはヘリュムスで、いまやディオーレスが第三位の賞を取る。
このとき巨大な観覧席の全群衆と、第一列に
顔をそろえた元老たちをサリウスの大きな叫びが満たす。
術策により奪い取られた栄誉をわが手に返せ、と彼は求める。
人々はエウリュアルスを贔屓して肩をもつ。浮かべた涙に品位があり、
美しい体から現われ出る美徳がいっそう好意を集める。
ディオーレスも支援して大声で訴えかける。
彼にすれば、受けた表彰も、勝ち得た最後の賞品も、
一等の栄誉がサリウスに返されれば、すべて無に帰すのであった。
このとき父アエネーアスが言った。「諸君に贈ったものは諸君のものだ。
決まったことは変えぬ。少年らよ、誰も表彰の順位を動かしはしない。
だが、わたしが不運を憐れむことを許せ。友に落ち度はなかったのだ」。
こう言うと彼はガエトゥーリアの獅子の巨大な毛皮を
サリウスに授ける。毛と黄金の爪がずっしりと重い品であった。

ここでニーススが言った。「これほどの褒賞が敗者のものとなり、
あなたが転んだ者を憐れむなら、ニーススにはどのような賞品を
贈れば釣り合うことになるのか。一等の冠に値する功を上げていたのだ、
もしサリウスの場合と同じ逆運に奪い取られていなかったなら」。
この言葉とともに彼は顔と手足を見せたが、それらは
湿った泥土に汚れていた。最良の父アエネーアスは彼に笑いかけると、
盾を取ってくるよう命じた。これはディデュマーオンの作で、
ネプトゥーヌス神殿の戸柱からダナイ人が引きはがしたものであった。
これをすぐれた若者への格別の賞品として授ける。
　このあと、競走が終了して賞の贈呈をすべて済ませたとき、
「さあ、誰か武勇と闘志が胸に備わる者があれば
ここへ来て、手に革帯を巻きつけ、腕を突き上げよ」。
アエネーアスはこう言って、拳闘競技のため二つの賞を差し出す。
勝者には頭を黄金とリボンで飾った若牛を与え、
剣と見事な兜を敗者への残念賞とした。
間髪を入れず、すぐさま剛力を頼みに現われ出た
顔を見ればダレスで、人々の大きなざわめきの中から立ち上がる。

彼こそかつてパリスを相手に戦うのをつねとした唯一の者にして、
比類なき大英雄ヘクトルが眠る墓所の前では
怪物のごとき巨軀をもつ常勝ブーテスを――この者は
アミュクスの血統でベブリュキアよりやって来たと自称していたが――
打ち倒し、黄土色の土俵に瀕死の体を長々と横たわらせた。
そのときと同じく、ダレスは頭を高く上げ、すでに闘いを始めている。
広い肩幅を誇示しながら、交互に打ち出す
両腕は前へよく伸びて、鞭を振るように空を切る。
この者への相手が求められる。が、かの大群衆の中から誰一人として
勇者に立ち向かうべく手に革帯をつける剛胆な者はない。
そこで、気が逸り、一人残らず賞品を敬遠すると考えたダレスは
アエネーアスの足の前に立って、もはやそれ以上は猶予を与えず、
左手で牡牛の角をつかむや、こう言った。
「女神の子よ、誰一人として己れの身を拳闘に賭ける勇気がないなら、
いつまで立っていればよいのか。どれだけ待つのがふさわしいのか。
賞品を引き連れよ、と命じてくれ」。これに一斉に喚声を響かせたのは
ダルダニア人らで、勇者に約束の賞品を渡すよう命じていた。

　ここでアケステスがエンテルスに厳しい叱責の言葉をかける。
これはすぐ隣に緑なす草の寝椅子に座っていた男だった。
「エンテルスよ、英雄の中に無双の勇者であったのも、いまは昔のことか。
あれほどの賞品を、黙ったまま、少しも争わぬまま、持ち去られるに
まかすのか。いまどこにいるのか、われらがあの神のごとき男は。かの師
エリュクスの名を出しても駄目か。どこだ、トリナクリア全土に及ぶ
おまえの名声とおまえの屋敷に懸けられたあの勝利の記念品は」。
これに答えてエンテルスが言った。「功業への愛も栄光も捨ててはいない。
恐れに駆られてはいない。だが、寄る年波に冷たく
血の動きが鈍り、体力は凍りつき、枯渇している。
わたしにかつてあったような、そして、あの弁えを知らぬ男がいま
頼りとして勝ち誇るような、あの若さがいまあったとすれば、
わたしは心を引く賞品や美しい若牛がなくとも
出場したであろう。贈り物も気に留めはしない」。彼はこう言ってから
土俵の中央にとほうもない重さをした一対の革帯を
投げ込んだ。これは気合い鋭いエリュクスが試合のときいつも
手につけたもので、固い革で上腕をくるんだ。

人々は度肝を抜かれた。それほどにも大きかった。巨大な七枚の
牛革に鉛と鉄が縫い込まれて固くなっていた。
誰よりもまず驚いたのはほかならぬダレスで、遠くさがって忌避する。
雄々しい心のアンキーセスの子はその重さのほど、また、
革帯の包み具合の巨大さを右左と回して眺める。
このとき、老雄が胸からこのような言葉を吐いた。
「どうであったろう、もし誰かヘルクレス自身が革帯を武具として
この岸辺で凄惨な闘いをするのを見ていたとしたら。
この武具はあなたの兄弟エリュクス[1]がかつて身につけたもの。
まだはっきりそこに見えよう、血と飛び散った脳髄の染み痕が。
これをつけて彼は偉大なアルキーデス[2]に立ち向かった。これをわたしも
よくつけたが、それはまだ熱き血が力を与え、妬み深い
老年が両のこめかみに白いものを振り撒かずにいたあいだのことだ。
だが、トロイア人ダレスが、わが武具を使うな、と言い、
敬虔なアエネーアスもそのように決め、わが主アケステスも認めるなら、
闘いを公平にしよう。わたしはエリュクスの革帯をはめずにおく。
恐れを捨てよ。それゆえ、おまえもトロイアの革帯をはずせ」。

(1) 二四行註参照。
(2) 「アルケウスの孫」の意で、ヘルクレスのこと。

彼はこのように言うと、肩から合わせ羽織を投げ捨てる。
大きな手足の関節、大きな骨格と二の腕を
露わにして、巨体を土俵中央に屹立させた。
このとき、アンキーセスの子は一族の長らしく同等の革帯を取り出し、
両者の手に大きさのそろった武具を巻きつけた。
と、すぐさまどちらも爪先立って身構え、
恐れる様子もなく腕を空中高くへ突き上げた。
強打を避けて頭を高く、遠くうしろへ引いた次には、
手と手を交叉させ、いざ戦わんと挑む。
一方は若さを頼りに足の動きがまさる。
他方は体格の大きさが強みだが、膝を速く使えず
体がよろめく。巨大な体軀を苦しげな息切れが揺すっている。
戦士たちが互いに繰り出す多くの拳は空を切るが、
多くはみぞおちを続けざまに打ち、胸に巨大な
音を立てる。耳とこめかみのまわりをさまよう
手数は繁く、激しい打撃に頬が弾ける音もする。
エンテルスはどっしりと立ち、同じ足場に動かぬまま、

飛んでくるパンチを上体の動きと見逃さぬ目で避ける。
相手のほうは、あたかも高く築城された城市に攻め寄せる者、
あるいは、防備を固めた山上の砦を取り囲む者のよう。
いまはこちら、いまはあちらからと近づく。どの場所にも
足を運んで技を使い、さまざまに跳びかかって肉薄するが実を結ばない。
エンテルスが伸び上がりながら右手を出し、高く
振り上げた。と、相手は頭上から来る強打を機敏に
見て取るや、すばやい体の動きでかわして逃げた。
エンテルスは振り出した力が空を切り、そのまま
自分から巨大な重みの体を地面に激しく
打ちつけた。さながら、エリュマントゥス（1）か大いなるイーダの山で
虚《うろ》なす松の木が根こそぎ倒れたときのよう。
テウクリア人らとトリナクリアの若者らが熱狂して立ち上がる。
叫びが天を衝く。一番に駆け寄るのはアケステスで、
同年配の友を憐れみ、地面から起こす。
だが、転倒による勢いの鈍りも気おくれも見せず、英雄は
いっそう気合い鋭く闘いに戻り、力を怒りによりかき立てる。

（1）アルカディアの山。

さらに、恥を知る心と武勇の自負が勢いに火をつける。
烈火のような追撃にダレスは土俵全体をまっしぐらに逃げる。
いま右のダブルを打てば、今度は左、
間髪入れず、一息もつかせない。手数の多さは雹の嵐が
屋根に叩きつけるよう。それほどの連打を重ねて英雄は
両の手とも忙しくダレスを叩き、振り回す。
　このとき父なるアエネーアスは、憤怒がそれ以上突き進むことを、
エンテルスが激しい闘志のままに荒れ狂うことを忍びず、
闘いの終わりを告げた。疲れたダレスを
救うと、いたわりの言葉をかけて、こう言う。
「不運な男よ、なんという大きな狂気に心をとらわれたものか。
力の違いと神意の変化に気づかぬか。
神に譲るがよい」。彼はこう言って、その声で二人の闘いを分けた。
一方の者には気心知れた仲間が寄り添う。傷めた膝を引きずり、
左右に頭を振りながら固まった血糊と
血に混じった歯を口から吐き出す彼を
船まで連れて行く。彼らは兜と剣を取れと呼ばれて、

これらを受け取り、優勝と牡牛はエンテルスの手に残していく。
ここで勝者は意気揚がり、牡牛を得た誇らしさから
言った。「女神の子よ、また、テウクリア人らもこのことを知るがよい、
青年時代のわたしの体にどれほどの力があったか、
あなた方がダレスを止めて救わなければ、どのような死に様を見せたかを」。
こう言うと彼は若牛の前に行き、顔の正面に立った。
拳闘の賞品として据えられていた牛めがけて右手を
振り上げるや、固い革帯を大上段から額の真ん中へ
落とすと、拳は骨に食い込み、脳髄を砕いた。
牛が倒れる。息絶えて痙攣しながら地面に横たわった。
その上よりエンテルスはこのような言葉を胸から吐く。
「これはあなたのものだ、エリュクスよ。ダレスの死の代わりに、もっと
　よい魂を
捧げましょう。この勝利をもって革帯と技術の仕納めとします」。
　続いてすぐにアエネーアスは、速き矢による競技を
欲する者が誰かあるか、と誘い、褒賞を告げる。
巨大な手でセレストゥスの船から帆柱を取ってきて

四八〇

立て、綱を渡してから、羽ばたく鳩を、
矢の目標となるよう、高き帆柱から吊した。
勇士たちが集まると、籤を青銅の兜に入れてから
振り出した。応援の叫びの中で最初に転がり出た籤は
ヒュルタコスの子ヒッポコオンのもの、誰よりも先に射る順番を与えた。
このあとには、船競技でついさっき勝利を収めたムネーステウスが
続く。ムネーステウスは緑なすオリーブの冠を巻いていた。
三番手はエウリュティオン。高名このうえなきパンダルスよ、
あなたの弟だ。かつてあなたは盟約破棄の命を受け、
先頭切ってアカイア軍のただ中へ矢を打ち込んだ(1)。
兜の底に残っていた、しんがり籤はアケステスで、
若者らと腕試しする苦労を自分から買って出たのだった。
それから、強力で弓をたわめ、引き絞る構えを
射手めいめいが見せ、矢を矢筒から取り出す。
空中に弦音を響かせた最初は
ヒュルタコスの子なる若者の矢で、宙を切り裂いて飛ぶ。
矢は真っ向から帆柱に当たって突き刺さる。

(1) パンダルスはリュカーオンの息子。ギリシア、トロイア両軍が協約を結んで、メネラーウスとパリスの一騎打ちが行なわれようとするとき、アテーナ女神の命令によりメネラーウスに矢を射かけて負傷させた(ホメロス『イリアス』第四歌七二行以下)。エウリュティオンについては他に典拠なし。

帆柱が震動して、鳥は驚愕のため翼をひらめかせ、
たいへんな拍手喝采がそこかしこに鳴り渡った。
次には気合い鋭くムネーステウスが弓を引いて構えた。
天辺を狙い、目線を矢の弾道に沿わせた。
だが、惜しいかな、鳥そのものに矢を射当てることは
できなかった。が、結び目と麻の綱とを断ち切った。
これにより、片足を縛られ、高き帆柱に吊されていた
鳩は南へ飛び、黒雲の中へと逃げた。
このとき一瞬の早わざ、すでに弓の用意を終え、弓弦に矢を
つがえたままの構えから、エウリュティオンが兄の名を呼び願掛けするや、
いまや遮るもののない空に喜ぶ鳩に狙いを定め、
黒雲の下に翼を羽ばたかせるところを射抜いた。
鳩は息絶えて落ちる。命を上天の星のあいだに残し、
落ちてきた体とともに刺さった矢をもち帰る。
　残るはアケステス一人となったが、賞品はすでにない。
それでも矢を天空高く放って、
老練な術と弓音を披露する。

ここで突如として目の前に現われたのは、大いなる前触れとなるべき
怪異な出来事(1)が、それと知れたのは後に大事が起こったときで、
畏怖に駆られた予言者たちは、予兆が時を経て実現する、と告げた。
見よ、矢が流れ行く雲のあいだを飛ぶうちに燃え上がった。
炎の航跡を残し、希薄な風の中へと
姿を消した。それはあたかも、ときに天球からはずれた
星が空を横切って飛び、うしろに長く髪を曳いてゆくときのよう。
人々は心が震撼して立ちすくみ、天上の神々への祈りを
トリナクリア人もテウクリア人も上げた。偉大なるアエネーアスも
これを予兆と認めて、喜ぶアケステスを抱擁した。
贈り物を山と積んで与え、こう言った。
「お取りなさい、父よ。オリュンプスの偉大な王がこのように望まれ、
あなたが格別の栄誉を得るよう、あのような前兆を示したのだから。
これは長生きしたアンキーセスの形見、これをあなたへの贈り物としよう。
この浮き彫りを刻んだ酒杯は、かつてトラーキア王
キッセウスが父アンキーセスへの大事な贈り物として
与えたもの、かの者の思い出、友愛の契りを表わす品だ」。

(1) どのような事柄を指すのか解釈が分かれ、判じがたい。まず、「予言者」はこのときのか、後代のか。また、予兆が示すのは、アケステスの勝利か、あるいは、アケステスがセゲスタの都を築き名声を高めることか（セゲスタは第一次ポエニ戦争のときローマと同盟して重要な役割）。さらに、前四四年の彗星を踏まえて、アエネーアス、ユーリウス・カエサル、アウグストゥスの神格化を暗示するのか、など。

こう言うと、その額に緑なす月桂樹の冠を巻き、
他のすべてにまさる第一位の勝者としてアケステスの名を告げる。
エウリュティオンも快く、先を越されても妬まなかった、
鳥を高き天より射落としたのは彼一人ではあったけれども。
これに次ぐ贈り物を受けるのは綱を断ち切った者、
最後は翼ある矢で帆柱を射当てた者であった。
　さて、父なるアエネーアスはまだ競技を終わらせなかった。
自分のもとへ、若きイウールスを守って供をする
エピュティデスを呼び、その忠実な耳元にこう語りかける。
「さあ、アスカニウスのところへ行け。少年らの隊列(1)を
従える用意をすでに済ませ、騎馬行進の配置も整えたなら、
祖父のため騎馬隊を率いて武者姿を披露せよ、
と伝えよ」。こう言うと、長い周回走路から全員が出るように、と
中に入り込んでいた人々に命じ、競技場を広く開けさせる。
少年たちが入場する。親たちの面前に足並みをそろえ、
よく調教した騎馬の上に光り輝く。その進むさまを見て
トリナクリアとトロイアの若者すべてが感嘆の叫びを上げる。

（1）以下の叙述は、詩人の時代に行なわれたトロイア競技祭（lusus Troiae. スエトーニウス『ローマ皇帝伝』「アウグストゥス伝」四三参照）を踏まえたもの。この競技祭には、しかし、トロイアとの本来的な関連がなかったと考えられている。

しきたりどおりに全員が切りそろえた葉の冠を髪にのせている。
それぞれがミズキの柄に鋼の切っ先をはめた槍を二振り携え、
なかには、つややかな矢筒を肩にかける者もある。胸元高く、
黄金を撚《よ》ったしなやかな首輪が首に巻かれている。
騎馬は三隊に分かれ、三人の隊長が
乗り進める。おのおのに六人ずつ二組の少年が従い、
分かれた組のそれぞれが師範と歩調を合わせ輝いている。
喜び勇む若人の第一隊を率いるのは、年少ながら
祖父の名を負うプリアムス。ポリーテス(2)よ、そなたの名高き
子孫にして、イタリア人を殖やす者だ。この少年はトラーキア産の白い
まだらのある二色の馬に乗る。足元は蹄の先が
白い。天高く誇示する額も白い。
第二隊はアテュス。この者からローマのアティウス家は血統を引いた。
幼いアテュスは少年イウールスに愛された少年であった。
しんがりを務め、他の誰よりも美しい姿はイウールスで、
シードンの馬に跨っていた。これは輝く美しさのディードが
自分の思い出、愛の契りのしるしとして与えたもの。

(2) プリアムスの子。第二歌五二六行以下に、ピュルスにより殺された次第が語られた。

このほかの子らは老雄アケステスがトリナクリアで養う
馬に乗る。
頼りなげな少年たちを拍手で迎え、喜んで見つめるのは
ダルダヌスの血を引く人々、そこに昔日の親たちの面差しを認める。
全観衆と一族が見守る目の前を喜々として
一周して馬を進めたあと、少年たちが合図の叫びを待ち構えれば、
エピュティデスが鞭を鳴らして、遠く響かせた。
すると、彼らは左右に等しく分かれた。三隊がそれぞれ列を
解き、隊伍を切り離した。次にまた合図を受けると、
進路を転じて向き合い、槍を戦わすように捧げ持った。
それから、さらに別の動きへ、また、それに呼応する動きへと移る。
対称の位置どりを保ちつつ、輪と輪を交互に
絡み合わせ、武具をまとった模擬戦を始める。
いま敗走して背中を露わにすると、今度は槍の穂先を転じて
敵対し、いまは和を結び、足並みそろえて進む。
それはまるで、かつて高きクレータにあったという迷宮のよう。
そこには、目の前を塞いだ壁が織りなす道筋、千の

五八〇

分かれ道で迷わす策略があり、印をつけて辿ろうとの試みは
踏破も後戻りも拒む迷路に打ち砕かれた、という。
ちょうどそのように、テウクリア人の息子らは騎馬の運びを
絡み合わせ、敗走と戦闘の遊技を織り上げる。
それはまた、湿った海を渡って泳ぐイルカにも似る。
イルカはカルパトゥス海とリビュアの海を切り進み、[波間に戯れる[1]。]
このような古式の騎馬とこのような競技を
アスカニウスは、アルバ・ロンガを城壁で囲んだとき、
最初に復活させ、これを祝うよう往時のラティウムの民に教えた。
みずから少年のときに他のトロイアの子らと祝ったしきたりを教えた。
アルバの人々はまた子らに教えた。そこからさらに偉大このうえない
ローマが受け継いで、父祖の遺風を守った。
いま少年たちはトロイアと呼ばれ、隊列もトロイア隊と呼ばれる。
神聖なる父のために営まれた競技はここまでであった。
　このとき初めて運の女神が心変わりして信義に背いた。
人々が墓前でさまざまな競技を厳粛に奉納しているあいだに、
サトゥルヌスの娘なる女神ユーノは天よりイーリスをイーリウムの

（1）この詩句は二つの主要写本には含まれず、未完成の詩行を補うための竄入と考えられている。

艦隊へと遣わし、その行く手に風の息を吹き込んだ。
心の古傷をいまだに癒しかね、さまざまに思いをめぐらしていた。
処女神イーリスは千の色の架け橋を渡って道を急ぐと、
誰にも姿を見られず、すばやく行程を駆け下った。
多数の観客を見つけ、海岸に目を走らせると、
港に人影がなく、艦隊が置き去りにされているのを見る。
ただ、遠く離れた寂しい岸辺でトロイアの女たちが
アンキーセスの死を悼んで泣いていた。誰もがみな深い
海へ目を向けて涙を流していた。ああ、疲れた身でかくも多くの潮の瀬、
かくも大きな海をまだ越えねばならぬとは、と、みなの声は一つ。
都を乞い願い、海路の労苦に耐え忍ぶことを厭う。
そこで女神は、痛手の与えどころをよく心得て、女たちの真ん中へ
身を投じた。女神の顔立ちと衣服を捨て、
ベロエとなる。これはトマロス山の住人ドリュクルスの年老いた妻で、
かつては立派な家柄と名声があり、息子らを持つ身であった。
その姿を取り、ダルダニアの母たちの真ん中へと進み出ると、
女神は言った。「ああ、哀れな方々。戦争のときアカイア兵の手にかかり、

祖国の城下で死へと連れ去られなかったのだから。ああ、悲運の血統よ、
運の女神がおまえを助けておくのは、どんな死に目に遭わそうというのだ。
トロイア陥落から、すでに七年目の夏がめぐって来ている。
そのあいだ、海と陸のすべてを、数多き近寄り難い岩礁と
星の下とを通り抜けて進んだが、われらはまだ大海の向こうに
逃げ行くイタリアを追い、波にもまれるのか。
ここには兄弟エリュクスの領地があり、主アケステスがいる。
城壁を築き、都を市民に授けることを誰が阻もうか。
おお、祖国よ、敵から救い出されたのも空しい守護神よ、
もはや、いかなる城市もトロイアの名で呼ばれることはないのだろうか。
ヘクトルの川たるクサントゥスとシモイスはどこにも見られないのか。
いっそのこと、さあ、あなた方、呪われた船を焼き払ってしまおう。
じつに、予言の巫女カッサンドラがわたしの夢に姿を現わし、
燃える松明を渡しながら言ったのだ、「ここにトロイアを求めよ。
ここがあなた方の故郷だ」と。いまこそ事を起こす時だ。
これほどの前兆を目にしてためらうな。それ、そこの四つの祭壇は
ネプトゥーヌスに捧げたもの。神みずから松明と決意とを授けている」。

こう語ると、先頭を切って危険な火を力強くつかむや、
遠くの船へ届けと、振り上げた右手を一閃、
投げ放つ。心中が立ち騒ぎ、胸潰れる思いのする
イーリウムの女たちだが、このとき、大勢の中で抜きん出て年長の女、
プリアムス王の数多い息子らの乳母を務めたピュルゴが進み出て、
「よいか、ご婦人方、これはロエテーウム[1]のベロエではない。
ドリュクルスの妻ではない。見よ、神々しさを漂わせ、
目が燃え立っている。なんという霊気の発散があり、
なんという面差し、声音、足の運びであることか。
このわたしがさきほどベロエと別れてきたときは、
具合が悪く、口惜しい様子だった、彼女一人がこのような務めに
与れず、アンキーセスに然るべき献納を捧げられないとは、と」
と言った。
すると、初めは母たちも決心がつかず、悪意のこもる目を
船に向けながら、哀れにも、どちらを愛すべきか迷っていた、
目の前の土地か、運命が呼ぶ王国か、と。
が、そのとき女神が翼をそろえて天に翔昇り、

（1）ロエテーウムはトロイア近くの岬だが、ここでは、単にトロイアの意を表わす。

雲の下にかかる巨大な架け橋を切り裂いて逃げ去った。
このとき、怪異に驚愕し、狂気に駆られた女たちは
叫喚を上げる。こちらで奥殿の火炉から火をつかみ取ると、
あちらでは祭壇を略奪し、葉っぱや枝や松明を
船に投げ込む。火の神は手綱を繰り出されるまま猛り狂い、
漕ぎ座から櫂、さらに彩色豊かな松材の船を包む。
　その知らせがアンキーセスの墓所へ、劇場の観客席へ届く。
船に火が放たれた、とエウメールスが伝えるや、耳にした人々は
振り返り、黒い火の粉が雲のように舞い上がっているのを見る。
アスカニウスが一番に、喜々として騎馬行進を
指揮していたそのままに、気合い鋭く馬を駆って混乱した陣営に向かった。
これを引き留めることは師範らにもできず、ただ息を切らした。
彼は言った。「なんという異様な狂気か。いったい何が目当てだ。
ああ、哀れな婦人らよ。おまえたちは敵でもアルゴスの憎い陣営でもなく、
おまえたちの希望を燃やしているのだ。見よ、わたしを。おまえたちの
アスカニウスだ」。そう言って、足下に兜を脱いで投げ出したが、
これは模擬戦を交えたときかぶっていたもの。

と同時にアエネーアスが、同時にトロイア人の一団が駆けつける。
すると、女たちは恐れから海岸のいたるところへ
散り散りに逃げる。森であれ、洞なす岩場であれ、行き当たったところに
隠れ場所を求め、企てと日の光を悔やむ。誰が身内か
元に戻った心で了解し、ユーノは胸から振り払われた。
　しかし、燃え上がった火災の力がそれで消えることはなく、
手に負えぬままだった。湿った樫材の内側で生き物のように
麻くず[1]がゆっくりと煙を吐く。じわじわと竜骨を
熱気が蝕んでゆき、船全体に悪疫が染み渡る。
英雄たちが力を合わせて水を注ぎかけても役に立たない。
このとき敬虔なるアエネーアスは肩から衣を切り裂くと、
救いを求めて神々に呼びかけ、掌を差し伸ばす。
「全能なるユッピテルよ、まだトロイア人を最後の一人まで
憎み切っておられぬか。昔の親心をもって、われらの労苦に
目を向けてくださるか。ならば、かなえよ、炎を艦隊より遠ざけることを。
さあ、父神よ、トロイア人の痩せ細った家財を破滅から救いたまえ。
さもなくば、残る道は、あなたの雷電に打たれて死ぬこと。

(1) 舟板のあいだに詰めて浸水を防止するためのもの。

罪があるなら、罰を下したまえ。あなたの右手でこの土に葬りたまえ」。
彼がこう言うやいなや、堰を切ったように雨が降り、真っ黒な
嵐がとめどもなく荒れ狂う。高地も平野も
雷鳴に震え、全天からほとばしる
雨は渦巻く滝となり、吹きつのる南風が黒い闇に包む。
この雨が船の上に満ち、半焼した樫材も
濡れる。ついには熱気のすべてが消し止められ、四隻を
失いながらも、他のすべてが災いから救われた。
　だが、父アエネーアスは厳しい事態に動揺した。
こうしようか、ああしようかと大きくふくらむ苦悩が胸を
駆けめぐった。シキリアの田野に腰を据え、
運命を忘れるか、それとも、あくまでイタリアの岸を求めるか、と。
このとき、ナウテスという老雄がいた。トリートン生まれのパラスが
この者一人に教えを授け、奥深い予言の術で誉れ高かった。
女神は託宣を垂れて、神々の大いなる怒りが
いかなる前触れを起こすか、運命のめぐりが何を求めるか、教えていた。
そのナウテスがこのような慰めの言葉をアエネーアスにかけた。

「女神の子よ、われらを運命がどこへ率い、どこへ引き戻そうと、あとに
　従おう。
何があろうと、運がもたらすすべては耐えて乗り越えねばならぬ。
あなたには、ダルダヌスから神の血を引くアケステスがいる。
策を講じるに彼を仲間とせよ。進んで加わってくれよう。
彼に託せ、船を失って行き場のない者たちと、
大きな企てとあなたの使命に倦み疲れた者たちとを。
年を重ねた老人たちと海に疲れた婦人たち、
また、誰であれ力が弱く危難を恐れる者を一行の中から
選び出せ。疲れた者たちにはこの土地で城市を得ることを許せ。
この都は、その名が認められるなら、アケスタ(1)と呼ばれよう」。
　年長の友のこのような言葉に励まされながらも、
このときアエネーアスはあらゆることを思い悩んで心が張り裂ける。
さて、黒い「夜」が馬車を駆って天を蔽った。
すると、天上から父の顔が滑り下りてくるのが見えた。
突如としてアンキーセスがこう声を放つ。
「息子よ、わが命の続いていたあいだは、この命よりも

(1) この町を、ギリシア人はエゲスタ、ローマ人はセゲスタと呼んだ。三九行註参照。

なお愛しかったおまえ、イーリウムの運命に苛まれる息子よ、
ここへ来たのはユッピテルの命令ゆえだ。かの神が艦隊より火を
退けた。ようやく高き天より憐れみをかけてくださったのだ。
老雄ナウテスが授ける策に従うがよい。
それがいま最良だ。選り抜きの若者、無双の勇猛心をもつ者どもを
イタリアへ連れて行け。非情で、暮らしもすさんだ民なのだ、
ラティウムでおまえが征服せねばならぬのは。だが、まずディースの治める
冥界の館を訪ねよ。アウェルヌスの深みを抜けて、
息子よ、わたしとの面会を求めよ。わたしがいるのは
不敬なタルタラでも、陰鬱な亡霊の中でもない。敬虔な霊が不自由なく
集い暮らすエリュシウムが住まいだ。ここへは、純潔のシビュラが
案内してくれよう。おまえは黒い犠牲獣の血をたっぷりと捧げるのだ。
そのとき、おまえの血統のすべてと、いかなる城市を授かるかを学ぶであろう。
ではさらばだ。湿った『夜』が行路のなかばを越え、
酷い日の出が息を切らした馬の喘ぎをわたしに吹きかけたから」。
こう言うと、まるで煙のように希薄な空気のうちへ消え去った。

アエネーアスは、「これからどこへ急ぎ、どこへ駆けて行くのですか。
誰から逃げるのです。誰が邪魔して、あなたを抱けないのですか」。
こう言いながら、燠《おき》に眠る火をかき起こす。
ペルガマの守り神と灰色の頭のウェスタの内殿との前に
ひざまずき、聖餅と香の満ちた香炉をもって礼拝した。
　続いてただちに、アケステスをはじめ、仲間たちを呼び集め、
ユッピテルの命令と愛しい父の忠告と、
さらに、いま心中にいかなる考えを固めたかを告げ知らせる。
間もなく策がまとまる。アケステスも命令を拒まない。
母たちは都の籍を与えられ、この国の民となりたい者、
大いなる功業を求める大志のない者はそのまま置いていかれる。
行く者たちは漕ぎ座を新しくする。炎に蝕まれた樫材を
取り替えて航海に備え、櫂と索具を調える。
数はわずかだが、潑剌として戦争に向かう勇気がある。
そのあいだにアエネーアスは鋤を引いて都の境界を刻み、
住まいを割り当てる。これをイーリウム、この土地をトロイア
とせよ、と命じる。トロイア人アケステスはこの王国に喜び、

衆議の場を定めると、議員を召集して法治をなす。
それから、エリュクスの山頂、星にも近い場所に
イダリウムのウェヌス神殿が建立される。アンキーセスの墓所には
神官を置き、まわりに広く聖林が造られた。
　いまや九日間の宴をすべての民が済ませ、祭壇への
奉納が果たされた。すると、穏やかな風が水面を平らかにし、
吹きつのる南風が、沖へ戻れ、と呼ぶ。
湾曲した岸辺に沿って嘆きが高く上がり、
互いに抱き合って一日一夜を費やす。
いまや母たちでさえ、以前には海の顔が
荒々しく、その力は耐え難いと思った者たちまでも、
旅立ちたい、どのような流浪の労苦も耐え忍びたい、と思う。
この者たちを心正しいアエネーアスは、親身な言葉で慰めつつ、
涙ながらに、同じ血筋を引くアケステスに託す。
仲間には、エリュクスのため若牛三頭を、「嵐」のため仔羊一頭を
犠牲に捧げよ、それから、この儀式ののち艫綱を解け、と命を下し、
自身は切りつめたオリーブの葉の冠を頭に巻く。

独り離れて舳先に立ち、椀を手に取ると、内臓を潮の
流れに投げ込み、滴る酒を注ぐ。
風が艫より起こり、その行く手につき添う(1)。
と、仲間たちが競って海を櫂で打ち、水面を掃いて進む。
　だが、そのあいだにウェヌスは、心労に苛まれて、ネプトゥーヌスに
語りかけ、胸の底からこのような嘆きを吐く。
「ユーノの激しい怒りと鎮まることを知らぬ心とのため、
ネプトゥーヌスよ、わたしは身を屈め、いかなる祈願もせねばなりません。
ユーノは長の歳月にも、いかなる敬神の念にも心を和らげず、
ユッピテルの命令と運命にも屈しません。決して鎮まらないのです。
その忌まわしき憎悪は、プリュギアの民を芯から蝕んで
都を滅ぼしたばかりか、トロイアの生き残りを引き回し、どんな懲罰を
加えても満足しません。トロイアが滅び、灰と骨になっても
迫害を続けています。なぜこれほど怒り狂うのか、理由を知るは女神のみ。
あなた自身が証人です、先頃もリビュアの波間に
突如どれほどの嵐を煽り立てたことか。いたるところ、海と天を
かき乱しました。アエオルスの疾風を頼ったため奏功しなかったものの、

(1) 七七七行と七七八行とは順序を逆にする写本もあり、底本もそれに従っているが、伝統的行順で訳出した。

あなたの領域でこれだけの暴挙に出たのです。
ご覧なさい、トロイアの母たちまでも罪業に駆り立て、
恥知らずにも船を焼き払いました。船を失っては、
見知らぬ土地に仲間を残して行かざるをえなくなりました。
残るはただ願うのみです。どうか、あなたに託された帆が無事に波間を
越えられるよう、どうか、ラウレンテス[2]のテュブリスに着けるようにと。
これは聞き届けられた願い、かの城市は運命の女神が授けたはずです」。
このときサトゥルヌスの子にして、深き海を司る神はこう言った。
「じつに正当だ、キュテーラの女神よ、そなたがわが王領に信を置くのは。
そなたはここから生まれたのだから。わたしもふさわしい働きをした。
何度も狂乱を、天と海とのあれほどの猛威を制圧したのだ。
これに劣らず陸の上でも――クサントゥスとシモイスを証人としよう――
わたしはそなたの子アエネーアスに目をかけた。アキレスがトロイアの
軍勢を息つく間もなく追走して、城壁まで押し込んだことがあった。
何千という兵が死に追いやられ、これに埋まった川は
呻き声を上げた。流路を見出せず、クサントゥスは川波を
海へと進めることができなかった。このとき、勇敢なるペーレウスの子と

(2) ラウレンテスはラティウムの民族の名（第七歌五九行以下参照）だが、ここでは単にラティウムに同じ。

相対したアエネーアスを、神々の加勢も備わる力も対等ではないゆえに、
雲に包んで救い出したのはわたしだ。(1) 根こそぎ覆してやりたい、
わが手で築いた城市だが、誓いを破るトロイアなど、と思っていたのにだ。
いまも、わが心は同じ。変わってはいない。恐れを捨てよ。
彼は無事に、そなたの望むとおり、アウェルヌスの港(2)へ着くであろう。
ただ一人だけ、潮の渦に失われる者があり、捜索することになろう。
このただ一人の命が大勢の身代わりとなろう」。
こう言って女神をいたわり、その胸を喜ばせると、
父神は馬に黄金の馬具をつける。かませた轡に
馬が猛々しく泡を吹けば、両手より手綱をいっぱいに繰り出す。
濃紺の戦車は水面を越えて軽快に飛んで行く。
その下で波は静まる。車輪の轟音が過ぎ行くとき、波立つ
海面も平らかとなり、嵐の雲は広大な天空より去る。
このとき、つき従うさまざまな姿が現われる。巨大な鯨、
老グラウクスの仲間にイーノの子パラエモン(3)、
すばやいトリートンたち、ポルクスが率いる群れのすべて、
また、左側にはテティス(4)、メリテ、乙女のパノペーア、

(1) ホメロス『イリアス』第二十歌一五八行以下参照。
(2) アウェルヌスはクーマエの町(第六歌二行参照)の西にある湖。その港とは、ここではクーマエのこと。
(3) グラウクスはもと漁師で、海の神となる。イーノはテーバエ王アタマスの后であったが、ユーノにより狂気を吹き込まれ、息子のメリケルテスとともに海に身投げしたあと、母子はそれぞれ、レウコテアとパラエモン(または、ポルトゥーヌス)という海の神格となった。トリートンはネプトゥーヌスの息子、造形芸術では複数で描かれる。ポルクスは海の老人で、あざらしの群れを率いる。
(4) 八二五―八二六行に列挙されるのはいずれもネレイデスの名。八二六行のニンフの名につ

ニサエエ、スピーオ、タリーア、キュモドケが並ぶ。
　ここで、父アエネーアスの不安な心を次々と快い
喜びが埋めてゆく。急げ、すべての
帆柱を立てよ、帆桁を張り出せ、帆を張るのだ、と命じる。
全員が一つになり、基部を固定したあと、釣り合いよく、まず左側、
今度は右側と、帆を張りわたした。息を一つに、見上げるような帆桁を
右へ、左へと転じると、風が応えて艦隊を推し進める。
全艦隊の先頭にはパリヌールスが立ち、隊形を密に保って
導いていた。他の者は彼を目途に針路を取るよう命じられた。
さて、すでに湿った「夜」がほぼ中天に
達して、船乗りたちは穏やかな安らぎのうちに手足をほぐし、
櫂の下、固い漕ぎ座のあいだに体を伸ばしていた。
このとき、眠りの神が高天の星々のもとから軽快に滑り降りた。
闇深い空気を切り裂き、陰のあいだを割って現われ、
パリヌールスよ、おまえに狙いをつけた。悲痛な眠りを運んできたのだ、
罪のないおまえのもとへ。神は高き艫に座を占めた。
ポルバスの姿を取り、こう囁きの言葉を放つ。

いては、ホメロス『イリアス』第十八歌三九―四〇行参照。

「イアシウスの子パリヌールスよ、艦隊は海がひとりでに運んでいる。
風は偏ることなく吹き、いまは休息すべきときだ。
頭を横たえよ。疲れた目をこっそり休めよ、仕事はそこまでにして。
しばらくのあいだ、このわたしがおまえの代わりを務めてやろうから」。
パリヌールスはかろうじて眼を上げ、これに答える。
「わたしに言うのか、穏やかな潮の面と静かな波から
目を離せ、と。わたしに、この怪物を信用しろ、とか。
アエネーアスを預けるなど、どうしてできるのだ、相手は信頼できぬ風、
晴れ渡る空の詐術に何度騙されたか知れぬのに」。
このように言うと、舵にはりついて動かない。
一歩たりとも離れようとせず、両眼を星々へ向け続けた。
しかし、見よ、神はレーテの川[1]の滴が垂れる枝、
ステュクスの力により眠りを誘う枝を両のこめかみの上に
振る。と、こらえようとしても目は宙を泳いで光を失った。
手足の先がまず不意の安らぎにくつろいでしまうや、
神はその上にのしかかりつつ、艫の一部をもぎ取り、
舵もろとも、流れる波間へと投げ込んだ。

（1）霊魂に忘却をもたらすという冥界の川。第六歌七一三行以下参照。

舵取りは真っ逆さまに落ち、何度も仲間を呼ぶ声が空しく響く。
神は翼を羽ばたかせ、希薄な空気の中へと飛び去った。
このために艦隊の走りが遅れはしない。海路を無事に、
父神ネプトゥーヌスの約束により心配なく進む。
いまや、シーレン(2)の岩場に近づくところまで来ていた。
そこはかつての難所、大勢の人の骨で白く見える場所で、
このときは岩に潮が絶えず打ちつける轟きが遠くまで聞こえていた。
ここで父アエネーアスは、船が舵取りを失い、あてどなく漂っているのに
気づいた。みずから夜の波間に船の針路を定めてから、
しきりに嘆息する。友人の事故に心を揺すぶられた。
「ああ、晴れ渡る天と海を信じすぎたのか、
パリヌールスよ、埋葬もされず見知らぬ砂浜に横たわるのか」。

(2) 彼女らの島に通りかかる者を甘美な歌声で虜にする魔女(ホメロス『オデュッセイア』第十二歌三九行以下、および、一六六行以下)。

第六歌

彼は涙ながらにこう言うと、艦隊の手綱を繰り出し、全速で走らす。
と、ついにエウボエアより植民したクーマエ(1)の岸へと滑りつく。
舳先を転じて沖に向けてから、錨が歯先を食い込ませて
陸に船を固定していくと、岸辺づたいに竜骨の反った
船が縁取りをなす。若者の一団が燃える思いで飛び出す、
そこはヘスペリアの岸。こちらで火打ち石の肌理《きめ》に隠れた
火種を求めれば、あちらでは獣たちをかくまう
森の茂みへ分け入り、川を見つけた、と指し示す。
さて、敬虔なるアエネーアスは、高みに立つアポロ(2)が司る
山の頂と、やや離れて畏怖すべき巫女シビュラが隠れ住む
巨大な岩穴へと向かう。巫女には大いなる心と魂を
デーロス生まれの予言の神が吹き込み、未来を開示する。
いまや、一行はトリウィア(3)の聖林と黄金の館に近づく。
言い伝えによれば、ダエダルスはミーノスの王国を逃れようと、

(1) ナポリの西一五キロほどにあるクーマエはイタリアでももっとも早いギリシアからの植民が行なわれた町。前七五〇年頃、エウボエア(四二行参照)のカルキス(一七行参照)から入植した。
(2) クーマエの町自体が小高い場所にあり、その頂にアポロ神殿がある。
(3) トリウィアは「三叉路の女神」の意で、暗黒の女神ヘカテの別称。ここではアポロの姉妹ディアーナと同一視して用いられている。
(4) クレータ王ミーノスの息子アンドロゲオスはアテーナエ人

大胆にも、空翔る翼を用いて大空に身を託した。
未知の旅を経て凍てつく北天、熊座まで泳ぎついたのち、
ついにカルキスの頂の上に身軽な足を下ろした。
地上に戻って、まず、この地で、ポエブスよ、あなたに捧げて
翼の櫂を奉納し、壮大な神殿を建てた。
その扉絵にはアンドロゲオスの死(4)がある。次いで、罪の贖いをなすよう
命じられたケクロプスの子ら(5)。哀れにも、毎年、七人ずつ
息子を人身御供にする。そこに立つのは、すでに籤を引いたあとの壺だ。
これと対をなすのは、海よりせり上がったクレータの地。
ここには、牡牛への酷薄な愛、秘め事を通じ身をゆだねた
パシパエ、異種混交により二つの姿をもって生まれた
ミノタウルスが描かれ、ウェヌスの忌まわしき業を思い起こさせる(6)。
ここには、かの苦心を尽くした家、解きがたい迷路がある。
しかし、王女の大いなる愛(7)を憐れんで、
ダエダルスみずからが館の奸計と曲折に富む回廊を解き明かした。
先が見えぬ足の運びを糸で導いたのだ。イーカルス(8)よ、おまえもまた
これほどの大作に大事な場面を占めるはずだったが、心の痛みが阻んだ。

二〇

三〇

によって殺されたので、王は償いとして毎年男女七人ずつの若人の犠牲を求めた。
(5)アテーナエ人のこと。アクロポリスを築いたアッティカ最初の王ケクロプスにちなむ呼び名。
(6)ミーノスの妻パシパエは美しい牡牛に恋をして、これと交わり、半人半牛の怪物ミノタウルスを産んだ。ミノタウルスはダエダルスの作った迷宮に閉じ込められた。
(7)ミーノスの娘アリアドネはアテーナエの英雄テーセウスに恋し、英雄がミノタウルスを殺して迷宮から脱出できるように手助けした。
(8)ダエダルスの息子イーカルスは父の作った翼をつけて空を飛んだが、太陽の熱でつなぎ目の鑞が溶け、墜落した。

父はおまえの墜落を二度も黄金の像に描き出そうとしたが、二度とも父の手は力なく落ちた。なおさらに、すべての絵を一行は眺め終えようとしたが、先遣させてあったアカーテスがこのとき戻ってきた。一緒にポエブスとトリウィアの巫女でグラウクスの娘デイポベもやって来て、王にこう語りかけた。「いまはそのような見物をしているときではない。いまは、軛を知らぬ牛の群れより七頭の若牛を、また、同数の二歳の羊をしきたりどおりに選んで屠るのが先だ」。このようにアエネーアスに語りかけ、勇士らに儀式を命じたとおりに遅滞なく行なわせてから、巫女はテウクリア人らを高き神殿へ呼び入れる。

四〇

エウボエアの岩山は、側面が掘り抜かれて巨大な洞穴となっている。ここへ近づく道は百、ここへは百の入り口が通じており、ここから、それと同じ数の声、シビュラの託宣が発せられる。一行が入り口に着くと、乙女の巫女は言った。「いまこそ運命を尋ねるときだ。神だ、見よ、神が」。門扉の前で、このように語るあいだに、突如、巫女の相貌が変わる。顔色も同じではない。結い上げた髪もそのままではなかった。胸は喘ぎ、

激しい狂乱が心臓を膨らませる。体が大きくなったように見え、
人間のものではない声を出す。いまや神の息吹を受けていたからだ。
もう神はすぐ近くに来ていた。「手間取ることなく祈願をせよ。
トロイアのアエネーアスよ、手間取るな。それが済まねば開かぬのだ、
驚愕にとらわれた館の大きな口は」。このように告げると
押し黙った。テウクリア人らの頑健な骨のあいだを、凍るような
おののきが走った。王は胸の底より祈りを捧げる。
「ポエブスよ、トロイアにのしかかる苦難をいつも憐れむ神よ、
トロイアの矢をパリスの手より導いて
アエアキデス[1]の体に突き刺した神よ。大いなる地平を囲む
幾多の海に分け入ったとき、わたしの導き手はあなたでした。はるか遠く
マッシューリア人の地、シュルテス沿岸の田野までも行きました。
ようやくいま、イタリアの逃げ行く岸をわれらはつかみました。
トロイアの不運がつきまとうのも、ここまでとしたまえ。
いまや、あなた方もペルガマの民を救うことが定めにかないます、
男の神であれ、女神であれ、かつてイーリウムと広大なトロイアの栄光を
敵視したすべての神々よ。そして、神聖なる予言者、

（1）第一歌九九行註参照。

未来を予知する巫女よ、どうか、かなえたまえ——わが求める王国は
まさしくわが運命により授かるべきもの——ラティウムにトロイア人、
放浪する神々、迫害されたトロイアの神格が確固たる住まいを得ることを。
その晩には、ポエブスとトリウィアのため堅固な大理石造りの神殿(1)を
建立し、ポエブスの名を冠した祝祭(2)を始めましょう。
あなたを待ち受けるのは、巫女よ、わが王国の壮大な奥殿だ。
ここにわたしは、あなたの託宣、秘められた運命を
告げた言葉をわが民のために納めておこう。選り抜きの者たちを、
恵み深き巫女よ、神官としよう。どうか、神託を木の葉に預けんでくれ。
つむじ風にもてあそばれるまま、吹き飛ばされてはいけないから。
どうか、自分で歌って聞かせたまえ」。こう言って彼は口を閉じた。
　だが、ポエブスがまだ取り憑いていない予言者は洞穴の中で
激しく荒れ狂う。大いなる神を胸から振り落とせぬかと
試みるが、すればするほどに、神は狂おしい口から
力を奪い、荒ぶる心を馴らし、押さえつけて思うとおりに動かす。
いまや館の入り口が開いた。巨大な百の口が
ひとりでに開き、予言者の答えを風に乗せて運んでくる。

(1) 前二八年十月八日にアウグストゥスがパラーティウム丘に奉献したアポロ神殿を暗示する。アポロ神像の両脇にディアーナとラトーナの像があった。ここには、ローマの運命を記すとされ、国難に際して参照されたシビュラ予言書が保管され、神官団がこれを管理した。

(2) 前二一二年、第二次ポエニ戦争のあいだに創始されたアポロ祭（Ludi Apollinares）とともに、前一七年の世紀祭（Ludi Saeculares）を念頭に置くと考えられる。

「おお、海の大いなる危難をようやく踏破した者よ。
だが、陸にはさらに大きな危難が待っている。ラウィーニウムの王国へと
ダルダヌスの子らは到るであろう。この心配は胸から払え。
しかし、来なければよかったとも願うであろう。戦争だ。凄絶な戦争と
多量の流血で泡立つテュブリス川が見える。
そなたの前には、またもシモイス、クサントゥス、ドーリス人の陣営が
必ずや現われる。いまやラティウムに、もう一人のアキレス(3)が生まれた。
これもやはり女神の子だ。また、テウクリア人をユーノがつけまわさずに
おく場所はどこにもない。このため、そなたは事態の窮迫から救いを乞う。
イタリアのいかなる民、いかなる都にも嘆願せずにはすまぬ。
テウクリア人へのこれほど大きな災いの原因はまたも異国より迎える妻、
またも異なる国人の婚礼だ(4)。
そなたはしかし、災いにひるむな。いっそう果敢に立ち向かえ。
そなたの運の女神が進ませてくれるであろう。生き残る第一の道は、
思いもよらぬことではあろうが、ギリシアの都より開けるであろう(5)」。
　クーマエの巫女シビュラは、内陣の奥よりこのように言った。
恐ろしき謎を秘める歌を聞かせ、洞窟に鳴り響かせたが、

(3) ルトゥリ人の王トゥルヌスのこと。ニンフのウェニーリアから生まれた。

(4) 最初はスパルタから迎えたヘレナ、今度はラティーヌスの娘ラウィーニア。

(5) アルカディア人の王エウアンドルスから受ける援助（第八歌五一行以下参照）への言及。

この暗闇にこそ真実が包み込まれている。そのようにアポロは
狂乱の巫女に手綱を振り、その胸に鞭を当てる。
狂乱がひき、荒れ狂う口が静まるやただちに
英雄アエネーアスが語り始める。「いかなる苦難が降りかかろうと、
おお、乙女よ、わたしが見慣れぬものも、予期せぬものもない。
わたしはいかなることも先取りして、あらかじめ心をめぐらしてある。
願うことはただ一つ。ここには冥界の王宮への門、
アケロンの水が溢れた闇深い沼がある、と言われるゆえに、
そこへ行き、愛しき父とまみえ、顔を拝することを
かなえたまえ。道を教え、神聖な入り口を開きたまえ。
炎と迫り来る千の矢玉をくぐり抜け、わたしは父を
この肩に背負い救い出した。敵のまっただ中から助け出した。
そうして父はわが旅路の道連れとなり、どの海原の上でも一緒だった。
海と陸とのあらゆる脅威に耐えた。
体は弱りながら、見せた力は老年のもてる域を越えていた。
そればかりか、あなたのもとに行き嘆願せよ、あなたの門口に向かえ、と
心を込めての言いつけを授けたのも父であった。息子と父と、

（1）トラーキアの楽人オルペウスは妻エウリュディケの死に耐

どうか、二人を恵み深く憐れみたまえ。あなたにできぬことはない。
ヘカテによりアウェルヌスの聖林の巫女とされたのも故なきことではない。
オルペウス[1]も妻の霊魂を呼び出すことができたではないか、
トラーキアの竪琴と響きのよい弦の力を用いて。
ポルクス[2]も交互に死ぬことで兄弟の命を購ったではないか。
それで何度も冥途を行き来している。テーセウス[3]はどうだ。偉大な
アルキーデス[4]のことを語る必要があろうか。わが血統の祖も至高神ユッピ
テルだ」。
　彼はこのような言葉で祈願し、祭壇にすがろうとした。
このとき巫女がこう語り始めた。「神々の血筋に生まれた者よ、
アンキーセスの子なるトロイア人よ、アウェルヌスへ降るのはたやすい。
夜も昼も黒きディースの門は開いている。
だが、歩みを戻すこと、地上の大気のもとへ逃れ出ること、
これは大仕事、これが難関だ。それができたのはわずかな者たち、公正な
ユッピテルの愛を受けたか、燃え立つ武勇により高天まで登りつめた
神々の子らのみであった。途中にはずっと森が続いており、
そのまわりをコキュートゥス川が黒く蛇行しながら取り巻いている。

えられず、彼女を取り戻そうと冥界に降り、一度は歌により願いを聞き届けられた。しかし、地上を連れ帰る途中に振り返ってはならぬ、という条件を守れなかったため、彼女を失った。

（2）レーダから生まれたポルクスとカストルの双子の兄弟は、前者がユッピテルの胤で不死であったのに対し、後者の父は人間であった。カストルが戦場に倒れたとき、ポルクスはユッピテルに願い、二人が命を交互に分け合って生きることを聞き届けられた。

（3）テーセウスは、友人ピリトウスがプロセルピナをさらおうとする企てを手伝って、冥界に降った。

（4）ヘルクレス（アルキーデス）は冥界の番犬ケルベルスを地上へ連れ去った。

だが、それほどにも愛しい思い、それほどにも大きな望みを抱いて
二度もステュクスの水に泳ぎ入り、二度も黒きタルタラを
見たいと欲するなら、この正気ならぬ苦難に身をゆだねることが喜びなら、
聞け、その前にまず、なさねばならぬことを。蔭深い木に潜んで
一振りの枝があり、葉もしなやかな梢も黄金色をしている。
冥界のユーノ(1)に捧げられたというこの枝は、聖林全体により
蔽い隠され、薄暗い峡谷の陰に閉じ込められている。
だが、地下の隠れた場所へ近づくには、その前にまず、
誰であれ、この木から黄金の葉繁る枝を折り取らねばならない。
美しきプロセルピナが、これを自分への供物として捧げよ、と
定め置いたのだ。一つ枝を折ると、次も劣らず
黄金となり、枝はいつも同じ金属を繁らせる。
そこで、高いところに目を走らせよ。見つけたら、しきたりに違わず
手折れ。枝はみずから望むように、やすやすとつき従うであろう、
もし運命がそなたを呼んでいるなら。さもなくば、どう力を込めても、
打ち負かせぬ。鋼の剣を用いても切り取ることはできぬであろう。
これだけではない。そなたの友の息絶えた体が横たわったまま、

(1) 冥界の女王プロセルピナのこと。

ああ、そなたは知らぬであろうが、全艦隊に死の穢れを及ぼしている。
いま、そなたが託宣を求め、わが門口に留まるあいだにもだ。
まず、この友をふさわしい安住の場所に運べ。墓所に葬るのだ。
黒き犠牲獣を引き連れ、これを最初の清めとせよ。
そのあとでようやくステュクスの聖林と命ある者に道を閉ざした王国とを
見ることになろう」。巫女はこう言うと、口を閉じて押し黙った。
　アエネーアスは悲痛な表情で目を落としたまま
歩み出て、洞窟をあとにする。闇の中の出来事が
心中を駆けめぐっていた。その横に信義に篤いアカーテスが
連れ立って進む。等しく心に悩み、足取りが重い。
二人は多くの言葉を交わし、さまざまな話をしていた。
息絶えた仲間とは誰か、どのような遺体を埋葬せよ、と巫女は
言ったのか、と。すると、乾いた岸の上にミセーヌスが見つかった。
彼らのやって来た足下に、無残にも死に果てていた。
アエオルスの子ミセーヌス、彼は他の誰より優れていた、
ラッパで勇士たちを鼓舞し、その調べで戦意を燃えさせることにかけて。
彼こそは偉大なるヘクトルの戦友であった。ヘクトルのそばにあって

戦場に向かうとき、ラッパと槍とが際立って見えた。
ヘクトルをアキレスが打ち負かし、その命を奪ってのちは、
この勇猛比類なき英雄はダルダヌスの血を引くアエネーアスに身を
寄せ、友となった。力の劣る者につき従おうとはしなかったのだ。
だが、あのとき、折しも虚ろな法螺貝の音を水面に響かせるあいだに、
気が触れたか、自分と調べの手合わせを、と神々に呼びかけるあいだに
——信じるに値する話とすれば——、トリートンが敵愾心から襲いかかり、
岩のあいだの泡立つ波の下へ沈めてしまった。
そこで、すべての人がまわりを囲んで嘆きの叫びを高く響かせたが、
敬虔なるアエネーアスの嘆きはひときわ高い。人々はシビュラの命令を、
遅滞なく、急ぎ実行する。涙ながらに、葬送の祭壇とするため
木組みを積み上げ、天にも届けと懸命になる。
昔からの森、獣たちの深き住まいへ分け入ると、
トウヒを倒す。常磐樫に斧を打ちつける音が響き、
トネリコの板材と裂けやすい樫の木が楔により
割られる。ナナカマドの巨木が山から転がり落ちてくる。
　このような仕事のあいだ、アエネーアスもみずから先頭に立ち、

仲間たちを励ましつつ、そろいの道具で身支度する。
それでも、心中には悲しい思いをめぐらすままに
広大な森に目を向け、ふと、このような祈りが結ばれる。
「どうかいま、かの黄金の枝がわれわれの前に、
あの大きな森の中に現われてくれますよう。すべて本当であったのだから、
巫女の語ったことは。ミセーヌスよ、おまえのことはあまりであったが」。
こう言い終えるやいなや、折しも二羽の鳩が
英雄の顔の間近に天より飛んで来て、
緑の地面に降りた。このとき偉大なる英雄は
それが母の鳥であることを認め、喜びを祈りに表わす。
「どうか、おまえたち、道があるなら、案内してくれ。空から進路を
指し示してくれ。聖林に向かうのだ。富める枝が肥沃な土に
陰をさすところだ。あなたもまた、この危急のときに力を貸したまえ、
女神なる母上よ」。こう言って、ぐっと足を踏みしめると、
鳩がどのような合図をもたらすか、どこへ向かって進むか目を凝らす。
餌を捕りつつ、鳩は先へ先へと飛んで行くが、
あとを追う者たちが目で捉えられる範囲からは出ない。

そうして、重く淀んだ臭気を放つアウェルヌスの顎まで来たとき、
すばやく舞い上がると、澄み渡る空を滑り、
両性(1)の木の上、願い求めた場所へと止まる。
そこからは黄金の光輪が枝のあいだに異なる色合いを輝かせていた。
それはまるで宿り木のよう。いつも厳寒の冬至のころ、森の中に
新緑の葉を伸ばすが、親木とは種が異なり、
サフラン色の実でなめらかな幹を包む。
そのような光景を見せて、黄金が蔭深い常磐樫から
枝を伸ばしていた。そのように金箔がそよ風に鳴っていた。
すぐさま、アエネーアスはこれをつかみ取る。逸る気持ちから折り取る
間を長く感じたが、そのまま予言者シビュラの館へもっていく。
　そのあいだもトロイア人らは岸辺でミセーヌスのために
涙を流し、無情な灰となる間際、最後の礼を捧げようとしていた。
まず、油脂に富む松が枝と樫の木の薪とで
火葬の壇をうずたかく積み上げた。その側面には黒い枝葉を
編み込み、前面には死者に捧げる糸杉の木を
立てる。壇の上には光り輝く武具を飾る。

（1）樹木と黄金と、両方の性質をもつ、の意。ただし、「二羽（の鳩）は」という写本の読みもある。

次いで、炎にかけた青銅の釜に熱い湯を沸かして
用意し、冷たくなった体を洗い、香油を塗り込める。
嗚咽が聞こえる。涙の涸れたとき、遺体を棺の床に寝かせ、
上から故人に馴染みの緋紫の衣を
投げかける。続いて、巨大な棺に近づいた者たちが、
悲しい勤めながら、父祖のしきたりに従い、顔を背けたまま、
棺の下に松明を差し入れた。上に積まれたものが焼かれる、
香料の供物も、酒食のお供えも、オリーブ油を注いだ大杯も。
すべてが灰となって崩れ落ち、炎が鎮まったあと、
残った骨、水を欲してくすぶる燠を酒で洗った。
この遺骨をコリュナエウスが拾って青銅の壺に納めた。
この者はまた、三度仲間のあいだをまわって清めの水を、
招福のオリーブの枝より軽やかに滴らせて、振りかけた。
勇士たちの清めもし、また、告別の辞も述べた。
さて、敬虔なるアエネーアスは墓所を高く築き上げ、
勇士の武具、櫂、ラッパを納める。
その上に聳え立つ山はいま、勇士にちなんでミセーヌム岬と

呼ばれ、幾世紀にわたり永遠にその名をとどめている。
　これが済むと、アエネーアスは急いでシビュラの教えを遂行する。
高い場所に洞穴があった。怪物のように口を大きく開き、
険阻にして、黒い湖と森の闇とで守られている。
この上を飛ぶ鳥は報いを受けずにすむことはなかった。
翼を向けようとすることはできなかった。そのような毒気が真っ黒な
顎から噴き出し、上天の蒼穹へと立ち昇っていた。
[このことから、ギリシア人はこの場所をアオルヌスの名で呼んだ(1)。]
この場所に、まずは、四頭の背中の黒い若牛を
立たせてから、その額に巫女が酒を注ぎかける。
次いで、角のあいだ、頭頂に生える剛毛を刈り取って
神聖なる火にくべ、最初の捧げ物としつつ、
ヘカテよ、天界にもエレブスにも力を揮う女神よ、と呼びかける。
他の者たちが喉の下に短刀をあてがい、温かな血を
椀に受ける。アエネーアス自身は、黒い毛の仔羊を
復讐女神らの母とその偉大なる姉妹(2)とのために
剣で斬り倒す。また、プロセルピナよ、あなたには産まず女《め》の牛を捧げた。

(1) アオルヌスは「鳥(オルニス)のいない」の意。この詩行は、こうした縁起的説明が叙述の情調にそぐわないとして、一般に竄入と考えられている。

(2) それぞれ、夜の女神と大地の女神。

それから夜となって、ステュクスの王のために祭壇を設えると、
牡牛の身の部分をことごとく火にかけ、
とろりとしたオリーブ油を焼けた内臓の上に注ぐ。
すると見よ、太陽がその門口より昇ろうとする刹那、
足の下で地面が呻り、木々繁る稜線が
揺らぎ始めた。闇を通して雌犬らが吠えるように思われた。
女神がやって来たのだ。「離れよ。おお、離れていよ、不浄な者どもよ」。
巫女が叫びを上げる。「全聖林から立ち退け。
そなたは、アエネーアスよ、道に踏み入れ。鞘から剣を抜け。
いまこそ、勇気が、不屈の志が必要だ」。
これだけ言い放つと、巫女は開かれた洞穴の中へ狂おしく走り込んだ。
英雄もこの導き手と足並みを合わせ、怯むことなく進んでいく。
　霊魂を支配する神々よ、(3) もの言わぬ亡霊たちよ、
カオスよ、プレゲトンよ、どこまでも夜の静寂が覆う場所よ、
わが耳にしたことを語ることを許したまえ。あなた方の威光にかなない、
大地の底深く闇に沈んだ世界を開示することが許されますよう。
　進んでいく先は暗く、夜の寂寥の下に闇が続く。

(3) 詩人自身の冥界の神格への呼びかけ。神聖な秘密を語ることへの認可を求める。

ディースの虚ろな館と脱け殻の王国を通るあいだはずっと、
月が頼りなげに微かな光を落とす下で
森の中に道を進めるよう。そこでは、ユッピテルが天を闇に
埋めてしまい、黒い夜が世界から色を奪い去っている。
ちょうど前庭のあたり、オルクスの顎にかかるところには、
「嘆き」と復讐をなす「懊悩」が床を据えた。
また、ここに住むのは、青ざめた「病い」と陰鬱な「老い」、
「恐れ」に、悪へ誘う「飢餓」と恥ずべき「窮乏」、
見るも恐ろしい姿の「死」と「苦難」。
さらに、「死」の血族なる「眠り」と悪しき心をもつ
「喜び」がいる。門口の正面には、死をもたらす「戦争」、
復讐女神の鉄の閨房、そして、「不和」が狂おしく
蛇の毛髪を血まみれの髪留めで結った姿がある。
真ん中に、枝を年老いた腕のように伸ばして
蔭深い楡の巨木がある。この木には、はかない「夢」が
群棲していると言われ、ありとあらゆる葉の下にしがみついている。
こればかりでなく、数多く、さまざまな獣の奇怪な姿が

門に棲みついている。ケンタウルスらや、双形のスキュラ、
百の腕をもつブリアレウス(1)に、舌鳴らす音も恐ろしい
レルナの怪物(2)、炎を武器とするキマエラ、
ゴルゴや、ハルピュイアや、三つの体もつ亡霊(3)の姿など。
ここで、にわかに恐怖を覚え、慌てて剣をつかんだ
アエネーアスは、鞘を払い、寄ってくるものに突きつける。
もし賢明な道連れが、これらは実体をもたぬ、幽《かす》かな生、
飛び交う姿は虚ろな幻にすぎぬ、と教えなければ、
襲いかかって、亡霊を空しく剣で両断していたであろう。
　タルタラなるアケロンの川波へと通じる道はここより始まる。
ここには、汚泥を巻き込み、底深く口を開いた水の渦が
沸き立ち、その砂をすべてコキュートゥス川に吐き出している。
この水と川の流れを守る恐るべき渡し守が
カロンで、恐ろしいほどに見苦しく、顎の先いっぱいに
手入れもせぬ灰色の髭が生えている。目には炎が燃え立ち、
薄汚れた外套を肩に留め結んで掛けている。
この者がみずから船を棹で動かし、帆を張って操る。

(1) 大地の女神と天空神から生まれた巨人、百手族の一人。
(2) ヘルクレスに退治された水蛇。
(3) ゴルゴは蛇の髪をもち、見る者を視線で石に変える怪女。「三つの体をもつ」のはゲリュオンで、ヘルクレスに退治された怪物。

死者を黒錆色の小舟に乗せて運ぶのだ。
すでに年老いているが、神にすれば、この老年もまだ青臭く、初々しい。
この者へ向かい、群衆のすべてが岸辺へと一目散に押し寄せていた。
母も、夫も、命をまっとうして、いまは亡骸となった
雄々しい英雄たちも、少年たちも、嫁ぐ前の少女たちも、
親が見守る面前で火葬の薪にのせられた若者たちも。
その数は、秋は初霜のころ、森の中に
舞い散る落ち葉ほど、あるいは、波立つ沖から陸地へと
群がり集う鳥の数ほど。鳥たちは凍える季節に
大海を越えて逃れ、日差し暖かい地へと渡る。
彼らは自分たちをまず先に渡し船に乗せてくれるよう願って立っていた。
手を差し伸べて、向こう岸を思い焦がれていた。
しかし、陰鬱な舟人が次々と乗せるのは近くにいる者たちだけで、
他の者たちは遠くへ退けて、砂地の岸に入らせない。
アエネーアスはこれを見て驚き、喧騒に心を動かされて
言った。「乙女よ、教えてください、何を欲して川へと群がるのか。
何を霊魂は求めているのか。あるいは、何が分かれ目なのだ、岸を

三一〇

立ち去る者と、櫂により青ざめた瀬を掃いて渡る者とがあるのは」。
これに答えて、長命の巫女は手短にこう言った。
「アンキーセスの子よ、まぎれもなく神々の血筋を引く者よ、
そなたが見ているのはコキュートゥスの深き淀み、ステュクスの沼だ。
この神威にかけた誓言に背くことは神々も恐れる。
あちらに見える群衆の誰にも救いはない。埋葬されていないのだ。
あの渡し守がカロン。こちらの、波に運ばれる者たちは墓に葬られている。
恐ろしき岸と波音高き流れを渡ることを許されるには、
その前に必ず遺骨が安らかに眠る場所を得ていなければならぬ。
さまようこと百年、この岸のまわりを飛び回ってから、
ようやくにして近づくことを許され、渇望した淀みを再訪する」。
アンキーセスの子は立ち止まった。ぐっと足を踏みしめると、
多くの思いにとらわれつつ、非情な掟に憐れみを覚えた。
そこで目に映るは、悲嘆にくれ、死者への礼を施されずにいる
レウカスピスと、リュキア艦隊の指揮官オロンテスとであった。
二人はともにトロイアより、風吹きすさむ水面へと船出したが、
南風に沈められた。船も船乗りも波に呑み込まれたのだった。

そこへ、見よ、舵取りのパリヌールスがやって来た。
これは先ごろ、リビュアの海に船を走らせ、星々を見守るあいだに、
艫より落ちて、波のあいだに放り出された者。
その悲嘆にくれた姿を大勢の亡霊の中にかろうじて認めるや、
英雄から先に語りかける。「どの神なのだ、パリヌールスよ、おまえを
われわれから奪い去って、海の下深くへ沈めたのは。
さあ、言ってくれ。これまで偽りなどあったことがないのに、
この神託一つだけは、アポロがわが心を欺いたのだから。
神は、おまえが無事に海から上がり、アウソニアの領土に
着くであろう、と告げていた。これが約束どおりの信義なのか」。
すると、相手が言う。「ポエブスの鼎があなたを裏切ったのではない、
アンキーセスの子なる指揮官よ。神がわたしを海に沈めたのでもない。
偶然に大きな力が働いて舵がもぎ取られてしまったのだ。
わたしは、その見張り役として一歩も離れず、進路を導いていたので、
一緒に引きずられ、真っ逆さまに落ちた。荒波の海にかけて誓うが、
わが身のために抱いた恐れはいかばかりもなかった。
それよりも、装備を奪い取られ、船長を振り落とされ、あなたの

船があのようにうねる大波に屈してしまわないかと恐れた。
三夜のあいだ、嵐の続く広大な海を越えて南風が
わたしを運んだ。狂暴に水面を走らせた。四日目になってようやく、
波の上高くへ出たときイタリアが目に入った。
しばらく陸へ向かって泳ぎ、いまや安全な場所へ達しようとしていた。
だが、そこに冷酷な部族がいた。服も濡れて体が重く、
手を鉤にして岩山の険しい頂をつかんでいるところへ
剣で攻めかかってきた。なにも知らず、よい獲物と思ったのだ。
いま、わたしの体は波間にあり、風が岸辺でもてあそんでいる。
そこで、天の喜ばしい光と空気にかけて、
父上にかけて、伸びゆくイウールスの希望にかけて、お願いする。
不敗の英雄よ、この災厄から救い出してくれ。あなたの手でわたしを土に
葬ってくれ。あなたにはできる。もう一度、ウェリアの港を捜してくれ。
さもなくば、もし道があり、それをあなたの母なる女神が
示してくれるなら――それが神々の意志に背くはずはない、
これほどの流れとステュクスの沼に入る用意をしているからには――
哀れなこの身に右手を差し出し、一緒に波間の向こうへ連れ去ってくれ。

死んだとはいえ、せめて平穏な場所で安らうことができようから」。
彼がこう言い終わると、ただちに巫女がこう語り始めた。
「パリヌールスよ、そのような忌まわしい欲望をどこから抱いたのか。
おまえは、まだ埋葬されぬうちから、ステュクスの水と復讐女神の
厳しい川を見ようというのか。下命のないうちから岸に近づくつもりか。
祈るのはやめよ。神々の定めた運命を枉《ま》げられるなどと望むな。
いま言うことを聞いて胸に刻み、辛いめぐり合わせの慰めとせよ。
おまえのため、土地の人々が遠くからも、あちらこちらの町々からも
天上の前触れに促されて集まり、遺骨の清めを施すであろう。
塚を立て、塚に供物を捧げるだろう。
その場所はパリヌールスの名を永遠にとどめるであろう(1)」。
この言葉を聞いて、懊悩は遠くに去り、しばらくのあいだ、
陰鬱な心から痛みがひいた。同じ名前の土地が喜びとなった。
　そこで一行は、もとの道を進み続け、川へと近づく。
舟人は、その姿をステュクスの波打ち際から見やり、
彼らがもの言わぬ森を抜け、岸へと足を向けてくるなり、
自分から先に進み寄りつつ、こう言って、いきなり叱咤する。

(1) 現在もプンタ・ディ・パリヌーロの地名を残す。

「武器を携え、わが川の流れへと向かってくる者よ、おまえが誰であれ、
さあ、言え、何のために来た。すぐ、その場から言え。歩みを止めよ。
ここは亡霊たちの場所、眠りと眠気を誘う夜との場所だ。
命ある体をステュクスの船に乗せることは掟が許さぬ。
まったく、決して嬉しくはなかった、アルキーデスにしても、
テーセウスやピリトウスにしても、沼を渡らせてやったときには。
それでも、彼らは神々の子でもあり、剛力にかけて不敗でもあった。
かの英雄[2]は、タルタラの番犬が狙いで、腕づくで鎖に繋ごうとした。
あろうことか、王の玉座から引きずり出されて、番犬は震えていた。
かの二人[3]はディースの奥方を閨房から連れ去ろうと襲ったのだ」。
これに答えてアンプリューソス[4]の巫女は手短に言った。
「こちらには、そのような計略はまったくない。気色ばらずともよい。
武器はあっても、武力は用いぬ。巨大な門番は洞穴から
永遠に吠え続け、血の気のない亡霊を脅すがよい。
プロセルピナも貞淑に叔父[5]の門口を守るがよい。
これはトロイア人アエネーアス、敬虔さと武勇にすぐれる者にして、
父に会おうとエレブスの底の亡霊たちの国へ降りて行く。

(2) 一二三行註参照。
(3) 一二二行註参照。
(4) アンプリューソスはテッサリアを流れる川だが、ここでは「アポロの」という代わり。川の近くにあるアドメートゥスの畜舎でアポロが家畜番として働いたことがあったため。
(5) 冥界の王ディースはプロセルピナの夫であると同時に叔父に当たる。すなわち、プロセルピナの母ケレスとともにサトゥルヌスとレーアの子供。

もし、これほどに敬虔な姿が心を動かさぬというなら、
この枝はどうだ」と、衣に隠していた枝を示す。
「よく見るがいい」。これで、怒りがひき、心の高ぶりがおさまる。
もう、それ以上なにも言わず、渡し守は畏敬すべき捧げ物に見入る。
この運命の枝を以前に見たのはずっと昔であった。
それから、青黒い舟を寄せる。岸に近づけると、
長い列を作って座っていた他の霊魂を
追い散らし、通路を広くする。と同時に、小舟に乗せるが、
相手は巨漢のアエネーアス、重みで舟が軋む。
革の縫い合わせに裂け目ができ、多量の沼の水が入った。
ようやく川を渡り、無事に巫女と勇士とを
醜い泥と鉛色の葦の上に陸揚げする。
　この王国には巨大なケルベルスが三つ首の喉から吠える声を
響かせつつ、怪異な姿を正面の洞穴の中に横たえている。
いまや、その首に蛇の毛が逆立つのを見るや、巫女は
蜂蜜と穀粒に薬を加えて眠りを催す団子を
投げつけた。と、こちらは狂おしい飢えのため、三つの喉を開くと、

投げられたそのままに喰らいつく。すると、奇怪な背中から力が抜けて、
地面に大の字になる。洞穴全体に巨体が伸びた。
番犬が葬られて、アエネーアスは入り口をおさえる。
すばやく、もとへは戻れぬ波路の岸を過ぎ去った。
　と、すぐさま聞こえてきたのは激しく泣き叫ぶ声。
幼い子らの霊魂が泣いているのだった。これらは人生の門出に
愛しい命を失った。乳房からかすめ取るように
真っ黒な日が奪い去って、仮借のない死の淵に沈めた。
これらと並んで、濡れ衣により死刑を宣せられた者たちがいる。
しかし、これらの場所も籤によらず、裁判によらず与えられはしない。
裁判長として籤壺を振るのはミーノスで、もの言わぬ霊たちの
陪審団を召集し、その生涯と嫌疑を調べる。
その隣に場所を占めるのは悲嘆にくれる者たち。彼らは、罪もないのに、
己れの手で死に果てた。光を忌み嫌って
命を投げ捨てた。高き地上世界にいたらどれほどよかったことか。
いまなら、窮乏にも辛い労苦にも耐え忍んだであろう。
だが、掟が道を閉ざす。陰鬱な波を湛え、愛を感じぬ沼が

縛りつける。ステュクスが九重に取り巻く流れで閉じ込めている。
ここからほどなく、四方に広がっているのが――と巫女は指し示す――
嘆きの野で、そのような名で呼ばれている。
ここには、悲恋のため無惨に憔悴し、身を滅ぼした者たちが
奥まった小径に隠れ、また、ミルテ(1)の森に
包まれて潜んでいる。だが、死してなお、懊悩は去っていない。
ここで、パエドラとプロクリス、それに、エリピューレが悲嘆にくれつつ
無惨にも息子に負わされた傷を示す姿が認められる(2)。
エウアドネとパシパエもいる。彼女らの傍らをラオダミーア(3)が
連れ立って歩み、また、一度は若者カエネウス(4)となったが、
いままた女となり、運命により昔に戻った姿がある。
この女たちにまじり、まだ傷も新しいフェニキアのディードが
大きな森の中をさまよっていた。トロイアの英雄はその横に
並んで立ち、闇の中でも彼女であると分かった。
ぼんやりとした姿は、月初めに昇るのを
見ているか、あるいは、見たと思うだけの雲間の月影のようだった。
英雄は涙をこぼして、懐かしく愛しい思いから語りかけた。

(1) 恋の女神ウェヌスの聖木。
(2) パエドラはテーセウスの妻。継子のヒッポリュトゥスに道ならぬ恋を拒まれたため、彼を死に追いやった。プロクリスはケパルスの妻で、夫が誤って投げた槍により命を落とした。エリピューレはアンピアラーウスの妻。贈り物に籠絡されて夫を裏切ったが、息子のアルクマエオンに殺された。
(3) エウアドネはカパネウスの妻。夫を非常に愛していたので、その火葬の薪積みに身を投げて後追い自殺した。パシパエについては二六行註参照。ラオダミーアはプロテシラーウスの妻。熱愛の仲であったが、夫は新婚の床からトロイア戦争に出征して、トロイアの岸に最初に足を下ろし、最初に討ち取られた。
(4) 乙女カエニスはネプトゥー

「悲運のディードよ、では、あの知らせは本当だったのか、
そなたが剣で命を絶ち、最期を遂げたと言ってきたのは。
ああ、そなたの死の因はわたしだったのか。星にかけて誓う。
天上の神々と、もし地の底に信義があるなら、それにも誓う。
女王よ、そなたの岸から去ったのは本意ではなかった。
神々の命令だったのだ。それがいまも、これら亡霊のあいだを行け、
わびしく捨て置かれた場所と底深き夜とを抜けよ、と強いている。
この命令に駆り立てられたのだ。それに、思いもよらなかった、
わたしの出発がそなたの心にこれほども大きな痛みをもたらすとは。
歩みを止めてくれ。離れずにいて、そなたの姿を見せてくれ。
誰から逃げるのだ。そなたと話すのもこれが最後だ。それが運命なのだ」。
こう言ってアエネーアスは、怒りに燃え、厳しく睨む
女王の心を癒そうとしながら、涙を誘われた。
ディードは、顔を背け、目を地面に据えたままだった。
話しかけられても、眼差しを動かさぬさまは、
まるで固い火打ち石か、マルペッサ山(5)の岩が立っているかのよう。
ついには、身を翻すと、敵意を露わに逃げ込んだ先は

ヌスに処女を奪われたあと、神に願ってカエネウスという若者となった。

（５）大理石のこと。マルペッサは大理石産出で有名なパロス島の山。

木陰濃い森。そこでは、昔の夫が彼女の
懊悩に返答している。シュカエウスが愛に愛で応えていた。
それでもアエネーアスは、非情な顚末に心を打たれつつ、
涙ながらに遠くまで見送り、去りゆく姿を憐れんだ。
それから、与えられた道のりに足を進め、いまや、この田野の果てに
達していた。そこは他から離れて、戦争に名高い勇士らが行き来する場所、
ここで出会うは、テューデウスに、武器で名を馳せた
パルテノパエウス、そして、蒼白なアドラストゥスの姿。(1)
ここには、戦争で倒れ、地上で大いに涙を注がれた
ダルダニアの勇士らがいた。長く列をなす霊のすべてを見て
アエネーアスは嘆息した。グラウクス、メドン、テルシロクスという
アンテーノルの三人の息子、ケレスの神官ポリュボエテス、
いまだ戦車を、いまだ武器を手にしたイダエウスなど、
霊魂は右にも左にも、群れなして、まわりを囲み、
一目見ただけでは足りない。ひとときを過ごすことが嬉しく、
英雄と並んで歩調を合わせ、来訪の理由を尋ねる。
だが、ダナイの大将らとアガメムノン率いる軍勢は、

四八〇

(1) テーバエ攻めの七将のうちの三人。テューデウスはカリュドンの王、ディオメーデスの父、アドラストゥスの婿。アドラストゥスは七将の頭目で、パルテノパエウスはその兄弟。

英雄と闇を通して輝く武具とを見るや、
大きな恐怖におののいた。背を向けて逃げる者がある。
かつて船を目指して逃げたときのようだ。声を上げる者があるが、
じつにか細い。叫ぼうとしても、口が空しく開くだけだった。
　英雄はここでまた、全身を斬り苛まれたプリアムスの子
デイポブスを見る。無惨に切り裂かれた顔、
顔だけでなく両手まで。略奪を受けたこめかみは耳を
持ち去られ、恥辱の傷は切り落とされた鼻。
それでもかろうじて彼と分かったが、向こうは怯え、忌まわしい仕打ちを
覆い隠そうとする。そこで、こちらから聞き覚えある声で呼びかけた。
「武勇すぐれるデイポブスよ、テウケルの高き血統より生まれた者よ、
誰なのだ、これほどにも残忍な仕打ちを加えようと欲した者は。
誰だ、あなたにここまでできたのは。噂に聞いたところでは、
あの最後の夜、あなたはペラスギ勢をさんざんに殺戮して疲れ、
敵味方入り乱れた死体の山の上で倒れ伏した、という。
あのとき、わたし自身がロエテーウムの岸辺で虚ろな塚を
立て、大声で三度あなたの霊に呼びかけた。

あなたの名と武具がその場所を守っている。友よ、できなかったのだ、
旅立ちを前に、あなたを見つけ、祖国の土に葬ることは」。
これにプリアムスの子が答えた。「友よ、あなたがし残したことはない。
デイポブスのため、すべてを果たした、死者の影のためにできることは。
だが、わが運命と、ラコーニア女(1)の破滅を呼ぶ罪業がわたしを
この災厄の底に沈めた。あの女だ、これらの土産を置いていったのは。
あの最後の夜、ぬか喜びのうちにわれらが
過ごしたことは、あなたも知るとおり。忘れたくとも忘れるはずがない。
運命の木馬が小躍りして、聳え立つペルガマの城壁を
越え、武具に身を固めた兵を胎内にはらんで運んだとき、
あの女は、バックス神鑽仰の秘儀を装い、プリュギアの女たちを率いて
町中を練り歩いた。自身は、その真ん中にあって巨大な炬火を
捧げ持ち、城塞の高みよりダナイ人を呼び入れた。
このとき、わたしは心労に疲れ果て、眠りに重くなった身を
不運な寝床に置いた。と、横たえた体を
快く深い安らぎ、平穏な死にもっとも近い眠りが覆った。
そのあいだに、あの並はずれた妻は武器をすべて館から

(1) ヘレナのこと。パリスの死後、デイポブスの妻となった。

片づける。頼みの剣まで頭の下から抜き取ってしまった。
館の内へメネラーウスを呼び、門口を開く。
きっと、これが愛する男への大きな贈り物になる、
これで昔の悪行の評判を消せる、と思ったのだ。
どうして長々と話すことがあろう。二人が寝室に乱入し、これに加勢した
アエオリデス(2)が罪業を煽った。神々よ、次はギリシア軍をそうした目に
遭わせたまえ、もし、処罰を求めるわたしの口が敬虔であるならば。
しかし、さあ、あなたも話してくれ。何があったのだ、命あるまま
ここへやって来たとは。海を渡る道に迷って漂着したのか、
神々の教えに従ったのか。あるいは、いかなる境遇に疲れ果てて、
太陽のない陰鬱な住まい、闇が包む場所へとやって来たのだ」。
　このように話を交わすうちに、薔薇色の馬車に乗ったアウローラが
すでに天空の走路のなかばを過ぎてしまっていた。
二人は与えられた時間のすべてをそうした話に費やしたかも知れない。
だが、道連れのシビュラがたしなめて、手短に語りかけた。
「夜は急ぎ足だ、アエネーアスよ。われらが泣くあいだも時は経つ。
この場所こそは、道が二手に分かれるところ。

(2)「アエオルスの裔」の意で、ウリクセスのこと。アエオルスの子シシュプスの庶子であるとの伝承にもとづく表現。

右は偉大なるディースの城市へと向かう。
われらはこちらを進んでエリュシウムへ行く。左は悪人どもに
罰を下し、不敬なタルタラへ送る道だ」。
それに対し、デイポブスが言う。「怒らないでくれ、大いなる巫女よ。
わたしは行く。点呼の数を満たしに、闇のあいだへ戻る。
あなたも行け、われらの誉れよ。よりよい運命に恵まれよ」。
これだけを言い放つと、言葉なかばに足取りを転じた。
　アエネーアスが不意に振り返ると、左手の崖下に
三重の城壁に囲まれて広がる城市が目に入る。
そのまわりには、炎の奔流がすべてを押し流す川、
タルタラのプレゲトンが流れ、岩を転がす音を響かせている。
正面に巨大な門があり、柱は堅固な金剛石でできている。
それは、決して人の力では、いや、神々でも戦争により
打ち破ることのできないもの。鉄の櫓が空へ聳え立ち、
そこにティシポネ(1)が、血まみれの上着をたくし上げて、座を占め、
夜も昼も眠らずに前庭を見張っている。
ここから、呻き声が聞こえ、厳しい鞭打ちの音が

(1) 復讐女神の一人。

響く。さらには、鉄の軋み、枷を引きずる音がする。
アエネーアスは立ち止まり、驚愕に打たれつつ喧騒に聞き入った。
「いかなる姿なのだ、あれらの罪業は。乙女よ、語ってくれ。いかなる
罰に苛まれているのか。この天を衝く大きな嘆きは何であるのか」。
このとき、巫女はこう語り始めた。「テウクリア人の名高き指揮官よ、
身の清い者が罪に穢れた敷居に立つことは掟が許さぬ。
だが、ヘカテがわたしにアウェルヌスの聖林の管理を任せたとき、
女神みずから神々の処罰を教えて、すべての場所を案内してくれた。
この不動の王国を治めるのはクノッソス生まれのラダマントゥス(2)で、
悪巧みの査問と懲罰を行なう。白状せよ、と責め、
それぞれが地上で人目を盗んで喜んだのも空しく、
贖いを死後まで遅らせただけの罪科を語らせる。
罪人には、すぐさま報いを科すべく、用意した鞭を
ティシポネが打ち振りながら、躍りかかる。その左手で冷酷な
蛇を突きつけながら、残忍な姉妹の一団を呼ぶ。
このときついに、枢《くるる》に響く軋みも恐ろしく、神聖なる
門が開かれる。見えるか、どのような番人が

(2) 存命中はクレータの王で、ミーノスと兄弟。その公正さから、死後、冥界の判事となった。

前庭に座っているか、どのような姿で門口を守っているか。
五十の黒い口を開いた怪物たるヒュドラが
中に棲むが、これはさらに残忍だ。さらに、タルタラとなると、
開いた口は逆落とし、闇の底へと落ち込む深さは、
天に摩するオリュンプスまで空を見上げる高さの倍はある。
ここには、その昔、大地の女神より生まれたティータン族がいる。
雷電に打ち落とされ、奈落の底を這い回っている。
ここでは、アロエウスの二人の子(1)も見た。怪物のような
体軀をし、腕力で大いなる天を切り裂こう、
天上の王国からユッピテルを追い落とそう、と攻めかかった輩だ。
また、サルモネウスも見た。受けている残酷な罰は、
ユッピテルの雷火とオリュンプスの轟きを真似ようとしたため。
四頭立て馬車に乗り込み、松明を振りながら、
ギリシアの諸邦とエーリスの中ほどの都を通って、
凱旋行進をし、神々の栄誉を己が身に得ようと求めた。
狂気の沙汰だ。嵐の雲と真似ようもない雷電を
模倣しようとして、馬の蹄で青銅の橋を踏み鳴らしたのだから。

(1) オトゥスとエピアルテス。

しかし、全能なる父神は群雲のあいだから槍を
投げつけた。それは炬火でも、松明から煙を上げる
灯りでもない。彼は激しく錐揉みしながら、真っ逆さまに落下した。
さらには、あらゆるものの母なる大地の女神の養い子ティテュオス(2)も
見ることができた。その体は、九ユーゲルム(3)もの広さいっぱいを覆って
礫にされ、禿げ鷲の怪物が鉤状のくちばしで
不死なる肝臓、懲罰のため豊かに生まれる内臓を
啄んでいる。鷲は餌を漁って、高き胸の下を棲みかとする。
はらわたが次々と再生するため、ひとときも休めない。
ラピタエ族やイクシーオン、ピリトウス(4)のことを語る必要があろうか。
彼らの上には真っ黒な岩石がいまにも滑り出そうとして、
すでに落ち始めたかと見えるように脅かしている。高き婚礼の床に
黄金の支え板が光り、面前に用意された宴は
王侯の贅を尽くす。だが、復讐女神の長が傍らに
寝そべり、食卓に手を触れることを妨げる。
飛び起きるや、松明を差し上げ、雷鳴のような声を轟かせるのだ。
ここには、存命中に兄弟を憎んだ輩、

(2) ラトーナを襲った巨人。なお、叙述される刑罰はプロメテウスを連想させる。

(3) 一ユーゲルムは約二五〇〇平方メートル。

(4) イクシーオンはユーノを陵辱しようとしたが、ユッピテルが雲と入れ替え、そこからケンタウルスが生まれた。ピリトウスはイクシーオンの妻とゼウスとの息子でテッサリアのラピタエ族の王。親類のケンタウルスらを自分の婚礼の宴に招待したところ、ケンタウルスらの狼藉が両者の戦争を引き起こす。ここで描かれる罰は、通常は、タンタルスへのもの。

父に暴力を振るった輩、依頼人に欺瞞をたくらんだ輩、
あるいは、富を得ても、独り占めにして抱え込み、
身内がどれほど大勢いようとも、分け与えなかった輩、
さらに、不義密通のため殺された輩、不敬な戦争を
追求して、主人との信義に背くことを恐れなかった輩が
閉じ込められて罰を待っている。聞き知ろうとは求めるな、
どのような報いか、あるいは、者どもを沈めた刑罰や身の定めが何か、と。
巨大な岩を転がす者もあり、車輪の輻に
磔にされている者もある(1)。いま座るところに永遠に座り続けるのは
不運なテーセウス(2)で、プレギュアスは惨めきわまる身の上が
あらゆる者への教訓となるよう、大声で闇を通して証言している、
「忘れるな。正義と神を蔑《なみ》せぬこととを学べ」と(3)。
また、黄金のため祖国を売り、僭主の権勢を
戴いた者、金に動かされて法律の改廃をなした者、
娘の閨房に押し入って、禁断の婚礼をなした者など、
すべてが道に背く凶悪な暴挙に及び、この暴挙を仕遂げた輩だ。
わたしに百の舌、百の口があり、

(1) 前者、急坂で岩を転がし上げる罰を受けるのはシーシュプス、後者の罰はイクシーオン。
(2) テーセウスとピリトウスとは玉座に縛りつけられるか、あるいは、体が岩と融合して動けなくなる罰を受けた。
(3) プレギュアスはイクシーオンの父。アポロが彼の娘コローニスを陵辱したので、復讐にアポロ神殿に放火したが、そのため、報いを受けた。

鋼の声があっても、罪業のすべての形を網羅し、
懲罰のすべての名を列挙することはできぬであろう」。
　ポエブスに仕える長命の巫女はこのような言葉を述べたのち、
「だが、さあ行こう。道を進めて、取りかかった務めを完遂せよ。
足を速めよう」と言った。「キュクロプスの鍛冶場で築き上げられた
城壁と、正面にアーチ型の門が見える。
あそこだ、われわれがこの捧げ物を納めるよう、神の教えが命じるのは」。
巫女がそう言い終わるや、二人は足並みをそろえ、暗い道を抜ける。
途中の場所を急いで過ぎ、門へと近づく。
アエネーアスは入り口に達するや、体に真新しい
水を振りまいてから、枝を正面の敷居の上に差す。
　これをなし終え、女神への捧げ物を果たして、ようやく
辿り着いたのが、喜ばしき場所、心地よい緑が満ちた
浄福の森、幸福な住まいであった。
ここでは、上空がより広く、緋紫の光で野を
包み、住人は自分たちの太陽、自分たちの星を知っている。
芝生の格技場で体を鍛える者がある。

試合をして競い、黄土色の土俵で組み合っている。
足で拍子を取って踊る者、歌を歌う者がある。
裾の長い衣をまとったトラーキアの神官(1)も
調べに合わせて七つの音階を弾き分けている。
同じ音階をいま指で弾いたと思うと、今度は象牙の撥《ばち》で響かせる。
ここには、その昔にテウケルより生まれた美しい一族がいる。
よりよき時代に生まれた雄々しい英雄たち、
イールス、アッサラクス、トロイアの祖ダルダヌスだ。
アエネーアスは遠くから、この勇士らの虚ろな武具と戦車に驚嘆する。
槍は地面に突き立てられ、そのまわりで、ゆったりと
馬が野原の草を食べている。かつて命あるあいだにあった
戦車と武具への愛着と、艶のよい毛並みの馬たちに
草を食ませる心配りとを、大地に葬られたあとも変わらず抱いている。
見よ、そこで目にする他の者たちは、右にも左にも、草の上で
食事をしたり、喜ばしきアポロ讃歌を合唱したりしている。
この場所を囲み、月桂樹の芳香漂う森がある。そこから地上に向かって
エリダヌスの滔々たる流れが木々のあいだをうねっている(2)。

(1) オルペウスのこと。

(2) エリダヌスはパドゥス（現ポー）川のギリシア名。水源の近くで、約三キロほどのあいだ地下を流れるため、冥界に源があると考えられた。

ここには、祖国のために戦って負傷した一団がいる。
存命中には清らかな身の神官であった者、
敬虔なる予言者にしてポエブスにふさわしいことを語った者、
あるいは、技芸を編み出して人生に潤いを与えた者、
人々に尽くした功により記憶に留められた者など、
これらすべての霊が額に雪白の髪留めを巻いている。
この者たちがまわりに群がってくると、シビュラはこう語りかけた。
この言葉は、とりわけてムサエウスに向けられた。大群衆の中央に
彼がいて、肩の高さが見上げるほどに他に抜きん出ていたからだった。
「教えてくれ、幸福な霊たちよ、そなた、最良の予言者よ、
どのあたりに、いまどこにアンキーセスはいるのか。彼に会うためだ、
われらがエレブスの大いなる流れを渡って、ここへ来たのは」。
すると、これに答えて、言葉少なに英雄はこう言った。
「誰にも決まった住まいはない。われらは木陰濃い聖林に住み、
川岸の寝床と、小川の流れもみずみずしい草原に
暮らす。しかし、そなたらの心がそのように欲するなら、
この尾根を越えて行け。すぐそこの平坦な小道まで送ってやろうから」。

こう言うと、彼は先に立って進み、輝く野原を
眼下に示す。こうして一行は山の頂をあとにする。
　さて、父アンキーセスは、緑なす峡谷の奥に
閉じ込められたのちに地上の光のもとへ旅立つ定めの霊たちを
一人一人入念に確認していたが、このときは身内の者たちが
すべてそろっているか点呼して、大切な子孫たち、
勇士たちの運命と運勢、品性と手腕を見ていた。
そこへ、草を分けてこちらに向かってくる人影を見た。
アエネーアスだった。気の逸るまま両手を差し伸ばした。
その頬には涙が溢れ出し、こぼれ落ちるように言葉が出た。
「ついにやって来たのか。おまえが期待どおり、父を
敬う心で非情な道を乗り越えたのか。おまえの顔を見ることができるのか、
息子よ、懐かしい声を聞き、答えることができるのか。
こうなることを心に画し、算段して、
その日を指折り数えていたが、その心労の甲斐があった。
おまえは、なんという地平、どれほどの海を越えて、いまわたしに
迎えられることか。息子よ、なんという危難がおまえを翻弄したことか。

わたしはどれほど恐れたろう、リビュアの王国がおまえを害さぬかと」。
アエネーアスは言った。「父よ、あなたの悲しげな幻こそがわたしの前に
何度も現われては、この住まいを目指すよう仕向けました。
艦隊はテュレーニアの海に停泊しています。お手を握らせてください。
お願いです、父よ。わが抱擁からすり抜けないでください」。
こう語るうちにも、溢れる涙が顔を濡らしていた。
その場で三度、首に腕をまわそうと試みたが、
三度とも、空しく幻は抱き留めようとした手をかいくぐった。
それは、そよ風のごとく、翼ある眠りにもよく似ていた。
　そのあいだにも、アエネーアスの目に入るは、谷あいの奥に
他から隔絶した森、木々が葉音を立てる茂み、
平安な家々の前をゆったり流れるレーテの川。
この流れのまわりには無数の民族と市民が飛び交っていた。
それはあたかも、晴れ渡る夏の日に草原を飛ぶ蜜蜂のよう。
色とりどりの花の上にとまっては、純白の百合の
まわりに群がるとき、野原のいたるところに羽音が響く。
突然にこの光景を目にして、わけを尋ねる

アエネーアス。彼は知らなかった、向こうのあの川が何か、
これほどの大群で岸を満たす人々が誰かを。
父アンキーセスが言った。「この霊たちは、運命により、もう一つの
肉体を授かる定めであるゆえ、レーテの川波のもとへ行き、
懊悩を漱《すす》ぐ水と長い間の忘却を飲むのだ。
わたしはこれらの霊のことをおまえに語り、目の前に示すこと、
これら、わが一族の子孫を数え上げることをずっと以前から望んでいた。
おまえと分かち合うイタリア発見の喜びはいっそう大きいであろうから」。
「父よ、では、ここから地上に向かう霊もあると考えるべきなのですか。
崇高な霊魂がふたたび鈍重な肉体へと戻るのですか。
なんと哀れな。それほど忌まわしい命の光への欲望とは何でしょうか」。
「言って聞かせよう。息子よ、おまえを不安なままにはしておかぬ」。
アンキーセスは語り始める。順序を踏んで、一つ一つ明らかにする。
「そもそも、天と地、潤いある野原、
月光の輪、ティーターンの星、これらを
養うのは内なる霊気だ。精神が体内に浸透したとき、
巨軀全体が動きだす。精神が巨大な外形と融合するからだ。

じつにここから生き物が生まれる、人間も、獣も、鳥も、
海が滑らかな水面の下に育む奇怪なものたちも。
火と燃える活力と、天に発する起源をこれらの
種子はもつ。ただ、肉体が阻害するため、そのすべては発揮できない。
地上の体軀、死すべき四肢が動きを鈍らせるのだ。
このために、恐れ、欲望、痛み、喜びを覚える一方、天空を
見分けられぬまま、牢獄の暗闇に幽閉されている。
それどころか、最期の光とともに命が去ったあと、
なおまだ哀れにも、根本から、悪のすべて、すべての
肉体的病疫が抜け落ちることはない。どうにも仕方のないことなのだ、
長い間に多くの悪がこびりつき、驚くほど染み込んでしまうのは。
それゆえ、罰の苦しみを受ける。過去の悪行の
償いを支払うのだ。虚ろな身を広げて
吊られ、風に吹かれる者もあれば、深淵の底で
罪の汚れを漱ぐ者、あるいは、火で焼き落とす者もある。
われわれは各自の霊魂に応じて耐え忍ぶ。そののち、広大な
エリュシウムへ送られる。わずかな者のみが喜びの田野に達する。

そうして、ついには、長い歳月を経て、時のめぐりが満たされ、
こびりついた汚れが落ちると、あとに残るのは純粋な
高天の感性、単一な天空の火だけとなる。
このような霊はすべて、千年のあいだ時の車輪を回したのち、
レーテの川岸へと神に呼び出されて大群衆をなす。
もちろん昔の記憶はない。そうして、地上の蒼穹への再訪を
繰り返す。肉体へと戻る欲望が芽生える」。
　アンキーセスは語り終えると、息子とシビュラを一緒に
連れ、霊が集まる真ん中へ、群衆の喧騒へと入るや、
小高い場所に立つ。その上からなら、長く列をなす霊のすべてを
正面より眺め、やって来る者たちの顔を見分けることができた。
「さあ、よいか、このの ちダルダヌスの末裔に、いかなる栄光が
つき従うか、イタリアの血筋を引くどのような子孫が待ち受けているか、
誉れを上げ、われらが一族の名を継ぐべき霊たちのことを
言って聞かせよう。おまえが背負う運命を教えよう。
あそこに見える、穂先のない槍に身をもたせかけた若者が
光の世界に一番近い順位を定められている。イタリアの血との

交わりを得て最初に天空のもとへと昇る者、
アルバの名をシルウィウスといい、おまえの晩年の子だ。
おまえが年老いてから生まれるこの子は、妻ラウィーニアにより
森の中で養育されて王となり、代々の王の父となる。
ここから生まれ来る、わが一族はアルバ・ロンガに君臨するであろう。
その隣がプロカスで、トロイアの民の栄光だ。
続いて、カピュス、ヌミトル、それに、おまえの名を継ぐ
シルウィウス・アエネーアスは敬虔な心でも武勇でも等しく
傑出することであろう、アルバの王権を拝することさえあれば(1)。
なんという若者たちであろう。見よ、なんと強い力を誇示し、
市民を守る樫の冠で額を被っていることか。
そうだ、この者たちがノメントゥム(2)やガビイ、フィデーナの都を建て、
この者たちがコラーティアの城塞を山の上に置く。
ポメティイ、イヌウス砦、ボーラ、コラを築く。
これらの名がつくのは時が来たとき。いまは名もない土地だ。
さらにまた、祖父の傍らに寄り添うことになるのはマルスの子
ロームルスだ。彼はアッサラクスの血を引く母イーリアに

(1) ある伝承では、後見人により王権を奪われ、五三歳のときにようやく復位した、とされる。

(2) 以下の地名はいずれもラティウムの町で、往古に栄えたが、アウグストゥスの時代には廃れて、名前のみが伝わるような状況であった。

育てられる。見よ、その頭上に一対の毛飾りが立っている。
すでに神々の父みずから大権の証を示しているではないか。
じつに、息子よ、この者の鳥占い(1)により、かの名高きローマは
領地を世界と、志の高さをオリュンプスと等しくするであろう。
城壁が囲む一つの都のうちに七つの城塞を構えるであろう。
勇士の子宝に恵まれよう。それはあたかもベレキュントゥスの母神(2)のよう。
櫓の冠を戴く女神は戦車に乗ってプリュギアの町々を通るとき、
神々を産んだことを喜び、抱いている百の子孫は
すべてが天に住む神々、すべてが天上の高みを家とする神々。
今度はこちらへ両の目を向けよ。見よ、この一族を。
おまえに連なるローマ人だ。こちらがカエサルで、他もみなイウールスの
血を引き、大いなる天の蒼穹のもとへ行く定めだ。
この勇士、こちらにいるのが、おまえも何度か約束を聞いていよう、
アウグストゥス・カエサルだ。神の子にして、築き上げるは黄金に輝く
世紀の復活、これをラティウムに、かつてサトゥルヌスが統治した
田野(3)に取り戻す。また、ガラマンテス族やインド人の領地を越えて
覇権を伸張する。国土は星座宮の向こうに及ぶ。

(1) ロームルスとレムスがローマの裁量権をめぐって、鳥占いをしたとき、ロームルスには一二羽、レムスには六羽の禿げ鷹が現われた。
(2) プリュギアの大地母神キュベーベのこと。
(3) 第一歌五六九行註参照。

太陽が一年で巡る道の向こう、天を支えるアトラスが
燃え立つ星々をちりばめた天球を肩の上で回しているところだ。
彼の到来を予期して、すでにいまから、カスピ海の王国も、
マエオーティスの地域も神々の託宣に震え上がり、
七重の流れのナイルも河口に騒乱と動揺を呈している。
まったく、アルキーデスもこれだけの土地を踏破しなかった。
たしかに、青銅の蹄もつ雌鹿を射止め、あるいは、エリュマントゥスの
森を平定し、レルナを弓で戦慄させた[4]としても。
また、ぶどうの蔓でできた手綱により戦勝の車を操り、
ニューサ[5]の高き頂より虎たちを駆り立てるリーベルにもできなかった。
われらはこれでもまだためらうだろうか、功業により武勇を広めることを。
それとも、イタリアの地に居を定めることを恐れが阻むだろうか。
それ、あの向こうにいる者を誰と思う。オリーブの枝も晴れやかに、
供物を捧げ持っている。あの髪の毛と灰色の顎髭は
ローマの王のものだ。この王[6]が都に初めて法律による
礎を置くであろう。小都クレスの貧しい土地から
遣わされて大権を握ることとなる。そのあとに続くのは、

(4) ヘルクレス（アルキーデス）の難業のうち三つに言及。すなわち、ケリュナエアの雌鹿の生け獲り、アルカディア、エリュマントゥス山の猪の捕捉、レルナの水蛇退治。
(5) 伝説的な山。バックス（リーベル）がニンフらにより養育された地とされる。
(6) ローマ第二代の王ヌマ・ポンピリウス。高い徳性と信仰心の篤さで知られた。

祖国の安逸を打ち破る王、怠惰な民を動かして
武器を取らせるトゥルス[1]だ。軍勢は久しく勝利を
忘れていたのだが。そのすぐあとに続くのは高慢にすぎるアンクス[2]で、
いまからすでに民衆の風評に喜びすぎている。
見るがよい、二人のタルクイニウス[3]王と、誇り高い魂により
復讐を果たすブルートゥス、そして彼が取り戻した儀斧とを[4]。
ブルートゥスは執政官の権限と仮借のない斧を最初に
受け取るであろう。だが、父としては、息子らが新たな戦争を企てたとき、
輝ける自由のため罰を下すべく召喚する定め[5]とは。
不幸な者よ、その行為をどれほど後世の人々がもてはやすとしても。
勝利を収めるのは祖国への愛、賞賛への計り知れず大きな欲求だ。
むしろ、あちらのデキウス父子、ドルースス一門[6]、仮借のない斧を揮う
トルクワートゥス、軍旗を取り戻すカミルス[7]を見よ。
だが、あそこに見える、そろいの武具をまとって輝ける
霊たち[8]は、いまはまだ、夜が制しているかぎり、心を合わせているが、
命の光を手にしたときには、ああ、なんという大戦争を、
なんという衝突、大殺戮を引き起こすことか。

（1）トゥルス・ホスティリウス王。

（2）アンクス・マルキウス王。平民派であったマルキウス家の祖とされる。

（3）第五代タルクイニウス・プリスクス王と、その息子で第七代のタルクイニウス・スペルブス王。

（4）ルーキウス・ユニウス・ブルートゥスはタルクイニウス・スペルブス王の圧政を打倒、王を追放して共和政を樹立、ローマ最初の執政官となった（前五〇九年）。儀斧は薪の束の先に斧をつけたもので、支配権の象徴。

（5）ブルートゥスは、息子たちが他の若者らとともにタルクイニウスを呼び戻そうと策謀したとき、これを取り押さえて処刑した。

（6）デキウス父子は同名（プブリウス・デキウス・ムース）の親子で、ローマの安泰と勝利のため自分の命を捧げた先例とし

舅がアルプスの保塁とモノエクスの城塞から
駆け降りると(9)、婿は東方の軍勢を陣立てして対抗する。
いかん、子らよ、このような大それた戦争を世の常と思うな。
頑健な力を濫用して祖国のはらわたを抉《えぐ》るな。
そなたがまず先に寛容を示せ、オリュンプスから血筋を引く身なのだから。
武器を手から投げ捨てよ、わが血統よ。
あそこにいる者(10)はコリントゥスを征服し、高きカピトーリウムへと
凱旋の戦車を駆って行くだろう。アカイア勢を倒した晴れ姿を見せるのだ。
また、あの者(11)はアルゴスとアガメムノンの都ミュケーナエを覆し、
アエアクスの子孫、武勇にすぐれるアキレスの血統の王までも打ち倒す。
トロイアの祖先とミネルウァの冒瀆された神殿の仇を討つのだ。
偉大なるカトよ、あるいは、コッススよ(12)、誰がそなたらを黙過できよう。
誰が黙過できようか、グラックス家(13)や、戦場の二つの雷電にして、
リビュアを破滅させた二人のスキーピオ(14)、財はわずかながら権勢を誇る
ファブリキウス、あるいは、畔に種を蒔いているセラーヌス(15)を。
ファビウス家の人々よ、そなたらの列はどこまであるのだ。ついて行けぬ。
　そなたがかのマクシムス、

て有名。また、ドルーススはユーリウス家に属する添え名。ここでは、前九一年の護民官マルクス・リーウィウス・ドルーススを念頭に置くと考えられる。

(7) ティトゥス・マンリウス・インペリオースス・トルクワートゥスは前三四〇年、ウェセリス河畔の戦いで軍令に背いた息子を極刑に処した。マルクス・フリウス・カミルスは前三九〇(または、三八七)年、ローマを占領したガリア軍を駆逐した。いったん講和の代償として渡された黄金とともに、軍旗をも取り戻した、という伝承がある。アウグストゥスによるパルティア討伐、軍旗回復を暗示する。

(8) ユーリウス・カエサルとグナエウス・ポンペイウス・マグヌスを指す。

(9) カエサルがガリア遠征(前五八－五一年)からイタリアに戻って内乱の口火を切ったことを指す。モノエクスは現在のモナコ。また、ポンペイウスは前

ただ一人、踏んだ二の足により、われらが国を救う(1)。
青銅を鍛えて、より柔らかな息を彫像に吹き込む者は他にもあろう。
それは疑いがない。大理石から生き生きとした表情を形造る者もあろう。
弁論の陳述にまさる者もあろう。天界の運行を
棹の先で指し示し、星の昇りを教える者もあろう。
だが、ローマ人よ、そなたが覚えるべきは諸国民の統治だ。
この技術こそ、そなたのもの、平和を人々のならわしとせしめ、
従う者には寛容を示して、傲慢な者とは最後まで戦い抜くことだ」。
　父アンキーセスはこう語り、驚いて聞き入る者たちに、こうつけ加える。
「見よ、敵将より奪った武具も晴れがましくマルケルス(2)が
進み行くさまを。勝者の姿がすべての勇士の上に抜きん出ている。
この者は、ローマの国を大きな騒乱が巻き込むとき、
騎馬で踏み止まり、ポエニ人と反旗を翻すガリア人を薙ぎ倒すであろう。
父神クイリーヌスのため三つ目の捕獲した武具を捧げるであろう」。
ここで、アエネーアスは、その勇士と一緒に歩む人影(3)を見たが、
容姿も、光り輝く武具も人並みすぐれた若者であるのに、
顔に浮かぶ喜びは薄く、眼差しは下を向いているので、言った。

五九年にカエサルの娘ユーリアを妻に迎えていた。

(10) ルーキウス・ムンミウス・アカイクス。前一四六年、執政官としてコリントゥスを攻略、財宝をローマにもち帰った。

(11) ルーキウス・アエミリウス・パウルス・マケドニクス。前一六八年、執政官としてピュドナの戦いでペルセウス王率いるマケドニア軍を破り、ギリシアを征服した。ペルセウスはエピールスの王ピュルスの後裔であると自称したが、ピュルスはその名からアキレスの血筋を引くと主張していた。

(12) カトは監察官として有名なマルクス・ポルキウス・カト。アウルス・コルネーリウス・コッススはウェイイの王ラルス・トルムニウスを倒し、敵将の武具(八五五行註参照)をユッピテル・フェレトリウス神に奉納したことで有名。

(13) 護民官として有名なティベリウスとガーイウスのグラック

「父よ、あれは誰ですか、ああして、勇士と並んで行く者は。
彼の息子ですか。それとも、大いなる子孫の一人ですか。
取り巻く人々のなんという騒ぎようでしょう。じつに威風があります。
しかし、黒い夜が陰鬱な影を頭のまわりに投げかけています」。
このとき、父アンキーセスは涙を浮かべながら、切り出した。
「おお、息子よ、おまえの民のたいへんな悲嘆について尋ねるな。
この者が大地を見るのは、ほんの束の間。それが運命。それ以上は
許されぬ定めだ。ローマの子孫が、神々よ、あなた方には目にあまるほど
強大と見えたに違いない、これほどの授かり物をもち続けられたとすれば。
なんと大きなことか、人々がマルスの大いなる都に集い、
あの野(4)に起こす慟哭は。あるいは、ティベリーヌスよ、いかなる葬儀を
目にされるであろう、建ったばかりの墓所のそばを流れるときには。
イーリウムの血を引く少年の誰一人としてラティウムの
父祖らの希望をそこまで高めることはない。いつの日にもロームルスの
国土がこれほどに自慢できる養い子をもつことはない。
ああ、その敬虔な心、その昔ながらの信義、戦争に不敗の
右腕よ。その武勇に立ち向かって、報いを受けずにすむ者は

ス兄弟とともに、その父ティベリウス・センプローニウス・グラックス（前一七七、一六三年の執政官）を指す。

(14) 第二次ポエニ戦争に活躍した大アフリカーヌスと、第三次ポエニ戦争でカルターゴを殲滅した小アフリカーヌスとの、二人のスキーピオを指す。

(15) ガーイウス・ファブリキウス・ルスキヌスはエピールスの王ピュルスとの戦争において厳格な公正を守ったことで知られる。ガーイウス・アティーリウス・レーグルスは前二五七年の執政官。執政官に招請されたとき、農園で種蒔き（serere）をしていたためセラーヌス（Serranus）のあだ名がついたと言われる。

(1) ファビウス家は非常に大きな家門だが、その中で、第二次ポエニ戦争においてトラスメーヌス湖畔とカンナエでの二度の大敗北のあとに持久戦によりローマ軍を立て直したクイントゥ

一人としてなかった、彼が徒歩で敵中へ進むときにせよ、
口に泡吹く馬の脇腹に拍車をかけるときにせよ。
ああ、惜しまるべき子よ、厳しい運命を少しでも打ち破れればよいのに。
そなたこそがマルケルスとなるのだ。この手いっぱいに百合の花をくれ。
緋紫の花を撒こうから。子孫の霊に、
せめて、この供物を捧げ、はかない務めを
果たそう」。こうして、彼らはその一帯をあちらこちらと歩いてまわる。
大気の野は広いが、そのすべてを眺めてゆく。
アンキーセスは、息子にこれら一つ一つのあいだを案内し、
その心に将来の名声への愛の火を点し終えると、
次には、やがて遂行せねばならぬ戦争を語って聞かせる。
ラウレンテスの民とラティーヌスの都を教え、
次々と襲う苦難をどのように切り抜け、耐え忍ぶかを教える。

　夢の門は二つある(1)。一つは
角の門で、真実の亡霊なら容易にそこから出て行ける。
もう一つは白い象牙を光沢豊かに仕上げてあるが、
この門から下界の霊が偽りの夢を地上へと送っている。

ス・ファビウス・マクシムス・クンクタートルが代表として挙げられる。

(2) 敵将より奪った武具 (spolia opima) は、統帥権をもつ将軍が敵将との一対一の戦いに勝って得た武具を言い、マルクス・クラウディウス・マルケルスはこれを前二二二年、クラスティディウムでの戦いでガリアのインスブレス族の将軍ウィリドマルスを殺して獲得。ロームルス、コッススに次いで三つ目。

(3) マルクス・クラウディウス・マルケルス。アウグストゥスの姉であるオクターウィアの息子に生まれ、アウグストゥスの養子となる。前四二年に生まれ、二三年没。葬儀ではアウグストゥス自身が葬送演説をし、彼の記念に、オクターウィアは図書館を、アウグストゥスは劇場(現マルチェロ劇場)を建てた。

(4) ティベリス川の岸辺にあり、

アンキーセスは、このことを話してから、そこまで息子とシビュラとを
見送り、象牙の門から送り出す。
アエネーアスは道を急いで船まで行き、仲間たちに再会する。
　それから、まっすぐにカイエータの港へ向かう。
舳先から錨が投げられ、船が岸に並ぶ。

練兵場としても使われた「マルスの野」のこと。ここでマルケルスの葬儀が営まれた。ティベリーヌスはティベリスの河神。

(1) ホメロス『オデュッセイア』第十九歌五六二行以下参照。

第七歌

アエネーアスの乳母よ、あなたをもまた、われらの岸が
永遠に伝えるよう、死とともにカイエータの名を残した(1)。
いまも、あなたに捧ぐ栄誉がこの場所を守る。その名が、
ささやかな栄光ではあれ、大いなるヘスペリアの中に遺骨の在りかを示す。
　さて、敬虔なるアエネーアスは、しきたりどおりに葬礼を果たし、
墓所の盛り土を築いてから、沖の水面が静まったのち、
帆を張って出航し、港をあとにする。
夜にかけてそよ風が吹き、進路を照らし出すように
月も顔を見せる。揺らめく光の下で海が輝く。
艦隊はキルケの土地(2)に接した海岸をかすめて通る。
そこでは、太陽神の富める娘が、誰にも近寄れぬ聖林に
絶えず歌をこだまさせ、高ぶる館では
香りのよい杉の木を夜通し燃やして明かりとしながら、
響きも高き梭《ひ》を細い織り糸に走らせている。

(1) ミセーヌス、パリヌールスと同じく、イタリア沿岸に地名を残す。現ガエータ。

(2) キルケーイイの岬（現モンテ・チルチェッロ）。

ここから聞こえてくるのは怒りを含む呻き声。獅子たちが
枷を拒み、夜の更けるまで唸る。
剛毛の猪や熊が小屋の囲いの中で
荒れ狂い、大きな狼の姿をしたものが吠えている。
これらも、もとは人間であったが、仮借のない女神が魔法の草を用いた。
キルケが野獣の顔と毛皮を被せてしまったのだ。
敬虔なトロイア人らがそのような奇怪な目に遭わぬよう、
港に入らせまい、忌まわしい海岸に近づかせまいと、
ネプトゥーヌスが風を帆に満たして後押しし、
そこを逃れさせ、沸き立つ潮の瀬を越えさせた。
　いまや朝の日差しが海を赤く染めて、高き天空より
薔薇色の馬車に乗ったアウローラが橙色の輝きを放とうとしていた。
このとき風がやみ、にわかにすべての息吹きが
静まってしまった。平らな海面も重く、漕ぎ入れる櫂が苦闘する。
ここで、アエネーアスは海上から広大な聖林を
見やる。このあいだを通って、ティベリーヌスの心地よい流れが、
急な渦の巻き込む大量の砂で黄土色となりながら、

海へと注ぎ出ている。そのまわりの上空を見ると、彩り豊かな
鳥たちが川岸と川床に棲みなじんでいた。
さえずりながら、天をかすめ、聖林を飛び回っている。
アエネーアスは仲間に、進路を転じて、舳先を陸へ向けよ、
と命を下し、喜々として、木陰濃い川の流れへと近づく。
さあ(1)、いまこそ、エラトよ、王たちは、時勢は、いかにあったか、
古きラティウムがいかなる状況にあったとき、異国からの軍勢が
初めてアウソニアの岸に艦隊を着けたのか、
わたしは述べよう。最初の戦闘の起こりを思い起こそう。
女神よ、どうか、詩人に教えを垂れたまえ。わたしは恐るべき戦争を、
戦列を、闘志の促すまま死へと駆り立てられた王たちを語ろう。
テュレーニアの軍勢と全土が軍役に駆り集められた
ヘスペリアを語ろう。わたしの前に時局はより大きな流れをなす。
より大きな仕事にわたしは取りかかる。
　　　　　　　　　ラティーヌス王は田野と町々を
長く静穏に、平和のうちに統治して、すでに老境にあった。
この王はファウヌスのためラウレンテスのニンフ、マリーカが産んだと

(1) 三七行から四五行前半までは作品後半の序歌。エラトはムーサの一人の名。

われわれは聞いている。ファウヌスの父はピークス、ピークスの父は、
サトゥルヌスよ、あなたであるから、あなたこそが血統の太祖だ。
神々の運命によりラティーヌスには息子がなかった。男子の跡継ぎは
青年に達するやすぐさま失われて、誰一人もないのだった。
娘がただ一人、家系と高貴な家柄を守っていたが、
すでに夫を迎える年頃、すでに結婚にふさわしい年回りを満たしていた。
多くの者が彼女を求めて、大いなるラティウムから、アウソニア全土から
やってきたが、中でも他に抜きん出て美しい求婚者は
トゥルヌスであった。祖父、曾祖父の代から権勢があり、后[2]も、彼と
早く婿の縁を結びたい、と驚くほどの思い入れだった。
しかし、神々の示す予兆が、さまざまに恐怖を呼び、妨げとなる。
館の中央、高き奥殿に一本の月桂樹があり、
葉は神聖で、長年のあいだ畏怖をもって守られてきた。
この木は、父王ラティーヌスが、初めて城塞を築いたときに見つけて、
自身の手でポエブスのため捧げたものとされ、
この木にちなんで植民者をラウレンテス人と名づけた[3]、と言われていた。
この木の天辺に蜜蜂が群がった。語るも不思議ながら、

（2）アマータ（三四三行）のこと。

（3）ラウレンテスの名がラテン語で「月桂樹」を意味するラウレアに由来するという語源説。

巨大な羽音とともに澄み渡る天空を越えて飛んで来ると
天辺を占領し、互いに足と足を結び合わせ、
突如として大群が葉の茂る枝にぶら下がった。
すぐさま予言者が言った。「わが目に映るのは、国の外より
勇士が到来する姿、あれと同じ場所を目指して軍勢が
同じ方角から着き、城塞の高みで統治する様子だ」。
こればかりでなく、祭壇に汚れなき松が枝を燃やし、
そこに父と並んで乙女ラウィーニアが立っているあいだに、
あろうことか、その長い髪に火が燃え移り、
飾り立てたすべてが炎の弾ける音とともに燃え尽きた。
王女の髪も燃え、宝石が煌めく冠も
燃えた。さらには、煙に巻かれ、焦げ色の光に
包まれながら、館中に火をまき散らした。
まさにこうして、恐ろしく、見るも不思議な光景が噂となる。
人は口々に言っていた、彼女自身は名高く世に伝えられる
運命にあろうが、前触れが民に示しているのは大きな戦争だ、と。
　異兆により不安に駆られた王はファウヌスの神託を、

父神の告げる運命を求めて聖林へ赴き、高き
アルブネア[1]の下に伺いを立てる。そこはもっとも大きな森、神聖な
泉の音が響き、濃い木陰の下に情け容赦ない硫黄の息が噴き出ている。
イタリアの諸民族、オエノートリ人[2]の国土すべてがここから
危機に際して神託を求める。神官はここへと供物を
捧げたのち、夜のしじまのもと犠牲に屠った羊の
敷き皮の上に横たわって夢見をする。
と、いつも数多くの幻像が不思議な飛翔を見せ、
さまざまな声が聞こえる。神々との対話に
与り、アウェルヌスの底なるアケロンに語りかける。
この場所で、このときは父王ラティーヌスみずから神託を求める。
毛並み豊かな百頭の二歳の雌羊をしきたりどおりに屠って、
これらの背皮に身を置いた。羊毛皮を敷いて
身を横たえると、突如、高き聖林から声が聞こえた。
「娘にラティウムの男子との婚姻を結ばせようと求めるな。
わが子よ、すでに用意された閨房に託してもならぬ。
婿は国の外より現われるであろう。その血により、われらの

(1) アルブネアはティーブルの水のニンフの名として知られる(ホラーティウス『カルミナ』第一巻第十七歌一二行)が、ティーブルとラウレンテスの地とは距離があるため、確かな同定はなされていない。
(2) 第一歌五三〇行以下、および、五三二行註参照。

名を天へと高めるはず、その種より出た子孫は、
太陽が東と西の大洋を見やりつつ行き交うかぎりの
すべての地が足下に靡《なび》き、統治されるのを見るであろう」。
父神ファウヌスから、このような神託と教えを静まった
夜に授かると、ラティーヌスは自分の口を封じておかなかった。
すぐにそれを「噂」が周囲に広く飛び交ってイタリアの
町々へと伝えた。と、このとき、ラオメドンの子孫が
岸の草が緑なす堤に艦隊を舫った。
　アエネーアスと主だった将軍たち、それに、美しきイウールスは
一本の高い木の枝ぶりの下に体を休め、
食事を始める。草の上にスペルト小麦の薄焼きパンを敷いて、
その上に食物をのせる。これはユッピテルみずから、そう教えたからで、
ケレスの贈り物なる台に野の実りを重ねる。
ところが、他は食べ尽くしたとき、食べ物が十分でなかったため、
つましいケレスの贈り物にまで嚙みついた。
向こう見ずな手と顎が運命のパン生地の円を
侵犯し、四角に切り分けた隅々まで容赦しなかった。

「おい、食卓まで僕らは食べ尽くしたのか」と、イウールスが言った。
それだけを冗談のつもりで言ったが、その声の聞こえたことが苦難に
終わりをもたらす最初となった。声が口から発せられた最初のところで
父アエネーアスが耳にとめ、神意に打たれて息子の口を押さえた。
すぐさま、彼は言った。「ご機嫌よう、運命がわたしに授けた国土よ。
あなた方もご機嫌よう、信義に篤いトロイアの守り神よ。
ここが住まい、ここが祖国だ。父がわたしにこう言っていた。
アンキーセスが残した運命の秘密(1)をいま思い起こす。
「息子よ、おまえが見知らぬ岸へと着いたのち、飢えに
強いられ、食糧の切迫から食卓を食べ尽くしたとき、
このときこそ、疲れ切った身に住まいを望め。忘れるな、その地に
手ずから最初の館を置き、保塁をめぐらせ」。
これがその飢えだったのだ。これがわれわれを待っていた最後の飢えだ。
これで災厄にも終わりが来るだろう。
それゆえ、さあ、喜ばしい太陽が最初の光を見せたら、
ここがいかなる場所か、いかなる人々が住み、どこに民の城市があるか、
探索しよう。港から四方に分かれて出かけよう。

(1) この予言は、第三歌二五五行以下で、アンキーセスではなく、ケラエノにより語られていた。

だがいまは、大杯の御神酒をユッピテルに献じよ。父アンキーセスの名を
呼んで祈願せよ。それから、酒をふたたび食卓に上げよ」。
　このように言ってから、葉の茂る枝の冠を額に
巻きつけると、土地の守り神、神々の中にも原初の神格たる
大地の女神、ニンフたちとまだ名も知らぬ川の神々に
祈る。さらに、夜の女神と、女神の到来を告げて昇る星々とに、
イーダのユッピテルとプリュギアの地母神に、と順々に、
また、天とエレブスにある両親(1)に呼びかける。
ここで全能なる父神が晴れ渡る高き天より三度の
雷鳴を轟かせた。金色の光芒を放って燃える
雲をその手で打ち振りつつ、天空より目の当たり見せた。
このとき、にわかにトロイアの軍勢のあいだに噂が広がり、
運命づけられた城市を築くべき日が到来した、と告げる。
彼らは競うように食事の支度をし直すと、大いなる兆しに
喜々として酒杯を立て、酒に冠を被せる。
　翌日、大地が曙光に照らし出され、
朝日が昇ると、彼らはこの地の民の都と国境と海岸を

一四〇

(1) 天界にいるウェヌスと冥界にいるアンキーセス。

四方に分かれて偵察し、これがヌミークス川の水源をなす沼、
こちらはテュブリス川、ここには勇敢なラティウムの民が住む、と知る。
それから、アンキーセスの子は全員の中から選び抜いた
百人を使者として王の荘厳な城市へ
向かうよう命じる。全員にパラスの枝(2)を掲げさせたうえで、
勇士たる王に贈り物を届けよ、テウクリア人のため講和を求めよ、と言う。
命令が下るや、ただちに彼らは道を急ぎ、速い足取りで
進んでいく。アエネーアス自身は浅い溝で城市の境を刻み、
敷地を整える。岸に上がって最初の居所を
陣営のように条網と土塁で囲む。
さて、使者の若者らはすでに道のりを踏破して、ラティウムの民の櫓と
館の聳えるさまを目にし、城壁に近づいていた。
都の前では、少年たちと青春の花咲く青年たちが
騎馬の鍛錬や、砂塵の中で戦車を引く馬の調教、
あるいは、鋭い弓張り、強腕からしなりのきいた
槍の投擲、競走や拳闘で競い合っている。
そこから馬を飛ばして、長命の王の耳に入れるべく、

(2) オリーブの枝。講和のしるし。

伝令が知らせを運ぶ。見知らぬ服装をし、大きな体の
勇士たちがやって来た、と。王は、館の内に呼び入れよ、
と命じると、宮殿の中央、祖父伝来の玉座に座った。
　館は荘厳にして壮大、百の柱の上に棟高く、
都を見下ろす高みにあった。ラウレンテス人の王ピークスの宮殿にして、
まわりの森と父祖への畏敬が人を厳粛な気持ちにさせた。
ここで王笏を受け取り、儀斧を最初に捧げ持つことが
代々の王には吉兆となった。彼らには、この神殿が衆議の場であり、
ここが神聖な宴の場所でもあった。ここで羊を屠り、
元老たちが切れ目なく連ねた食卓の席につくのをつねとした。
さらには、その昔の父祖の像が順序よく並ぶ。
杉の古木で作られ、イタルスや、父サビーヌス(1)が
曲がった鎌をもち、ぶどうを植える姿、
老神サトゥルヌスや、双形のヤーヌス(2)の像が
前庭に立っていた。ほかにも創始以来歴代の王、
祖国のために戦って戦場で負傷した者たちの像があった。
そればかりでなく、神聖な戸柱には、数多くの武具、

(1) それぞれ、イタリアとサビーニの名の由来となる祖先だが、四八行以下に語られたところとは明らかに異なる系譜で、不整合が認められる。
(2) ヤーヌスは門戸を司るローマ固有の神格で、家の内と外と両方を見守って二つの顔をもつ。サトゥルヌスがラティウムに降ったとき（第一歌五六九行註参照）、この神を歓待し、黄金時代の統治を分かち合った、とされる。

捕獲した戦車や、反った戦斧、
兜の毛飾り、城門を閉じる巨大な門、
投げ槍や盾、敵船から奪った衝角が掛かっている。
さて、ピークス王自身は、クイリーヌスの杖を携え、トラベア(3)を短く
たくし上げて座り、左手には神盾(4)をもっていた。
巧みな馬の馴らし手であった王は、欲望の虜となった妻により
黄金の杖で打たれ、魔法の薬で姿を変えられた。
キルケが鳥に変え、翼にさまざまな色をふり撒いたのだった。
　ラティーヌスは、このような神殿の中にあって、父祖伝来の
玉座に座りながら、テウクリア人らを館の内へ、自分の面前へ呼んだ。
彼らが進み出ると、自分から先に穏やかな口調でこう切り出した。
「言うがよい、ダルダヌスの裔よ。われわれはよく知っている、その都も
その血統も。そなたらが海に進路を向けていることも聞いていた。
求めるものは何か。いかなる理由から、あるいは、いかなる必要から船を
駆ってアウソニアの岸まで紺碧の海をいくつも越えてきたのだ。
航路に迷ったのか、それとも、嵐に流されたのか。
沖に出た船乗りらは何度もそうした目に遭うものだ。

(3) トラベアは緋紫の上衣で、杖とともにローマの王の出で立ち。

(4) ローマ第二代の王ヌマのときに天から降ってきたとされ、王権の命運が存すると言われる盾。マルスの神官団であるサリイ(第八歌二八五行参照)が祭儀のときに携えて踊った。

だが、そなたらが岸がはさむ川へと進み入り、船泊まりへ着いたいま、
われらの歓待を避けてはならぬ。また、よく知るがよい、ラティウムの
民はサトゥルヌスを祖として、懲罰や法律の強制によらずとも公正であり、
自分から進んで、いにしえの神を範とし、己れを律していることを。
言い伝えは歳月とともにあやしくなる。だが、このわたしは覚えている、
アウルンキ(1)の古老たちがこう語っていたのだ。この地より発って
ダルダヌスの旅して着いた先がプリュギアはイーダの町々、
そして、いまはサモトラーキアと呼ばれるトラーキアのサムスだ、と。
彼はここより旅立った。テュレーニアはコリュトゥス(2)の住まいより出て、
いまは、星が煌めく天界にある黄金の王宮に玉座を
授けられ、その祭壇により神々の数を増している」。
　王が言い終わると、そのあとにイリオネウスがこう言葉を述べた。
「王よ、ファウヌスの卓抜せる子よ。われらは波に流され、
黒い嵐に強いられて、あなた方の土地に身を寄せたのではない。
星や海岸に惑わされて進む方角を誤ったのでもない。
われらはみな、策を立て、志が求めるところに従い、この都へ
やって来た。われわれが逐われた王国はかつて最大を誇った。

(1) カンパーニア、リーリス川とウォルトゥルヌス川のあいだの地域の民。
(2) 第三歌一七〇行註参照。

そのようにオリュンプスの果てより昇る太陽が眺めていた。
ユッピテルより血統が始まり、ダルダヌスの血を引く若者はユッピテルが
祖先であることを喜ぶ。われらの王もユッピテルの最高の血筋を引く。
このトロイア王アエネーアスがわれわれをあなたの門口へと遣わした。
どれほどの大嵐が情け知らずのミュケーナエから暴れ出て
イーダの野を吹き抜けたか、いかなる運命の拍車が
ヨーロッパとアジアの両世界を激突させたか、
すでに誰もが耳にしている。大洋を押し返す最果ての地に
離れ住む者でも、四つの気候帯のあいだに広がる
横暴な太陽帯(3)に隔絶された者でも。
かの災禍以来、幾多の広大な水面を渡って、われわれが
願い求めるのは、祖国の神々のためにつましい住まい、安全な
海岸、そして、すべての者に開かれた水と空気。
われわれはあなたの王国の恥とはならぬであろうし、あなた方の名声が
重みを失うことも、これほどの善行への感謝の心が朽ちることもない。
アウソニア人がトロイアを懐に迎えたことを悔やむ日は来ないであろう。
わたしはアエネーアスの運命と、その右手の力にかけて誓う

(3) 世界は五つの気候帯に分けて考えられた。すなわち、中央の熱帯と、これをはさんで南北にそれぞれ二つずつの温帯と寒帯。

——彼の信義、戦争での武勇はすでに実証されている——。
われわれには多くの国人が、——悔ってはならぬ、こちらから
手に手に嘆願の枝を捧げ持ち、祈りの言葉を述べているからと言って——
多くの民がともにあるよう求め、同盟することを欲した。
しかし、神々の運命がわれわれに、あなた方の土地を探し求めよ、と
命令を下して駆り立てたのだ。ダルダヌスはこの地より発った。
それをアポロがここへと呼び戻した。大いなる命令により急き立て、
テュレーニアのテュブリス川とヌミークスの泉の神聖な水瀬へと至らせた。
あなたへの贈り物もある。昔の富を偲ばせるわずかな
品、燃えさかるトロイアから救い出した残りのものだ。
こちらは父アンキーセスが祭壇への献酒に用いた黄金の杯、
こちらはプリアムスの品々で、これらを身に着け、呼び集めた国民に法の
裁きをなすのをしきたりとした。王笏に神聖な王冠、
イーリウムの女たちの労作である衣だ」。
　イリオネウスがこのように言うと、ラティーヌス王は顔を
下に向け、ただ一点を凝視する。身じろぎもせず地面を見たまま、
見開いた目をめぐらしている。王は、緋紫の

刺繍にも、プリアムスの王笏にも心を動かさない。
それよりもただ、娘の結婚と閨房が心を占め続け、
いにしえのファウヌスの託宣を胸中に思いめぐらしていた。
これがかの、運命により異国を旅立ってきた者、
将来の婿と予示され、王国に呼び入れて等しい
指導力をもつべき者、この者に生まれる子孫は武勇に
すぐれ、その力が全世界を制覇する定めなのだ。
ここにようやく喜々として王は言った。「神々の加護がわれらの企てと
示された予兆の上にありますよう。トロイア人よ、望みのものは授けよう。
贈り物を軽んじもしない。ラティーヌスが王であるかぎり、そなたらに
肥沃な田畑の恵み、あるいは、トロイアの富すら欠けることはなかろう。
さあ、アエネーアスがわれらを求める思いがそれほどに大きいなら、
主客の縁を結び、盟友と呼ばれることを急ぐのなら、
ここへ姿を見せればよい。友人同士、顔を合わすことを恐れるには及ばぬ。
わたしが王の右手に触れたなら、和はなかばまで結ばれる。
そなたら、今度はわたしが託す返事を王に届けよ。
わたしには娘が一人あるが、わが民の男と結ばれることを

父神の社の奥よりの託宣も、天が示す無数の
異兆も許さぬ。婿は異国の岸より来るであろうこと、
これはラティウムに動かぬ定め、その血統がわれらの名を
星々にまで高めるはず、との予言がある。かの王こそが運命の求める者と
わたしは見定めもし、心に真実が予見できるなら、そう望みもする」。
父王はこのように語ると、すべての馬の中から駿馬を選び出す。
高い囲いの中には三百頭の毛艶のよい馬がいた。
すぐさま王は、テウクリア人全員に一頭ずつ引き連れていけ、と告げるが、
その駿馬は、紫の刺繡を施した覆い布を背中にかけられ、
胸に垂れ下がる首飾りが黄金なら、
体の飾りも黄金、歯のあいだに嚙む轡も黄金であった。
また、まだ見ぬアエネーアスのために馬車と、これを引く二頭を選ぶが、
これらは天馬の血筋にして、鼻より炎の息を吐く。
その血統を辿れば、老練なキルケが父神(1)の
目を盗んで天馬に牝馬をあてがい、庶子として生ませた馬であった。
アエネーアスの使者はラティーヌスからこれらの贈り物と伝言を預かり、
馬上高く帰路につき、講和をもち帰る。

(1) 太陽神。

だが、見よ、いまイーナクスの都アルゴスより戻ってきたのは
ユッピテルの后なる仮借のない女神。馬車に乗り、空高くにあって、
遠く天界から、アエネーアスの喜ぶ姿とダルダニアの艦隊を
シキリアのパキューヌス岬よりずっと見やっていた。
その目に映るは、いまや館の造営、いまや国土への信頼、
船隊の放棄。女神は鋭い痛みに身を貫かれて立ちつくした。
それから、頭を振りながら、このような言葉を胸から絞り出した。
「ああ、憎い血統よ、わが運命に刃向かう
プリュギア人の運命よ。彼らをシゲーウムの野に薙ぎ倒すなど、
捕らえて虜囚とするなど、なしえたことなのか。炎上したトロイアで
本当に勇士らが焼かれたのか。いや、戦列のまっただ中、炎のただ中に
彼らは進む道を見出した。では、きっと、わが神威もついに
力尽きて倒れ、憎しみもこれまでで十分と身を休めたのだ。
いや、そうではない。彼らが祖国から投げ出されたあとも、波間を追って
迫害を続けた。落ち延びた海原のいたるところで対峙した。
テウクリア人に対し天と海の総力を費やした。
だが、シュルテスやスキュラ、巨大なカリュブディスがわたしにどんな

役に立ったか。いま彼らは、思い焦がれたテュブリスの河床に逃げ込んで、
大海も、わがことも気にかけない。マルスが民を滅ぼす
力は巨漢のラピタエ族にも及び(1)、ディアーナの怒りの前には
神々の父ですらカリュドンの古都を譲り渡した(2)。
ラピタエ族も、カリュドンも、いかなる罪がそれほどの報いを与えたのか。
ところが、わたしはユッピテルの后であるのに、できることは一つ残らず
みな試みた。あらゆることに奔走した。それでも、哀れなことに、
勝つのはアエネーアスだ。だが、わが神威の偉大さが
足りないなら、わたしは嘆願するのをためらわぬ。どこの神格でもよい。
天上の神々の心を靡《なび》かせることができなければ、アケロンを動かそう。
ラティウムの王国から閉め出すことはかなうまい。それはそれでよい。
ラウィーニアが妻となることも運命により動かしえぬ定めだ。
だが、事態を引き延ばし、この大事業に遅滞を加えることはできる。
両王の国民を根絶やしにすることはできる。
婿と舅が連合するには、それだけの代償を臣下に負わせることとしよう。
乙女よ、そなたはトロイア人とルトゥリ人の血を婚資とするのだ。
そなたを待つ介添え婦はベローナだ(3)。炬火を身籠り、

(1) ピリトウスが開いた婚礼の宴でのラピタエ族とケンタウルスの争い（第六歌六〇一行註参照）に言及する。争いの原因は一般に酒、つまり、バックス神に結びつけられるが、ある伝承では、マルスは宴に招待されなかったため、仕返ししたのだという。

(2) アエトーリアの町カリュドンの王オエネウスを罰するため、ディアーナは猪の怪物を送り込んで災厄を引き起こした（ホメロス『イリアス』第九歌五二九行以下）。

(3) 戦争の女神。

婚姻の炎を産み落としたのはキッセウスの娘[4]ばかりではない。
そうだ、ウェヌスの産んだ子もそれと同じく、もう一人のパリスとなる。
息を吹き返したペルガマをまたしても燃やす葬儀の松明となるのだ」。
　このような言葉を吐くと、女神は恐ろしい形相で地上を目指して行き、
嘆きをもたらすアレクトを忌まわしい復讐女神の住まう
暗闇の底から呼び出す。この女神は悲惨な戦争、
憤怒、奸計、呪わしい嫌疑を心の糧とし、
父神プルートン[5]にすら憎まれ、タルタラの姉妹らにも
憎まれる怪物であった。それほどにいくつも変化する顔をもち、
顔つきも残忍で、数知れぬ毒蛇の毛髪が黒々と伸びている。
このアレクトをけしかけようと、ユーノはこのような言葉で語りかける。
「夜の女神の娘なる乙女よ、わたしのため特別に骨を折ってくれ。
この仕事ができれば、わが栄誉と名声が損なわれて
地歩を失うこともない。ラティーヌス王を婚姻へ向けて口説き落とし、
アエネーアス一党がイタリアの国土占領を果たすこともない。
そなたにはできる、一心同体の兄弟に武器を取らせて戦わせ、
家門を憎悪で包むことも、館のうちに鞭と

（4）プリアムスの后ヘクバ。パリスを身籠ったとき、燃える炬火の夢を見た。

（5）冥界の神。ディースに同じ。

葬儀の松明を持ち込むことも。そなたには千の呼び名があり、
害毒を撒く千の術がある。企みに富む懐から策を絞り出し、
結ばれた講和を引き裂け。戦争の火種となる嫌疑を撒け。
武器をこそ若者らに欲せしめよ、求めさせよ、つかみ取らせよ」。
　すぐさま、ゴルゴの毒に染まったアレクトは、
手始めにラティウムとラウレンテス人の王宮の
高みを目指して行き、アマータの物音なき門口に立った。
彼女は、トロイア人の到来とトゥルヌスとの婚礼をめぐり、
女の苦悩と憤怒とで熱く身を焼く思いをしていた。
そこへ女神は青黒い髪の毛から一匹の蛇を取って
投げ込んだ。懐から胸の奥底へと埋め込み、
この怪物ゆえの狂乱から彼女が家全体を混乱させるように仕向けた。
蛇は衣となめらかな胸のあいだを滑って、
蛇行する感触も残さない。女の狂おしい思いにまぎれ込ませて
毒蛇の息を吹き込む。と、首にかけた飾りの
黄金へと、長い髪留めのリボンへと巨大な蛇は姿を変え、
髪を結いつつ、ぬるぬるとした体を彼女の手足にさまよわす。

それでも、病疫は湿った毒気を染み込ませ始めたばかり、
感覚を襲って、骨身に火を絡めながらも、
魂が胸全体に炎をはらむにはまだ至っていなかった。
このとき彼女がいつもよりも穏やかに、母親のならいどおりに話したのは
娘とプリュギア人との婚礼のことで、しきりに涙を流していた。
「流浪の身のテウクリア人にラウィーニアを嫁がせねばならぬのか。
おお、父よ、哀れとは思わぬのか、娘のことも、あなたのことも。
母が哀れではないか、最初に北風が吹くとき置き去りにされる定めなのだ、
不実な盗人が娘を奪い去って沖を目指して行くのだから。
まったく同じではないか、プリュギアの牧人がラケダエモンに乗り込んで
レーダの娘ヘレナをトロイアの都へ運び去ったときと。
あなたの神聖な信義はどうなる。どうなのだ、臣下への昔からの心配り、
同じ血統を引くトゥルヌスに幾度となく与えた右手の約束(1)は。
もし、婿を異国の民より求めることがラティウムのためであり、
それが動かぬこと、父ファウヌスがあなたに促す命令であるとしても、
わたしに言わせれば、どこの国であれ、われらの王笏から自由に
離反するところは異国であり、それが神々のお告げでもあるはずだ。

(1) 五四行以下では、トゥルヌスは求婚者の一人にすぎず、アマータの言葉とは食い違いがある。

トゥルヌスにしても、家門のそもそもの起源を遡るなら、
イーナクス、アクリシウス、ミュケーナエの中核に父祖を見出すのだ(1)」。
　このような言葉で説得を試みたのも空しく、ラティーヌスが
反対の立場を変えないのを見るうちに、はらわたの奥まで忍び込んだ
蛇の悪疫が狂乱を彼女の全身に行き渡らせる。
このとき、悲運の女は、巨大な怪物にけしかけられるまま、
都のどこといわず、常軌を逸し、憑かれたように荒れ狂う。
それはあたかも、鞭にしごかれて独楽《こま》が飛び跳ねるときのよう。
がらんどうの広間を囲んで少年たちが大きな輪を作り、
独楽遊びに熱中していると、鞭にあおられた独楽は
弧を描いて進む。わけが分からず、ぽかんとして上から見る子がいる。
幼い子らが驚いて見入るのをよそに、飛び回る柘植の木の独楽は
鞭が入るごとに勢いづく。その独楽の速さにも劣らず、
彼女は都の真ん中を、猛々しい人々のあいだを駆り立てられる。
それどころか、バックスに取り憑かれたように装って森へ入る。
さらに大きな背徳に手を染め、さらに大きな狂乱を起こそうと
飛んでゆき、娘を茂み豊かな山に隠した。

(1) イーナクスはアルゴスを建国した伝説的な王。また、のちのアルゴス王アクリシウスは予言により、娘ダナエの息子が自分を殺す、と告げられたため、娘を幼子のペルセウスともども、衣類箱に入れて海に流した。母子は、ある伝承では、アルデアに辿り着き、ダナエがトゥルヌスの祖先であるピルムヌスと結婚したという。

こうして、テウクリアから婚礼を奪い去り、婚儀の松明に邪魔しようとし、
バックス万歳と叫び、神よ、あなた一人が乙女にふさわしい、と
大声を上げる。娘が柔らかなテュルスス(2)を手に取るも、あなたのため、
舞い踊るはあなたのまわり、髪を伸ばすもあなたに捧げるため、と言う。
噂が飛ぶ。と、母親たちは胸に狂乱の火を点され、
みなが一斉に同じ熱狂に駆られるまま、新たな住まいを探し求める。
家を捨て、うなじと髪を風の吹き通るにまかせる。
また、震える唸り声を天空いっぱいに響かせつつ、
皮の衣をまとい、松が枝の槍を捧げ持つ女たちもある。
アマータ自身はその真ん中で熱狂のうちに燃えさかる松明を
捧げ持ち、娘とトゥルヌスの婚礼歌を歌う。
血走った眼をぎょろつかせつつ、突如、激しい
叫びを上げる。「ラティウムの母たちよ、みな、その場で聞くがよい。
人の情けを感じ、不運なアマータに変わらぬ
感謝を抱いているなら、母の権利を思って心が痛むなら、
髪の毛を留めるリボンを解け。わが狂乱の秘儀に加われ」。
このような様子で、森の中といわず、野獣の棲む荒れ地の中といわず、

(2) ぶどうの蔓を巻きつけた杖。バックスの祭具。

どこへでも女王をバックスの突き棒でアレクトは追い立ててゆく。
　これでもう十分に最初の狂乱の針を打ち込んだ、
ラティーヌスの目論みも家もすべて覆した、と見て取ると、
ただちに陰惨な女神は、そこから煤色の翼で舞い上がり、
剛胆なルトゥリ人の城市へと向かう。言い伝えでは、この都を
アクリシウスの植民者のため建設したのはダナエで[1]、
南からの突風に吹き寄せられた、という。その昔、この土地をアルデア[2]と
父祖たちは名づけた。いまでも、アルデアという名は変わらず大きいが、
その盛運は過去のものとなった。ここで、トゥルヌスは高き館の内で
夜の闇のもと、すでに眠りを貪る最中であった。
アレクトは厳しい顔つきと復讐女神の四肢を
脱ぎ捨てると、老婆の相貌へと姿を変える。
額に醜い皺を彫り込み、白髪を
髪留めで結ってから、オリーブの枝を挿す。
ユーノの神殿に仕える老巫女のカリュベに化け、
若者の目の前に姿を現わすと、このように声をかける。
「トゥルヌスよ、黙って見ているのか、幾多の労苦が水泡に帰すのを、

（1）三七二行註参照。
（2）アルデアはローマとほぼ同じ頃の創建で、前六世紀に栄え、五世紀にローマと争い、敗れた。第二次ポエニ戦争の頃にはすでに衰微して、アウグストゥスの時代には廃墟と化していた。

そなたの王笏がトロイアからの植民者の手に渡るのを。
王は、結婚も血で購った婚資もそなたには
やらぬ、と言い、異国の者を王権の継承者にしようと求めている。
さあ行け。そなたは嘲られたのだ。報われずとも、この危難に立ち向かえ。
行け。テュレーニアの戦列を薙ぎ倒せ。ラティウムの平和を守れ。
平穏な夜、そなたが休らういま、まさしくこのように面と向かって
言えと命じたのはほかでもない、サトゥルヌスの娘なる全能の女神だ。
それゆえ、さあ、若者らに武器を取らせ、城門より出撃して
勇ましく戦場に向かうべく用意せよ。美しき川に陣を構えた
プリュギアの将軍たちと彩色した船隊を焼き払え。
天上の神々の偉大な力がこれを命じている。ラティーヌス王にすら、
結婚を許す、そなたの言葉に従う、と同意せぬかぎり、
思い知らせてやれ。ついには、トゥルヌスの武勇を味わわせてやれ」。
　ここで若者は、巫女を嘲りつつ、こう切り返して
答えた。「艦隊がテュブリスの川波に乗り入れたとの知らせは、
おまえの考えるように、わたしの耳をすり抜けたりはしていない。
そんなたいそうな恐怖を吹き込もうとするな。ユーノ女王神も

わがことを忘れてはおらぬ。
おまえも錆びついて、真実を告げる力が尽きた。寄る年波で
空しい気苦労に苛まれている。武器を
王侯が取るのを見るうちに、偽りの恐怖に騙されて予言しているのだ。
おまえは神々の像と神殿の護りに気を配ればよい。
戦争と平和は男たちが担う。男こそ戦争を担わねばならぬのだから」。
　このような言葉を聞いて、アレクトは怒りに燃えた。
と、まだ語っているうちに若者の体を突然の震えが包み、
両眼が凍りついた。それほど数多くの蛇の舌音を復讐女神は響かせ、
それほどに巨大な姿を顕わにした。次いで、火と燃える眼光を
投げつけて、ためらいつつ、なおまだ言おうとする若者を
押し退けるや、毛髪のあいだから二匹の蛇を逆立て、
鞭を鳴らし、狂乱の口調でこう言った。
「それ、このわたしが、錆びついて、真実を告げる力も尽き、寄る年波で
武器を王侯が取るのを見るうちに、偽りの恐怖に騙された女だ。
とくと見よ、これを。わたしは復讐の姉妹神の住まいより来た。
この手に戦争と破滅を担っている」。

こう言い放つと炬火を若者に投げつけた。真っ黒な
光がくすぶる松明を胸の奥に打ち込んだ。
と、激しい戦慄に彼の眠りは破れた。骨も身も
全身を浸し尽くすように汗が噴き出した。
彼は武器をよこせと怒号を上げ、寝床から館中に武器を探す。
荒れ狂うは剣への愛、戦争を求める罪深き狂気、
加えて、怒り。それはあたかも、大きな音を立てて弾ける
薪の火の上に釜の腹をのせて沸き立たせれば、
水が沸騰して跳び出すときのよう。釜の中でも水の流れが
湯気を上げて熱狂し、泡を高く吹き上げる。
いまや熱湯は己れのおさまる場所を知らず、黒い蒸気となって空へ飛ぶ。
こうして平和の踏み躙られたいま、ラティーヌス王に向かい進撃せよ、と
主だった若者たちに指示する。命令を下し、武器を用意せよ、
イタリアを護れ、領土から敵を駆逐せよ、
自分が来れば、テウクリアとラティウム両軍相手に十分だ、と言う。
彼がこのように言ってのけ、神々に呼びかけて願掛けを済ますと、
ルトゥリ人は互いに激励しつつ、競い合うように武器を取る。

トゥルヌスの並外れて若く美しい姿に心を動かされる者もあり、父祖代々の王、また、輝かしい事績を上げた右腕に動かされる者もある。

トゥルヌスがルトゥリ人に果敢な闘志を満たすあいだに、アレクトはステュクスの翼を羽ばたかせ、テウクリア人のもとへ向かう。新たな術策を抱いて地形を偵察するが、その岸辺では美しいイウールスが獣に罠を仕掛け、追い立てて狩りをしていた。ここで、コキュートゥスの処女神は犬たちに突如として凶暴な性向を植えつけた。鼻に馴染みの臭いをかがせて、烈火のごとく雄鹿を追わせようとした。これが苦難の最初の原因となった。その地に住む者たちの魂を戦争へと焚きつけた。

その雄鹿というのは、群を抜いて美しい姿、角は巨大にして、テュルスの息子らが母鹿の乳房のもとから連れ去り、父テュルスのもとで飼っていた。父は王家の家畜を差配して、広く野原の管理を任されていた。鹿は命令に慣れ、妹シルウィアが抜かりのない心配りをした。彼女が柔らかな花冠を角に巻いて飾り、櫛を入れて、清らかな泉で体を洗うと、

四八〇

鹿もその手のなすがままにされる。主人の食卓に慣れ、
森を走り回っていても、また馴れ親しんだ門口へ戻る。
どれほど夜遅くなろうとも、自分からわが家へ帰ってきた。
この鹿が遠出しているところを、狩りに出たイウールスの犬たちが
凶暴に追い立てた。折しも鹿は川の流れに押されるまま
流れ下り、緑なす岸で暑さを癒していた。
アスカニウスも傑出した誉れを得たいとの思いに燃え、
引き絞った弓から狙いをつけて矢を放った。
右手の狙いは外れていたが、神が見放さなかった。飛び出した矢は
音高く下腹を射抜き、腰を貫いた。
傷を負いながらも四つ足の獣は馴れ親しんだ館の中へ逃げ込むと、
呻きつつ畜舎の囲いへと身を寄せた。血まみれの姿で、
命乞いをするかのように、館中を悲しい声で満たした。
妹シルウィアが最初に掌で二の腕を叩きながら
助けを呼ぶ。屈強な田園の人々を呼ぼうと叫ぶと、
音もなき森に非情な悪疫(1)が潜んでいたため、人々が
思いもよらず現われる。先を焼き固めた杭を武器にした者や、

(1) アレクトを指す。

節がついて重い棒をもつ者など、それぞれが見つけたものを
怒りに駆られるまま武器にする。テュルスは軍勢を呼び集める。
折しも樫の木に楔を打ち込んで四つ割りにしていたが、
そこから、つく息も激しく斧をつかみ取っていく。
　すると、仮借のない女神は害悪なす機会を物見の場所から見て取り、
畜舎の高い屋根を目指して行き、棟の頂から
牧人の合図を鳴らす。反り返った角笛から
タルタラの声を響かせた。この響きで、隅々まで
森が震撼した。木々の茂みが奥深くまで反響した。
それは遠くトリウィアの湖(1)でも聞こえ、硫黄の水で
白濁するナール川でも、ウェリーヌスの泉(2)でも聞こえた。
母親たちは怯えて息子らを胸に抱きしめた。
このとき、その響きに速やかに応え、角笛が合図を
忌まわしく轟かせるや、武器をつかんで四方より馳せ参じるのは
荒くれた農民たち。それに負けじとトロイアの若者らも
陣営の門を開いてアスカニウスのため加勢に繰り出す。
双方が戦列を整えた。もはや田舎者の喧嘩ではない。

(1) アリキアの町に接して有名なネモレンシス湖のディアーナ神域（七六一行以下参照）があったが、それに近く、アルバの森の湖。

(2) ナールはウンブリアのアペニン山地を流れてきて、ローマの北、三〇マイルほどのところでティベリスに合流する川。原語のサビーニの言葉では「硫黄」を意味した。白色は、石灰岩が硫化したもの。ウェリーヌスの泉、もしくは、湖はレアーテ（現リエティ）の町の北、サビーニの丘陵地にあった。

固い棍棒や先を焼いた杭で争うのではなく、
両刃の剣で決着を見ようとする。一面に黒い
麦穂のごとく抜き身の剣が立ち並び、青銅の武具が輝く。
武具は日差しをはね返し、光を雲の下へと投げつける。
それはあたかも、風の吹きはじめに白波が立つときのよう。
海はしだいにそそり立ち、高く、高くと波を
逆立てると、やがて、奈落の底より天の高みへと達する。
このとき、戦陣の第一列にいた若者に音高く矢が当たる。
アルモ（3）といい、テュルスの長男であったが、
どっと倒れた。刺さった矢が喉元に傷をなし、湿った
声の通り道と、か細い命の息を血で塞いだ。
そのまわりでも勇士の多くが骸となったが、老ガラエススも、
講和の仲立ちを務めようとして倒れた。これは比類なき正義の士にして、
かつてイタリアの田野にもっとも富める人物であった。
鳴き声高い羊の群れが五つあり、餌場から戻る牛の群れも
五つ、土地を耕すには百の鍬を用いていた。
　そのようにして平原一帯が拮抗した戦闘を始めると、

（3）アルバの丘より流れるティベリスの支流から取られた名。五三五行のガラエススも同名のイタリアの川がある。

女神は自分の約束を果たし終えた。戦争が血の
滴りを呼び、死をもって戦いの火蓋を切ったところで、
ヘスペリアをあとにし、天空へと行き先を転じる。
ユーノに向かい、勝利に意気揚々とした声で語りかける。
「このとおり、悲惨な戦争を起こし、不和を成就してさしあげました。
ためしに、相和して友情を交わせ、盟約を結べ、と言ってやるとよろしい。
わたしはすでにテウクリア人にアウソニア人の返り血を浴びせました。
あなたも同じ決意であるなら、さらにこうもしてやりましょう、
隣国の町々に噂を広め、戦争へと引き込むこと、
その闘志に火をつけ、正気を逸した戦争への愛を生み、
いたるところから加勢を呼ぶこと、田園中に戦争を撒き散らすことを」。
これに対してユーノは言った。「恐怖と欺瞞はもう十分だ。
戦争の大義が立ち、互いに鎬を削る戦いが行なわれている。
初めは偶然が取らせた武器から、さらに新たな血が滴った。
このような結婚を、このような婚礼を祝えばよいのだ、
ウェヌスのすぐれた血統も、ラティーヌス王も。
おまえが地上の大気のもとで、まださらに野放しでいることを

オリュンプスの頂から統治する父神が望むまい。
場所を譲れ。もしまだ味わわせねばならぬ苦難があるなら、
わたしみずから差し向けよう」。サトゥルヌスの娘はこのように言った。
すると、アレクトは蛇の舌音を響かせつつ、翼を上げると、
コキュートゥスの住まいを目指し、高き地上をあとにする。
イタリアの中央、高い山地の麓に一つの場所がある。
名高く、多くの国で人づてに語られたその地は
アムサンクトゥスの谷(1)という。ここは木々の茂みで黒く見えるほど
山腹の森が両側から迫っており、その中ほどには弾けるような
轟音を上げながら、岩を打ち、渦を巻く奔流がある。
この場所には恐るべき洞窟、情け容赦ないディースの呼吸孔があると
知られる。アケロンの噴出した巨大な裂け目が
顎を開いて毒を吐いている。その中へと復讐女神は姿を隠す。
忌み嫌われた神格が去り、天と地は安堵した。
　そのあいだにもなお、サトゥルヌスの娘は戦争に
仕上げの手を加える。いま都の中へと殺到するのは隊列を
崩した牧人らの総勢で、仲間の遺体を運び帰る。

(1) 南サムニウムの丘陵地にあり、硫黄の多い峡谷。ウェスウィウス山と東側で連なる火山帯にある。

少年アルモや、見る影もなく顔を潰されたガラエススなどで、
彼らは神々に救いを求め、ラティーヌスに訴える。
そこへトゥルヌスが来る。中心となって殺戮の罪状を火のように言い立て、
恐怖を倍加する。「テウクリア人を王国に呼び入れ、
プリュギアの血筋を混ぜ、このわたしを門前払いするとは」。
このとき、母たちがバックスに取り憑かれ、道なき森を
乱舞して跳ねる――それほどにアマータの名は重みがあった――のを見て、
その身内らが四方から集まって団結し、マルスに呼びかけてやまない。
誰もがすぐさま、あってはならぬ戦争を予兆に逆らって
要求する。神々の運命に逆らい、神意を歪めていた。
人々は競い合うようにラティーヌス王の館を取り囲むが、
王は大海を前に動じぬ岩のように立ち向かった。
大海が大きな轟きとともに打ち寄せるとき、岩は
波がまわりで何度も吠えるにもかかわらず、
微動だにしない。いささかもこたえない、まわりの岩礁や岩場が
飛沫を上げ、どよめいても、海草が岩肌に打ち寄せられ、洗い流されても。
しかし、王にはむやみな目論みに抗して乗り切るだけのどのような力も

与えられず、仮借のないユーノの思いのままに事態は進む。
父王は何度も神々と虚空へ呼びかけてから言った。
「ああ、われらを運命が打ち砕き、つむじ風が運び去る。
おまえたち自身なのだ、神を冒瀆した血でこの罪の贖いをなすのは、
哀れな者どもよ。トゥルヌスよ、おまえを待つのは非道な所行と悲惨な
処罰だ。そのとき祈願して神々を崇めようとも手遅れだ。
わたしなら、もう安らぎを得ている。まさに港へ入る間際にあって、
奪われるは死に目の幸せだけだから」。ただこれだけを話すと、
館に閉じ籠り、事態の掌握を放棄した。

　ヘスペリアのラティウムにはしきたりがあった。これをそののちすぐに
アルバの町々が神聖なものとして大切にした。それをいまも世界に冠たる
ローマが、マルスを押し立てて最初の戦闘に及ぶとき、大切に守っている。
ゲタエ人に対して武力を用いるにせよ、涙を呼ぶ戦争を
ヒュルカーニア人やアラブ人に仕掛けるにせよ、また、進路をインドへ、
東方へと向け、パルティア人から軍旗を取り戻そうとするにせよ。
一対の「戦争の門」という名で呼ばれる門(1)があり、
信心と情け容赦ないマルスへの畏怖とにより神聖とされる。

(1) 第一歌二九四行註参照。

百の青銅の門と永遠不動の鋼鉄により
固く閉じられ、ヤーヌスが門口から一歩も離れず番をしている。
元老たちが戦いの決意を固めたときには、この門を、
クイリーヌスのトラベアとガビイ風の着こなし(1)も
麗々しい執政官がみずから開く。入り口のきしる音とともに
みずから戦いを呼び出す。すると、そのあとに他の若者らが続き、
それに合わせて真鍮のラッパが乾いた響きを吹き鳴らす。
このときも、このしきたりに従ってアエネーアスらに戦争を
宣言せよ、陰鬱な門を開け、とラティーヌス王は求められた。
だが、父王は門に触れるのを控えた。顔を背けて醜悪な
務めから逃れ、暗闇に身を隠した。
このとき、神々の女王が天より舞い降りて、なかなか開かぬ
門をみずからの手で押し開けた。枢《くるる》を回して
サトゥルヌスの娘は鋼を打った戦争の門をこじ開けた。
以前には激昂も、動乱も知らなかったアウソニアが熱く燃える。
歩兵として野に向かおうとする者があれば、見上げるように高い
馬上より砂塵を上げて荒れ狂う者もあり、誰もが武器を取ろうと求める。

(1) 市民服トガの古来の儀式での着用法。一八七行註参照。

また、盾を滑らかに、投げ槍に光沢の出るように磨こうと
ねっとりした脂肪を使う者、戦斧を砥石で研ぐ者がある。
戦旗を担うこと、ラッパの音を聞くことが楽しい。
五つにのぼる大きな都が金敷きを据えて
新たな武器を鍛える。勢力あるアティーナ、誇り高いティーブル、
アルデア、クルストゥメリ、塔が聳えるアンテムナエであった。
彼らは頭を保護する兜を中空に形作り、柳の枝をたわめて
臍のある盾を編み上げる。青銅の胸当てや、
つややかな脛当てを、熱した銀から鍛えて造る者もある。
このことが鋤の刃や鎌を大事にする気持ち、鍬を愛する
どのような心にも取って代わった。彼らは炉で父祖の剣を鍛え直す。
いまや、ラッパが鳴り、戦争の合図の符丁が回る。
こちらで家から慌てて兜を取り出す者があると、あちらでは震える
馬を馬車の軛につなぐ者、また、盾と黄金を三重に編み上げた
鎧を身につけ、頼りの剣を佩《は》く者がある。
　さあいま、女神らよ、ヘリコンを開きたまえ。歌い始めたまえ。(2)
いかなる王が戦争に駆り立てられたか、それぞれの王に従って、いかなる

(2) 六四七行以下でイタリアの諸将を列挙（カタロゴスと呼ばれる文学形式）するに当たり、すべてを尽くせるよう、詩神ムーサの加護を乞う。ヘリコンはムーサの住まいとされるボエオーティアの山。

戦列が野を満たしたか、このときすでにイタリアの地には
いかなる勇士が咲き誇っていたか、いかなる武具が燃え立っていたか、
女神らよ、あなた方は覚えておいでで、物語ることができる。
わたしたちへは微かな風のごとき言い伝えがかろうじて漂い来るのみ。
　最初に参戦するのは、エトルーリアの岸より来た猛者にして
神々を蔑《なみ》すメゼンティウス[1]で、隊列の武装を整えている。
その傍らには息子ラウススがいる。これより美しい者は、
容姿すぐれるラウレンテス人のトゥルヌスを除けばほかになかった。
そのラウススは、馬の馴らし手、野獣の征服者にして、
アギュラの都より兵を率いるが、報われることなく[2]従った
戦士は千を数える。惜しむべきは、父の王権のもとに
喜びの少なかったこと、メゼンティウスを父にもったことであった。
　このあとに続き、草原を分けて戦勝の棕櫚も晴れがましい戦車と
勝者の馬を誇示するのは、美しきヘルクレスより生まれた
美しきアウェンティーヌス[3]で、盾には父の功しを示して
百の蛇と、その蛇がまわりを這う大水蛇とを描く。
この者は、アウェンティーヌス丘の森で巫女レーアが

（1）第八歌四八一行以下参照。

（2）アギュラはエトルーリアの町カエレに同じ。「報われることなく」はラウススの戦死（第十歌七八九行以下）を先取りする。

（3）ローマの丘アウェンティーヌスに名を残すこの人物をヘルクレスの子とする伝承は他に見られない。リーウィウスなどではアルバ・ロンガの王の一人として名を挙げられる。

人目を盗んで産み落とし、この世に生を与えた。
女が神と交わったのは、ティリュンスの英雄[4]がゲリュオンを
倒して勝利を収めてから、ラウレンテスの田野に着き、
ヒベーリアの牛たちをテュレーニアの川で水浴びさせたときであった。
その部下は投げ槍と戦争に厳しい矛を手に持つ。
先細りの穂をつけたサビーニの投げ槍を用いて戦う。
指揮官自身は徒歩で来る。体になびく巨大な獅子の皮衣は
恐ろしげな剛毛を撫でつけもせず、白い歯が並んでいる。
これを頭から着た姿で王の館へと近づく。
両肩でヘルクレスの衣を結んだ様子が凄まじい。
　さらに、双子の兄弟がティーブルの城市をあとにして来る。[5]
部族の名はその兄ティブルトゥスにちなんでいるが、
二人はアルゴスの血を引く若者で、カティルスと気合い鋭いコラス、
戦列の真ん前、隙間なく並ぶ槍のあいだへ進み出る。
それはあたかも、高き山の頂より雲から生まれた[6]二人の
ケンタウルスが降りてきたかのよう。ホモレと雪を戴くオトリュスを
脱兎のごとくあとにするとき、行く手にある巨大な森が

（4）ヘルクレスのこと。ティリュンスで生まれた、もしくは、ティリュンスの王エウリュステウスの命に服して難業を果たしたことから。

（5）通常、ティーブルの創建者はカティルスで、同名の長男、および、コラス、ティブルトゥスの三兄弟を息子にもつ。ティブルトゥスを創建者とする伝承はプリーニウス（『博物誌』第十六巻二三七）にあり、アルゴスの予言者で王のアンピアラーウスの息子とされる。

（6）イクシーオンがユーノを陵辱しようとしたとき、ユッピテルは雲をユーノの姿に変えた。この雲からケンタウルスが生まれた。また、ホモレとオトリュスはともにケンタウルスが住まいとするテッサリアの山。

道を譲り、木々の茂みが大音響とともに脇へ退く。
　また、プラエネステの都の創建者も馳せ参じた。
この王は、田園の家畜のあいだでウォルカーヌスを父として生まれ(1)、
炉辺にいるのを見つかった、といつの時代にも信じられた。
カエクルスといい、広く田園の軍団を従えている。
その戦士らは高きプラエネステ、ガビイのユーノ(2)の
田野、涼しいアニオ、小川の滴に湿る
ヘルニキの岩地(3)に住み、これを養うは豊かなアナグニアや、
父なる川アマセーヌス。さて、この者らのすべてが武器をもち、
盾や戦車の音を響かせるのではない。大方の者が藍鼠色の
鉛玉を雨霰と撒き、また、投げ槍を二振り手に
もつ者もある。狼の皮から作った黄土色の帽子で
頭を被い、踏み出した左足はむき出しのままだが(4)、
もう一方の足は生皮の長靴を履いている。
　さて、馬の馴らし手にして、ネプトゥーヌスの子メッサープスは、
火によっても剣によっても薙ぎ倒すことのできぬ勇士であったが、
すでに久しく安逸の中にいた国民、戦争を忘れかけた

(1) ある伝承では、乙女が炉からの火花でカエクルスを身籠ったが、捨て子にされたのを水汲みの娘に見つけられた。盗賊仲間にいたあと、その仲間とプラエネステを創建した、という。

(2) ガビイのユーノ女神の信仰については他に典拠なし。

(3) サビーニの言葉でヘルナ (herna) は「岩」を表わし、ヘルニキ (Hernici) はその形容詞のような語形をしている。また、ヘルニキ族はアナグニアの町とアマセーヌス川（次行「父」は河神の称号）のあたりに住む。

(4) 左足だけ素足にする理由は不明。右利きの場合、投擲のとき踏み出す左足を固めるのに素足のほうがよいためか。

軍勢を突如として戦場へ呼び出し、再び剣をつかむ。
ここに居並ぶは、フェスケンニウムの戦列やアエクイ・ファリスキ(5)の町、
また、ソラクテの高み、フラウィーニアの田野(6)、
キミヌスの山と湖、カペーナの聖林(7)をその手に治める者たちで、
進軍の列を揃え、王の名を歌に讃えていた。
それはあたかも雪のような白鳥が流れる雲間を飛ぶときのよう。
餌場より戻るとき、調べのよい鳴き声を
長い首から発すると、その響きが川や遠くアジアの
沼にこだまする。
誰一人として、青銅の武具で固めた戦列がこれほどの大軍に
ふくれ上がろうとは思いもよらない。遠く沖から空を越えて
雲なす鳥の群れが嗄れた声を上げつつ岸に迫り来たかと思うであろう。
　見よ、サビーニの古き血筋を引く勇士、大部隊を
率いるはクラウスス、彼一人で大部隊に相当する威風を誇る。
現下のクラウディウス家とその一統はこの者より血筋を広めて
ラティウムに行き渡るが、それはローマがサビーニと連合したのちのこと。
並んで立つのはアミテルヌムの巨大な隊伍といにしえのクイリーテス(8)、

(5) 単にファリスキと言った場合には、ファリスキの野とその住人を指し、フェスケンニウムやファレリイなど、近隣の町を含む。アエクイ・ファリスキについては他の典拠なし。

(6) ソラクテはホラーティウス『カルミナ』第一巻第九歌に歌われて有名な山。ローマの北、三〇キロあまり、標高七二〇メートルほど。フラウィーニアについては不詳。フラウィーナという語形も現われる。

(7) キミヌスはタルクイニイの町近くから東に上る山林地域と、その中央にある火口湖の名。カペーナはソラクテのすぐ南にある町で、フェローニア（八〇〇行参照）に捧げた聖林がある。

(8) クレスの町の民。この語はのちに「ローマ市民」を意味する。

エレートゥムとオリーブを産するムトゥスカの総勢[1]、
また、ノメントゥムの都や、ウェリーヌスの泉が潤すローセアの田野[2]、
切り立つテトリカの岩山、セウェールス山[3]、
カスペリアやフォルリの町々[4]、ヒメラの川辺に住む人々、
ティベリスやファバリスの川水を飲む者、寒冷のヌルシアを
発って来た者、オルティーナの艦隊[5]、ラティウムの諸国民、
不吉な名のアリア川[6]がそのあいだを割いて流れる領地の民など、
その数の多さはリビュアの海原に逆巻く波浪のよう。
情け容赦ないオリーオンは冬を知らせて[7]、この波間に沈む。
あるいは、隙間なく実った麦穂が初夏の太陽に焼かれるときのよう、
そこがヘルムス[8]の流れる野にせよ、リュキアの黄金色の田野にせよ。
彼らは盾に剣を打ち鳴らし、足踏む響きで大地を驚愕させた。
　このあとには、アガメムノンの従者、トロイアの名分に仇なす
ハラエススが戦車の軛に馬をつなぎ、トゥルヌスのため猛々しい
民を千人引き連れてくる。その中にはバックスの恵み豊かなマッシクス[9]を
鍬で耕す者たち、高き丘陵より
アウルンキ[10]の元老らが送り出した者、その近くシディキーヌムの

（1）エレートゥムと次行のノメントゥムはともにローマとクレスのあいだの渡し近くの町。ムトゥスカはその背後、サビーニの丘陵にある町。
（2）ローセアの野はウェリーヌスの湖または泉（五一七行参照）が氾濫した盆地。土地が肥沃。
（3）テトリカはサビーニをピケーヌムから隔てる山岳地。セウェールス山については他に典拠なし。固有名詞ではなく、形容詞に解し、「厳しい山」で、テトリカの説明とする見方もある。
（4）カスペリアについて他に典拠なし。現アスプラ（Aspra）と同定される。フォルリはアミテルヌム近くの山村。
（5）不詳。この語でホルタを指すとすると、エトルリア側になり、列挙される地名と不整合。

高原から来た者、カレス[11]をあとにして来た者、浅瀬の多い
ウォルトゥルヌス沿いに住む者があり、それに並んでサティクラと
オスキの荒ぶる軍勢[12]がいる。彼らは先の尖った棍棒を
飛び道具とし、しなやかな紐をこれにつけて用いる。
左手は小さな丸盾で防護し、白兵戦では三日月刀を手にする。
　そなたもまた、わが歌は語らずにすませはしない、
オエバルス[13]よ。そなたの父はテロン、母はセベーティスなるニンフと
伝えられる。テロンはテレボアエ人[14]の王国たるカプレアエを統治し、
すでに年老いていた。だが、息子は父の領地に
満足せず、このときまでに支配下に収めていたのは広く、
サラステスの民[15]、サルヌス川が潤す平原で、
ルフラエやバトゥルムの町々、ケレムナの田野に住む者、
リンゴの実るアベラ[16]の城下にある人々を従えた。
彼らはテウトニ人のようにブーメランを投げるのをつねとする。
コルクの木から取った皮で頭を被い、
青銅の盾が煌めき、青銅の剣が煌めいている。
　そなたもまた、山深きネルサエ[17]から戦場へと遣わされた、

(6) 前三九〇年、ローマ軍はアリア河畔の戦いでガリア軍に大敗北を喫し、戦闘のあった七月十八日は暦の上でも不吉な「黒日」とされる。
(7) 十一月のオリオン座の沈みは嵐の季節の目印とされた。
(8) リューディアの主要な川。沃土と温暖な気候で穀倉地をなす。
(9) マッシクスはぶどう酒の生産で有名なカンパーニアの山。
(10) 二〇六行註参照。
(11) シディキーヌムとカレスはカンパーニア平原に接する高地にある町。
(12) サティクラはウォルトゥルヌス川の南の町。オスキは、ここでは、北カンパーニアの住民。言語学用語としては南イタリアの言語に用いられる。
(13) オエバルスは南カンパーニ

名声と武運にすぐれるウーフェンスよ。
その民はとりわけて荒くれにて、ならいとするは森での
狩りばかり。アエクイークリ族(1)といい、土壌の固き地に住む。
武装したままで大地を耕し、つねに新しい
戦利品を分捕って、略奪により暮らすのを喜びとする。
　さらに、マルウィウムの部族(2)からやって来たのは神官で、
兜の上に幸運のオリーブの枝を飾っている。
アルキップス王(3)が遣わした最高の勇士にして、ウンブロといい、
毒蛇の類や毒の息を吐く水蛇がいると、
いつも呪文と手振りとで眠りを注ぎかけた。
術を用いて、その怒りを和らげ、咬み傷を癒すのだった。
ただしかし、ダルダニア人の槍の穂先に打たれた傷を治癒する
力はなかった。彼の傷に救いとはならなかった、眠りを誘う
呪文も、マルシ人の山中に探される薬草も。
そなたをアンギティア(4)の森が、そなたをフーキヌス湖の青々とした波が、
そなたを澄み渡る湖水が嘆いた。
　ヒッポリュトゥスの子にして美しさ類まれなる若者も戦争へ向かった。

アの指揮官で、王国をカプレアエ（現カプリ島）から対岸の本土に拡張、そこにはセベートゥス（Sebethus）川が流れる。

(14) アカルナーニアの民族で、カプレアエに植民した。

(15) サラステス、また、ルフラエ、バトゥルム、ケレムナなどの町については不詳。サルヌスはカンパーニア平原の南端を流れてポンペイ近くで海に注ぐ。

(16)「リンゴの実る」はアベラが果実もしくは木の実の一種を意味する言葉であったことによる形容。

(17) 他に典拠なし。

---

(1) 山岳民族で、アニオ川上流から下ってつねにラティウムの町々の脅威。前三〇四年に平定された。また、ウーフェンスは同名の川がある。

ウィルビウス[5]といい、その晴れ姿を母アリーキア[6]が送り出した。
彼はエゲリア[7]の聖林に育った。その中ほどには潤いあふれる
湖岸があり、そこにはディアーナの豊かにして安らかなる祭壇がある。
人々の言い伝えによれば、ヒッポリュトゥス[8]は、継母の術策のため
命を落とした。父が求めた罰を血の贖いで満たそうと
狂える馬に八つ裂きにされた。が、そののちまた、空の
星へ、天上界へ昇った、という。
アポロの薬草とディアーナの愛により蘇ったのだった。
しかし、このとき全能なる父神は憤慨した。死すべき身で
冥界の暗闇から命の光あるところへ昇るなど、あってはならぬと、
みずから、このような薬と医術の発見者である
ポエブスの子[9]に雷電を投げつけ、ステュクスの波間へと突き落とした。
だが、恵み深きトリウィアがヒッポリュトゥスをかくまい、人里離れた
住まいを与えた。ニンフのエゲリアに託して、森に住まわせている。
そこでただ一人、イタリアの木々の茂みに名もなく埋もれて時を
過ごすように、ウィルビウスと名前を変えるように、との計らいだった。
このため、トリウィアの神殿にも、その聖林にも

(2) フーキヌス湖畔の町で、マルシ人の名はここに由来する。
(3) アルキップスについて他に典拠はないが、マルシ人の町アルキッペの名の由来となる。
(4) 魔術の連想から、メデーアとキルケの姉妹とする伝承もある女神。
(5) あとに語られるように通常は、蘇ったヒッポリュトゥスがウィルビウスと名を変えたと言われるが、ここでは、同じ名の息子があったとされる。
(6) アリーキアはラティウムの町。生まれた町を擬人化した表現か、あるいは、町の名の起源となったニンフを想定しているとも考えられる。
(7) ディアーナの神域の泉のニンフ。
(8) 第六歌四四六行註参照。
(9) アエスクラピウス。その医

蹄ある馬は入れない。あの海岸で馬車と
若者を、海の怪物に震え上がって、投げ出してしまったのだから。
それにもひるまず、息子は平原に燃える意気込みの
馬を駆り立てていた。戦車に乗り、戦場へと突き進んでいた。
　さて、トゥルヌス自身は人並みすぐれた体軀を最前列へと
向け、武器を取る。と、その姿が頭ひとつ他の上に出る。
その三重に立てた毛飾りも高き兜はキマエラが
アエトナの火を喉から噴き出す像を戴く。
キマエラの雄叫びと陰惨な炎の凄まじさは、
流された血が戦いを激しくするにつれ、なお勢いづく。
だが、磨き抜かれた盾の面には、角を振り上げたイーオ(1)が
黄金で描き出されていた。すでに毛に覆われた牛の姿は
大きな絵柄をなし、また、乙女を監視するアルグスと
瓶から川水を注ぐ父イーナクス(2)も浮き彫りにされている。
そのあとには歩兵たちが黒雲のように続く。盾をもって
平原全体に所狭しと隊伍を組むのは、アルゴスの若武者(3)、
アウルンキの軍勢、ルトゥリ人に、いにしえのシカーニ人(4)、

術でヒッポリュトゥスを蘇らせたが、運命を覆した咎でユッピテルの雷電に打たれた。死後は医術の神となった。

(1) イーオはアルゴスの王イーナクスの娘。ユッピテルが彼女の純潔を奪ったあと、ユーノを欺くため、牛に姿を変えた。それでも、ユーノの猜疑は消えず、女神は体中に目をもつ怪物アルグスに彼女を監視させた。

(2) イーナクス王はアルゴスを流れる同名の川の神でもある。

(3) トゥルヌス配下の者たち。三七二行註参照。

(4) シカーニは単に「シキリアの」を意味するが、ここでは、シキリアに植民したイタリアの古民族を指す。

サクラーニの戦列と盾に彩色を施すラビーキの民、(5)
また、ティベリーヌスの森、ヌミークスの神聖なる
岸辺で耕作する人々、ルトゥリの丘陵とキルケの尾根に(6)
鍬を引く人々、その田野をアンクスルのユッピテルと(7)
緑の聖林に喜ぶフェローニア(8)が治める部族、
サトゥラの黒い沼地(9)、ウーフェンスの冷たい流れが
谷底に通り道を求め、海へと注ぐ地に住む人々。
　これらのしんがりにやって来たのはウォルスキのカミラで、
騎兵の部隊と青銅の武具も華々しい軍勢を率いている。
この女戦士は、ミネルウァの糸玉や糸籠に
女らしく手習いしたことはなく、乙女ながら、過酷な
戦闘に耐え、足の速さは風をも抜き去るほど。
まだ刈り手の入らぬ畑の穂先を越えるにも、かすめるように
飛んで、柔らかな麦穂を蹴散らすことがない。
海の真ん中を越えるにも、うねる波浪の上に爪先立つように
すばやく道のりを踏破し、くるぶしを水に浸すことがない。
その様子を、家や畑から飛び出した若者のすべてと

(5) サクラーニについては不詳。ラビーキは北ラティウムの町。
(6) 一〇行註参照。
(7) ウォルスキの呼び名で、のちには、タラキーナ（Tarracina）となるラティウムの町。
(8) 六九七行註参照。サビーニ起源とも考えられ、カペーナにある聖林が信仰の中心。
(9) キルケーイイの北に広がる沼沢地（Pomptinae Paludes）を指すと考えられるが、テキストの読みにも問題がある。

大勢の母親らが驚いて眺める。進み行く姿を見送るとき、口は開いたまま、驚きに心を打たれる。ほら、王侯の誉れ高く真紅の衣が滑らかな両肩を被っている、ほら、髪が黄金の留め具で結い上げられている、ほら、携えるはリュキアの矢筒、鋼の穂先をつけたミルテの牧杖だ、と。

第八歌

こうしてトゥルヌスはラウレンテスの城塞より戦争の旗印を
掲げ、角笛が嗄れた響きを轟かせた。
気負い立つ馬に鞭を入れ、武器を打ち合わせた。
するとただちに、闘志がかき立てられ、一斉に全ラティウムが
胸躍らせつつ結束して蜂起し、若者らが猛々しく
騒ぎ立つ。先頭に立つ指揮官はメッサープス、ウーフェンスに、
神々を蔑《なみ》するメゼンティウスで、四方から援軍を
駆り集め、広くあたりの田畑から耕し手を奪い去る。
また、ウェヌルスが強大なディオメーデスの都[1]へ遣わされ、
援軍を要請する。「テウクリア人がラティウムに陣を構えている。
アエネーアスが艦隊で到来した。敗軍の守り神を
持ち込みながら、運命の求める王は自分だと言っている。
多くの部族がダルダヌスの血を引く勇士に加担しており、
いまや、その名はラティウムに広まり、勢いを増している。

(1) アプーリアのアルギュリパ（第十一歌二四六行参照）。のちのアルピ（第十歌二八行参照）。

何を企んでこのようなことを起こしたのか、運が味方するかぎり、
いかなる結果を望んで戦うのか、ご自身の目に明らかであろう(2)、
トゥルヌス王やラティーヌス王の目に映るよりも」と伝えさせる。

ラティウムを覆うこうした情勢をラオメドンの血を引く英雄(3)は
つぶさに見て取ると、苦悩が大きな波を打って揺れ、
胸の内がいまはこちら、今度はあちらへと千々に裂ける。
さまざまに思いを走らせ、あらゆることに心をめぐらせる。
それはあたかも、青銅の椀に湛えた水が揺らめいて光るときのよう。
太陽か、あるいは、差し込む月影を反射した光は
あたり一面に広く飛び回り、ふと宙高く
そそり立つや、天井の飾り板を打つ。
夜であった。地上のどこでも生き物は疲れを覚え、
鳥類も畜類も深い眠りに包まれていた。
このとき、父アエネーアスは、夜寒の天空のもと岸辺にあって、
悲惨な戦争を思い、胸を痛めながらも、
身を横たえた。ようやく遅い安らぎを体に染み渡らせた。
そこに、この地の神にして、心地よい流れのティベリーヌスが

(2) ディオメーデスのほうがトロイア戦争の経験からよく認識できよう、との意。
(3) アエネーアスのこと。ディオメーデスへの援軍依頼の首尾は第十一歌二二五行以下に語られる。

ポプラの枝のあいだに年老いた姿を現わすのが
見られた。神は、薄地で鉛色の麻衣を
身にまとい、その髪を葦が蔭深く覆っていた。
そして、このように語りかけ、その言葉で苦悩を取り払おうとする。
「神々の血統に生まれた者よ。トロイアの都を敵から救って
われらのもとへ運び、ペルガマを永遠に守る者、
ラウレンテス人の土地とラティウムの田野が待ち望んだ者よ。
ここがそなたに定められた家だ。しりごみするな。定められた居所なのだ。
戦争の脅威も恐れるな。神々の激昂と憤怒はすべて
消え去った。
おまえがこれを眠りの作る虚妄と思わぬように言おう。すぐに、
巨大な雌豚が川岸の樫の木のもとに見つかる。
三十頭の仔を生み落として横たわっていよう。
地面に横になった母豚も白く、乳房に群がる仔豚も白い。
[ここが都の場所となる。そこで必ずや苦難に休息がある。(1)]
この予兆のもと、三十年の歳月がめぐったとき、都を
アスカニウスが築き、アルバという輝かしい名をつけるだろう。

(1) 四六行は文脈にそぐわず、ほとんどの校本が真正を疑問視する。また、四三－四六行は第三歌三九〇－三九三行とほぼ同一。

確かな予言を告げよう。いま、当面の事態をいかなる策により
切り抜けて勝利を得るか、手短に教えようから、心して聞け。
この岸にアルカディア人らがいる。(2) パラスを祖とする一族で、
エウアンドルス王を中心として、その旗印に従う者たちだが、
ある場所を選んで、山の上に都を置いた。
祖父パラスの名にちなんでパランテーウムという。
この者たちがラティウムの民と絶えず戦争を行なっているゆえ、
この者たちを陣営に同盟者として迎えよ。盟約を結ぶのだ。
このわたしが岸づたい、川筋のとおりまっすぐにおまえを連れていこう。
それで、櫂を漕いでの遡上でも、川の流れを乗り越えられよう。
さあ、立て、女神の子よ、星々が沈み始めるとき、
ユーノに作法どおりの祈願を捧げよ。怒りと脅威とを
乗り越えるべく、救いを求めて嘆願せよ。わたしには、勝利を収めたとき、
捧げ物をして礼を尽くせ。わたしは、おまえの目の前に、満々と水を湛え、
両岸をかすめつつ、肥沃な耕地を割いて流れる川、
紺碧のテュブリス、天がもっとも寵愛する川だ。
ここに大いなるわが家があり、源は聳え立つ町々のあいだに発する」。

(2) 以下、ローマのパラーティウム丘にアルカディア人が植民したという伝承に触れる。アルカディアにパランティオンという名の場所があり、これにちなんでラテン語の地名としたのがパランテーウムで、それがパラーティウムへと変化した、とされる。

こう言うと、河神は水の深みに身を沈めて、
川底へと向かった。と、夜と眠りがアエネーアスを去った。
彼は立ち上がると、天に昇る太陽の光へ顔を
向けながら、作法どおり、掌のくぼみに川の水を汲んで
捧げ持ち、天に向かい、このような言葉を絞り出した。
「ニンフたちよ、諸々の川を生む源たるラウレンテスのニンフたちよ、
また、父なるテュブリスと、その神聖なる流れよ、
アエネーアスを迎えたまえ。いまこそ危難より守りたまえ。
あなたがわれらの苦境を憐れんでくださるかぎり、いかなる
泉の水に住まおうと、かぎりなく美しい姿をいかなる土地に現わそうと、
つねにわたしの礼を、つねに供物を捧げるでしょう、
ヘスペリアの水を統治する角を生やした河神よ。
どうか、そばにあって、なお間近に御神意の確かさを示したまえ」。
こう語ると、艦隊から二隻の二段櫂船を選んで
櫂を装備させ、同時にまた、仲間に武具の支度をさせる。
　見よ、そこに突然、目にするも不思議な異兆が現われる。
木々のあいだに、白い仔らと色も同じく輝く姿の

雌豚が横たわっていた。これを緑なす岸辺の上に見つけると、
敬虔なるアエネーアスは、いと偉大なるユーノよ、あなたのために
屠って、犠牲に供し、群れともども祭壇に捧げる。
テュブリスは、その夜のあいだずっと、川の波立ちを
和らげた。流れを押し戻し、川波静かに動きを止めたので、
まるで、のどかな池や平穏な沼のように
水面が平らになり、力を込めずとも櫂が漕げた。
そこで、彼らは激励の声を上げながら川の道に乗り出し、快調に進む。
瀝青を塗り込めた船が川瀬を滑ると、波も驚いて眺める。
見慣れぬ光景に森が驚くのを後目に、遠くまで輝きを放つ
勇士らの盾と彩色を施した船が川面を進む。
彼らは一昼夜、休まず櫂を漕ぎ、
長く蛇行した川筋を乗り越える。蔭をなすさまざまな
木々の下を過ぎ、平穏な水面を切って緑なす森のあいだを進む。
すでに火と燃える太陽が天球の中ほどに昇っていた。
このとき、遠くに城壁と城塞、点在する家々の
屋根が見える。それは、いまでこそローマの権勢が天の高みと

等しくしたものの、このときはエウアンドルスのつましい国であった。
ここへと彼らは舳先を向けつつ、速力を上げ、都へと近づく。
　折しもその日、アルカディア人の王は恒例の祭式を
アンピトリュオンの偉大なる子(1)と神々とのために捧げるべく、
都の前なる聖林にいた。王とともに息子のパラス、
また、若者らの長も貧しい元老もすべてそろって
香を燻《くゆ》らせ、祭壇に温かな血煙りを上らせていた。
そこに、聳え立つ船影が見えた。木陰濃い
森のあいだを滑って、音も立てず櫂を漕いでくる。
この突然の光景に誰もがみな恐れを抱き、宴の席を
離れて立ち上がる。が、彼らに剛胆なパラスが、祭儀を
途切らすな、と命じ、自身は武器をつかむと飛ぶように向かって行く。
やや離れた、小高い場所より言った。「若者らよ、いかなる仕儀から
見知らぬ道筋を探るのか。どこを目指しているのだ。
生まれはどこの者か。故国はどこだ。ここへ持ち来るは平和か、戦争か」。
このとき、父アエネーアスは高き艫《とも》よりこう語りつつ、
その手で平和をもたらすオリーブの枝を差し出した。

(1) ヘルクレスのこと。

「ご覧のわれらはトロイア生まれの者、この武器はラティウム軍に敵対する。
かの者どもが傲岸な戦争を仕掛けて、われわれを追放したのだ。
エウアンドルス王を探している。こう伝えてほしいのだ。ダルダヌスの
血統の選り抜きの指揮官らがやって来て、同盟軍を求めている、と」。
その偉大な名に打たれてパラスは肝を潰した。
「あなたがどなたであるにせよ、こちらへ来られよ。面前にて父に
語りかけよ。わが家に立ち寄り、客人となりたまえ」。
彼は手を差し出して迎えると、英雄の右手を両手で固く握りしめた。
一行は歩を進めて聖林に近づき、川をあとにする。
　このとき、アエネーアスは王に友誼ある言葉で語りかける。
「ギリシアに生まれた最良の王よ。わたしに運の女神が、あなたに祈願し、
リボンをつけた枝を差し出せ、と求めた。
わたしは決して恐れなかった、あなたがダナイ勢を指揮するアルカディア
　人でも、
また、アトレウスの子なる二人の兄弟と血統が結ばれていようとも。
それよりも、わが武勇と神々の聖なる神託、
父祖の血縁、地上に広まったあなたの名声、

これらの結びつきから、運命に従い、進んでやって来たのだ。
イーリウムの都の父にして太祖たるダルダヌスは、
ギリシア人の言い伝えでは、アトラスの娘エレクトラより生まれて、
テウケルの国へと渡った。エレクトラを儲けた父はかの偉大な
アトラスで、その肩に天球を担っている。
あなた方の父祖はメルクリウスだ。輝く美しさのマイアが
この神を身籠り、キュレーネの冷たい頂で産み落とした。
さて、マイアは、耳にした話に信を置いてよいなら、
天の星々を支える、かの同じアトラスが儲けた娘だ。
こうして、両国民の系譜は同じ一つの血筋から分かれている。
これを頼りとして、使者の派遣もせず、手始めに策を弄して、
あなたに探りを入れもしなかった[1]。わたしみずから、この身を、この
頭を御前に差し出した。救いを求め、この門口へやって来た。
あなたに対すると同じく、われわれをもダウヌスの民が残酷な戦争により
迫害している。信じているのだ、われわれを駆逐すれば、邪魔は消えて、
全ヘスペリアをくまなく己れの軍門に降らすことができる、
北から南まで、岸に打ち寄せる海のどこも掌握できる、と。

（1）第七歌一五二行以下では対照的に、ラティーヌス王のもとへは、まず、イリオネウスらの使者が派遣された。

互いに信義を交わそう。われわれには戦争に向かう勇敢な
魂がある。闘志と試練を経験した若さがある」。
　アエネーアスは語り終えた。その語る口元、眼差し、
また、全身へと、王はずっと視線を投げかけていたが、
このとき、こう手短に答える。「トロイア最高の勇士よ、そなたを
迎え、あの顔だと分かるとはなんという喜びか。ああ、父上の言葉、
アンキーセスの声と面差しが心によみがえる。
思い起こせば、妹ヘシオネ[2]の王国を訪ねるべく、
ラオメドンの子プリアムスがサラミスへ向かう途次、
足を伸ばしてアルカディアの涼しい領土を訪問した。
このとき、わたしの両頬は初々しい青春の花に飾られていた。
テウクリアの指揮官らにも驚いたが、なかでも驚嘆したのは
ラオメドンの子であった。しかし、歩く姿が他の誰よりも高かったのは
アンキーセスだ。わたしの心は若き愛に燃え立って、
勇士に声をかけたい、右手と右手を結び合わせたい、と思った。
わたしは彼と近づきになり、熱心にペーネウス[3]の城下へと案内した。
すると、わたしに見事な矢筒、リュキアの矢、

(2) プリアムスの妹、アンキーセスの姪で、サラミス王テラモンの妻となった。

(3) 北アルカディアの町。ある伝承では、ダルダヌスの生地とされる。

金糸を織り込んだ外套を別れ際にくれた。
一対の黄金の轡もくれたが、それはいま、わが子パラスが用いている。
それゆえ、そなたらの求める右手の信義と盟約はすでに結んであるのだ。
明日の曙光が大地に戻るやただちに、
喜び勇むがよい、援軍とともに送り出そう。物資を援助しよう。
だが、それまでは、ここへ友として来られたのだから、この祭儀が
恒例のもので、延期は許されぬことゆえ、われらとともに心を込めて
祝ってもらいたい。いまからもう、盟友の宴席に慣れ親しむがよい」。
　王はこう語ると、いったん片づけた食事と杯を並べなおすように
言いつけ、勇士たちをみずから草の席に座らせる。
特別に毛の深い獅子の敷き皮に
アエネーアスを迎え、楓の椅子へと招いた。
それから、選ばれた若者らと、一人の神官が競い合うように祭壇へ
牡牛のはらわたを焙って捧げる。また、パン籠に
上製のケレスの贈り物を積み上げ、バックスの恵みを注いでまわる。
アエネーアスもトロイアの若者らも一緒に
牛一頭まるごとの背肉とお供えにした腹身を食する。

空腹が除かれ、食欲が満たされたのち、
エウアンドルス王が言った。「われらが恒例とする祭式、
しきたりどおりの宴、これほど偉大なる神格の祭壇[1]をこのように
定め置いたのは、空虚にして、いにしえの神々を知らぬ
迷信ではない。トロイアの客人よ、われわれは過酷な危難から
救われたがゆえに、それに相応しい礼拝を行ない、これを繰り返している。
まず、いま、岩が簾《すだれ》のように垂れる、この崖を見よ。
岩塊が遠く散らばり、人影なく山の
住まいが立つところへ、岩場の大きく崩落した痕が残っている。
ここにかつて洞穴があった。くりぬかれた奥行きは底知れず、
姿も忌まわしい半人の怪物カークスが棲みついて、
太陽の光の射し込まぬところだった。つねに新しい
流血が地面を温めていた。傲岸な門扉に打ちつけられて
掛かる人面は色を失い、悲惨な腐りようを見せていた。
この怪物はウォルカーヌスを父として、父親ゆずりの黒い
火を口から吐き出し、山のような巨体を誇っていた。
だが、われわれの望みがかなう時がついに訪れた。

(1) 以下、ヘルクレスを祀る至大祭壇(二七一行)の縁起譚。

神が救いをもって到来した。最大の復讐者にして、
三つの体もつゲリュオンを殺し、その略奪品に意気揚がる
アルキーデスがやって来たのだ。勝ち誇って巨大な牛たちをここへと
追い立て、牛は谷と川を満たした。
と、盗人カークスが気負い立った。罪業でも、悪巧みでも、
試さずにおくこと、手をつけずにおくことが何一つないようにとばかり、
餌場より見事な肢体の牡牛を四頭、
形姿にすぐれる牝牛も同数だけ連れ去って行く。
前にまっすぐ向いた足跡を残さぬようにと、牛の
尾をつかんで洞穴内に引きずり込む。道筋の向きを
逆につけながら略奪し、暗い岩穴に隠そうとした。
捜しても、洞穴へと導く手がかりは見つからないのだった。
そのあいだに、すでに餌場に満足した牛の群れを
アンピトリュオンの子が動かして、出発の支度にかかったとき、
その場を離れる刹那、牛が鳴いた。悲しい声が
森全体を満たし、去りゆく叫びが丘に響いた。
それに牝牛の一頭が声を返した。巨大な洞窟の奥から

鳴いて、囚われの身ながらカークスの目論みを砕いた。
このとき、アルキーデスは狂乱に燃え立った。黒い
胆汁とともに痛憤が沸き、手に武器をつかむ。重く節くれだった
樫の棍棒をもち、聳える山の高みを目指して走る。
このとき初めてカークスが怯えるのをわが民は見た。
目が動転していた。すぐさま逃げ出すと、東風よりも速く
洞穴を目指す。恐れが足に翼を加えた。
中に籠ると、鎖を切って巨大な
岩戸を落としたが、これは父の技術を用い、鉄で
吊り下げられていたもの。これで戸口を塞ぐ支えとし、守りを固めた。
そこへ見よ、怒り狂うティリュンスの英雄がやって来た。くまなく
見渡して入り口を探し、こちら、またあちらと顔を向けるも、
出るのは歯ぎしりばかり。怒りを沸騰させながら、三度、
アウェンティーヌスの全山を探し回り、三度、岩の門に
挑むも空しく、三度とも疲れて谷に腰を下ろした。
と、鋭く尖った火打ち石が立っていた。まわりの岩場から切り立って
洞穴の背に聳えている。目に映るかぎりもっとも高く、

忌まわしい鳥たちが巣を営むに格好の家であった。
これが根元から傾斜して左手の川のほうへ寄っていたので、
まず右側から体をぶつけて揺すり、岩根の
底からもぎ取ると、次いで、いきなり
押し倒した。これが押し倒されると、大いなる天に轟音が響いた。
両岸が飛びすさり、川は驚愕のあまり逆流する。
すると、カークスの岩窟は屋根を奪われ、巨大な王宮が
露わになった。闇深い岩穴が奥まで開けた。
それはあたかも、なにかの力で大地が奥底まで口を開いたときのよう。
扉を開けた冥界の住まい、こじ開けられた王国は
青ざめて、神々も忌み嫌う。上からは底知れぬ深淵が
のぞけるが、差し込んだ光に霊魂は怯える。
こうして怪物は思いもよらず、突如として、光に取り押さえられた。
くぼんだ岩屋に籠り、かつて上げたためしのない唸りを上げるところへ
上からアルキーデスが飛び道具で攻める。あらゆる武器を
動員し、木の枝や巨大な岩を投げて襲いかかる。
それでも敵は、もはや危難から逃れる道はどこにもなかったので、

語るも不思議ながら、喉から巨大な煙を
吐き出して、棲みかを暗闇で包み込み、
目から視界を奪う。洞穴の中に濃く充満する
煙幕は夜のごとく、その闇には火が混じっている。
これにはアルキーデスも我慢ならなかった。己が身を火中へ
真っ逆さまに投じると、そこは煙がもっとも大きく
波打ち、巨大な岩窟に黒雲が沸き立っているところ。
この闇の中で、カークスが空しく炎を吐き出している
首根を羽交い締めにする。締め上げたまま固く放さずにいると、
両目が飛び出し、喉から血の気が失せた。
すぐさま、英雄は扉を打ち破り、黒い棲みかを開け放つ。
と、カークスが奪い去った牛たち、白を切った(1)盗品が
天に示され、無惨な屍は両足をもって
引きずってゆかれる。それを人々は心に飽きることなく見つめる。
恐ろしい目、顔立ち、剛毛が毛むくじゃらの
胸、火が消えた喉、それらはなかば野獣のものであった。
そのとき以来、この栄誉が称えられ、のちの世代も喜々として

二六〇

(1)「誓いを立てて否定した」が直訳。ヘルクレスがカークスにまず、盗んだかどうか事実確認をしたことを話の前提とするような表現で、実際、そうした話の筋による伝承が他に見られる。

この祭日を守り続けてきた。創始者ポティーティウスと
ピナーリウス家がヘルクレスの祭儀の守護役を務め、
聖林にこの祭壇を建てた。これをいつまでも至大祭壇(1)と
われわれは呼ぶであろうし、また、いつまでも至大であろう。
それゆえ、さあ、若者らよ、これほどの偉業を称え、
髪に枝葉の冠を巻き、右手に杯を捧げ持て。
われらがともに崇める神の名を呼び、心を込めて御神酒を捧げよ」。
王はこう言い終えたのち、ヘルクレスのため日陰なす二色のポプラ(2)を
冠とし、その葉を髪に編み込んで垂れ下がるようにした。
また、聖杯が右の掌をいっぱいにした。と、すばやく全員が
喜々として食卓に御神酒を注ぎ、神々に祈りを上げる。
　そのあいだにもオリュンプスを降って夕べが近づいた。
いまや、神官たちと、その先頭に立つポティーティウスが進み出た。
しきたりどおりに皮衣をまとい、炬火を携えていた。
彼らは宴をもう一度やり直す。二つ目の食卓に喜ばしい
供物を捧げ、祭壇に皿を重ねて積み上げる。
このとき、サリイ(3)が歌を奉納しようと火を灯した祭壇のまわりへ、

(1)「牛広場」を意味するフォルム・ボアーリウムにあり、ローマ最古の祭儀場としてヘルクレス信仰の中心をなした。

(2) 白ポプラはヘルクレスの聖木とされ、葉の裏が白、表が緑で、ティベリス河畔に生える。ヘルクレスはポプラの葉の帽子を被って冥界に降り、二色は光と闇の象徴、との古注もある。

(3) 一般には、サリイはマルスに仕える神官団で、武具をつけての踊りを舞う。

ポプラの枝の冠をこめかみに巻いて登場する。
年少組と年長組とがあり、歌に讃えて
ヘルクレスの事績を物語る。継母(4)の送った最初の
怪物、二匹の蛇をその手で握り潰した次第、
見事な都であったトロイアもオエカリアも
戦争により蹴散らした(5)次第、千に及ぶ辛い苦難を、
エウリュステウス王に仕えつつ、過酷なユーノの定める運命ゆえに
耐え忍んだことなど。「不敗の神よ。あなたは雲が生んだ双形の者ども(6)、
ヒュラエウスとポルスとをその手で倒し、また、クレータの
怪物(7)とネメアの岩屋に潜む巨大な獅子を屠る。
あなたを前にしてステュクスの水も怯え、オルクスの門番(8)も
血まみれの洞穴で食べ残しの骨の上に寝そべる体を震わせた。
あなたはいかなる姿にも、たとえテュポエウスが見上げる高さに
武器をかざしても恐れなかった。あなたは思慮も十分に働かせた、
レルナの水蛇が群れなす頭で取り囲んだときには。
とわにあれ、まぎれもなきユッピテルの子よ。神々に加えられた誉れよ。
ご機嫌麗しく、われらとあなたの祭儀とに好意ある足取りを運びたまえ」。

(4) ユーノのこと。テーバエの武将アンピトリュオンの妻アルクメーナがユッピテルの胤を宿してヘルクレスが生まれた。これを怨んでユーノはヘルクレスを迫害する。

(5) ヘルクレスによるトロイア陥落については、第二歌六四三行註参照。オエカリアの王エウリュトゥスは弓矢で自分を負かした者に娘のイオレを与えると約束していたが、ヘルクレスに対し約束を守らなかったため、都を壊滅させられた。

(6) ケンタウルスのこと。第七歌六七四行註参照。

(7) ネプトゥーヌスがクレータを荒らすために送った野生の牡牛。

(8) 冥界の番犬ケルベルスのこと。

このように歌って讃え、締めくくりにカークスの
洞穴と、吐き出す火をもつけ加える。
その響きは森全体に轟き、丘から丘へこだました。
　それが終わると、神事はすべて果たされ、一同はそろって
都へと戻る。歩きだした王は年老いてはいたが、
横にアエネーアスと息子を道連れとし、
さまざまな話を交わして道中の慰めとした。

三〇

アエネーアスは、まわりのものすべてに心そそられて目を向け、
驚嘆する。風景に魅了され、喜々として、一つ一つ
尋ねては、それらが先人の残した記念物であると聞かされる。
このとき、ローマの城塞の創建者であるエウアンドルス王は言った。
「この森は昔より住みなすファウヌスらとニンフらのものであった。
それに、木の幹や固い樫の木から生まれた人間の種族がいたが、
この種族には、しきたりもたしなみもなかった。牛を軛に繋ぐことも
財を蓄えることも、実入りを倹約することも知らず、
木の実と狩りを糧とする厳しい暮らしを送っていた。
そこへまず、天高きオリュンプスよりサトゥルヌスがやって来た。

ユッピテルの武器を逃れ、王国を逐われた逃亡の身であった。
この神が、蒙昧にして、山深くに散らばった種族を
まとめ上げると、法律を授けて、ラティウムと名づけることを
望んだ。この国に身を隠して無事であったからだ(1)。
この神を王に戴くあいだ、人々が「黄金」と呼ぶ
世紀が続いた。それほど穏やかに平和な統治であった。
だが、ついには少しずつ時代は傾き、色褪せて(2)、
戦争の狂乱と所有欲が入り込んだ。
それから、アウソニアの一団とシカーニの民がやって来た。
そのたびにサトゥルヌスの地という名は何度も見捨てられた。
さらに、やって来た王の中に巨体を擁して荒々しいテュブリスがいた。
この王にちなんで、以後、われわれイタリア人はこの川をテュブリスと
呼んでいる。アルブラ川は昔の本当の名を失ったのだ。
わたしはというと、祖国を逐われて最果ての海を渡っているとき、
全能なる運の女神と、抗い難い運命とにより、
この土地へ着いた。駆り立てられて来たのだ、母なるニンフ、
カルメンティス(3)の畏き忠告と、アポロの後ろ盾によって」。

(1) ラティウム (Latium) の名が「隠れる」ラテレ (latere) に由来するという語源説。

(2) 人間は理想的な黄金時代から銀、さらに、青銅を経て鉄の時代へと堕落した、とする神話を踏まえる。

(3) 本来、カルメンティス、またはカルメンタはイタリアの神格で出産を司る女神だが、エウアンドルス伝説に結びつけられた。歌、呪文、神託を意味する語であるカルメンと関係づけられる。

そう言い終わらぬうちに、王は歩みを進めて、祭壇と門とを
指し示す。門はローマ人がカルメンティス門と名づけて
呼んでいるもので、その昔にニンフなるカルメンティスへ捧げられた。
彼女は運命を語る巫女にして、最初に予言を告げた。こののち
アエネーアスの血統が偉大となる、パランテーウムの名が輝く、と。
そのあとには、気合い鋭いロームルスが避難所とした聖林[1]、
それに、涼しい岩場にあるルペルカル[2]を指し示すが、
これはパラシアの流儀でパーン・リュカエウスにちなんで名づけられた。
さらには、神聖なアルギレートゥム[3]の森を指し示し、
この場所にかけて偽りなく、名の由来は客人アルグスの死だ、と教える。
そのあとには、タルペイアの住まい[4]とカピトーリウムへ案内する。
それはいまでこそ黄金だが、かつては森の茂みが鬱蒼としていた。
が、このときすでに、野に暮らす人々も神霊を感じて恐れ畏む
厳粛さが土地にあり、このときすでに、森と岩は心をおののかせた。
王は言った。「この森、頂に枝葉が茂るこの丘には、
どの神かは定かでないが、神が住まう。アルカディア人はほかならぬ
ユッピテルを見たと信じている。たびたび神が黒い

（1）カピトーリウム丘の二つの頂のあいだの鞍部にあり、ロームルスがローマを築いたとき、新しい都の人口を増やすため、罪人までも集めたとされる場所。

（2）パラーティウム丘の南西麓にある洞穴の名称。二月十五日のルペルカーリア祭のとき、ここを出発点として、ルペルキと呼ばれ、山羊革の腰帯のみを着けた神官らが手に持った山羊革の鞭で沿道の人々を打ちながら巡行する。祝祭は田園の神ファウヌスに捧げられる一方、ルペルキ（Luperci）の語源はルプス（lupus）、つまり、狼に求められた。ファウヌスはギリシアの牧羊神パーンと同一視され、狼を表わすギリシア語はリュコスで、形容詞形がリュケイオス。ここから、祝祭の由来をアルカディア（パラシアはアルカディ

神盾を右手で打ち振り、嵐の雲を呼んだ、という。
そればかりでなく、ここに町が二つあったが、その城壁は壊れた。
見えるのはその跡、昔の人々の残した記念だ。
こちらの城塞は父神ヤーヌスが、こちらはサトゥルヌスが築いた。
こちらはヤニクルム、あちらの名はかつてサトゥルニアであった[5]」。
このように語り合いながら、一行はつましいエウアンドルスの
館へと近づいた。そこここに家畜の姿が見え、
中央広場でも、カリーナエ[6]の洒落た通りでも鳴き声を響かせていた。
住まいに着くと、王は言った。「この門口を勝利に高ぶる
アルキーデスもくぐった。この王宮に迎えられたのだ。
客人よ、度量大きく、富を蔑め。そなたへのもてなしも神に
ふさわしいものと思いなし、物の不足にも気を悪くせず入られよ」。
王はこう言ってから、狭隘な館の梁の下へと
アエネーアスの巨軀を導き入れると、木の葉を敷きつめ、
リビュアの熊の皮を重ねた席に座らせた。
すると、夜が急ぎ足で来て、墨色の翼で大地を包んだ。
だが、ウェヌスは母の心に空しからざる恐れを抱く。

アに同じ）のパーン・リュカエウス信仰に求める。ただし、その名はパーンがリュカエウス山に生まれたことによる。

（3）中央広場の東の一画で、キケロの時代には商店街があった。語形が「アルグスの死」の意味に聞こえることから、エウアンドルスの客人であったアルグスが王座を狙ったとして殺された、という縁起譚が作られた。

（4）カピトーリウムにあったタルペイウスの岩と呼ばれる処刑場のこと。その名前は、ロームルスの時代に、タルペイアという女が城塞に登る門を敵に開いて裏切ったが、その場で殺されたという話による。

（5）カピトーリウム丘の二つの頂のそれぞれにヤーヌスとサトゥルヌスが城市を築いた、と読

ラウレンテス軍の脅威と断固たる蜂起に胸を痛め、
ウォルカーヌスに語りかける。黄金の閨房でこのように
口を切り、言葉に神々しい愛を吹き込む。
「アルゴスの王たちが戦争を仕掛けてペルガマを荒らしていたあいだ、
それは運命で、城塞は敵の火により陥落する定めでしたから、
わたしは頼みませんでした。哀れな者たちに救いを、武器を
あなたの技と力で作って、とは。誰よりも大切なわが夫よ、
あなたの苦労が報われずに終わることを望まなかったからです。
とはいえ、プリアムスの息子たちにはたいへんな義理がありましたし、
アエネーアスがひどく苦労する姿に何度も涙を流したものです。
いま、その彼がユッピテルの命令によりルトゥリ人の岸に立ちました。
そこで、今度ばかりは救いを求めに来ました。わが崇める神威に
武具を、息子のため、母が頼みます。あなたの心をネーレウスの娘も、
ティトーヌスの妻も(1)涙により動かすことができました。
ご覧なさい、いかなる民が結集しているか、いかなる城市が閉め切った
城門の中で剣を研ぎ、わたしを狙い、わが一族を滅ぼそうとしているか」。
こう言い終わると、女神は雪のように白い腕を左右から投げかけ、

める叙述。ただし、歴史的にはヤニクルムの名はティベリスの西側の丘を指す。
(6) エスクイリアエ丘の西端にあり、アウグストゥスの時代には高級住宅街であった。

(1) ネーレウスの娘はアキレスの母テティス、ティトーヌスの妻はエチオピア王メムノンの母であるアウローラのこと。いずれも息子のため、ウォルカーヌスに頼んで武具を造ってもらった。

西洋古典叢書

——第Ⅱ期第10回配本——

月報 25

2001 年 4 月
京都大学学術出版会

日本のアエネーアス

定村忠士

ウェルギリウスの叙事詩に歌われた英雄アエネーアスの姿が日本の代表的な祭りの一つ大津祭の曳山・月宮殿山を飾る見送幕に描かれている——この事実を最初に指摘したのは新村出博士だった。第一次世界大戦の前年一九一三年（大正二年）のことである。博士は見送幕の毛つづれ織の絵姿を、トロイア陥落の悲劇のなか、老父アンキーセスを背負って落ち延びるアエネーアスとした。

ところが、アエネーアス父子は彼らだけではるばる東洋の国までやってきたのではなかった。二つの世界大戦を経て一九六〇年代後半以降、次のようなことがわかってきた。

大津祭月宮殿山見送幕のアエネーアスの絵は、おなじ大津祭の龍門滝山の見送幕および京都祇園祭の白楽天山を飾る前懸とともに、かつては十六世紀ヨーロッパ、ブラバン・ブリュッセル製の一枚の大きなタペストリーの一部をなしていたというのだ。七〇年代には問題のタペストリーとまったく同じ下絵で織られたと考えられるタペストリー二点（一点はルクセンブルグのコレクション、もう一点は一九七八年秋スイス・ジュネーヴでオークションに出され、カナダのコレクターに渡る）の存在が明らかになり、「トロイア陥落図」と題されたその写真も知られるようになった。

写真を見るとトロイの木馬を中心に置いた本来のタペストリーでは、月宮殿山見送幕のアエネーアス父子の部分は画面の左側三分の一であり、祇園祭白楽天山前懸と龍門滝山見送幕はあわせて画面右側三分の一を構成し、ギリシア軍戦士ネオプトレモス（アキレウスの息子）がすでに戦死したトロイアの勇士ヘクトールの妻アンドロマケーを右手にひっさらっている姿（ただしアンドロマケーで残っているのはその手のみ）と、やはり逃げ惑うトロイア王プリアモスの娘カッサンドラーの姿がそれぞれ描かれている。中央三分の一、トロイの木馬の部分は今では行方不明である。

じつは日本にきたアエネーアス像はもう一つあった。こちらはタペストリーの原型のまま今日まで伝えられている。加賀百万石の前田家（前田育徳会）の「アエネアス物語図毛綴壁懸」だ。前田育徳会の「古代裂錦繍類備考」には「こぶらん織壁懸　一張」として記録され、その備考欄には、「明治三十九年五月東京博物館特別展覧会ニ於テこぶらん二枚ヲ観ル、出品目録ニ拠ルニ、一ハ京都市鶏鉾町北村弥七蔵ニシテ、羅馬人物図織出周囲緋羅紗、縦八尺九寸二分横五尺八寸三分、京都祇園祭ニ用フルモノ、一ハ大津市船橋豊次郎ノ蔵ニシテ、図様周囲粗前ノ物ニ同シク、縦九尺五分横五尺三寸三分ナリ、並ニ伝来不祥ト記ス、館員曰クこぶらんハ候爵家ノ蔵及此二品ノ外、未タ世ニ存在スルヲ聞カスト、其言此ノ如シ、乃チ此壁懸ハ実ニ稀世ノ宝ト謂フヘキナリ、又按スルニ本品ノ幕標ハ羅馬ノ詩人、ヴァージルノ作ニテ『ニーニイス』ト称スル有名ナル詩中ノ光景ナリ即、トロイノ勇士ニテ、〈ニーニアス〉と呼ヘル人ガ〈カーセージ〉ノ女王〈ディドー〉ニ面会スル処ヲ描キシモノニ係レリト云ウ　明治四十一年十二月独人「グロッセ」来第ノ時ノ筆記ナリ」とある。〈ニーニアス〉はアエネーアス、〈カーセージ〉はカルターゴである。かくしてこの「備考」以後、前田家のタペストリーは、トロイアを落ち延びたアエネーアスが艱難の末にカルターゴに辿り着き女王ディドーと出会った場面だと解され、「アエネアス物語図」の題で知られてきた。「明治三十九年五月東京博物館特別展覧会」に出品された「こぶらん二枚」中、前者は後述する祇園祭鶏鉾見送幕であろう。後者はそのサイズからして本稿内容には直接かかわらない大津祭石橋山見送幕と想像されるが、未確認である。

一九六〇年代までにわかってきたのはこれだけではない。これらのタペストリーは、少なくとも五枚一組のセットとして渡来したらしいのだ。五枚はギリシア・ローマ神話を象徴する天と海、地上の動植物を描いた共通の装飾文様と独特の縁飾りを四周にもっていたと推定され、織り込まれたブラバン・ブリュッセル製を示すB・Bの文字とマークから、一五八〇年から一六二〇年代に活躍したニケイズ・アエルツという製作者の名も判明した。

この身元調べで大きな役割をはたしたのは、京都祇園祭鯉山の懸装品の解体修理とそれにつづく熱心な関係者の調

大津祭月宮殿山見送幕
（アエネーアス父子）

査であった。ここでは詳細を述べる余裕はないが、まず鯉山を飾る見送幕、前懸、両側の胴懸、二枚の水引、計六点のつづれ織が元は一枚のB・Bの文字をもつタペストリーだとわかり、一九七九年にはベルギー王立美術歴史博物館タペストリー部長ギー・デルマルセル氏から五枚のタペストリーの画題とそれらの相互関係を示す報告書が鯉山関係者に寄せられた。氏は五枚はいずれもホメロスの『イリアス』に歌われたトロイア戦争を描いたものではないかと推定していた。

　氏に準じてトロイア戦争の流れで五枚のタペストリーを一覧すると次のようになる。

(1)アエネアス物語図毛綴壁懸（前田育徳会所蔵。現存する唯一の完型品）――戦争の発端となったトロイアの王子パリスと世界一の美女・スパルタの王妃ヘレネーの出会い。

(2)祇園祭鶏鉾見送幕＋長浜祭鳳凰山見送幕――妻アンドロマケー、息子アスチュアナクスに別れを告げアキレウスとの一騎打ちに出陣しようとするトロイアの王子ヘクトール。

＊祇園祭霰天神山前懸はこの(2)の四周飾りを綴りあわせたものと推定される。

(3)祇園祭鯉山懸装品――戦死した王子ヘクトールの遺体を引き取ろうと敵陣に向かう前に、ゼウスに祈るトロイアの老王プリアモスと王妃ヘカベーたち。空には神の使いの鷲が。

(4)増上寺タペストリー（徳川家菩提寺。明治四二年黒本尊開帳中に火災で焼失）――残された写真からアキレウスの幕舎に遺体返還を乞うて訪れたプリアモス王と推定される。

(5)大津祭月宮殿山見送幕＋龍門滝山見送幕＋祇園祭白楽天山前懸――「トロイア陥落図」。

　五枚のタペストリーをトロイア戦争という一つの物語ですっきりとまとめるのは魅力的だ。私も以前、テレビ番組で取材した際には『イリアス』説に従って推論を組み立てた。だが、前田育徳会蔵のタペストリー(1)は、王子パリスと美女ヘレネーの出会いとするのはやはり不自然である。本当にパリスとヘレネーの出会いでいいのか。

改めて考えるうちに、私はこの前田育徳会の一枚は元の解釈「アエネーアスとディドーの出会い」に戻すべきだと思うようになった。二人の主人公の背景に建築作業中の情景があるが、これはまさに『アエネーイス』に歌われた女王ディドーの治めるカルタゴの光景そのものだ。五枚がトロイア戦争を主題にしたものなら、その中にギリシア側、少なくともホメロスの叙事詩『イリアス』で最大の主人公アキレウスに関する場面が皆無なのはなぜか。考えてみると五枚はすべてトロイア側のエピソードである。だとしたら、むしろトロイアの血を引くローマ建国を主題とする『アエネーイス』に拠ったとするほうがはるかに自然である。こうしたことが理由だ。

では、これらのタペストリーは、いつごろどのような経路で日本にもたらされたのか。

五枚のうち(4)の増上寺タペストリーは、一九〇九年（明治四二年）法然上人七百年忌の最中に失火で失われたが、その時も含めて祭事にあたり家康公の念持仏だった寺宝「黒本尊」の背後に掲げられるという、きわめて特別な扱いを受けていたらしい。家康の「駿府御分物御道具帳」に記された「なんばん大敷物、人物いろいろ織付三つ」の一つだったのではないかと思われる。前田育徳会の一枚は、前田家三代藩主利常公の時代から伝わるという。二枚は少なくとも江戸時代初期、一六二〇年以前に日本にあったと推定できる。

他方の三枚はいずれも曳山を飾る見送幕や前懸、胴懸として分断・分割されたが、これらが京や大津の町衆の手にわたったのは江戸時代後期、寛政年間以降のことだ。このことはそれぞれの曳山に保存されている購入領収書などで明らかである。寛政から文化・文政期といえば、蘭学が勃興し、歌麿や写楽、北斎などの浮世絵版画に代表されるように民衆的な表現が一気に花開いた時代だ。

では、これ以前はどこにあったのか？　これらもキリシタン禁制以前のある時期に、前の二枚とともにこの国にもたらされたものであることはほぼ間違いない。秘蔵されてきたタペストリーを明るみに引き出したのは、天明の大飢饉などを受けての大名家の財政危機と他方での町衆の経済的興隆だったのではないか。

これまでの研究でヨーロッパから日本への到来はフランシスコ・ザビエル以来のキリシタン宣教師の手によってではないかと想像されるが、道筋は未だ漠としたロマンの海煙のなかに潜んだままである。（さだむら　ただし・劇作家）

●お知らせ●次回配本（アリストテレス『魂について』）は、都合により6月15日刊行とさせていただきます。

……ンの知的風土（1

内山勝利

小アジアのエーゲ海沿岸部（イオニア地方）は古代ギリシア文化発祥の地であり、とくにホメロスの時代（前八世紀）から二百年ほどは、その中心地であった。ピュタゴラスの故郷として知られるサモス島もこの地方で最も栄えたポリスの一つで、まさに彼がそこで生まれ前半生を過ごした前六世紀半ばには、対岸のミレトスと並んで、とりわけ大きな勢力を誇っていた。サモスにこれほどの繁栄がもたらされたのは、地の利によるところも大きかったが、当時この島を支配していたポリュクラテスという独裁僭主の軍事的、政治的手腕によるところ、いっそう大であった。もっとも、彼は悪逆非道ぶりでも名高く、最後はペルシア人の手にかかって虐殺された。ピュタゴラスがこの地を去り、南イタリアに移住したのは、彼の独裁支配を嫌ったためだと言われている。

ポリュクラテスがポリスを構えていた島の南東部の一郭は、今日ではピサゴリオンと呼ばれている。むろんピュタゴラスに因んだ名である。サモスを支配していたポリュクラテスの名は捨てられ、彼に追われてこの島を去った人物が名を留めているあたりが皮肉でもある。最近は観光地として見直され、なかなかの賑わいらしいが、七〇年代の終わりにここを訪れたころには、日に二、三便が発着するだけの小さな飛行場のわきにあるひっそりとした寒村で、いかにもかつての栄華の夢の跡というにふさわしい静けさにつつまれていた。浅い入江に当時からの小さな港があって、すぐ背後には大きな山が町を包み込むように迫っている。山が「カストロ」と呼ばれているのは中世の城砦の名残であろうが、古代においてもアクロポリスとしての役割を果たしていた。当時の城壁が頂上を通って山の両翼を海岸まで下るかたちで見事に残っている。

この「カストロ」を貫いて、奇妙なトンネル式用水路の遺構がある。最近は遺跡の整備が進んだかわりに立ち入りも容易でなくなったようだが、七〇年代の終わりころに旅行した折には、勝手に中に入り自由に通り抜けることができた。山の反対側の水源から千メートル以上のトンネルをうがち、古代の市域の中央まで導いたものである。この大規模な工事を命令したのは、ほかならぬポリュクラテスであった。完成は前五二四年と伝えられている。二五〇〇年以上昔に作られたものということになる。

サモスのトンネルのことは、すでに当時から広く知れわたっていたらしく、前五世紀の歴史家ヘロドトスも、それについてかなりくわしい報告を残している。彼によれば、サモスの人びとは「ギリシア全土に比を見ないような大事業を三つも完成した」のであり、その第一がこのトンネルであった。他の二つは港の防波堤とヘラ女神の神殿で、いずれも今日その遺構を確認することができる。ヘロドトスはこう記している（『歴史』第三巻六〇節）。

> その第一は高さ一五〇オルギュイア（約二六七メートル）もある高い山にうがったトンネルで、これは山の付根からおこり、両端に入口がある。トンネルの長さは七スタディオン（約一三〇〇メートル）、高さと幅はそれぞれ八プゥス（フィート）ある。このトンネルの全長にわたってさらに深さ二〇ペキュス（約八・九メートル）幅三プゥス（フィート）の水路が開削されており、この水路を伝って水が巨大な水源から水管を通して町へ導かれている。このトンネルを完成した技師はナウストロポスの子エウパリノスというメガラ人であった。（松平千秋訳）

記述はかなり正確なものである。トンネルの全長は、今日の実測によると一〇四五メートルであるから、「七スタディオン」という数字は概算としてけっして大きく外れてはいない。

さて、この工事を担当したのは「エウパリノスというメガラ人であった」。今日、トンネルが「エウパリネイオン」と呼ばれている所以である。彼の名は、P・ヴァレリーの「ソクラテス的対話篇」の一つ『エウパリノス』で、かえってよく知られているかもしれない。理知と幻想が交錯した、この詩的な作品の中では、彼はソクラテスやパイドロスと同時代の（おそらく）アテナイ人という設定で、市の郊外にアルテミスの社を造ったりしたとされている。作者自身も釈明を施しているように、史実に照らせば不整合は免れがたい。しかしあの夢のような建築論を語らせる人物としては、比較的知られるところが少なく、しかもエウパリノスという水晶のように透明な響きをもった名前がどうしても必要だったのであろう。実在の人物としては、それよりもちょうど百年前のメガラの人で、建築家というよりも土木技師に近い存在であったようだ。アテナイの北方に隣接するメガラは、ミュケナイ時代から建築土木技術の伝統を汲む土地柄で、古典期に入ってからも、各地の工事を請け負って歩く人たちを輩出していた。むろん彼もその一人であった。（つづく）

（『西洋古典叢書』編集委員・京都大学教授）

トゥキュディデス　歴史　1，2　藤縄謙三 訳

ペロポンネソス戦争を実証的に考察した古典的歴史書。

ピロストラトス他　哲学者・ソフィスト列伝　戸塚七郎他 訳

ギリシア哲学者やソフィストの活動を伝える貴重な資料。

ピンダロス　祝勝歌／断片選　内田次信 訳

ギリシア四大祭典の優勝者を称えた祝勝歌を中心に収録。

フィロン　フラックスへの反論 他　秦　剛平 訳

古代におけるユダヤ人迫害の実態をみごとに活写する。

プルタルコス　モラリア　2　瀬口昌久 訳

博識家が養生法その他について論じた倫理的エッセー集。

プルタルコス　モラリア　6　戸塚七郎 訳

生活訓や様々な故事逸話を盛り込んだ哲学的英知の書。

リュシアス　リュシアス弁論集　細井敦子他 訳

簡潔、精確な表現で日常言語を芸術にまで高めた弁論集。

●ラテン古典篇

スパルティアヌス他　ローマ皇帝群像　1　南川高志 訳

『ヒストリア・アウグスタ』の名で伝わるローマ皇帝伝。

ウェルギリウス　アエネーイス　岡　道男他 訳

ローマ最大の詩人が10年余の歳月をかけた壮大な叙事詩。

ルフス　アレクサンドロス大王伝　谷栄一郎他 訳

大王史研究に不可欠な史料。歴史物語としても興味深い。

プラウトゥス　ローマ喜劇集　1，2，3，4　木村健治他 訳

口語ラテン語を駆使したプラウトゥスの大衆演劇集。

テレンティウス　ローマ喜劇集　5　木村健治他 訳

数多くの格言を残したテレンティウスによる喜劇集。

西洋古典叢書　第Ⅱ期全31冊

●ギリシア古典篇

アテナイオス　食卓の賢人たち 3, 4　柳沼重剛 訳
グレコ・ローマン時代を如実に描く饗宴文学の代表的古典。

アリストテレス　魂について　中畑正志 訳
現代哲学や認知科学に対しても豊かな示唆を蔵する心の哲学。

アリストテレス　ニコマコス倫理学　朴　一功 訳
人はいかに生きるべきかを説いたアリストテレスの名著。

アリストテレス　政治学　牛田徳子 訳
現実の政治組織の分析から実現可能な国家形態を論じる。

アルクマン他　ギリシア合唱抒情詩集　丹下和彦 訳
竪琴を伴奏に歌われたギリシア合唱抒情詩を一冊に収録。

アンティポン／アンドキデス　弁論集　高畠純夫 訳
十大弁論家の二人が書き遺した政治史研究の貴重な史料。

イソクラテス　弁論集 2　小池澄夫 訳
弁論史上の巨匠の政治論を収めた弁論集がここに完結。

クセノポン　小品集　松本仁助 訳
軍人の履歴や幅広い教養が生かされた著者晩年の作品群。

セクストス　学者たちへの論駁　金山弥平他 訳
『ピュロン主義哲学の概要』と並ぶ古代懐疑主義の大著。

ゼノン他　初期ストア派断片集 1, 2, 3　中川純男他 訳
ストア派の創始者たちの広範な思想を伝える重要文献。

デモステネス　デモステネス弁論集 3, 4　北嶋美雪他 訳
アテナイ末期の政治情勢を如実に伝える公開弁論集。

夫のためらいを熱い抱擁によりほぐそうとする。と、にわかに神の
体内にいつもの炎が燃えた。体の髄に覚えのある
熱気が入り込み、骨身を溶かしつつ駆け抜けた。
それはまるで稲妻の閃光が弾けたときのよう。
煌めく雷火の裂け目は黒雲を貫いて光を走らす。
それを感じて妻は喜んだ。自分の計略と美貌の力を確信した。
このとき、父神は永遠の愛に絡め取られながら言った。
「どうして遠くに言い分を求めるのか。信頼はどこへ行ってしまったのだ。
女神よ、そなたとわたしの仲ではないか。同じような心配があったなら、
あのときでも、われらはテウクリア人に武器を授けることができたのだ。
全能なる父神も運命も禁じてはいなかった、トロイアが
存立し、さらに十年のあいだプリアムスも存命であることを。
いまも、そなたが戦争を用意し、そう決意しているなら、
わが技術を用いて約束できるかぎりの心配り、
鉄や溶けたエレクトロン(2)で作りうるもの、
火と吹子《ふいご》の力が及ぶかぎりのものを頼むがよい。余計なことだ、
そなたの力を疑うのは」。このような言葉を語ると、

(2) エレクトロンは「瑪瑙（めのう）」を表わす語だが、金属に用いる場合、プリーニウスによると、金四に銀一の割合の合金であるという（『博物誌』第三十三巻八〇）。

望みのとおりに抱擁を与えた。妻の胸に身を沈め、
体中に穏やかな眠りを求めた。
　それから、すでに夜も進んでなかば過ぎまで深まった頃、
最初の一休みにより眠りを追い払った。それはちょうど、婦人が
ミネルウァの技により細く糸を紡いで暮らしの
支えとせねばならず、灰の中に眠る火をかき起こして
昼に加えて夜も仕事をする頃。灯りのもと侍女たちを長く
作業にいそしませ、夫の閨を清らかに
保てるよう、幼い息子らを育て上げられるようにと願う。
まさしくそのように、まさしくその頃合いに火を司る神は
柔らかな寝床から鍛冶の仕事へと立ち上がる。
島が一つ[1]、シキリアの岸とアエオルスのリパレ島に近く、
煙を上げる岩場も険しく屹立している。
その下には岩窟があり、キュクロプスたちの高炉として掘り抜かれた
このアエトナの洞穴には轟音が響いている。金床に力強く打ちつける
音がこだまして聞こえ、カリュベス族の鉄塊[2]が
岩穴を軋ませれば、炉からは火が吹き出す。

(1) シキリア北東沖に火山島が七つあるうちの、シキリアに一番近い島。ギリシア名はヒエラで、ラテン名がウォルカーニア(四二二行)。また、リパレは風神アエオルスの住まいとされた。
(2) カリュベスは黒海南東岸に住み、鉄を発見したとされる伝説的部族。

これがウォルカーヌスの家にして、この地はウォルカーニアと呼ばれる。
このとき、火を司る神はここへと高き天より降った。
広大な洞穴の中ではキュクロプスたちが鉄を鍛えていた。
ブロンテス、ステロペス、ピュラグモン(3)で、手足を露わにしていた。
彼らの手により形づくられ、すでになかば仕上がった
雷電があった。それは父なる神が数かぎりなく全天より
地上へ投げ落とすうちの一つで、なお未完のところも残っていた。
投げつける雨を三筋、雨雲を三筋、
朱い火と翼ある南風とを三筋、これらはすでに造り終えていた。
いまは、戦慄を呼ぶ閃光と音と恐れを
作品に、また、追いかけてやまぬ炎に憤怒を混ぜていた。
また別のところでは、マルスのため戦車と空翔る車輪に
取り組んでいたが、神はこれに乗り、人々や町々を奮い立たせる。
さらに、パラスが憤ったときに取る武具たる、恐ろしき神盾を
蛇の黄金の鱗により懸命に仕上げてもいた。
女神の胸を守るは、絡み合う蛇と
首を切られながら眼光をめぐらすゴルゴであった。

(3) これらキュクロプスの名は、それぞれ、「雷鳴」「稲妻」「火床」の意。

神は言った。「なにもかも片づけよ。やりかけの仕事もしまえ、
アエトナのキュクロプスらよ。これから言うことを心して聞け。
気合い鋭い勇士のため武具を作らねばならぬ。いま必要なのは力、
すばやく動く手、匠の技のすべてだ。
とっととかかれ。遅れるな」。神がそれだけを言うと、聞いた
全員が速やかに取りかかろうと、均等に仕事を
割り当てた。青銅と黄金の鉱石が熔けて流れ出し、
人を傷つける鋼も大きな高炉で熔解する。
形づくる盾は巨大にして、それ一つでラティウム軍の
すべての飛び道具にも立ち向かえるよう、七重に輪と輪(1)を
重ね合わせる。こちらで吹子を使い、空気を吸い込んでは
風を送り出すと、こちらでは浸す音も激しく
青銅を水にさらす。金床を据えられて洞穴が呻く。
彼らが代わる代わる剛力を込めて腕を振り上げる
呼吸は乱れず、鉄塊をやっとこでつかんで裏返す。
　レムノス(2)の父神がアエオルスの岸でこのように急いでいるあいだに、
エウアンドルス王はつましい館より目覚めて、慈しみ深い光を見、

(1) 層をなす盾の周縁のこと。

(2) レムノスはウォルカーヌスにとくにゆかりの深い島。

軒下に鳥たちの朝のさえずりを聞く。
老王は起き上がると、トゥニカを身に着け、
テュレーニアのサンダルを履いて紐を結ぶ。
それから、肩から脇腹へと帯を結んでテゲア[3]の剣を下げると、
豹皮のマントをまとって、左より垂らした。
と同時に、高き門口より衛士を務める二頭の
犬が王の前を進み、主人の歩みに供をする。
目指すは客人アエネーアスが泊まる奥まった部屋で、
英雄らしく、相談と約束した贈り物[4]を忘れなかった。
それに劣らず朝早くからアエネーアスも動き出していた。
王には息子パラスが、こちらにはアカーテスがついてやって来た。
双方は出会うと、右手を結び合わせる。館の中央に
座を占めてから、ようやく許された相談を楽しむ。
まず先に王がこのように言った。
「トロイア人最高の指導者よ。そなたが健在であるかぎり、
トロイアの国と王権が破れたとは、わたしは決して認めない。
それほどの偉大な名に比して、われらが戦争を支援できる

（3）テゲアはアルカディア南東部の町だが、ここでは、単にアルカディアの意。

（4）一七一行参照。

力は取るに足らない。こちらからはエトルーリアの川が行く手を封じ、
あちらからはルトゥリ軍が迫り来て、城壁のまわりに武器の音を響かせる。
しかし、わたしには、そなたに強力な国民と王権が支える豊かな
陣営を結び合わせる用意がある。この救いの道は偶然により思いもよらず
示されたものだが、そこへそなたが現われるのも運命が求めればこそだ。
ここより遠からず、その昔の岩場に礎を置いて住みなす
アギュラの都がある。そここそ、かつてリューディアより来た
戦争の誉れ高き民がエトルーリアの尾根の上に居を定めた地(1)。
この民は多年にわたり栄えていたが、やがて、一人の王が傲岸な
権勢と情け容赦ない武力とにより掌握した。それがメゼンティウスだ。
どうして語る必要があろう、無惨な殺戮のこと、また、暴君の行為の
凶暴さを。神々よ、いつか、あの者自身と一族にその報いをなしたまえ!
いや、それどころか、死者の体に生きた人間を
くくりつけ、手と手、顔と顔を結ぶ
拷問まで行なった。膿や毒血の流れる体を
悲惨に抱き合わせたまま、ゆっくりとした死で命を奪った。
だが、惨たらしい狂乱ぶりに疲れた市民がついに

四八〇

(1) エトルーリアの起源をリューディアとするのはヘロドトス(『歴史』第一巻九四)以来。

武器を取って、王と王宮とを包囲する。
与《くみ》する者たちを斬り殺すと、屋根に向けて火を放った。
それでも王は殺戮のただ中をすり抜けた。ルトゥリ人の領内へと
逃げ込み、トゥルヌスの客分となって、その武器に保護されている。
そこで、全エトルーリアが正義の憤激をもって立ち上がった。
処罰のため王の引き渡しを求め、即時開戦も辞さない。
アエネーアスよ、そなたをこれら数千の兵の指揮官としよう。
彼らは実際、海岸いっぱいに船をぎっしりと並べて雄叫びを上げ、
号令を下せ、と求めている。だが、これを長命の占い師が引き留め、
運命を告げているのだ。「マエオニア(2)の選ばれた若者らよ、
いにしえの勇士らに連なる武勇の精華よ。そなたらは正義の痛憤から
敵に立ち向かい、メゼンティウスへの正当な怒りに燃え立っている。
だが、これほど強大な民を屈服せしめることはイタリア人の誰にもできぬ。
異国の者を指揮官に選べ」。そこで、エトルーリア軍は兵を引き、
こちらの平原に戦列を構えた。神々の警告を恐れたからだ。
ほかならぬタルコン(3)が、わたしのもとへ使者に王冠と
王笏を持たせてよこした。わたしに王の表徴を託し、

(2) リューディアに同じ。

(3) リューディアから民を率いてエトルーリアに植民したのがテュレーヌスで、タルコンはその息子、もしくは、弟とされる王。タルクイニイの町を創建した。

陣営に入り、テュレーニアの王権を執れ、と言う。
しかし、わたしは老人だ。冷えて鈍った体は歳月の重みに疲れている。
勇敢に力を揮うには遅すぎる。これでは命令を下せない。
息子を鼓舞したかったが、サビーニ人である母の血が混じっているので、
なかば祖国の血統を引く身なのだ。だが、そなたなら、年齢も
生まれも運命にかなう。神の意志が求める勇士だ。
進め、テウクリア人とイタリア人を率いるもっとも勇敢な指揮官よ。
それにまた、そなたと一緒に、ここにいる、わが希望にして慰めである
パラスを同行させよう。そなたを師と仰ぎつつ、軍役と
マルスの苦しい仕事への辛抱を、そなたの事績を目の当たりすることを
習い覚えさせたい。青年期の初めより、そなたを見習わせたいのだ。
彼にはわたしがアルカディア人騎兵二百、強者の若人からの
選り抜きを、また、そなたにはパラスが配下に置く同数を授けよう」。
　王はこう語った。が、じっとうつむいたまま、
アンキーセスの子アエネーアスと忠実なるアカーテスは
多くの困難を心に鬱々と思いめぐらしていた。
だが、そのとき、キュテーラの女神が雲一つない天より合図を送った。

思いもかけず、天空より振り出された閃光が
轟きとともに届いた。突如として、すべてが崩れ落ちるかに思われ、
ラッパの音がテュレーニアの天空いっぱいに響き渡るように思われた。
人々が見上げる。と、二度三度と弾けるような轟音が響く。
雲のあいだ、天の晴れた一角に武具が
見える。澄み渡る空に赤い光を放ちつつ、打ち合う音は雷鳴のよう。
これに他の者たちは肝を潰したが、トロイアの英雄は
その音が何かを認め、母なる女神の約束であると知った。
このとき彼は語った。「わたしをもてなす主よ、お尋ねには及ばぬ、
何が起きる先触れか、と。わたしをオリュンプスが呼んでいるのだ。
母なる女神が予言していた、この合図を必ずや送るであろう、
戦争の迫り来るときには、ウォルカーヌスの武具を空中より
届け、わたしを助けるであろう、と。
ああ、哀れなラウレンテス軍を待ち受けるは、なんという大殺戮か！
トゥルヌスよ、おまえはいかなる報いをわたしに払うのか！　川波の下、
なんと数多くの勇士の盾、兜、遺体をあなたは転がすことになるのか、
父なるテュブリスよ！　望みとあれば、彼らに戦列を求めさせ、盟約を破

らせよ」。
　英雄はこう言うと、高き座より立ち上がり、
まず、ヘルクレスの祭壇に眠っていた火を
かき起こしてから、前日に礼拝した家の守り神と小さな守護神のもとへ
喜々として赴く。しきたりどおりに選んだ二歳の仔羊の犠牲を
エウアンドルスも、トロイアの若者らも、同じように捧げる。
こののち、アエネーアスは船へと行き、仲間のもとへ戻ると、
その中から、自分に従い戦争へ向かう
武勇にすぐれた者を選び出した。その他の者は、水の流れに
乗り、川の後押しにまかせ、ゆったりと下って、
アスカニウスに現況と父のこととを知らせに行くこととする。
さて、テュレーニアの田野を目指すテウクリア人らは馬を授かる。
アエネーアスのために引かれてくる馬は特別で、褐色の獅子皮が
黄金の爪を輝かせつつ全身を包んでいた。
　にわかに「噂」が飛んで、小さな都中に広まり、
急ぎ騎兵がテュレーニアの王(1)の門口へ向かう、と知らせる。
母たちは恐怖から二重の願掛けをするが、危難が迫るほどに

（1）タルコンのこと。

恐れは増し、いまやマルスの影がなお大きく目に映る。
このとき、父エウアンドルスは出陣する息子の右手を握りしめたまま
離そうとせず、尽きることのない涙を流しながら、こう言った。
「ああ、ユッピテルがわたしに過ぎ去った歳月を戻してくれればよいのに。
かつてはわたしも、ほかならぬプラエネステの城下に敵の第一列を
薙ぎ倒すと、勝ち誇って積み上げた盾の山に火を放ったものだ。
わが右手はエルルス王[2]をタルタラに送り込んだ。
この王は、生まれるときに母フェローニア[3]より三つの命と――
語るもじつにおぞましい――三組の武具を与えられていたため、
三度薙ぎ倒さねば殺せなかった。それでも、そのとき、すべての
命をこの右手は奪い去った。同じ数だけ武具も剝ぎ取った。
あのときのわたしなら、いま甘美な抱擁からどこへも引き離されはしまい。
息子よ、おまえを離すまい。メゼンティウスも一度として隣人たる
この身を踏み躙りはしまい。剣により、あれほど多く情け容赦ない死を
与えることも、あれほど数多くの市民を都から奪うこともしなかったろう。
だが、天上の神々よ、神々を統治する最高神
ユッピテルよ、お願いです、アルカディアの王を憐れみたまえ。

(2) 他に典拠なし。
(3) サビーニの神格。第七歌八〇〇行参照。

父の祈りを聞き届けたまえ。あなた方の神威により、
運命により、パラスが無事にわたしのもとへ戻るなら、
生きてまみえることを得、一つところに会する定めであるなら、
わたしは生きることを願う。辛抱して、どのような苦難にも耐える。
しかし、運の女神よ、あなたが恐るべき災いを差し向けるつもりなら、
いまただちに残酷な人生を断ち切ることがかないますよう。
いまならまだ、先の分からぬ心配、未来への不確かな期待があるだけ。
愛しい子よ、わたしのただ一つ、晩年の喜びよ、いまならまだ、おまえを
抱き留めていられる。どうか、過酷な知らせがこの耳を
傷つけることのありませぬよう」。父は今生の別れにこのような言葉を
絞り出したあと、卒倒した。その体を召使らが館の中へ運び入れた。
　いまや、騎馬隊は開かれた城門より出発していた。
アエネーアスと忠実なるアカーテスが先頭に立ち、
そのあとに他のトロイアの武将らが続いた。パラスは隊列の
中ほどを進み、マントと彩り美しい武具が際立っている。
それはちょうど、オケアヌスの波に水浴びしたあとに明けの明星——
他の星が放つ火にまさってウェヌスに愛されるこの星——が

神聖なる顔を上げ、暗闇を払ったときのよう。
城壁の上には母親たちが怯えながら立つ。その目が追う先には
砂塵が雲をなし、隊列が青銅の閃きを放つ。
彼らは、目的地への最短路を取り、藪のあいだを
武具に身を固めて進む。喚声を上げつつ、列を連ねて行けば、
四拍にて音高く駆ける蹄の下に野の面が踏みしだかれる。
カエレの都の冷たい川の流れに近く、広大な聖林があり、
先祖代々崇められ、広く一帯が聖地とされる。四方を丘が
囲んで中央に窪地をなし、そのまわりを黒い樅の木の森が包む。
その昔にペラスギ人(1)がシルウァーヌスに捧げた、との言い伝えがある。
田野と家畜を司る神に聖林と祭日とを奉納したが、
これがラティウムに領土を得た最初のペラスギ人であった。
ここより遠からず、タルコン率いるテュレーニア軍が地形に守られた場所に
陣営を構えていた。聳える丘に立つと、その全体が見渡せる。
軍勢は広い田野に陣屋を張っていた。
父アエネーアスと戦争のため選ばれた若者らは、ここへと
到着するや、馬と自分の体の疲れを癒す。

(1) ペラスギ人は一般にギリシア人と同義に用いられるが、ここでは、リューディアから植民してエトルーリアを建てた民族を指している。また、シルウァーヌスは森を司り、農夫に崇められた神格。

だが、ウェヌスは、天に浮かぶ黒雲のあいだに輝く姿を
現わして、贈り物を届けようとする。息子が谷あいの奥、
独り離れて冷たい川のそばにいるのを見るや、
このような言葉をかけ、目の前へ姿を示した。
「見よ、わが夫の技により約束どおりに仕上がった、
この贈り物を。さあ、息子よ、誇り高いラウレンテス人でも、
気合い鋭いトゥルヌスでも、ためらうことなく戦場へ呼び出すがよい」。
こう言って、キュテーラの女神は、息子の抱擁を求めてから、
光芒を放つ武具を目の前の樫の木の下に置いた。
アエネーアスは女神の贈り物、このように偉大な栄誉に喜び、
心に飽くことなく、一つ一つをつぶさに眺める。
手に取り、腕に抱えて回し、驚嘆する。
兜は毛飾りも恐ろしく、炎を吐き、
剣は死の運命を携える。胴鎧は青銅製で硬く、
血の色をして、巨大。それはちょうど、紺色の雲が
陽光を受けて燃え立ち、遠くまで輝きを放つときのよう。
さらに、エレクトロンと精製した黄金も滑らかな脛当て、

槍、そして、言葉に表わしがたい絵柄を刻んだ盾がある。
そこには、イタリアの歴史とローマ人の戦勝の記念が、
予言者の言葉に通じ、来るべき時代を知る
火の神により描かれた。そこには、アスカニウスの血筋を引いて
生まれくる全世代と、戦い抜かれた戦争が並んでいる。
まず描かれたのは、マルスの緑なす洞穴の中で仔を産み落として
横たわった母狼の姿。その乳房のあたりで双子の
男の子(1)がすがりついて戯れつつ、母を舐めて
恐れる様子もない。母も首をしなやかにうしろに曲げて
双子を交互に撫でつけ、舌で身づくろいをしてやる。
そのそばには、ローマと、掟に反して掠奪されたサビーニの女たち(2)が、
キルクス大競技祭(3)のさなか、観客集う劇場の場面に
添えて描かれていた。と、にわかに新たな戦争が勃発し、
ロームルスの臣民と老タティウス治下の厳格なクレスとが戦う。
だが、このあとには、同じ王たちが互いに争うことをやめ、
武具を着たまま、ユッピテルの祭壇の前に杯を捧げ持って
立っていた。雌豚を犠牲に捧げ、盟約を結んでいた。

(1) ロームルスとレムスの兄弟。
(2) ローマ創建当初は町に女性がおらず、子供を作れなかったため、ロームルスは祝祭を装ってサビーニの女たちを略奪し、自分たちの妻とした。これが原因となって、ローマとタティウス王が率いるサビーニ(その首都がクレス)との戦争が起こったが、その戦列のあいだに女たちができた赤ん坊を示して割って入り、和が結ばれた、という。
(3) 九月に行なわれる大競技場(Circus Maximus)での祝祭に言及するものと思われるが、別の伝承では、コンスアリア祭(八月二十一日と十二月十五日)のとき、とされる。

また、そのそばでは、左右へ驀進する四頭立て馬車がメットゥス(1)を
引き裂いていた。アルバの者よ、おまえの言葉を守ればよかったのだ！
トゥルス王は嘘つきの男の臓腑を引きずったまま
森を抜ける。茨の茂みが浴びた血潮を滴らせた。
さらには、追放されたタルクイニウス王を迎え入れよ、とポルセンナ(2)が
要求し、都へ大規模な包囲攻撃を仕掛けていた。
アエネーアスの子らは自由のために急いで剣を取る。
ポルセンナの顔は憤慨したように、脅しつけるように
見えたことであろう、コクレス(3)が敢然と橋を切り落とし、
クロエリア(4)が枷を壊して川を泳ぎ切ったのだから。
盾の天辺には、タルペイウスの城塞を見張るマンリウス(5)が
神殿の前に立ち、聳えるカピトーリウムを守っていた。
このとき、王宮はロームルスの葦を葺いて、まだ新しかった(6)。
じつにここで、銀で象られた鵞鳥が黄金の柱廊を
飛び回りつつ、ガリア軍が門口に来ている、と告げていた。
藪を抜けて迫り、城塞を奪取せんとするガリア軍は
闇に守られ、暗い夜に恵まれていた。

(1) フフェーティウス・メットゥス（または、メッティウス）はアルバの独裁官で、ローマ第三代の王トゥルス・ホスティリウスと休戦協約を結んだが、敵を前にして王を見捨てたため、処罰された。アルバは破壊され、メットゥスは二台の戦車で体を二つに裂かれた。
(2) ローマ第七代の王タルクイニウス・スペルブスは追放されたあと、息子らとともにカエレに保護を求めたが、それをエトルーリアの町クルーシウムの王ラルス・ポルセンナが引き取り、ローマを包囲攻撃した。
(3) ホラーティウス・コクレスは、スブリキウス橋を敵に渡されぬよう、味方が橋を切り落とすまで、進軍を食い止めた。
(4) クロエリアは、ポルセンナに人質として与えられた一団の

その髪は黄金で、着衣も黄金であった。
縞の外套が輝き、乳白色の首には
黄金の飾りを結ぶ。それぞれがアルプスの投げ槍を二本ずつ
手で打ち振り、長い盾で体を守っていた。
こちらには、飛び跳ねるサリイと裸のルペルキ[7]に、
羊毛をのせた帽子、天より下された神盾[8]が
描き出されていた。都をめぐる祭礼行列に連なるのは貞淑な
婦人たちで、座るに柔らかい輿に乗っていた[9]。さらに、ここより離れて、
タルタラの領域、ディースの底深い入り口、
諸々の罪業に対する報い、そして、カティリーナ[10]よ、おまえが突き出た
岩場に吊り下げられ、復讐女神の顔におののく姿、
また、他と隔てられた敬虔な人々と、彼らに法治を敷くカト[11]が描かれた。
これらのあいだに広がるのは高く波立つ海の場面、
黄金で作られながら、紺碧の海面に白波が泡立っていた。
まわりには、銀に輝くイルカたちが輪を描いて
水面を尾で掃き、波間を割いて進む。
中央には、青銅の衝角もつ艦隊、アクティウムの戦争を

女の一人だったが、ティベリス川を泳いで逃げ帰った。

(5) 前三九〇年、ガリア軍がローマを占領し、カピトーリウムへ夜襲をかけたとき、これに騒いだ鵞鳥の鳴き声にマルクス・マンリウス・カピトリーヌスが目覚め、登ってくる敵を蹴り落とした、という。

(6) ロームルスの住まいとされ、「ロームルスの小屋」と呼ばれる藁葺き小屋がパラーティウムに立っていたが、傷みが激しくなったとき、修復された。その複製がカピトーリウムにも置かれていた。

(7) 二八五行、三四三行註を参照。

(8) 帽子はオリーブの木で作った円錐状のもので、羊毛の房をつけた。神盾については、第七歌一八八行註参照。

認めることができた。目に映るは、すみずみまで戦闘配置について
沸き立つレウカーテ、黄金の輝きを放つ波立ちであった。
こちらからは、アウグストゥス・カエサルがイタリア軍を戦闘へ導く。
元老院も国民も、祖国を守護する偉大な神々[1]をも率いて、
高き船尾に立つと、そのこめかみは一対の炎を
喜々として吐き、頭上には父の星[2]が現われる。
別のところでは、風と神々に後押しされたアグリッパ[3]が
見上げるような姿で軍勢を導く。誇り高く戦争を象って、
そのこめかみには艦船の衝角を模した冠[4]が輝いている。
向こうからはアントーニウスが異邦の援軍、寄せ集めの軍勢を率いる。
東方の民族と紅い海岸から勝利を収めて戻り[5]、
エジプトや東洋の勢力、最果ての地バクトラを
艦船に乗せて来ると、あとに従うのは、あろうことか、エジプト女の妻[6]。
全艦一斉に進撃すれば、いたるところ海面が泡立つ。
漕ぎ入れる櫂と三叉の衝角に切り刻まれた。
彼らは沖合を目指す。それはまるで、キュクラデス諸島が根こそぎ
大海に泳ぎ出したか、高き山が山と衝突したかと思うほど。

(9) 前三九六年、ローマ軍によるウェイイ攻略ののち、デルポイのアポロへの願掛け成就の御礼奉納に不足が生じたとき、婦人たちの供出がこれを補った。その功により、元老院は彼女らに馬車に乗る権利を与えた。

(10) 前六三年、ルーキウス・セルギウス・カティリーナはクーデタを企てたが、執政官キケロにより取り押さえられた。ローマで逮捕された一味の首謀者は処刑され、カティリーナ自身も翌年一月、討伐軍との戦いに倒れた。

(11) いわゆる、小カトのこと。ストア哲学を信奉し、厳正さで知られた。

---

(1) ウェスタ神殿に祀られた国家守護神の像。

(2) ユーリウス・カエサルの死

それほどの大きさで迫り来る戦士たち、その船には櫓が屹立する。
その手より麻布を巻いて火をつけた鉄の飛び道具が
まき散らされ、ネプトゥーヌスの野はかつてない殺戮に赤く染まる。
女王は中央にあって、父祖伝来の鉦(7)により軍勢へ号令を下し、
まだ背後にいる二匹の蛇のほうへ振り返ってはいない(8)。
吠え立てるアヌービス(9)や、あらゆるたぐいの奇怪な神々が
ネプトゥーヌス、ウェヌス、ミネルウァに立ち向かって
武器を取る。戦いのただ中で荒れ狂うはマルスで、
これは鉄で描き出されている。また、陰鬱な復讐女神らが天より降り、
不和の女神も衣を引き裂き、喜び勇んでやって来ると、
そのあとには、血まみれの鞭を持って戦争の女神ベローナがつき従う。
これらを目に止めるや、アクティウムのアポロが弓を引き絞って
上から狙った。これに恐れをなして、全エジプト、全インド軍、
全アラビア、全サバエイ人が敗走に転じた。
女王はと見ると、風を呼び集めて
船の帆を張り、さあ早く、と艫綱を解きにかかっている。
流血を目の当たりにし、来るべき死に青ざめながら

を悼む葬送競技のときに現われたという流れ星。

(3) マルクス・ウィプサーニウス・アグリッパは生涯にわたってオクタウィアーヌス－アウグストゥスを支えた腹心。

(4) 衝角のある船の模型で飾られた黄金の冠で、前三六年、ナウロクスの戦いでセクストゥス・ポンペイウスを破ったあと、アグリッパに授けられる。

(5) アントーニウスの東方遠征は、前三四年にアルメニアを征服したが、三六年のパルティア遠征では手痛い失敗。ここでの「紅い海岸」は紅海ではなく、インド洋の沿岸地域を指す。ただし、アントーニウスは小アジア内陸やレバント地方の属国王子を従えていたものの、インド洋沿岸には一度も行かなかった。

(6) クレオパトラのこと。

波間を北西風[1]に運ばれるさまを、火の神は描き出していた。
その向こう側では、大きな体軀のナイル川が悲嘆にくれながら、
衣の襞を開いている。着衣全体で招きつつ、
敗軍を紺色の懐へ、隠れ家なす川へと呼び込んだ。
しかし、カエサルは、三重の凱旋行列[2]を連ねてローマの
城市に入るや、イタリアの神々への御礼に不滅の捧げ物として、
全市にわたり三百の壮大な神殿[3]を奉納した。
沿道には喜びと祝祭と喝采が鳴り響いた。
すべての神殿で、婦人たちが歌い踊り、すべての神殿に祀られた
祭壇の前で若牛が屠られ、地面に横たわった。
カエサル自身は、輝くポエブス神殿の雪のように白い敷居の座から、
諸国民からの贈り物を閲《けみ》しては、誇り高く戸柱に
掲げる。そこへ長く列をなして進み出るは敗軍の民、
言葉が異なるように、身に着けた衣も武具もさまざま。
ムルキベル[4]は、こちらにはヌミディアの部族と帯を締めぬアフリカ人らを、
また、そちらにはレレゲス族、カリア人、矢を携えるゲローニ族[5]を
こしらえた。エウプラーテス川もいまは波穏やかに流れ、

---

(7) 外枠に金属の棒を差したものを手で振って鳴らすガラガラの類。
(8) クレオパトラが蛇の毒で自害したことを踏まえる。
(9) 犬の頭をもつエジプトの神格。

(1) アクティウムからアレクサンドリアへ向かうに好都合な風。
(2) オクタウィアーヌスの凱旋は前二九年八月に三日連続で行なわれた。第一日はイリュリアとその北部遠征、第二日はアクティウム、第三日はエジプト征服のため。
(3) 誇張した表現。アウグストゥス自身の『業績録』一九では、新神殿の数はわずか一二と記される。
(4) ウォルカーヌスについての古い呼称。由来は不詳。

そこには、最果ての民モリニ(6)、二つの角もつライン川、
屈服を知らぬダハエ族、橋に憤慨するアラクセス川(7)も描かれた。
　このような場面が母の贈り物なるウォルカーヌスの盾を満たしていた。
アエネーアスはこれに驚嘆し、事績は知らずとも、その絵柄を喜びつつ、
子々孫々の名声と運命を肩に担う。

(5) 小アジアのカリア地方は前一二九年以降、アジア属州の一部。レレゲスはアジア沿岸の先史民族で、とくにカリアと関連づけられる。ゲローニはスキュティアの部族で、ドニエプル川とドン川のあいだの地域に住む。
(6) ブーローニュ地方、ベルギカの部族。
(7) ダハエはカスピ海の東側地域の遊牧民。アラクセスはアルメニアの大河で、カスピ海に注ぐ。アントーニウスは前三六年のパルティア遠征のときに渡り、敗走して二度目の渡河。アウグストゥスはこの地域に行ったことはない。

第九歌

そうして、まったく異なる場所で事態が進むあいだに、
サトゥルヌスの娘なる女神ユーノは天よりイーリスを
勇猛なトゥルヌスのもとへ遣わした。折しも、父祖ピルムヌスの
聖林がある神聖な谷にトゥルヌスは座っていた。
そこへ、タウマスの娘[1]は薔薇色の口から、このように話しかけた。
「トゥルヌスよ、そなたが願っても、神々のどなたもこれまであえて
約束しなかったことを、見よ、時のめぐりがひとりでに届けてきた。
アエネーアスが都と同胞と艦隊を離れ、
王笏もつエウアンドルスの住まうパラーティウムを目指したのだ。
それだけではない。奥地まで足を伸ばしてコリュトゥスの町々[2]と
リューディア人部隊のもとへ至るや、野の民を駆り集めて武装させている。
何をためらうのだ。いまこそ騎馬を、いまこそ戦車を求める時だ。
一刻の猶予もならぬ。陣営を混乱せしめ、奪取せよ」。
こう言うと、女神は天上へと翼をそろえて舞い上がり、

(1) 虹の女神イーリスの父の名はタウマスで、「(虹のような)驚異」の意。

(2) コリュトゥスはダルダヌスの父で、自分の名を冠したエトルーリアの町を築いた(第三歌一七〇行註参照)。ここで、「コリュトゥスの町々」は「エトルーリアの町々」の意だが、アエネーアスはカエレまでしか行っていないので、誇張。また、次行の「リューディア人」は「エトルーリア人」に同じ(第八歌四八〇行註参照)。

すばやく雲の下を切り進みつつ巨大な虹の橋を架けた。
若者はそれを見て取るや、星に向けて両の掌を
差し上げ、飛び去る女神の背へこのような言葉をかけた。
「イーリスよ。天の誉れよ。誰があなたを雲に乗せて
地上のわたしへ遣わしたのか。どこから来たのか、突然にこれほど晴れた
天気は。中天が二つに分かれるのが見える。
星々が天をめぐっている。これほどの大予兆にわたしはつき従う、
戦場へと呼ぶあなたがどなたであれ」。こう言うと、彼は川波のもとへと
進み、流れる水面から水をすくってから、
何度も神々に祈り、天空に願掛けを重ねた。
　いまや、全軍が眼前に開けた平野を進んでいた。
馬も豊富なら、金糸の縫い取りをした衣も豊かであった。
隊列を整えて、先頭にはメッサープスが、しんがりには
テュルスの息子らがつき、トゥルヌスは行軍の中ほどで指揮を執る。
[武器をつかんで出陣すると、その姿が頭ひとつ他の上に出る。(3)]
そのさまはあたかも、七つの支流を従えて水嵩も高い
ガンジスの静かな流れか、あるいは、豊穣の流れのナイルが

(3) 二九行は第七歌七八四行と同一で、竄入と見なされて諸校本で削除されている。

平野に氾濫させた川水を戻して、いまや、川床におさまったときのよう。
ここに、黒い砂塵が膨れ上がって、にわかに雲をなすのを
テウクリア人らが眺めるうちに、平野の上は暗闇となる。
まず最初にカイークスが前哨の保塁から叫びを上げる。
「何だ、あの塊りは。黒い影が転がって来る。みなの者、
急ぎ剣を持て。武器の用意だ。城壁へ上れ。
それ、敵の来襲だ」。大きな叫びを上げながら、すべての
門よりテウクリア人らが中へ逃げ込み、城市の備えを完了する。
これこそ、戦術に長けたアエネーアスが出発のときに残した
指図で、留守のあいだに事が起こっても、
戦列を組み、戦場に賭ける挙に出てはならぬ、
ひたすら、防塁のうしろで陣営と城壁を無事に守れ、と言い置いていた。
そこで、恥と怒りから戦いを挑もうと心が動くが、
それでも、城門を閉ざし、指図のとおりに事を行なう。
武具に身を固め、櫓に籠って敵を待ち受けた。

　トゥルヌスは、進みの遅い行軍に先んじて飛ぶように走ると、
騎馬の精鋭二十を供に、都の前へ

その姿を不意に現わす。白斑のトラーキア馬に
跨り、赤い毛飾りを立てた黄金の兜を被っていた。
「若者らよ、われと立ち合う者はないか、先頭切って敵に向かう者は。
どうだ」と、彼は言うや、投げ槍を空に目がけて投げ放ち、
戦闘の口火とする。見上げるような勇姿で戦場に踏み入れば、
味方の将士が喚声を送り、あとに続いて恐ろしき
轟音を響かせる。テウクリア軍の気概のなさに呆れ、
対等の戦場に打って出ず、敵軍を迎え撃ちもせずに
勇士づらで陣営に籠るとは、と驚く。トゥルヌスは苛立って、右に左に
馬を走らせて城壁を窺い、道なき場所に突破口を探す。
それはあたかも、羊に満ちた畜舎に待ち伏せを仕掛ける狼のよう。
囲いのそばで吠えながら、風や雨を忍び、
真夜中まで留まる。仔羊らが母の守る安逸のうちに
鳴き声を上げると、狼は心険しく、邪悪な怒りを抱いて、
眼前にない獲物へ猛り狂う。身を苛んでつのる飢えは
長い間に狂乱に変わり、喉は血に渇く。
まさしくそのようにルトゥリ人の王は、城壁と陣営を見つめるうちに、

怒りの火を燃やす。痛憤が固き骨身に燃え上がり、
いかなる策により突破を試みようか、いかなる方途によれば閉じ籠る
テウクリア人が防壁の外へ追い出され、平地に繰り出すか、と思案する。
すると、艦隊が陣営の側面に寄せて隠してあった。
まわりを土塁と川の流れとで囲んであったが、
これに襲いかかり、火を放て、と味方に命じる。その歓喜の声とともに、
王は心逸りつつ手いっぱいに燃える松明をつかむ。
このとき、トゥルヌスの存在に励まされて、勢いづき、
若武者のすべてが黒い松明を用意する。
竈の火を奪い取ってくると、煤けた光に松明が
煙り、ウォルカーヌスは灰まじりの火の粉を星の高さまで運ぶ。
　ムーサよ、どの神であるのか、これほど残酷な炎をトロイア軍から
退けたのは。これほどの大火を船から追い払ったのはどなたか。
語りたまえ。遠い昔に信じられた事績も、その誉れは歳月を越えるゆえに。
かつて、プリュギアなるイーダ山中でアエネーアスが最初に
艦船を建造し、大海の沖を目指そうと用意していたとき、
言い伝えでは、神々の母なるベレキュントゥスの女神(1)がみずから偉大なる

(1) キュベーベ。第三歌一一一行註参照。

ユッピテルにこう語りかけた。「息子よ、一つ願いを聞いてくれぬか。
おまえがオリュンプスを制覇したいま、大切な母が頼むのだ。
松の木の森があり、わたしは多年にわたり大事にしてきた。
この聖林は山の頂にあるが、そこまで人々は捧げ物を届けたものだ。
そこは松の木の黒さに加え、楓の枝ぶりでほの暗い。
この木々をわたしは、トロイアの若者が艦隊を必要としたため、
喜んで与えた。ところがいま、不安と恐れで息苦しいほど胸が騒ぐ。
心配を解いておくれ。頼むから、母にこれだけは力を授けておくれ。
船がいかなる航海でも損傷を受けず、つむじ風にも
負けず、わが山に育ったことを恵みとしてもらいたいのだ」。
星の運行を司る息子はこれに答えて言った。
「おお、母上、運命をどこへやろうというのか。お頼みの狙いは何か。
死すべき人間の手で造られた船に永遠の生を
与えるおつもりか。定めなき危難を一人見定めて越えさせようというのか、
アエネーアスには。どの神にそれほどの大権が認められたことがあろう。
それよりも、務めを果たし、目的地の港、アウソニアへ
やがて着いたとき、どの船も、波間より上がって、

ダルダヌスの血を引く指揮官をラウレンテスの田野へ届けたならば、
死すべき姿を取り払おう。わが命令により、大いなる
海の女神としよう。ネーレウスの娘ドートや
ガラテーアのように、大海を胸で切り、飛沫を上げつつ進むのだ」。
言い終わると、その言葉の成就を、ステュクスなる兄神の川水にかけて、
瀝青のごとく黒い深淵の流れ逆巻く岸にかけて、
約束し、頷いた。と、その頷きでオリュンプス全山が震撼した。
　こうして、約束の日がやって来た。運命の女神らが時の
定めを満たしたとき、トゥルヌスの悪しき行ないが母なる神に、
神聖なる船から松明を駆逐せよ、と告げた。
このとき、まず、異様な光が目の前に輝くや、巨大な
雲が東の空から天を翔るさまが見え、
イーダ山の歌舞団[1]も現われた。次いで、恐ろしい声が空の上から
降りかかり、トロイア軍とルトゥリ軍を満たす。
「テウクリア人よ、慌てるな。わが船を守るには及ばぬ。
武器を手に取るな。まず先に海が燃え尽きでもせねば、トゥルヌスに
神聖なる松材の船を焼くことは許されぬ。行け、そなたらは解放された。

（1）キュベーベの神官コリュバンテスの一団。

大海の女神となれ。母神の命令だ」。すると、それぞれの船が
すぐさま岸に繋がれた艫綱を断ち切り、
イルカのように水中へ舳先を沈めるや、
海底を目指す。それから、驚くべき不思議ながら、乙女らが
［その数は以前に青銅を舳先にはめて立っていたときと同じで(2)］
船と同じ数だけ姿を現わし、海を進んで行く。
　ルトゥリ軍は肝を潰した。驚愕は
メッサープスをも襲い、馬が怯えた。川の流れも立ちすくんで
軋む音を立てる。ティベリーヌスは歩みを海から引き戻した。
それでも、勇猛なトゥルヌスの自信は消えなかった。
真っ先に言葉をかけて闘志を高め、真っ先に叱咤する。
「この異兆が呪うのはトロイア人だ。これでユッピテルすら
いつも授ける助けを奪い去った。船も火や飛び道具を
ルトゥリ軍が投げるまで待てないのだ。テウクリア人はもう海を渡れぬ。
逃げられる望みはない。世界の半分を奪われたうえに、
陸はわれらが掌中にある。幾千ものイタリアの
民が武器を構えている。わたしは運命の定めなど少しも恐れぬ、

（2）一二一行は第十歌二二三行と同一で、竄入と見なされて諸校本で削除されている。

いかにプリュギア人が神々のお告げと吹聴しようとも。
運命にも、ウェヌスにも、もう十分であろう、この田野へ、
肥沃なアウソニアへトロイア人が着いただけで。それに立ち向かうのが
わたしの運命だ。わが運命は妻を横取りした罪深き民を
剣により絶滅することだ。アトレウスの子らのみが感じるのではない、
かの痛憤は。ミュケーナエのみが武器を取ることを許されるのではない。
「だが、滅ぶのは一度で十分」と言うのか。それなら、罪を犯すも
前回一度で十分だったはず。だが、彼らは最後の一人まで憎んでいたのだ、
女というものを。彼らはわれわれとのあいだの防壁を頼みとし、
塹壕で時間を稼げば、隣り合わせの死から離れられると思い、
勇気を得ている。だが、彼らは見なかったのか、トロイアの城市も、
ネプトゥーヌスの手で造られながら、火中に沈んでゆくのを。
さあ、諸君、わが精鋭よ。誰かある、防壁を剣にて切り裂こうと
覚悟を固め、怖じ気をふるう陣営へわれとともに攻め入る者は。
ウォルカーヌスの武具も、千の船もわたしには
必要ない。テウクリア人が相手なのだ。加勢してやればいい、全兵挙げて
エトルーリア軍がすぐにも盟友となればいい。姑息にも闇をついて

われわれがパラディウムを盗もうと城塞の見張りを殺しはせぬか、
馬の暗い胎内に隠れはせぬか、と恐れるには及ばぬ。
白昼堂々と城壁を炎で取り囲む、と心は決まっている。
目にもの見せて、彼らの相手がダナイ勢やペラスギの若者らではない、
ヘクトルが十年も持ちこたえた敵ではない、と思い知らせてやる。
いまはしかし、昼のほとんどが過ぎ去ってしまった。
残る時間は、事の成果を喜んで体を
いたわれ。勇士諸君、これが次の戦いへの準備だと思え」。
そのあいだに、夜通し見張りをつけて城門を封鎖し、
城市のまわりに灯火をめぐらす配備がメッサープスに任される。
十四人のルトゥリ人が兵を率いて城壁を監視すべく
選ばれ、そのそれぞれに従って百人ずつの
若者がついたが、その兜は緋紫の毛飾りに黄金が煌めいていた。
彼らは持ち場に散り、役目を交代する。また、草原に体を伸ばして
心ゆくまで酒を飲み、青銅の杯を空ける。
火が輝き渡り、番兵は夜を徹して
眠らず、遊びを楽しむ。

この様子を防壁の上からトロイア軍は眺めつつ、武器をもって
高みを保守する。恐怖に駆られて慌てながら城門を
点検し、前哨の櫓へ橋を渡して武器を持ち込む。
仕事を急がせるのはムネーステウスと気合い鋭いセレストゥスで、
父アエネーアスは、窮地に必要とされたときには、彼らが
若者らを指揮して全体を統率するよう任せていた。
城壁に沿って全軍が危険な任務の割り当てを行なってから
見張りにつく。持ち場を交代しつつ、各自が分担して警戒に当たった。
　ニーススという者が城門を守っていた。太刀の鋭さは並ぶ者なく、
ヒュルタクスを父とし、アエネーアスに従うよう送り出した母イーダが
狩人であったので、投げ槍と軽やかな矢を放つ手も素速かった。
その傍らに並ぶのはエウリュアルスで、これにまさる美男子は
アエネーアスの一統にも、トロイアの武具を着けた者の中にもなかった。
年若く、剃る髭のない顔に初々しい青春が窺われた。
この二人はともに一つの愛を抱き、いつもそろって戦場へ突き進んだ。
このときも、同じ持ち場に立って城門を守っていた。
ニーススが言う。「このような熱情を心に吹き込むのは神々であろうか。

それとも、エウリュアルスよ、各人の抱く呪わしい欲望が神となるのか。
戦闘か、さもなくば、なにか他の大仕事に打って出よ、と
わが心は急き立て、穏やかな安らぎでは満足せぬ。
そなたも見てのとおり、ルトゥリ軍は現下の情勢に自信満々だ。
灯りの煌めきはまばらで、眠りと酒に緊張を解いて
身を横たえたか、あたり一帯静まりかえっている。そこで、よく聞け、
わが思案が何か、いかなる考えがいま心に浮かんだか。
いま、国民も元老も、誰もが、アエネーアスを呼びにやれ、
勇士を遣わして、確かな知らせを届けよ、と声高に求めている。
わが求める褒美をそなたが授かるとの約束が貰えれば――わたしには事を
仕遂げた名声だけで十分ゆえに――、思うに、あの丘の下に
見つかるはずなのだ、パランテーウムの城壁と城市へ通じる道が」。
大いなる功名心に胸を打たれ、エウリュアルスは
呆気に取られたが、すぐさま、熱情に燃える友にこう語りかける。
「では、わたしはどうなる。わたしが最高の仕事に仲間入りするのが、
ニーススよ、厭なのか。あなた一人をこれほどの危難に送り込めようか。
父はそんな躾をしなかった。父は戦争に手馴れたオペルテス、

アルゴス軍の脅威とトロイアの苦難のさなかであった、わたしを
産褥より取り上げたのも。あなたとのあいだでこんなことはなかった。
わたしは雄々しい心のアエネーアスに運命の行き着く果てまで従う。
この胸にある魂は、命の光を侮り、あなたが目指す
栄誉を買えるなら、命を代価に払っても安いと信じている」。
ニーススがこれに答える。「わたしも、そなたのことで心配はしなかった。
それは許されぬ。そうであれば、わが勝利の帰還を奪いたまえ、偉大なる
ユッピテルでも、このことに公平な目を向ける神のどなたでも。
しかし、もしなにか——知ってのとおり、危険な任務にはつきものだ——、
もしなにか偶然なり、神の力なりで逆運にさらわれたときには、
そなたには生き残ってもらいたい。生きるにふさわしい年齢なのだから。
わたしなら、誰かが屍を戦場から救い出すか、身代金で買い戻すかして
土に葬ってくれればよい。それも運の女神がいつものように許さぬなら、
遺骸のないまま葬儀を出し、墓に祀ってもらえればよい。
ただ、そなたの哀れな母をあまりに悲しませる因とはなりたくない。
そなたの若さゆえに、数多くの母親の中からただ一人、勇敢にもずっと
つき従い、偉大なるアケステスの城市にも心を動かされずにきたのだ」。

それでも、「いたずらに言いわけをつなぎ合わせても埒があかない。
わが決断はもはや変わらず、一歩もあとへ退かぬ。
さあ、急ごう」とエウリュアルスは言って、即座に見張りへ呼びかける。
その者たちが来て、代わりを務めると、持ち場を離れ、
ニーススに同道して王子との会見を求める。

　地上のいたるところ、他の生きものは眠りについて
懊悩を解き放ち、心から労苦を忘れていた。
だが、テウクリア人の主だった指揮官たち、選ばれた若者らは
王国の興廃にかかわる審議の最中で、
何をすべきか、誰がいまアエネーアスへの使者となるべきかと思案し、
長槍に身をもたせかけ、盾を握って立ちつつ
陣屋と戦場のあいだにいた。このとき、ニーススと一緒に
エウリュアルスが勢い込んで、ただちに中へ入れるよう頼み、
大事なことだ、時間を取っても引き合う、と言う。イウールスがまず、
気の高ぶった二人を迎え入れてから、ニーススに話すよう命じた。
このとき、ヒュルタクスの子はこう言った。「偏見なく聞かれよ、
アエネーアスの子らよ。われらの年格好を見て判断なさるな。こうなのだ、

われらが持ち来る知らせは。ルトゥリ軍は眠りと酒に緊張を解き、
静まりかえった。われらはこの目で秘密の作戦に適する場所を見つけた。
そこは道が二手に分かれ、海にすぐ近くの城門に通じている。
灯火に切れ目があり、黒い煙が星に向かって
上っている。この機に乗じる許しをいただき、
アエネーアスをパランテーウムの城市に捜すことがかなえば、
すぐにもここに、大殺戮を果たし、戦利品を携えて
戻り来る姿をお見せしよう。われらが進む道を誤ることはない。
蔭深い谷の奥に町はずれの位置をすでに見てある。
絶えず狩りに出ていたゆえに、川筋はすべて分かっている」。
ここで、年齢を重ねて、思索にも老熟したアレーテスが、
「トロイアがつねにその威光を仰ぐ祖国の神々よ、
やはり、トロイア人らを完全に消し去るおつもりではないのだ、
こうして若者らに、このような勇気、このように決然たる魂を
授けてくださったのだから」と語り、二人の肩を抱き、右手を
握りしめつつ、両眼からこぼれる涙で顔を濡らした。
「そなたらの武勇に何がふさわしいか。この勲功に報いるに

どんな褒賞なら引き合うと考えられるか。まず、もっとも輝かしい褒賞は、
神々とそなたらの心ばえが授けよう。さらに、そのほかの褒賞もすぐさま
与えられよう。敬虔なるアエネーアスと若さにあふれる
アスカニウスが、これほどの功績を忘れることは決してあるまいから」。
「それどころか、父が帰還せねば、わたしが助かる道もないのだから」と
アスカニウスが言葉を引き取り、「ニーススよ、偉大なる守護神にかけて、
アッサラクス家の守り神と白髪のウェスタの内陣にかけて
誓い、そなたらに頼む。わが身に備わるかぎりの運と信頼を
そなたらの胸に預ける。父を呼び戻してくれ。
連れてきて会わせてくれ。父さえ戻ったなら、辛いことは何一つない。
授けよう、銀を仕上げて浮き彫りを施した一対の
杯、これは父がアリスバ(1)攻略のときに手に入れた品、
また、二つの鼎、黄金二大タレントゥム(2)、
シードンの女王ディードより贈られた由緒ある酒杯を。
だが、もしイタリアを占領し、王笏を手に入れ、
その勝利により戦利品分配を言い渡す機会に恵まれたなら、
トゥルヌスの乗った馬、身にまとった武具は、そなたらも見たように、

(1) アリスバの町はトロイア地方とレスボス島と二箇所があるが、アエネーアスとの関連について他に典拠なし。

(2) タレントゥム（タラントン）はギリシアの重量単位で、アッティカ標準で約二五キロ。「大」はこれより小さい他の標準と区別するための表現。

みな黄金に映えていたが、その馬も盾も兜の朱い毛飾りも
分配から取りのけておく。いまから、ニーススよ、そなたへの褒賞とする。
それればかりか、父が十二人の選り抜きの女人、
それに、捕虜とその全員の武具とを授けようし、
そのうえにまた、ラティーヌス王の所領も分け与えるであろう。
だが、そなた、わたしよりわずかに年上であるだけなのに、
畏敬すべき少年よ、いま、そなたをこの胸の奥襞に
迎え入れる。いかなる危地に臨むにも一緒に連れて離さぬ。
そなたなしで、わたしが事績を上げ、栄光を求めることはない。
平和か戦争か、いずれを進めるにせよ、そなたにこそ、行為にも言葉にも
最大の信頼を寄せる」。これに応えて、エウリュアルスは
こう言う。「いつの日にも、わたしがこのような勇猛果敢な行為に
似合わぬ者と非難されはしますまい。それにはただ、運が追い風となり、
逆風を吹きつけねばよい。しかし、すべての贈り物よりむしろ、あなたに
このことただ一つをお願いする。プリアムス王の古き血筋を引く母が
わたしにはある。哀れにもイーリウムの地に留まらず、
一緒に脱出し、アケステス王の城市にも残らなかった。

その母をわたしはいま、この危険な任務について何も知らせず、
挨拶もせずに置いてゆく――このことの証人は夜とあなたの
右手だ――、きっと、母の涙に耐えられないだろうから。
そこで、お願いする、一人残され、寄る辺のない母を慰め、助けてほしい。
この望みをあなたにかけてよいなら、わたしはなお勇ましく向かおう、
どのような危地へも」。この言葉は心を打ち、
ダルダヌスの血を引く者たち、とりわけ、美しきイウールスの涙を誘った。
親を深く思う姿が琴線に触れたのだった。
このとき、イウールスはこう語る。
「そなたの大いなる企てに見合うことはすべて約束されたものと考えよ。
そなたの母はわたしの母ともなろう。クレウーサという名前だけだ、
欠けているのは。このような子を産んだことへの感謝が
小さくあってはならぬ。この行為の結果がどのように転ぼうとも、
父が以前につねとしていたように、わたしもこの頭にかけて誓う。
首尾よく帰還した暁に授けるであろうとそなたに約束した、
その同じ褒賞はそっくり、そなたの母と一門のものとなろう」。
涙にくれながら、こう言いつつ、彼は肩から剣をはずす。

その金色の剣を驚くべき技で造ったのはリュカーオンという
クノッソスの人で、使いやすく、象牙の鞘におさめてあった。
ニーススには、ムネーステウスが剛毛の獅子皮の衣を与え、
また、忠実なるアレーテスは兜を交換する。
二人はただちに武具に身を固めて出発する。進み行くとき、
老いも若いも、将帥の一団がそろって城門まで
見送りつつ、願掛けをした。なかでも、美しきイウールスは、
年に似合わず、勇士にふさわしい志と心遣いをもち、
父へ届けるべき多くの言伝てを託していた。だが、風が
そのすべてを吹き散らし、空しく雲への贈り物とする。
　二人は城門を出て、塹壕を越えると、夜の闇を抜けて
敵の陣営を目指すが、その前にまず、多くの者に破滅を
もたらすよう定められていた。草原のあちらこちらに、眠りと酒で
伸びた体が見える。戦車が海岸に立てて置かれ、
手綱と車輪のあいだに人間が入っている。武器が放置されてあれば、
酒も放置されている。まず先にヒュルタクスの子がこう口を開いた。
「エウリュアルスよ、勇ましく腕を揮おう。いまこそ、そのときだ。

これが進むべき道だ。そなたは、どこからか部隊が現われ、われわれの
背後を衝かぬよう、用心して遠くまで見張っていよ。
ここはわたしが荒らしてやる。広く道を開けて、そなたを先導しよう」。
こう語ると、口を閉じ、即座に剣を取って、誇り高き
ラムネスに襲いかかる。折しも、この者は敷物を高々と
積み重ねた上に身を置いて胸全体から寝息を吐き出していた。
王であると同時に、トゥルヌスにもっとも愛された占い師であったが、
占いにより災厄を退けることはできなかった。
これと並んで武器のあいだにだらしなく横たわっていた三人の従者と、
レムスの槍持ちを制し、また、その御者をちょうど
馬車の下に見つけて、これらの力なく垂れる首をかき切る。
それから、当の主人の頭を切り落とすと、残された胴が
血しぶきを上げつつ痙攣した。黒く温かな血に
地面と寝床が濡れる。さらには、ラミュルス、ラムス、
そして、若いセラーヌスを殺す。この者はその夜のほとんどを
遊んでいた。見事な容姿の者であったが、多量の酒に
体が勝てずに寝入ってしまった。運がなかった。そのままずっと

夜の長さだけ遊んで、朝日が出るまで続けていればよかったのだ。
それはまるで、空腹の獅子が羊に満ちた畜舎の中を荒らすときのよう。
狂おしい飢えに促されるまま、食らいついて引きずり回せば、
羊はか弱く、恐怖に声もない。吠え立てる口が血に染まる。
これに劣らず、エウリュアルスも殺戮を行なう。火がついたように
猛り狂い、目の前の名もなき大勢の群れ、
ファードゥス、ヘルベースス、ロエトゥス、アバリスらを倒す。
他は気づく間もなかったが、ロエトゥスは目覚めていて、一部始終を
見ていながら、恐怖のため大きな混酒器のうしろに身を隠していた。
エウリュアルスはその間近に立ち、身を起こそうとする胸へ正面から剣を
柄まで埋め込んでから引き抜くと、相手はどっと倒れて死に果てた。
ロエトゥスが緋色の魂を吐き出し、血の混じった
酒を戻しつつ死んでゆくと、こちらは熱に浮かれて隠密の殺戮を続ける。
いまや、メッサープスの配下のほうへと向かっていた。そこに灯火が
すぐにも消えかかろうとするのが見え、また、しっかりと繋がれて
馬たちが草を食んでいた。このとき、ニーススが手短にこう言った。
殺戮の欲望に走りすぎているのを見て取ったからであった。

「ここは手控えよう。敵の灯りが近づいている。
処罰はもう十分に下した。敵中突破の道はできたのだ」。
二人は多くのものを置き去りにしてゆく。戦士たちの銀細工を施した
武具も、酒杯も、また、美しき敷物も。
だが、エウリュアルスはラムネスの馬飾りと黄金の鋲を打ち込んだ
剣帯を奪う。それは、富あふれるカエディクスがティーブルのレムルスに
かつて贈り物とした品で、これにより相見えぬまま友誼の契りを
結ぼうとした。これをレムルスは死を前にして孫に与え、
孫の死後は、戦争と戦の場でルトゥリ人が手に入れた。
エウリュアルスはこれを奪い、雄々しい肩につけるが、すべては空しい。
さらに、被りやすく、毛飾りも美しいメッサープスの兜を
被った。二人は陣営を出て、安全な場所を目指してゆく。
　そのあいだに、ラティーヌス王の都より先遣された騎兵たちがあり、
他の軍勢がまだ平原に隊列を組んで留まるうちに、
進み来て、トゥルヌス王への返事を届けようとしていた。
その数は三百騎、全員が盾を持ち、ウォルケンスを隊長としていた。
これが、いまや陣営に近づき、城壁のそばへ来たとき、

左手の道へ二人の曲がる姿を遠くより認める。
夜の闇にかすかに光る兜をエウリュアルスが
気づかれたのは迂闊だった。明かりが反射して輝くと、
見誤りとは思えなかった。隊列からウォルケンスが叫ぶ。
「止まれ、おまえたちだ。なにゆえに道を急ぐ。誰だ、武具をまとうは。
どこを目指して進むのだ」。二人は決して応じようとせず、
急いで森へと逃げ出し、夜陰を頼みとする。
行く手を塞ごうと騎兵たちはよく知った分かれ道へ向かい、
右からも左からも、出口のすべてに見張りを立てて網を張る。
森は広く、藪と黒い樫の木が
鬱蒼と茂り、いたるところ、茨が密生していた。
埋もれた獣道に沿って、ときたま道筋が光って見えたが、
エウリュアルスには、枝ぶりの暗がりと戦利品の重みが
妨げとなる。恐怖も向かうべき道を誤らせる。
ニーススは脱出する。いまや、それとは知らず、敵の手を逃れて
達した場所は、のちにアルバの名にちなんでアルバーニと呼ばれる
ところで、この当時は、ラティーヌス王の高き畜舎があった。

三八〇

そこで立ち止まって、振り返るも空しく、友の姿はなかった。
「不運なエウリュアルスよ、どのあたりにそなたを置いてきたのか。
どの道を辿ればよいのか」。ふたたび入り組んだ道筋をすべて引き返し、
森の迷路に戻る。もう一度、足跡を
調べながら辿って、物音のない藪のあいだをさまよう。
と、馬の音が聞こえる。聞こえる騒ぎで追っ手が近いと分かる。
それから長くはかからず、叫喚が空を
衝くや、エウリュアルスが目に入る。いまや、敵の総勢を前に、
地理と夜陰に裏切られ、突然の襲来にも度を失い、
取り押さえられ、引っ立てられている。どれほど反抗を試みても空しい。
どうすべきか。いかなる力、いかなる武器で勇気を奮えば、若者を
救い出せるのか。死を覚悟で、剣のまっただ中へ
飛び込もうか。太刀傷をくぐり抜け、美しき死へ急ごうか。
彼はすばやく腕を引いて投げ槍を投げつけようとし、
高き月を見上げつつ、こう言って祈る。
「女神よ、われらとともにあれ。この苦難に救いをもたらしたまえ。
星々の誉れにして、森を司るラトーナの娘よ。

かつて、わがために父ヒュルタクスがあなたの祭壇に
供物を捧げたことがあれば、また、わたし自身も狩りの獲物を犠牲とし、
奉納品をお堂に懸けたり、神聖な破風に掲げたりしたことがあれば、
わたしにこの包囲の輪を破らせたまえ。空を貫いて投げ槍を導きたまえ」。
こう言い終えると、全身の力を振り絞って投げ槍を
放った。槍は飛んで夜の闇を切り裂くと、
うしろを向いたスルモの背中に当たり、そこで
砕けた。それでも、柄は裂けながら、胸を貫いた。
スルモは胸から熱い血を川のように流しつつ倒れて
冷たくなる。下腹部が長いあいだ痙攣して震えていた。
敵は四方を見回す。これにより、なおいっそう気合い鋭く、
見よ、二本目の投げ槍を投げようと、耳の上に構えた。
敵が怯えるあいだに、槍はタグスの両のこめかみを貫く。
風切る音とともに、脳髄を射抜くや、そこに刺さって温まった。
ウォルケンスは猛々しく荒れ狂うが、投げ槍の射手がどこにも
見つからず、どこにも燃え立つ怒りを振り向ける先がない。
「だが、おまえがいる。とりあえず、熱い血で罰を

支払ってもらおう、二人分な」と言うが早いか、剣を抜いて
エウリュアルスへ突進した。このとき、驚愕し、度を失って
ニーススが叫びを上げる。暗闇に身を潜めていることも
もはやできず、それほどの悲痛には耐えられなかった。
「わたしだ。手を下した人間はここにいる。わたしに剣を向けよ、
ルトゥリ軍よ。すべてはわたしの罪だ。その者は事を起こさなかった。
できもしなかった。天と秘密に通じた星々にかけて、これに相違ない。
ただ、不運な友を慕う気持ちがあまりに強すぎただけなのだ」。
彼はこう言ったが、力いっぱいに突き込まれた剣は
あばら骨を刺し貫いて白く輝く胸を切り裂いた。
エウリュアルスはどっと倒れて息絶える。美しい手足をつたって
血が流れ、首は力を失い肩の上に垂れる。
それはあたかも、一輪の花が鋤に刈られて
ぐったりと命を散らすとき、あるいは、折しも降りしきる雨の中、
首を支え疲れた芥子の花が頭をうなだれるときのよう。
だが、ニーススは敵のただ中へ飛び込むや、全軍のあいだに一人
ウォルケンスのみを狙う。眼中にあるはウォルケンスただ一人。

まわりに集まる敵は数を増し、左右の間近から
押し退けようとするが、それにも怯まず襲いかかって振り回す剣は
雷電のごとく、ついに、ルトゥリ人の叫びとともに、その顔へ
正面から埋め込まれた。差し違えて敵の命を奪い取ったのだった。
それから、息絶えた友の上に身を投げ出したが、
体中を刺し貫かれていた。ようやくそこで穏やかな死の安らぎを得た。
　幸せなる二人よ。わたしの歌にいかばかりかの力があるなら、
いつの日にも、そなたらは決して忘られず、後世に伝えられよう、
アエネーアスの家がカピトーリウムの揺るぎなき巌に
構えられ、ローマの父(1)が覇権を握っているかぎりは。
　ルトゥリ軍は勝利を収め、戦利品を分捕って手にしたものの、
ウォルケンスの死を嘆きつつ、遺骸を陣営に運んだ。
陣営では、さらに大きな悲嘆が起こった。見れば、ラムネスが
落命し、一度の殺戮で失われた隊長はじつに数多く、
その中にセラーヌスやヌマもいた。大勢が駆け寄っていく。
遺体と半死の将兵のもとへ、また、温かな血が
生々しい場所、血がいっぱいに泡立って流れるところへと。

(1) 含意されるものとして、カピトーリウムのユッピテル至高神、あるいは、ローマの元首、あるいは、元老院などが考えられる。

話を交わすうちに彼らは気づく、剝ぎ取った武具、輝く兜は
メッサープスのものだ、苦労はしたが馬飾りも取り戻せたのだ、と。
　さていまや、大地にまた新たな光を降り注ごうと、
アウローラがティトーヌスのサフラン色の寝床を発とうとしていた。
いまや、世界を朝日が染め上げ、陽光が顕わにした。
トゥルヌスは、みずから武具をまといつつ、将兵に武器を取れと
呼びかける。と、青銅の煌めく戦列が戦場へ向かうよう、
各隊長が部下を統制し、さまざまに言葉をかけて憤怒を煽る。
それどころか、ああ、見るも哀れながら、振り立てた槍の先に
つけられた晒し首、そのあとを大喚声が従う頭は
エウリュアルスとニーススであった。
頑健なアエネーアス軍は城壁の左側に
戦列を対置させた。右側は川が取り巻いていた。
大規模な塹壕を構え、高い櫓の上に
悲愴な思いで立つ。このとき、勇士の首を晒して敵が攻め寄せてきた。
黒い血膿を流した顔は、悲しくも、誰と尋ねるまでもなかった。
　そのあいだにも、恐れに震える都中を飛び回って、翼ある

「噂」が早駆けの知らせを母親の耳へ届ける。
エウリュアルスのことを聞き、哀れな母の骨身はにわかに体の熱を失った。
手のあいだから紡錘がこぼれ落ち、糸玉がほどけた。
悲運の母は飛び出すや、女の叫声を上げつつ、
髪かきむしり、狂ったように走って、城壁へ、隊伍の
最前列へと向かう。もはや、兵士のことも、危険な
武器のことも忘れている。やがて、天を嘆きの言葉で満たす。
「わたしの目の前のこれがおまえか、エウリュアルスよ。おまえこそが
この年老いた身の憩いとなるはずなのに、独りぼっちにして行ったのか、
情け知らずめ。これほどの危地に遣わされたとき、
哀れな母に最後の言葉をかける余裕がなかったのか。
ああ、見知らぬ地で、ラティウムの犬や鳥たちの餌食にされて
おまえは横たわっている。わたしはおまえの母なのに、
野辺の送りもせず、瞑目させ、傷を洗うこともしなかった。
衣をかけてもやれたろう、夜も昼も手を早めて
その仕上げを急いでいた、布織りで老境の不安を慰めていたのだから。
どこへついて行けばいいのか。どこなのだ、手足、引き裂かれた四肢、

八つ裂きの遺骸が眠る土地は。これだけか、わたしにおまえが残し、
もち帰るのは。このためか、おまえについて陸も海も越えてきたのは。
わたしを刺し貫け。親を思う心があるなら、わたし目がけて槍のすべてを
投げつけよ、ルトゥリ人よ。わたしから真っ先に剣で滅ぼせ。
さもなくば、神々の偉大なる父よ、あなたの憐れみをいただき、あなたの
投げ槍により、この嫌われた頭をタルタラの底へ突き落としてください。
そうでなければ、わたしにはこの無情な命を絶ち切れないのですから」。
この涙に人々は心を打たれた。すべての人のあいだに悲痛な
呻きが走り、戦う力は挫けてしぼむ。
だが、そのように悲嘆をかき立てる母をイダエウスとアクトルが、
イリオネウスと涙に濡れるイウールスとの指示により、
つかまえると、腕に抱えて屋根の下へ運び込む。
　だが、青銅のラッパの恐ろしげな響きが遠く高らかに
鳴り渡った。続いて喚声が起こり、空に反響する。
速やかに足並みそろえて亀甲隊[1]を進めてくるのはウォルスキ人らで、
塹壕を埋め、防塁を取り壊そうとかかる。
突破口を求め、梯子を掛けて城壁を登ろうとする部隊もある。

（1）第二歌四四一行註参照。

戦列が薄く、配備の輪に隙間が見えるところ、
戦士のまばらなところを突く。それを防いで、あらゆる種類の飛び道具が
降り注ぎ、また、固い棹が突き落としてゆく。テウクリア人は
長年の戦争により城壁の防衛に手馴れていた。
支えようもない重さの岩をも転げ落とし、もしや
それで戦列の覆いを打ち破れぬかと試みる。だが、どのようなものを
落とされても、敵は隙間なく組んだ亀甲の下で楽々と持ちこたえていた。
しかし、いまやそれも十分ではない。大軍を結集して攻めかかるところに
テウクリア人らが巨大な岩塊を転げ落とすと、
岩はあたり一面にルトゥリ兵を薙ぎ倒して、盾の覆いを
切り崩した。そこで、身を隠した戦術で争う考えを捨て、
いまや、ルトゥリ軍は果敢に敵を防塁より駆逐しようと、
飛び道具を用いて奮闘する。
他の場所では、姿も恐るべき勇士がエトルーリアの松の木を
振り回していた。メゼンティウスが煙る松明の火を投げ込んでいるのだ。
一方、馬の馴らし手にして、ネプトゥーヌスの子なるメッサープスは
防塁を切り崩すや、梯子を城壁に掛けよ、と呼びかける。

女神らよ、カリオペよ、わたしは願う、わが歌に霊感を吹き込みたまえ。
このとき、トゥルヌスの剣がいかなる殺戮を、いかなる死を
もたらしたのか。それぞれの勇士が誰をオルクスへ送り込んだのか。
わたしとともに大いなる戦争の絵巻を広げよ。
[女神らよ、あなた方は覚えておいでで、物語ることができる。[1]]
　一つの櫓があり、見上げるほど巨大で高い橋を渡してあった。
要衝の場所にあったので、全精力を注ぎ、すべての
イタリア兵が攻め取ろうとし、持てる手段をすべて尽くして覆そうと
奮闘していた。対抗するトロイア軍は岩を投じて防衛し、
また、穿った孔から間断なく飛び道具を放つ。
そこへ最初にトゥルヌスが燃えさかる松明を投げ、
炎を側面に打ちつけた。火は風で大きく煽られて
壁板に移り、梁に食らいついて離れない。
櫓の中は慌てふためき、無益にも、災厄から
逃れようと欲する。一つにかたまって、うしろへ下がり、
災いが及んでいない場所へ移ろうとするうちに、その重みで櫓が
突如として倒れた。全天に轟音が響き、

（1）五二九行は第七歌六四五行と同一で、竄入と見なされ、諸校本から削除されている。

地面は半死半生の者ばかり。その上に巨大な建材がのしかかった者、
自分の武器に刺し貫かれた者、胸を固い
材木が貫通した者などがあり、かろうじてヘレーノルと
リュクスだけは逃れ出た。二人のうち、ヘレーノルは青春の盛りにあり、
マエオニア王のため奴隷女のリキュムニアが密かに
儲けた者。母により禁断の武具を着けて(1)トロイアへ遣わされたが、
抜き身の剣のみの軽武装にして、盾の面は空白のまま(2)栄誉を欠く。
そのヘレーノルが目にしたのは、自分を取り巻くトゥルヌスの兵数千、
右にも左にも居並ぶラティウム軍の戦列であった。
それはあたかも、隙間なく並んだ狩人の輪に囲まれた野獣のよう。
武器に抗って荒れ狂い、死ぬと分かっていながら
突っ込むや、狩人の槍の上へ身を躍らせる。
まさしくそのように、若者は死を覚悟して敵のまっただ中へ
突進する。もっとも厚く武器の並ぶところを目指して進む。
他方、リュクスははるかに脚力にすぐれていたので、敵のあいだ、
武器のあいだを逃れて城壁に達すると、なんとか高い
庇《ひさし》を手でつかみ、戦友の右手に触れようと奮闘する。

(1) どのような事柄を踏まえるのか不詳。ローマで奴隷の軍役が禁止されたことに言及する、との古注もある。

(2) この詩行もどのような事柄を踏まえるのか不詳。「抜き身の剣」はここでの文脈からは「剣のみで、他の武器を携えず」とも解しうる。「空白の盾」について、戦闘の試練を経た証として紋章をつける習慣を踏まえる、との古注がある。

だが、これをトゥルヌスが剣を振りかざして追走し、追いつくや
勝ち誇って、こう嘲る。「たわけ者め、わが手から
逃げ切れると思ったのか」。言うが早いか、リュクスにつかみかかる。
手をかけた城壁もろとも大きく破り取る。
それはまるで、野ウサギか、まぶしい体の白鳥を
ユッピテルの槍持ちたる鳥が鉤爪でさらい、空の高みを目指すとき、
あるいは、母羊がしきりに鳴いて捜した仔羊を
マルスの狼が囲いから奪い去ったときのよう。四方から喚声が
上がり、軍勢が攻め入る。塹壕が土嚢で埋められ、
燃えさかる松明が屋根へと投げられる。
イリオネウスは山を砕いた巨大な岩を
ルケティウスが火を携えて城壁に近づくところへ投げつける。
リゲルはエマティオンを、アシーラスはコリュナエウスを倒すが、
一方は投げ槍に、他方は遠くから放って気づかれぬ矢にすぐれる。
オルテュギウスをカエネウスが、勝者カエネウスをトゥルヌスが、
トゥルヌスはまた、イテュス、クローニウス、ディオクシップス、プロモ
ルス、

サガリスに、櫓の天辺に立つイーダスを、
カピュスはプリウェルヌスを倒す。カピュスは、テミラスの投げ槍で軽く
かすり傷を負ったあと、気が触れたか、盾を投げ出して手を
傷口へもっていった。そこへ、羽根ある矢が飛んできて
左の脇腹へ高々と突き刺さるや、うちに隠れた
息の通り道を切り裂いて、致命傷を負わせた。
見事な武具を着て立っていたのはアルケンスの息子で、
外套には針で刺繍を施し、ヒベーリアの鉄錆色もあでやかに、
容姿が際立つ。父アルケンスにより遣わされてきたが、
育ったのはマルス[1]の聖林で、まわりにはシュマエトゥス川が
流れ、パリークスの豊かにして安らかなる祭壇があるところ[2]。
この者へと、メゼンティウスが槍を置き、唸りを上げて投石を放つ。
三度も頭のまわりに包み帯を振り回してから投げると、
溶けた鉛の弾が正面から額の真ん中を
打ち割った。と、体は深い砂地の上に長々と伸びて横たわる。
　このとき、初めて戦場ですばやい矢をつがえた、
それ以前は野獣を威して逃げまどわすのがつねだった、と言われるのは

(1) 写本と底本の読みに従って訳出したが、シキリアのシュマエトゥス川の近くにマルスの聖林は知られていないことから、「母の（matris）」と読み替え、「ニンフ」を考える見方もある。
(2) シキリアのパリケの町近くの火山湖に双子の神格があり、パリーキと呼ばれる。パリークスはその単数形。ユッピテルがニンフのタリーアをシュマエトゥス川の近くで誘惑して産ませた、という。

アスカニウスで、勇敢なヌマーヌスをその手で倒した。
ヌマーヌスにはレムルスという添え名があり、トゥルヌスの
妹を先ごろ婚礼の契りにより貰い受けていた。
この者が第一列の前で口にするにふさわしいこともそうでないことも
声高に述べていた。自分の新たな王権に胸を反り返らせて
歩みつつ、自分は偉大だと、叫びながら見せつけていた。
「恥ずかしくないのか、またも攻囲を受けて防塁に閉じ籠るとは、
死を防ごうと城壁を張りめぐらすとは、二度も征服されたプリュギア人よ。
見ろ、この者どもが戦争を仕掛け、われらの婚儀を奪おうとしているのだ。
どんな神だ、どんな狂気だ、イタリアへおまえたちを駆り立ててきたのは。
ここにはアトレウスの子なる兄弟も、言葉をつくろうウリクセスもいない。
われらは根っから頑健な種族だ。息子が生まれると、まず川へ
連れてゆき、厳しく、凍るような川波で鍛える。
子供のときは夜も眠らず狩りを行ない、飽くことなく森をさまよう。
馬を御すこと、弓に矢をつがえることが遊びだ。
青年になると、苦労を辛抱し、蓄えの少なさに慣れつつ、
鍬で大地を支配するか、戦争で町々を震撼させるかする。

生涯のすべてが鉄の武器とともに費やされる。牛たちの背中を
突くのも逆さにした槍なら、動きの鈍い老年になっても
魂の力が殺《そ》がれることはなく、元気のよさも変わらない。
われらは白髪にも兜をのせる。つねに奪ったばかりの
戦利品を持ち帰り、獲物により暮らすことが喜びだ。
おまえたちは、サフラン色や輝く紫の糸で刺繡した衣を着て、
心は惰弱、歌や踊りに耽るのが楽しみ。
トゥニカには袖、頭巾にはリボンがついている(1)。
ああ、本当はプリュギア女なのだ(2)。男ではないのだから、行け、高き
ディンデュマへ。そこだ、馴染みの笛が筒二つの調べを鳴らすのは。
おまえたちを呼んでいるぞ、太鼓が、ベレキュントゥスの柘植の木の笛が、
イーダの母神が。戦争は男に任せろ。鉄の武器から下がれ」。
　このように大言を吐き、呪わしい言葉を語るのを聞いて
アスカニウスは我慢できなかった。正面に見据えるや、馬の毛の弓弦に
矢をつがえてから、両腕を前後に引いて
構えたが、まず、ユッピテルの神助を乞い、願掛けの祈りを上げた。
「全能なるユッピテルよ、この果敢な企てを是としたまえ。

(1) ローマの男子のトゥニカは半袖で、長袖は外国人と女子用であった。また、「頭巾」と訳したのは、女々しいイメージのある小アジア風のとんがり帽で、その上に、女性の飾りであるリボンをつける、と言われている。
(2) 以下、プリュギアの大地母神キュベーベの信仰が言及されるが、その神官たちは去勢を施されていた。

この手であなたの神殿へ恒例の供物を捧げましょう。
祭壇の前に立たせる若牛は、額を金色に飾り、
白く輝く体で、頭を母牛と並ぶ高さにもたげ、
すでに突き合う角をもち、足で砂を蹴散らす牛としましょう」。
父なる神はこれを聞き届け、天の晴れ渡る一画から
左側へ雷鳴を響かせた。と同時に、死をもたらす弓が唸る。
弾かれた矢は風切る音も恐ろしく飛び出すと、
レムルスの頭を貫通し、こめかみのくぼみを鏃が
突き抜けた。「どうだ、不遜な言葉で武勇を嘲ってみよ。
これがルトゥリ人への返事だ、二度征服されたプリュギア人が届けるぞ」。
アスカニウスがこれだけ言うと、そのあとにテウクリア人の喚声が起こる。
喜びは喧噪となり、意気は揚がって天の星にも達する。
　折しもこのとき、長髪をなびかすアポロが天界より
アウソニアの戦列と都とを見下ろしつつ、
雲の上に座っていた。神は勝ち誇るイウールスにこう語りかける。
「あっぱれだ、新たな勇武を身に享けた子よ。これが星へと至る道だ、
神々より生まれ、神々を生む定めの者よ。正当なことだ、いかなる戦争を

運命がもたらそうと、アッサラクスの民のもとに鎮火せられるというのは。
そなたはトロイアに収まりきらぬ」。こう言うのと同時に、高き
天空より降る。風の息吹をかき分けて
アスカニウスのもとへ向かう。このとき、顔の形を変え、
年老いたブーテスとなる。この者はトロイア人アンキーセスの
槍持ちにして、門口で忠実な見張り番もかつて務めたが、
いまは父がアスカニウスの供につけてあった。歩みを進めるアポロは
すべてがこの老人に似ていた。声も顔色も、
白い毛髪も、冷酷な響きを立てる武具もそっくりな姿で、
戦意に燃えるイウールスにこのような言葉を語りかける。
「アエネーアスの子よ、もう十分とされよ、痛手も蒙らずヌマーヌスを
矢で仕留められたことで。偉大なるアポロこそがあなたにこの最初の
功しを授けた。神に並ぶ武器の腕前にも機嫌を損ねてはいない。
少年よ、このあとは戦争を手控えよ」。アポロはこのように語ると、
話のなかばで死すべき人間の姿を捨てるや、
遠く視界の外、希薄な空気のうちへと消え去った。
あれは神だ、神の矢であった、とダルダヌスの血統の大将らは気づき、

神の去りゆくときに矢筒の鳴る音を感じ取った。
そこで、ポエブスが言葉に示した神意により、戦いに逸る
アスカニウスを押しとどめてから、自分たちはふたたび戦場へ
向かい、口を開いて待つ危難の中へ命を投げ込む。
防壁に沿って城壁のいたるところから喚声が上がる。
気合い鋭く弓が引かれ、引き紐が投げ槍に回転を与える。
飛び道具が一面に降り注いで、盾と虚ろな
兜に弾けて音を立て、戦いは険しさを増す。
その激しさは、雨を呼ぶ子山羊座が昇る頃(1)、西から襲来して
地面を鞭打つ雨のごとく、その数の多さは雹《ひょう》の嵐が
海面へ叩きつけるときほど。このとき、ユッピテルは南風も凄まじく
雨嵐を投げつけ、天上で虚ろな雲を切り裂く。
　パンダルスとビティアスといい、イーダ山のアルカーノルより生まれ、
ユッピテルの聖林で森のニンフなるイアエラが育てた兄弟があった。
故国の山や樅の木とも等しい背丈の若者らであったが、
このとき、指揮官の命により任された城門を開こうとする。
武器を頼りに、こちらから敵を城内へ誘い込み、

(1) 子山羊座は、春の昇り、九月後半の沈み、いずれも嵐の季節を示す。

自身は門の内側で左右の櫓のように構えて立つ。
剣で武装し、頭上高く兜の毛飾りを煌めかせた姿は、
まるで天を摩するごとく、川の流れの傍らに
――それがパドゥスの川岸にせよ、心地よきアテシス川のそばにせよ――
聳え立つ一対の樫の木のよう。天に向かって刈り込まれたことのない
梢をもたげ、高々とした頂にて頷く。
入り口が開くのを目にするや、ルトゥリ軍が突入する。
だが、すぐさま、クエルケンスに武具の美しいアクイークルス、
猪突猛進のトマルス、マルスの子なるハエモンらは
全部隊とともに背を向けて敗走したか、
さもなくば、そのまま城門の敷居の上で命を落とした。
このとき、闘志が衝突し、憤怒がますますつのる。
いまや、トロイア軍は集結して同じ一つの場所にかたまり、
果敢に白兵戦を交えると同時に進撃の足を伸ばそうとする。
　総大将トゥルヌスは他の場所で荒れ狂い、
勇士らを突き崩そうとしていた。そこへ知らせが届き、敵は
新たな殺戮に猛り立ち、城門を開け放った、という。

彼は手をつけた試みを放棄し、激烈な怒りに駆られて
ダルダニア門へ、高慢な兄弟のもとへと突進する。
まず、アンティパテスが最初に立ち向かってきたので——これは
テーバエ人の母が高貴なサルペードンの庶子として産んだ者だが——
投げ槍を投げつけて倒す。イタリアのミズキの槍は宙を舞い、
しなやかな空を突き抜けると、喉元に刺さって深く
胸の奥へ貫通した。孔の開いた黒い傷口から流れる血の波は
泡立ち、槍の穂先は肺に止まって温まる。
さらに、その手でメロペスとエリュマスを、また、アピドヌスを倒す。
さらに、火と燃える目をして、闘志を雄叫びに表わすビティアスには
投げ槍を用いず——投げ槍で命を取られる者ではなかったので——
風切る音も高くパラリカ[1]を投げつけた。
それは雷電のように飛び、二枚重ねの牛革の盾でも、
黄金の甲殻を二層に重ねた丈夫な鎧でも
支えきれなかった。巨体が力を失って倒れると、
地響きが立ち、その上に巨大な盾が雷鳴のように轟く。
それはちょうど、バイアエなるエウボエアの海岸[2]で、ときとして

(1) 長い穂先と木製の柄からなる投げ槍で、高所から防護屋根を備えた攻城具の上に投げ下ろす武器。しばしば、瀝青をつけて穂先を燃やす。
(2) バイアエはクーマエから数キロのところの海岸別荘地。「エウボエア」はクーマエとの連想から（第六歌二行註参照）。比喩は、海に張り出して建てる別荘の足場についてのもの。

打ち込まれる石の柱のよう。まず先に全体の嵩を大きく
組み上げてから海に投げ入れると、それはそのままの形で
前倒しに崩れ落ちる。浅瀬にぶつかってようやく止まるも、
海は入り乱れ、黒い砂が巻き上げられる。
このときの音に高きプロキュタが震撼し、固き床として
ユッピテルの命によりテュポエウスの上に置かれたイナリメが震える。(1)

　ここで、戦争を司るマルスが気力と勢いをラティウム軍に
加えて、胸の奥に鋭い突き棒を突き入れる。
テウクリア人には「逃走」と真っ黒な「恐怖」を送り込んだ。
ラティウム軍が、戦いの機会を得て、四方から集まると、
その魂に軍神が乗り移る。
パンダルスは見て取る、兄弟の倒れ伏した姿に、
時の運がどちらにあるか、いかなる状勢が局面を動かしているかを。
大いなる力で枢《くるる》を回して城門を閉めようと
幅広い肩を押し当てた。味方の大勢を
城市の外に閉め出して、厳しい戦場に置き去りにする。
ところが、他の駆け込んでくる兵を一緒に中へ引き入れるとき、

(1) イナリメはミセーヌム岬沖の島で、現イスキア。古代では普通、ピテクーサエまたはアエナリアと呼ばれる。プロキュタ(現プロチダ)はそのあいだにある小島。周辺は地震が多いので有名。

愚か者めが、ルトゥリ人の王が隊列に混じって
飛び込むのが目に入らず、自分から都城の内に閉じ込めた。
なすすべなき羊のあいだに虎の怪物が入ったも同然だった。
すぐさま、新たな光が両眼から閃くと、武具が
恐ろしい音を響かせた。兜の頂で揺れる毛飾りは
血の色を見せ、盾からは雷電の煌めきが放たれる。
その憎き顔と怪物のごとき体軀に気づいて
アエネーアス軍はにわかに混乱したが、このとき、パンダルスが巨軀を
投げ出す。兄弟の命を奪われた怒りに燃え立ち
言い放つ。「これはアマータが授ける婚資の王宮ではない。
トゥルヌスを囲むのは故国の城壁ではない。アルデアではない。
目の前にあるのは敵の陣営だ、一歩もここからは出られぬぞ」。
これをせせら笑いつつ、沈着にトゥルヌスは言う。
「始めよ、心にいくらかは勇気があるなら。手合わせせよ。
そうして、ここでもアキレスに出くわしたとプリアムスに話してやれ」。
そう言い終わるや、相手は節も落とさず樹皮も削がぬ柄の
槍に渾身の力を込めて投げつける。

それを風が受け止めた。サトゥルヌスの娘なるユーノが傷を
負わせる軌道から逸らし、槍は城門に突き刺さった。
「わが右手が力いっぱいに揮う、この剣は
逃げられまい。そんな剣の遣い手ではない、この一撃にかけてな」。
そう言うと、トゥルヌスは大上段に高く剣を振りかざす。
両のこめかみのあいだ、額を剣が中央から二つに
打ち割るや、まだ髭の生えぬ両頬が無惨な傷を負う。
巨大な重みに大地が揺れ、地響きが起こる。
手足は力を失い、武具は脳髄にまみれながら、
地面に倒れて息絶える。真っ二つにされた
頭が左右に分かれて両の肩から垂れ下がった。
　トロイア軍は恐怖におののき、背を向けて散り散りに逃げる。
すぐさまトゥルヌスが勝利のさなかに心をめぐらして、
その手で門を壊し、味方を門の中へ繰り入れていたなら、
戦争もトロイアの民も、その日が最後となっていたであろう。
だが、狂気と殺戮への常軌を逸した欲求に心を燃やすまま、
向かってくる敵へと突き進んだ。

まず最初にパレリスを、また、ひかがみを切ってギューゲスを
仕留める。この者たちから槍を奪うと、逃げる敵へ投げつけ、
背中に射当てる。ユーノが勢いと気力を授けた。
さらに死の道連れとされたのは、ハリュスと盾を刺し貫かれたペーゲウス、
続いて、城壁の上にいて気づかぬまま懸命に戦っていた
アルカンドルス、ハリウス、ノエーモン、プリュタニスら。
リュンケウスは、立ち向かおうとして味方に呼びかけるところを、
右側の保塁から力いっぱい振り下ろす剣に
襲われる。間近からの一撃で切り落とされて、
その頭は兜ともども遠くに横たわった。次に倒されるは、野獣を
蹴散らすアミュクス——これにまさって上手に
矢に脂を塗り、武器に毒を仕込ませる腕をもつ者はなかった——、
また、アエオルスの子なるクリュティウスとムーサの愛したクレーテウス。
クレーテウスはムーサの従者で、つねに歌と
竪琴を心に思い、弦にのせて調べを奏でることを喜びとし、
つねに駿馬と武具、勇士と戦いを歌っていた。
　ようやく、自軍が殺戮されていると聞いてテウクリア人の

大将たち、ムネーステウスや気合い鋭いセレストゥスが集まり、
味方がばらばらになり、敵が懐中にあるのを見る。
ムネーステウスが言う。「どこへこれから逃げるのだ。どこへ向かうのだ。
他にどんな城壁がある。この城市の向こうにどんな城市があるのだ。
ただの人間が単身、市民諸君よ、四方を囲む諸君の
保塁の中で、これだけ大勢を殺して報いを受けぬのか。都中で
若者らの隊長をこれだけ多数、オルクスに送ったままですますのか。
悲運の祖国、いにしえの神々、
大いなるアエネーアスを哀れと思わぬか、恥と思わぬか、うすのろめ」。
この言葉で、みなの心は熱くしっかりと固まり、隙間なく隊伍を組んで
構える。トゥルヌスは少しずつ戦いから退き、
川へ、波が取り巻く場所へと向かう。
これにより、いっそう気合い鋭くテウクリア人は大喚声を上げつつ迫り、
部隊を密集させる。それはあたかも、残忍な獅子を大勢の人が
槍で狙って追いつめるときのよう。獅子は、怯んではいても、
荒々しく、獰猛に睨みつける。うしろへ下がっても、背中を
見せることは怒りと勇ましさが許さない。突撃したいと

心に欲しても、槍と狩人を突破することはできない。
まさしくそのように、トゥルヌスは思い迷いつつ足をうしろへ
ゆっくりと戻すが、心は怒りにたぎり立っている。
それどころか、このとき二度も敵の真ん中へ襲いかかった。
二度も敵の隊列をかき乱し、城壁に沿って逃げ回らせた。
しかし、各陣営から全部隊が急行し、一箇所に集まる一方、
これに立ち向かう力をサトゥルヌスの娘なるユーノもあえて
補おうとはしない。天上よりユッピテルが空翔るイーリスを
遣わして、妹神に有無を言わせぬ命令を伝えさせたのだった。
トゥルヌスは退かねばならぬ、テウクリア人の高き城市より、と。
そこで、若者には踏みこたえるに十分な力を盾によっても
右手の剣でも発揮できない。それほどに四方から降り注ぐ飛び道具に
圧倒される。絶えず激しい音がこめかみを包み、
兜の中が鳴り響く。石の雨が固い青銅にも穴を穿ち、
馬毛飾りが頭から打ち落とされた。盾も支えきれぬ
打撃を与えるべく、トロイア軍は投げ槍の数を増し、
ムネーステウスは雷電のよう。トゥルヌスの全身からは汗が

滴り落ち、息つく間もないうちに、真っ黒な
流れとなる。疲れた手足を苦しい喘ぎが揺する。
このときついに、すべての武具もろとも、身を躍らせて真っ逆さまに
川へと飛んだ。川は黄土色の淵で
飛び込んだ者を受け止めると、やさしく波間へもち上げてやり、
喜びのうちに仲間のもとへ送り返して、殺戮の汚れも洗い落とした。

第十歌

そのあいだに、全能なるオリュンプスの館が開かれる。
神々の父にして人間たちの王は会議を召集して
星々の住まいへと呼ぶ。この高みより王は地上のすべて、
ダルダニア人の陣営とラティウムの人民に目を向けている。
神々が観音開きの扉を入って腰を下ろすと、王が切り出す。
「天に住まう大いなる神々よ、どういうわけだ、おまえたちの考えが
また元に戻り、偏頗な心でこれほどにも争うとは。
イタリアがテウクリア人らと衝突して戦争を起こしてはならぬ、とわたし
　は言っておいた。
禁に反したこの不和は何だ。いかなる恐怖から、こちらにせよ、
あちらにせよ、武器を取って剣に訴えるよう、仕向けられたのだ。
戦うことが正しい時は、せかさずともよい、必ず来る。
やがて凶暴なるカルターゴがローマの城塞に
大いなる破滅を送り込む。アルプスを切り開くのだ。(1)

(1) 前二一八年秋のハンニバルによるアルプス越えを指す。

このときこそ、憎み合って争い、財を略奪しても許されよう。
だが、いまは手を出すな。定めたとおりの盟約を快く結べ」。
　ユッピテルはこう手短に言ったが、これに応えて黄金のウェヌスは
短からざる言葉を返す。
「父よ、人間と万物を永遠に治める権能をもつ方よ。
あなたのほかにはありません、いまわたしの嘆願を向けられる先は。
ご覧なさい、わがもの顔のルトゥリ軍や、トゥルヌスの進むさまを。
その姿は軍勢の中央、馬上に映え、マルスの後押しにより驕り高ぶって
突き進む。いまや門を閉じた城市もテウクリア人を守れません。
それどころか、城門の内側、城壁の土塁の上ですら
戦いが交えられ、塹壕からは血が溢れ出しています。
これをアエネーアスは知りません。不在なのです。攻囲からの解放を
お許しにはならないのですか。またも敵が城壁を脅かしています。
トロイアが再生しても、同じようにまた別の軍隊が現われ、
またもテウクリア人に対して、アエトーリアのアルピ[2]より立ち上がる
テューデウスの子がいます。きっと、わたしの負うはずの傷がまだあって、
あなたの子ではあっても、死すべき人間の武器を受け止めるのでしょう[3]。

(2) アルピはアプーリアの町で、ディオメーデスがトロイア戦争のあとに植民した、と言われる。その父テューデウスはアエトーリアの血筋を引く。

(3) トロイアの戦場で、ディオメーデスの投石に倒されたアエネーアスをウェヌスが救い出した(第一歌九七行参照)あと、ディオメーデスは女神の腕に槍の傷を負わせた(ホメロス『イリアス』第五歌三三四行以下)。

あなたの許可なく、意志に反してトロイア人が
イタリアを目指したなら、罪を贖わせるがよろしいし、
助けてやらずともよい。しかし、彼らはあの数多くの託宣に従ったのです。
それは天界と冥界の神々が与えました。ならばいま、なぜ誰か、あなたの
命令を覆せる者があるのです。なぜ新たな運命を築けるのです。
あらためて語る要があるでしょうか、エリュクスの岸で艦隊を焼き払った
　ことを。
どうでしょうか、嵐の王のこと、吹き荒れる風を
アエオリアから煽り立てたこと、雲間よりイーリスを遣わしたことは。
いまも、その者は死霊を——これはまだ手をつけずに残っていた
領分だったので——動かし、突如として地上世界に送り込まれた
アレクトはイタリア人の町々の真ん中に狂乱を振りまきました。
決して覇権のために心が動くのではありません。そんな望みを抱いたのは
運に恵まれたあいだだけです。あなたの勝たせたい者が勝てばよろしい。
テウクリア人に身の置き場はない、それは与えぬ、とあなたの妻が
辛く当たるなら、父よ、落城したトロイアの煙を上げる
廃墟にかけて希《ねが》います。どうか許したまえ、軍役から退かせたいのです、

アスカニウスを無事な姿で。かなえたまえ、孫が生き残ることを。
アエネーアスは仕方ありません。見知らぬ波間に翻弄され、
どのような道であれ、運の女神が与えたとおりに従うしかないでしょう。
でも、この子を庇い、呪わしい戦いから連れ去る力をくださいますよう。
わたしにはアマトゥス[1]があり、聳え立つパプスとキュテーラ、
イダリウムの家があります。あの子には武具を捨て、誉れを捨てて
かの地で一生を過ごさせましょう。お命じになるがいい、大権のもとに、
カルターゴよ、アウソニアを制圧せよ、と。以後、テュロスの町々に
邪魔するものはありますまい。戦争の災厄から逃れたことが何の
助けになったでしょう。アルゴス軍の猛火のただ中を突き抜け、
幾多の海と広大な陸の危難を嘗め尽くしたのも、
トロイア人らがラティウムを、ペルガマ再興を求めてのことですのに。
祖国の灰を最期の身の置き所にしたほうがまだよかったでしょう。
トロイアが立っていた土なのですから。クサントゥスとシモイスを、
お願いです、哀れな者たちに返したまえ。父よ、イーリウムの災厄がまた
めぐり来ることをテウクリア人に許したまえ」。すると、女王神ユーノが
激しい狂乱に駆られて言った。「どうして無理強いするのだ、深い沈黙を

（1）アマトゥスはキュプルス島南岸にあり、アプロディテ（ウェヌス）・アマトゥシアの信仰地。

破れ、埋もれていた心の痛みを言葉にして人目に晒せ、と。
人々の中にも、神々の中にも、アエネーアスを従わせた者があったか、
戦争を求めよ、あるいは、敵としてラティーヌス王の前に現われよ、と。
イタリアを目指したのは運命の指図だ。それはよい。
カッサンドラの狂乱に突き動かされてもいた[1]。だが、陣営を去れ、
あるいは、命を風まかせにせよ、とわたしが促したりしたか。
どうだ、少年に戦争の命運を、城壁を託せ、
また、テュレーニアの信義や安逸に休らう民をかき乱せ、と促したか。
どの神が、わが持てるいかなる力が、非情にも危地へと駆り立てたか。
今度も、どこにユーノがいたか。雲間からイーリスが遣わされたか。
なるほど不当だ、トロイアが再生するときにイタリア人が炎で
包囲するとは、祖国の大地にトゥルヌスが地歩を固めるとはな。
だが、トゥルヌスの祖父はピルムヌス、母は女神ウェニーリアだ。
それに、トロイア軍が黒煙上げる松明でラティウムの民を襲撃しては、
他人の田野を軛の下におさめ、略奪品を持ち去るのはどうなのだ。
どうなのだ、勝手に舅を選び、婚約の済んだ娘を胸元から奪い取るのは。
手は平和を嘆願しながら、船は武器を掲げているのは。

（1）第三歌一八二行以下参照。

そなたにはできる、アエネーアスをギリシア軍の手から連れ去り、
勇士の代わりに雲と空疎な風を突きつけることが。
ニンフたちを同数の艦船に変えることまでできる。
わたしも対抗してルトゥリ軍に少しの助力をしたとして、非道なことか。
「アエネーアスは知らない。不在だ」と。知らぬまま、不在のままでいい。
そなたにはパプスとイダリウムがあり、高きキュテーラがある。
どうして戦争を宿した都と荒々しい心に手を出すのだ。
わたしだ、とそなたは言うのか、プリュギアの脆弱な国勢を根絶しようと
企てているのが。それはわたしか。哀れなトロイア人をアカイア軍の前に
投げ出した者ではないのか。何が原因で武器を取って立ち上がったのだ、
ヨーロッパとアジアとは。どうなのだ、盟約を解消せしめた横取りは(2)。
わたしの導きだったか、トロイアの間男がスパルタを攻略したのは。
わたしだったか、武器を与え、クピードを手先に戦争を醸成したのは。
あのときすべきだったのだ、そなたの身内を心配するなら。いまでは遅す
ぎる。泣きついても
よって立つ正義がない。空しいだけだ、言いがかりをつけても」。
ユーノはこのように弁じた。と、こぞってみな立ち騒ぎ、

(2) パリスがメネラーウスの歓待を受け、主客の契りを結びながら、その妻ヘレナを奪って、これを破ったことを指す。

天に住まう神々はさまざまに賛意を示した。それは、吹きはじめの微風が
森に阻まれて立ち騒ぐときのよう。風がそよぐとき、かすかな
葉ずれの音から水夫らは強風の到来を見抜く。
このとき、世界に第一位の権力をもつ全能の父神が
口を切る。話のあいだ、神々の高き住まいは静まる。
大地は基底より震撼しつつ、空も高天まで沈黙する。
このとき、西風はやんで、大海原も穏やかに水面を抑える。
「よいか、心して聞け。わがこの言葉を肝に銘じよ。
アウソニアの民がトロイア人らと盟約を結ぶことは
まだ許されていない。おまえたちの不和も果てしがない。
ゆえに、各人の運が今日いかにあれ、いかなる希望を切り開くとも、
トロイア人かルトゥリ人かで決して区別はせぬ、
陣営を包囲して封じ込めるのがイタリア人の運命であるにせよ、
トロイアの悪しき迷妄と不吉な警告によるにせよ。
だが、ルトゥリ人を解き放ちもせぬ。各人とも自身の企てに応じて苦難も
幸運も得るであろう。王なるユッピテルは万人に公平だ。
運命は道を見出すだろう」。ステュクスなる兄弟の流れにかけて、

瀝青が奔流をなし、黒く渦巻く岸にかけて、神は
この言葉を是として頷き、その頷きでオリュンプス全山を震撼させた。
話はここで終わった。このとき、ユッピテルが黄金の玉座から
立ち上がると、その両脇に天に住まう神々がつき添い、門口まで先導する。

　そのあいだに、ルトゥリ軍はすべての城門のまわりに迫って、
敵の勇士を切り倒そう、城市を炎で包もうとする。
他方、アエネーアス軍は包囲され、防壁の中に封じ込められて、
脱出の見込みはどこにもない。彼らが高き櫓に立つ姿は哀れで
空しい。城壁に沿って手薄な配備の輪を敷いたのは
インブラススの子アーシウス、ヒケターオンの子テュモエテス、
アッサラクス家の二人、カストルとテュンブリスらで、
この第一列と並んで、サルペードンの二人の兄弟、
高きリュキア出身のクラルスとタエモンとが控える。
全身で力いっぱいに巨大な岩を運ぶのは
リュルネースス出身のアクモンで、運ぶ岩は山を割った小さからざる塊、
その体軀は父クリュティウスにも、兄メネステウスにも劣らない。
投げ槍をもつ者もあり、岩をもって防衛に励む者、

また、火を使う者、弓弦に矢をつがえる者がある。
これらの真ん中にあって、ウェヌスの慈愛をもっとも正当に受ける
ダルダニアの少年が、見よ、麗しい頭を露わにしている。
それはまさしく宝石の煌めき。黄金の地金に嵌《は》められて
首か頭を飾る。あるいは、まさに技を尽くして
黄楊《つげ》かオーリクム産のテレビンの木に埋め込まれた
象牙の輝き。ふさふさとした髪の毛は乳白色のうなじに
かかり、しなやかな黄金の輪で留められている。
イスマルスよ、そなたをも雄々しい心の民は見た。
一撃の狙いをつけつつ矢柄に毒を塗り込めるそなたは
マエオニアの高貴な家に生まれた。そこでは、肥沃な耕地を
男たちが耕し、パクトールス川(1)が黄金の流れで潤す。
そのそばにはムネーステウスもいた。彼は前日にトゥルヌスを
城壁の高みから駆逐して、空にも昇る栄光の極みにある。
カピュスもいた。カンパーニアの都の(2)名はこの者に由来する。
　こうして両軍が非情な戦争を戦って
衝突していたとき、アエネーアスは真夜中に潮の瀬を切り進んでいた。

一四〇

(1) 砂金が流れることで有名なリューディアの川。
(2) カプアのこと。

彼はエウアンドルスのもとより、エトルーリア軍の陣営に入ると、
王の前へ出て、名前と生まれとを語った。
自分が何を求め、何を差し出せるか、メゼンティウスがいかなる
軍勢を手中に収めているか、また、トゥルヌスの暴虐な心を
告げ知らせてから、人間のなす事にいかなる信頼が置けるか、と
諭しつつ、祈願を交えて言う。すると、逡巡なく、タルコン王は
兵力を合わせ、盟約の契りを結ぶ。このとき、運命の禁を解かれ、
リューディアの民は神々の命じるとおりに艦隊に乗り込み、
異国よりの指揮官にその身を託した。アエネーアスの船が
先頭に立つ。衝角をプリュギアの獅子で飾り、
その上にはイーダ山がそそり立つ。これは流浪のトロイア人にいと喜ばし
　いものであった。
ここに大いなるアエネーアスが座を占めるとき、心中を駆けめぐるは
戦争のさまざまな事態。その左でパラスが
脇に寄り添い、しきりに尋ねる、星々のこと、暗い
夜の旅路のこと、また、陸に海にアエネーアスが耐え忍んだことを。
さあいま、女神らよ、ヘリコンを開け。歌い始めよ(3)、

(3) 第七歌六四一行註参照。

いまや、いかなる部隊がエトルーリアの岸より
アエネーアスにつき従って船を装備し、大海を渡るかを。
　先頭に立つはマッシクス、虎号の青銅の舳先(1)で水面を切り進む。
配下に置いた千の若者からなる部隊はクルーシウムの城市や
コサエの都をあとにしてきた(2)。手にする武器は矢と、
肩に軽い矢筒と、必殺の弓であった。
これらと並んで目つき厳しいアバスが行く。彼に従う兵士はみな
見事な武具を着け、船にはアポロの黄金像が輝いていた。
アバスに六百の兵を授けた母国はポプローニア(3)で、
これらは戦争を熟知した若者たち、加えて、三百を授けたイルウァは
尽きることなき鉄の鉱脈豊かな島であった。
三番手は人間と神々の通辞である、かのアシーラスで、
犠牲獣のはらわたも、天の星も、
鳥たちの声も、予兆を示す雷火も意のままにする。
この者が引き連れる千の兵は戦列を密に組み、槍ぶすまが立つ。
これらの兵に従軍を命じるはピーサエで、その起源はアルペウス川(4)だが、
国土はエトルーリアの都。そのあとには美男子アステュルが続き、

(1) 船の舳先にはその名を示す怪物などの像が象られている。
(2) クルーシウム（現キウージ）はエトルーリア内陸の重要都市。コサエ（または、コサ）は中央エトルーリアの沿岸の町、クルーシウムから一〇〇キロほどのところ。
(3) ポプローニア（現ピオンビーノ）はエトルーリアの沿岸市。コサエの北一〇〇キロほどで、沖に面するイルウァ（現エルヴァ）島と鉄生産で密接な関連がある。
(4) アルペウスはギリシア、オリュンピア地方の川。エトルーリアのピーサ（ピーサエ）の創建がエーリスのピーサに由来するという説に言及する。
(5) ミニオ（現ミニョーネ）はカエレの北でテュレーニア海に

アステュルは駿馬と七色の武具を誇りとする。
さらに三百の兵が加わり、みな心を一つにしてつき従う。
これらはカエレを故国とする者、ミニオ川(5)が流れる田野に住む者、
また、古都ピュルギや熱にうなされたグラウィスカエ(6)から来た者たち。
　リグリア人の指揮官にして戦場での勇敢さ類なきクネルスよ、そなたを
わたしは歌わずにはいない。また、少数の兵にともなわれたクパーウォよ、
そなたの頭頂からは白鳥の羽根飾りが立ち、
父の姿を誇示する。アモルよ、あなた方(7)が悪いのだ、
人の伝えでは、愛したパエトンを嘆くあまりにキュクヌス(8)は、
ポプラの木陰、姉妹の葉陰(9)で
歌を歌い、ムーサを悲しい愛の慰めとしているあいだに
白髪の老人のように柔らかな羽根を生やして
大地を去り、声上げて星を目指したのだから。
その息子がいま同じ年頃の部隊をともなって船に乗る。
巨大なケンタウルス号を櫂で漕ぎ進めれば、その怪物の像が
海面にのしかかり、いまにも大岩を波間に投げるかのように
そそり立つ。船は長い竜骨で沖の海に航跡を刻んで行く。

注ぐ川。

(6) ピュルギ（現サンタ・セヴェーラ）はカエレの主要な港。非常に古いレウコテア神殿が有名。グラウィスカエ（現ポルト・クレメンティーノ）はローマの北八〇キロほどの沿岸都市。周辺の湿地がマラリアを発生させた。

(7) アモルとその母ウェヌスを指す。

(8) 太陽神の息子パエトンは父の戦車を暴走させたため、ユッピテルの雷電に打ち落とされたが、その死地はパドゥス（現ポー）川であったとされ、パドゥス川は白鳥で有名。この白鳥はパエトンの死を悼んだキュクヌスの化身とされた。キュクヌスは「白鳥」の意。

(9) パエトンの姉妹は弟の死を嘆くうちにポプラに変身した。

かのオクヌスもまた祖国の岸より部隊を召集する。
これは運命を予言するマントとトゥスキの川との息子[1]で、
マントゥアよ、おまえのために城壁を築き、母の名を与えた者。
マントゥアは先祖に恵まれたが、そのすべてが同一の血統ではない。
そこには三つの部族があり、それぞれが四つずつの市民に分かれる。
マントゥアはこれらの首都をなし、その力はエトルーリアの血筋による。
ここからはまた、メゼンティウスに敵対して五百の兵が武器を取る。
これらは、ベナークス湖を父とし、青鈍色の葦を被った
ミンキウス[2]の導きにより、敵意に燃える松材の船で海へ出た。
どっしりと進むのはアウレステス。百の櫂を波間へと
真上から打ち下ろせば、水面が覆り、潮の瀬が泡立つ。
この者が乗るのは巨船トリートン号で、法螺貝により紺碧の
海を震え上がらせる。水を切る腰までは毛深くも
人間の姿を見せるが、腹部の下端は鮫となる。
半獣の胸の下では泡とともに波音が弾ける。
　選り抜きの隊長がこのように大勢、三十隻の船を進めて
トロイアに加勢し、潮の原を青銅の舳先で切り裂いていた。

（1）マントゥアの創建者オクヌスはテュブリスの河神ティベリーヌスを父とし、予言者マント（テーバエの予言者テイレシアスの娘）を母とする。トゥスキはエトルーリアに同じ。

（2）ミンキウスはマントゥアを流れる川（現ミンチオ）だが、ここでは、河神として船首に象られ、船の名ともされている。川の水源がベナークス（現ガルダ）湖。

いまや、昼の光は天から退き、恵み深いポエベ(3)が
夜に駆ける馬車に乗ってオリュンプスの中ほどを踏みしめていた。
アエネーアスは、不安から体を休める気になれず、
みずから持ち場に座を占め、舵取りも帆の操作もする。
そうして航路のなかばに来たとき、見よ、一団となって彼の
道連れたちが現われる。あのニンフたち、恵み深いキュベーベが、
海の神格となれ、船の姿からニンフになれ、と
命じたニンフらが、泳ぐ隊列も整然と、波を切り分けていた。
その数は以前に青銅を舳先にはめて立っていたときと同じで、
遠くから王の姿を認めるや、踊りの輪で囲む。
彼女らの中でもっとも巧みな語りを心得たキュモドケーアが
うしろから追いつつ、右手で船尾をつかむと、背中を
水面から出しながら、左手で静かな波間をかき進み、
それとは知らぬ勇士に語りかける。「起きているのか、神々の子よ。
アエネーアスよ、起きよ。帆綱を緩めて帆を繰り出せ。
わたしたちは、かつてイーダの神聖な頂に立つ松の木であったが、
いまは大海のニンフであり、あなたの艦隊だ。わたしたちを、誓い破りの

(3) 月の女神。ディアーナに同じ。

ルトゥリ人が剣と炎で取り押さえようとしたとき、まっしぐらに、やむなく、あなたが係留する艫綱を切った。水面を越え、あなたをこうして捜しに来ている。この姿は母神の憐れみにより授かった。女神となり、波の下で暮らしを営むことを許されたのだ。だがいま、アスカニウスが年少の身で城壁と塹壕の内に閉じ込められ、武器が飛び交い、ラティウム軍の攻勢すさまじいまっただ中にいる。すでに指示された地点を占めて、勇敢なエトルーリア軍と混成のアルカディアの騎兵隊がいる。そのあいだへ迎え撃つ騎馬隊を送り、陣営への合流を阻もう、とトゥルヌスは決意を固めている。さあ、立て。暁の昇るとき、仲間に呼びかけ、武器を取れ、と真っ先に命じよ。あなたもあの盾を持て。ほかならぬ火の神が授けた不敗の盾、黄金で縁取られた盾を。あなたは明日、わが言葉を空しいと思わぬかぎり、ルトゥリ人の累々たる屍の山を目にするであろう」。こう言い終わると、立ち去り際に右手で高き船を推した。推し方にもそつはない。波間を走る船の速さが増し、投げ槍や風のごとき矢にもまさる。

すると、次々と他も船足を速める。わけが分からず呆然とするばかりの
アンキーセスの子なるトロイアの勇士だったが、予兆が意気を高める。
このとき、天上の蒼穹に目を向けつつ短い言葉で祈願する。
「イーダの恵み深き女神よ、神々の母よ、その心にディンデュマを、
櫓を戴く町々を、二頭立てで手綱を引く獅子を愛おしむ女神よ、
いま、あなたこそがわが戦いを先導したまえ。兆しを然るべく成就へと
近づけたまえ。女神よ、好意ある足取りでプリュギア人のもとへ来たれ」。
彼がこれだけを語ると、そのあいだに駆け足で戻ってきた
朝の光はすでに明るく、夜は追い払われたあとだった。
彼はまず、仲間に指示を出し、軍旗に続け、
戦争への覚悟を決め、戦いの支度をせよ、と言う。
　いまや、トロイア軍と味方の陣営を視界にとらえつつ、
聳える船尾に立つ。このとき、盾を左手で
差し上げると、これが燃え立った。と、星にも届く喚声を
トロイア人らが城壁から上げる。希望がふくらむや、憤怒が沸き立ち、
彼らの腕は投げ槍を放つ。それはまさしく、黒雲の下で
合図を交わすストリューモン川[1]の鶴のよう。天空を渡りつつ

（1）トラーキアの川で、鶴の生息地として知られる。

鳴き声を響かせ、南からの暴風を逃れて喜びの喚声を上げる。
他方、ルトゥリ人の王も、アウソニアの将軍たちもそれを
驚き見入るうちに、いまや船の艫が岸へ向けられた(1)。
振り返れば、海面全体が艦隊を打ち寄せてくるかに見える。
アエネーアスの頭は天辺が燃え立つ。兜の頂から毛飾りが炎を
吹き出し、黄金の盾はあふれる火を吐く。
それはまさに、澄み渡る夜空で彗星が
呪わしい血の赤に輝くとき、あるいは、シーリウスの炎熱、
あの渇きと病をもたらして死すべき人間を苦しめる星が
現われて、不吉な光で天を鬱《ふさ》ぐときのよう。
　それでも、勇猛なトゥルヌスの自信は消えず、
海岸を先取して、近づく敵を陸から駆逐しようとする。
［真っ先に言葉をかけて闘志を高め、真っ先に叱咤する(2)。］
「諸君が祈りを上げて望んだものがやって来た。その右手で粉砕するのだ。
マルスこそは勇士の腕に宿る。いまこそ、己れの妻のことを、
家のことを各自が思い出せ。いまこそ呼び起こせ、偉大な
事績、父祖の功しを。こちらから波打ち際まで迎え撃とう、

(1) 出発がしやすいよう、接岸のときに艫のほうを岸に向けて近づける。

(2) 二七八行は第九歌一二七行と同一で、文脈にもそぐわず、竄入と見なされている。

敵が慌てて船を下り、その第一歩がまだよろめいているうちに。
運の女神は勇猛なる者を助ける」。
こう言いながら、心中には、誰を連れて立ち向かうか、
あるいは、誰に城壁の包囲を任せられるか、思いめぐらす。
　そのあいだにもアエネーアスは仲間たちを高き艫から
タラップにより下船させる。多くの者は波の引くのを見計らい、
勢いが衰えたところで、浅瀬へひと跳びに身を躍らせるが、
櫂を用いる者もある。タルコンが様子を窺った海岸は
浅瀬があるとも思われず、砕ける波音の反響もない。
潮を遮るものもなく、大波のうねりが打ち寄せている。
そこへと彼はいきなり舳先を向け、仲間に求める。
「おお、精鋭の兵士らよ。いまこそ頑丈な櫂に渾身の力を込めよ。
船を持ち上げ、乗り上げよ。衝角で切り開くのだ、敵の
この大地を。畝を切るのだ、竜骨の進むままに。
このように船を舫うなら、壊すのも厭わぬ。
上陸できたならよい」。このような言葉を
タルコンが言い放つや、仲間たちは櫂を引き寄せ、

二九〇

飛沫を上げつつ船をラティウムの田野へ乗り上げる。
ついに、衝角が乾いた土をつかみ、竜骨が止まったとき、
どの船も無傷だった。しかし、タルコンよ、あなたの船は違った。
浅瀬にぶつかり、険しい岩礁に引っかかって
長い間どちらへ傾くでもなく、ずっと波に抗っていたが、
ついに壊れた。勇士たちは波間に投げ出される。
櫂の破片や漂う漕ぎ座に身動きを
邪魔され、引き戻す波の流れに足を引っ張られもする。
　トゥルヌスもぐずぐずと手間取ってはいない。迅速に、気合い鋭く
全軍をトロイア軍に抗し、海岸に対置する。
合図のラッパが鳴る。在郷の騎馬隊へ真っ先に切り込んだのは
アエネーアスで、戦闘の予兆となった。ラティウム軍を蹴散らすに、
まず、テーロンを殺した。この者は卓越した勇士にして、進んで
アエネーアスに立ち向かったが、太刀がその青銅の縅《おどし》、
黄金の鎖かたびらを貫き、露わな脇腹の血を吸った。
次いでリカスを打ち倒す。これは息絶えた母の腹を切開して取り出され、
ポエブスに捧げられた者。(1) 剣の一撃を逃れることを

(1) 死んだ母の胎内から取り出された赤子はすべて、ポエブス・アポロが医術の神であるので、神に捧げられた、と古注に記される。

幼いときに許されたは何のためだったのか。さらに、近くで頑強なキッセウスと
巨漢のギュアスが棍棒を振るって味方の隊列を倒していたが、これらを
死の淵へ落とした。彼らにはヘルクレスの武器も、
頑丈な腕も、メランプスを父としたことも助けとならなかった。
この父はずっとアルキーデスにつき従っていた、大地が英雄に重い苦難を
課していたあいだは。見よ、パルスに対しては、空しい大言を吐いて
叫ぶ、その口へ槍を投げ込んで突き立てた。
さらに、両頬に生え初めのうぶ毛が黄金に輝くクリュティウスに
新たな喜びを見出し、そのあとに従っていた不運なキュドンよ、おまえも
トロイア人の手で打ち倒されたであろう。おまえがつねに若者らに抱いた
愛の思いも忘れて、哀れな姿を横たえたであろう。
だが、兄弟らの密に組んだ隊伍が立ち向かった。ポルクスの
子らにして、その数は七人、それが七本の投げ槍を
投げつける。だが、その幾本かは兜や盾にはね返って
効果はなく、残りも逸れて体をかすめただけだった。
恵み深いウェヌスの仕業であった。アエネーアスは忠実なるアカーテスに

語りかける。
「わが前に投げ槍を積め。一本たりとも無駄にせず、この右手がルトゥリ兵へ投げつけよう。これまでも突き立ててきたのだ、イーリウムの野でギリシア兵の体にな」。それから、大槍をつかんで投げれば、槍は飛んで青銅の盾を刺し貫いたが、
その主はマエオンで、胸当てと胸を同時に断ち切られた。
そこへ兄アルカーノルが助けに来て、崩れ落ちる弟を
支えようと右手を出す。だが、その二の腕をも突き抜けて
一瞬に槍は飛び、血に濡れながら軌道を変えない。
右手は肩と腱のみでつながって、死んだように垂れ下がった。
このとき、ヌミトルが弟の体から投げ槍を取って
アエネーアスを狙った。しかし、射抜き返すことは
かなわず、雄々しいアカーテスの腿をかすめた。
ここで、クレス出身のクラウススが若々しい体軀を頼みとして
現われた。遠くから硬い槍をドリュオペスに打ちつけ、
顎の下を激しく破る。話をしようとする
声も魂ももろともに奪い去るべく喉を貫いた。ドリュオペスは

三四〇

額を地面に打ちつけ、血糊を口から吐き出す。
クラウススはまた、ボレアス(1)の高貴な血筋を引くトラーキア兵を三人、
また、父イーダスが故国のイスマルス山より遣わした三人を
それぞれ異なる死に様で倒す。そこへ駆け寄るのはハラエススと
アウルンキの部隊で、ネプトゥーヌスの子にして
騎馬の誉れ高いメッサープスも加勢する。相手を追い払おうと
両軍がせめぎ合い、戦いはまさにアウソニアの門口の上に
展開する。それは、大いなる天空に和を乱した風どもが
闘志も勢力も拮抗した戦いを起こすときのよう。
風そのものも、雲も、海も、互いにあとへ引かず、
決着を見ぬまま戦いは長引く。すべてが対峙したまま踏みとどまる。
まさにそのようにトロイア軍の戦列とラティウム軍の戦列は
衝突し、足と足、人と人が隙間なく絡み合う。
　だが、別の場所では、あたりに広く、ごろごろした岩が
奔流に運ばれてきており、岸からもぎ取られた茂みもあったため、
徒歩で戦列を押し進めるのに不慣れなアルカディア人らが
ラティウム軍に背を向けて追撃されているのがパラスの目に入った。

（1）北風の神。トラーキアはギリシアの北、寒冷の地。

水流が激しい地勢のため、馬を諦めるのが
よいと思ったからだが、この窮地に残る唯一の手だてとして、
パラスは、ときに懇請し、ときに厳しい言葉で勇武の心を焚きつける。
「どこへ逃げるのだ、戦友らよ。諸君と、その勇敢な事績にかけて、
指揮官エウアンドルスの名と、勝ち取った戦争にかけて、
また、いま父の功しにも肩を並べようとするわたしへの期待にかけて、
逃げ足を頼みとするな。敵中を剣で突破してこそ
道は開ける。あそこに敵兵が塊をなし、もっとも分厚く攻め寄せているが、
あそこを諸君はパラスの先導により進め、と名高き祖国は命じている。
迫り来るは神の力ではない。攻め寄せる敵が人間なら、われわれも
人間だ。われわれにも同じ数だけ命と腕がある。
見よ、海が大きな波頭でわれらの行く手を塞ぎ、
もはや陸にも逃げ場はない。われらが目指すは海か、トロイアか」。
こう言うと、密集した敵のまっただ中へ切り込んで行く。
　このパラスに最初に相対するのは、非情な運命に導かれた
ラグスであった。この者がずっしりと重い岩を引きはがしているあいだに、
パラスは槍を投げて刺し貫いた。あばら骨を左右に分けつつ

真ん中に背骨が通っている場所に当てた。だが、槍を取り戻そうとすると
骨から抜けず、そこを上からヒスボが討ち取ろうとする。
自分ではしめたと思ったが、しかし、その突進よりパラスが早かった。
戦友の無惨な死に猛り狂い、用心を忘れたところを
迎え撃ち、剣を怒りにふくれる肺に埋め込んだ。
続いて襲う相手はステニウスと、ロエトゥスの古き血筋を引く
アンケモルスで、これは継母の閨房を汚す暴挙をなした者。(1)
また、双子の兄弟よ、そなたらもルトゥリ人の田野に倒れた。
ラリーデスとテュンベルよ、ダウクスの瓜二つの子らにして、
実の両親も区別がつかず、微笑ましい取り違えをした。
だがいま、パラスはそなたらを冷酷に区別した。
テュンベルよ、そなたの頭をエウアンドルスの剣が奪い去ったあと、
ラリーデスよ、そなたの右手は切り落とされて、もとの体を求め、
死にかけの指は引きつりながら、剣をつかみ直そうとする。
他のアルカディア人も、勇士の叱咤で闘志を燃やし、めざましい
働きを見るうちに、痛憤と恥が入り交じる心で武器を取り、敵に向かう。
　このときパラスは二頭立て戦車でそばをすり抜けて逃げるロエテウスを

(1) 古注によると、マルシ人の王ロエトゥスはカスペリアという女と結婚したが、前妻とのあいだの息子アンケモルスが継母を誘惑したのち、父の怒りを恐れて、故国からトゥルヌスの父ダウヌスが治めるダウニアへ逃げた、という。

刺し貫く。この一瞬、それだけの猶予しかイールスにはなかった。
というのも、頑丈な槍は遠くからイールス目がけて放たれたが、
その途中にロエテウスが割り込んだのだから。最良の士たるテウトラスよ、
ロエテウスは、そなたとテュレスの兄弟から逃れるあいだに、戦車から
転げ落ち、死にゆく踵でルトゥリ人の田野を蹴った。
それはあたかも、望んだとおりの風が吹いた夏の日に
牧人が森のあちらこちらに火を放つときのよう。
いきなり真ん中に火がついたあとは、一塊りで広がりながら
ウォルカーヌスの凄まじい戦列が広大な野に行き渡る。
と、牧人は勝ち誇って座し、炎が上げる歓声を見下ろす。
そのように、同胞の武勇がすべて一つに結集し、
パラスよ、そなたを喜ばす。しかし、戦場で気合い鋭いハラエススが
これに正面から立ち向かう。盾のうしろに身を縮めながら、
ラードン、ペレス、デモドクスを屠る。
ストリュモニウスの右手を剣の一閃で切り落としたのは、
振り上げた手が喉を狙ったときで、さらに、トアスの顔へ岩を打ちつけ、
骨を飛び散らせれば、そこには脳髄が血に染まって混じる。

このハラエススはかつて、運命を告げる父により森に隠されていた。
だが、年老いた目が白濁して力を失い、父が死んだとき、
運命の女神が身柄を差し押さえ、エウアンドルスの武器の
犠牲と定めた。そのハラエススを目の前にして、パラスはこう祈願した。
「いまこそ授けたまえ、父神テュブリスよ、この腕に構える投げ槍に
武運を、冷酷なハラエススの胸を貫く道筋を。
この武器とあの男から剝いだ武具をあなたの樫の木に捧げましょうから」。
この言葉を神は聞き入れた。ハラエススは、イマーオンを庇うあいだに、
不運にも、アルカディアの投げ槍の前に無防備な胸を差し出した。
　だが、勇士の戦死が大きな驚愕とならぬよう、ラウススが
戦陣の大きな一翼を担い、隊伍を支える。まずは、アバスの
抵抗を葬り去る。アバスは戦いを手間取らせる節くれであった。
続いて、アルカディアの子らも、エトルーリア人も次々と倒され、
ギリシア兵にも身を滅ぼされなかった、そなたらトロイア人も倒れる。
隊列と隊列が衝突し、指揮官にも勢力にも優劣がない。
後方から押し寄せる兵が戦列を密にし、大勢が群がる中では
槍も腕も動かせない。こちらからパラスが襲いかかり、攻め寄せれば、

あちらからはラウススが反撃する。年齢もさして違わず、
ともに並外れた容貌だが、どちらにも運の女神が拒んでいた、
祖国へ帰還することを。だが、この二人が相まみえることは
大いなるオリュンプスを治める神が許さなかった。
すぐそこで二人を死の運命が待っている。上手の敵(1)に屈するのだ。
　そのあいだに、恵み深い妹(2)が忠告して、ラウススを助けに行け、と
言えば、トゥルヌスは戦車を飛ばして隊伍の真ん中を分けて進む。
味方を目にするや、「いまは一時、戦いから退け。
わたし一人でパラスに立ち向かう。わたし一人がパラスを
貰い受ける。父親もこの場に呼んで見物させてやりたかった」と、
こう言えば、味方は命じられたとおりにその場から退いた。
ルトゥリ兵が引き下がったとき、若武者は傲岸な命令に
驚いて、呆然とトゥルヌスを見やり、その巨体に
視線をめぐらす。遠くから厳しい目つきを全身に走らせてから、
このように言って、王の乱暴な言葉に対抗する。
「このわたしはすぐにも誉れに浴すだろう、敵将の武具を奪ったにせよ、
めざましい死を遂げるにせよ。どちらに転ぼうと父は動じぬ。

(1) パラスはトゥルヌスに、ラウススはアエネーアスに倒される。
(2) ユトゥルナのこと。第十二歌一三八行以下参照。

脅し文句は無用だ」。こう言うと、戦場の中央へ進み出た。
アルカディア人らの胸中には血が冷たく凍りつく。
トゥルヌスは二頭立て戦車から飛び降りると、徒歩で進んで
組み合う構えを取る。それはまるで獅子のよう。高き物見の場所から窺い、
遠くの野原に一頭の牡牛が立って戦いに向かう心づもりでいるのを見るや、
飛びかかる。まさにそのような姿でトゥルヌスは襲い来る。
その彼に槍を投げれば届くと思ったとき、
パラスが先手を打つ。運に恵まれるかも知れぬ、勇猛果敢であれば、
力ではかなわずとも、と心に期して、大空に向かい、こう言う。
「あなたが客として来訪し、父の歓待を受けた食卓にかけて、
アルキーデスよ、あなたに祈る。大いなる企てに味方したまえ。
敵の目に見せたまえ、その半死の体から血濡れた武具をわたしが奪う姿を。
わが勝ち誇るさまをトゥルヌスの死にゆく眼に映させたまえ」。
アルキーデスは若武者の言葉を聞くと、心の底で
大きな嘆息を抑えつつ、空しい涙をこぼす。
このとき、父(3)が息子に情愛ある言葉で語りかける。
「人それぞれに定まった日は動かせぬ。短く、取り返しようのない時間を

(3) ユッピテルのこと。

すべての者が生きる。だが、事績により名声を推し広めること、
これこそが武勇の仕事だ。トロイアの高き城市のもとで
神々の子らも数多く倒れた。そうだ、ともに倒れた中に、
わが子、サルペードンもいた[1]。トゥルヌスもまた、己れの
運命に召される。すでに天与の人生の終着点に達しているのだ」。
こう言うと、その目をルトゥリ人の田野から逸らす。
　さて、パラスは強力で槍を投げ放つと、
虚ろな鞘より剣を引き抜き、閃かす。
槍は飛んで、鎧の肩当てがせり上がった先に
当たった。盾の周縁を貫いて道を切り開き、
ついには、トゥルヌスの巨軀をもかすめた。
ここで、トゥルヌスが鋭い穂先をはめた樫の木の槍を
パラスに目がけ、しばらく勢いをつけてから投げ、こう言う。
「見よ、わが槍はもっと見事に突き抜けようぞ」。
彼が言い終えたとき、盾には鉄を幾重にも、青銅を幾重にも張り、
その上を牛革で何重にもくるんで覆ってあったのに、
槍は中央に当たって震えつつ、切っ先が突き抜ける。

(1) ホメロス『イリアス』第十六歌四三一行以下参照。

鎧にも止まらず、大きな胸に孔を穿つ。
パラスは傷口から温もった投げ槍を引き抜くが、空しい。
そのあとから、同じ道を辿って血と命が流れ出る。
彼は傷の上へ倒れ込み、その上で武具が音を立てた。
息絶えながら、血まみれの口で敵地の土を咬む。
その屍の上に立ってトゥルヌスは言った。
「アルカディア人らよ、これを聞け。わが言葉を忘れずに伝えよ、
エウアンドルスへと。彼のせいだ、パラスをこのような姿で送り返すのは。
どのような墳墓を栄誉とし、どのような埋葬を慰めとするも
好きにせよ。だが、決して安くはつくまい、アエネーアスを
もてなしたことは」。こう言うと、左足で踏みつけにしたまま、
息絶えた体から並外れた重さの剣帯を奪い取るが、
そこには非道の物語が刻まれていた。婚礼のあった一夜のうちに
一団の若者らが無惨に殺され、閨房が血に濡れた(2)。
その場面をエウリュトゥスの子クロヌスが黄金で贅沢に描き出していたが、
これを分捕ってトゥルヌスは勝ち誇り、手に入れて喜ぶ。
ああ、人間の心よ、運命と未来の定めを知らず、

(2) アルゴス人の王ダナウスは自分の娘五〇人にエジプト王アエギュプトゥスのもとからの五〇人の花婿を迎えたが、娘らは父の命令により、ヒュペルメストラに助けられたリュンケウスを除き、花婿全員を婚礼の夜に殺害した。

順境に高ぶるあまり、限度を守らぬ。
やがてトゥルヌスにも来るであろう、大枚により買い受けても
無傷のパラスを得たいと思うとき、あの分捕り品とこの日を
憎むときが。だが、戦友たちは、しきりに嘆息し、涙をこぼしながら、
盾に載せたパラスのまわりに群がりつつ、運び帰る。
ああ、痛憤と大いなる誉れをもって父のもとへ帰る者よ、
そなたはこの日はじめて戦場に出て、この同じ日に奪い去られる。
だがしかし、そなたの去るあとにはルトゥリ人の屍が堆く重なっている。
　この大きな痛手に、いまや、噂ばかりでなく、なお確かな伝令が
アエネーアスのもとへ飛び、薄皮一枚隔てて死と隣り合わせに
味方はあり、敗勢のトロイア軍を救援すべき時なり、と伝える。
アエネーアスは眼前の者を次々と太刀で刈り倒し、隊伍のあいだに広い
道を通そうと火のように剣を揮う。それは、トゥルヌスよ、新たな殺戮に
驕り高ぶるそなたを捜してのこと。このとき、パラス、エウアンデル(1)、
もろもろのすべてが英雄の目に浮かぶ、あの食卓が客として最初に
訪れたもの、あのとき右手の契りを交わした、と。まず、スルモの子なる
四人、また、ウーフェンスが育てた同数の若者らを

(1) エウアンドルスに同じ。この語形はこの箇所のみ。

生け捕りにする。この者どもをパラスの霊に捧げる犠牲として屠り、
葬儀の薪を燃やす炎にこれら捕虜の血を振り撒くためであった。
次には、遠くからマグスを倒そうと槍を投げた。
だが、相手は巧みにかいくぐり、槍はその上を揺れながら飛び過ぎる。
彼はアエネーアスの膝を抱き、命乞いの言葉を切り出す。
「お父上の霊と伸びゆくイウールスへの希望とにかけて、
あなたに願う。この命を救いたまえ、わが息子と父とのために。
わが家は棟高く、その奥に掘った穴に眠るは数タレントゥムもの
彫刻を施した銀で、黄金も大量に、細工ずみのものも、
まだのものも揃えている。ここだけでトロイア方の勝利が
変わりはしない。ただ一人の命でそんな大きな違いも生じまい」。
彼は言い終えたが、アエネーアスはそれに対し、こう返答する。
「おまえの言う金も銀も、何タレントゥムであれ、
おまえの息子らにとっておけ。戦争でのそんな取り引きはトゥルヌスが
先にもう片づけてしまった、パラスを葬り去ったあのときにな。
この思いは父アンキーセスの霊も、イウールスも同じだ」。
こう言うと、兜を左手でつかむや、うしろへねじ曲げた

首へと、嘆願にもかまわず、柄まで剣を埋め込む。
そのそばにはハエモニデスもいた。ポエブスとトリウィアの神官にして、
額には神聖なリボンで結ぶ髪留めを巻き、
白い衣と表徴で全身が輝きを放っている。
この者にアエネーアスは相対するや、野に追い回す。転んだところを
足下に押さえて屠り、広大な闇で蔽う。その武具はセレストゥスが
拾い集めて肩に担ぎ、王なるグラディーウスよ、あなたに捧ぐ勝利の記念
としてもち帰る。
　対して、戦列を立て直そうと、ウォルカーヌスの種から生まれた
カエクルスと、マルシ人の山地から来たウンブロが現われる。
ダルダヌスの子孫はこれらに向かって荒れ狂い、また、剣でアンクスルの
左手を円形の盾もろとも切り落とした。
アンクスルは大言を吐いていた。言葉に力が伴うものと
信じ、おそらくは魂が天に達する思いでいた。
己れの身に白髪と長き歳月を約束したのだった。
タルクイトゥスも閃く武具に勇み立って刃向かう。
これは森に棲むファウヌスのためニンフのドリュオペが産んだ者だが、

怒りに燃える英雄の正面に立ちはだかった。英雄は引き寄せた構えから
槍を投げ、鎧へ盾を打ち留めて、その大きな重みで身動きを奪う。
それから、敵の頭を、空しく嘆願の言葉をなお多く
語ろうとするもかまわず、地面に叩きつける。まだ温かい胴を
蹴り転がし、その上より、胸中の憎悪をこう言葉に出す。
「そこにそうして寝ていろ、恐るべき者よ。おまえを最良の母が
土に埋めることはあるまい。おまえの体が祖先の墓に入ることもない。
捨て置かれたまま猛禽の餌となるか、潮の渦に沈んで
波に運ばれ、飢えた魚に傷を舐めてもらうかだ」。
続いては、トゥルヌスの部隊の最前列、アンタエウスとルーカスを、
また、勇敢なヌマと金髪のカメルスを追いまわす。
カメルスは雄々しい心のウォルケンスの子にして、アウソニア人の中にも
もっとも豊かに田畑を有し、もの言わぬ町アミュクラエ(1)の王であった。
それはちょうどアエガエオンのよう。言い伝えでは、百の腕をもち、
百の手があって、炎を五十の口と
胸から燃え上がらせたといい、ユッピテルの雷電に対抗して、
腕と同数の盾を並べて打ち鳴らし、手と同数の剣を抜き放った。

（1）ウォルスキの町アミュクラエはスパルタにあるアミュクライの同名の植民市と考えられた。ただ、本来の名はアムンクラエ(Amunclae)で、スパルタ起源には疑義もある。「もの言わぬ」の縁起は三つ。第一は、ウェルギリウスの時代には、住民が蛇に追い出されて廃市。第二は、住民がピュタゴラス派で沈黙を綱領とする。第三は、繰り返し警報が外れたあと、敵襲の報を出すことが禁じられたために町が急襲を受け、攻め落とされた。

そのようにアエネーアスは平原全体で荒れ狂い、勝ち誇った、
ひとたび刃が血に温まってからは。それどころか、見よ、ニパエウスの
四頭立ての戦車へ、その胸へと正面から突き進む。
そうして彼が大股で歩み、呪わしい雄叫びを上げつつ来るのが
見えたとき、馬どもが恐れから背を向けて逆走した。
主を放り出し、戦車を引いて海岸へと疾駆する。
　そのあいだに、白い二頭立て戦車に乗り込んでルーカグスと
リゲルの兄弟が軍勢の真ん中へ現われる。弟が手綱で
馬を操り、ルーカグスが気合い鋭く抜き身の剣を振り回す。
二人がそのように燃え立ち猛り狂うのにアエネーアスは我慢できなかった。
突進して、槍を突きつけつつ、その巨軀を現わした。
これにリゲルが言った。
「おまえが見ているのはディオメーデスの馬でもアキレスの戦車でもない。
プリュギアの野でもない。いまこそ、戦争と人生の終わりを
この地でくれてやろう」。狂い立って、このように言う
リゲルの言葉はあたりに広く飛んでゆく。しかし、トロイアの英雄は
それに言葉で応じようとはせず、投げ槍を敵めがけて投げる。

ルーカグスは体を前かがみに浮かせながら鞭を入れようとし、槍の柄で
馬を叱咤した。同時に、左足を突き出して
戦う構えを取るが、そのあいだに槍が輝く盾の
下端を貫き、さらに、左の内股に孔を穿つ。
戦車から投げ出されると、瀕死のていで地面に転がった。
これに敬虔なるアエネーアスは苦い言葉を語りかける。
「ルーカグスよ、おまえの戦車が、臆病に逃げ出した馬に
見捨てられたのではない。馬は敵の幻影に背を向けることもなかった。
おまえのほうが車から飛んで馬を捨てたのだ」。こう言うや、
二頭立て馬車に手をかけた。弟はなすすべなく両の掌を
差し伸べつつ、不運にも、その同じ戦車から滑り落ちた。
「おまえと、おまえをこのような者に生んだ両親にかけて、
トロイアの勇士よ、この命を見逃せ。嘆願者に憐れみをかけよ」。
彼がまだ祈っているあいだに、アエネーアスは「さっきは、そんなことを
言ってはいなかった。死ね。弟なら兄を見捨てるな」と言ってから、
命が隠れ潜む胸を刀で切り開いた。
このように、野原いっぱいに屍を積み上げながら、ダルダヌスの血を引く

将軍は、奔流か、あるいは、黒いつむじ風のように
荒れ狂った。こうして、ようやく囲みを破り、陣営から出た
少年アスカニウスと若者らの前に、攻囲は無に帰した。
　そのあいだに、ユッピテルが自分からユーノに呼びかける。
「おお、わが妹にして、もっとも愛しい妻よ、
そなたの思ったとおり――そなたは勘違いなどせぬゆえ――、ウェヌスだ、
トロイアの勢力を支えているのは。溌剌として戦争に向かう
右手も、猛々しく危難を耐え忍ぶ魂も、あの勇士らにはない」。
この言葉にユーノは平伏して言った。「麗しさこの上なき君よ、どうして
嫌みを言って、わたしを苦しめるのか。陰険な言葉でおののかせるのか。
わたしにかつてあった力、あって当然だった
愛の力がいまもあるなら、わたしのこの頼みを断ることはなさいますまい。
全能の君よ、どうかトゥルヌスを戦いの場から連れ出すこと、
父ダウヌスのため無傷のまま救うことをわたしに許したまえ。
いま死なせるのか。テウクリア人への罪を敬虔な血で贖わせるおつもりか。
あの男は、しかし、家名の源をわれら神々の血筋に遡り、
ピルムヌスを四代前の父祖(1)にもつ。あなたのためにも気前よく

(1) 四代前は、含み計算であるので、曾祖父に当たり、七六行とは食い違っている。

何度も手にいっぱいの供物を神殿の門口に積み上げた男です」。
これに対し、天なるオリュンプスの王は手短にこう語る。
「そなたの願いが目前の破滅を遅らせ、若者の死まで時を
稼ぐことにあり、それがまさしくわたしの定めるところと思うなら、
トゥルヌスを逃がしてやれ。迫り来る運命から救い出せ。
ここまでなら大目に見る余地がある。だが、そなたがこれ以上を望んで
祈願の陰に願いの主旨を隠し、戦争全体の動揺や
変化を思い描いているなら、それは抱いても空しい希望だ」。
ユーノも涙ながらに言う。「どうであろう、口では不承知でも、
御心は認めぬか。このままトゥルヌスが生き続けることはかなわぬか。
いま無実の身を待ち受けるは過酷な最期。さもなくば、わたしが真実を
見誤っているのだ。だが、ああ、どれほどよいだろう、偽りの恐れに
騙されるほうが。あなたにはできる。よりよき方へ企てを転じたまえ」。
　女神はこのように言うと、すぐさま高き天より身を
投じた。黒雲をまとって空中に嵐を駆り立てつつ、
イーリウムの戦列とラウレンテス人の陣営へ向かった。
このとき、女神は虚ろな雲から希薄で無力な幻を

――見るも不思議な怪異ながら――アエネーアスの姿に形作る。
トロイアの武器で身支度させ、盾も兜の馬毛飾りも
神々しい勇士のものに似せる。実のない言葉を与え、
心のない声を授け、進み行く歩みをも再現する。
それはちょうど、死してのちに飛び回ると世に言う幻影か、
あるいは、眠りの中で感覚をたぶらかす夢のよう。
だが、幻像は喜び勇んで隊形の第一列の前へ躍り出る。
勇士を武器により挑発し、声を上げてけしかける。
これにトゥルヌスが襲いかかって、遠くから風切る音とともに槍を
投げつける。と、幻は歩みを転じて背中を見せた。
このとき、アエネーアスが背を向けて退くとトゥルヌスは
信じて、混乱した心に空しい希望を抱いた。
「どこへ逃げるのだ、アエネーアスよ。契りを結んだ婚儀を見捨てるな。
この右手からくれてやるぞ、波間を越えて求めた国土をな」。
このように声を上げつつ追いかけ、抜き身の切っ先を
閃めかす。が、自分の喜びを風が運び去るのは目に入らない。
　折しも、一艘の船が聳え立つ岩場の突端に繋がれ、

梯子を下ろし、タラップを用意したままにあった。
それはオシニウス王がクルーシウムの岸より乗って来た船[1]であったが、
これへとアエネーアスの幻像は慌てて逃げ込み、
その身を隠す。トゥルヌスも劣らぬ速さで追いすがり、
障害を乗り越える。高いタラップを飛び越え、
舳先に達した。と、その瞬間にサトゥルヌスの娘が艫綱を切る。
切り離した船を引き潮の水面に乗せて運び去る。
トゥルヌスが姿を消すと、アエネーアスは彼を戦場へと呼び求めつつ[2]、
行く手に立つ勇士の体を数多く死の淵へ落としてゆく。
このとき、身軽な幻像はもはや隠れ場所を求めようとはせず、
宙へ飛び上がり、その身を黒い雲の中に融け込ませる。
と、そのあいだにもトゥルヌスをつむじ風が海のただ中へと運ぶ。
振り返っても彼には事態が分からない。救われたことが口惜しく、
星に向かって両手を差し上げ、こう声を上げる。
「全能なる父神よ、わたしがこのような大罪を犯すに似合いだと
思っておられたのか。このような処罰を受けさせたかったのか。
行く先はどこだ。来し方はどこだ。どう逃げて、どの面下げて戻るのだ。

(1) 古代から問題視される詩行。一六六行では、クルーシウムからの部隊の長はマッシクスで、オシニウスへの言及はない。また、クルーシウムは内陸の町で、そこから船では来られない。

(2) 六六一—六六五行については、「このとき」(六六二行)、「そのあいだに」(六六五行)の前とのつながりが悪いとして、六六一—六六二行を六六四行の後ろに置く差し替えが底本も含めて多くの校本で行なわれている。が、ここでは、写本どおりの行順で訳出した。

ラウレンテス人の城壁か陣営をこの目がまた見ることがあるのか。
どうなるのだ、あの勇士たちは。わたしとわたしの武具に従って来たのに、
この者たちすべてを、非道にも、わたしは忌むべき死地に置き去りにした。
いまも蹴散らされる姿が見える。倒れるときの呻きが
聞こえる。どうすればいい。いっそ、底の底まで口を開けてくれ、どこの
大地でも、わがために。いや、むしろ、風よ、おまえが憐れみを垂れよ。
このトゥルヌスが心から望んで頼む。崖へ、岩場へ
船を運べ。打ち上げよ、非情な砂州へ、
ルトゥリ人らも、秘密を知る噂も、わたしを追ってこぬところへ」。
このように語るあいだも、心は右へ左へと揺れ動く。
これほどの恥辱を受けたからは、乱心の身を刃の上に
投げ出し、あばら骨に情け知らずの剣を刺し通そうか、
それとも、波間に飛び込んでから、泳いで湾曲した
岸辺を目指し、ふたたびトロイア軍との合戦へ戻ろうか、と。
どちらの道も三度試みたが、三度とも、偉大なる女神ユーノが
引き留めた。若武者への憐れみの心から押し止めた。
彼の船は滑るように沖の水面を切り進み、波もうねりも後押しする。

そうして、父ダウヌスの古き都へと辿り着く。
　そのあいだにも、ユッピテルに促され、メゼンティウスが火と燃えて
戦いに加わり、勝ち誇るトロイア軍に攻め込む。
そこへテュレーニアの戦列が駆け寄り、全兵でただ一人を相手にする。
ただ一人を憎み、槍を間断なく降り注いで攻め立てる。
だが、メゼンティウスは、あたかも広大な海へ突き出した岩壁のよう。
荒れ狂う風を正面に受け、大海に曝されながら、
天と海の力と脅威をことごとく耐え忍んで、
微動だにせず踏みとどまる。まず、ドリカーオンの子ヘブルス、
と同時に、ラタグスと逃げ足速いパルムスを地面に薙ぎ倒す。
ラタグスには、山を砕いた巨大な岩を
正面から顔へ打ちつけ、パルムスは、ひかがみを
断ち切って、力なくいざらせておく。その武具はラウススに
与えて肩に背負わせ、羽根飾りも頭に留めさせる。
さらに、プリュギア人エウアンテスを、また、ミマスという、パリスと
同い年の従者を倒す。同じ夜だったという。この者をテアーノが、
父アミュクスのもと、この世の光へ生み出したのと、炬火を身籠り、

キッセウスの娘なる女王がパリスを産んだのとは。パリスは父祖の都に
倒れて眠るが、ミマスは知るべなきラウレンテスの岸に埋もれる。
それはあたかも、咬みかかろうとする犬たちにより山の高みから
駆り出された猪のよう。それは多年にわたり、松の茂るウェスルス山に
護られ、多年、ラウレンテスの沼地の鬱蒼たる
葦を糧としてきたが、網にかかったあとも
一歩も引かずに猛々しく鼻を鳴らし、両肩の毛を逆立てる。
怒りにまかせて近くへ寄る勇気ある者はなく、
遠くから投げ槍と無難な喚声により攻め立てる。
まさしくそのように、メゼンティウスに正当な怒りを抱く者たちも(1)
誰一人として剣を抜いて立ち合う勇気はなく、
遠くから飛び道具と轟々たる喚声により挑発する。
それでも相手は恐れる様子もなく、どちらへも足を踏み出さぬまま、
歯ぎしりしつつ盾から槍を払い落とす。
　さて、コリュトゥスの古き領地からアクロンという者が来ていた。
ギリシア人であったが、婚礼の成就を前に故国を去り、亡命の身となった。
この者が隊列の真ん中で暴れる姿が遠目にもメゼンティウスに見えた。

(1) 七一四―七一六行については、七一八行のうしろに置く差し替えが、底本も含めて有力な校本で行なわれている。七一八行での「盾」と訳出した原語の字義どおりの意味が「背中」(転じて「背革」、それを使った「盾」の意になる)であることと「歯ぎしり」とが猪にふさわしいので、ここまでを比喩とするものだが、写本どおりの行順のほうが比喩の対応およびバランスがよいことも確かである。

羽根飾りが緋紫に、許嫁の織った衣が紫に染められている。
それはまるで、空腹の獅子が高き畜舎のまわりをうろつくときのよう。
狂おしい飢えに促され、たまたま、逃げ足速い
雌鹿か、あるいは、角を振り上げる雄鹿を見つけたなら、
喜び勇んで大きく口を開け、鬣を立てつつ、しがみついたまま、
はらわたの上にのしかかる。と、凶悪な口を汚らわしい
血がすすぐ。
そのように勢い込んでメゼンティウスは密集した敵陣へ突進する。
これにまず倒される不運を負うのがアクロンで、踵で黒い
地面を打ちつつ命の息を吐き出し、折れた槍を血に染める。
次いで、オローデスに対しては、背後から倒すことをよしとせず、
見えぬところより槍を投げて傷を負わせはしなかった。
面と向かってぶつかり合い、勇士と勇士との
対決を果たして、不意打ちではなく、勇ましき武器により立ちまさる。
それから、倒した相手の上に置いた片足と槍に力を込めながら言った。
「諸君、戦争の中にも侮れぬ敵なる丈高きオローデスが倒れたぞ」。
それに続いて、仲間たちも大声で喜びの凱歌を上げる。

だが、オローデスは息も絶え絶えに言った。「おまえが誰であろうと、わ
　が仇は必ず討たれる。
いま勝ち誇っても、喜びは長く続かぬ。おまえにも運命は
平等な目を向けている。すぐに、この同じ田野におまえも葬られるのだ」。
これに応えて、薄笑いに怒りを混ぜながらメゼンティウスが言った。
「さあ、死ね。わたしのことなら、神々の父にして人間たちの王なる神が
見ていてくださろう」。こう言いつつ、敵の体から槍を引き抜いた。
と、相手の両眼に冷酷な安らぎと鋼の眠りが
のしかかる。眼光が永遠の夜に閉じ込められた。
　カエディクスがアルカトウスを倒せば、サクラートルはヒュダスペスを、
ラポはパルテニウスと強力を誇るオルセスを、
メッサープスはクロニウスとリュカーオンの子なるエリカエテスを殺す。
クロニウスは轡のはずれた馬から落ちて地面に横たわるところを、
エリカエテスは歩兵として立ち向かうところをやられた。リュキア人アー
　ギスも歩兵として出陣していたが、
父祖の武勇を身につけたウァレールスにより、
他方、トロニウスがサリウスに、サリウスはネアルケスに打ち倒された。

ネアルケスは投げ槍と遠くから不意を突く矢とに名高い者であった。
　いまや、マルスの重圧は双方に等しく嘆きと
死とをもたらしていた。どちらも同じように殺し、同じように倒れ、
勝者もあり、敗者もある。いずれの側も逃げることを知らなかった。
ユッピテルの館の中で神々は憐れみを覚え、あの怒りは空しいものだ、
双方とも、死すべき人間どもの苦難はあれほど大きいものか、と言う。
ウェヌスとサトゥルヌスの娘なるユーノがそれぞれ反目しつつ眺めやれば、
その先で、青ざめたティシポネが数千の兵のあいだで荒れ狂う。
　だが、メゼンティウスは大槍を振り回しつつ、
つむじ風のように戦場を行く。それはちょうど、巨人オリーオンのよう。
ネーレウスの治める海のただ中へ足を踏み入れ、大いなる瀬を
越えて道を切り開くとき、肩は波間に高く聳える。
あるいは、山の頂から年輪を重ねたトネリコの木をもち帰るとき、
大地を踏みしめつつ、頭は雲間に隠れる。
ちょうどそのように、メゼンティウスは巨大な武器を持って進む。
これに対し、アエネーアスはその姿を長い隊列の中に窺ってから、
立ち向かう用意をする。相手は恐れた素振りを少しも見せぬまま、

敵ながら雄々しい心の勇士を待ち受けて、じっと巨体を動かさない。
そうして、槍が届く距離を目で測っていた。
「わが神と頼む右手よ、いま投げ放とうと構えた槍よ、
いまこそ力を貸せ。御礼には、盗人の体から奪い取った
武具を、ラウススよ、おまえに着せて記念の捧げ物としよう、
アエネーアスへの勝利のな」。こう言うや、遠くより唸りを上げて槍を
投げた。だが、宙を飛んだ槍は盾に跳ね返され、近くにいた
卓抜せる勇士アントーレスの脇腹と内股のあいだを刺し貫いた。
アントーレスはヘルクレスの供であったが、アルゴスより遣わされてから
エウアンドルスのそばを離れず、イタリアの都に住まいを定めていた。
いま不運にも他を狙った一撃に倒され、天に
目を向けつつ、息絶えながら愛しいアルゴスを思い出していた。
このとき、敬虔なるアエネーアスが槍を投げる。槍は円盾の
窪みなす三層の青銅を貫き、重ねた麻布と三枚の
牛革の編み上げ細工を貫き通して、股ぐらの底に
当たったが、十分な威力ではなかった。すばやくアエネーアスは、
エトルーリア人の血を目にして喜び勇みつつ、剣を

腿のところから抜き放つと、慌てる敵へ怒りをたぎらせて襲いかかる。
愛しい父への愛ゆえに激しく嘆息を吐いたのは、
これを目にしたラウススであった。涙が顔をつたって流れ落ちた。
ここに降りかかった冷酷な死、すべてに立派なそなたの振る舞い、
これほどの偉業はいかに歳月を経ても信じられるとすれば、
語り継がれるべき若者よ、そなたのことをわたしは歌わずにはおかない。
父は足を引き戻している。なすすべなく、力を封じられて
退きつつ、盾に刺さった敵の槍を引きずっていた。
そこへ若者が飛び出し、戦いの場へ身を投じた。
いまや右手を振り上げ、打ち下ろそうとする
アエネーアスの刀の下へ入った。英雄を押し止めて
支えた。それに続いて仲間たちが大喚声を上げつつ、
父が息子の盾に護られて逃げ去るまで、
槍を投げつける。遠くから敵を混乱させるべく
飛び道具を用いた。アエネーアスは猛り狂いつつも身を庇って立ち止まる。
それはあたかも、ときに嵐の雲が雹を降り注いで
打ちつけるときのよう。鍬《くわ》をふるう者も、畑の世話をする者もみな

野から追い散らされ、旅人は安全な隠れ場所に身を潜める。
川岸か、あるいは、岩が高く丸天井をなすところで
地上に雨が降るあいだをやり過ごす。太陽が戻ったなら、その日の仕事も
行なえようかと。そのように四方からの投げ槍に圧倒されながらも、
アエネーアスは、雷電の轟きがすべて鳴りやむまで、戦雲を
支えつつ、ラウススを叱咤し、ラウススに脅しつける。
「どこへ急ぐのだ、死にゆく者よ。おまえの勇気には力がともなわぬ。
報われはせぬぞ、向こう見ずに親思いを示しても」。すると、相手はなお
勇み立ってわれを忘れる。いまや、さらに激しく仮借のない怒りが
トロイアの指揮官の心中に湧き起こり、ラウススの最期の
糸を運命の女神らが摘み取る。そのとき、力強く剣が突き込まれる。
アエネーアスは若武者の体の真ん中を貫いて柄まで埋め込んだ。
刃は突き抜けた。威勢のよい若者には軽すぎる武具である盾も、
母がしなやかな金糸で織ったトゥニカも。
と、胸元を血が満たした。このとき、命は空を通って
悲嘆にくれつつ死霊の世界へと赴き、肉体を去った。
　しかし、事切れようとする者の顔に現われた表情を見たとき、

アンキーセスの子の目の前で、その顔が不思議な青ざめ方をした。
英雄はこれを憐れんで深い嘆息を吐き、右手を差し伸ばした。
と、父親への愛を尽くした姿が彼の心に浮かんだ。
「憐れむべき子よ、いま、おまえの功しに何を報いようか。
敬虔なアエネーアスは何を与えれば、これほどの心ばえに似つかわしいか。
おまえが喜びとした武具はとっておけ。おまえを父祖の
霊と灰のもとへ送り返してやろう、それが心遣いとなるのなら。
悲運とはいえ、このことを哀れな死の慰めとするがいい、
大いなるアエネーアスの右手により討たれたことを」。彼は敵方を叱咤し、
ためらう仲間を呼びつつ、その体を地面から持ち上げるが、
形よくまとめられた髪が血に汚れていた。
　そのあいだに、父メゼンティウスはティベリスの川波のほとりで
傷を水ですすぎ、体を休めようと
木の幹にもたれかかっていた。少し離れた枝に青銅の
兜を掛け、重い武具も草原に休ませている。
まわりに選り抜きの若武者らを立たせ、自身は苦しそうに喘ぎつつ、
首をいたわるが、その胸まで梳《くしけず》られた顎髭がふさふさと流れていた。

しきりにラウススのことを問いただし、何度も使いを送って、
息子を呼び戻すべく、傷心の父の言いつけを伝えさせようとする。
だが、息絶えたラウススを仲間たちが武具に乗せて運んできた。
彼らが涙する体は大きいが、それを打ち負かす大きな傷を受けていた。
すでに遠くから、何を嘆く声か、心に災いを察知して分かった。
手いっぱいの砂塵で白髪を汚し、両方の
掌を天に差し上げつつ、遺体にすがりつく。
「これほど大きかったのか、息子よ、わたしを捉えた生への欲求は。
そのために、わが身代わりに敵の右手へ立ち向かわせてしまったのか、
わが子を。このおまえの傷なのか、父を救ったのは。
おまえの死が命をくれたのか。ああ、いま、哀れなこの身にもようやく
追放の悲運が沁みる。いまこそ、深い痛手を負った。
息子よ、おまえの名を罪で汚したのもわたしなら、
わたしは憎しみを買って逐われもした、父祖伝来の玉座と王笏から。
罰を受けるなら、祖国とわが民の憎悪に対して受けておくべきだった。
いかなる刑死であれ、罪に汚れたこの命を差し出しておけばよかった。
いまも生きている。まだ、人の世の光を去らずにいる。

だが、逝こう」。こう言うと同時に、痛む腿を踏ん張って
身を起こすと、深い傷のために機敏に動く力はないものの、
決してうなだれず、馬を引け、と命じる。この馬こそは彼の誉れ、
心の慰めで、これに乗って戦争に出れば、勝利を収めて帰るのが
つねであった。悲しげな馬に彼は語りかけて、こう口を切る。
「ラエブスよ、もし死すべき者どもに、長い、ということがあるなら、じつに長く
われらは生きてきた。今日こそ、勝利者となれば、あの血まみれの武具と
アエネーアスの首とをおまえはもち帰り、ラウススの痛憤への
復讐をわたしとともに果たすであろう。だが、道を切り開く力がなければ、
枕を並べて討ち死にだ。どの馬にも勇敢さで劣らぬおまえのことだ、
他人の命令を聞き、トロイアの主人を戴くなど、御免であろうからな」。
こう言うと、馬の背に跨り、いつも馴染んだ位置に
四肢を配すると、両手で鋭い槍を握ってから、
頭には青銅が輝き、毛飾りがふさふさと立つ、
そのような姿で戦場のただ中へ勢いよく駆け出した。大きくうねる
恥の心と、嘆きの入り交じった狂気とが一つ心を占めるまま、

[狂気の駆り立てる愛、武勇の自覚がぶつかり合う(1)。]
ここで、アエネーアスを大声で三度呼んだ。
アエネーアスはその声をしっかりと認め、喜び勇んで祈りを上げる。
「どうかこれを神々の父が、どうか高みにあるアポロが成就させたまえ。
かかってこい、干戈を交えよ」。
これだけを言い放つと、槍を構えて正面から近づく。
と、敵が言う。「冷酷きわまる男よ、息子を奪っておいて、なぜわたしを
脅すのか。これしか道はなかったのだ、おまえがわたしを倒すには。
われらは死も恐れず、神々のどなたにも遠慮しない。
もう言うな。死ぬ覚悟で来ているのだ。これを受け取れ、
こちらから先に贈り物だ」。こう言うと、槍を敵めがけて投げ込んだ。
次いで、もう一本、さらにもう一本と射当てつつ、飛ぶような速さで
アエネーアスのまわりを大きく回ったが、黄金の盾がこれに持ちこたえた。
構えて立つ相手の周囲を三度も、左まわりに馬を走らせつつ、
腕から槍を投じたが、三度とも、トロイアの英雄は体と一緒に
青銅を打った盾をまわし、巨大な森のように刺さった槍を支える。
それから、投げ槍の数の多さに動きを邪魔され、多すぎて抜き取るのも

（1）八七二行は第十二歌六六八行と同一で、主要写本に含まれず、諸校本から削除されている。

厭わしく、また、不利な戦いのため劣勢となるが、
しきりに心を働かせ、ようやくいまや、その場を脱して、
戦馬のくぼんだこめかみのあいだへ槍を投げつける。
と、四つ足の獣は身を起こして立ち、蹄で空を
蹴りつける。騎手を振り落としてから、その上へ馬も続いて倒れ、
絡み合う。頭から落ちて、のしかかり、肩を脱臼した。
と、トロイア、ラティウム、両軍の喚声が天を焦がす。
アエネーアスは飛び込んできて、鞘から剣を抜き放つと、
敵の上からこう言う。「さあ、気合い鋭いメゼンティウスはどこへ行った、
あの猛々しく力強い魂は」。それに対し、テュレーニアの勇士は空を
見上げつつ、天より一呼吸入れて、意識を取り戻してから、言った。
「苦き敵よ、なぜ責め立てるのだ。なぜ死を突きつける。
殺しても道には外れぬ。わたしが戦場に来たのは、そんなつもりではない。
わが子ラウススも、わがためにおまえとそんな盟約を交わしはしなかった。
ただ、敗れた敵にもかなえられる願いがあるなら、このこと一つを頼む。
遺体の埋葬を許してくれ。分かっているのだ、わが民の激しい
憎悪がわたしを取り囲んでいる。頼む、この狂気から護ってくれ。

わたしに息子と同じ墓を分かち合うことを赦せ」。
こう語ると、もとより覚悟の上で喉元に剣を受ける。
溢れる血潮とともに武具の上へ命が飛び散った。

第十一歌

そのあいだに、暁が昇って、大洋をあとにした。
アエネーアスは、仲間の埋葬に時間を取らねばならぬとの
思いから気が急き、死者のために心が乱れていたが、
それでもまず、日の出とともに神々への戦勝御礼を果たす。
一本の樫の大木を、まわりの枝を切り落としてから、
土盛りの上に立てると、これに輝く武具をまとわせる。
それは大将メゼンティウスから剝ぎ取った武具で、偉大なる軍神よ、
あなたに捧げる戦勝碑であった。血の滴る馬毛飾り、
勇士の折れた投げ槍、十二箇所も突かれて孔の開いた
胸当てを装わせ、青銅の盾を左手に
結びつけ、象牙の剣を首から吊す。
このとき、仲間たちに——そこには彼のまわりをぎっしりと取り囲んで
隊長らがみな集まっていたので——こう口を切って激励し、歓喜を呼ぶ。
「諸君、最高の仕事がいま成し遂げられた。どんな心配も無用だ、

これから先のことには。ここに戦利品がある。傲岸な王から奪った
最初の貢ぎ物だ。わたしの手が作ったメゼンティウスがこれだ。
いま、われわれはラティウムの王と城壁のもとへ進軍する。
武器を支度し、闘志をもて。心に期して戦争に備えよ。
注意を怠って機を逸するな。軍旗を引き抜くこと(1)にひとたび
天上の神々の許しが下り、若武者の部隊を陣営から率いて出るとき、
躓きがあってはならぬ。恐れから決断に手間取り、立ち遅れてはならぬ。
だが、それまでのあいだ、戦友の葬られずにいる遺体を大地の懐に
託そう。これだけがアケロンの底にある栄誉なのだから。
さあ、行け。あれら卓越した魂を、われらがために己れの
血をもってこの祖国を勝ち取った魂を称えて最後の
礼を尽くせ。エウアンドルスの悲嘆にくれる都へ最初に
送り届けるのはパラスだ。彼は、武勇に欠けるところはなかったが、
黒い日が奪い去って、過酷な死の淵に沈めたのだ」。
　彼は涙ながらにこう言うと、門口へと歩みを戻す。
そこに息絶えたパラスの遺体は横たえられ、これをアコエテスという
老人が見張っていた。この者はアルカディア王エウアンドルスの

(1) 軍旗は、軍勢が陣営に留まるあいだは地面に突き立ててあり、出陣するときに引き抜く。

槍持ちを以前は務めていたが、それと等しく幸運な
星回りではなかった、愛しい養い子の供をしてきた今度の役向きでは。
まわりを囲んで従者の全員がそろい、大勢のトロイア人がいた。
トロイアの女たちはしきたりどおりに喪を表わして髪を解いていた。
しかし、アエネーアスが高き扉の内へ入ったとき、
大きな嘆息が胸を叩く響きとともに星の
高みまで上がり、王宮は悲嘆の嗚咽に満ちる。
その中で、頭を枕にのせられた雪のように白いパラスの顔を、
そして、滑らかな胸にアウソニアの刃により開いた傷口を
見たとき、アエネーアスは涙をこぼしつつ、こう言った。
「そなただけは別なのか、憐れむべき少年よ。上機嫌で来ていた
運の女神も恵むのを惜しむのか、そなたがわが王国を
目にすることも、父上の居城へ凱旋の騎馬を進めることも。
こんなことではない、そなたについての父王エウアンドルスとの約束は。
それは出発の前に交わしたもの。王はわたしに別れの抱擁を与えてから
大いなる覇権獲得へと送り出した。心配から警告もしてくれた、
敵の勇士らは気合い鋭く、強靭な民との戦いになる、と。

四〇

いまも王は空しい希望にひどく心をとらわれたままだ。
きっと、願掛けをし、祭壇に供物を積み上げているであろう。
だが、そなたは若き身で息絶えて、もはや神々のどなたにも何一つ
借りはない。われわれが悲嘆を胸にそばに寄り添い、実りなき礼を施そう。
悲運の父よ、息子の残酷な死をあなたは見ることになるのだ。
これがわれわれの帰還なのか、期待された凱旋なのか。
これがわが大いなる信義か。だが、エウアンドルスよ、恥ずべき
傷を負って倒れた子を見るのではない。のうのうと生きる息子ゆえに
父として呪わしい死を己れの身に願うこともない。ああ、なんと大きな
守護を、アウソニアよ、また、イウールスよ、そなたは失ったことか」。
　彼はこう言って落涙したあと、哀れな遺体を持ち上げるように
命じる。全軍から選んだ千人の勇士を
遣わして、最後の儀礼に供をさせ、
父と涙を分かち合わせる。この弔慰は嘆きの
大きさに比してささやかとはいえ、哀れな父のためなすべき務めであった。
また別の者たちは手を休めることなく木編み細工のしなやかな棺を
木苺の枝や樫の木の小枝で編み上げ、

棺台を高く組んでから、その上に枝葉の被いを広げて蔭を作る。
ここに若者の体は田園の寝床の上に高く横たえられる。
それはちょうど乙女の指で摘み取られた花のよう。
しなやかなスミレか、うなだれるヒアシンスか、
その輝きもまだ、その美しさもまだ失せてはいないが、
もはや母なる大地から滋養も力も受け取っていない。
このとき、金と紫の糸で硬く刺繍を施した一対の衣を
アエネーアスは取り出した。これは彼のために作る苦労を楽しみとしつつ、
かつてシードンのディードがみずからの手で
仕上げたもの、織り地に細い金糸を刺し込んであった。
そのうちの一着を若者への最後の儀礼の品として悲嘆にくれながら
まとわせる。衣で被って髪の毛を焼こうとする。
このほかにも、ラウレンテス人との戦いの褒賞を数多く
積み上げる。長く列をなして戦利品を運べ、と命じ、
騎馬や敵から分捕った武器を加える。
また、うしろ手に縛り上げた者たちは、亡霊の国へ送るための
犠牲で、殺してから、その血を葬火に振りまこうとする。

敵の武具を着せた木の幹については、
隊長らが運べ、敵の名を記せ、と命じる。
老いさらばえて、悲運なるアコエテスが連れてこられるが、
いまは拳で胸を、いまは爪で顔をいためつけながら、
卒倒して、体いっぱいに地面に伸びてしまう。
ルトゥリ人の血にまみれた戦車も引かれてくる。
そのあとには、馬具の飾りをはずした軍馬アエトンが
進み、涙を流す。大粒の滴で顔を濡らした。
槍と兜を運んでくる者があるが、他の武具はトゥルヌスが
勝利の印とした。あとに続くのは悲嘆にくれる軍勢で、テウクリア人も、
エトルーリア人も、アルカディア人もみなそろって武器を逆さにしていた。(1)
葬儀に連なる人々の長い列が先へ進んだのち、
アエネーアスは足を止め、深く嘆息しつつ、さらにこう言った。
「われわれはこれからもまだ涙を流す。それが恐るべき戦争の変わらぬ
運命の思し召しだ。永遠にさらばだ、偉大なるパラスよ。
永遠の別れだ」。それだけを言い放つと、高き
城壁を目指し、歩みを陣営の中へと運んだ。

(1) 武器を逆さにもつのはローマの軍葬のしきたり。

そこには、ラティーヌスの都から使者たちが到着していた。
オリーブの枝をかざし、願いの向きを弁じて言う、
「剣に倒されて戦場いっぱいに横たわる遺体を
返還せよ。土盛りの下へ納めることを許せ。
敗れて、空の光を奪われた者たちとのあいだに争いはない。
かつて歓待の主とも舅とも呼ばれた者たちに情けをかけよ」と。
この拒絶し難い嘆願を聞き、心正しきアエネーアスは
願いを入れて使者たちを見送ろうとし、それに加えて、こう言葉を添える。
「いかなる成り行きだ、不当ではないか、ラティウムの者よ、このような
大戦を引き起こしたとは。そなたらが友であるわれわれを逃げているのだ。
すでに息絶えた者、戦場で命を落とした者のため、講和をこのわたしから
乞うのか。わたしは生きている者にでも和を譲ることを望んだろう。
運命が土地と住まいを与えていなかったら、わたしはここへ来なかった。
この地の民と戦争もしていない。王が見捨てたのだ、われわれの
主客の契りを。王がトゥルヌスの武器に身を託すことを選んだのだ。
トゥルヌスもこの目の前の死に向き合うことが正当であった。
もし腕づくにより戦争終結を、テウクリア人の駆逐を

画策するなら、この武器でわたしと対決すべきだった。
神か、あるいは、右手が命を授けたほうが生き残ったことだろう。
さあ、行け。哀れな市民たちの棺の下へ火を差し入れよ」。
アエネーアスは語り終えた。使者たちは呆然として声もないまま、
互いに目を向け合い、顔を動かさずにいた。
　このとき、ドランケスという老人で、つねづね憎悪と非難を
若いトゥルヌスに寄せていた者がアエネーアスに応えて
こう話し始めた。「大いなる名声、さらに大いなる武勇を誇る方よ、
トロイアの勇士よ、いかにあなたを称えれば天の高みに置けるのか。
正義を先に賛嘆すべきだろうか、それとも、戦争の苦難か。
しかし、われわれはありがたく、このお言葉を祖国の都へもち帰ろうし、
もし運に恵まれて道が開ければ、あなたをラティーヌス王と
連合させよう。トゥルヌスが同盟を求めるなら、独力でさせよう。
そればかりではない。運命の定めのとおり、城壁を高く築き上げるべく、
この肩にトロイアの石を担ぐことを喜んでなそう」。
彼がこう語り終えると、使者の全員が一斉に同意の声を上げた。
十二日間の休戦協約が結ばれ、平和の介在により、

テウクリア人もラティウムの民も安全に入り混じって森の中、
山の峰を歩き回った。両刃の斧の音が、高い
トネリコの木に響き、人々は星へと伸びた松の木を切り倒す。
楔により樫の木や香《かぐわ》しい杉の木を割き、
休むことなく荷車を軋ませつつナナカマドを運ぶ。
　いまや、この大きな悲嘆を先触れして、「噂」が飛び、
エウアンドルスとエウアンドルスの家と城市を満たす。
「噂」はラティウムでのパラスの勝利を伝えたばかりであったのに。
アルカディア人らは城門へと押し寄せた。と、古式に従い
つかんだ葬儀の炬火で沿道が光り輝く。長く
連なる炎の列が広く野に照り映える。
その反対側からプリュギア人の一団が来て、哀悼の隊列を
結び合わせる。婦人らは、この隊列が家に近づくのを
見たのち、泣き叫んで都を火のついたような嘆きで包む。
だが、エウアンドルスを引き留められる力はどこにもなく、
王は群集の真ん中へやって来た。棺に安置されたパラスの
上に倒れ伏すと、そのままじっと動かず涙を流し、嘆息を吐く。

そうしてようやく、わずかに声の道が開いた。それほどの心の痛みだった。
「おお、パラスよ、こんなことではない、おまえが父と交わした約束は。
もっと用心深く、冷酷な戦争に身を投じるつもりであったはず。
だが、わたしにも覚えがある、それほど大きいのだ、戦場での新たな栄光、
初陣での限りなく喜ばしい誉れの魅力は。
ああ、若き身に哀れなる最初の功しよ。身近な場所での戦争の
過酷な教練よ。神々のどなたも聞き届けなかった
わが誓願と祈りよ。おお、神聖なる妻よ、
そなたは死んで幸せだった。この悲痛な日まで生き延びなかったのだから。
わたしは逆に、わが運命に打ち勝って生きたが、生き永らえたために
親のわたしがあとに残されてしまった。わたしもトロイアの友軍に従い、
ルトゥリ人の槍で滅ぼされればよかった。この身が魂を吐き出して、
この葬列はパラスではなく、わたしをわが家へ連れ帰っていたろう。
だが、テウクリア人よ、そなたらのせいではない。盟約や、あの
友好を結んだ右手のせいでもない。ただ、こんな天命はわたしのような
老人が授かるべきだったのだ。しかし、まだ若すぎる死が
息子に定められていたなら、まず数千のウォルスキ兵を殺してから、

テウクリア軍をラティウムへ導き入れつつ倒れたなら、嬉しくもあろうに。
いや、パラスよ、おまえにふさわしい死に様とはほかでもない、
敬虔なるアエネーアスが、大いなるプリュギア人らが、また、
テュレーニアの将軍らとテュレーニアの全兵士がふさわしいと考える死だ。
彼らが携える大きな戦勝の記念、あれはおまえの右手が死へ突き落とした者どもだ。
いま、おまえもまた武具をまとった巨大な幹となって立っていたはずだ、
もし息子と年頃も等しく、年相応の力も釣り合っていたならな、
トゥルヌスよ。だが、わが身の悲運ゆえに、どうしてテウクリア人の出陣を引き留めるのか。
さあ、行け。忘れずにこの伝言をそなたらの王へ届けよ。
パラスが命を落としたいま、なぜ厭わしき生に留まるかといえば、
あなたの右手ゆえだ。トゥルヌスに対し息子と父とのため、
果たすべき務めをご存じであろう。それだけが唯一、あなたの手柄にも
武運にもまだ欠けている。わたしが求めるのは生の喜びではない。
それはかなわぬ。ただ、息子に知らせを届けたいのだ、冥界の底まで」。
そのあいだに、アウローラが哀れなる死すべき人間どもに恵み深い

光をもたげて、仕事と労苦とをもち帰った。
いまや父アエネーアスが、いまやタルコンが湾曲した岸に沿って
火葬の薪を組み上げた。ここへと各自が身内の遺体を
祖先のしきたりに従って運ぶと、その下に黒く煙る火が放たれ、
天高く闇が蔽って暗くなる。
三度、輝く武具を身に着けた者たちが燃える火葬の薪積みの
まわりを走った。三度、痛ましい葬火の周囲を
馬に乗ってめぐり、慟哭を響かせた。
涙が大地にも注がれ、武具の上にも注がれる。
勇士らの叫びとラッパの響きとが天へ上がる。
ここで、殺したラティウム兵から奪い取った武具を
火に投げ込む者がある。兜や飾りの美しい剣、
轡や熱く回転する車輪を投げ込む。また、ゆかりの供物として
故人の盾や、運に恵まれなかった槍を焼く。
そのまわりで、「死」への犠牲に数多くの牛が屠られ、
剛毛の豚や田園のいたるところから連れてきた
家畜も喉を切って火に投じられる。それから、海岸のいたるところで

人々は仲間の遺体が焼かれるのを見つめ、焼け焦げた火葬の薪を
見守ったまま、その場を離れることができない。ついには湿った夜となり、
天が燃え立つ星を鏤めて回り始める。
　それに劣らず哀れなラティウムの人々も別の場所で
数えきれぬほどに火葬の薪を築いた。数多くの勇士の
遺体のうち、その地に埋葬されるものもあり、また、車にのせて
近隣の野へ運ばれ、都へと送り返されるものもある。
そのほか、入り乱れた殺戮により高く積み重なった遺体は
数えもせず、礼も尽くさずに焼かれる。このとき、どこを見ても茫漠たる
野に所狭しとばかり炎が輝きを放つ。
三日目に朝の光が天から冷たい闇を追い払ったとき、
人々は悲嘆にくれつつ、火葬の床に高く残った灰と入り交じる骨を
平らに崩して、その上にまだ温かい土盛りを築こうとした。
しかし、他にまさって富めるラティーヌス王の都では、その家々の内に
他にまさる叫喚、長く尽きることのない嘆きがあった。
こちらでは母親たちと哀れな嫁たちが、こちらでは愛情深い胸を
悲しみに痛める妹たち、また、父を亡くした子供らが

忌まわしい戦争を、トゥルヌスの婚礼を呪う。
トゥルヌスが自分で戦え、武器を取って決着をつけよ、
彼こそがイタリアの王権と第一位の栄誉を求めているのだから、と訴える。
と、ドランケスが容赦なく、事態の緊迫を深めて、召されるのはただ一人、
トゥルヌスただ一人が戦いの場へ求められている、と誓言する。
と同時に、反対の考えも数多く、さまざまに述べられ、
トゥルヌスを弁護する。后の大いなる名前も彼を庇い、
多くの武勇譚も戦勝記念碑とともに勇士を支える。
　このような騒乱のさなか、動乱が燃え上がるただなかで、
そのうえに、見よ、ディオメーデスの大都より、悲しみに沈みつつ
使者が返事をもたらす、「一つとして成就してはいない、手を尽くして
あれほどの大きな犠牲を払ってもだ。一つとして供物も黄金も
大願も効験のあったことがない。ラティウム軍は他に軍勢を
探すか、さもなくば、トロイアの王から和を求めるべきだ」との。
ラティーヌス王も嘆きの大きさに心が挫ける。
アエネーアスは運命を奉じ、見紛うことのない神意に導かれている、と
神々の怒りが、目の前に見たばかりの動乱が警告する。

そこで、大会議のため、臣下の主だった人々を下命によって招き、高き敷居の内へと集める。馳せ参じてきた人々の王宮に向かう流れはいっぱいに道々を満たす。その中央に座を占めて、もっとも年長にして、第一の権威を誇るラティーヌスが、その顔を曇らせつつ、さっそく、この場で、アエトーリアの都より戻った使者たちにもち帰った知らせを語るよう命じる。返事を求め、順を追ってすべてを話せ、と言えば、人々の舌が沈黙したのち、ウェヌルスが王の言葉に従い、こう語り始める。

「市民諸氏よ、われわれはアルゴスの陣営でディオメーデスに会った。道のりを踏破し、危難のすべてを乗り越えた。イーリウムの国土を葬り去った、あの腕に触れたのだ。彼は故国の民より名をとったアルギュリパ[1]の都を建設していた。イアピュギア[2]なるガルガーヌスの山野を勝ち取ったのだ。われわれは王宮に入って、面前で語る機会を得たのち、贈り物を献上し、名前と祖国とを告げる。誰が戦争を仕掛け、いかなる理由からアルピに身を寄せたか、

(1) アプーリアの町アルピ(第十歌二八行参照)の古名。故国アルゴスにちなむ命名。
(2) アプーリアに同じ。

耳にすると、ディオメーデスは穏やかな口調でこう答えた。
「幸運なる民よ、サトゥルヌスの王国よ、
古きアウソニアの人々よ、いかなる不運がおまえたちの静謐を
かき乱し、弁え知らぬ戦争に挑め、と促しているのか。
われら、剣をもってイーリウムの野を蹂躙した者はみな
――言わずにおこう、高き城下の戦闘でどのような辛酸を嘗めたか、
いかなる勇士らがシモイスの川底に眠るかは――、世界中でおぞましい
刑罰を、あらゆる罪の報いを受けている。この不幸な手合いを
プリアムスすら哀れと思うであろう。その証人はミネルウァの陰鬱な
星、エウボエアなるカペーレウス岬の復讐を果たす岩礁だ(3)。
あの軍役のあと、それぞれがさまざまな岸辺へ追いやられた。
アトレウスの子メネラーウスはプローテウスの柱(4)までも
流浪し、ウリクセスはアエトナのキュクロプスらを見た。
語る必要があろうか、ネオプトレムス(5)の王国や、王家を覆された
イドメネウスのことを、リビュアの岸辺に住むロクリ人(6)のことを。
大いなるアカイア勢を指揮したミュケーナエの王ですら、
館の敷居を跨ごうとする刹那、おぞましい妻の右手により

(3) オイーレウスの子アイアクスのカッサンドラ陵辱に対してミネルウァは嵐を送り（第一歌三九行以下参照）、エウボエアにあるカペーレウス岬の沖で船を難破させた。このとき、この地の王ナウプリウスは、息子パラメーデスの仇を討とうと、誤った灯火を掲げていた。
(4) プローテウスはエジプトの王。ここでは、「ヘルクレスの柱」が西の果てであるのに対し、東の果てを示す。
(5) ネオプトレムスについては第三歌三三〇行以下参照。
(6) イドメネウスについては、第三歌一二一行註参照。ロクリ人については、第三歌三九九行註参照。

討ち果たされた。アジア征服を待って間男が狙っていたのだ(1)。
ああ、神々は嫉み深かった。そのため、わたしは祖国の祭壇に戻り、
思い焦がれた妻と美しいカリュドン(2)を見ることができなかった。
いまも、目にするも恐ろしい兆しがついてきて離れない。
わたしが失った仲間たちは翼を羽ばたかせ天空を目指した。
川辺を飛び交う鳥となって――ああ、わが部下への忌まわしい
刑罰よ――、岩場を涙ぐむ声で満たしているのだ。
このような災いをわたしは、もうあのとき予期しておくべきだった。
あのとき、わたしは狂気の沙汰か、槍の先で神の体を
狙い、ウェヌスの右手に傷を負わせる瀆神を働いたのだから(3)。
できない、やめてくれ、わたしをこのような戦いへと追い込むのは。
わたしとトロイア人らのあいだに戦争はない、ペルガマが
陥落したあとはな。昔の災いを思い起こしても楽しくないのだ。
そなたらが故国よりわたしのもとへ携えてきた贈り物は
アエネーアスへやってくれ。彼の厳しい武器にわたしは立ち向かって、
手合わせした。身をもって知る者の言葉を信じよ、彼がどれほどの巨軀を
利して盾を押し込むか、槍を投げるにいかなるつむじ風を起こすか。

(1) アガメムノンがミュケーナエ帰還の日に妻クリュタエメストラと情夫アエギストゥスにより殺されたことに言及。

(2) ディオメーデスの生地であるアエトーリアの町。ここから、彼の父テューデウスがアルゴスに移り住んだ。

(3) 第十歌三〇行註参照。

あのような勇士をさらに二人、イーダの地が
生んでいたなら、イーナクスの町々へトロイア人のほうから
来襲したであろう。運命は逆転して、嘆くのはギリシアであったろう。
堅固なトロイアの城市がどれほど持ちこたえる支えであったにせよ、
ヘクトルとアエネーアスの手腕があればこそ、ギリシア軍の勝利は
押し止められ、十年目まで足踏みした。
両雄とも闘志があり、両雄とも卓抜した武芸を誇っていたが、
敬虔さではアエネーアスが上だった。右手を交わして盟約を結べ。
まだ間に合う。武器と武器を衝突させぬよう、注意せよ」。
最良なる王よ、かの王がどのように答えたか、また、
この大戦争にどのような考えかは、いまお聞きのとおり」。
　こう使者が述べると、それぞれの口をさまざまに走った
どよめきにイタリア人らの困惑が現われる。それは岩にせき止められた
川の奔流のよう。流れる先を閉じられて水音が起こり、
近くの岸に波が弾けて轟々と響く。
心に落ち着きが戻って、口々に話す狼狽が静まるやただちに、
王はまず神々に祈ってから、高き玉座よりこう口を切る。

「ラティウムの諸氏よ、国の命運についての決定はもっと以前に
しておきたかったし、そのほうがまさった。無理だ、時がここに至って
会議を召集しても。城壁のそばへ敵が来ているのだ。
市民諸氏よ、この戦争に勝ち目はない。神々の血統にして、
不敗の勇士らがわれらの相手だ。彼らは疲れを知らずに
戦い、敗れたときにも剣を手放しはせぬ。
もしアエトーリア軍[1]の加勢に希望をもっていたのなら、
諦めよ。みなそれぞれに希望はある。だが、その頼りなさも承知のはず。
その他のことも打ち砕かれて崩壊し、倒れ伏していることは
目の前に見えている。すべて、そなたらの手に取って確かめられる。
わたしは誰も責めない。できうるかぎり大いなる武勇を
発揮したのだ。王国全土を挙げて戦ったのだ。
だが、いまとなって迷う心にどのような考えを抱くか
話して聞かせよう。手短に告げるゆえに心して聞け。
昔からのわたしの領地がティベリス川に接してある。
西に広がって、その境界はシカーニ人[2]の土地のさらに向こうだ。
そこでアウルンキ人とルトゥリ人が種を蒔き、鍬で固い

(1) ディオメーデスによる加勢のこと。

(2) 第七歌七九五行註参照。

丘を耕し、その荒れきった斜面で放牧をしている。
この地域のすべて、松の生えた高山地帯を
トロイア人との友好のために譲ろう。盟約を公正な
条件で取り決めよう。彼らを盟友として王国へ招こうではないか。
十分な意欲があるなら、定住するもよい、城市を築くもよい。
だが、もし他に領土を求め、他に国を建てようとの
心づもりで、われらの土地から出ていってもよいというなら、
われわれはイタリアの樫材で二十隻の船を建造してやろう。
あるいは、人員がさらに多くの船を満たしうるとしても、岸辺にすべての
資材がある。彼ら自身に船の数と様式を
指定させてもよい。われわれは青銅も、人手も、船渠も提供できよう。
さらに、この言葉を伝えて盟約を確たるものとするため、
ラティウムの高貴な家柄の者百人を大使として
遣わすのがよいと思われる。講和の枝を手に掲げ、
携えてゆく贈り物として、数タラントゥムの金銀、
また、わが王権の象徴たる椅子とトラベアをもたせるのだ。
心を寄せ合って審議せよ。疲弊した国力に救いをもたらせ」。

ここで、ずっと同じ敵意を抱くドランケスが立つ。トゥルヌスの栄光を
陰で妬み、苦々しい思いに胸を突かれている者であった。
私財を人に施し、弁舌にすぐれるが、その右腕は戦場に出ると
凍りつく。審議の場では侮れぬ発議者と見なされ、
動乱を起こす力がある。彼が生まれを誇るには母方の
高貴な血筋が与っていたが、父方の系譜は定かでなかった。
この者が立ち上がり、このような言葉をたたみかけ、憤怒をつのらせる。
「事は誰の目にも明らかで、われらが声に出して言う必要もない。
善良なる王よ、それをあなたは審議にかけている。誰もがとっくに承知だ、
国民の命運がどこへ進むべきかは。ただ口ごもって言わぬだけだ。
あの男をして話す自由を与えさせ、高ぶる気負いを捨てさせるがよい。
あの男のまがまがしい導きと不吉な性向のせいだ。そのせいで
——わたしは言うぞ、たとえ武器を突きつけ、殺す、と威してもな——、
われわれの目の前であれほど多数の輝かしい指揮官らが倒れ、
全都が悲嘆に沈んだのだ。そのあいだ、あの男はトロイアの陣営に
挑むも、逃げ足に自信があるからで、武器はこけおどしだった。
もう一つ贈り物をするがよい。数多くの品を届けよ、

トロイア人らに約束せよ、とご下命の贈り物に、最良の王よ、いま一つを
加えるがよい。あなたは、いかなる者の暴虐にも屈せず、
姫が傑出した婿殿とふさわしい婚礼を挙げるよう
父の許しを下されよ。この講和により永遠の盟約を結ばれよ。
しかし、心と胸をふさぐ恐怖が大きすぎるというなら、
われわれは直接あの男に懇願しよう。当人から赦しを求めて頼もう。
譲ってくれ。おまえ個人の権利を王と祖国のため捨ててくれ。
なぜ哀れな市民らを何度も危難の淵へと
投げ込むのだ、おお、ラティウムにこのような災いをもたらす源め。
戦争をしては助からぬ。おまえにわれわれが一致して求めるのは平和と、
合わせて、トゥルヌスよ、平和を不可侵とする唯一の保証だ。
このわたしがおまえには敵と見えよう。それでもいっこうにかまわぬ。
それ、わたしが最初に伏して頼む。おまえに従う者らを哀れと思え。
意地を捨てよ。撃退されたまま逃げ去れ。潰走の中に十分すぎる死者を
われわれは見た。広大な土地を荒野と化してしまった。
あるいは、名声に心が向かい、それだけの剛毅を胸に
抱いているなら、そこまで王宮という婚資が欲しいなら、

奮い立て。敵の正面へ自信にあふれる胸を押し立てよ。
もちろん、トゥルヌスが王家の妻を迎えるため、
われら二束三文の命、埋葬も涙ももらえぬ、その他大勢は
戦場で倒されようではないか。おまえも、少しは力があるなら、
少しは父ゆずりの士気があるなら、あそこにいる者に向き合え。
おまえを呼んでいるぞ」。
　このように言われてトゥルヌスの暴虐な心は燃え上がった。
一つ呻いてから、胸の底よりこのような言葉を吐き出す。
「いつも決まって言葉豊富だな、ドランケスよ、おまえの弁舌は。
とりわけ、戦争が腕力を必要とするときにそうだ。元老院が召集されると
おまえは真っ先に駆けつける。しかし、いま議場を言葉で満たしている場合ではない。
おまえが無事に大言を飛ばしていられるのも、まだ敵を防ぎ止めて
城壁の土塁があり、塹壕にも血が溢れていないからだ。
だから、いつものとおり、雷のように雄弁を轟かせよ。わたしを腰抜けと
非難しろ、ドランケスよ。おまえは累々と死骸の山を築くほど
テウクリア人をその右手で倒して、いたるところに立てた戦勝記念柱で

野を飾っているのだろうから。生きた武勇にどれほどの力があるか、
おまえはすぐに試せる。遠出の要はないのだ、まったく、敵を
われわれが探すにはな。四方から城壁を取り囲んでいるのだから。
出ていけば向き合えるのだ。何をためらう。それとも、おまえの士気は
風を起こす舌と、その逃げるに速い足の中に
いつもあるのか。
わたしが撃退された、だと。恥知らずめ、撃退された、と誰が正当に
非難できるのだ、その相手はテュブリス川の水嵩がトロイア人の血で
高まるまで、エウアンドルスの王家と一族全体が倒れ伏して、
アルカディア軍が武器を剥ぎ取られるまで見届けているのに。
この力をわたしは思い知らせてやった、ビティアスや巨漢パンダルス、
また、一日でタルタラの底に送り込んだ千の兵にも。わたしのこの勝利は
城壁の中に閉じ込められ、敵の土塁に囲まれてのものだった。
戦争をしては助からぬ、だと。たわけ者め、そんな科白はトロイア人の
首領とおまえ自身のために言え。だから、さあ、万事を大げさな
恐怖でかき乱してみよ。さっさとやれ。二度も敗れた民の
力を称揚してみよ。翻って、ラティーヌスの武力をおとしめてみよ。

ならば、いま、プリュギアの武力にミュルミドネス人の大将らもおののき、
いま、テューデウスの子もラリーサのアキレスも恐れるはず、
いま、アウフィドゥス川が逆流してハドリア海の波から逃げるはずだ。
だが、どうだ、わたしの叱責に対して、この男はびくびくした態度を装い、
その驚愕により中傷の棘を鋭くしている。悪辣な小細工ではないか。
決してないぞ、おまえのそんな魂をこの右手が——あわてて逃げるな——
奪うことはな。おまえの胸の中に置いて、一緒に住まわせておけ。
さあ、いま、父王よ、あなたの大事な議題に戻ろう。
われらが戦力に、もはや、いかなる希望もかけておられぬなら、
われらを見限るにも、ただ一度の隊伍の敗走で
われらが全滅を喫し、運の女神も戻って来ぬ、というなら、
講和を乞いもしよう。なすすべなく右手を差し出そう。
しかし、いつもの武勇がまだ少し残っていたとすればどうなのか。
わたしに言わせれば、他の誰にもまして労苦により報われる者であり、
傑出した魂なら、そのような目に遭うよりさきに
必ずや倒れ伏して死ぬ。それを最後に土を嚙む。
しかし、われわれには余力もあり、まだ無傷の青年隊もある。

加勢に立つイタリアの町々や人民も残っている。
他方、トロイア軍に訪れた勝利の栄光は多大な
血をともなった。彼らも死者を出した。すべての者を等しく
嵐は襲った。ならば、なぜ、戦いに踏み出したばかりで面目を潰したまま
打ち沈むのか。なぜ、ラッパの鳴る前に戦慄が手足を捉えるのか。
これまで多くのことが一日でも、時の推移、苦難の変転とともに、
よいほうへ転じた。多くの人々が去来を繰り返す
運の女神にたぶらかされては、またもとの堅固な場所に置かれた。
アエトーリア人とアルピの町はわれわれに加勢しようとせぬ。
だが、メッサープスと強運のトルムニウスがいる。また、
諸国より遣わされた大勢の指揮官らがいる。小さからざる勝利の栄光を
ラティウムとラウレンテスの野から選ばれた者らも得るであろう。
ウォルスキの傑出した民のもとからはカミラも来て、
騎馬隊と青銅の武具も華々しい軍勢を率いている。
だが、もしテウクリア人らがわたし一人を戦いの場に呼び出し、
それが是認され、それほどにもわたしが公益に障害であるというなら、
これまで勝利の女神がわが右手を憎んで見捨てたことはないのだから、

このような大望のためには、いかなる試練も拒みはしない。
わたしは勇ましく立ち向かおう。たとえ、大いなるアキレスにもまさり、
同じようにウォルカーヌスの手で造られた武具を身に着ける者が
相手でもかまわぬ。この身命は諸君と義父ラティーヌスのものだ。
このトゥルヌスの武勇は祖先の誰にも劣らぬ。そのわが身を
捧げた。わたし一人をアエネーアスが呼んでいる、だと。呼ばせよ。願ってもない。
ドランケスにはつとまらぬ、ここに神々の怒りがあるなら、それを
死によって贖うことも、ここにある武勇と栄光を勝ち取ることも」。
　このように彼らが険悪な情勢を論じて互いに
争っているあいだに、アエネーアスは陣営と戦列を動かした。
伝令がはなはだしい騒ぎを王宮に広めつつ
走り、見よ、都を大きな恐怖で満たす、
ティベリスの川辺から戦列を組んだトロイア軍と
エトルーリアの隊列が平原のいたるところへ降ってきている、と。
すぐさま、人心は混乱した。民衆の胸は
動揺し、不穏な激昂が憤怒へと高まった。

人々は慌てて伸ばした手に武器を要求する。武器を求めて若者らが騒ぐ。
だが、父親らは悲嘆の涙を流して口ごもる。四方から起きる叫びが
それぞれに異を唱えて、大きく空に上る。
それはまさしく、高き聖林の中に、折しも大群の
鳥たちが住みかを定めたとき、あるいは、パドゥーサの魚群れる流れ(1)で
白鳥たちが嗄れ声を響かせつつ、川辺を水音で満たすときのよう。
この機を捉えて、トゥルヌスが言う。「よし、それでは、市民諸氏よ、
会議を召集せよ。座して平和を讃えよ。
だが、向こうは武装して王国になだれ込んで来るぞ」。それだけを語ると、
さっと立ち上がり、疾く高き館の外へ出た。
「ウォルススよ、そなたはウォルスキの部隊に戦闘態勢の触れを出せ。
また、ルトゥリ軍を指揮せよ。武装した騎馬隊をメッサープスと
コラスとその弟とが広く平原に散開させよ。
一部は都の入り口を固めて、櫓に陣取れ。
その他は、わが命ずるところへ、ともに突撃せよ」。
　たちまち、全都の城壁の上へ兵が走る。
父王ラティーヌスも会議と大いなる企てを

(1) パドゥーサはパドゥスに同じ。白鳥について第十歌一八九行註参照。

放棄する。暗澹たる時局に困惑して事を先送りしたまま、
しきりに自身を責めて、どうして自分から受け入れなかったのか、
ダルダヌスの血統のアエネーアスを都の婿に迎えればよかった、と悔やむ。
城門の前に塹壕を掘る者もあり、岩や杭を
担いで行く者もある。戦争の合図を血なまぐさく響かせて、嗄れた
ラッパの音がする。このとき、城壁にはさまざまな人が配置についた。
婦人らも少年らも、すべての者があとのない苦役に駆り出される。
そればかりか、パラスの神殿へ、城塞の頂へと、
大勢の母たちをともない、女王が車に乗って参拝し、
供物を捧げる。隣には乙女ラウィーニアがつき従ったが、
大災厄の原因となったゆえに、美しい目を伏せていた。
母たちは参道を上がると、神殿に香を燻らせ、
高き敷居より悲嘆の声を絞り出す。
「武器を司り、戦争を掌握する女神よ、トリートン生まれの乙女よ、
プリュギアの盗賊の槍を御手により折りたまえ。その体を
地面へ前のめりに倒したまえ。高き城門の下に打ちのめしたまえ」。
猛り狂うトゥルヌスも一刻を争って戦いの身支度をする。

いまや、赤光りする胸当てを身に着けると、そこには青銅の
甲殻が並んでいる。脚は黄金の脛当てで包み込んだが、
こめかみはまだむき出しのままで、腰に剣を佩《は》いていた。
黄金の武者姿を輝かせつつ、城塞の高みより駆け下ってきたとき、
闘志は躍り上がり、思いはすでに敵を捉えている。
それはちょうど、綱を切って囲みを逃れ、
ようやく自由になった牡馬のよう。開かれた野を自分のものとして、
そのまま牧場へ、牝馬らの群れへ向かうか、
さもなくば、慣れ親しんだ川の水を浴びようと
駆け出す。高くうなじを上げて嘶き、
跳ね回れば、鬣が首や肩のあたりにじゃれる。
　その彼に向かって、ウォルスキの戦列を従えたカミラが
走り寄る。城門のそばで女王が馬から
飛び降りると、それに倣って全軍も馬を
降りて地面に滑り立った。このとき、女王はこう語る。
「トゥルヌスよ、勇士たる者、みずからを恃む心があって当然なら、
わたしも意を決して約束する、アエネーアス軍の騎馬隊に突進し、

単騎にてもテュレーニアの騎兵に真っ向から立ち向かおう、と。
わが手が戦争の最初の危難に挑むことを許可せよ。
あなたは徒歩にて城壁に踏み止まり、城市を守れ」。
トゥルヌスは、これに対し、両眼を恐るべき乙女から動かさずに言った。
「おお、イタリアの誉れたる乙女よ、いかなる感謝の言葉を、
いかなる返礼を用意すればよいのか。しかし、さあ、あらゆるものを
あなたの気概は凌駕しているのだから、わたしと苦難を分かち合え。
アエネーアスは、風聞を裏づけるべく遣わした斥候の
報告によれば、邪にも軽装の騎馬隊を
先発させて、平原を荒らせ、と命じた。自身は高山の
人気のない場所を尾根づたいに越え、この都へと進んでくる。
わたしは木々がアーチを作る道で秘密の作戦を仕掛ける。
その両方の出口に武装した兵を配して塞ぐのだ。
あなたはテュレーニアの騎兵を迎え撃って交戦せよ。
あなたには、気合い鋭いメッサープスとラティウムの騎馬隊、
それにティブルトゥスの部隊がつく。あなたも指揮官の責務を担え」。
こう言うと、戦いへ向かうよう、同様の言葉でメッサープスと

盟友の指揮官らを激励しつつ、敵めがけて進む。
　曲がりくねった谷があり、敵を欺く作戦に
格好であった。生い茂る枝葉も黒く
斜面が両側から迫り、通じる道は細い。
出口はともに狭く、入るのも容易ではない。
これを上から見下ろす山の頂に
平らな場所が人知れずあり、安全に身を隠せる。
思いのままに、左右いずれの道から合戦に出ることも、
尾根に立って巨大な岩を転げ落とすこともできる。
ここへと若武者は覚えのある道筋を通って進み、
場所を確保してから、危険な森に待ち伏せた。
　そのあいだに、天上界では、俊足のオーピスという
乙女の仲間にして神聖な取り巻きの一人を
ラトーナの娘が呼び、悲しげにこのような言葉を
かけて言った。「カミラが悲惨な戦争へと進んでゆく。
ああ、乙女の身で、わが武器を身に帯びても報われはせぬ、
誰にもまして寵愛したのだが。決して最近ではない、このディアーナの

五三〇

愛が生じたのは。突然ではない、心を動かした喜びは。
不遜な横暴が反感を買い、王国を逐われた
メタブスがプリウェルヌム(1)の古都を去ったとき、
戦争の嵐のまっただ中を逃げる途次、赤子を
取り上げて流浪の道連れとし、母カスミラの名を
一字変えてカミラと呼んだ。
この子を自分の胸元に抱えて長く連なる尾根を目指し、
人の住まぬ森を抜けた。四方から冷酷な槍が迫っていた。
ウォルスキ人があふれるほどの兵を飛び回らせていたのだ。
と、見よ、逃亡のさなか、アマセーヌス川が氾濫し、川岸の
上に飛沫を飛ばしていた。嵐の雲がそれほどの大雨を
降らせていた。メタブスは泳ぎ入ろうとするが、赤子への愛ゆえに
二の足を踏み、可愛い荷物を心配する。心中にあらゆることを
思いめぐらすうちに、突如、やむなく、こう考えを決めた。
たまたま、巨大な槍を屈強な手に携えていた。
それは戦士がもつ、節くれ立った樫の木を固く鍛えた槍で、
これに娘を、森に生えるコルク樫の樹皮で包んでから、

(1) ローマの南東六五キロほどにあり、前三二九年にウォルスキがローマに征服されたとき、最後の砦となった。

括りつける。具合よく槍の中央に巻きつけた。
これを巨大な右手に構えつつ、天に向かい、こう言った。
「恵み深い女神よ、この子はあなたのものだ、森を愛でるラトーナの娘よ。
父の手から侍女として捧げる。この子は最初にあなたの武器を握り、
命乞いしつつ、風を切って敵から逃れる。願わくは受け取りたまえ、
女神よ、あなたの子を。いま、当てにならぬ風に託されるこの子を」。
こう言うと、腕を引いてから、槍に回転をつけて
投げ込んだ。と、波が音を立てた。川の激流の上を
不幸なカミラは風切る槍に乗って飛ぶ。
他方、メタブスは、大勢の追っ手がすぐ近くへ迫っていたため、
川へ身を投ずる。こうして、この賭けに勝ち、娘と槍とを
繁った芝土から抜いて、トリウィアへの捧げ物とした。
だが、どの町も彼を、家はおろか、城市の中にも
受け入れなかった。また、激しい気性から自分から屈服はしなかった。
そこで、人里離れた山中で牧人の生活を過ごした。
この藪に囲まれ、すさんだ獣の棲みかのような中で、娘を
群れなす牝馬の乳房、獣の乳で

養った。乳を搾って柔らかな口へ入れてやった。
幼子が初めて立って、足を踏み出すことを
覚えるやいなや、その手に鋭い投げ槍を持たせ、
小さな娘の肩に弓矢を背負わせた。
黄金の髪留めの代わりに、裾の長い衣の代わりに
虎から剝いだ皮が頭から背中を被って垂れた。
すでにそのとき、柔らかな手から子供の槍を投げた。
滑らかな引き帯にくるんだ投石を頭の上で振り回してから、
ストリューモン川の鶴や輝く白鳥に当てて落とした。
かなわぬことながら、テュレーニアの町々で多くの母親らが彼女を
嫁にと望んだ。だが、彼女はディアーナのみで心を満たし、
槍と純潔に捧げた永遠の愛を
汚すことなく育んでいる。ああ、こんなことにならねばよかった、
このように彼女が出征してテウクリア人に挑もうと企てるとは。
わたしに可愛がられ、いま、わたしの取り巻きの一人でいるはずなのに。
しかし、さあ、過酷な運命が迫っているのだから、
ニンフよ、天より滑り降り、ラティウムの領土を訪ねよ。

580

そこで、呪わしい兆しのもとに悲惨な戦いが行なわれている。
これを取れ。矢筒より復讐の矢を繰り出せ。
誰であれ神聖な体に傷を負わせる瀆神を働いた者には、この矢により、
トロイア人もイタリア人も区別なく、血の報いを払わせよ。
そのあとは、わたしが雲に包んで彼女の哀れな遺体を、武具を
剝がれぬうちに、墓所へと運ぶ。祖国へ届けるであろう」。
女神がこう言うと、ニンフは軽やかな風を切って天から滑り降りる。
黒いつむじ風に包まれた体は轟音を残した。
　だが、そのあいだに、トロイアの軍勢が城壁へ近づいていた。
エトルーリアの指揮官らも続き、騎馬隊も全軍の
成員を整えた。平野全体に嘶きを響かせつつ
馬が蹄の脚を跳ね上げる。手綱の締めつけに抗って
右へ左へと体の向きを変えた。このとき、畑には広く一面、槍の
穂先が立ち並び、野原には高く掲げた武器が燃え立つ。
これを迎え撃って、メッサープスと快速のラティウム兵、
また、コラスとその弟、乙女カミラの騎馬隊が
正面から戦場に現われる。右手をうしろへ大きく引きながら、

槍先を突き出し、また、投げ槍を構える。
両軍の登場と馬の嘶きがさらに戦意を燃え立たせる。
いまや、槍の射程内に双方が進んで
歩みを止めた。と、いきなり喚声を上げて突撃する。猛り狂う
馬に鞭を入れれば、同時に四方から降り注ぐ投げ槍は
雪片のように引きも切らず、空が暗く蔽われる。
すぐさま、テュレーヌスと気合い鋭いアコンテウスが相対するや、
槍をもって力いっぱいに衝突し、最初に倒れる
者たちとなる。轟音とともに馬と馬とをぶつけ合い、
当たった胸と胸とが砕けた。アコンテウスは振り落とされ、
雷電か、あるいは、投石器から打ち出された弾のように、
真っ逆さまに遠くへ飛び、命を宙に散らした。
　と、ただちに戦列は混乱した。ラティウム軍は敗走に転じ、
盾を背中に上げながら、馬を城壁のほうへ向ける。
トロイア軍が追走し、アシーラスが先頭に立って騎馬隊を指揮する。
いまや、城門へ近づいたとき、ラティウム軍がふたたび
喚声を上げ、馬のしなやかな首をもとへと向け直す。

今度はトロイア軍が逃げにまわり、手綱をいっぱいに繰り出して引き返す。
それはちょうど大海が交互に潮波を走らせるときのよう。
いま、陸に押し寄せれば、岩場の上に波を打ちつけて
泡立ちつつ、汀《みぎわ》の砂を弓の形に濡らす。
いままた、勢いよく引けば、潮に転がる岩を
吸い込みつつ逃げ、浅瀬を滑って岸を去る。
二度、エトルーリア軍はルトゥリ軍を城壁まで敗走させたが、
二度、はね返されて、背中を盾で被いつつ後方を振り返った。
しかし、三度目にぶつかって合戦となると、いたるところで
戦列が互いに絡み合って、勇士は一対一の敵を選んだ。
このとき、息絶える者らの呻きが起こり、深い血の海に
武具も体も沈む。殺された勇士らに混じって
馬も息絶え絶えに転げ回り、戦いの激しさが高まる。
オルシロクスは、レムルスにまともに立ち合うのは怖いため、
その馬に槍を投げ込んだ。と、穂先は耳の下に残り、
その打撃で馬は荒れ狂って立ち上がる。傷に耐えられず、
胸を立て、脚を高く振り上げれば、

レムルスは振り落とされて地面に転がった。カティルスは大いなる魂の
イオラスと、胴と両肩が大きな
ヘルミニウスを打ち落とした。ヘルミニウスは頭をむき出しで
金髪を見せ、肩もむき出しにして、傷を恐れず、
それだけの巨軀を武器の前に曝していた。その広い肩を槍は
突き抜けて震える。貫通した痛みで勇士は身を二つに折った。
いたるところに黒い血が流れる。剣により命を奪おうと
人々は争い、負傷のうちに栄えある死を求める。
　だが、殺戮のまっただ中でアマゾンのように勇み立つのは
矢筒を背負ったカミラで、片方の胸を露わにして戦う。
その手から強靭な槍を雨霰と降らすかと思えば、
疲れを知らず、右手に頑丈な両刃の斧をつかむ。
その肩ではディアーナの武器たる黄金の弓が鳴る。
撃退されてうしろへ引いたときでも必ず、
逃げる方向とは逆に弓を向けて矢を放つ。
だが、そのまわりには選り抜きの女戦士がつき従う。乙女ラリーナと
トゥラ、青銅の斧を打ち振るタルペイアなど、

これらイタリアの女は、神のごときカミラ自身が己れの誉れとし、
平時にも戦時にも佳き侍女として選んだのであった。
その様子は、テルモードンの流れをトラーキアの
アマゾンらが踏み越え、彩色した武具をもって戦うときのよう。
ヒッポリュテを中心にしてか、あるいは、戦車に乗ってマルスの娘
ペンテシレーアが帰還するときか、大叫喚を轟かせつつ、
女の軍隊が半月刀を携えて勇み立つ。
　荒々しき乙女よ、その武器は誰を最初に、誰を最後に
打ち倒すのか。あるいは、幾人の体から命を奪って地面に横たえるのか。
最初はクリュティウスを父とするエウナエウスで、その露わな
胸を正面から樅の木の長柄の槍が刺し貫く。
彼は川なす血を吐いて倒れるや、血に濡れた
土を噛みつつ、致命の傷に身をよじる。
それからさらにリーリスとパガススを倒す。一方が
転んだ馬から投げ出されて手綱を取り集めるところへ、もう一方が
駆け寄り、倒れている味方に武器をもたぬ右手を差し出したが、
二人とも一緒に頭から崩れ落ちた。これらに加え、ヒッポタスの子

アマストルスを倒し、続いて、遠くから槍で襲いかかり、
テーレウスとハルパリュクス、デモポオンとクロミスを仕留める。
こうして、乙女の手より放たれ、打ち込まれた投げ槍の数だけ、
多くのプリュギアの勇士らが倒れた。そばに、オルニュトゥスなる武器に
不慣れな狩人がイアピュギア産の馬に乗っている。
その幅広い肩を牡牛から剝いだ皮で
被って戦士となり、頭を狼の大きく開いた口と
白い歯の並んだ顎で包んでから、
田舎暮らしの手を狩猟の槍で武装した。その姿は、大軍の
真ん中に位置を占めて、頭一つ抜きん出ている。
この男をカミラは捉えて――隊伍が敗走していたため雑作はなかった――
刺し貫き、その上から胸中の敵意をこう言葉に表わす。
「テュレーニアの者よ、森から獣を追い立てようとでも思ったのか。
その日がついに来たのだ、女の武器がおまえたちの
言葉の偽りを証明する日が。それでも、軽からぬ名誉を祖先の
霊のもとへと届けるがいい、カミラの槍に倒された、というこの名誉を」。
　続いてすぐ、オルシロクスとブーテスと、巨漢のテウクリア人二人を

倒す。ブーテスには、その背へ槍の切っ先を打ち込んだが、
それは鎧と兜の隙間、騎乗した体勢から首が
覗くところで、盾は左の二の腕に垂れていた。
オルシロクスに対しては、追い立てられ、大きな円を描いて逃げるように
装ってから、輪の内側を取り、追ってくる相手をこちらが追う。
それから、頑丈な斧を、勇士の武具も破れ、骨も砕け、と
高く伸び上がりつつ、しきりに相手が嘆願し、祈るにもかまわず、
何度も打ちつける。と、その傷口から熱い脳髄が散って顔を濡らす。
そこに来合わせ、突如目に入った光景に驚愕して足がすくんだのは
アッペンニーヌス山地に住むアウヌスの子なる戦士で、
運命が術策を許したあいだは、他に遅れをとらぬリグリア人であった。(1)
この者が、もはや走って戦いから逃れることも、
女王の攻撃を他に逸らすこともできない、と見て取ると、
思慮をめぐらして策略を切り出した。奸智を働かせ、
こう口を切る。「どこがあっぱれなものか、女のそなたが勇敢な
馬に信を置くなら。逃げる手段を捨てよ。近くへ寄れ。わたしと同じく
平らな地面に身を託せ。徒歩の戦いの支度をせよ。

(1) アッペンニーヌス（アペニン）山地北部に住むリグリア人は巧みに欺瞞を弄することで知られていた。

すぐに教えてやろう、ほら吹きが誰に危害をもたらすか」。
彼がこう言うと、乙女は猛り狂い、激しい怒りに燃えた。
馬を仲間に渡し、対等の武器で立ち合う。
徒歩で、恐れを見せず、抜き身の剣と飾りのない盾を構える。
だが、若者は、策略で勝ったと合点するや、飛ぶように逃げる。
一瞬の躊躇もなく、手綱の向きを転じるや、一目散に逃げ去る。
馬を急かして青銅の拍車を入れ続ける。
「愚かなリグリア人め、傲り高ぶり、思い上がっても報われはせぬ。
なんにもならぬぞ、人を騙そうと生国の術策を試しても。
詐術で無事に戻れはせぬ、嘘つきのアウヌスのもとへは」。
乙女はこう言うと、火のように速く足を運び、
走って馬を追い越すや、手綱を取り押さえて正面から
向き合い、敵の血により報いを果たす。
その早業は隼のよう。神聖な鳥は、高き岩場より
翼を閃かせ、雲の上に舞い上がる鳩に追いつくや、
取り押さえて離さず、鉤爪の足ではらわたを破る。
このとき、血とむしられた羽根が空から舞い落ちる。

だが、人々と神々の父はこの様子にしっかりと
目を向けて見つめつつ、オリュンプスの頂に高く座す。
父神はテュレーニアの王タルコンを過酷な戦いへと
駆り立て、厳しく叱咤して憤怒を注ぎ込む。
そこで、死傷者を出して劣勢な隊伍のあいだへタルコンが
馬を進め、さまざまに声をかけて騎馬隊を激励する。
一人一人の名を呼び、撃退された味方を戦いへと立て直す。
「何を恐れるのだ。悔しくないのか。おお、いつも役立たずの
エトルーリア人らよ、どうしてこんな臆病風が心に吹いたのだ。
女ではないか、この隊列を追い散らし、敗走させているのは。
何のために剣がある。この槍を右手に携えながら、なぜ使わぬのだ。
まったく、手が早いのは愛欲と夜の戦、
あるいは、曲がった笛がバックスの歌舞を告げたときだ。
待っているがいい、宴の席を、いっぱいに盛った膳と杯を。
こればかりを欲し、望むのだから。そのうちに、占い師がめでたく祭儀の
お告げをしてくれよう。太った犠牲獣に呼ばれて高き聖林へ入れよう」。
こう言い放つと、決死の覚悟で敵中へ馬を

駆り立てる。ウェヌルスの正面へ疾風のごとく乗り入れるや、
敵を右腕に抱えて馬から引きはがした。
胸の前へ強力で抑えたまま全速で運び去る。
喚声が天に上がり、ラティウム兵はこぞって
目を瞠《みは》る。タルコンは火のように平原を疾駆し、
武具と勇士を運ぶ。このとき、敵の槍先から
穂先をはずし、また、肌の露わな場所を手探りして、
そこに致命傷を負わそうとする。相手もこれに抵抗して、
喉から右手を押し退け、力に力で逃れる。
それはあたかも、大蛇をつかんで高く舞いつつ、褐色の
鷲が飛ぶときのよう。足を絡めて、鉤爪を弛めずにいると、
傷ついた蛇もうねうねととぐろをめぐらし、
鱗を逆立てつつ、口では舌を鳴らし、
頭を高くもたげる。鷲も負けずに攻め立て、曲がった
嘴で抗う相手を突きながら、同時に、空を翼で打つ。
まさにそのように、タルコンは獲物をティーブル人の隊列から
勝ち誇って運ぶ。指揮官が身をもって示した成功に続いて

マエオニアの兵が攻め込む。このとき、運命に呼ばれたアルンスが
快速のカミラに対し、まず、投げ槍と深い術策をもって、
まわりを回り、どう事を運ぶのがもっとも容易か探りを入れる。
隊列の真ん中で乙女が猛り狂う雄姿をどこへ運んでも、
そこへアルンスもあとを追い、もの言わず足取りを見守る。
向こうが勝利を収めて帰り、敵方から足を戻せば、
それを追って若者も密かに手早く手綱の向きを転じる。
こちらから近づいては、またあちらからと、行きつ戻りつ、あらゆる
方向から回り込みつつ、邪に必中の槍を振って狙う。

　折しも、キュベルス[1]に身を捧げ、かつて神官であったクローレウスが
プリュギアの武具を輝かせ、遠目にも際立っていた。
乗り回す馬は泡を吐き、その身を革の地に青銅の
甲殻と黄金を羽毛の形に編み込んだ鎧が覆っていた。
クローレウス自身は外来の鉄錆色と紫の衣も鮮やかに
リュキアの弓からゴルテュン[2]の矢を放っていた。
この予言者の肩にかかる弓も黄金なら、兜も
黄金であった。また、サフラン色の外套からはためく麻の

(1) キュベルスはプリュギアの山の名だが、ここでは、これを聖山とする女神キュベーベの代わりに用いられた。

(2) ゴルテュンはクレータの町だが、ここでは単に、クレータと同じ。クレータが弓矢で有名なことから。

鬟を黄金の留め金に束ねてあり、
トゥニカと異国風の脛当てを刺繍で飾っていた。
この者を乙女は追う。神殿に掛けようとトロイアの
武具を狙ったか、分捕った黄金に身を包んで誇示しつつ
狩りに出ようとしたか、誰を相手に戦うよりも、ただ一人だけを
やみくもにつけ回した。用心を失って隊列のいたるところを回り、
獲物と戦利品を求める女の愛欲に燃えていた。
ようやくここに好機をつかみ、待ち伏せた場所より投げ槍を
放とうとして、アルンスは天上の神々にこう祈る。
「神々のうちにも最高の方よ、聖なるソラクテの守護神アポロよ、
われらはあなたの第一の崇拝者[1]、あなたのために松の木を積み上げて熱く
燃やす。信心の力を頼りに火の中を渡り、
われら信者は敷き並べた熱い炭の上を踏み歩く。
かなえたまえ、父神よ、わが武器によりこの恥辱を抹殺することを。
あなたは全能なのだから。負かした乙女の武具も戦勝記念柱も、
また、いかなる戦利品もわたしは求めぬ。わが誉れは他の
手柄から得られよう。この疫病神がわが手の負わせる傷により

(1) ソラクテ山で崇拝された神格アポロ・ソラーヌスの神官を念頭に置く。ヒルピ(エトルーリア語で「狼」の意)と呼ばれる神官団は火渡りの儀式を行なった、とされ、その縁起は次のとおり。火にかけてあった犠牲獣の内臓を狼がかすめ取ったので、神官が追いかけたところ、狼の逃げ込んだ洞穴から疫病が発生したが、神官が狼になることで疫病はおさまった、という。

打ち果たされるかぎり、名を成さず故国の町に戻るもよい」。
　ポエブスはこれを聞くと、祈願の半分が成就することは
喜んで許したが、半分は吹き去る風の中へまき散らした。
カミラを倒させよ、不意の死で絡め取らせよ、との
祈りには肯いたが、帰還して高き故国を見ることは
かなえなかった。その声を南からの疾風が運び去った。
こうして、彼の腕から放たれた槍が風切る音を響かせたとき、
心を研ぎ澄まし、目を凝らして、ウォルスキ人は
誰もが女王のほうを向いた。女王は何一つ、風にも、
音にも、あるいは、空から襲い来る槍にも気がつかなかった。
そうして、ついに槍は露わにした乳房の下を貫いて
刺さると、深く打ち込まれて乙女の血を吸う。
供の女たちが慌てて駆け寄り、崩れ落ちる主人を
支える。と、誰よりもまずアルンスがこれに恐れおののいて逃げる。
喜びと恐怖が入り混じって、もはや、これ以上は槍に
信を置くことも、乙女の槍に立ち向かうこともあえてしない。
それはあたかも、自分を狙って槍が追いかけてくるより先に、

八〇〇

すぐさま、道なき道を高い山中へ身を隠した
狼のよう。牧人か、あるいは、大きな牛を殺して、
向こう見ずな所行だったと弁えながら、尻尾を舐めつつ
腹の下に入れて怯え、森へ向かった。
まさにそのように、アルンスはつむじ風のように視界から去ると、
逃げただけで満足して軍勢の中に紛れ込んだ。
カミラは死にゆく手で槍を引き抜こうとするが、骨のあいだで
鋼の切っ先は動かない。あばら骨に深手を負っていた。
血の気が失せて体が萎える。死の冷たさが眼光を
曇らせる。かつての輝く赤みが顔から消えた。
このとき、息絶えようとしながら、アッカという同い年の娘の一人に
こう語りかける。カミラが誰にもまして信頼し、ただ一人
心配を分かち合うこの娘にこのような言葉を告げる。
「妹アッカよ、わたしの力もこれまで。いまは、酷い傷に
打ちのめされ、まわりはすべて黒い闇ばかり。
おまえは逃れ出て、トゥルヌスにこの最後の伝言を届けよ。
わたしに代わって戦いに加われ、トロイア軍を都に入れるな、と。

いざ、さらばだ」。この言葉とともに手綱を放し、
心ならずも地面に体を沈める。このとき、冷たさが少しずつ
行き渡って肉体の束縛を弛める。ゆっくりと首が、
頭が死に捕らわれて垂れると、武器が手から放れる。
命は一つ呻いてから無念を抱いて冥界の底へ去った。
じつにこのとき、計り知れぬ大叫喚が起こり、黄金の星々を
打つ。カミラが打ち倒されてのち、戦いは烈しさを増す。
一斉に分厚い攻勢を仕掛けるのは、トロイア人の全軍と、
テュレーニアの指揮官らと、エウアンドルスのアルカディア騎馬隊。
　だが、トリウィアに従う見張りのオーピスはすでにずっと山の
頂に高く座し、恐れを知らず、戦いを眺めていた。
遠くより、若者らが猛り狂う叫喚のまっただ中で
カミラが非業の死を遂げたのを見やったとき、
嘆息を吐くとともに、胸の底からこのような言葉を述べた。
「ああ、あんまりだ。乙女よ、あまりに惨い、そなたの贖った
罰は。これもテウクリア人に挑んで戦いを試みたせいだ。
そなたが藪の中で人に顧みられぬままディアーナを崇めたことも、

われらの矢筒を肩に背負ったことも役に立たなかった。
それでも、そなたの女王はそなたが面目を失ったままにはしなかった、
すでに死の瀬戸際にあるとはいえ。この死は必ずや名を上げよう。
諸国に広められよう。報いを果たせぬ女との世評を立てられもしまい。
誰であれ、そなたの体に傷を負わせる瀆神を働いた者は
相応の死で贖うことになろうから」。高い山の麓に大きく
土を盛り上げた塚があった。これはデルケンヌスという、その昔に
ラウレンテス人を治めた王の墓で、常磐樫の深い木陰に蔽われていた。
女神はまず、ここにすばやく飛び来たって、美しい姿を
現わすと、高き盛り土の上からアルンスの様子を窺う。
武具を輝かせ、空しく見栄を張っているのを見るや、
言った。「なぜ、あらぬところへ行くのだ。こちらへ歩みを向けよ。
こちらへ来て身を滅ぼせ。受け取るのだ、カミラにふさわしい
褒美を。おまえでも、ディアーナの武器で死ぬるのだ」。
こう言うと、トラーキアのニンフは翼ある矢を黄金の
矢筒から引き出して、必殺の思いを込めて弓を張った。
これを引き絞ると、ついには撓《たわ》んだ両端が

互いに合わさり、いまや弓は水平な両腕に触れて、
左手は矢の切っ先に、右手と弦は乳房に届く。
ただちに、矢の唸りと風切る音を
聞くと同時に、アルンスの体に鏃《やじり》が刺さった。
彼が息絶えようとし、最期の呻きを洩らすのに仲間たちは
目もくれず、平野の見知らぬ砂塵の上に置き去りにする。
オーピスは天高きオリュンプスへと翼を羽ばたかせて去る。
　女主人を失って、まず逃げ出すのはカミラ配下の軽騎兵隊。
ルトゥリ兵も混乱して逃げ出し、気合い鋭いアティーナスも逃げる。
指揮官らは散り散りとなり、兵卒は取り残される。
みな安全な場所を目指し、馬を転じて城市へと向かう。
破滅をもたらそうと襲いかかるテウクリア人に対し、誰一人
武器で支える力も、押し止める力もない。
ただ、張りをなくした肩に弛んだ弓を背負ってもち帰りつつ、
馬を走らせる蹄の下に野の面を踏みしだく。
城壁へと黒い闇を巻き上げて、つむじ風のような
砂塵が舞い、望楼からは母親たちが胸を打ちつつ、

女の叫声を天の星へと上げる。
最初に開いた城門の中へと一目散に駆け込んだ者たちも、
隊列に紛れ込んだ大勢の敵に追撃され、
哀れな死を逃れえず、まさに門口の上、
故国の城内、安全なわが家に入ってから
刺し貫かれて命を吐き出す。城門を閉め切った者たちもあり、
勇気を奮って味方に道を開くことをせず、城内へ入れよとの
頼みも聞かない。そこに悲惨きわまる殺戮が起こり、
入り口を護って武器を揮う者と、そこへ向かってなだれ込む者とが争った。
父親らの目の前で、その涙に濡れる顔の前で閉め出された者たちのうち、
一部はなだれ込む敵に押されて真っ逆さまに塹壕へと
転がり落ち、一部はやみくもに手綱を繰り出して馬を急き立て、
城門へ、門を固く下ろした門柱へと体当たりさせる。
母親たちまでがわれもわれもと争って城壁の上より、
――カミラを見たとき、真の祖国愛を教えられて――
怯えた手で飛び道具を投げる。固い樫材の
棹や先端を焼き固めた杭を投げ槍の代わりに

投げ落とし、まず一番に自分が城壁の前で死にたいと心を燃やす。
　そのあいだに、森の中に待つトゥルヌスへ耐えきれぬほど非情な
知らせが届く。若者にアッカがはなはだしい騒擾を伝えて言う。
「ウォルスキ軍の戦列が切り裂かれ、カミラが倒れた。
侵入してくる敵の攻勢は、マルスに後押しされて、
全戦線を掌握した。恐慌はいまや城市に及ぶ」。
トゥルヌスは怒り狂い、――ユッピテルの非情な神意が求めるとおりに――
占拠した丘を去り、荒れ果てた森をあとにする。
その姿が見えないところへ消え、いまや平野に達しようとしたとき、
父アエネーアスが障害の除かれた森へと入るや、
尾根を踏破して、木陰深い茂みから抜けた。
そのまま、二人とも城壁へと全軍を率いて
急行し、互いの距離も遠く離れてはいない。
アエネーアスが平野に煙る砂塵を
遠くに見やり、ラウレンテス人の軍隊と認めると同時に、
トゥルヌスも非情なアエネーアスの武者姿を見分け、
近づく足音と馬の鼻息を聞き取った。

すぐさま、ともに戦闘に突入し、戦いを挑もうともしたが、薔薇色のポエブスがヒベーリアの海に、疲れた馬たちを浸した。陽が傾いて夜が引き戻された。両軍は都の前に陣営を構え、防壁の守りを固める。

第十二歌

　トゥルヌスは、軍神の風向きが変わり、ラティウム軍が打ち破られ、
勢いを失ったのを見るや、今度こそ己の約束を果たせと、
まわりの視線が自分へ向くのに先んじ、抑え難い怒りの炎を燃やす。
意気を高揚させた様子はちょうど、ポエニ人の田野において
狩人らにより胸に重い傷を負わされるにいたって
ついに戦いへ踏み出す獅子のよう。喜び勇んでふさふさとした
鬣を首から振り立てつつ、盗人の射当てた
槍を恐れる素振りもなく折り、血に濡れた口で吠える。
まさしくそのように、凶暴な火がトゥルヌスの胸で勢いを増す。
このとき、彼はこのように王に語りかけ、荒々しくこう口を切る。
「トゥルヌスに逡巡はない。約束の言葉を引っ込めさせるには及ばぬ。
臆病なアエネーアスの子らに取り決めたことを翻させてはならぬ。
わたしが相手をする。父王よ、祭儀を執り行ない、協約を策定するがよい。
この右手がダルダニア人をタルタラの底へ送り込んでやるか

――アジアの逃亡兵の末期《まつご》をラティウムの民は座って見物していればよい。
わたし一人が剣でわれわれすべてにかかった嫌疑を晴らしてやる――、
さもなくば、敗れて、ラウィーニアをあの男の妻に譲るか、だ」。
　これにラティーヌスは落ち着いた心で答えた。
「人並みすぐれて勇気ある若者よ。そなたはじつに猛々しく、
武勇に傑出している。それと釣り合いを取るには、わたしはさらに慎重に
策を練り、あらゆる事態を考量して心配しておかねばならぬ。
そなたには父上ダウヌスの王国があり、武力で占領した
多くの町々がある。だが、ラティーヌスにも黄金はあり、好意もある。
ラティウムとラウレンテスの田野に嫁入り前の娘は他にもいる。
生まれも卑しくはない。これだけでも言い出すのは心苦しかったが、
策を弄さず腹を割って話そう。と同時に、これも胸に呑み込んでくれ。
わたしが娘を以前の求婚者の誰かに妻《めあ》わすことは
できぬことだった。そのようにすべての神々も人間も告げていた。
だが、そなたへの愛に負け、同族の血統に負け、
妻が悲しむ涙に負けて、わたしはすべての束縛を断ち切った。
結婚を約束した男から娘を奪い去り、不敬な武器を取った。

あれ以来、わたしを追い回す不幸と戦争をそなたは承知のはずだ。
そなたこそ誰にましてかくも大きな苦難に耐えているではないか。
われわれは二度の大きな戦闘に敗れ、この都でかろうじて守っているのだ、
イタリアの希望を。テュブリスの流れはわれわれの血で
まだ温かい。広大な平原はわれわれの骨で白く見える。
わたしはどうして何度も後戻りするのか。どんな狂乱が決心を変えるのか。
トゥルヌスが息絶えたあとに彼らを盟友として迎えるつもりなら、
なにゆえ、まだ彼が無事なあいだに、戦いを終わらせないのか。
そなたと血統を同じくするルトゥリ人らは、また、他のイタリア人は
なんと言うだろうか、そなたが死んだのは——この言葉がどうか実現しま
せぬよう——
わが娘への求婚に対し、わたしが裏切ったせいだとなれば。
事態をよく見よ。戦争の変化は激しい。父上を憐れむがよい。
もう年老いて、いま悲嘆のうちに遠く故国のアルデアに
別れてあるのだ」。この言葉にもトゥルヌスの凶暴な心は少しも
折れることがない。宥めれば、ますます高ぶり、荒れ狂う。
ようやく話すことができるようになるや、このように口を切る。

四〇

「わたしが心配なら、お願いだ、最良の王よ、その心配はわたしのために
捨ててくれ。死の代償に栄誉を得る契約を結ばせてくれ。
父王よ、わたしの投げ槍も決して無力な武器ではない。この右手から
投げ降らせば、わたしが負わせた傷からも血が流れ出る。
そのときは女神の母親も遠く離れているしかあるまい、女々しい雲で
逃げ足速い息子を庇い、自分も実のない影に隠れようとしてもな」。
　だが、女王は、戦いの新たな展開に驚愕して、
涙を流しながら、怒りに燃える婿を必死に引き留めようとした。
「トゥルヌスよ、この涙にかけて頼む。アマータのことを少しでも
大事に思う心があるなら――いまでは、そなたこそ唯一の希望、老いて
惨めなこの身の安らぎ、そなたがラティーヌスの栄誉と王権を
一身に背負い、傾きかけた王家全体を支えているゆえに――、
願いは一つ、テウクリア人と一戦交えることはしてくれるな。
その戦いでそなたを待ち受けるどのような不幸も、トゥルヌスよ、
それはわたしをも待ち受けている。ともにわたしも捨て去るであろう、このいまいましい
命の光を。囚われの身となってアエネーアスを婿に迎えはしない」。

この母の声を聞き、ラウィーニアは涙を
火照る頬いっぱいにこぼした。と、火のように深い
赤みがさして、熱くなった顔中に広がった。
それはあたかも、血のような紅でインド産の象牙に
染めを施したときか、あるいは、白い百合に混じってたくさんの
薔薇が紅く映えるときのよう。乙女はそのような顔の色を見せていた。
トゥルヌスは愛に心が乱れ、乙女の顔をじっと見つめる。
だが、戦争への熱意がまさり、わずかの言葉でアマータに語りかける。
「お願いだ、どうか、涙や、そのように大きな予兆を示してわたしを
見送らないでくれ。わたしは厳しい戦争へ出陣するのだ、
母上よ。それに、トゥルヌスには死を先延ばしにする自由はない。
使者に立て、イドモンよ。このわたしの言葉をプリュギアの王に
――気に入りはしまいが――届けよ。明日の早朝、空に
緋色の戦車に乗ったアウローラが赤く輝くとき、
テウクリア人をルトゥリ軍へ駆り立てるな。休ませよう、テウクリア人の
武器も、ルトゥリ軍も。われらの血で戦争の決着をつけよう。
そこにしよう、ラウィーニアを妻に求める戦場は」。

こう言って託すと、急いで館に下がってのち、
馬の用意を命じる。と、嬉しくも彼の目の前で馬たちが嘶く。
それらはオリテュイア[1]がみずからピルムヌスに贈った誉れの品で、
白い輝きは雪にもまさり、走りは風にもまさった。
そのまわりにすばやく御者らが立ち、掌のくぼみで軽く胸を
叩いて気合いを入れ、また、首の毛並みを整える。
トゥルヌスは次に黄金と白銅の甲殻を編んだ
鎧を肩にまとう。同時に、剣と盾とを
手に取り、兜の角に真っ赤な毛飾りを差す。
剣は父ダウヌスのために火の神みずからが
鍛えたもので、ステュクスの水で焼き入れをしてあった。
さらに、屋敷の中央にある巨大な柱に
立てかけてあった頑丈な槍を力強くつかむ。
アウルンキ人アクトルから奪ったこの槍をしごいて震わせながら、
こう叫ぶ。「さあ、わが呼びかけを決して裏切ったことのない
槍よ、いまこそ、その時が来た。おまえはかつて偉大なアクトルに、
いまはトゥルヌスの右手に握られる。かなえよ、敵の体を倒すことを、

（1）オリテュイアは北風の神ボレアスの妻。風は馬と関連が深く、ボレアスもトロイアの牝馬に仔を産ませた（ホメロス『イリアス』第二十歌二二三行）。そうした神々しい馬をトゥルヌスの祖父（または、曾祖父）のピルムヌスが授かった、という表現。

力強い手で鎧を切り裂き、引きちぎることを。
敵は女々しいプリュギア人だ。その髪を砂塵にまみれさせよ、
鏝《こて》で型をつけ、没薬《もつやく》を滴らせる髪を」。
彼はこのような狂気に駆られ、怒りに燃える口全体から
火花を放つ。気合い鋭い目から炎が閃いて、
あたかも、いざ戦いを始めようとする牡牛のよう。恐ろしい
唸り声を上げるか、あるいは、怒りのやり場を角に求めて
木の幹に押し当てる。また、風を相手に挑発するように
角を振り回すか、あるいは、砂を蹴散らして前哨戦を演じる。
　他方、それにも劣らぬ非情さで母の授けた武具をまとい、
アエネーアスは戦意を研ぎ澄ます。怒りの火をかき立て、
戦争を決する協約が提示されたことを喜ぶ。
このとき、仲間と悲しみ恐れるイウールスとを慰めて
運命を諭してから、ラティーヌス王への返事を託して、
使者たちに、誤りなく届けよ、講和条件を告げよ、と言う。
　翌日、山々の頂に光を振りまいて
陽が昇り、深い淵より上がってくる

太陽神の馬たちが上に向けた鼻より光を吐き出すやただちに、
大いなる都の城下に戦うため平原に
ルトゥリ軍とテウクリア人らがそれぞれ場所を定め、中央に
竈を用意し、両軍がともに崇める神々のために祭壇を
芝草でこしらえた。泉の水と火とを運んでくる者たちがあるが、
これらは前掛けをして、額に聖なる若葉の冠を巻いている。
進み出るアウソニアの軍団は、隊列を密に組み、
溢れるように城門から飛び出す。こちらからはトロイアの全軍と
テュレーニアの兵が多様な武具をまとって走り出る。
鉄器に身を固めた姿はあたかも軍神が厳しい
戦いの場へ招いたときのよう。さらに、数千の兵のただ中で
指揮官らも黄金と紫の装いも誇らしく駆け回る。
アッサラクスの血を引くムネーステウスに、勇敢なアシーラス、
また、ネプトゥーヌスの子にして馬の馴らし手メッサープスらであった。
さて、合図が下されると、それぞれが自陣に下がって
地面に槍を突き立て、盾に身をもたせかける。
このとき、母たちや武器をもたぬ民衆が意気込んで飛び出した。

体の弱い年寄りも櫓や家々の屋根に
場所を取った。高く聳える城門の上に立つ者もある。
　だが、ユーノが丘の頂より――これはいまのアルバとされるが、
このときはまだ山に名前もなく、栄誉も栄光もなかった――
眺めやって、平原へ、ラウレンテス人とトロイア人
双方の戦列とラティーヌスの都へと目を向けた。
そしてすぐさま、トゥルヌスの妹にこう語りかける。
――この妹も女神にして、湖沼とせせらぎ聞こえる川を
治める。この誉れは天高く座す王が授けたもの。
ユッピテルが彼女の純潔を奪った償いに贈ったのだった――。
「ニンフよ、川の誉れよ、わが心にこのうえない喜びである者よ、
おまえも知ってのとおり、剛気なユッピテルの恩知らずな床に上がった
ラティウムのニンフというニンフの誰にもまして、おまえ一人を
わたしは慈しんだ。進んで天の住まいを分け与えもした。
おまえに教えよう、ユトゥルナよ。心痛むことだが、わたしを責めるな。
幸運の女神も許すと思われたかぎり、運命の女神も認めたラティウムの
盛運が尽きるまで、わたしはトゥルヌスとおまえの城市を庇った。

一四〇

いま、若者はわたしの目の前で抗《あらが》いようのない運命と相対している。
運命の女神の定めた日と敵の一撃が近づいている。
この戦いも、この取り決めも、目を開けて見ることがわたしにはできぬ。
だが、おまえは兄のため、もっと間近でしてやれることがあるなら、
ためらうな。それが当然だ。哀れな者にも、よりよき日がいつか来よう」。
この言葉が終わるやいなや、ユトゥルナは両眼から涙を溢れさせ、
三度、四度と麗しい胸を手で打った。
「いまは涙を流すときではない」とサトゥルヌスの娘ユーノが言う。
「急げ。方途があるものなら、兄を死から救い出せ。
あるいは、おまえ自身が戦争を起こし、成立した取り決めを破棄せよ。
わたしが責めを負う。思い切ってやれ」。こう激励してユーノは去ったが、
ユトゥルナは心を決めかね、胸が悲痛な思いに乱れた。
　そのあいだに王侯たちが現われる。大勢の供を連れてラティーヌスは
四頭立て馬車に乗り、額のまわりに
黄金に照り映える十二本の光芒の冠が
太陽神を祖父とすることを示す。トゥルヌスは白馬二頭立て馬車で進み、
幅広の切っ先をつけた二振りの槍を手でしごいている。

こちらからはローマ民族の源たる父アエネーアスが
星のように煌めく盾と神々しい武具に輝く姿を現わす。
そばには偉大なローマの第二の希望たるアスカニウスがいて、
ともに陣営から進み出る。すると、白無垢の衣をまとった神官が
剛毛の猪の仔と、まだ毛を刈らぬ二歳の仔羊とを
連れてきた。これらの獣が火を点した祭壇のそばへ来たとき、
親子は昇る太陽へと眼差しを向けてから、
その手から塩混ぜの穀物を撒き、犠牲獣の額に
剣で印をつけ(1)、椀から祭壇に御神酒を注ぐ。
　このとき、敬虔なるアエネーアスは剣を抜いて、このように祈る。
「いま、わが呼びかけを聞き、証人となりたまえ、太陽神よ、この大地よ
――わたしがかの大きな苦難を耐え忍んだのはこの大地のためゆえ――、
全能なる父神よ、その后にしてサトゥルヌスの娘なる女神よ
――いまはもう、御心を和らげたまえ――、また、名高きマルスよ、
あらゆる戦争はあなたの神意のもとに動く父神よ。
聞きたまえ、もろもろの泉と川も、高き天空にあるかぎりの
精霊も、紺碧の海に住まうかぎりの神格も。

(1) 一房の毛を刈り取り、それを火で焼き、捧げ物とする。

もしアウソニア人トゥルヌスの手に勝利が渡ったならば、
敗者はエウアンドルスの都へ退去するものと定める。
イウールスもこの土地を出る。以後は、いかなる反逆の戦争も
アエネーアスの子らは二度と仕掛けぬ。この王国に武力による挑戦をせぬ。
しかし、勝利の女神が軍神をわれらの味方につけてくれたなら、
――そのようなわたしの期待を神威が確かなものとなしたまえ――
わたしはイタリア人に対し、テウクリア人に従え、と命じはしない。
王国を求めるのはわたしのためではないからだ。対等の条件で、双方の
民が不敗のまま永久不変の盟約を結ぶこととしよう。
祭儀と信仰も認めよう。わが舅ラティーヌスには武力を保持させよう。
舅として変わらぬ支配を揮うがよい。わたしにはテウクリア人らが城市を
築いてくれよう。都の名はラウィーニアにちなむだろう」。
　このようにアエネーアスが先に祈ると、続いてラティーヌスが
天を見上げ、右手を星々へと差し伸べて、このように祈った。
「アエネーアスよ、わたしもこれら同じ神格にかけて誓う。地、海、星、
ラトーナの子なる二柱の神、二つの顔をもつヤーヌス、
冥界の神々の霊力と厳しいディースの祭壇にかけて誓う。

これを聞きたまえ、雷電により盟約の契りを結ぶ父神よ。
わたしは祭壇に触れ、われらを結ぶ火と神格を証人とする。
イタリアの地でこの講和と盟約が破られる日は決してないであろう、
どのような事態が起ころうとも。わたしの意志はどのような力にも
枉《ま》げられはしない、たとえ、その力が陸地を波の下へ押し流し
洪水に巻き込もうと、また、天を破壊してタルタラに落とそうとも。
それはこの王笏が」――このとき彼は右手に王笏を携えていた――
「若枝に軽やかな葉を繁らせて木陰を作る日が決してないのと同じ。
これはすでに森の中で幹の下端から切り取られて
母を失っている。斧により葉と枝を落とされて、
かつては樹木であったが、いまは工匠の手が青銅の飾りを
嵌め込み、ラティウムの父祖が代々携えるよう贈った品だ」。
彼らがこのような言葉で互いに盟約を確かめ合うと、
大将らがそのまわりで見つめていた。それから、しきたりどおりに犠牲の
獣たちを屠って火にかける。生きているうちに内臓を
取り出してから、皿にのせて祭壇に供える。
　だが、ルトゥリ人らにはこの戦いが不利に思われ、

ずっと胸がさまざまな思いで乱れ騒いでいたが、
このとき、間近に目にして、なおいっそう力に差を認める。
この不安をつのらせるように、静かな足取りで進み出て、祭壇に
身を伏して礼拝するトゥルヌスの目は下を向き、
両頬は若々しくも、その若い体から血色が失せている。
妹ユトゥルナは、そのような言葉がしきりに交わされるのを
見て取るや、群衆の心の変化と動揺を捉え、
カメルスの姿を装って戦列の真ん中へ向かう。
これは父祖代々高貴な家柄の者で、父は輝かしい
武勇の名声を馳せ、自身も武器にかけてまれに見る手練れであった。
その姿で戦列の真ん中に現われるや、事態をよく心得て、
さまざまな噂を播き、このように語る。
「恥と思わぬか、ルトゥリ人よ、これほどの勇士ぞろいがただ一人の
命を危険に曝すとは。数でも、力でも、かなわぬというのか、
われわれが。見よ、あれで全部なのだ、トロイア人とアルカディア人と、
それに、運命に導かれ、トゥルヌスに敵対するエトルーリアの部隊と。
われわれの半数だけで相手をしても、取るに足らぬ敵だ。

あの勇士は祭壇に一身を捧げている。必ずや、神々のもとへも
達する誉れを得るであろう。人々に語り継がれて生き続けよう。
だが、われわれは祖国を失い、横暴な君主に従うことを
強いられるだろう。それなのにいま、じっと野に座り込んでいるのだ」。
　このような言葉により、若者たちの戦意に火がついた。
その勢いはますます強くなり、ざわめきが隊列のあいだを駆け抜けると、
ラウレンテス人も、ラティウムの人々までも心を翻した。
さきほどまでは戦いの終息と国の安泰を
期待していたのに、いまは、戦争を望み、盟約の無効を
願い、トゥルヌスが負う非情な定めを憐れむ。
これに加え、さらなる大事件をユトゥルナは起こす。高き
天に示された兆しは、いかなるものにもましてまざまざと
イタリア人の心をかき乱した。人心を欺いたその異兆とは
真っ赤な空に飛ぶユッピテルの金色の鳥であった。
それは岸辺の鳥たちを追いまわし、乱れた鳴き声を
鳥の大群から引き起こしていたが、突如として水辺に舞い降りるや、
一羽の見事な白鳥を邪にも脚の鉤爪でさらってゆく。

イタリア人は息を呑んだ。と、水鳥たちがことごとく、
見るも不思議ながら、叫びとともに向きを転じて逃げるのをやめると、
天空を暗くするまでに翼を羽ばたかせる。空一面に敵を
追撃して雲をなし、ついには、力でこれを打ち負かした。かかえた
重さを支え切れず、鷲は獲物を爪から放し、
川の流れへ投げ出すと、雲のかなたへ逃げ去った。
　そのとき、この予兆にルトゥリ人らは歓呼の叫びを上げ、
戦いの備えをする。最初に鳥占いのトルムニウスが
言った。「これだ、これだったのだ、わたしが願い求めていたのは。
わたしは予兆を受け入れ、神意を認める。わたしのあとに続け。剣を
取れ、哀れな者たちよ。おまえたちは邪なよそ者のもたらす戦争に
震え上がり、まるで弱々しい鳥のようだ。それでも、おまえたちの岸を
いま力づくで荒らしているあの者も逃げ出すであろう。沖のかなたへと
帆を向けるであろう。おまえたちが心を一つにし、隊伍を密に固めよ。
戦って護るのだ、おまえたちから奪われた王を」。
彼はこう言うと、敵の正面へ槍を投げつけ、
突進した。ミズキの柄の槍は唸りを上げ、風を

切って狙いを外さない。これと同時に、大喚声が響き、その場に
集まったすべての人々が騒然となり、その心が熱く沸き立った。
槍が飛んだ先には、このとき、九人の兄弟のじつに美しい
体が立っていた——これらは誠実な母より産まれた者たちで、九人とも
アルカディア人ギュリップス一人に尽くすテュレーニアの妻が儲けた——。
槍はこれら兄弟の一人の腰に当たる。縫い込みのある剣帯が
腹にかかり、その両端を結んで留め具が噛んでいるあたりで、
人並みすぐれて美しく、輝く武具をまとう若者は
肋骨を貫かれ、黄土色の砂地に倒れ込んだ。
すると、意気盛んな戦士たる兄弟に悲しみが怒りの火をつけた。
手に手に剣を抜く者もあり、投げ槍を
つかむや、やみくもに突き進む者もある。それに対抗する軍勢を
ラウレンテス人が突撃させれば、こちらからもまた密集して押し寄せる
トロイア軍、アギュラ軍、盾に紋章を描いたアルカディア軍の波。
こうして、すべての者は同じ一つの熱望に捉われ、決着を剣にかける。
祭壇が引き裂かれると、全天を猛烈な
槍の嵐が走る。降り込む鉄器の雨の下で

酒椀と火炉が運び去られる。ラティーヌスも逃げ出し、
撃退された神々をもち帰って、盟約は無に帰した。
また、戦車に馬をつなぐか、身を躍らせて
馬に飛び乗るかしてから、剣を抜いて構える者もある。
メッサープスは王の表徴を身に帯びた一人の王を狙う。
盟約を潰そうと、テュレーニアの王アウレステスへ
正面から馬を駆って震え上がらす。一目散に王は後退したが、
哀れにも、背後を塞いでいた祭壇に転んで
頭と両肩を打つ。そこへ槍を構えて激しく飛びかかった
メッサープスは、しきりに命乞いする相手へ、その根太のような槍を
馬上高くから力まかせに打ち込み、このように言う。
「彼もこれまでだ。これで、偉大な神々によりよい犠牲が捧げられた」。
そこにイタリア兵らが駆け寄り、まだ温かい体から武具を剝ごうとする。
それに対抗して、コリュナエウスが燃えかけの薪を祭壇から
つかむと、打ちかかろうと近づくエビュススの
顔を炎に包む。その大きな髭が燃え上がって、
焦げた臭いを発した。それをさらに追いかけ、

混乱した敵の髪の毛を左手でつかみながら、押し当てた膝に力を込めて地面に組み伏せたまま硬い剣を脇腹に打ち込んだ。ポダリーリウスはアルススという牧人の出にして、戦列の先頭で矢玉の中を突進してくる者を抜き身の剣で追いかけ、圧倒しようとする。だが、敵は斧を振り上げるや、正面より額の中央から顎までを二つに割った。飛び散った血が武具を濡らし、ポダリーリウスの両眼に過酷な安らぎと鋼の眠りがのしかかる。瞳の光が永遠の夜に閉ざされた。

だが、敬虔なるアエネーアスは武器をもたぬ右手を差し伸べ、頭に兜を被らぬまま、仲間に呼びかけて叫んでいた。

「どこへ急ぐのだ。どうして、突然そのように不和を起こすのだ。怒りを抑えよ。すでに盟約は取り交わされた。すべての条項が締結されたのだ。正当に戦えるのはわたし一人しかいない。わたしに任せよ。恐れを払え。このわたしが盟約を実行してみせる、断固この腕でな。儀式が済んだいま、トゥルヌスはわたしのものだ」。こう叫ぶあいだにも、このような言葉を遮って、

三〇

見よ、勇士をめがけ、羽根を唸らせて一本の矢が飛んできた。
誰の手が放ったのか、誰が渦巻く勢いを与えたか定かではない。
偶然か神か、誰がルトゥリ人にそれほど大きな功しを
もたらしたのか、めざましい事績の栄光は闇に蔽われている。
自分がアエネーアスに傷を負わせたと自慢する者は一人もなかった。
トゥルヌスはアエネーアスが隊列から退くのを見たとき、
他の指揮官の混乱も認めて、急に希望が湧き、熱く燃え立つ。
馬と武器とを求めると、意気揚々と身を躍らせて
戦車に乗り込み、手綱を握る手に力を込める。
駆け抜けざまに多くの勇士の屈強な体を死の淵に突き落とし、
多くの者を瀕死のまま転がす。隊列ごと戦車で
轢《ひ》き潰すか、あるいは、槍をつかんでは逃げる者たちへ次々と打ち込む。
それはまさに冷たいヘブルスの川辺に立ち上がった
軍神のよう。血濡れた姿で盾の音を響かせ、猛り狂う
馬を繰り出して戦争を起こす。その馬が遮るもののない平原を
北風や西風よりも速く走るとき、脚に蹴られてトラーキアの地が
最果てまで呻く。まわりには、真っ黒な「恐怖」や

「憤怒」、「謀略」が神の供をして走っている。
そのようにトゥルヌスは勢いよく戦いのただ中に馬を
駆り立てれば、馬は汗の湯気を上らせる。哀れにも、殺された
敵は踏みつけにされ、走り去る蹄から血の滴が
飛び散る。血糊が蹴られて砂と混じった。
トゥルヌスはすでにステネルス、タミュルス、ポルスを殺したが、
ポルスは遠くから、他は近くに相対してだった。また、インブラススの
息子二人、グラウクスとラデスも遠くから倒した。インブラスス手ずから
リュキアで育て、そろいの武具を調えてやった二人は
組み討ちで戦うか、馬に乗っては風をも追い抜く心づもりでいたのだが。

　別の場所では、エウメーデスが戦いのただ中へ進み出る。
これは家名古きドロンの子にして、戦争での誉れ高く、
名は祖父から貰い受け、心意気と腕力は父譲りの者であった。
父[1]はその昔、ダナイ人の陣営へ偵察に向かったとき、
大胆にもペーレウスの子の戦車を褒美に求めたが、
そのような大胆な試みの代償にテューデウスの子がそれと異なる
報いを与えたため、アキレスの馬への望みは潰えた。

（1）戦車と馬二頭の褒美をヘクトルに提示され、ドロンはギリシア軍偵察を引き受けたが、途中、やはり偵察に来たオデュッセウスとディオメーデスの二人に殺されてしまう（ホメロス『イリアス』第十歌二九九行以下）。

このエウメーデスをトゥルヌスは見通しの開けた平原に眺めやったとき、
まず遠いところから軽い槍を投げつけてのち、
二頭の馬を止め、戦車から飛び降りるや、
倒れて死にかけた相手の上に立つ。片足で首を
抑えつけ、右手を捻じ上げて剣を奪うや、首の奥深くの
血で煌めく剣を濡らしたうえに、このように言う。
「さあ、トロイア人よ、この耕地を、おまえが戦争により求めた
ヘスペリアの広さを測って横たわれ。このような報賞をこそ、わたしに
剣で挑みかかった者どもは受け取り、こうして城市を築くのだ」。
さらに、エウメーデスの道連れにと、槍を打ち込んでアスビューテスを、
また、クローレウス、シュバリス、ダレス、テルシロクスに、
言うことを聞かぬ馬の首から転げ落ちたテュモエテスを討ち取る。
それはあたかも、トラーキアから吹く北風がエーゲ海の
沖を騒がし、高波を海岸へ追い立てるときのよう。
風が襲いかかったところでは、どこでも雲が天を逃げまどう。
そのように、トゥルヌスが道を切り開くところ、隊列が退き、
戦列が向きを転じて走り出す。彼が勢いにまかせて進むとき、

疾駆する戦車の正面に風を受けて毛飾りが揺れる。
その怒り狂った攻勢にペーゲウスは我慢がならず、
戦車の前へ身を投げ出すと、轡に泡を吹いて
興奮した馬の顔を右手でねじ曲げた。
轅につかまって引きずられるあいだに、彼の無防備な体を幅広の
槍先が捉える。二重に編んだ鎧を突き破って
刺し貫き、わずかに体の表面に傷を負わせる。
それでもペーゲウスは盾を構えると、敵に向かって
進み、剣を抜いて身の助けにしようとした。
だが、そのとき、疾走する車輪と車軸から彼は真っ逆さまに
投げ出され、地面に打ちつけられた。それをトゥルヌスは追って、
兜の下端と胸当ての上縁のあいだへ
剣を振るって頭を刎ねるや、胴体を砂の上へ置き去りにした。
　このようにトゥルヌスが戦場に勝ち誇って屍を積むあいだに、
アエネーアスは、ムネーステウスと忠実なアカーテス、
寄り添うアスカニウスにより、陣営へ運ばれたが、流血し、
足を一歩運ぶたびに長い槍で身を支えている。

荒れ狂い、もがきながら、柄の折れた矢を
取り出そうとし、救護のため一番の早道を求める。
幅広の剣で傷を裂き、鏃《やじり》の埋まっている
奥まで切り開け、それで、自分を戦場に戻せ、と命じた。
いま、他の誰にもましてポエブスに愛されたイアーピュクスが駆けつけた。
これはイアシウスの子にして、その昔、胸を刺す愛の思いに捕らわれた
アポロがみずから進んで神の技術、神の権能である
予言と竪琴とすばやい矢を授けようとした者。
だが、彼は、絶望視された父の死を先延ばしするため、
薬草の効能と治療の経験を覚えることのほうを
望んで、功名を上げず、静かな技術に従事した。
激しく叫び立て、大槍に身をもたれて立つ
アエネーアスのまわりには大勢の若者らと嘆き悲しむイウールスが
駆け寄って涙を流すが、アエネーアスは微動だにしない。老医師は
衣をたくし上げ、パエオン(1)のような身支度で、
次から次と医術の腕とポエブスの効力ある薬草を
試してみるが役に立たない。右手で矢の穂先を探り、

(1)「癒し手」の意で、アポロの別称。

鏃を鋏でつかんで引き出そうとしても効果がない。
方策を指示する幸運の女神は現われず、導き主たるアポロも何一つ
助けてくれない。そうして、戦場ではますます厳しい恐怖が
つのり、破滅が近づく。いまや、砂塵が天に
立ち昇るのが見える。騎兵たちが襲来し、陣営の中に
矢玉が雨霰と降る。悲痛な叫びを天に上げながら、
若者たちは戦い、非情な軍神の足下に倒れる。
　ここにウェヌスは息子が負った苦痛に憤然とした。
母なる女神はディクテ草(1)をクレータのイーダ山から摘み取る。
これは茎にみずみずしい葉をつけ、緋紫の花弁を
垂らしている。野生の山羊がよく知っている
草で、空飛ぶ矢が背中に刺さったとき用いる。
これをウェヌスは、薄暗い雲に姿を隠しながら、
届けた。これを輝く盥《たらい》に注いだ川水に
浸して密かに薬効を施し、アンブロシアの
健康をもたらす液汁と香しいパナケーア(2)を振りまく。
年老いたイアーピュクスはその水で傷を洗ったが、

(1) ディクタムヌス (Dictamnus) と呼ばれるハッカ類の草。キケロ (『神々の本性について』第二巻一二六) は、クレータ島では野性の雌山羊が毒矢に射抜かれても、この草を飲み込むと矢が抜け落ちる、と記している。
(2) アンブロシアは神々の食物、あるいは、香油。パナケーアは「あらゆるものを癒す」の意で、医薬効果のある種々の植物を指す。

それとは知らず、突如として体から痛みがすっかり、
当然ながら、消え去って、流血も傷の奥ですっかり止まった。
いまや、力も入れぬのに、矢が手のあとについて
抜け落ちた。新たな力が甦り、以前の体調に戻った。
「さあ急げ。勇士に武器をもて。何を立っている」とイアーピュクスが
大声で叫び、最初に敵へ向かう闘志に火をつける。
「人の手になる助けではない。医術の力ではない、このことを
成就させたのは。アエネーアスよ、わが右手があなたを救ったのではない。
もっと大きな神の力があなたをより大きな仕事へと戻したのだ」。
すると、英雄は戦いへと気が逸り、黄金の脛当てで両足を
包み終わるや、遅れを嫌って、槍をしごく。
盾を左脇に、鎧を背中にしっくりとさせたのち、
武具を着けたままアスカニウスに抱擁を与え、
兜の隙間からわずかに触れるだけの口づけをし、こう語る。
「わが子よ、わたしからは武勇と真の苦難を学べ。
幸運は他の者から学ぶがよい。いま、わたしの右手がおまえを戦場で
護る盾となり、大いなる報賞へと導くだろう。

よいか、やがてすぐ、成熟した年頃に達したときに、必ずや
このことを思い起こせ。おまえの一族の先例を振り返り、
父アエネーアスと叔父ヘクトルとを思って心を奮い立たせよ」。
　彼はこのように言い置くと、城門の外へ巨軀を現わし、
手に持った大槍を打ち振った。一緒に隊伍を密に組んで
アンテウスとムネーステウスも飛び出し、総員が陣営を
あとに進撃する。このとき、視界を奪って砂塵が平野を
蔽い、踏みおろす足下で大地が揺れ騒いだ。
向かってくる軍勢をトゥルヌスは正面の土塁から見た。
アウソニア兵らも見た。と、凍るような戦慄が骨の
髄を走り抜けた。ラティウム兵の誰よりも先にユトゥルナが
その音を聞いて、事態を悟り、驚愕して逃げ去った。
英雄は飛ぶような速さで遮るもののない平野に真っ黒な軍勢を進める。
それはちょうど、嵐が起こり、黒雲が陸地に向かって
大海原を越えるときのよう。ああ、哀れにも、まだ遠いうちに気づいて
農夫らの心はおののく、あれでやられてしまう、
樹木も作物も倒され、どこも全滅するだろう、と。

その直前には風が吹きつけ、海岸へ轟きを運ぶ。
そのようにトロイアの将軍が敵の正面へ向かって
軍勢を進めると、各員は楔形隊形を密に固めて
両脇に集まる。テュンブラエウスは大男のオシーリスに剣を打ちつけ、
ムネーステウスはアルケンティウスを、アカーテスはエプロを、
ギュアスはウーフェンスを斬り倒す。占い師トルムニウスも倒れる。
この者こそ最初に真っ向から敵に槍を投げたのであった。
と、叫喚が天に上り、立場が逆転した。今度は
ルトゥリ軍が背中を見せ、野中に砂塵を上げて逃げる。
だが、アエネーアスは、背を向けた敵も倒して殺そうとはせず、
堂々と徒歩で立ち向かう者も、投げ槍で狙う者も
襲わない。濃い暗がりの中で、トゥルヌスただ一人を
探してあとを追い、彼一人を戦いの場へ求める。
　このことを恐れて気の動転した乙女ユトゥルナは
トゥルヌスの御者メティスクスを両の手綱のあいだへ
振り落とし、轅《ながえ》から転落したのを遠くうしろへ置き去りにする。
その代わりに自分が波打つ手綱を両手で操り、

声も体も武具も、すべてメティスクスの姿をとる。
それはあたかも、裕福な主人の広大な屋敷を黒い
ツバメが飛び回るときのよう。翼に乗って棟高い広間を通って、
かまびすしい雛の食べる小さな餌を集めつつ、
いまは、がらんどうの柱廊、また、いまは水豊かな
池のまわりでさえずる。それにも似て、ユトゥルナは敵中を抜けて
馬を操る。戦場のいたるところに戦車を飛ぶように走らせ、
ここと思えば、またあちらでと兄の勝ち誇る姿を示すが、
組み合って戦うことは許さず、遠く離れて飛びまわる。
それでも、アエネーアスは曲がりくねった轍《わだち》を辿って立ち向かう。
敵将のあとを追い、隊列を蹴散らして突破し、
大声で呼びかける。何度も視線の先に敵を捉えた。
足に翼があるように逃げる馬に挑んで走った。
だが、そのたびにユトゥルナが戦車を操って向きを転じた。
ああ、どうすればよいのか。胸にさまざまなうねりが空しく揺れ、
異なる思いが心を右へ左へ呼び立てる。
このとき、メッサープスが、たまたま左手に携えていた二本の

丈夫で、鉄の穂先をつけた投げ槍のうちの一本を、軽快に走りながら、
アエネーアスめがけて投げつけ、狙い違わぬ一撃を加えた。
アエネーアスは足を止め、盾のうしろに身を縮めて、
膝の上にうずくまったが、それでも、兜の天辺を勢いよく
槍は貫いて、頭頂から毛飾りの先を打ち落とした。
このとき、憤怒が沸き起こる。謀略に屈し、
馬も戦車も遠くへ退いたのを悟ったとき、
ユッピテルと盟約の侵犯された祭壇へしきりに呼びかけてから、
ようやくのこと、敵のただ中へ攻め込む。軍神に後押しされ、
恐ろしくも非情な無差別の殺戮を
引き起こす。憤怒を抑える箍《たが》はすべて投げ捨てられた。
　いま、どの神がわたしにかくも多き無情な出来事を歌ってくれるのか。
どの神がさまざまな殺戮と指揮官らの死を、平原全体でいかなる者たちを
トゥルヌスとトロイアの英雄とが代わる代わる追い立てたかを
教えてくれるのか。かくも激しく衝突させるのがよいと思われたのか、
ユッピテルよ、これらの民はやがて永遠の平和を保つ定めであるのに。
アエネーアスはルトゥリ人のスクロに対し——これがトロイア軍の突進に

立ちはだかる最初の戦闘であったが――わずかに手間取っただけで、
脇腹へ一撃を加える。死へ至る一番の早道により、仮借のない
剣で胸を保護するあばら骨を刺し貫いた。
トゥルヌスはアミュクスとディオーレスの兄弟を馬から落とすと、
徒歩で立ち向かい、一方へは近づくところに長槍を、
他方へは剣を打ちつける。彼は戦車に二人から切り取った
頭を吊り下げ、血を滴らせたまま運んだ。
すると、アエネーアスがタロスとタナイスと勇敢なケテーグスに対し、
三人を一度に相手にして殺す。また、それを悲しむオニーテスをも殺すが、
これは家名をエキーオンに発し(1)、母ペリディアより生まれた者であった。
すると、トゥルヌスはリュキアとアポロの耕地より遣わされた兄弟を(2)、
また、若い頃に戦争を憎んだこともいまは空しいメノエテスを殺す。
この者はアルカディア人だが、魚群れるレルナの水辺で
漁の技術を覚えた。家は貧しくも、権勢家と知己を得て
おもねることをせず、借地を耕して父の務めを果たしていた。
あたかも別々の場所から放たれた火の手が
森に燃え移り、月桂樹の枝に弾ける音を立てるように、

(1) テーバエ建国神話を踏まえ、「テーバエに連なる由緒ある家」を表わす表現。すなわち、カドムスが播いた竜の歯から生まれた戦士ら(スパルトイ)は最初は争って殺し合ったが、生き残った五人は相和してカドムスとともにテーバエを築いた。エキーオンはその五人のうちの一人。

(2) 名前が挙げられないが、クラルスとタエモン(第十歌一二六行)のことか。

あるいは、高き山々から激しく駆け下り、
轟きと飛沫を上げる奔流のよう。それが海原へと突き進むとき、
流路のすべてが荒れ果てる。それにも両者は劣らない。
アエネーアスとトゥルヌスは戦場を突き進んで、いまや、
心中に高く波立つ怒りが敗北を知らぬ胸を
突き破って出ようとし、いまや、二人は敵打倒のため全力で進む。
　アエネーアスはムラーヌスに対し、彼が父祖やなお古き祖先の名を
誇り、全系譜を辿ってラティウムの王を列挙するあいだに、
石つぶてと巨岩をつむじ風のように投げて真っ逆さまに
打ち落とし、地面に転がす。彼は手綱と軛の下で
車輪に轢かれ、その上を蹄が何度も踏みつけにした。
勢い込んだ馬は主人のことを忘れて蹴りつけた。
トゥルヌスは闘志を怒号に表わして突進するヒュルスに
立ち向かうや、投げ槍を黄金に輝く額へ投げつけた。
と、槍は兜を貫き、脳髄に刺さって止まった。
ギリシア人の中に勇猛比類なきクレーテウスよ、そなたの右手もそなたを
トゥルヌスから救えなかった。また、神々もクペンクスを庇えなかった。

アエネーアスが襲ってきたとき、彼は槍の通り道に
胸を差し出し、哀れにも、青銅の盾の防ぎも役に立たなかった。
ラウレンテス人の目の前で、アエオルスよ、そなたもまた戦場に
命を落とし、広い背中を大地に横たえた。
そなたがいま倒れるのか、そなたはアルゴスの軍勢にも
プリアムスの王国を陥落させたアキレスにも打ち倒せなかったのに。
ここがそなたの死の道標となった。棟高き家はイーダの山麓に、
棟高き家はリュルネーススにあるが、墓所はラウレンテス人の土地だ。
いままさに全戦列が対峙した。ラティウム軍のすべて、
ダルダニア軍のすべて、ムネーステウスに気合い鋭いセレストゥス、
馬の馴らし手メッサープスに勇敢なアシーラス、
エトルーリア軍の隊列とエウアンドルス麾下のアルカディア騎兵、
それぞれの勇士がもてる力のすべてを尽くして奮闘する。
逡巡も休息もなく、果てしない戦いに気を張りつめる。
　ここで、いと美しき母神がアエネーアスにある考えを吹き込んだ、
城壁へ向かえ、すばやく隊伍を都へ導いて、
不意を突いた殺戮によりラティウム軍を混乱せしめよ、と。

アエネーアスは隊列のいたるところでトゥルヌスのあとを追って
右へ左へと視線をめぐらしていたが、都に目を向けると、
そこはこの大戦争の被害を免れ、何事もないように静かだった。
すぐさま彼はさらに大きな戦いの情景を思い浮かべる。
ムネーステウスとセルゲストゥスと勇敢なセレストゥスを呼び、
これら指揮官の前で小高い場所に上る。そこへ他のテウクリア人の
軍勢も駆け寄り、まわりを隙間なく埋めて盾も槍も
手から離さずにいる。その中央、高い土盛りに立ってアエネーアスは言う。
「わが言葉を遅滞なく実行せよ。ユッピテルはこちらの味方だ。
よいか、この企ては急を要する。誰一人として足手まといとなるな。
今日、戦争の原因たる都、ほかならぬラティーヌスの王国に対し、
向こうが軛を受け入れる、降参して支配に従うと言わぬかぎりは、
わたしは壊滅をもたらす。甍を地面に等しくして煙を上げさせる。
もちろん、待つこともできる。だが、トゥルヌスがわたしと戦う
気になり、再度の決戦を望むまでか。一度すでに負かした相手なのに。
市民たちよ、この都こそが元凶だ。忌まわしい戦争の命脈だ。
急ぎ、炬火を運べ。盟約を取り戻すのだ、炎の力で」。

彼が言い終えると、全員が競うように心を合わせ、
楔形の密集隊列を固めて、城壁へと進軍する。
不意を突いて梯子が、突如として火の手が現われた。
いくつかの城門へ別れて走り、第一列の兵を斬り殺す部隊もあり、
槍を投げ込み、空を矢玉で覆い尽くす部隊もある。
みずから先兵となり、右手を城下へ差し伸べた
アエネーアスは大声でラティーヌスを叱責し、
神々を証人として言う、またしても自分は戦いを余儀なくされ、
すでに二度もイタリア人を敵とした、盟約破棄もこれが二度目だ、と。
すると、慌てた市民らのあいだに不和が起こる。
都を開放せよ、と命じる者たちがある。城門を開いて
トロイア人に渡せ、と言い、ほかならぬ王を城壁の上へ引き上げんとする。
しかしまた、武器を携えて、城壁の防衛に向かう者たちもある。
それはあたかも、牧人が、多孔岩の隠れ場所に閉じ籠った
蜂を探し当てて、そこに刺激の強い煙を満たしたときのよう。
中の蜂たちはこの事態に慌てて蜜蠟の陣営いっぱいに
走り回り、大きな羽音を立てながら、憤怒を研ぎ澄ます。

真っ黒な臭気が屋根の下に広がると、闇を突く騒ぎが
岩の内部に響き、煙は広大な空へと上る。
　このとき、疲弊したラティウム軍にさらに不運が加わって、
悲嘆により都全体を根こそぎ揺することとなった。
女王が館の屋根から敵の襲来を眺めやったとき、
城壁への攻勢、家々に飛ぶ炎に対して
迎え撃つルトゥリ人の戦列とトゥルヌスの隊伍はどこにも見えない。
悲運の女王は、若武者が合戦の中で落命したものと
思い込み、突然の悲痛に心を乱した。
自分が原因だ、自分の罪だ、自分が災いの元凶だ、と叫び、
狂おしい悲嘆のため正気を逸した言葉をしきりに吐いたのち、
死を決意して緋紫の衣をその手で切り裂くや、
無惨な死をもたらす括り縄を高い梁に結んだ。
この災厄を哀れなラティウムの女たちが知ったとき、
娘ラウィーニアが最初にその手で金色の髪と
薔薇色の頬を引き裂いた。次いで、まわりにいた他の
女たちもみな悲しみに狂い、屋敷はどこも哀悼の声を響かせる。

ここから悲運の噂は都中に広まり、
人心は打ち沈む。引き裂いた衣で現われたラティーヌスは
妻の運命と都の瓦解に茫然とし、
白髪に汚い砂塵を振りまき醜くしている。
［しきりに自身を責めて、どうしてこれより前に受け入れなかったのか(1)、
自分からダルダニアのアエネーアスを婿に迎えればよかった、と悔やむ。］
　そのあいだ、トゥルヌスは戦場の端で戦っている。
わずかの敵を追い散らすうちに、次第に動きが鈍り、
騎馬での成功の喜びも次第に凋《しぼ》んでいく。
そこへ風に乗って、先の見えない恐怖と入り混じった
叫喚が届いた。そばだてた耳を打って、
都の混乱を示す響き、喜びを消し去るざわめきが聞こえる。
「ああ、どうしたのだ。何事だ、あれほどの悲嘆が城市を揺るがすとは。
何だというのだ、離れてある都から突き抜けてくるほどの叫喚とは」。
彼はこう言うと、狂おしく手綱を引いて立ち止まった。
すると、彼に対し、姿を変えて御者のメティスクスに
なりすまし、戦車と馬と手綱を操っていた妹が

（1）六一二―六一三行は第十一歌四七一―四七二行とほとんど同一で、主要写本に含まれず、文脈にそぐわないため、諸校本から削除されている。

こう言って押し止めた。「トゥルヌスよ、こちらからトロイアの子らを
追いかけよう。そこに最初の勝利への道が開けている。
他の者の手でも王宮の防衛はできよう。
アエネーアスはイタリア人に襲いかかり、戦いに巻き込んでいる。
われわれもテウクリア人らに仮借のない死を送りつけよう。
倒した数でも、戦いの栄誉でも、あなたが引けを取ることはなかろう」。
これに応えてトゥルヌスは言った。
「妹よ、わたしにはずっと分かっていた。おまえが最初に術策を用いて
盟約を壊し、この戦争に身を投じたのだ。
いまも女神の正体を隠しているが無駄だ。だが、誰だ、オリュンプスより
おまえを遣わし、これほどの苦難をもたらすよう望んだのは。
それとも、哀れな兄の無惨な死に様を見ようとしたのか。
どうしろというのだ。いま命の保証を与える幸運の女神がどこにいるのだ。
わたしはこの目の前に見たのだ、わたしを呼ぶ声を上げながら、
ムラーヌスが――わたしが彼にまさって大事に思う者は他にない――
命を落とすのを。巨体に大きな傷を受けて屈したのだ。
不運にもウーフェンスも倒れた。それで、わたしの恥辱を

見まいとしたが、その遺体と武具はテウクリア人らが手に入れた。
同胞の家々の壊滅、それ一つだけがこの事態にもまだ欠けていたのに、
それすら堪え忍ぶのか。この右手でドランケスの言葉に反証しないのか。
わたしが背中を見せるのか。トゥルヌスの逃亡をこの大地が目にするのか。
死ぬとはそこまで惨めなことか。あなた方、冥界の神霊たちよ、わたしに
好意を垂れたまえ。天上の神々の御心はよそを向いてしまったから。
わが魂に汚れはない。言われるような罪は与り知らぬ。あなた方のもとへ
降るとき、わたしが偉大な父祖たちの汚れとなることは決してない」。
　彼がこう言い終えるやいなや、見よ、飛ぶように敵中を抜け、
サケスが口に泡吹く馬を走らせてきた。正面から矢傷を
顔に受けながら、助けを求めて突き進み、トゥルヌスの名を呼ぶ。
「トゥルヌスよ、あなたが最後の救いだ。あなたの民を憐れと思え。
アエネーアスの武器は雷電のごとく、その脅威は天に聳える
イタリア人の城塞を打ち壊し、破滅させようとしている。
いまや、炬火が家々の屋根に飛んでいる。ラティウムの民の顔はあなたに、
その両眼はあなたに向いている。ラティーヌス王も口ごもっている、
誰を婿と呼ぶべきか、どちらの盟約に心を寄せるべきか、と。

それだけではない。あなたをもっとも信頼した女王が御自身の手で
果てられた。驚愕のあまり、命の光から逃れたのだ。
城門の前にいるのはメッサープスと気合い鋭いアティーナスのみ、
二人で戦列を支えている。これを囲んで、両側に軍勢が
密集して立ち並び、抜き身の剣が鉄の麦穂のごとく
林立している。なのに、あなたは人影失せた草原に戦車を走らせるのか」。
茫然とし、事態をさまざまに思い浮かべて心乱れた
トゥルヌスは無言で一点を見つめて立ちつくした。大波をなして
心中に廉恥の念、悲嘆が入り混じった狂乱、
狂気の駆り立てる愛、武勇の自覚がぶつかり合う。
だが、闇が払われ、光が心に戻るやただちに、
火と燃える眼球を城市へと向けた。
荒々しくも戦車から大都を振り返った。
　すると、見よ、層と層のあいだから巻き上がる炎の
舌先が天に向かって波打ちながら、櫓を包んでいた。
この櫓こそはトゥルヌス自身が梁を組み上げて築いたもので、
下には車輪をつけ、高いところに橋を渡してあった。

「いまやもう、妹よ、運命が圧倒している。下がれ。邪魔するな。
どこへでも、神が、過酷な運の女神が呼ぶところへついて行こう。
アエネーアスに戦いを挑む決意は固く動かぬ。いかなる厳しいことも
死をもって耐える。わたしの不面目が、妹よ、おまえの目に触れることは
もはやない。その前に、頼む、この狂気のままに猛り狂わせてくれ」。
彼はこう言うや、戦車からすばやく地面に飛び降りると、
敵中を、矢玉のあいだを突き抜ける。嘆き悲しむ妹を
置き去りにしたまま、疾駆して戦列のあいだを突破する。
それはあたかも、山の頂から岩塊が真っ逆さまに
崩れ落ちるときのよう。風に引きはがされたのか、逆巻く風雨に
押し流されたのか、長い歳月の経過で地盤が脆くなったのか、
巨岩は逆落としに転がる。大きな衝撃は手加減を知らず、
地面を跳ねながら、木々も家畜も人間も
巻き添えにする。戦列を蹴散らすトゥルヌスも
そのように都の城壁へと突き進むと、そこには一面に流された
血で大地が濡れ、槍が唸りを上げて風を切っている。
彼は手で合図を示し、同時に、大声でこう口を切る。

「もう手を引け、ルトゥリ軍よ。ラティウムの兵も武器を納めよ。
戦局を決するのはわたしだ。わたし一人に任せるのが正しいのだ、
おまえたちに代わって盟約の償いをなすべく、剣で決着をつけるのは」。
すると、全員が二つに分かれて、あいだに場所を開けた。
　だが、アエネーアスはトゥルヌスの名を聞くと、
城壁を去り、高く聳える城塞をも去って、
すべての妨げを振り捨てる。すべての作戦を打ち切り、
喜びに小躍りしながら、雷鳴のように恐ろしく武具を打ち鳴らす。
その巨体はアトス山か、エリュクス山か、あるいは、常磐樫を
揺すってざわめかせ、雪の積もった頂に喜びながら、
空高く聳える父なる山アッペンニーヌスのよう。
いまや、ルトゥリ人もトロイア人もイタリア人も全員が
先を競って目を彼らに向けた。高い城壁を占めていた者たちも、
城壁の下方へ破城鎚を打ちつけていた者たちも、
いまや武具を肩から脱いだ。ラティーヌスも茫然とする、
生まれたときは異なる世界にいた二人の偉大な
勇士がいまぶつかり合って、剣で雌雄を決するのか、と。

こうして二人は、ぽっかりと開けた場所が平原にできるや、
勢いよく走り寄りながら、まず遠くより槍を投げつけて
戦いの口火を切る。盾に青銅の音が響き、
大地が呻きを上げる。次いで、息もつかせず剣が振り下ろされ、
その応酬は偶然か武勇か、いずれのなせる業とも見分けがつかない。
それはあたかも、広大なシーラ山地やタブルヌスの高嶺で
二頭の牡牛がいがみ合って戦い、真っ向から
額と額をぶつけるときのよう。牛飼いらは怯えて引き下がり、
群れ全体は恐れから声なく立ちつくす。牝牛らが声には出さず、
誰が森の支配者となり、群れのすべてを従えるのか、と思うあいだに、
二頭は強力を揮い、互いに傷を負わせ合う。
角を力いっぱいに打ち込めば、溢れる血が
首と前足を濡らし、呻きが森全体に響き渡る。
そのようにトロイア人アエネーアスとダウヌスの子トゥルヌスが
盾をぶつけ合うと、その巨大な轟きが天空に満ちる。
ユッピテルがみずから二つの天秤皿を正しく量れるよう
釣り合わせてから、二人の異なる運命を載せてみる、

どちらを苦難が断罪し、どちらの重みとともに死が沈むか、と。
　ここで、好機と信じて跳びかかり、体をいっぱいに
伸ばしたトゥルヌスが剣を高々と振り上げてから
打ち下ろす。叫喚がトロイア人からも胸の高鳴るラティウム人からも起き、
双方とも視線が釘づけになる。だが、剣が信頼を裏切って
折れた。怒りに燃えて打ちかかった瞬間に見捨てられては、
逃げ足に救いを求めねばならなかった。彼は東風より速く逃げながら、
見覚えのない柄を握って無防備な右手に目をやった。
噂によれば、気が逸るあまり、戦いのはじめに馬を戦車に
つないで乗り込もうとしたとき、父の刀を置き忘れた、
慌てたために、御者メティスクスの剣をつかんだのだ、という。
その剣でも、テウクリア人らが散り散りに敗走していたあいだは
事が足りた。だが、ウォルカーヌスが鍛えた武具の前に出ては、
人間の作った剣は氷のように無力で、当たると同時に
砕け飛び、黄土色の砂地に破片が煌めいた。
そこで、トゥルヌスは狂おしく遠くの平原へ逃げようとするが、
こちらを目指したあとは、またあちらと、定めなく円を描く。

八方を隙間なく塞いでテウクリア人の包囲網があるうえに、
一方には広大な沼が、他方には聳え立つ城壁が取り囲んでいるのであった。
　アエネーアスもまた、矢傷を受けた
膝がときに妨げとなり、走りを拒んだけれども、
追いすがり、慌てる敵に踵を接するまで肉薄する。
それはあたかも、川に行く手を塞がれたか、あるいは、
朱色の羽根をつけた脅し綱に囲い込まれた鹿を見つけて、
狩猟犬が駆け寄り、吠え立てながら襲いかかるときのよう。
鹿は仕掛けと高く切り立った川岸を恐れ、
千通りの道を行きつ戻りつ逃げるが、ウンブリア産の犬は威勢よく
口を開いて追いすがる。いまにも捕まえようとして、捕まえたかのように
音高く顎を閉じたが、思いは裏切られ、空を咬んだ。
このとき、湧き起こる喚声が川岸と湖とに
反響し、雷鳴のごとく全天を騒がす。
トゥルヌスは、逃げながらもなお、ルトゥリ人のすべてを叱咤し、
一人一人の名を呼びながら、自分の知る剣を渡せ、と叫ぶ。
それを防いでアエネーアスは死と即座の破滅を

突きつける。誰一人そばに寄れぬよう脅しつけておののかせ、
手負いながら、都を陥落させずにはおかぬと追いつめる。
五度の周回を走りきると、また同じ回数をもとへ回って
行ったり来たり。だが、求めるはささやかな遊びの
賞品ではない。トゥルヌスの命と血をかけて争っていた。
　たまたまそこは、ファウヌスの神木で、葉の苦い野生のオリーブが
立っていたところだった。この木をかつては船乗りらが崇拝し、
無事に波から上がると、奉納品をこれに捧げるならわしで、
ラウレンテスの神に献じて御礼の衣を吊り下げた。
しかし、その神聖な幹を委細かまわずテウクリア人らが
切り払っていた。決戦のため戦場から障害物を除いたのだった。
この切り株にアエネーアスの槍が立っていた。ここに勢いよく槍は
当たって刺さり、しっかりと根に止まっていた。
ダルダヌスの子孫は身を屈め、槍を手で引き抜こうと欲し、
これを投げて仕留めようとした。相手を走って捕まえることは
できなかったからだ。このとき、トゥルヌスは恐怖に度を失い、言った。
「ファウヌスよ、お願いです。お慈悲を。最良なる大地の女神よ、

槍を止めたまえ。わたしはいつもあなた方の誉れを大切にしてきましたが、
アエネーアスの子らは反対にそれを戦争により冒瀆したのですから」。
彼がこう言って、神の助けを呼ぶと、その祈願は無駄にならなかった。
アエネーアスは長い間もがき、切り株のしぶとさにてこずった。
いくら力を込めても弛まぬほど強く嚙んで
離さなかった。彼が気合い鋭く奮戦し、追いすがるあいだに、
またもや御者メティスクスに姿を変えた
ダウヌスの娘なる女神が駆けつけて、兄に剣を届けた。
と、この果敢な行為がニンフに許されるのに憤然として、ウェヌスが
近づき、槍を深い根から引き抜いた。
こうして二人とも武器を手に身を高く持し、闘志を取り戻した。
一方は剣を信頼し、他方は槍を高く構えて気合い鋭く、
息つぐ間もなきマルスの戦いへ立ち向かう。
　そのあいだに、全能なるオリュンプスの王は、ユーノが
黄金の雲間より戦いを見つめているのに向かい、こう語りかける。
「いまや、どのように終結させるのだ、后よ。最後に残るのは何だ。
アエネーアスがインディゲス(1)となるのはそなたも知っている。よく承知だ、

（1）インディゲスは土着の神格に用いられる呼称だが、とくに、神格化されたアエネーアスを呼ぶときに冠せられた名。

彼が天に迎えられ、運命により星の高みへ昇ることを。
何を目論んでいる。何を期待して冷たい雲の上に身じろぎせずにいるのだ。
ふさわしいことだったのか、神となる者が人間による傷で汚されることが、
また、剣を――そなたの加勢なしに、ユトゥルナに何ができたろう――
取り戻してトゥルヌスに渡し、敗者の力を強くすることが。
いまはもう、やめるがよい。折れてくれ。わたしが頼む。
それほどに心を痛めるな。黙ったまま身を苛むな。わたしを悩ますことを
何度も突きつけないでくれ。おまえの愛しい口から聞くと辛いのだ。
これでもう最後だ。そなたは陸に海にトロイア人らを
翻弄することができた。忌まわしい戦争の火を焚きつけ、
王家に傷痕を残し、悲嘆で婚礼をかき乱した。
これ以上の企てはわたしが禁ずる」。このようにユッピテルが切り出すと、
サトゥルヌスの娘なる女神は眼差しを伏せたまま、こう答えた。
「あなたがそのような御意向であることは分かっています、偉大なる
ユッピテルよ。ですから、心ならずもトゥルヌスと大地をあとにしました。
さもなければ、あなたの目の前でこうして天の住まいにただ一人、
忍ぶべきも忍び難きも耐えてはいません。炎で身支度して、まさにあの

戦列のそばに立ち、テウクリア人らを危険な戦いへと引き込んだでしょう。
ユトゥルナのことはおっしゃるとおり、哀れな兄を手助けするよう
勧めました。彼の命を護るため果敢に過ぎる行ないもよしとしました。
それでも、矢を弓につがえることまではさせませんでした。
そのことはステュクスの流れの宥め難き源泉にかけて誓います、
天上の神々を誓約で縛るその唯一の名にかけて。
そしていま、わたしは退きます。憎しみを抱きつつ戦場を去ります。
でも、これだけは運命のいかなる掟にも縛られぬことですから、
ラティウムのため、あなたの民の大権のために嘆願します。
いまや、婚姻による平和が幸せに——どうかそうありますよう——
達成されるとき、いまや、掟と盟約が結ばれるときには、
もとからラティウムに住む民に古来の名を変えさせないでください。
トロイア人になれ、と命じたもうな。テウクリア人と呼ばれることも、
言葉を変え、衣服をあらためることもあの勇士らにさせないでください。
ラティウムがそのままに、アルバの王家が幾世にわたりそのままに、
イタリア人の武勇の力がそのままに、ローマの子らへ引き継がれますよう。
すでに倒れたトロイアはその名とともに倒れたままでありますよう」。

八二〇

人間と世界を創り上げた神は微笑みながら、これに答えた。
「そなたはユッピテルの妹であり、サトゥルヌスのもう一人の子、
憤怒の大波もなんと激しく胸の底にうねるものか。
だが、さあ、狂おしい怒りを鎮めよ。抱いても無益だったのだ。
望みはかなえる。わたしの負けだ。喜んで譲る。
アウソニア人は父祖の言葉としきたりを保ち続けるだろう。
名前もいまあるとおりのままだ。ただ血肉のみにより混和したのち、
トロイア人は埋没するであろう。彼らの祭儀の慣例としきたりを
加えたうえ、ラティウムの人々の言葉はただ一つとしよう。
ここから、アウソニアの血と和して起こる民にこそ、
人間を越え、神々を越える敬神の念をそなたは見出すだろう。
いかなる民もこれに等しく、そなたを崇め、讃えることはないだろう」。
この言葉にユーノは頷いた。喜んで気持ちをあらためると、
いつのまにか、天を去って、雲間をあとにする。
　これが済むと、父神は心中に別のことを思いめぐらし、
ユトゥルナを兄の戦場から退かせようとする。
双子の疫病女神があり、ディーラと呼ばれている。

これらとタルタラに棲むメガエラとは不吉な夜の女神から
同じ産褥で一度に生まれた。そろって蛇のとぐろを
頭に巻き、疾風の翼を身に着けている。
これらはユッピテルの玉座の傍らと仮借のない王の住まいの門口に
現われ、人間どもの恐怖を煽って苦しめる。
そのようにして神々の王は恐るべき死と病を
まき散らし、罪ある町々を戦争で脅かす。
この女神の一柱を天空の高みより急ぎ遣わして、
ユッピテルは、ユトゥルナの前に予兆を示せ、と命じた。
女神は空を飛び、つむじ風のように大地へ急行する。
それはあたかも弦から弾かれて雲間を突き抜ける矢のよう。
これにパルティア人が非情な毒液を塗り込めて
薬の効かぬ武器とし、パルティア人でなければキュドーニア人が放つとき、(1)
矢は唸りを上げながら、すばやく闇を越えて飛び、誰にも気づかれない。
そのように夜の女神の娘は進んで、大地を目指した。
イーリウムの戦列とトゥルヌスの軍勢を目にするや、
突如、体を縮めて小鳥の姿になった。

(1) 東方のパルティア人、また、クレータのキュドーニア人、いずれも弓矢にすぐれることで知られた。

それは、よく墓場や打ち捨てられた屋根の上に
留まって、真夜中の歌を不吉に闇のあいだへ響かせる。
そのような鳥に姿を変えると、疫病神はトゥルヌスの面前で
行きつ戻りつしながら声を上げ、盾に翼を激しく打ちつける。
と、恐怖が奇妙な痺れにより彼の四肢から力を奪う。
恐ろしさに髪が逆立ち、声が喉に詰まった。
　だが、ディーラが翼を羽ばたかせる響きを遠くから認めるや、
不運なユトゥルナは髪を解いてかきむしる。
妹は爪で顔を、拳で胸を傷つける。
「いま、トゥルヌスよ、あなたに妹がどんな手助けができるのか。
いまや、わたしに残された道があるのか。あなたの命を引き延ばす
どんな術策があるのか。あのような怪物にわたしが対抗できるのか。
もう、すぐにわたしは戦列を去る。脅さずともよい、わたしは怖いのだ、
汚らわしき鳥よ。わたしには分かる、その翼の羽ばたき、
死の響きが。天上からの命令にも気づいている。
ユッピテルの大いなる御心によるのだ。これが純潔を捧げた見返りなのか。
何のために永遠の命を下さったのか。なぜ奪い取ったのか、死の

掟を。さもなくば、これほどの心痛を終わらせることもできように。
せめていま、哀れな兄のため冥途の道連れとなれように。
不死なのか、わたしは。いや、わたしの生に楽しいことなどあろうか、
兄上よ、あなたがいなければ。どこに底の底まで口を開けてくれる
大地があるのか。女神の身では冥界の底へ突き落としてくれぬのか」。
これだけを言うと、頭を青黒い蔽いに包むや、
しきりに嘆息を吐きながら、女神は川の深みに身を沈めた。
　アエネーアスは敵を追いつめる。打ち振る槍は
一本の木のように巨大で、情け容赦なく、このように言う。
「今度の時間かせぎは何だ。何故いままた後ずさるのだ、トゥルヌスよ。
走力によるのではなく、容赦なく刃を交えて戦わねばならぬ。
どんな姿にでも変わってみよ。もてるだけをかき集めて、
闘志でも術策でも力を出せ。望むがよい、翼により見上げる
星を追うことを、また、大地の虚に籠って身を隠すことを」。
すると、相手は首を振りながら、「恐れはせぬぞ、おまえの熱に浮かれた
言葉など。残忍な男め。わたしが恐れるのは神々とユッピテルの敵意だ」
とだけ言うと、巨岩を捜して見回す。

たまたま、巨大な年を経た岩が平原に置かれていた。
土地争いを解決するため野に据えられた境界石であった。
この岩は選り抜きの者が十二人がかりでも肩に担げなかったであろう、
その体格がいまの地上に生まれる人間のようであったなら。
それをかの者はいきなり手につかんで敵に投げつけようとした。
英雄は高く伸び上がり、走って勢いをつける。
しかし、自分が自分とは思えない。走って進むあいだにも、
巨大な岩を手に持ち上げて投げるあいだにも、
膝がよろめき、血が冷たく凍りついた。
このとき、勇士の投げた岩も宙を飛ぶあいだに空転し、
十全な距離に達せず、命中しなかった。
それはあたかも夢の中にいるよう。両眼を蔽って、しどけない
安らぎが夜に訪れたとき、懸命に足を伸ばして走ろうと空しく
欲する夢を見て、試みのなかばに力尽きて
倒れ込んでしまう。舌も動かず、体に覚えの
力も発揮できず、声も言葉も出てこない。
そのように、いかなる武勇によりトゥルヌスが道を切り開こうとしても、

そのたびに忌まわしい女神が成功を拒む。このとき、胸中にさまざまな
思いがめぐり来る。彼はルトゥリ人と都に目をやり、
恐怖にたじろぐ。迫り来る死に怯え、
どこへ難を逃れるか、何を力に敵に向かうか分からず、
戦車も、御者を務める妹も、どこにも見つからない。
　たじろぐ彼にアエネーアスは運命の槍を振りかざす。
めぐってきた好機をその目に捉え、全身の力で
遠くから投げつける。城攻めの投石器から発射された岩も
決してそのような鳴動を起こさず、雷電にもそれほどの
大音響が弾けはしない。黒い竜巻のように宙を飛び、
槍は忌まわしい破滅を運んだ。鎧の端と
七層の盾の周縁を切り裂き、
腿の真ん中へ唸りを上げて突き刺さった。この一撃に
トゥルヌスは膝を折って巨体を大地に沈めた。
ルトゥリ人らは嘆息を吐いて立ち上がる。それに周囲の
山全体が反響し、嘆声が森深くに広くこだまする。
トゥルヌスは這いつくばって命乞いをする。両眼と右手に嘆願を表わして

差し伸べながら、言った。「わたしが自分で播いた種だ。泣き言は言わぬ。
おまえもこの機を逃すことはない。だが、おまえも哀れな父を
思って心が動くなら、頼む。おまえにもいたはずだ、同じような
父アンキーセスが。老いたダウヌスのことを憐れんでくれ。
わたしの体を、そうしたいなら、命の光を奪い取ったあとでもよい、
わが一族に返してくれ。おまえの勝ちだ。敗者の掌を差し伸べるわたしを
アウソニア人らも見届けた。ラウィーニアはおまえの妻だ。
これ以上は怒りに走るな」。鋭い気合いで武器を構えて立ち、
目をぎらぎらさせるアエネーアスであったが、右手を止めた。
ためらううちにますます相手の言葉に心が
動き始めていた。そのとき、肩の上に不運な剣帯が
見えた。帯は見覚えのある鋲の光を輝かせた。
若者パラスのものだ。彼を倒したのはトゥルヌスだ。一撃のもとに
ねじ伏せたあと、敵の形見を肩から吊していたのだ。
アエネーアスの目に残酷な悲しみを思い起こさせる
戦利品が飛び込んだとき、燃え上がった狂気と怒りは
恐るべきものとなった。「わが仲間から奪った武具を身に着けたおまえを

助けてやると思うのか。これはパラスの一撃だ。パラスがおまえを生贄とし、罪に汚れた血により報いを果たすのだ」。

こう言いながら、剣を正面から胸の奥へと埋める。

その燃え立つ怒りの前に、トゥルヌスの四肢は力を失い、冷たくなる。

命は一つ呻いてから無念を抱いて冥界の底へ去った。

ティベリス川
フラミニウス街道
マルスの野
カピトーリウム
9
6
アルギレ
2
3
1
中央
広場
10
ヤニクルム
フォルム
ボアーリウム
7
パラーテ
8
アウレーリウス街道
5
4
スブリキウス橋
大競技場
アウェンティーヌス丘
ティベリス川
オスティア街道

1図．ローマ市街略図

ノメントゥム街道
コリーナ門
旧ティーブル街道
ウィミナーリス丘
キスピウス丘
スブーラ通り
エスクィリアエ門
ティーブル門
ートゥム
オッピウス丘
リーナエ
道
ィウム
エスクィリアエ丘
カエリウス丘
トゥスクルム街道
カペーナ門
アッピウス街道
帝政期の城壁
セルウィウスの保塁
1. ユッピテル神殿
2. オクターウィアの柱廊
3. マルケルス劇場
4. アウグストゥス邸
5. 至大祭壇
6. ヤーヌス門
7. ルペルカル
8. ロームルスの小屋
9. ユーノ・モネータ神殿
10. ウェスタ聖堂

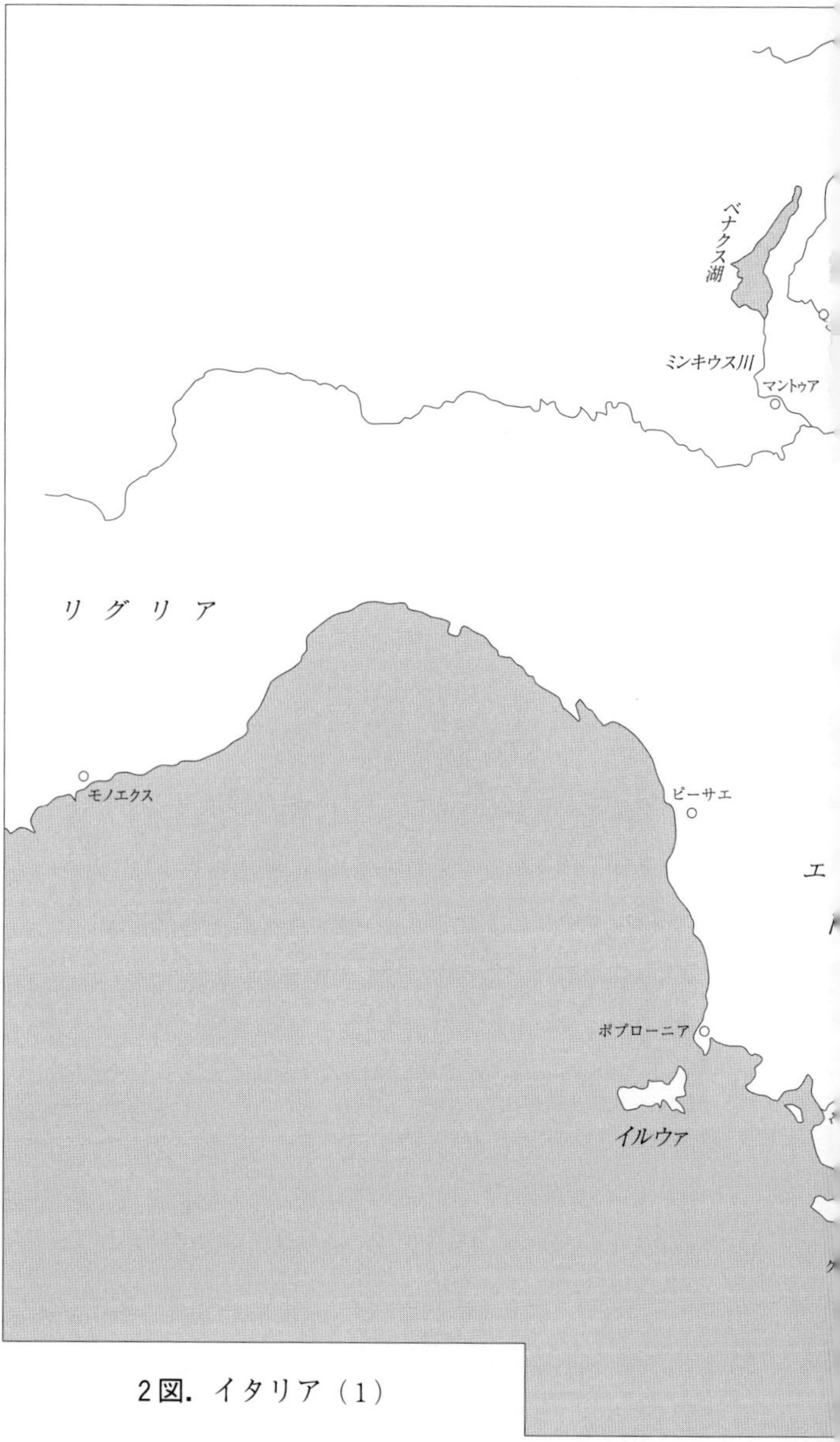

ベナクス湖
ミンキウス川
マントゥア
リグリア
モノエクス
ピーサエ
エ
ポプローニア
イルウァ

2図．イタリア（1）

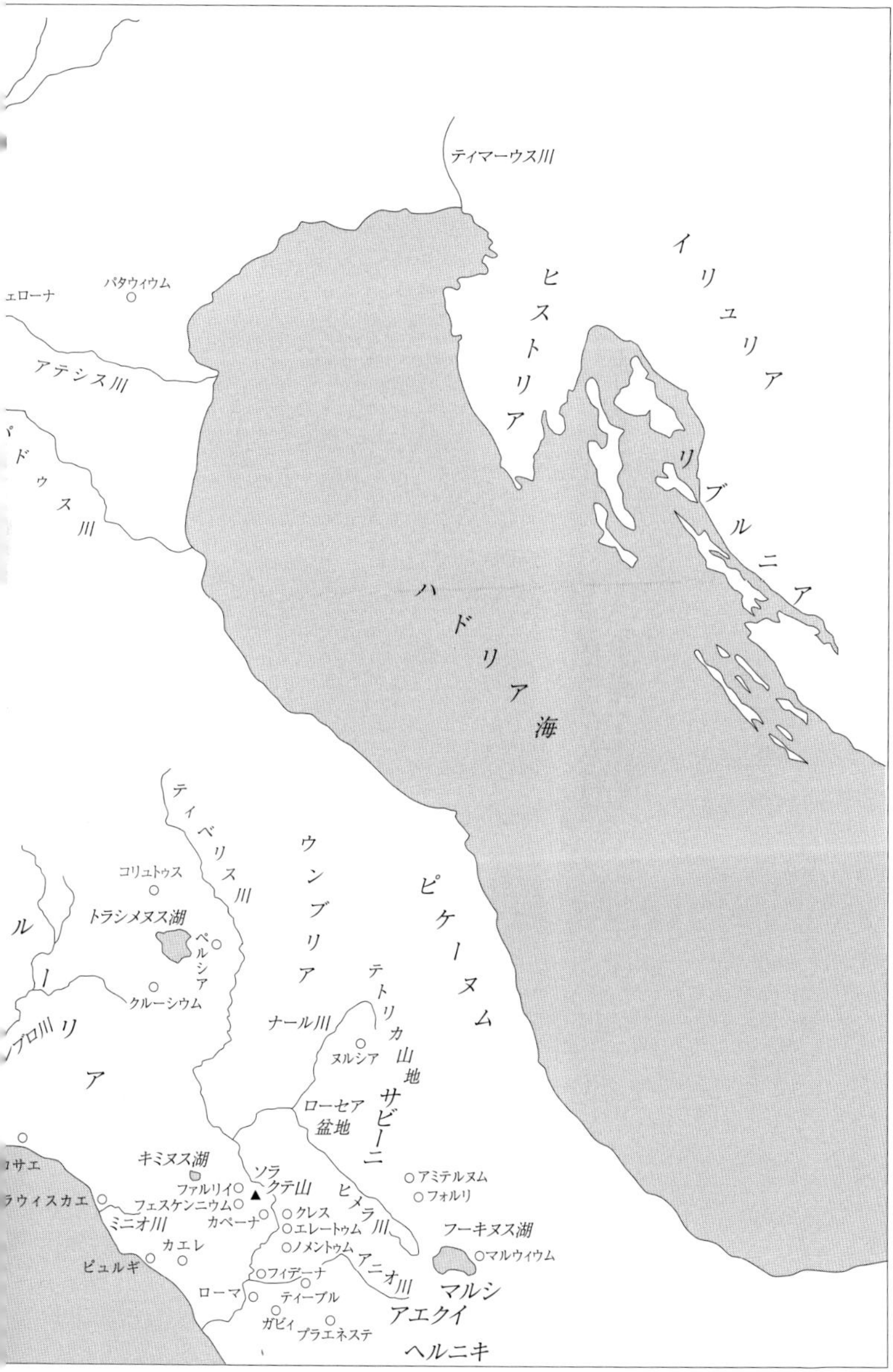
ティマーウス川
イリュリア
ヒストリア
パタウィウム
アテシス川
パドゥス川
リブルニア
ハドリア海
ティベリス川
ウンブリア
ピケーヌム
コリュトゥス
トラシメヌス湖
ペルシア
クルーシウム
テトリカ山地
ナール川
ヌルシア
ローセア盆地
サビーニ
キミヌス湖
ソラクテ山
ファルリイ
フェスケンニウム
カペーナ
アミテルヌム
フォルリ
ヒメラ川
クレス
エレートゥム
ノメントゥム
フーキヌス湖
マルウィウム
ミニオ川
カエレ
ピュルギ
フィデーナ
アニオ川
ローマ
ティーブル
マルシ
ガビイ
プラエネステ
アエクイ
ヘルニキ

解説

高橋宏幸

『アエネーイス』と英雄叙事詩

『アエネーイス』は「アエネーアスの歌」を意味する英雄叙事詩であり、古代ローマ、アウグストゥスの治世にマントゥア出身の詩人プブリウス・ウェルギリウス・マロによって書かれた。それはトロイアの英雄アエネーアスが陥落した故国を逃れたのち、女神ユーノの迫害により、幾多の苦難と危機に直面しながらも、イタリアの岸に着き、そこで、のちにローマへと発展する国の礎石を置くべく、敵対する土着の民ルトゥリ人の王トゥルヌスを倒すまでを描く。

まず、叙事詩について記しておく。叙事詩という言葉は一般的にかなり広い意味で使われることが多いが、ギリシア・ローマの古典古代には、一つの文学ジャンルとして明確に形式を規定されていた。叙事詩はヘクサメトロスと呼ばれる韻律（長音節一つと短音節二つ、もしくは、長音節二つを一韻脚として、これを六脚連ねて一行とする詩行）を用いて神々や英雄に関する物語を取り上げ、詩人は序歌と呼ばれる詩の冒頭部分で詩神に霊感の鼓吹を乞いつつ、詩全編の主題を提示する。とくに、一人の英雄を中心として、統一的主題のもとに数千行を越える規模の長大な物語を綴るものを英雄叙事詩という。ギリシアでは、ホメロスの『イリアス』と

『オデュッセイア』の二編が代表作である。それに対して、千行前後のやや小さな規模で、人生訓や社会規範についての教えを盛り込んだものが教訓叙事詩として区別され、ヘシオドスによる『神統記』と『仕事と日』がこちらの代表格である。単に叙事詩と言った場合には英雄叙事詩を指すことが多い。しかし、こうした外形的要素とともに、あるいは、それ以上に注意を払うべきは叙事詩の伝承形態である。

われわれはいま、ホメロスやヘシオドスの作品を書物として読んでいる。しかし、「読む」という形態は本来の叙事詩のあり方ではなかった。叙事詩を生んだのは文字を知らない文化伝統、つまり、口承伝統であったからである。作品はつねに口演の形で存在し、アオイドス（歌人）あるいはラプソドス（楽人）と呼ばれる口演者の声音と身振り、そして、それらが聴衆の胸に刻む心象から成り立っていた。文書と異なる口演の特質は、何よりも、その場だけのもの、口演が行なわれているあいだだけ作品が存在するということである。

そこで、作品が存続するためには、絶えず繰り返し口演が続けられねばならない。しかし、口演者も聴衆も作品を存続させるために口演の機会を設け続けたのではない。むしろ、作品に歌われる事柄が忘れることのできないもの、あるいは、それをつねに思い起こすことが何にもまさる喜びである、という共通の意識が伝統を維持させた。実際、叙事詩に歌われ、称えられるのは、まさに民族が記憶すべき事柄である。この点では、英雄叙事詩も教訓叙事詩も変わらない。前者は英雄の誉れ、つまり、いつまでも仰ぎ見て称えるべき卓越した勇者の事績を物語り、後者は日々の行為に生かすべき教えを示す。そこには、永遠に連なる理想に関わるものであれ、日常の現実に関わるものであれ、ギリシア人の生き方が描かれている。

そうして、ギリシア叙事詩の口承伝統は地中海沿岸各地に広まりながら、数百年、あるいは、千年以上にわたり続いた。この時間的にも空間的にも大きな広がりの全体が一つの伝統である。というのも、口承伝統の中で生まれる作品は決して個人に属するものではない。これには継承と創造の二つの側面がある。継承は民族が語り継ぐべき事柄の保持であり、それぞれの口演者は幼い子供の頃から体得した技能を用い、これを世代を越えて忠実に引き継いでゆく。他方、創造は個別の口演がその場かぎりであるという一回性の特質と深く関わる。口演は時と場所が変われば、たとえ同じ口演者による場合でも、同一の再生がほとんど不可能に近い。叙事詩の伝統全体の大きな広がりの中では文字どおり無数の口演が考えられ、そこには必然的に「変化」あるいは「流動性」という要素が内在する。その「変化」は大きな流れとして「淘汰」の方向に働いた。これには、口演が歌比べという競技の形を取って行なわれたことが関わっている。よりよいもの、つまり、語り継ぐにふさわしいと思われる口演が次に伝えられて、さらなる創造の土台となる。こうして、継承の過程で、保持すべきものを保持しながら、長い時間のあいだに少しずつ、あるいは、ときに突然に著しく、伝統に新しい要素が加わる。叙事詩の伝統はこうした、ほとんど悠久の時間の流れの中に無数の人々が関わって作り出される総体、その営為の集積である。

『イリアス』と『オデュッセイア』の作者としてホメロスの名が知られ、前八世紀頃の人で、地域的にはミレトスなどイオニア地方と関連が深いとも言われる。しかし、確かなことは何一つなく、作者として個人を特定しようとする試みはほとんど意味がない。実は、これらの叙事詩の作者に関する問題は「ホメロス問題」として西洋古典学の中でももっとも議論が喧しい。ここで立ち入る余裕はないが、ただ言えることは、ホメロスが属した伝統は昨今に主張される知的所有権といった考え方とは無縁の世界である、ということである。口承伝統の産物である叙事詩がいつ、どこで、どのような仕方で、どのような規模で文字に移され、それがどのように伝承されて、われわれがいま読むような形を取るにいたったか、そのような問いを立てるほうがより現実的な「ホメロス問題」である。いずれにしても、ギリシアの英雄叙事詩はギリシア人が長い歴史の中で創り出した芸術、民族生得の想像・創造力を結集した作品であった。

このような観点から見るとき、ウェルギリウスの『アエネーイス』は、形式こそ英雄叙事詩の条件を満たしているとはいえ、詩作の形態がまったく異なっている。まず、彼は生きていた時代と場所を特定できる個人である（詳しくは次の項に譲る）。次に、韻律はヘクサメトロスを用いたが、このギリシアのリズムの上にローマ人である彼はラテン語を当てはめた。学識が深く、かなりの読書家でもあったと思われる彼はローマ・アルファベットを用いつつ、慎重に推敲を重ねて詩を書き綴った。そして、『アエネーイス』はイタリア固有の英雄ではなく、異国から渡来の英雄を主人公とした。しかも、質実剛健を尊ぶローマの気風に反して、奢侈に流れ、女々しいとさえ風評のあるトロイア人であった。作品の構想はウェルギリウスの詩才に負うところが大きかった。

しかし、『アエネーイス』という叙事詩がウェルギリウスの個人的な作品であると言うことはできない。ギリシアの口承伝統が地中海全域にわたり、数百年のあいだに無数の人々が注いだ精力に支えられていたとすれば、ウェルギリウスが生きた時代のローマにも、それに匹敵するような社会的活力があった。地中海世界の覇権を樹立した国家が自身を破壊し、また、復興するという未曾有の動乱があった。『アエネーイス』を理解するには、この時代について知らなくてはならない。

詩人ウェルギリウスとその時代

ウェルギリウスについては、紀元四世紀半ば頃の文法学者アエリウス・ドナートゥスによる伝記（以下『伝記』とする）が残っており、その記述は『ローマ皇帝伝』を著わしたことで知られる二世紀の歴史家スエトーニウスを典拠とする、とされている。それによると、詩人は前七〇年の十月十五日に北イタリア、マントゥア（現マントヴァ）の近くの村に生まれた（『伝記』二節）。一七歳のときまでクレモナで過ごしてから、ミラノに移り、それからすぐにローマへ出た、という（『伝記』六―八節）。

この頃のローマは内乱の時代であった。前二世紀中頃に地中海世界の覇権を手にしてのち、前一世紀に入るとローマ共和政は強大な権力をもてあましはじめ、詩人の幼少期に当たる前六〇年代にはさまざまな破綻の兆候が明瞭になる。その破局の到来は前六〇年に成立したポンペイウス、クラッスス、ユーリウス・カエサルによる第一次三頭政治の妥協により引き延ばされたが、前四九年、有名なカエサルのルビコン渡河がポンペイウスとの内乱の口火を切る。この闘争に勝利を収めて、前四五年、カエサルは終生独裁官となり、権力を一手に掌握した。が、彼も翌年三月にブルートゥス、カッシウスらの共和派の手で暗殺されると、再び内乱の泥沼が続く。アントーニウスとオクタウィアーヌスにレピドゥスを加えた第二次三頭政治（前四三年十一月）は、キケロを含めた大量処刑（元老院階級一三〇人、騎士階級二〇〇〇人とも）に現われるように、共和政の息の根を止める恐怖政治を実行し、共和派をピリッピの戦い（前四二年）に破っても、政治的安定を保ちうる体制ではなかった。同じ戦争でも、対外戦争では勝利が国の外から利得をもたらす。が、内乱ではそれがない。ために、単に同胞が互いに血を流し合う、というだけでなく、戦後処理でも、同国人のあいだで敗者から勝者が土地や財産を取り上げる事態となる。オクタウィアーヌスは退役軍人の功労に報いる入植地確保のため強引な土地没収を実施したことから、前四一年にペルシア（現ペルージャ）戦役が勃発した。激戦ののちの四〇年、ブルンディシウムの合意により、アントーニウスは東方を、オクタウィアーヌスは西方を、レピドゥスはアフリカを手にすることとなる。

ウェルギリウスの父も土地没収の危機に立たされた。だが、若き詩人は内ガリア長官アシニウス・ポリオとアルフェーヌス・ウァールスの好意を得て、難を逃れた、とされる。この経験は詩人の最初の詩集『牧歌』（全十歌）に反映した。牧歌という文学ジャンルはヘレニズム時代にギリシア詩人テオクリトス（前三世紀に活躍）により創始され、牧人らがのどかに暮らす田園の理想郷を舞台とする。これを範として詩作したウェルギリウスは自身の理想郷にアルカディアという名を与える一方、この自然な平和を乱す戦争とそれに続く土地没収に第一歌と第九歌で触れている。そのうち第一歌には対照的な運命を辿る二人の牧人の姿、すなわち、一方には生まれついての土地を逐われ、理不尽な運命と農村の荒廃を嘆きつつ去りゆく者、他方にはローマの「青年」の庇護を受けて、土地を守ることができた者が描かれる。

『牧歌』を前三九－三八年頃に公刊したのち、まもなく、詩人はマエケーナスが主催する文学サークルに加わった。このことはウェルギリウスをいっそうオクタウィアーヌス、のちのアウグストゥスに近づけた。マエケーナスはオクタウィアーヌスを古くから公私両面で支える役割を果たした。ブルンディシウムの合意でも、仲介役を務めた。政治的地位は望まなかったが、莫大な富を築き、贅沢な生活を楽しむ一方で、詩人たちを庇護した。ローマの文学史の中で、ほぼアウグストゥスの治世に当たる時期を黄金時代と呼ぶ。ウェルギリウスを筆頭に、ホラーティウス（前六五―八年）、ティブルス（前五五頃―一九年）、プロペルティウス（前五〇頃―一六年頃）、オウィディウス（前四三―後一七年頃）ら、綺羅星のように輝いたこの時代の詩人たちはみな一種の宮廷詩人であり、パトロンの庇護を必要とした。マエケーナスは中でももっとも有力なパトロンであり、のちの詩人マルティアーリス（後四〇頃―一〇四年頃）は「マエケーナスが何人もいるとすれば、ウスが輩出するだろう」（第八巻第五十五歌五―六行）と歌っている。その支援に感謝して、ウェルギリ（ホラーティウス）フラックスよ、マロ（のような詩人）に事欠くことはあるまい。君の田舎からでもウェルギリウスは第二の詩集『農耕詩』をマエケーナスに献じた。その公刊は前二九年頃と考えられる。

『農耕詩』はヘシオドスの『仕事と日』を範とした教訓叙事詩で、全四巻の各巻はそれぞれ、畑作、果樹栽培、牧畜、養蜂という農業技術の教えを歌う。が、同時に、『牧歌』に内乱の悲惨さが取り込まれたように、ここでも、ローマが抱える矛盾に目を向けて、イタリアの農村美とともに文明と自然の衝突を見据えている。

その第三巻の冒頭には、オクタウィアーヌスの武勲を自分の詩作に取り上げることを約束するような詩行が置かれた。詩人は、いつか故国マントゥアにカエサル（オクタウィアーヌス）を祀る神殿を建て、そこに捧げ物を献ずるとともに、その扉にはカエサルの遠征、諸国制覇の事績を描く、と暗示的に歌う。こうした構想が『アエネーイス』へ結実していくことは疑いえないであろう。しかし、為政者が庇護下にある詩人たちに自分を称える詩を書くよう強い圧力をかけた一方で、ウェルギリウスは『アウグステーイス（アウグストゥスの歌）』と題されるような叙事詩により手放しの称賛を捧げることはしなかった。『農耕詩』が公刊された頃、オクタウィアーヌスは前三一年のアクティウムの海戦でアントーニウスとクレオパトラの連合軍を破り、まだ不安定要因は多々あったものの、長い内乱の収拾に見通しをつけていた。そうした体制確立へ向け、軍事的、政治的戦略とともに、文化的にはローマ古来のしきたりと信仰の復活、そして、文芸の振興にプロパガンダとしての重要な位置づけを与えた。彼はウェルギリウスに対し、アウグストゥスの称号を受けた前二七年の遠征先から、「自分に『アエネーイス』の中から最初の下書きでも適当な一節でもよいから送ってよこせ」と、懇願もし、冗談めかして脅しもするような手紙を書いた、という（『伝記』三一節）。そうした要請は当時の詩人たちのほとんどになされた。

しかし、詩人たちは権力者の意向に唯々諾々として従うことはしなかった。実際、ウェルギリウスにかぎらず、黄金時代の詩人たちはほとんどが、いつかカエサルのことを歌おう、あるいは、歌いたい、という詩句を残している。けれども、カエサルの戦争を直接の題材にした叙事詩は、少なくとも、いまに伝わるものは一作品もない。これには、一方で、まだ生々しい内乱の記憶が働いていた。たとえば、プロペルティウスはペルシア戦役で父、もしくは、近親の一人を失った。彼を含めた恋愛詩人らが、戦争よりも恋愛による平和を、と自己の生き方を主張したことの源には悲惨な体験があった。と同時に、ここにはまた当時の文学思潮が深く関わっている。

ラテン文学はホメロス以来のギリシアの伝統を、叙事詩、抒情詩、悲劇、喜劇、牧歌など、ほぼ全般にわたって継承したが、文芸理論の面で共和政末期から黄金時代の詩人たちにもっとも大きな影響を与えたのはヘレニズム時代の学者詩人カリマコスであった。カリマコスはアレクサンドリア図書館の司書を務め、その膨大な蔵書のすべてに精通する研究者であると同時に、その博識を基盤に都会的洗練を特色とする詩作を行なった。入念な彫琢、彩り豊かな暗示、そして、意外性を備えた知的遊戯が繊細な輝きを放つ小品をよしとし、粗雑や平凡、また、規模が大きいだけで退屈、空疎な作品を退けた。こうした詩作傾向はアレクサンドリアニズムと呼ばれ、ローマにおいて前二世紀末から新詩人と名づけられた人々により行なわれ始めた。当初は、その多くが新しいもの好きで、形だけを真似る類いにすぎなかったが、カトゥルス（前八四頃—五四年頃）がこれをローマの土壌に定着させた。彼の恋愛抒情詩、神話を題材とした小叙事詩、エピグラム、祝婚歌などに織り込まれた機知や学識、それらを表現する洗練された技巧は黄金時代の詩人たちに引き継がれることになる。

カリマコスの文芸理論に従う詩人たちは、結局のところ、有力者からの要請に対して長大な英雄叙事詩を著わすことを忌避した。その忌避においても、カリマコスに倣い、「辞退」を述べる一定の形式を踏んだ。ウェルギリウスが最初に牧歌と教訓叙事詩というジャンルを手がけたことはこの流れと軌を一にしていたと言える。たとえば、右に触れた『農耕詩』第三巻冒頭の詩句についても、カリマコス的な色彩が見て取れ、これを叙事詩辞退の表現と解釈する学者もいるほどである。

ただ、ここで注意すべきは、カリマコスは英雄叙事詩そのものを否定したのではない、ということである。それどころか、カリマコスや他のアレクサンドリア図書館の学者たちはまず何よりもホメロスを研究対象とした。しかし、研究対象であるということはホメロスがすでに読む対象であったことを意味している。ギリシアの口承伝統はヘレニズム時代に完全に消滅していた。それだけに学者たちは、一方で、ギリシア人の心の故郷を記録に残すことに全精力を注ぎ込みながら、他方では、失われたものの大きさを実感していたに違いない。ホメロスに並ぶ英雄叙事詩を一人の人間が著わすことはできない、そのような思いがカリマコスの主張の背景にあったかも知れない。

そこで、英雄アエネーアスによるローマ建国の物語をウェルギリウスが叙事詩に綴ろうとしたとき、その詩作がローマの「いま」と深く関わって、当初から人々の注目を集めたことは想像に難くない。実際、プロペルティウスは前二六年頃の公刊と考えられる『詩集』第二巻の末尾に置かれた詩で早くも、「ウェルギリウスはポエブスの護りたまうアクティウムの岸やカエサルの雄々しい船団を語ることができる。いま彼はトロイア人アエネーアスの武具とラウィーニウムの岸に置かれた城市を語り起こしている。そこを退け、ローマの作家たちよ。そこを退け、ギリシア人らよ。何とは知れず、イーリアスにも負けぬ大きな歌が生まれるのだ」（第三十四歌六一―六六行）と、『アエネーイス』への言及を残している。プロペルティウスは、右にも触れたように、恋愛詩人であり、また、『詩集』第四巻では、自身を「ローマのカリマコス」（第一歌六四行）と標榜した。そして、第二巻の冒頭、第一歌では、カエサルの戦争を讃える武勲詩について辞退する詩行をマエケーナスに宛てて綴っており、第三十四歌の詩句にはウェルギリウスの企図に対する皮肉ないし揶揄が込められているとも解される。しかし、そうした面があるとしても、プロペルティウスの詩句がウェルギリウスの試みを壮大な挑戦と捉えていることは疑いがない。そして、この認識はじつに当を得たものであったと思われる。

ホラーティウスが「囚われの身のギリシアは野蛮な勝利者を虜にして、技芸を鄙びたラティウムにもたらした」(『書簡詩』第二巻第一歌一五六―一五七行)と歌ったように、これまでつねにローマはギリシアを文芸の模範としてきた。その前三世紀からの修練は、ローマが国家的危機を経験するたびごとに大きな前進を示してきた。第二次ポエニ戦争中から戦後にかけてはプラウトゥスが現われて、翻案の原典であるギリシア新喜劇を凌駕する作品を数多く残した。ギリシアを征服し、カルターゴを殲滅したのち、スキーピオ・小アフリカーヌスのまわりにはマエケーナスの文学サークルの原形をなすサロンができた。共和政末期の動乱の中でキケロは、彼自身が自負するように、ギリシア語にまさって弁論と哲学にふさわしいラテン語を磨き上げた。また、新詩人らの都会的洗練の試みがあったことはすでに触れた。ローマ文学が黄金時代と呼ばれるにふさわしく独り立ちする素地はできていた。叙事詩については、プラウトゥスと同じ頃に、ローマ文学の父と呼ばれるエンニウスが初めてヘクサメトロスによってローマの歴史を題材とする『年代記』を著わし、これが『アエネーイス』の現われるまでのローマの叙事詩であった。ただ、その影響は多大であったが、これはホメロスの英雄叙事詩とはまったく異質で、比較にもならず、また、カリマコス的な批評基準からすれば、「粗野」の誇りを免れなかった。

ウェルギリウスの挑戦は、こうしたローマの文学的成熟の上に立ちながら、まず第一に、カリマコスの文芸理論を乗り越えてゆく挑戦であり、ホメロスの叙事詩への挑戦であった。と同時に、それは、戦争の矛盾と悲惨さを嘗め尽くしたあとに、武勇を誇る英雄からどれだけ理想的な指導者像を描き出せるか、現体制のプロパガンダを越えて、ローマ世界の精神的拠り所を模索する挑戦であった。

『アエネーイス』公刊まで

ここで、作品の成立経過について少し触れておく。ウェルギリウスはきわめて遅筆であったことで有名である。『牧歌』に三年、『農耕詩』に約七年を要し、その入念な詩作ぶりについて、詩人自身が「歌を雌熊のように産み、よく舐めて形を整える」と言った、とされる（『伝記』二二節）。こうした詩作スタイルが災いしたのか、結局、『アエネーイス』は完全な形を見ずに終わった。おそらく『農耕詩』完成後すぐに着手されたと考えられ、十年以上の歳月をかけて、ほとんど完成間近にありながら、詩人が没するまでに最終的な仕上げが加えられることはなかった。

ただ、そのあいだに、ウェルギリウスが第一歌、第四歌、第六歌をアウグストゥスに朗読する機会のあったことが伝えられている。このとき、「朗読に居合わせたオクターウィアは強い衝撃を受け、彼女の息子についての『そなたこそがマルケルスとなるのだ』という詩行（第六歌八八三行）のところで卒倒してしまい、容易に意識を回復しなかった」という（『伝記』三二節）。また、詩人は他の人々にも朗読して、批判を仰いだともいう（『伝記』三三節）。

前一九年、詩人は『アエネーイス』を完成させるべくギリシアへ渡るが、その途次、東方から帰還途中のアウグストゥスとアテーナエで会い、一緒にローマへ戻ることにする。そして、メガラ訪問中に熱中症に罹り、その病状が船旅で悪化、ブルンディシウムに着いて数日後に息を引き取った。九月二十一日であったという（『伝記』三五節）。

彼の死後、『アエネーイス』は、アウグストゥスの命により、ルーキウス・ウァリウスとプローティウス・トゥッカに託されて校訂された。この二人はいずれもホラーティウスの詩に何度か言及され、マエケーナスの文学サークルに属していたと考えられる。とくに、ウァリウスはウェルギリウスとともにホラーティウスをマエケーナスに紹介した人物（ホラーティウス『風刺詩』第一巻第六歌五五行）で、自身も叙事詩や悲劇を書いたらしい（作品は伝わらない）。しかし、イタリアを発つ前に詩人はウァリウスに、もし自分に何かあったときは『アエネーイス』を焼却してくれるよう、頼んでいた。そこで、死の間際にも、しきりに文箱を求め、自分で焼こうとした。だが、それを詩人のもとへもってくる者がなかったため、ウァリウスとトゥッカに書状により、詩人自身が公刊しなかったものを決して公にするな、と言い置いていた。詩人の遺言を覆して、アウグストゥスの命令により救われた『アエネーイス』にウァリウスが加えた校訂はわずかで、不完全な詩行もそのままに残されたという（『伝記』三七―四一節）。

アエネーアス伝承とローマ建国神話

さて、『アエネーイス』の主人公アエネーアスはトロイア王家に属する英雄であり、女神の子であった。トロイアにその名を与えた王トロースはイールス、アッサラクス、ガニュメーデスという三人の息子を儲けた。イールスがトロイアの別名イーリウム（ギリシア語の形では、イリオンまたはイリオス）を残して王位を継ぎ、ガニュメーデスがユッピテル（ゼウス）に愛されて天界の酌人となる一方、アッサラクスの孫にアンキーセスが生まれる。アンキーセスが女神ウェヌスに愛され、アエネーアスを生んだ。

アエネーアスは、ホメロスの『イリアス』にも登場するように、トロイア戦争においてヘクトルに次ぐ勇将としてギリシア軍と戦ったが、トロイア陥落後、生き残ったトロイア人を率いて故国を脱出した、とされている。この放浪の終着点がイタリアであったという伝承はかなり古くからあり、その定住がローマの礎石と考えられることになる。すなわち、ローマにおいてアエネーアスは建国の祖と見なされた。

しかし、ローマ建国の祖とされる英雄はアエネーアスだけではなかった。もう一人、ローマの名の起源となったロームルスがいた。ロームルスの父は軍神マルス、母はラティウムの都アルバ・ロンガの王女であり、ウェスタ女神の巫女となったイーリア（または、レア・シルウィア）であった。だが、イーリアの父ヌミトルから王位を簒奪した叔父アムリウスの命により、双子の兄弟レムスとともに捨て子にされる。幼い兄弟は雌狼の乳で育ち、成人してのちアムリウスによる圧政を打倒、ヌミトルをアルバ・ロンガに復権させる。ロームルスはローマ初代の王として人も資源も何一つないところから出発して都の建設を果たした。ロームルスによるローマ建都は前七五三年とされ、これがローマの紀元一年である。アエネーアスが戦ったトロイア戦争は前十二世紀頃と考えられたため、アエネーアス伝承は、彼の据えた国の礎石の上に息子イウールスがアルバ・ロンガを建設したという関連により、ローマ建都の前史を構成することとなった。

そこで、建国神話としては、ローマ初代の王であるロームルスにまつわる伝承のほうがむしろ正統的であったと考えられるが、ウェルギリウスはローマが国を挙げて期待を寄せる国民的英雄叙事詩の主人公としてアエネーアスを選んだ。選択の理由としては、一つに、アウグストゥスとの関連がある。アウグストゥスの養父ユーリウス・カエサルは叔母ユーリアへの追悼演説で、ユーリウス家がウェヌスの血統である、と述べた（スエトーニウス『ローマ皇帝伝』「ユーリウス伝」第六章一節）。これはウェヌスがアエネーアスの母であり、アエネーアスの息子イウールスまたはユールス（Iulus）にユーリウス（Iulius）の家名が由来するという主張にもとづく（第一歌二八六―二八八行参照）。この点で、アエネーアスはアウグストゥスを重ね合わせるのに好都合な英雄であった。

しかし、理由はそれだけではなく、アエネーアスとロームルスと二人の英雄の資質の差に求められるべきであろう。この点で、まず、オクタウィアーヌスにアウグストゥスという称号を贈ることが元老院で決定されたときの逸話は示唆的である。この提案がなされたとき、オクタウィアーヌスもまた都の建設者であるのでロームルスと呼ばれるべきだ、という別の意見があった。しかし、アウグストゥス（Augustus）という名のほうが目新しく、威厳があり、この語が神聖さ、鳥占いの儀式（augurium）、増大・繁栄（auctus）と関係深いことから採用された、という（前掲書「アウグストゥス伝」第七章二節）。つまり、名前の上だけではあるが、アウグストゥスにロームルスは劣るという決定がなされ、その差は神々への尊信と、翻って、神々の加護とを含意するか否かにあった。このことはアウグストゥスがローマ古来の信仰復活を推進し、多くの神殿復興を行なったこととも呼応している。

この違いはほぼそのままアエネーアスとロームルスにも当てはまる。たしかにロームルスもローマ建設の場所を鳥占いによって定め、また、王はそもそも神官の最高位にもあるので、敬神に欠けるとは言えない。さらには、死後、クイリーヌスとして神格化された。けれども、ロームルスの第一の属性は、軍神マルスを父とするように、武勇であり、しかも、それは甚だしく粗野な印象をともなった。祝祭を装って隣町サビーニの女たちを掠奪したという有名な逸話はこのことを象徴する。この点で、第二代の王ヌマ・ポンピリウスが穏和で哲学を修め、ローマの祭儀の多くを創始したのと顕著な対照を見せる。そのうえに、ロームルスには弟レムスを殺したという伝承があり、それが汚点となっていた。

対して、アエネーアスは、そもそもホメロスの叙事詩に歌われた英雄というだけで、ギリシアの文化の香りを伝えた。そのうえに、アエネーアスは武勇のみならず、敬神、忠孝、家族愛といった美徳を備え、国運に関わる神意を担う。それはトロイア脱出のとき、肩に年老いた盲目の父アンキーセスを背負い、左手に幼い息子イウールスを連れ、右手に守護神を携えたという姿に具象的に現われている。もっとも古い伝承を伝える『イリアス』の中でも、アイネイアス（アエネーアス）がアキレウスにあわや討ち取られようとした場面で、ポセイドンが言う、「どうしていま、あの男が罪もないのに苦痛を耐え忍ぶのか。何の益もないのだ、他人の煩い事のためなのだから。いつでも喜ばしい供物を広大な天に住む神々に捧げてくれるのだから、さあ、われわれが彼に死から逃れる導きをしてやろう。クロノスの子ゼウスを決して怒らせぬためには、アキレウスにあの男を殺させてはならぬ。彼は死を免れる運命なのだ、一族が跡継ぎを失って消え果てぬようにと。ダルダノスをクロノスの子ゼウスは人間の女とのあいだに儲けた子供らの誰よりも愛した。だが、すでにプリアモスの一族にクロノスの子が憎しみを抱いたいま、やがて必ず勇猛なアイネイアスがトロイア人の王となろうし、息子から息子たちへと、あとに生まれる者らも王となろう」(『イリアス』第二十歌二九七－三〇八行。同書第三歌九七－九八行参照)。また、クセノポンは「アイネイアスは父方の神々と母方の神々を救った。と同時に、父をも救った。ために、敬虔さの名声を獲得し、敵もトロイアで征服した者らのうちで彼のみからは略奪せずにおいた」と記す(『狩猟について』第一章一五節)。この「敬虔さ」をウェルギリウスはアエネーアスの第一の属性として、序歌において提示する(第一歌一〇行)とともに、「敬虔なる」という英雄の形容句を多用した。「敬虔」は神々への尊崇を表わすのみならず、親や子供、祖先と子孫、一族郎党、同胞や部下など、身のまわりで自分と関わりのあるすべての人々への敬意と配慮を意味した。その点で、「敬虔なる」と並んで頻繁に用いられる「父なる」という形容句もほぼ同様の意義を含んでいる。

さて、これらに加えて、二人の英雄の相違をあえてもう一つ挙げれば、アエネーアスが落ち武者であるということ、戦争に敗れ、祖国を戦火の中に失った経験をもつということがある。これにはいくつかの側面がある。一つには、どのような英雄にも苦難はつきものであるが、そうした物語の構成要素として、アエネーアスの場合、その効果を十分に期待できる境遇に置かれていると言える。

第二に、ウェルギリウスの同時代人が経験したばかりの内乱との対応である。内乱はイタリアの国土を荒廃させ、敗れた側は土地を奪われ、故郷を逐われた。そうした状況が『牧歌』に取り込まれたことはすでに触れた。アエネーアスがラティウムに着いてのちに戦う相手はイタリア人である。将来の同胞となるべき民とのあいだに起こる戦争という点で、ここにも内乱の様相が見られる。

第三に、この祖国喪失のあと、アエネーアスによるイタリアでの新国家建設は「トロイアの再興」と呼ばれたが、これは内乱後、アウグストゥスのもとでのローマの新生、さらには、「永遠のローマ」という理念に通じている。「永遠のローマ」は、ローマがつねに強大な勢力を誇って他を圧倒し、繁栄を謳歌し続ける、という「不変」の中にあるのではない。栄枯盛衰は世の常であり、ローマにも存亡の危機は必ず来る。しかし、その都度、偉大な指導者が現われ、神々の加護を得て、国を窮地から救い、さらには、危機の克服を経て以前にまさる国力を獲得していく、という「変化」の中に「永遠」が求められた。それをローマの歴史は実証するかに見える。第七代の王タルクイニウスの暴政が市民をすべて奴隷化するほど甚だしくなったとき、ブルートゥスが現われて共和政を樹立し、自由を回復した。前三九〇（もしくは、三八七）年、ローマは文字どおりに最後の砦となったカピトーリウム丘のみを残して、その他すべてをガリア軍に占領され、ほとんどが焼き尽くされた。このとき、この建都以来の危機をカミルスが救い、復興を成し遂げた。彼を歴史家リーウィウスは「都の建設者」と呼んだ。あるいは、ハンニバルの軍靴がイタリアを踏み荒らしたとき、スキーピオが対抗した。アウグストゥスが収拾した内乱はこれらの危機にまさるとも劣らない。「都の建設者」という称号はこの功績に対してであった。そうした再生の循環の第一の輪がアエネーアスによる新生トロイア建設に認められる。壊滅的打撃から立ち直る力が運命により与えられているなら、それは永遠の存続を意味することにほかならない。「永遠のローマ」の理念はそうした再生の繰り返しへの信念に支えられていた。『アエネーイス』第三歌三七六行の古注には「運命とは、万物が永遠にわたって転変しつつ持続していく連鎖であり、それ自体の秩序と法則に従って変化するが、その変化そのものが永遠を維持する」と記されている。アエネーアスはそのような運命を担う一人である。

以上のようなアエネーアスの有する資質がローマの国民的叙事詩に適格であることをウェルギリウスは認めていたことであろう。そして、実際、それらが『アエネーイス』の機軸に据えられ、物語が展開していくことになる。

『アエネーイス』の物語展開とホメロスの叙事詩

『アエネーイス』は、木馬の策略によるトロイア陥落後のアエネーアスのトロイア脱出からイタリア到着までの（冥界行を含む）放浪、そして、イタリア土着の民との戦争をその勃発から敵の大将トゥルヌス殺害までにわたって描く。古くから、放浪を扱う第一歌から第六歌は『オデュッセイア』を、戦争を扱う第七歌から第十二歌は『イリアス』を踏まえる、と言われてきた。

『オデュッセイア』は木馬の策略などによりトロイア陥落に大きな功業を立てた英雄オデュッセウス（ラテン名、ウリクセス）の「帰国」を主題とする。「帰国」には、トロイアから故国イタカまでの物理的距離とそこに現われる怪物や魔女など障害の克服、その途次に招来した神の怒りの宥め、故国に待ち受ける敵の打倒、一〇年の戦争と一〇年の放浪、計二〇年の歳月により生じた妻ペネロペをはじめとする家族との精神的距離の超克、といった側面がある。物語は放浪の一〇年目、カリュプソというニンフに引き留められていた英雄が彼女のもとから出発するところから始まる。その後、息子テレマコスをめぐる筋を省略して記せば、英雄は嵐のため、文字どおりにすべてを失ってパイアケス人の島に打ち上げられる。そこで、王の娘ナウシカアに救われ、王宮で歓待を受ける。その宴席で英雄は自身の苦難の物語を語る。すなわち、一つ目巨人キュクロプスの島とポリュペモス(その目を潰したことが父であるポセイドンの怒りを招く)、人肉を喰らうライストリュゴネス人、魔女キルケ、帰国の方途を知るための冥界行、セイレンの誘惑、海の怪物スキュラとカリュブディス、太陽神の牛などである。翌日、イタカへと送り出された英雄は、故国で息子と協力して自分の留守に乗じた(英雄を死んだものとして妻に求婚し、英雄の館で傍若無人に振る舞う)敵に復讐し、妻との再会を果たす。

『イリアス』はトロイア戦争でのギリシア軍第一の戦士アキレウスの「怒り」を主題とする。「怒り」はギリシア軍の総大将アガメムノンとの確執から生じた。アガメムノンに対し、アポロ神の神官クリュセスが自分の娘クリュセイス返還を嘆願したところ、アガメムノンは侮辱とともに拒絶した。ために、神官は神に祈願して、ギリシア軍に悪疫を生じさせる。この事態の解決にクリュセイス返還が不可避となったとき、アガメムノンは代替を求め、アキレウスからブリセイスを取り上げることでそれを果たす。トロイア戦争の原因は、トロイアの皇子パリスがアガメムノンの弟でスパルタの王メネラオスから妻ヘレナを奪ったことにあった。男女の正当な関係への侵害に対する報復が戦争の大義であったのに、いま総大将がその大義を踏みにじる行為に出た。戦う意義が失われてアキレウスは戦線を離脱する。このため、戦況はギリシア軍に不利となり、トロイアの大将ヘクトルがギリシア軍の船に火を放とうとするまでに迫る。アガメムノンから謝罪の使者がアキレウスに送られるが、英雄は退ける。しかし、さらに事態が急迫したとき、英雄の武具を着けて親友パトロクロスが出陣し、一時的勝利を収めるものの、ヘクトルに討ち取られる。ヘクトルはパトロクロスの武具を奪って身に着けた。親友を奪われた怒りから、ついにアキレウスは戦場に立ち、ヘクトルを倒す。

殺したあとも怒りは鎮まらず、遺体を痛めつけ続けるが、彼の陣屋へ単身やって来たプリアモス王の嘆願を聞き入れ、英雄は遺体返還に応じる。ヘクトルの葬儀を語って叙事詩は終わる。

このように大筋を概観しただけでも、ただ放浪と戦争というだけではなく、ホメロスの両叙事詩が『アエネーイス』の重要な枠組みとして取り入れられていることは容易に見て取れる。前半、オデュッセウスに対してポセイドンの怒りがあるように、トロイア人をユーノは憎み、迫害する。オデュッセウスのように、アエネーアスも難破して打ち上げられたところをカルターゴの女王ディードに助けられ、その王宮で自身の苦難の物語、木馬の策略によるトロイア陥落からカルターゴ漂着までを語る。また、冥界行を通じて英雄を待ち受ける未来について知る。後半、ヘレナ掠奪がトロイア戦争の原因であったように、トロイア人とイタリア人との戦争も女性に問題の端を発する。ラウレンテス人の王ラティーヌスは、娘ラウィーニアに異国からの婿を迎えよ、そうすれば子孫が世界を制覇する、という神託を受け、いったんはトロイア人の使者に友好を確約しながら、ラウィーニアを愛するルトゥリ人の若き王トゥルヌスと彼に与する后アマータに突き上げられて、戦争開始を黙過した。また、アキレウスが親友を殺された怒りからヘクトルを倒したように、アエネーアスもトゥルヌスが大切な友を殺したことへの怒りから彼に止めを刺す。アルカディア出身の老雄エウアンドルスはアエネーアスの盟友となり、息子パラスを彼に託して出陣させたが、これをトゥルヌスは殺して剣帯を奪い、身に着けていた。決闘でアエネーアスの槍に傷つき、命乞いしたとき、それが英雄の目に入り、怒りの剣を受けることとなった。

しかし、こうした明瞭な対応は、ウェルギリウスによるホメロスの模倣を示すというよりは、むしろ、両者の相違を浮かび上がらせている。

まず、ディードに目を向けてみよう。彼女を『オデュッセイア』の女性たちと比べるとき、窮地にある英雄を助けるという点ではナウシカアの役割を果たす一方、英雄を引き留めてローマ建国という使命遂行の障害となる点では、カリュプソ、あるいは、キルケの誘惑などと対応する。けれども、アエネーアスとディードの関係は二人だけの個人的なものに留まらない。そこに一つ大きな違いがある。

ホメロスの英雄が個人の誉れを追及するのに対し、ウェルギリウスの英雄は社会の要請を行動規範とする、とよく言われる。アエネーアスは、何も言わずカルターゴを去ろうとした企てをディードに気づかれ、問い詰められたとき、「わたしがイタリアを追い求めるのは本意ではない」(第四歌三六一行)と言う。それは息子アスカニウスのため、さらにローマに連なる子孫のためである。このような立場はディードも共通している。彼女は夫シュカエウスを失い、女一人で一族を率いて、遠くフェニキアのテュロスの都からアフリカに渡り、新都を築いている。そこへアエネーアスを迎えたのは恋心とともに、それが国の安定と繁栄に資するとの判断からであった。その結果は、しかし、貫いてきた亡き夫への操を失っただけでなく、彼女に求婚して拒絶されていた隣国の諸侯の敵意をさらに煽り立ててしまった。アエネーアスが去ることはそうした犠牲をすべて無意味にする。彼女が死を決意したとき繰り返し夢に見たのは、置き去りにされ、ただ一人、長い道のりを供も連れず、人影のない地でテュロス人たちを探している自分であった(第四歌四六六－四六八行)。

こうした社会的責務を背負う英雄像を一つの違いとすると、もう一つ認められる違いは、歴史的現実の投影、もしくは、取り込みである。このことを次に女神ユーノの怒りということから眺めてみる。

ユーノの怒りは、『オデュッセイア』においてポセイドンの怒りが主人公の帰国を妨げるように、アエネーアスやトロイア人の苦難を引き起こす。そのことは全編の主題を提示する序歌（第一歌一―三三行）に示されている。詩人は女神の怒りの原因を二つ挙げる。すなわち、女神はカルタ－ゴを寵愛しているが、この都をやがてローマ、つまり、トロイア人の血を引く子孫が滅ぼす運命にあり、これを恐れているというのが第一、トロイア戦争の発端から女神はギリシア軍に味方し、トロイアの一族を憎んできたが、それがまだ鎮められないというのが第二である。このうち、第二の原因はホメロスの世界に語られた過去に属し、現在の女神の怒りを時間的順序に即して説明している。対して、第一はローマの歴史的現実を踏まえる。ポエニ戦争を通じてのローマによるカルターゴの破壊である。その両国間の憎悪は第四歌においてディードの呪いの形で物語に取り込まれる。彼女は自殺の直前に、「立ち上がれ、そなた、まだ見ぬ者よ、わが骨より出て復讐者となれ」（第四歌六二五行）とハンニバルに呼びかける。ここで、ローマとカルターゴの敵対は『アエネーイス』に描かれる時点から見れば未来に属することには注意を要する。というのも、序歌では、この「未来」の出来事が「現在」のユーノの怒りの原因とされて、因果関係が時間的に逆転しているからである。もちろん、運命は未来に先立って定められていて、女神はそれをあらかじめ知っており、人間的な因果関係がそのまま通用するわけではない。が、これを一歩誤ると物語展開に耐え難い不合理や錯綜を生じることは疑いない。そうした危険をあえて冒しながら、詩人は物語の「現在」の中にアウグストゥスの時代のローマの人々の視点から見た「過去」をも取り込む。ポエニ戦争とその結果は詩人と同時代のローマ人にとって過去の出来事である。そのような「過去」が現在のユーノの怒りの原因である。と同時に、この「過去」を詩人は、ディードの呪いに見るように、神話的時代に原因を遡って「未来」の出来事として眺める。こうして歴史の展開が運命の働きとして提示され、そこには歴史の神話化とも呼ぶべき叙述が認められる。

さて、英雄の社会的責務と歴史の神話化という二つの点に触れたが、これらは冥界行においていっそう明瞭に現われる。『オデュッセイア』でも、『アエネーイス』でも、冥界行は主人公に未来を示す機会となる。その点は変わらない。しかし、その未来が主人公にどう関わるか、あるいは、どんな意味合いをもつか、という点で大きな違いがある。

オデュッセウスはキルケから、帰国するためには、その前に冥界へ降り、予言者テイレシアスから方途を学ばねばならない、と聞かされ、彼女の指示に従い、冥界へ降る。そこでの見聞は英雄にとって帰国を目的として取るべき行動の、いわば、予備知識であり、未来について知ることはこの知略で有名な英雄にその本領を発揮させる知恵の源を提供している。それは単にテイレシアスの予言からのみ得られるのではなく、英雄が冥界で出会う他の多くの霊たちとの経験はみなそれぞれこの点に関わっている。たとえば、母アンティクレイアからは故国の様子が明かされ、また、帰還した館で妻に殺されたアガメムノンの霊からは貴重な警告が与えられる。これらは英雄の次になすべき行動を準備している。

それに対し、アエネーアスは父アンキーセスから自分の「血統のすべてと、いかなる城市を授かるかを学ぶ」（第五歌七三七行）ために冥界に降る。これはローマの礎石を置くために英雄が直面する困難について教えるものではない。それに当たる予言は冥界行の前に案内役を務めるクーマエの巫女から告げられてしまう（第六歌八三―九七行）。アンキーセスもイタリアでの戦争について教えたと言われる（同八九〇―八九二行）が、どのような内容かは示されない。アンキーセスがアエネーアスに「おまえが背負う運命を教えよう」（第六歌七五九行）と言って見せるのは、これから地上へ出るのを待って居並ぶローマの指導者たちである（同七五六－八八六行）。この「英雄のカタログ」（カタログ（catalogue）ないしカタロゴス（katalogos）は同範疇に属するものを列挙する叙事詩の技法の一つ）と呼ばれる箇所には、アルバの王に始まり、ロームルスやヌマなどローマの王たち、また、ブルートゥス、カミルス、スキーピオ、ファビウス・マクシムス、さらに、ユーリウス・カエサルとアウグストゥスなど三〇近い人物名ないし家名が列挙される。これら数多くの指導者のどの一人が欠けても偉大なローマはありえなかったろう。そうした人々の先頭にアエネーアスは位置している。その意味で、ローマ建国の大事業はアエネーアス一人の手で達成されうるものではないが、同時に、アエネーアスがいなければなしえない。それが彼に課せられた役割であり、彼の運命である。アエネーアスの社会的責務は、彼が現在をともに生きる人々に対してのみならず、ローマとの関係において、遠い未来に及んでいる。そして、詩人と同時代のローマ人はこの「遠い未来」を「過去」として歴史の流れの中に把握する。ローマの「現在」を造り上げてきた壮大な「過去」をその第一歩に遡って眺めることで、ここでも、歴史の展開に運命の働きを読み取る。

さて、歴史の神話化は、叙述の視点という面から見ると、歴史上の一つの出来事について、それよりも過去に遡る物語の時点とその後の未来に当たる詩人の時代と、当の事件とは離れたところに二つの視点を立てて眺めるものだ、と言える。こうした輻輳した叙述の視点は、時間的に異なるところに立てられるだけでなく、異なる立場の登場人物の目を介しても現われる。それが『アエネーイス』の後半ではトロイア戦争とのパラレルを通して物語展開に重要な働きを示す。

トロイア戦争全体の構造をパラレルとして取り込むことは『イリアス』でも行なわれている。アキレスのアガメムノンに対する怒りが、トロイア戦争の原因となったパリスによるヘレナ掠奪と関連していることは右に記しておいた。『アエネーイス』後半、ラティウムでの戦争もトロイア戦争とパラレルをなすことは、すでに第六歌でシビュラが「そなたの前には、またもシモイス、クサントゥス、ドーリス人の陣営が必ずや現われる。いまやラティウムに、もう一人のアキレスが生まれた。……テウクリア人へのこれほど大きな災いの原因はまたも異国より迎える妻、またも異なる国人の婚礼だ」(八八―八九、九三―九四行)と告げるところに明示されている。ここでアキレスにトゥルヌスが比べられるとき、その対応はトゥルヌスがその勇猛さによりトロイア軍の最大の敵であるという点によっている。しかし、では、アエネーアスはパリスに当たるのか、と言えば、そうは考えられない。アエネーアスとラウィーニアの結婚は運命に定められたものだからである。では、ヘクトルかと言えば、それも違う。むしろ、敗軍の側で戦い、自分が剝いだ武具のために討ち取られるという点では、トゥルヌスのほうがヘクトルと通じるものがある。トゥルヌスを倒すとき、アキレスのような激しい怒りに燃えているのはアエネーアスである。

こうして見ただけでもパラレルは単純ではない。これをさらに複雑にするものとして登場人物の視点がある。ユーノはトロイアの艦隊がイタリアに着いたのを見て、痛憤の中で「乙女よ、そなたはトロイア人とルトゥリ人の血を婚資とするのだ。そなたを待つ介添え婦はベローナだ。炬火を身籠り、婚姻の炎を産み落としたのはキッセウスの娘ばかりではない。そうだ、ウェヌスの産んだ子もそれと同じく、もう一人のパリスとなる」（第七歌三一八―三二一行）と言う。彼女が遣わしたアレクトの毒蛇により狂気を帯びながら、アマータはラティーヌスに「母が哀れではないか、最初に北風が吹くとき置き去りにされる定めなのだ、不実な盗人が娘を奪い去って沖を目指して行くのだから。まったく同じではないか、プリュギアの牧人がラケダエモンに乗り込んでレーダの娘ヘレナをトロイアの都へ運び去ったときと」（同三六一―三六四行）と訴える。ここで、アエネーアスをパリスに比べるのは、それぞれ憤怒と狂乱のなせるわざであって、その対応は明らかに歪んでいる。しかし、その歪みがまさに戦争の引き金を引き、トロイア側とラティーヌス王とが最初に結んだ信義は破られた。結ばれかけた約束の破棄が第十二歌で繰り返される際には、こうしたパラレルと視点の錯綜はよりいっそう緊密に絡み合う。

第十二歌でアエネーアスとトゥルヌスは一騎打ちの誓約を結ぼうとするが、この場面は『イリアス』第三歌から第四歌でのメネラオスとパリスの一騎打ちと誓約破棄の場面と、同第二十二歌でのヘクトルがアキレウスとの戦いに向かう場面とをモデルとしている。パリスが戦いの決意を示す（『イリアス』第三歌五九―七五行）ように、トゥルヌスも一騎打ちの協約策定を求める（第十二歌一一―一七、四八―五三、七二―八〇行）。ヘクトルを引き止めてプリアモスとヘカベが説得する（『イリアス』第二十二歌三七―八九行）ように、ラティーヌスとアマータもトゥルヌスに決戦を思い止まらせようとする（第十二歌一九―四五、五六―六三行）。ゼウスの企みによりアテネが遣わされ、女神の唆しによりパンダロスの放った矢が誓約を破棄させた（『イリアス』第四歌六九行以下）ように、ユーノに促されたユトゥルナはルトゥリ人を唆して誓いを破る槍を投げさせる。

トゥルヌスは場面上のパラレルからパリスとヘクトルに比べられているが、登場人物の視点という側面からは、ユトゥルナによる鼓舞の言葉と偽りの予兆が興味深い。ユトゥルナは言う、「見よ、あれで全部なのだ、トロイア人とアルカディア人と、それに、運命に導かれ、トゥルヌスに敵対するエトルーリアの部隊と。われわれの半数だけで相手をしても、取るに足らぬ敵だ。あの勇士は祭壇に一身を捧げている。必ずや、神々のもとへも達する誉れを得るであろう。人々に語り継がれて生き続けよう。だが、われわれは祖国を失い、横暴な君主に従うことを強いられるだろう」(第十二歌二三一―二三七行)と。死によって不死の誉れを得るという点で、この言葉はアキレウスを想起させる。アキレウスは母なる女神テティスから、もしトロイアに留まって戦えば(落命して)祖国への帰還を奪われるが不朽の名声を上げる一方、(戦わず)祖国へ戻れば名声を失って生き永らえる、という運命を聞かされていた(『イリアス』第九歌四一〇―四一五行)からである。そして、伝承は、その死の運命をパリスがもたらすとしている。それがアエネーアスに対応するなら、決して恐れるに足らぬ敵のはずである。また、ユトゥルナが送りつけた予兆は『オデュッセイア』の中でペネロペの夢に現われたという予兆を思い起こさせる。そこでは、屋敷で餌を啄んでいた二十羽の鵞鳥を、飛んできた鷲がすべて殺してしまった。鵞鳥は屋敷を食い荒らす求婚者に、鷲はそれらを退治するオデュッセウスを指し示している。『アエネーイス』では、鷲がアエネーアス、これに捕らわれる白鳥がトゥルヌス、鷲を追い払う多数の水鳥にルトゥリ人が対応し、『オデュッセイア』の場合とは立場が逆転した構図をなしている。

こうして、トゥルヌスをアキレスと見立てることと予兆の逆転した構図とはユトゥルナのかなわぬ願望、あるいは、ルトゥリ人らの思い誤りと重ね合わされる。ここでも対応の歪みが和を乱すきっかけをなしている。

さて、この項の最後に、物語展開について右に見てきたところが凝集して現われる箇所として全編の結末、トゥルヌス殺害場面に触れておく。この場面は古代に教父の一人ラクタンティウスによって批判され、その批判が近年になって新たな角度から取り上げられた。すなわち、なぜ「敬虔な」英雄であるアエネーアスは傷ついたトゥルヌスの嘆願を聞きながら、狂気と怒りに駆られて止めを刺すのか、というものである。第六歌で、アンキーセスは「ローマ人よ、そなたが覚えるべきは諸国民の統治だ。この技術こそ、そなたのもの、平和を人々のならわしとせしめ、従う者には寛容を示して、傲慢な者とは最後まで戦い抜くことだ」(第六歌八五一―八五三行)と教えていた。また、『イリアス』の結末との差も際立っている。アキレウスの怒りは彼にヘクトルを討ち取らせ、その遺体を痛めつけさせたが、最後には、アキレウスはプリアモスの嘆願を聞き届けて遺体を返還した。そこには父が子を、子が父を思う情愛が働いた。物語は和解と怒りの終息で終わっている。対して、トゥルヌスの嘆願にも「おまえも哀れな父を思って心が動くなら、頼む。おまえにもいたはずだ、同じような父アンキーセスが。老いたダウヌスのことを憐れんでくれ」(第十二歌九三二―九三四行)という言葉があったが、パラスの剣帯を見てのアエネーアスの怒りは止めの剣を突き刺してのちも「燃え立って」(同九五一行)変わらぬまま、トゥルヌスの魂が去って物語が終わる。

この議論の多い箇所について結論めいたことを述べるのは差し控え、気づかれる点をいくつか記してみる。まず、アエネーアスはトゥルヌスの嘆願を聞いてためらうが、パラスの剣帯が憤怒の引き金となって、止めを刺すとき、「わが仲間から奪った武具を身に着けたおまえを助けてやると思うのか。これはパラスの一撃だ。パラスがおまえを生贄とし、罪に汚れた血により報いを果たすのだ」(同九四七―九四九行)と言う。つまり、ここでのアエネーアスの怒りは彼個人のトゥルヌスに対する敵愾心というより仲間の復讐という社会的責務に起因している。しかも、その仲間はアエネーアスにとって最大の盟友であるエウアンドルスの息子である。この老王は自分の代わりに息子を送り出すとき、息子が生きて戻らぬ定めなら、いまただちに自分の命が奪われるようにと、神に願ったあと卒倒した(第八歌五五八―五八四行)。遺体を前にした嘆きの中では、アエネーアスへの伝言として「パラスが命を落としたいま、なぜ厭わしき生に留まるかといえば、あなたの右手ゆえだ。トゥルヌスに対し息子と父とのため、果たすべき務めをご存じであろう。それだけが唯一、あなたの手柄にも武運にもまだ欠けている。わたしが求めるのは生の喜びではない。それはかなわぬ。ただ、息子に知らせを届けたいのだ、冥界の底まで」(第十一歌一七七―一八一行)と語った。この老父の思いをアエネーアスが心底から了解していることは、パラスの亡骸に対して二人がほとんど同一の言葉をかける(同四五、一五二行)ことにも表われている。憐れみをかけるべき父はアンキーセスやダウヌスだけではない。

最大の盟友という点では、まず、それがアルカディア人、つまり、ギリシア人であることにおいて、かつての仇敵関係を乗り越え、より大きな統合を成し遂げる意味がある。これは、地中海世界に覇権を樹立したローマの歴史に通じている。また、アエネーアスがパラスを失ったことを「ああ、なんと大きな守護を、アウソニアよ、また、イウールスよ、そなたは失ったことか」(同五七―五八行)と嘆く言葉が目を引く。「われわれはこれからもまだ涙を流す。それが恐るべき戦争の変わらぬ運命の思し召しだ」(同九六―九七行)と自覚するアエネーアスにとって、パラスの死は自分よりもわが子のために、ひいては、そこから始まるローマへの発展のために大きな痛手である。その報いを果たすことにおいて、アエネーアスの怒りには大義がある、と言える。

しかし、その一方で、アエネーアスとトゥルヌスの一騎打ちの誓約が破棄されたあと、トロイア側とラティウム側が入り乱れての殺戮が激化したとき、「いま、どの神がわたしにかくも多き無情な出来事を歌ってくれるのか。どの神がさまざまな殺戮と指揮官らの死を、平原全体でいかなる者たちをトゥルヌスとトロイアの英雄とが代わる代わる追い立てたかを教えてくれるのか。かくも激しく衝突させるのがよいと思われたのか、ユッピテルよ、これらの民はやがて永遠の平和を保つ定めであるのに」（第十二歌五〇〇－五〇四行）と詩人自身の嘆きの声が聞かれていた。トゥルヌスを倒したことにより、ルトゥリ人らにトロイア人に対する怨恨は残らないのか。少なくとも、冥界へ去るトゥルヌスの命は「無念を抱いて」（同九五二行）いた。しかも、トゥルヌスの死と引き替えに、ユーノはユッピテルにラティウムの存続を約束させ、「アウソニア人は父祖の言葉としきたりを保ち続けるだろう。名前もいまあるとおりのままだ。ただ血肉のみにより混和したのち、トロイア人は埋没するであろう」（同八三四－八三六行）と言わせている。トロイア人はイタリア人と血肉を分け合って、ついには、ローマ人になるのが運命である。その意味で、トゥルヌスが流した血は身内の犠牲である。それはウェルギリウスの時代の内乱による犠牲と重なり合う。右の詩人の嘆きは自身の味わった悲惨な経験に発し、その思いはアエネーアスが怒りに走る前に見せた躊躇にも込められているかも知れない。

さらに、アエネーアスは「これはパラスの一撃だ。パラスがおまえを生贄とし、罪に汚れた血により報いを果たすのだ」（同九四八－九四九行）という言葉で、止めを刺す主体が自分ではなく、パラスであると宣言するが、それは本当にパラスの希求するところであったのだろうか。というのも、右に見たように、エウアンドルスが息子の復讐をアエネーアスの右手に託した一方で、パラス自身はトゥルヌスと戦う前に、「わたし一人がパラスを貰い受ける。父親もこの場に呼んで見物させてやりたかった」(第十歌四四二−四四三行)という相手の挑発に対し、「このわたしはすぐにも誉れに浴すだろう、敵将の武具を奪ったにせよ、めざましい死を遂げるにせよ。どちらに転ぼうと父は動じぬ。脅し文句は無用だ」(同四四九−四五一行)と応じていた。このパラスの言葉は、もちろん、若者の強がりによって哀感を高めることを詩人が意図したもので、「父は動じぬ」と言われることとエウアンドルスの深い悲嘆が矛盾するわけではない。それでも、パラスは名誉の死を誇りとしている。それを悲しみ、倒した相手に怒りを抱くのはこの世に残された人間である。先に見たように、『アエネーイス』の中で多層的、あるいは、輻輳ないし錯綜した叙述の視点が物語展開に一定の働きを示していることを考え合わせれば、右の疑問にも問う意味があるように思われる。

このように見てくるとき、解決を見出すことがますます困難に感じられる一方で、問題解決の困難さそのものがここに表現されているようにも思えてくる。その点で、右に触れたユーノへのラティウム存続の約束の際、ユッピテルがまず「いまや、どのように終結させるのだ、后よ。最後に残るのは何だ」(第十二歌七九三行)と問いかけていたことが思い合わされる。ラティウム存続は約束されたが、物語の結末はその実現の困難ばかりを暗示し、遠い道のりの終わりを示さない。このことは『イリアス』の結末と比較してみると、いっそう際立つ。『イリアス』も、その題名は「イリオン(イーリウム)の歌」を意味し、トロイア戦争全体を含意しているが、物語はヘクトルの葬儀によって終わり、すべてをその枠内におさめているわけではない。

しかし、ヘクトルの埋葬は作品の主題である「アキレウスの怒り」の終息と一致しつつ、トロイアの護り手であるヘクトルの死はトロイアの陥落を意味し、その先にある終着点を見据えている。ちなみに、ギリシア語でテロスという概念があり、このように出来事ないし行為が最終的に行き着く果てを意味し、「究極」あるいは「目的」と訳される。ギリシア人は世界がこのテロスに向かって動いていると考えた。『イリアス』の物語展開もテロスに向かって進む。対して、『アエネーイス』にはテロスが見えにくい。

ギリシア語のテロスにローマ人はフィーニスというラテン語を当てた。その原義は「果て」であり、「終わり」や「境界」を意味する。右に引いた「どのように終結させるのだ」というユッピテルの言葉でも、このフィーニスが使われている。嵐を逃れてカルターゴの岸に漂着したとき、アエネーアスは「友よ、われわれはこれまでに不幸を知らずにきた者ではない。ああ、もっと辛いことにも耐えたのだ。これにも神は終わりを与えよう。……おそらくいつか、このことも思い出して喜ぶときが来るだろう」(第一歌一九八―一九九、二〇三行)と慰めるが、ウェヌスはユッピテルに向かって「しかし、いまも勇士たちの境遇は同じです。幾多の不幸を忍んだあとも、なお迫害されています。偉大な王よ、いかに終わらせるのか、この苦難を」(同二四〇―二四一行)と嘆いた。ラティウムに上陸したとき、その苦難はいったん終わったようにも見えた。「「おい、食卓まで僕らは食べ尽くしたのか」と、イウールスが言った。それだけを冗談のつもりで言ったが、その声の聞こえたことが苦難に終わりをもたらす最初となった」(第七歌一一六―一一八行)からである。しかし、同じイウールスがシルウィアの鹿を猟犬に追わせ、「これが苦難の最初の原因となった」(同四八一―四八二行)ときから、その終わりは見えない。ラティウムに起こった戦争は天界にも反映され、アエネーアスが戦陣に加わる戦闘を前にユッピテルは集まった神々に言う、「アウソニアの民がトロイア人らと盟約を結ぶことはまだ許されていない。おまえたちの不和も果てしがない。ゆえに、……各人とも自身の企てに応じて苦難も幸運も得るであろう。王なるユッピテルは万人に公平だ。運命は道を見出すだろう」（第十歌一〇五－一〇六、一一一－一一三行）。道は通ってゆくところであっても終点ではない。苦難が果てしないことは、「わが子よ、わたしからは武勇と真の苦難を学べ。幸運は他の者から学ぶがよい」（第十二歌四三五－四三六行）という、アエネーアスが矢傷を癒してふたたび戦いに向かうときの言葉にも示されている。

詩人は詩作全編の企図を示す序歌において、すでに触れたように、ユーノの怒りの原因を神話的な過去とローマの歴史に連なる未来とから説明した。ここには、アエネーアスの苦難がローマの苦難であるとするなら、過去に乗り越えた苦難が現在を先回りしてふたたび未来に待ち受けるという構図が窺えるかも知れない。終わりのない苦難はそれが克服されるかぎりにおいて、前項の最後に触れたような、「永遠のローマ」の理念に通じているようにも思われる。

叙事詩の技法と『アエネーイス』の文体

日本語訳を通じてラテン語で書かれた詩作品の文体について言及することには最初からかなり無理があるが、ここでは、ウェルギリウスの叙述の視覚性という点に絞って触れてみたい。

視覚性は叙事詩の口承伝統と密接な関わりがある。口承の場においては、すでに触れたように、口演者の声音と身振り、そして、それらが聴衆の胸に刻む心象から作品が成り立っていた。そこで、叙事詩の言葉はきわめて視覚的であると言われる。口演者はそれぞれの場面がまざまざと目の前に浮かぶように叙述し、また、口演を繰り返し聞くことにより聴衆の心に蓄えられた情景を思い起こさせ、展開させる工夫を用意した。

その基本は出来事が生起したそのままの順序に語っていくことであり、そのもっとも単純な仕方は、出来事の一つ一つに単文を割り当てて、これらを並置することである。複文を作らず、等位接続詞で文を繋いでいけばよい。ホメロスにもこうした叙述が多いことが指摘され、ウェルギリウスにも見られる。たとえば、第二歌、プリアムスの王宮にやって来たアエネーアスの前に次のような戦闘場面が展開する。

梯子が壁にはりつくと、門のすぐ下から敵が階段をにじり上がる。矢玉に対して盾を左手でかざして身を守り、右手で胸壁をつかむ。対するダルダニア人は館の櫓と屋根をすべて引きはがす。わが身の最期を見据えて、これが死の間際まで防衛を試みるための武器であった。金箔を張った梁、遠い祖先の高く掲げられた飾りも転げ落とす。剣の鞘を払い、階下の扉を守ろうと、隊列を密集させて陣取った者たちもある。（第二歌四四二―四五〇行）

九行にわたるあいだ、従属文は「わが身の最期を見据えて」のところだけで、あとはすべて、「そして」に当たる接続詞で繋ぐか、接続詞なしで並列させるかしている。ここではとくにアエネーアスが自分で見たことを語っているだけに、こうした描写は適切な効果を上げていると思われる。

しかしながら、欧米の近代語と異なり、古典ギリシア語もラテン語も語順が基本的には自由であることから、単文ばかりの素朴な叙述によらずとも、出来事を順序どおりに語ることはできる。たとえば、同じ戦闘場面から次の箇所を比べてみる。

このパラスに最初に相対するのは、非情な運命に導かれた／ラグスであった。この者がずっしりと重い岩を引きはがしているあいだに、／パラスは槍を投げて刺し貫いた。あばら骨を左右に分けつつ／真ん中に背骨が通っている場所に当てた。だが、槍を取り戻そうとすると／骨から抜けず、そこを上からヒスボが討ち取ろうとする。／自分ではしめたと思ったが、しかし、その突進よりパラスが早かった。／戦友の無惨な死に猛り狂い、用心を忘れたところを／迎え撃ち、剣を怒りにふくれる肺に埋め込んだ。

（第十歌三八〇－三八七行）

ここでは、「重い岩を引きはがしているあいだに」と「猛り狂い」の文で従属接続詞が使われ、「真ん中に背骨が通っている場所に」と「そこを上からヒスボが」の箇所に関係詞による従属文が置かれている（しかも、原文では、最初の二つは文中に後置されている）。また、「相対する」や「非情な運命に導かれた」、「骨から抜けず」や「（ヒスボの）突進」と「用心を忘れたところを」の句には分詞ないし形容詞が述語的に使われて従属文の機能を担っている。こうした、やや入り組んだ構文は、先に見た場面の直線的な描写に比べ、行末での息継ぎとも関連しながら、出来事と出来事のあいだの間合いに呼応していると思われる。次に何が起きるのか、聞き手ないし読み手にサスペンスを感じさせる叙述である。

さて、叙事詩の視覚的な技法としてもっともよく知られるのはエクプラシスと呼ばれるもので、このギリシア語は「描き出すこと」を意味する。有形の対象を言葉で描写する技法で、とくに、彫刻や絵画など造形芸術を描写することが多い。なかでも有名なのは『イリアス』第十八歌四七八－六〇八行での「アキレウスの盾の描写」と呼ばれるエクプラシスであり、これが『アエネーイス』第八歌六二六―七二八行でのアエネーアスの盾の描写のモデルとなっている。しかしながら、両者の違いは歴然としている。『イリアス』では、地、海、天、陸を取り巻く大洋、そして、この宇宙の中での人間の営み、すなわち、戦争と平和、農耕、牧畜、果樹栽培、歌舞といったものが描かれる。これはトロイア戦争を世界の秩序と対比的に位置づけるという点で詩全編に意味をもっているとしても、物語展開とは直接の関連がない。対して、『アエネーイス』では、「イタリアの歴史とローマ人の戦勝の記念」(第八歌六二六行)、「アスカニウスの血筋を引いて生まれくる全世代と、戦い抜かれた戦争」(同六二八―六二九行)が描かれ、第六歌での「英雄のカタログ」と同じように、アエネーアスが背負う運命(同七三一行)を示している。また、『イリアス』では、ヘパイストス(ウォルカーヌス)の鍛冶場に視点を置き、神が仕上げていく作業の順に従って描写するのに対し、『アエネーイス』では、すでに出来上がってアエネーアスに届けられた盾を英雄が眺める形を取る。

『アエネーイス』のほうが盾の主に密着した描写であることが認められる一方、エクプラシスが物語の中に有形物に描かれた別の次元の世界を導き入れる技法であることを考えれば、むしろ、『イリアス』のほうが技法本来の特性を十二分に発揮にさせた用い方とも見られる。とはいえ、ホメロスからウェルギリウスに至るあいだにエクプラシスは工夫を加えられ、変化を見せてきた。これに大きな役割を果たしたのはヘレニズム文学であり、とりわけ、この技法特有の構造を理解して、その効果を引き出そうとした。エクプラシスでは、描写される造形物をめぐって、描かれた対象、これを作った者、現に見ている者、その全体を叙述する詩人、詩人の声の聞き手(読み手)というように、幾層にも視点が重ねられる。この重層的な視点のそれぞれは、異なる認識をもつ、とは断言できないとしても、同一の認識をもつ、とは決して確証できない。そこに想定される食い違い、歪み、そして、そうしたズレを生む構造そのものに着目して詩的効果が意図された。これはヘレニズム文学が口承伝統の途絶えたあとの時代、つまり、書物を読む時代の文学であることと関係している。口演では口演者の描写と聴衆の認識は同時であり、その場で確定する。しかし、読者はいつ、どこででも自由に作品に接し、同時に複数の作品を比べることもできる。そこに、テキスト間の相互参照というような知的遊戯も行なわれる。そうした読書の様態についての視覚的なモデルとしての機能をエクプラシスは担うことにもなった。

『アエネーイス』にはエクプラシスが多用され、ウェルギリウス独自と思われる工夫も加えられた。その中から、右に触れた「盾」の他に、二つだけ次に言及しておく。

一つは、カルターゴで建立中のユーノ神殿の扉絵（第一歌四五三―四九三行）である。そこには、トロイア戦争の出来事が描かれ、アエネーアス自身の姿もある（同四八八行）。ここでのエクプラシスは、物語の中に別の世界を導き入れるのではなく、物語に陰影を与える、あるいは、いわゆる地の文の叙述とは異なる角度から物語を眺める視点を提供している。描かれた出来事は、身をもって体験したアエネーアスにとっては苦難以外の何物でもないが、それを名声として耳にする人々からすれば賛嘆すべき偉業である。その人々の立場からあらためて自分を見つめることで、アエネーアスは胸に勇気が湧き、自信をもてた（同四五一行）。それは彼自身が仲間を励まして「このことも思い出して喜ぶときが来るだろう」（同二〇三行）と言っていたことを実証するかのようでもある。しかし、その絵は「実がない」（同四六四行）と言われている。それがアエネーアスの目から見た思いであるなら、英雄が実体験から距離を置いて自分を慰めることができるのもそのためであろう。もし、詩人の視点で言われているなら、絵がアエネーアスの味わった悲惨さをそのままに映していないことを表わすのかも知れない。そこにはトロイアの戦場絵巻があり、レーススの悲劇、トロイルスの死、トロイアの女たちの嘆願、ヘクトルの死と彼の遺体のプリアムスへの返還など辛く悲しい出来事が描かれ、それを見て英雄が「胸の奥底から深い呻き声を上げる」（同四八五行）と言われるが、最大の苦難であるトロイア陥落は含まれていない。それは第二歌でアエネーアス自身が語ることになる。その中で描かれるヘクトルの姿のほうがはるかに痛ましい（第二歌二七〇―二七九行）。また、プリアムスの王宮をめぐる戦いはもっとも激しいもの（同四三八行以下）であり、王の最期については、物語の途中で語り手アエネーアスが「おそらく、プリアムスの運命がどうであったかもお聞きになりたいでしょう」（同五〇六行）とわざわざ注意を喚起した。そして、アエネーアスは妻クレウーサを失ったことを「覆された都でこれよりも残酷なことを見ただろうか」（同七四六行）と嘆いた。これらは体験した英雄自身の口から語られることがふさわしく、その直接的な叙述に比して、扉絵は一歩も二歩も離れた視点を示している。

もう一つは、第八歌でエウアンドルスがのちにローマが立つ場所をアエネーアスに案内する場面（第八歌三一〇―三六一行）である。この箇所は、往時の土地の様子についてアエネーアスが「一つ一つを尋ねる」（同三一一―三一二行）という点で、ローマの今と昔を対比するアウグストゥス期の文学に頻出したモチーフを用いながら、ヘレニズム文学から盛んになった縁起詩の形式（現在に残る史跡や慣習について故事来歴を神話伝承なども交えて語るもの）を取り込んでいる。エウアンドルスが語るサトゥルヌスの統治した黄金時代についての逸話にラティウムの縁起が示されるのに続き、詩人の言葉でカルメンティス門の故事、パラーティウムの語源としてのパランテーウム、ルペルカルやアルギレートゥム、また、ふたたびエウアンドルスの口から、ヤニクルムの名の由来が告げられる。そうした縁起詩の要素とともに、アエネーアスが「まわりのものすべてに心そそられて目を向け、驚嘆する」（同三一〇―三一一行）という導入はエクプラシスの手法を踏まえるものと思われる。実際（以下、「関連地図」1のローマ市街略図を参照）、至大祭壇から出発した一行は、まず、カルメンティス門をくぐって（セルウィウスの保塁に当たる）城壁の中に入る。そこはパラーティウム丘の西麓である。次いで、北へ向かって丘をまわり、正面に二つの頂のあるカピトーリウムの鞍部（ロームルスの避難所）を、右にルペルカルを見てから、カピトーリウム丘とのあいだの谷間をすかしてアルギレートゥムを眺める。そこから、カピトーリウムへと登り、ティベリス川を越えた西側の丘ヤニクルムを見やったのち、丘を東側に下って、ローマでもっとも古い通りの一つである聖道《サクラ・ウィア》を辿りながら、中央広場（現在のフォロ・ロマーノ）を横切りカリーナエの地区に至る。それは往時のローマの町並みの描写であり、アウグストゥスの時代のローマ人は、その昔の地図の上にあたかもフィルム紙に記した現在の地図を重ねるようにして、その変化を楽しんだに違いない。昔日の風景を思い描いて、アエネーアスが驚嘆して眺めたのとは違う仕方で、感興を覚えたものと思われる。

後世への影響

『アエネーイス』がウェルギリウスの執筆中からすでに注目を集めていたことは述べた。公刊以後にそれ以上の反響を呼んだことは言うまでもない。オウィディウスの『変身物語』や『祭暦』、また、ルカーヌス、ウァレーリウス・フラックス、シーリウス・イタリクス、スタティウスらによる白銀時代の叙事詩、あるいは、セネカの悲劇、さらに、タキトゥスの歴史作品、ペトローニウスの小説『サテュリコン』など、ジャンルを越えて、その後のラテン文学に及ぼした影響は計り知れない。それはローマが君臨したあいだだけでなく、崩壊したあとも中世からルネッサンスを経て近世へと受け継がれた。ローマの文化と関わりをもった文人、芸術家の誰一人として『アエネーイス』から感化を受けなかった者はいない、と言っても過言ではないほどであり、文学にかぎらず、美術や音楽の創作にも霊感の源泉となった。その詳細を挙げ連ねることは困難であり、どのような影響があったかについてここで触れることはしない。ただ、それだけの影響力を『アエネーイス』という作品がもちえた理由について思うところを一つの例を引いて記しておく。

ダンテの『神曲』において、ウェルギリウスはダンテの師として、詩人の精神の救済のため地獄から煉獄をめぐる行程の案内人を務めた。漂泊ののち、ダンテが地上の楽園へ辿り着いてベアトリーチェを見たとき、そこにはもうウェルギリウスの姿はなかった。まだ傍らにいると思った師に向かい、ダンテは『アエネーイス』第四歌二三行でのディードの言葉をそのまま借りて言おうとした、「わたしには分かる、これは昔の炎の名残」（煉獄編第三十歌四八行）と。このときから遡ること一〇年前のこととしてベアトリーチェの昇天は『新生』の中で語られていた。その長い時間を隔てて、この神のもとへ自分を導く女性にいま再会し、ダンテは愛の炎が自分の胸に甦るのを感じた。その神々しい明るさに満ちた炎を引用の言葉は表わし、それは地獄と煉獄の暗い道のりが踏破されたことをあらためて明示する。

ディードが妹アンナに向かって語ったときも、その言葉には光明への淡い希望が込められていた。しかし、かつて夫シュカエウス一人に抱いた愛が悲劇に終わったように、いまアエネーアスに対して感じた炎も、結局は、アエネーアスが運命に従ってイタリアに向かうことへの妨げでしかなく、彼を引き止められなくなったとき、狂乱の炎へと変わった。彼女自身を焼き尽くして滅ぼしただけでなく、アエネーアスに対して「わが身は離れていても黒い火を携えて追いかける。冷たい死が魂を体から引き離したときには、わが幻がいかなる場所にも現われる。邪な者よ、必ずや罰を受けるだろう」（第四歌三八四―三八六行）という呪詛となり、「テュロスの人々よ、彼の子ら、将来の血統のすべてをあなた方は憎悪の念で悩まし続けよ。わが灰にこれを手向けて供物とせよ。いかなる愛も盟約も両国民のあいだにあってはならぬ。立ち上がれ、そなた、まだ見ぬ者よ、わが骨より出て復讐者となれ。火と剣をトロイアの移民のうしろから突きつけるのだ、いまも、このさきも、いつであれ、もてる勢力があるときには」（同六二二―六二七行）という未来永劫に渡る復讐の遺言となった。そして、彼女は「この火を目から飲ませてやる、非情にも沖へ去ったダルダニア人に。わが死の凶兆をみやげにもたせてやる」（同六六一―六六二行）と言って最期の決断に踏み切った。ディードが認めた炎は光明どころか、かつての悲劇も及ばぬほど、いま真っ黒な火へと燃え上がり、将来も劫火となって燃え続けようとする。

ダンテとの対比は、ウェルギリウス描くところの運命によって燃え続ける苦難の炎の烈しさ、消し難さ、避け難さをあらためてくっきりと浮かび上がらせる。と同時に、そうした苦難に相当する地獄と煉獄の案内者としてウェルギリウスをダンテが選んだこと、そして、ダンテに天に至る光明の見えたとき、すでにウェルギリウスが静かに消えていたことはこの古典古代の師の影響のあり方を象徴するものであろう。人間が苦難の深みにはまり、もがき苦しみ悩み抜くさまを、また、置かれた立場、奉じる信条、抱く思想を異にしながら人と人がともに生きようとすれば、その苦難が不可避であること、さらに、それは時がめぐればまた繰り返し、その終わりがないことを示して、ウェルギリウスは人間の歴史が苦難の道筋そのものであることを表現する。そうした人間観は苦しみが深ければ深いほど共感を呼ぶものであろう。その解決をウェルギリウスは示さない。それは、ダンテがそうしたように、ウェルギリウスが描いたところから離れ、それぞれがそれぞれの船出によって求めていくものであろう。そうした人間としての旅立ちを促す霊感をウェルギリウスの詩作は提供し続けてきたように思われる。

テキスト・註釈・参考文献

翻訳に当たっては、凡例に記した底本の他に、次の校本、および、註釈書を訳文と訳註の作成に際して参考にした。

T. E. Page(ed.), *Aeneid*. 2 vols. London 1894-1900.

J. Connington and H. Nettleship(ed.), *The Works of Virgil.* Vols. 2-3. Hildesheim 1963.

R. D. Williams(ed.), *Virgil Aeneid.* 2 vols. London and Basingstoke 1972-73.

H. P. Fairclough(ed.), *Virgil.* 2 vols. London and Cambridge, MA. 1978.

C. Pharr(ed.), *Vergil's Aeneid. Books I-VI.* Boston 1964.

R. G. Austin(ed.), *P. Vergili Maronis Aeneidos Liber Primus.* Oxford 1971.

R. G. Austin(ed.), *P. Vergili Maronis Aeneidos Liber Secundus.* Oxford 1964.

R. D. Williams(ed.), *P. Vergili Maronis Aeneidos Liber Tertius.* Oxford 1963.

A. S. Pease (ed.), *Publi Vergili Maronis Aeneidos Liber Quartus.* Darmstadt 1967.

R. G. Austin(ed.), *P. Vergili Maronis Aeneidos Liber Quartus.* Oxford 1955.

R. D. Williams(ed.), *P. Vergili Maronis Aeneidos Liber Quintus.* Oxford 1960.

E. Norden(ed.), *P. Vergilius Maro Aeneis Buch VI.* Darmstadt 1984.

R. G. Austin(ed.), *P. Vergili Maronis Aeneidos Liber Sextus.* Oxford 1977.

C. J. Fordyce(ed.), *P. Vergili Maronis Aeneidos Libri VII-VIII.* Oxford 1977.

N. Horsfall(ed.), *Virgil, Aeneid 7. A Commentary.* Leiden 2000.

K. W. Gransden(ed.), *Virgil Aeneid Book VIII.* Cambridge 1976.

P. Hardie(ed.), *Virgil Aeneid Book IX.* Cambridge 1994.

S. J. Harrison(ed.), *Virgil Aeneid 10.* Oxford 1991.

K. W. Gransden(ed.), *Virgil Aeneid Book XI*. Cambridge 1991.

また、訳註の中で「古注」と記したものは紀元四世紀の文法家セルウィウスの名のもとに伝わるもので、そのテキストは次の校本によった。

G. Thilo et H. Hagen(ed.), *Servii Grammatici qui ferunt in Vergilii Carmina Commentarii*. 2 vols. Hildesheim 1961.

二次的参考文献については、数多くを挙げても、さほど意味があるとは思えない。ここ数年のあいだに出版された総合的な視野を備えたものから次の書物だけを記しておく。(1)はウェルギリウスの詩作について包括的な視野をもった日本でほとんど唯一の本格的な著作である。(2)は題名のとおり、ウェルギリウスを読むときに必要な観点を提起し、問題の方向性を示す。(3)、(4)はいずれも過去の重要な論文のアンソロジーである。重複している論文もあるが、題名が示すように目的意識に違いがある。(3)は二十世紀のウェルギリウス研究の総括を目指し、より専門的である。全四巻のうち、第三、四巻が『アエネーイス』に当てられている。(4)は現代人一般、とりわけ、欧米人がいまウェルギリウスを読む意義を問い、それに答えようとする。いずれにも文献表があるので、さらに興味を持たれた向きはそちらを参照されたい。

(1) 小川正廣『ウェルギリウス研究――ローマ詩人の創造』京都大学学術出版会、一九九四年。

(2) C. Martindale(ed.), *The Cambridge Companion to Virgil*. Cambridge 1997.

(3) P. Hardie(ed.), *Virgil. Critical Assessments of Classical Authors*. 4 vols. London and New York 1999.

(4) S. Quinn(ed.), *Why Virgil? A Collection of Interpretations*. Wauconda IL 2000.

*

さて、最後に、本訳書の作業経過について少し述べておきたい。当初の企画は岡道男による単独訳であり、訳稿が本文第三歌末、正確には、第四歌三一行まで進められたが、そこで、岡は体を蝕む病が不治であることを自覚して、それ以上の進行を断念し、あとを高橋に委ねた。二〇〇〇年一月のことである。過酷な闘病が報われずに終わったのはそれから二ヵ月足らずのちであった。岡の了解を得て、高橋は残された原稿にもかなり手を入れた。全体の統一という観点から、やむをえない作業であったが、結果として、あらためて訳文を作り直すというに近くなった。それでも、岡・高橋の共訳としたのは高橋の希望によっている。岡はつねにかわらず高橋の師であった。『アエネーイス』についても、二〇年以上前、修士一回生のときに第四歌と第六歌の研究授業を受けて以来、高橋は教えを受け続けてきた。高橋が預かったものは遺稿だけではなかった。それが共訳という形を希望した理由である。しかし、岡は広く西洋古典学のほとんど全分野に目配りしつつ、叙事詩や悲劇などギリシア・ローマの英雄像を関心の中心に据えていた。その主要な成果は『ホメロスにおける伝統の継承と創造』(創文社、一九八八年)と『ギリシア悲劇とラテン文学』(岩波書店、一九九五年)に収められており、後者には『アエネーイス』に関する洞察に満ちた論考二編も含まれている。岡の奥深い学問的経験に高橋は遠く及ばない。なお、『アエネーイス』の邦訳としては、これまでに、田中秀央・木村満三訳(岩波文庫、一九三〇―三一年)と泉井久之助訳(筑摩書房「世界古典文学全集」二一所収、一九六五年。岩波文庫に再録、一九七六年)があった(いずれも現在は絶版と聞いている)。これらにまさる訳を、ということだけを岡は訳業の引き継ぎに当たって高橋に言い置いた。いまは、それがかなっていることを願い、まがりなりにもこの訳業を終えて、先生から受けた教えに深く感謝するのみである。

訳者略歴

岡　道男（おか　みちお）

一九三一年　大阪市生まれ
一九五七年　京都大学大学院文学研究科修士課程修了
一九九四年　京都大学助教授、教授を経て姫路獨協大学教授
二〇〇〇年三月　逝去

主な著訳書
『ホメロスにおける伝統の継承と創造』（創文社）
『ギリシア悲劇とラテン文学』（岩波書店）
『キケロー選集 8』（岩波書店）

高橋宏幸（たかはし　ひろゆき）
京都大学大学院文学研究科教授

一九五六年　千葉県生まれ
一九八四年　京都大学大学院文学研究科博士後期課程修了
一九九五年　京都工芸繊維大学講師、助教授を経て現職

主な著訳書
『ラテン文学を学ぶ人のために』（共著、世界思想社）
『オウィディウス　祭暦』（国文社）
『セネカ　悲劇集 1』（共訳、京都大学学術出版会）
キケロー選集『義務について』（岩波書店）
セネカ哲学全集『倫理書簡集 I』（岩波書店）

アエネーイス　　西洋古典叢書　第 II 期第 10 回配本

二〇〇一年四月十五日　初版第一刷発行
二〇〇九年十二月二十五日　初版第三刷発行

訳　者　岡《おか》　道《みち》　男《お》
　　　　高《たか》　橋《はし》　宏《ひろ》　幸《ゆき》

発行者　加　藤　重　樹

発行所　京都大学学術出版会
606-8305 京都市左京区吉田河原町一五-九 京大会館内
電　話　〇七五-七六一-六一八二
ＦＡＸ　〇七五-七六一-六一九〇
http://www.kyoto-up.or.jp/

印刷・土山印刷／製本・兼文堂

ISBN978-4-87698-126-7

定価はカバーに表示してあります

固有名詞一覧

原綴りと簡単な説明を付すことを主眼とし、出典箇所が各歌二箇所以上のとき省略したものが多い。また、地名等で形容詞の形で現われるものを名詞の形にして掲げた場合がある。ローマ数字は歌、アラビア数字は行数を示す。

ア　行

アイアクス Aiax　ギリシアの英雄アイアスのラテン名。オイーレウスの息子　*I 41, II 414*

アウェルヌス Avernus　（1）カンパーニアの湖　*V 813, VI 126, 201*　（2）冥界　*IV 512, V 732, VI 118, VII 91* 他

アウェンティーヌス Aventinus　（1）ヘルクレスの息子　*VII 657*　（2）ローマの丘　*VII 659, VIII 231*

アウグストゥス Augustus Caesar　*VI 792, VIII 678*

アウソニア Ausonia　イタリアの別称　*III 170, VII 55, IX 136, X 54, XI 58, XII 121* 他

アウトメドン Automedon　ギリシア人　*II 477*

アウヌス Aunus　リグリア人　*XI 700, 717*

アウフィドゥス Aufidus　アプーリアの川　*XI 405*

アウリス Aulis　ボエオーティアの港　*IV 426*

アウルンキ Aurunci　カンパーニアの民族　*VII 206, X 353, XI 318, XII 94* 他

アウレステス Aulestes　エトルーリア人　*X 207, XII 290*

アウローラ Aurora　暁の女神　*III 521, IV 7, V 65, VI 535, VII 26, VIII 686, IX 111, X 241, XI 182, XII 77* 他

アエアキデス Aeacides　アキレスのこと　*I 99, VI 58*

アエアクス Aeacus　アキレスの祖父　*III 296, VI 839*

アエオルス Aeolus　（1）風神　*I 52* 他　（2）トロイア人　*XII 542*

アエガエオン Aegaeon　巨人族の一人　*X 565*

アエクイ・ファリスキ Aequi Falisci　エトルーリアの町　*VII 695*

アエクイークリ族 Aequicula gens　イタリアの部族　*VII 747*

アエトナ Aetna　シキリアの火山　*III 554, VII 786, VIII 419, XI 263* 他

アエトーリア Aetolia　ギリシア本土南部の地方　*X 28, XI 239* 他

アエトン Aethon　駿馬の名　*XI 89*

アエネーアス Aeneas　トロイアの英雄　*I 128* 他

アエネアダエ Aeneadae　トラーキアにアエネーアスが建てた町の住人　*II 18*

アカイア Achaia　ギリシアに同じ　*I 242, II 45, V 497, VI 837, X 89, XI 266* 他

アカエメニデス Achaemenides　イタカ人　*III 614, 691*

暁の明星 Lucifer　*II 801, VIII 589*

アカーテス Achates　アエネーアスの腹心　*I 120, III 523, VI 34, VIII 466, X 332, XII 384* 他

アガテュルシ族 Agathyrsi　スキュティアの部族　*IV 146*

アカマス Acamas　ギリシア人　*II 262*

アガメムノン Agamemnon　ギリシアの英雄、ミュケーナエの王　*III 54, IV 471, VI 489, 838, VII 723*

アカルナーニア Acarnania　ギリシア本土西部の地方　*V 298*

アーギス Agis　リュキア人　*X 751*

アギュラ Agylla　エトルーリアの町カエレの古名　*VII 652, VIII 479, XII 281*

アキレス Achilles　ギリシアの英雄　*I 30, II 29, III 87, V 804, VI 89, IX 742, X 581, XI 404, XII 352*

アクイークルス Aquiculus　ルトゥリ人　*IX 684*

アクティウム Actium　エピールスの町　*III 280, VIII 675, 704*
アクトル Actor　（1）トロイア人　*IX 500*　（2）アウルンキ人　*XII 94, 96*
アクモン Acmon　リュルネーススス人　*X 128*
アクラガス Acragas　シキリアの町（現アグリジェント）　*III 703*
アクリシウス Acrisius　アルゴスの王　*VII 372*
アグリッパ、マルクス・ウィプサニウス Agrippa, M. Vipsanius　アウグストゥスの腹心　*VIII 682*
アクロン Acron　ギリシア人　*X 719, 730*
アケスタ Acesta　シキリアの町　*V 718*
アケステス Acestes　シキリアの王　*I 195, IX 218* 他
アゲーノル Agenor　ベールス（2）の息子　*I 338*
アケロン Acheron　冥界の川　*V 99, VI 107, VII 91, XI 23* 他
アコエテス Acoetes　アルカディア人　*XI 30, 85*
アコンテウス Aconteus　ラティウム人　*XI 612, 615*
アジア Asia　*I 385, II 193, III 1, VII 224, X 91, XI 268, XII 15*
アーシウス Asius　トロイア人　*X 123*
アシーラス Asilas　（1）ルトゥリ人　*IX 571*　（2）エトルーリア人　*X 175, XI 620, XII 127, 550*
アスカニウス Ascanius　アエネーアスの息子　*I 267, II 598, III 339, IV 84, V 74, VII 497, VIII 48, IX 256, X 47, XII 168*
アステュアナクス Astyanax　ヘクトルの息子　*II 457, III 489*
アステュル Astyr　エトルーリア人　*X 180, 181*
アスビューテス Asbytes　トロイア人　*XII 362*
アダマストゥス Adamastus　イタカ人　*III 614*
アッカ Acca　カミラの従者　*IX 820, 823, 897*
アッサラクス Assaracus　アエネーアスの曾祖父　*I 284, VI 650, IX 259, XII 127* 他
アッペンニーヌス Apenninus　アペニン山地　*XI 700, XII 703*
アティウス家 Atii　ラティウムの氏族名　*V 568*
アティーナ Atina　ラティウムの町　*VII 630*
アティーナス Atinas　ルトゥリ人　*XI 869, XII 661*
アテシス Athesis　ウェローナ（現ヴェローナ）を流れる川　*IX 680*
アテュス Atys　トロイア人　*V 568, 569*
アトス Athos　カルキディケの山　*XII 701*
アトラス Atlas　天球を支える巨人　*I 741, IV 247, VI 796, VIII 136* 他
アドラストゥス Adrastus　アルゴス人の王　*VI 480*
アトレウスの子ら Atridae　アガメムノンとメネラーウス　*I 458, II 104, VIII 130, IX 138, XI 262*
アナグニア Anagnia　ラティウムの町　*VII 684*
アニオ Anio　ティーブルを流れる川　*VII 683*
アニウス Anius　デーロスの王　*III 80*
アヌービス Anubis　エジプトの神格　*VIII 698*
アバス Abas　（1）トロイア人　*I 121*　（2）ギリシア人　*III 286*　（3）エトルーリア人　*X 170, 427*
アバリス Abaris　ルトゥリ人　*IX 344*
アピドヌス Aphidnus　トロイア人　*IX 702*
アフリカ Africa　*I 86, IV 37, VIII 724*
アベラ Abella　カンパーニアの町　*VII 740*
アポロ Apollo　予言、医術、音楽、弓矢などの神　*II 121, III 154, IV 144, VI 9, VII 241, VIII 336, IX 638, X 875, XII 393*
アマストルス Amastrus　トロイア人　*XI 673*
アマセーヌス Amasenus　ラティウムの川　*VII 685, XI 547*
アマゾン Amazon　伝説的女族戦士　*I*

490, V 311, XI 648, 660
アマータ Amata ラティーヌス王の妻 *VII 343, IX 737, XII 56* 他
アマトゥス Amathus キュプルスの町 *X 51*
アミテルヌム Amiternum サビーニの町 *VII 710*
アミュクス Amycus （1）プリアムスの子 *I 221, XII 509* （2）ベブリュキア人の王 *V 373* （3）トロイア人 *IX 772* （4）ミマスの父 *X 704*
アミュクラエ Amyclae カンパーニアの町 *X 564*
アムサンクトゥス Amsanctus サムニウムの峡谷 *VII 565*
アモル Amor 恋の神。クピードに同じ。ギリシアのエロスに相当 *I 663, 689, IV 412, X 188*
アラクセス Araxes アルメニアの川 *VIII 728*
嵐の神 Hiems, Tempestas *III 120, V 772*
アラビア人 Arabs *VIII 706*
アリア Allia サビーニの川 *VII 717*
アルカディア Arcadia ペロポネソス半島中央部の地方 *VIII 159, X 429*
アルカディア人 Arcas *VIII 51, X 239, XI 93, XII 231* 他
アルカトウス Alcathous トロイア人 *X 747*
アルカーノル Alcanor （1）トロイア人 *IX 672* （2）ラティウム人 *X 338*
アルカンデル Alcander トロイア人 *IX 767*
アリーキア Aricia ラティウムの町 *VII 762*
アリスバ Arisba トロイア地方の町 *IX 264*
アルキップス Archippus マルシ人の王 *VII 752*
アルキーデス Alcides ヘルクレスのこと *V 414, VI 123, VIII 203, X 321* 他
アルギュリパ Argyripa アプーリアの町アルピの古名 *XI 246*
アルグス Argus （1）イーオの見張りをした怪物 *VII 791* （2）エウアンドルスの客人 *VIII 346*
アルクトゥールス Arcturus 牛飼い座の主星 *I 744*
アルケティウス Arcetius ルトゥリ人 *XII 459*
アルケンス Arcens シキリア人 *IX 581, 583*
アルゴス Argos ペロポネソス半島東部の地方と都 *I 285, II 177*
アルゴス人 Argi, Argivi, Argolicus ギリシア人を指す呼び名 *I 24, II 55, III 283, V 52, VI 838, VII 286, VIII 374, IX 202, X 56, XI 243, XII 544* 他
アルスス Alsus ルトゥリ人 *XII 304*
アルデア Ardea ラティウムの町 *VII 411, IX 738, XII 44* 他
アルバ・ロンガ Alba Longa アスカニウスが築いた都 *I 271, V 597, VI 766, VII 602, VIII 48, IX 387, XII 134* 他
アルピ Arpi アプーリアの町 *X 28, XI 250, 428*
アルプス Alpes *IV 442, VI 830, VIII 661, X 13*
アルブラ Albula ティベリス川の古名 *VIII 332*
アルペウス Alpheus エーリス地方の川 *III 694*
アルモ Almo ラティウム人 *VII 532, 575*
アルンス Arruns エトルーリア人 *XI 759* 他
アレクト Allecto 復讐女神の一人 *VII 324, X 41* 他
アレーテス Aletes トロイア人 *I 121, IX 246, 307*
アレトゥーサ Arethusa シキリアの泉のニンフ *III 696*
アロエウスの子ら Aloidae *VI 582*
アンキーセス Anchises アエネーアスの父 *I 617* 他
アンギティア Angitia マルシの女神 *VII 759*
アンクス・マルキウス Ancus Marcius ローマ第四代の王 *VI 815*
アンクスル Anxur （1）ラティウムの町 *VII 799* （2）ルトゥリ人 *X 545*
アンケモルス Anchemolus マルシ人 *X*

389
アンタエウス Antaeus　ルトゥリ人　*X 561*
アンタンドロス Antandros　トロイア地方の町　*III 6*
アンティパテス Antiphates　サルペドンの息子　*IX 696*
アンテウス Antheus　トロイア人　*I 181, 510, XII 443*
アンテーノル Antenor　トロイアの英雄。パタウィウム（現パドゥア）を創建　*I 242*
アンテムナエ Antemnae　サビーニの町　*VII 631*
アントーニウス、マルクス Antonius, M.　ローマの将軍　*VIII 685*
アントーレス Antores　アルゴス人　*X 778*
アンドロゲオス Androgeos　（1）アルゴス人　*II 371* 他　（2）ミノスの息子　*VI 20*
アンドロマケ Andromache　ヘクトルの妻　*II 456, III 297* 他
アンナ Anna　ディードの妹　*IV 9* 他
アンピトリュオン Amphitryon　ヘルクレスの父　*VIII 103, 214*
アンプリューソス Amphrysos　テッサリアの川　*VI 398*
イアエラ Iaera　ニンフ　*IX 673*
イアシウス Iasius　トロイア人　*III 168, V 843, XII 392*
イアーピュクス Iapyx　（1）アプーリア人　*XI 247, 678*　（2）トロイア人　*XII 391* 他
イアルバス Iarbas　ガエトゥーリアの王　*IV 36* 他
イウールス Iulus　アスカニウスの別名　*I 267, II 563, IV 140, V 546, VI 364, VII 107, IX 232, X 524, XI 58, XII 110* 他
イーオ Io　イーナクスの娘　*VII 789*
イオニア海 Ionium mare　*III 211, 671, V 193*
イオーパス Iopas　カルターゴの楽人　*I 740*
イオラス Iollas　トロイア人　*XI 640*
イーカルス Icarus　ダエダルスの息子　*VI 31*
イクシーオン Ixion　テッサリアの王　*VI 601*
イスマルス Ismarus　（1）リュディア人　*X 139*　（2）トラーキアの山　*X 351*
イーダ Ida　（1）クレータの山　*III 105, XII 412*　（2）プリュギアの山　*II 696, III 6, V 252, VII 139, IX 80, X 158, XI 285, XII 546* 他　（3）ニーススの母　*IX 177*
イダエウス Idaeus　トロイア人　（1）　*VI 485*　（2）*IX 500*
イタカ Ithaca　ウリクセスの故国の島　*II 104, III 273* 他
イーダス Idas　（1）トロイア人　*IX 575*　（2）トラーキア人　*X 351*
イタリア Italia　*I 2, III 185, IV 106, V 18, VI 92, VII 85, VIII 331, IX 133, X 8, XI 219, XII 35* 他
イダリウム Idalium　キュプルスの山　*I 681, V 760, X 52* 他
イタルス Italus　イタリア人の祖先　*VII 178*
イテュス Itys　トロイア人　*IX 574*
イドモン Idmon　ルトゥリ人　*XII 75*
イーナクス Inachus　アルゴス建国の王　*VII 286, XI 286* 他
イナリメ Inarime　テュレーニア海の島、現イスキア　*IX 716*
イヌウス砦 Castrum Inui　ラティウムの町　*VI 775*
イーノ Ino　テーバエの女王　*V 823*
イーピトゥス Iphitus　トロイア人　*II 435*
イマーオン Imaon　イタリア人　*X 424*
イーリア Ilia　ロームルスの母　*I 274, VI 778*
イーリウム Ilium　トロイアの別名　*I 68, II 117, III 3, IV 46, V 261, VI 64, VII 248, VIII 134, IX 285, X 62, XI 35, XII 861*
イリオネ Ilione　プリアムスの娘　*I 653*
イリオネウス Ilioneus　トロイア人　*I 120, VII 212, IX 501* 他
イーリス Iris　虹の女神　*IV 694, V 606, IX 18, X 38* 他

イリュリア Illyria　現クロアチアに相当する地域　*I 243*
イルウァ Ilua　テュレーニア海の島、現エルヴァ　*X 173*
イールス Ilus　（1）トロイア王　*VI 650*　（2）アスカニウスの幼名　*I 268*　（3）ルトゥリ人　*X 400*
インディゲス Indiges　神格化されたアエネーアスの呼称　*XII 794*
インド India　*VI 794, VII 605, VIII 705, XII 67*
インブラスス Imbrasus　リュキア人　*X 123, XII 343*
ウァレールス Valerus　エトルーリア人　*X 752*
ウィルビウス Virbius　（1）ヒッポリュトゥスの化身たる神格　*VII 777*　（2）（1）の息子　*VII 762*
ウェスタ Vesta　竈の女神　*I 292, II 296, V 744, IX 259* 他
ウェスルス Vesulus　リグリアの山　*X 708*
ウェニーリア Venilia　ニンフ。トゥルヌスの母　*X 76*
ウェヌス Venus　愛と美の女神。アエネーアスの母。アプロディテと同一視　*I 229, II 787, III 475, IV 33, V 779, VI 26, VII 321, VIII 370, IX 135, X 16, XI 277, XII 411* 他
ウェヌルス Venulus　ラティウム人　*VIII 9, XI 242, 742*
ウェリア Velia　ルカーニアの町　*VI 366*
ウェリーヌス Velinus　サビーニの湖　*VII 517*
ウォルカーニア Volcania　ウォルカーヌスの鍛冶場がある島　*VII 422*
ウォルカーヌス Volcanus　火の神。ウェヌスの夫　*II 311, V 662, VII 77, VIII 198, IX 76, X 408, XI 439* 他
ウォルケンス Volcens　ラティウム人　*IX 370, X 563* 他
ウォルスキ Volsci　中央イタリアの地域と民族　*VII 803, IX 505, XI 167* 他
ウォルスス Volusus　ウォルスキ人　*XI 463*
ウォルトゥルヌス Volturnus　カンパーニアの川　*VII 729*
ウカレゴン Ucalegon　トロイア人　*II 312*
ウーフェンス Ufens　（1）ラティウム人　*VII 745, VIII 6, X 518, XII 460* 他　（2）ラティウムの川　*VII 802*
ウリクセス Ulixes　ギリシアの英雄オデュッセウスのラテン名　*II 7, III 273, IX 602, XI 263* 他
「噂」Fama　*IV 173, VII 104, IX 474, XI 139* 他
運の女神 Fortuna　*II 79, III 53, IV 653, V 22, VI 96, VIII 127, IX 214, X 49, XI 43, XII 147* 他
ウンブリア Umbria　*XII 753*
ウンブロ Umbro　マルシ人　*VII 752, X 544*
運命の女神 Parca　*I 22, III 379, V 798, IX 107, X 419, XII 147* 他
エウアドネ Euadne　カパーネウスの妻　*VI 447*
エウアンテス Euanthes　プリュギア人　*X 702*
エウアンドルス Euandrus, Euander　アルカディア人の王　*VIII 52, IX 9, X 148, XI 26, XII 184* 他
エウナエウス Eunaeus　トロイア人　*XI 666*
エウプラーテス Euphrates　ユーフラテス川　*VIII 726*
エウボエア Euboea　*VI 2, IX 710, XI 260* 他
エウメーデス Eumedes　トロイア人　*XII 346*
エウメールス Eumelus　トロイア人　*V 665*
エウリュアルス Euryalus　トロイア人　*V 294, IX 179* 他
エウリュステウス Eurystheus　ミュケーナエの王　*VIII 292*
エウリュティオン Eurytion　トロイア人　*V 495* 他
エウリュトゥス Eurytus　クロヌスの父　*X 499*
エウリュピュルス Eurypylus　テッサリア人　*II 114*

エウロータス Eurotas　ラコーニア地方の川　*I 498*
エーオス Eos　アウローラに同じ　*II 417*
エキーオン Echion　テーバエの英雄　*XII 515*
エーゲ海 Aegaeum mare　*III 74, XII 366*
エゲリア Egeria　ニンフ　*VII 763, 775*
エジプト Aegyptus　*VIII 687, 705*
エチオピア人 Aethiopes　*IV 481*
エトルーリア Etruria　ラティウムの北、イタリア半島西側の地域　*VIII 480, IX 150, X 148, XI 598, XII 232* 他
エビュスス Ebysus　ルトゥリ人　*XII 299*
エピールス Epirus　ギリシア西部の地方　*III 292, 503*
エピュティデス Epytides　トロイア人　*V 547, 579*
エピュトゥス Epytus　トロイア人　*II 340*
エプロ Epulo　ルトゥリ人　*XII 459*
エペーオス Epeos　トロイアの木馬建造の大工　*II 264*
エマティオン Emathion　トロイア人　*IX 571*
エラト Erato　ムーサの一人　*VII 37*
エリカエテス Erichaetes　トロイア人　*X 749*
エーリス Elis　ペロポネソス半島北西の地方または町の名　*III 694, VI 588*
エリダヌス Eridanus　パドゥス川のギリシア名　*VI 659*
エリッサ Elissa　ディードの別名　*IV 335, 610, V 3*
エリピューレ Eriphyle　アンピアラーウスの妻　*VI 445*
エリュクス Eryx　（1）シキリアの山　*V 759, X 36, XII 701*　（2）シキリアの英雄　*I 570, V 24* 他
エリュシウム Elysium　冥界で浄福者の住む野　*V 735, VI 542, 744*
エリュマス Erymas　トロイア人　*IX 702*
エリュマントゥス Erymanthus　アルカディアの山　*V 448, VI 802*
エルルス Erulus　プラエネステ人の王　*VIII 563*
エレクトラ Electra　アトラスの娘　*VIII 135*
エレートゥム Eretum　サビーニの町　*VII 711*
エレブス Erebus　冥界　*IV 26, VI 247, VII 140*
エンケラドゥス Enceladus　巨人族の一人　*III 578, IV 179*
エンテルス Entellus　シキリア人　*V 387* 他
「老い」Senectus　*VI 275*
オイーレウス Oileus　ロクリ人の王　*I 41*
「懊悩」Curae　*VI 274*
オエカリア Oechalia　エウボエアの町　*VIII 291*
オエノートリ人 Oenotri　伝説的なイタリア土着の民族　*I 532, III 165, VII 85*
オエバルス Oebalus　カンパーニア人　*VII 734*
オクヌス Ocnus　マントゥアの創建者　*X 198*
オケアヌス Oceanus　世界を取り巻く大洋　*I 287, II 250, IV 129, VIII 589* 他
オシニウス Osinius　クルーシウムの王　*X 655*
オシーリス Osiris　ラティウム人　*XII 458*
オスキ人 Osci　北カンパーニアの民族　*VII 730*
「恐れ」Metus　*VI 276*
オトリュス Othrys　（1）パントゥスの父　*II 319*　（2）テッサリアの山　*VII 675*
オニーテス Onites　ルトゥリ人　*XII 514*
オーピス Opis　ニンフ　*XI 532* 他
オペルテス Opheltes　トロイア人　*IX 201*
オリーオン Orion　（1）伝説上の巨人　*X 763*　（2）星座　*I 535, III 517, IV 52, VII 719*
オーリクム Oricum　イリュリア南部の港町　*X 136*
オリテュイア Orithyia　北風の神ボレア

スの妻　*XII 83*
オリュンプス Olympus　神々の住まい　*I 374, II 779, IV 268, V 553, VI 579, VII 218, VIII 280, IX 84, X 1, XI 726, XII 634*
オルクス Orcus　冥界と同義　*II 398, IV 242, VI 273, VIII 296, IX 527* 他
オルシロクス Orsilochus　トロイア人　*XI 636* 他
オルテュギア Ortygia　（1）デーロスの別名　*III 124* 他　（2）シュラクーサエ沖の島　*III 694*
オルニュトゥス Ornytus　エトルーリア人　*XI 677*
オレアロス Olearos　エーゲ海の島　*III 126*
オレステス Orestes　アガメムノンの息子　*III 331, IV 471*
オルセス Orses　トロイア人　*X 748*
オルペウス Orpheus　伝説的な楽人　*VI 119*
オローデス Orodes　トロイア人　*X 732*
オロンテス Orontes　リュキア人　*I 113, VI 334* 他

カ　行

カイエータ Caieta　（1）アエネーアスの乳母　*VII 2*　（2）ラティウムの港　*VI 900*
カイークス Caicus　トロイア人　*I 183, IX 35*
カウカスス Caucasus　現コーカサス山地　*IV 367*
カウロン Caulon　ブルッティイの町　*III 553*
カエクルス Caeculus　ウォルカーヌスの息子　*VII 681, X 544*
カエサル、オクタウィアーヌス Caesar, Octavianus　*VI 792, VIII 678, 714*
カエサル、ユーリウス Caesar, Iulius　*I 286, VI 789*
カエディクス Caedicus　（1）レムルスの客人　*IX 362*　（2）エトルーリア人　*X 747*
ガエトゥーリア　Gaetulia　北アフリカの国　*IV 40, V 51* 他
カエネウス Caeneus　（1）テッサリア人　*VI 448*　（2）トロイア人　*IX 573*
カエレ Caere　エトルーリアの町　*VIII 597, X 183*
カオス Chaos　原初の混沌　*IV 510, VI 265*
カオニア Chaonia　エピールスの北の地域　*III 292, 334*
カオン Chaon　プリアムスの息子　*III 335*
カークス Cacus　ウォルカーヌスの子なる怪物　*VIII 194* 他
カストル Castor　トロイア人　*X124*
カスピ海 Caspium mare　*VI 798*
カスペリア Casperia　サビーニの町　*VII 714*
カスミラ Casmilla　カミラの母　*XI 543*
カッサンドラ Cassandra　プリアムスの娘　*II 246, III 183, V 636, X 68* 他
カティリーナ、ルーキウス・セルギウス Catilina, L. Sergius　*VIII 668*
カティルス Catillus　ティーブルの創建者　*VII 672, XI 640*
カト（大カト）、マルクス・ポルキウス Cato, M. Porcius　前196年の執政官、前184年の監察官　*VI 841*
カト（小カト）、マルクス・ポルキウス Cato, M. Porcius　前54年の法務官　*VIII 670*
ガニュメーデス Ganymedes　ユッピテルに寵愛された美少年　*I 28*
ガビイ Gabii　ラティウムの町　*VI 773, VII 612, 682*
カピトーリウム Capitolium　ローマの城塞が置かれた丘　*VI 836, VIII 347, 653, IX 448*
カピュス Capys　（1）トロイア人　*I 183, II 35, IX 576, X 145*　（2）アルバ・ロンガの王　*VI 768*
カプレアエ Capreae　現カプリ島　*VII 735*
カペーナ Capena　エトルーリアの町　*VII 697*
カペーレウス Caphereus　エウボエアの岬　*XI 260*
カミラ Camilla　ウォルスキの女戦士

VII 803, XI 432 他
カミルス、マルクス・フリウス Camillus, M. Furius 前396、390、389、368、367年の独裁官 *VI 825*
カメリーナ Camerina シキリアの町 *III 701*
カメルス Camers ルトゥリ人 *X 562, XII 224*
ガラテーア Galatea ニンフ *IX 103*
ガラマンテス Garamantes アフリカ、西サハラに住む部族 *IV 198, VI 794*
ガリア Gallia *VI 858, VIII 656*
カリオペ Calliope ムーサの一人 *IX 525*
カリーナエ Carinae ローマのエスクイリアエ丘西端にある地区 *VIII 361*
カリュドン Calydon アエトリアの町 *VII 306, XI 270*
カリュブディス Charybdis 海の怪物 *III 420, VII 302*
カリュベ Calybe ユーノの神殿の巫女 *VII 419*
カリュベス Chalybes 黒海南東岸の伝説的部族 *VIII 421, X 174*
ガルガーヌス Garganus アプーリアの山 *XI 247*
カルカス Calchas ギリシア人予言者 *II 100* 他
カルキディケ Chalcidice *VI 17*
カルターゴ Karthago *I 13, IV 97, X 12* 他
カルパトゥス海 Carpathium mare クレータとロドスのあいだの海 *V 595*
カルメンティス Carmentis ローマのニンフ *VIII 336*
カレス Cales カンパーニアの町 *VII 728*
カレス人 Cares *VIII 725*
カロン Charon 冥界の渡し守 *VI 299, 326*
ガンジス川 Ganges *IX 31*
「飢餓」Fames *VI 276*
キタエロン Cithaeron ボエオーティアの山 *IV 303*
キッセウス Cisseus （1）トラーキアの王 *V 537* （2）ラティウム人 *X 317*
キマエラ Chimaera （1）艦船の名 *V 118, 223* （2）怪物 *VI 288, VII 785*
キミヌス Ciminus エトルーリアの湖 *VII 697*
ギュアス Gyas （1）トロイア人 *I 222, V 118, XII 460* （2）ラティウム人 *X 318*
ギュアロス Gyaros エーゲ海の島 *III 76*
「窮乏」Egestas *VI 276*
キュクヌス Cycnus リグリア人の王 *X 189*
キュクラデス諸島 Cyclades *III 127, VIII 692*
キュクロプス Cyclops シキリアに住む一つ目の巨人 *I 201, III 5659, VI 630, VIII 418, XI 263*
ギュゲス Gyges トロイア人 *IX 762*
キュテーラ Cythera ペロポネソス半島南沖の島 *I 257, IV 128, V 800, VIII 523* 他
キュドーニア Cydonia クレータの町 *XII 858*
キュドン Cydon ルトゥリ人 *X 325*
キュプルス Cyprus 東地中海の島 *I 622*
キュベーベ Cybebe プリュギアの大地母神 *X 220*
キュベルス Cybelus プリュギアの山 *III 111, XI 768*
キュモトエ Cymothoe ニンフ *I 144*
キュモドケ Cymodoce ニンフ *V 825, X 225*
ギュリップス Gylippus アルカディア人 *XII 272*
キュレーネ Cyllene アルカディアの山 *IV 252, VIII 139* 他
キュントゥス Cynthus デーロスの山 *I 498, IV 147*
「狂気」Furor *I 294*
「恐怖」Formido, Timor *IX 719, XII 335*
ギリシア Graecia *XI 287*
キルケ Circe 太陽神の娘、魔女 *III 386, VII 20* 他
クイリーヌス Quirinus 神格化されたロームルスの呼称 *I 292, VI 859, VII*

187 他
クエルケンス Quercens　ルトゥリ人　IX 748
クサントゥス Xanthus　（1）トロイアの川　I 473, III 497, IV 143, V 634, VI 88, X 60 他　（2）エピールスの川　III 350
クナルス Cunarus　リグリア人　X 186
「苦難」Labos　VI 277
クノッソス Cnossos　クレータの町　VI 566, IX 305
クパーウォ Cupavo　リグリア人　X186
クペンクス Cupencus　ルトゥリ人　XII 539
クピード Cupido　アモルに同じ　I 658, X 93 他
クーマエ Cumae　カンパーニアの町　III 441, VI 2, 98
グラウィスカエ Graviscae　エトルーリアの町　X 184
グラウクス Glaucus　（1）海神　V 823, VI 36　（2）トロイア人、アンテーノルの子　VI 483　（3）トロイア人、インブラススの子　XII 343
クラウスス Clausus　サビーニ人　VII 707, X 345
クラウディウス家 Claudius　ローマの氏族名　VII 708
グラックス家 Gracchi　ローマの氏族名　VI 842
グラディーウス Gradivus　マルスの別称　III 35, X 542
クラルス Clarus　リュキア人　X 126
クラロス Claros　イオニア地方の町、アポロの聖地　III 360
クリニースス Crinisus　シキリアの川　V 38
グリューニウム Grynium　小アジア北西部、アエオリス地方の町　IV 345
クルエンティウス Cluentius　ローマの氏族名　V 123
クルーシウム Clusium　エトルーリアの町　X 167, 655
クルストゥメリ Crustumeri　サビーニの町　VII 631
クレウーサ Creusa　アエネーアスの妻　II 562, IX 297 他
クレス Cures　サビーニの町　VI 811, VIII 638, X 345
クレーテス Curetes　クレータの古民族　III 131
クレータ Creta　地中海の島　III 104, IV 70, V 285, VIII 294, XII 412 他
クレーテウス Cretheus　（1）トロイア人　IX 774　（2）ギリシア人　XII 538
クロアントゥス Cloanthus　トロイア人　I 222, V 122 他
クロエリア Cloelia　ローマの婦人　VIII 651
クローニウス Clonius　トロイア人　（1）IX 774　（2）XI 666
クロヌス Clonus　金細工師　X 499
クロミス Chromis　トロイア人　XI 675
クローレウス Chloreus　トロイア人　XI 768, XII 363
ケクロプスの子ら Cecropidae　アテーナエ人のこと　IV 21
ゲタエ人 Getae　トラーキア北方の民族　III 35, VII 604
ケテーグス Cethegus　ルトゥリ人　XII 513
ゲラ Gela　シキリアの町　III 701
ケラウニア Ceraunia　エピールスの一地域　III 506
ケラエノ Celaeno　ハルピュイアの一人　III 211 他
ゲリュオン Geryon　三つ首の怪物　VII 662, VIII 202
ケルベルス Cerberus　冥界の番犬　VI 417
ケレス Ceres　農耕の女神　I 177, II 714, IV 58, VI 484, VII 113, VIII 181
ケレムナ Celemna　カンパーニアの町　VII 739
ゲローニ Geloni　スキュティアの民族　VIII 725
ケンタウルス Centaurus　（1）半人半馬の種族　VI 286, VII 675　（2）艦船の名　V 122, X 195 他
コエウス Coeus　巨人族の一人　IV 179
コキュートゥス Cocytus　冥界の川　VI 132, VII 562 他
コクレス、ホラーティウス Cocles, Hora-

tius　ローマの伝説的英雄　*VIII 650*
コサエ Cosae　エトルーリアの町　*X 168*
コッスス、アウルス・コルネーリウス Cossus, A. Cornelius　前428年の執政官 *VI 841*
コラ Cora　ラティウムの町　*VI 775*
コラス Coras　ティーブルの創建者　*VII 672, XI 465, 604*
コラーティア Collatia　サビーニの町 *VI 774*
コリュトゥス Corythus　エトルーリアの町　*III 170, VII 209, IX 10, X 719*
コリュナエウス Corynaeus　トロイア人 （1）*VI 228, IX 571*　（2）*XII 298*
コリュバンテス Corybantes　キュベーベの従者、また神官　*III 111*
コリントゥス Corinthus　ギリシアの町 *VI 836*
ゴルゴ Gorgo　蛇の髪をもつ怪女　*II 616, VI 289, VII 341, VIII 438*
ゴルテュン Gortyn　クレータの町　*XI 773*
コロエブス Coroebus　プリュギア人　*II 341* 他

サ　行

サガリス Sagaris　トロイア人　*IX 575*
サクラートル Sacratot　エトルーリア人 *X 747*
ザキュントス Zacynthos　イオニア海の島　*III 270*
サケス Saces　ルトゥリ人　*XII 651*
サティクルス Saticulus　サムニウム人 *VII 729*
サトゥラ Satura　ラティウムの沼　*VII 801*
サトゥルヌス Saturnus　ユッピテルの父神。クロノスと同一視　*I 569, VI 794, VII 49, VIII 319, XII 830* 他
サトゥルヌスの娘 Saturnia　ユーノに同じ　*I 23, IV 92, VII 428, X 659, XII 807* 他
サバエイ人 Sabaei　アラビアの民族　*I 416, VIII 706*
サビーニ Sabini　中央イタリアの地域と民族　*VII 178, VIII 510* 他
サムス Samus　東エーゲ海の島　*I 16*
サメ Same　ケパレーニア島の町　*III 271*
サモトラーキア Samothracia　北エーゲ海の島　*VII 208*
サラミス Salamis　サロニカ湾の島 *VIII 158*
サリイ Salii　マルスの神官団　*VIII 285, 663*
サリウス Salius　（1）アカルナーニア人 *V 298* 他　（2）ルトゥリ人　*X 753*
サルヌス Salnus　カンパーニアの川 *VII 738*
サルペードン Sarpedon　リュキアの王 *I 100, IX 697, X 125, 471*
サルモネウス Salmoneus　テッサリアの王　*VI 585*
サレンティーニ人 Sallentini　カラブリアの民族　*III 400*
「死」Letum　*VI 277;*　Mors　*XI 197*
シカーニ人 Sicani　シキリアに植民した古民族　*VII 795, VIII 328*
シキリア Sicilia　*I 34, III 410, V 24, VII 289, VIII 416, XI 317*
シゲーウム Sigeum　トロイアの岬　*II 312, VII 294*
至大祭壇 ara maxima　ローマにあるヘルクレスを祀る祭壇　*VIII 271*
シディキーヌム Sidicinum　カンパーニアの町　*VII 727*
シードン Sidon　フェニキアの都　*I 446, IV 75, V 571, IX 266, XI 74* 他
シノン Sinon　ギリシア人　*II 79* 他
シビュラ Sibylla　クーマエの巫女　*III 452, V 735, VI 10* 他
シモイス Simois　（1）トロイアの川　*I 100, V 261, VI 88, X 60, XI 257* 他　（2）エピールスの川　*III 302*
シュカエウス Sychaeus　ディードの夫 *I 343, IV 20, VI 474* 他
シュバリス Sybaris　トロイア人　*XII 363*
シュマエトゥス Symaethus　シキリアの川　*IX 584*
シュルテス Syrtes　アフリカ北岸の船の

難所　*I 111, IV 41, V 51, VI 60, VII 302* 他
勝利の女神 Victoria　*XI 436, XII 187*
シーラ Sila　ブルッティイの山林地域 *XII 715*
シーリウス Sirius　大犬座の主星　*III 141, X 273*
シルウァーヌス Silvanus　森の神格 *VIII 600*
シルウィア Silvia　テュルスの娘　*VII 487, 503*
シルウィウス Silvius　アエネーアスの息子　*VI 763*
シルウィウス・アエネーアス Silvius Aeneas　アルバ・ロンガの王　*VI 769*
シーレン Siren　歌声で虜にする魔女　*V 864*
スカエアエ門 Scaeae　トロイアの城門 *II 612, III 351*
スキーピオ（二人の） Scipiadae　プブリウス・コルネーリウス・スキーピオ・アフリカーヌス・マイヨル（大アフリカーヌス、前205、194年の執政官）とプブリウス・コルネーリウス・スキーピオ・アエミリアーヌス・アフリカーヌス・ミノル（小アフリカーヌス、前147、134年の執政官）　*VI 843*
スキュラ Scylla　（1）シキリア海峡に棲む怪物　*I 200, III 420, VI 286, VII 302* 他　（2）船の名　*V 122*
スキュラケーウム Scylaceum　ブルッティイの町　*III 553*
スキューロス Scyros　エーゲ海の島　*II 477*
スクロ Sucro　ルトゥリ人　*XII 505*
ステニウス Sthenius　ルトゥリ人　*X 388*
ステネルス Sthenelus　（1）ギリシア人 *II 261*　（2）トロイア人　*XII 341*
ステュクス Styx　冥界の川　*III 215, IV 638, V 855, VI 134, VII 476, VIII 296, IX 104, X 113, XII 91* 他
ステロペス Steropes　キュクロプスの一人　*VIII 425*
ストリュモニウス Strymonius　トロイア人　*X 414*
ストリューモン Strymon　トラーキアの川　*X 265, XI 580*
ストロパデス Strophades　イオニア海の二島　*III 209*
スパルタ Sparta　*I 316, II 577, X 92*
スピーオ Spio　ネレイデスの一人　*V 826*
スルモ Sulmo　ルトゥリ人　*IX 412, X 517*
セウェールス Severus　サビーニの山（?）　*VII 713*
セベーティス Sebethis　ニンフ　*VII 734*
セラーヌス Serranus　ルトゥリ人　*IX 335, 454*
セラーヌス、マルクス・アティーリウス・レーグルス Serranus, M. Atilius Regulus　前257年の執政官　*VI 844*
セリーヌス Selinus　シキリアの町　*III 705*
セルギウス Sergius　ローマの氏族名　*V 121*
セルゲストゥス Sergestus　トロイア人 *I 510, IV 288, V 121* 他
セレストゥス Serestus　トロイア人　*I 611, IV 288, V 487, IX 171, X 541, XII 549* 他
「戦争」Bellum　*VI 279*
戦争の門 Belli portae　*I 294, VII 607*
ソラクテ Soracte　エトルーリアの山 *VII 696, XI 785*

タ　行

大地の女神 Tellus, Terra　*IV 166, VI 580, VII 137, XII 176* 他
太陽神 Sol　*I 568, IV 607, VII 11, XII 115* 他
ダウクス Daucus　ルトゥリ人　*X 391*
ダウヌス Daunus　トゥルヌスの父　*VIII 146, X 616, XII 22* 他
タウマス Thaumas　イーリスの父　*IX 5*
ダエダルス Daedalus　工匠　*VI 14, 29*
タエモン Thaemon　リュキア人　*X 126*
タグス Tagus　ルトゥリ人　*IX 418*
タティウス Tatius　サビーニ人の王 *VIII 638*

ダナイ人 Danai　ギリシア人の別称　*I 30, II 5, III 87, IV 425, V 360, VI 489, VIII 129, IX 154, XII 349*
タナイス Tanais　ルトゥリ人　*XII 513*
ダナエ Danae　アクリシウスの娘　*VII 410*
ダハエ Dahae　東方の遊牧民　*VIII 728*
タプスス Thapsus　シキリアの町　*III 689*
タブルヌス Taburnus　サムニウムの山　*XII 715*
タミュルス Thamyrus　トロイア人　*XII 341*
タリーア Thalia　ネレイデスの一人　*V 826*
タルクイトゥス Tarquitus　ルトゥリ人　*X 550*
タルクイニウス Tarquinius　ローマの王　*VI 817, VIII 646*
タルコン Tarchon　エトルーリア人の王　*VIII 503, X 153, XI 184* 他
ダルダニア Dardania　トロイアの別称　*I 494, II 281, III 52, VI 65, VIII 120* 他
ダルダヌス Dardanus　トロイアの祖　*III 167, IV 365, VI 650, VII 207, VIII 134* 他
タルタラ Tartara　冥界の奈落　*IV 243, V 734, VI 135, VII 328, VIII 563, IX 496, XI 397, XII 14*
タルペイア Tarpeia　カミラの従者　*XI 657*
タルペイアの住まい sedes Tarpeia　*VIII 347*
タルペイウスの城塞 arx Tarpeia　*VIII 652*
ダレス Dares　トロイア人　*V 369, XII 363* 他
タレントゥム Tarentum　カラブリアの町　*III 551*
タロス Talos　ルトゥリ人　*XII 513*
テアーノ Theano　ミマスの母　*X 703*
ディアーナ Diana　月と狩猟を司る処女神。アルテミスと同一視　*I 499, III 681, IV 511, VII 306, XI 537* 他
デイオペーア Deiopea　ニンフ　*I 72*
ディオーレス Diores　プリアムスの血統の者　*V 297, XII 509* 他
ディオクシップス Dioxippus　トロイア人　*IX 574*
ディクテ Dicte　クレータの山　*III 171, IV 73*
ティシポネ Tisiphone　復讐女神の一人　*VI 555, 571, X 761*
ディース Dis　冥界の王　*IV 702, V 731, VI 127, VII 568, VIII 667, XII 199* 他
ティータン Titan　太陽神に同じ　*IV 119, VI 580, 725*
ティテュオス Tityos　巨人　*VI 595*
ディデュマーオン Didymaon　工匠　*V 359*
ディード Dido　カルターゴの女王　*I 299, IV 60, V 571, VI 450, IX 266, XI 74* 他
ティトーヌス Tithonus　アウローラの夫　*IV 585, VIII 384, IX 460*
ティーブル Tibur　ラティウムの町、現ティヴォリ　*VII 630, IX 360, XI 757* 他
ティブルトゥス Tiburtus　ティーブルの創建者　*VII 671, XI 519*
ティベリーヌス Tiberinus　ティベリスの河神　*VI 873, VII 30, VIII 31, IX 125* 他
ティベリス Tiberis　ラティウムとエトルーリアの境界をなす川、現テヴェレ　*I 13, VII 715, X 833, XI 449, XII 35*
デイポブス Deiphobus　プリアムスの息子　*II 310, VI 495* 他
デイポベ Deiphobe　クーマエの巫女　*VI 36*
ティマーウス Timavus　ヒストリアの川　*I 244*
ディーラ Dira　復讐女神　*IV 473, VIII 701, XII 845* 他
ティリュンス Tiryns　アルゴス地方の町　*VII 662, VIII 228*
ディンデュマ Dindyma　プリュギアの山　*IX 618, X 252*
テウクリア Teucria　トロイアの別称　*I 299* 他
テウケル Teucer　（1）トロイアの王　*I 235, III 108, IV 230, VI 500* 他　（2）サラミス人　*I 619*

テウトニ人 Teutoni ゲルマーニアの民族 *VII 741*
テウトラス Teuthras トロイア人 *X 402*
デキウス父子 Decii 同名（デキウス・プブリウス・ムース）の父（前340年の執政官）と子（前312、308、297、295年の執政官） *VI 824*
テゲア Tegea アルカディアの町 *V 299, VIII 459*
テッサンドルス Thessandrus ギリシア人 *II 261*
テティス Thetis ネレイデスの一人 *V 825*
テトリカ Tetrica サビーニの山 *VII 713*
テーセウス Theseus ギリシアの英雄 *VI 122* 他
テネドス Tenedos トロイア沖の島 *II 21* 他
テーバエ Thebae ボエオーティアの都 *IV 470, IX 697*
テミラス Themillas トロイア人 *IX 576*
デモドクス Demodocus トロイア人 *X 413*
デモポオン Demophoon トロイア人 *XI 675*
デモレオス Demoleos ギリシア人 *V 260, 265*
テューイアス Thyias バックスに憑かれた女 *IV 302*
テューデウス Tydeus アエトーリアの英雄 *I 97, II 164, VI 479, X 29, XI 404, XII 351* 他
テューデウスの子 Tydides ギリシアの英雄ディオメーデスのこと *I 97, II 164, X 29, XI 404, XII 351* 他
テュブリス Thybris （1）イタリア人の王 *VIII 330* （2）ティベリスに同じ *II 782, III 500, V 83, VI 87, VII 151, VIII 64, X 421, XI 393*
テュポエウス Typhoeus 大地から生まれた怪物 *I 665, VIII 298, IX 716*
デュマス Dymas トロイア人 *II 340* 他
テュモエテス Thymoetes トロイア人 （1）*II 32* （2）*X 123, XII 364*
テュルス Tyrrhus ラティウム人 *VII 484, IX 28* 他
テュレス Tyres トロイア人 *X 403*
テュレーニア Tyrrhenia エトルーリアに同じ *I 67, VI 697, VII 43, VIII 458, X 71, XI 171, XII 123* 他
テュロス Tyros フェニキアの都 *I 12, IV 104, X 55* 他
テュンダレウスの娘 Tyndaris ヘレナに同じ *II 569, 601*
テュンブラ Thymbra トロイア地方の町 *III 85*
テュンブラエウス Thymbraeus トロイア人 *XII 458*
テュンブリス Thymbris トロイア人 *X 124*
テュンベル Thymber ルトゥリ人 *X 391*
デルケンヌス Dercennus ラウレンテス人の王 *XI 850*
テルシロクス Thersilochus トロイア人 （1）*VI 483* （2）*XII 363*
テレボアエ人 Teleboae アカルナーニアの民族 *VII 735*
デーロス Delos エーゲ海の島 *III 162, IV 144, VI 12*
テロン Telon テレボアエ人の王 *VII 734*
テーロン Theron ルトゥリ人 *X 312*
トアス Thoas （1）ギリシア人 *II 262* （2）トロイア人 *X 415*
「逃走」Fuga *IX 719*
トゥラ Tulla カミラの従者 *XI 656*
ドゥリキウム Dulichium イオニア海の島 *III 271*
トゥルス・セルウィウス Tullus Servius ローマ第六代の王 *VIII 644*
トゥルス・ホスティリウス Tullus Hostilius ローマ第三代の王 *VI 814*
トゥルヌス Turnus ルトゥリ人の王 *VII 56* 他
時の女神 Horae *III 512*
ドート Doto ネレイデスの一人 *IX 102*
ドドーナ Dodona エピールスの町 *III 466*
ドヌーサ Donusa エーゲ海の島 *III*

125
トマルス Tmarus　ルトゥリ人　*IX 685*
トマロス Tmaros　エピールスの山　*V 620*
トラーキア Thracia　*I 316, III 14, IV 120, V 312, VI 120, VII 208, IX 49, X 350, XI 659* 他
ドランケス Drances　ルトゥリ人　*XI 122, XII 644* 他
トリウィア Trivia　ヘカテに同じ　*VI 13, VII 516, X 537, XI 566* 他
ドリカーオン Dolichaon　ヘブルスの父　*X 696*
ドーリス人 Doricus　*II 27, VI 88*
トリートン Triton　（1）海の神格。怪物　*I 144, V 824, VI 173*　（2）船の名　*X 209*
トリートン生まれの女神 Tritonis, Tritonia　ミネルウァに同じ　*II 171, V 704, XI 483* 他
トリナクリア Trinacria　シキリアの別名　*I 196, III 384, V 300* 他
ドリュオプス Dryops　トロイア人　*X 346*
ドリュオペ Dryope　ニンフ　*X 551*
ドリュオペス族 Dryopes　ギリシア北部の部族　*IV 146*
ドリュクルス Doryclus　トマロス山の住人　*V 620, 647*
トルクワートゥス、ティトゥス・マンリウス Torquatus, T. Manlius　前347、344、340年の執政官、前353、349、329年の独裁官　*VI 825*
ドルースス家 Drusi　ローマの氏族名　*VI 824*
トルムニウス Tolumnius　ラティウム人　*XI 429, XII 258, 460*
ドレパヌム Drepanum　シキリアの町　*III 707*
トロイア Troia　*I 1* 他
トロイルス Troilus　プリアムスの息子　*I 474*
トロニウス Thronius　トロイア人　*X 753*
ドロペス人 Dolopes　テッサリアの民　*II 7* 他
ドロン Dolon　トロイア人　*XII 347*

ナ 行

ナイル川 Nilus　*VI 800, VIII 711, IX 31*
ナウテス Nautes　トロイア人　*V 704, 728*
「嘆き」Luctus　*VI 274*
嘆きの野 Lugentes Campi　*VI 441*
ナクソス Naxos　エーゲ海の島　*III 125*
ナーリュクム Narycum　ロクリ人の町　*III 399*
ナール Nar　ウンブリアの川　*VII 517*
ニサエエ Nisaee　ネレイデスの一人　*V 826*
ニースス Nisus　トロイア人　*V 294, IX 176* 他
ニパエウス Niphaeus　ルトゥリ人　*X 570*
ニューサ Nysa　バックス揺籃の山　*VI 805*
ヌマ Numa　ルトゥリ人　（1）*IX 454*　（2）*X 562*
（ヌマ・ポンピリウス Numa Pompilius　ローマ第二代の王　*VI 810*）
ヌマーヌス Numanus　ルトゥリ人　*IX 592, 653*
ヌミークス Numicus　ラティウムの川　*VII 150* 他
ヌミディア Numidia　カルターゴの西南に広がる地域　*IV 41, VIII 724* 他
ヌミトル Numitor　（1）ルトゥリ人　*X 342*　（2）アルバ・ロンガの王　*VI 768*
ヌルシア Nursia　サビーニの町　*VII 716*
ネアルケス Nealces　トロイア人　*X 753*
ネオプトレムス Neoptolemus　アキレスの息子。ピュルスに同じ　*II 263, III 333, XI 264* 他
ネプトゥーヌス Neptunus　海神。ギリシアのポセイドンと同一視　*I 125, II 201, III 3, V 14, VII 23, VIII 695, X 353* 他
「眠り」Sopor　*VI 278*
眠りの神 Somnus　*V 838*
ネメア Nemea　アルゴス地方の町　*VIII 295*

ネリトス Neritos　イタカの山　*III 271*
ネルサエ Nersae　アエクイ（ラティウム北東の地域と民族）の町　*VII 744*
ネレイデス Nereides　ネーレウスの娘であるニンフの姉妹　*III 74, V 240*
ネーレウス Nereus　海神　*II 419, VIII 383, X 764*
ノエーモン Noemon　トロイア人　*IX 767*
ノメントゥム Nomentum　サビーニの町　*VI 773, VII 712*

ハ　行

バイアエ Baiae　カンパーニアの町　*IX 710*
パエアーケス人 Phaeaces　伝説的民族　*III 291*
パエオン Paeon　アポロの別称　*VII 769, XII 401*
パエドラ Phaedra　ミーノスの娘　*VI 445*
パエトン Phaeton　（1）太陽神　*V 105*　（2）太陽神の息子　*X 189*
ハエモニデス Haemonides　ラティウム人　*X 537*
ハエモン Haemon　ルトゥリ人　*IX 685*
パガスス Pagasus　トロイア人　*XI 670*
パキューヌス Pachynus　シキリア南東端の岬　*III 429, 699, VII 289*
バクトラ Bactra　現在のアフガニスタンにほぼ相当する地域の国バクトリアの首都　*VIII 688*
パクトールス Pactolus　リューディアの川　*X 142*
パシパエ Pasiphae　ミーノスの妻　*VI 25, 447*
パタウィウム Patavium　内ガリアの町、現パドゥア　*I 247*
バックス Bacchus　酒の神　*I 215, III 354, IV 302, V 77, VII 385, VIII 181, XI 737* 他
パドゥス Padus　内ガリアの川、現ポー　*IX 680, XI 457*
バトゥルム Batulum　カンパーニアの町　*VII 739*
ハドリア海 Hadriacum mare　*XI 405*
パトロン Patron　アルカディア人　*V 298*
パノペーア Panopea　ネレイデスの一人　*V 240, 825*
パノペス Panopes　シキリア人　*V 300*
ハラエスス Halaesus　イタリア人の王　*VII 724, X 352* 他
パラエモン Palaemon　イーノの息子。海の神格　*V 823*
パラシア Parrhasia　アルカディアに同じ　*VIII 344, XI 31*
パラス Pallas　ミネルウァに同じ　*I 39, II 15, III 544, V 704, VII 154, VIII 435, XI 477* 他
パラス Pallas　（1）エウアンドルスの息子　*VIII 104, X 160, XI 27, XII 943* 他　（2）エウアンドルスの祖父　*VIII 51*
パラーティウム Palatium　ローマの丘　*IX 9*
パラディウム Palladium　パラス神像　*II 166, 188, IX 151*
パラメーデス Palamedes　ギリシア人　*II 82*
パランテーウム Pallanteum　エウアンドルスの都。パラーティウムの古名　*VIII 54, IX 196* 他
ハリウス Halius　トロイア人　*IX 767*
パリークス Palicus　シキリアの神格　*IX 585*
パリス Paris　トロイアの皇子　*I 27, II 602, IV 215, V 370, VI 57, VII 321, X 702* 他
パリヌールス Palinurus　トロイア人　*III 202, V 12, VI 337* 他
ハリュス Halys　トロイア人　*IX 765*
バルケ Barce　（1）北アフリカの町　*IV 43*　（2）シュカエウスの乳母　*IV 632*
パルス Pharus　ルトゥリ人　*X 322*
パルティア Parthia　ほぼ現在のイランに相当する地域の国　*VII 606, XII 857*
パルテニウス Parthenius　トロイア人　*VIII 344*
ハルパリュクス Harpalycus　トロイア人　*IX 675*
ハルパリュケ Harpalyce　トラーキアの

ニンフ　*I 317*
ハルピュイア Harpyia　人面をもつ鳥の怪物　*III 212, IV 289* 他
パルムス Palmus　トロイア人　*X 697*
パレリス Phaleris　トロイア人　*IX 762*
パロス Paros　エーゲ海の島　*I 593, III 126*
パーン Pan　牧羊神　*VIII 344*
パンタギアス Pantagias　シキリアの川　*III 689*
パンダルス Pandarus （1）リュキア人　*V 496* （2）トロイア人　*IX 672, XI 396* 他
パントゥス Panthus　トロイア人　*II 318* 他
ハンモン Hammon　エジプトの神格。ユッピテルと同一視　*IV 198*
ピークス Picus　ラウレンテス人の王　*VII 48* 他
ヒケターオン Hicetaon　テュモエテスの父　*X 123*
ピーサエ Pisae　エトルーリアの町、現ピサ　*X 179*
ヒスボ Hisbo　ルトゥリ人　*X 384*
ヒッポコオン Hippocoon　トロイア人　*V 492*
ヒッポタス Hippotas　アマストゥルスの父　*XI 674*
ヒッポリュテ Hippolyte　アマゾンの女王　*XI 661*
ヒッポリュトゥス Hippolytus　テーセウスの息子　*VII 761* 他
ビティアス Bitias （1）テュロス人　*I 738* （2）トロイア人　*IX 672, 703, XI 396*
ピナーリウス Pinarius　至大祭壇の神官団を務める氏族　*VIII 270*
ピーネウス Phineus　ビテューニアの王　*III 212*
ヒベーリア Hiberia　ほぼ現在のスペインに相当する地域　*VII 663, IX 582, XI 913*
ヒメラ Himella　サビーニの川　*VII 714*
ヒュアデス Hyades　雨を呼ぶとされる星座　*I 744, III 516*
ピュグマリオン Pygmalion　ディードの兄弟　*I 347, 364, IV 325*
ヒュドラ Hydra　水蛇の怪物　*VI 576, VII 658*
ヒュパニス Hypanis　トロイア人　*II 340, 428*
ヒュラエウス Hylaeus　ケンタウルスの一人　*VIII 294*
ヒュルカーニア Hyrcania　カスピ海南東地域の国　*IV 367, VII 605*
ピュルギ Pyrgi　エトルーリアの町　*X 184*
ピュルゴ Pyrgo　プリアムスの息子たちの乳母　*V 645*
ヒュルス Hyllus　トロイア人　*XII 535*
ピュルス Pyrrhus　アキレスの息子。ネオプトレムスに同じ　*II 469, III 296* 他
ビュルサ Byrsa　カルターゴの城塞　*I 367*
ヒュルタクス Hyrtacus　トロイア人　*V 492, IX 177* 他
ピリトウス Pirithous　ラピタエ族の王　*VI 393, 601*
ピルムヌス Pilumnus　トゥルヌスの祖父（または、曾祖父）　*IX 4, X 76, XII 83* 他
ピロクテーテス Philoctetes　ギリシアの英雄　*III 402*
ファウヌス Faunus （1）ラティウムの王　*VII 47, X 551, XII 766* 他 （2）田園の神格　*VIII 314*
ファードゥス Fadus　ルトゥリ人　*IX 344*
ファバリス Fabaris　サビーニの川　*VII 715*
ファビウス家 Fabii　ローマの氏族名　*VI 845*
ファブリキウス・ルスキヌス、ガーイウス Fabricius Luscinus, C.　前282、278年の執政官　*VI 844*
フィデス Fides　信義を司る女神　*I 292*
フィデーナ Fidena　サビーニの町　*VI 773*
フェスケンニウム Fescennium　エトルーリアの町　*VII 695*
フェニキア（女）Phoenissa　*I 670, IV 348, VI 450* 他

フェローニア Feronia エトルーリアの神格 *VII 800, VIII 564*
フォルリ Foruli サビーニの町 *VII 714*
フーキヌス Fucinus マルシの湖 *VII 759*
復讐女神 Dirae, Erinys, Eumenides, Furiae *II 337, III 252, IV 469, IV 250, VII 447, VIII 669* 他
プティーア Pthia テッサリアの町 *I 284*
ブーテス Butes （1）ベブリュキア人 *V 372* （2）アンキーセスの槍持ち *IX 647* （3）トロイア人 *XI 690*
ブトロートゥム Buthrotum エピールスの町 *III 293*
フラウィーニア Flavinia エトルーリアの野 *VII 696*
プラエネステ Praeneste ラティウムの町 *VII 678, VIII 561*
プリアムス Priamus トロイアの王 *I 461, II 22, III 1, IV 343, V 297, VI 494, VII 246, VIII 158, IX 284, XI 259, XII 545* 他
ブリアレウス Briareus 巨人族の一人 *VI 287*
プリウェルヌス Privernus ルトゥリ人 *IX 576*
プリウェルヌム Privernum ウォルスキの町 *XI 540*
プリスティス Pristis 船の名 *V 116* 他
プリュギア Phrygia 小アジア北部の地域。トロイアと同義に用いられる *I 182, II 68, III 6, IV 103, V 785, VI 103, VII 139, IX 80, X 88, XI 145, XII 75* 他
プリュタニス Prytanis トロイア人 *IX 767*
ブルートゥス、ルーキウス・ユーニウス Brutus, L. Iunius ローマ最初の執政官 *VI 818*
プルートン Pluton 冥界の王。ディースに同じ *VII 327*
プレギュアス Phlegyas ラピタエ族の王 *VI 618*
プレゲトン Phlegeton 冥界の川 *VI 265, 551*
プレミュリウム Plemyrium シキリア東岸の岬 *III 693*
プロカス Procas アルバ・ロンガの王 *VI 767*
プロキュタ Prochyta クーマエ沖の島 *IX 715*
プロクリス Procris ケパルスの妻 *VI 445*
プロセルピナ Proserpina 冥界の女王 *IV 698, VI 142* 他
プローテウス Proteus 海の神格 *XI 262*
プロモルス Promolus トロイア人 *IX 574*
ブロンテス Brontes キュクロプスの一人 *VIII 425*
「不和」Discordia *VI 280, VIII 702*
「憤怒」Irae *XII 336*
ヘカテ Hecate 月と夜の女神。ときにディアーナと同一視 *IV 511, VI 118* 他
ヘクトル Hector トロイアの英雄 *I 99, II 270, III 304, V 190, VI 166, IX 155, XI 289, XII 440* 他
ヘクバ Hecuba プリアムスの妻 *II 501, VII 320, X 705* 他
ペーゲウス Phegeus トロイア人 （1）*V 263, IX 765* （2）*XII 371*
ヘシオネ Hesione ラオメドンの娘 *VIII 157*
ヘスペリア Hesperia イタリアの別称。「西の国」の意 *I 530, II 781, III 163, IV 355, VI 6, VII 4, VIII 77, XII 360*
ヘスペリデス Hesperides アトラスの娘であるニンフの姉妹 *IV 484*
ペテーリア Petelia ブルッティイの町 *III 402*
ベナークス Benacus 内ガリアの湖 *X 205*
ペーネウス Pheneus アルカディアの町 *VIII 165*
ペネレウス Peneleus ギリシア人 *II 425*
ベブリュキア Bebrycia 小アジア北部の一地域 *V 373*
ヘブルス Hebrus （1）トラーキアの川 *I 317, XII 331* （2）トロイア人 *X 696*
ペラスギ人 Pelasgi ギリシア人に同じ

I 624, II 83, VI 503, VIII 600, IX 154 他
ペリアス Pelias トロイア人 *II 435*
ヘリコン Helicon ボエオーティアの山、ムーサの住まい *VII 641, X 163*
ペリパス Periphas ギリシア人 *II 476*
ヘリュムス Helymus （1）トロイア人 *V 73* （2）シキリア人 *V 300* 他
ペルガマ Pergama トロイアの城塞 *I 466, II 177, III 87, IV 344, V 744, VI 63, VII 322, VIII 37, X 58, XI 280*
ペルガマ市 Pergamea urbs クレータの町 *III 133*
ヘルクレス Hercules ギリシアの英雄 *III 551, V 410, VII 656, VIII 270, X 319* 他
ベールス Belus （1）エジプトの王 *II 82* （2）フェニキアの王 *I 621, 729, 730*
ヘルニキ Hernici 中央イタリアの地域と民族 *VII 684*
ヘルベースス Herbesus ルトゥリ人 *IX 344*
ヘルミオネ Hermione メネラーウスの娘 *III 328*
ヘルミニウス Herminius トロイア人 *XI 642*
ヘルムス Hermus リューディアの川 *VII 721*
ペーレウス Peleus アキレスの父 *II 263, V 808, XII 350* 他
ペレス Pheres トロイア人 *X 413*
ヘレナ Helena メネラーウスの妻。トロイア戦争の原因 *I 650, VII 364*
ヘレヌス Helenus プリアムスの子 *III 295* 他
ヘレーノル Helenor トロイア人 *IX 544*
ベローナ Bellona 戦争の女神 *VII 319, VIII 703*
ペロプス Pelops ギリシア人の祖 *II 193*
ヘロールス Helorus シキリアの川 *III 698*
ペロールス Pelorus シキリア北東端の岬 *III 411, 687*
ペンテウス Pentheus テーバエの王 *IV 469*
ペンテシレーア Penthesilea アマゾンの女王 *I 491, XI 662*
「謀略」Insidiae *XII 336*
ポエニクス Phoenix ギリシア人 *II 762*
ポエニ人 Poeni カルターゴ人に同じ *I 302, IV 134, VI 858, XII 4* 他
ポエブス Phoebus アポロに同じ *I 329, II 114, III 80, IV 58, VI 18, VII 62, VIII 720, IX 661, X 316, XI 794, XII 391*
ポエベ Phoebe 月の女神。ディアーナに同じ *X 216*
ポダリーリウス Podalirius トロイア人 *XII 304*
ポティーティウス Potitius 至大祭壇の祭儀の創始者 *VII 269, 281*
ポメティイ Pometii ウォルスキの町 *VI 775*
ホモレ Homole テッサリアの山 *VII 675*
ポプローニア Populonia エトルーリアの町 *X 172*
ボーラ Bola ラティウムの町 *VI 775*
ポリーテス Polites プリアムスの息子 *II 526, V 564*
ポリュドールス Polydorus プリアムスの息子 *III 45* 他
ポリュペームス Polyphemus キュクロプスの一人 *III 641, 657*
ポリュボエテス Polyboetes トロイア人 *VI 484*
ポルクス Phorcus （1）海の神格 *V 240, 824* （2）ラティウム人 *X 328*
ポルクス Pollux ギリシアの英雄 *VI 121*
ポルス Pholus （1）ケンタウルスの一人 *VIII 294* （2）トロイア人 *XII 341*
ポルセンナ、ラルス Porsenna, Lars エトルーリア人の王 *VIII 646*
ポルトゥーヌス Portunus 港の神 *V 241*
ポルバス Phorbas トロイア人 *V 842*
ポロエ Pholoe クレータの女 *V 285*

マ　行

マイア Maia　アトラスの娘。メルクリウスの母　I 297, VIII 138
マウルーシア Maurusia　アフリカ北西部の地域　IV 206
マエオーティス Maeotis　現アゾフ海　VI 799
マエオニア Maeonia　リューディアに同じ　IV 216, VIII 499, IX 546, X 141
マエオン Maeon　ルトゥリ人　X 337
マカーオン Machaon　ギリシア人　II 263
マグス Magus　ラティウム人　X 521
マッシクス Massicus　（1）カンパーニアの山　VII 725　（2）エトルーリア人　X 166
マッシューリア人 Massyli　北アフリカの民族　IV 132, 483, VI 60
マリーカ Marica　ニンフ。ラティーヌスの母　VII 47
マルウィウム Marruvium　マルシの都　VII 750
マルケルス、マルクス・クラウディウス Marcellus, M. Claudius（1）前222年の執政官　VI 855　（2）オクターウィアの息子　VI 883
マルシ Marsi　中央イタリア山岳地帯の地域と民族　VII 758, X 544
マルス Mars　戦争の神。ギリシアのアレスに相当　I 274, III 13, VI 872, VII 304, VIII 516, IX 566, X 21, XI 899, XII 179 他
マルペッサ Marpessa　パロスの山　VI 471
マレア Malea　ラコーニアの岬　V 193
マント Manto　マントゥアに名を残したニンフ　X 197
マントゥア Mantua　イタリア北部の町（現マントヴァ）　X 200
マンリウス・カピトリーヌス、マルクス Manlius Capitolinus, M.　前392年の執政官　VIII 652
ミセーヌス Misenus　トロイア人　III 239, VI 162 他
ミセーヌム Misenum　カンパーニアの岬　VI 234
ミニオ Minio　エトルーリアの川　X 183
ミネルウァ Minerva　技芸、戦争の女神。パラス・アテーナと同一視　II 31, III 531, V 284, VI 840, VII 805, VIII 409, XI 259 他
ミーノス Minos　クレータの王、冥界の判事　VI 14, 432
ミノタウルス Minotaurus　半人半牛の怪物　VI 26
ミマス Mimas　トロイア人　X 702
ミュグドン Mygdon　コロエブスの父　II 342
ミュケーナエ Mycenae　アルゴス地方の都　I 284, II 25, V 52, VI 838, VII 222, IX 139 他
ミュコノス Myconos　エーゲ海の島　III 76
ミュルミドネス人 Myrmidones　テッサリアの民　II 7, XI 403 他
ミンキウス Mincius　マントゥアを流れる川、現ミンチォ　X 206
ムーサ Musa　詩歌の女神　I 8, IX 77, X 191 他
ムサエウス Musaeus　予言者　VI 667
ムトゥスカ Mutusca　サビーニの町　VII 711
ムネーステウス Mnestheus　トロイア人　IV 288, V 116, IX 171, X 143, XII 127 他
ムラーヌス Murranus　ラティウム人　XII 529, 639
ムルキベル Mulciber　ウォルカーヌスの別称　VIII 724
迷宮 Labyrinthus　V 588
メガエラ Megaera　復讐女神の一人　XII 846
メガラ湾 Megari sinus　シキリアの湾　III 689
メゼンティウス Mezentius　エトルーリア人　VII 648, VIII 7, IX 522, X 150, XI 7 他
メタブス Metabus　カミラの父　XI 540, 564
メッサープス Messapus　ラティウム人　VII 691, VIII 6, IX 27, X 354, XI 429, XII

128
メットゥス、フフェーティウス Mettus, Fufetius　アルバの独裁官　*VIII 642*
メティスクス Metiscus　ルトゥリ人　*XII 469* 他
メドン Medon　トロイア人　*VI 483*
メネステウス Menestheus　リュルネースス人　*X 129*
メネラーウス Menelaus　スパルタの王　*II 264, VI 525, XI 262*
メノエテス Menoetes　(1) トロイア人 *V 161* 他　(2) アルカディア人　*XII 517*
メムノン Memnon　エチオピアの王　*I 489*
メランプス Melampus　ヘルクルスの供　*X 320*
メリテ Melite　ネレイデスの一人　*V 825*
メリボエア Meliboea　テッサリアの町　*III 401, V 251*
メルクリウス Mercurius　キュレーネ生まれの伝令の神。ギリシアのヘルメスに相当　*IV 222, VIII 138* 他
メロプス Merops　トロイア人　*IX 702*
メンミウス Memmius　ローマの氏族　*V 117*
モノエクス Monoecus　リグリア湾岸の町。現在のモナコ　*VI 830*
モリニ人 Morini　ガリアの民族　*VIII 727*

ヤ　行

山羊座 Haedi　*IX 668*
ヤニクルム Ianiculum　ローマの丘　*VIII 358*
ヤーヌス Ianus　門戸の神　*VII 180, VIII 357, XII 198* 他
「病い」Morbi　*VI 275*
ユーノ Iuno　神々の女王。ギリシアのヘラに相当　*I 4, II 612, III 380, IV 45, V 606, VI 90, VII 330, VIII 60, IX 2, X 62, XII 134* 他
ユッピテル Iuppietr　神々の王。ギリシアのゼウスに相当　*I 42, II 326, III 104, IV 110, V 17, VI 123, VII 110, VIII 301, IX 128, X 16, XI 901, XII 141* 他
ユトゥルナ Iuturna　ニンフ。トゥルヌスの妹　*XII 146* 他
「夢」Somnia　*VI 283*
夢の門 Somni portae　*VI 893*
ユーリウス・カエサル Iulius Caesar　*I 288, (VI 830)*
宵の明星 Vesper　*I 374, V 19, VIII 280*
「夜」Nox　*III 512, V 721* 他
夜の女神 Nox　*VII 138, XII 846* 他
ヨーロッパ Europa　*I 385, VII 224, X 91*

ラ　行

ライン川 Rhenus　*VIII 727*
ラウィーニア Lavinia　ラティーヌスの娘　*VI 764, VII 72, XI 479, XII 17* 他
ラウィーニウム Lavinium　ラティウムの町　*I 2, IV 236, VI 84* 他
ラウスス Lausus　メゼンティウスの息子　*VII 649, X 426* 他
ラウレンテス Laurentes　ラティウムの民族　*V 797, VI 891, VII 47, VIII 1, IX 100, X 635, XI 78, XII 24* 他
ラエブス Rhaebus　馬の名　*X 861*
ラエルテス Laertes　ウリクセスの父　*III 272*
ラオコオン Laocoon　トロイア人　*II 41* 他
ラオダミーア Laodamia　プロテシラーウスの妻　*VI 447*
ラオメドン Laomedon　トロイアの王　*III 248, IV 542, VII 105, VIII 18* 他
ラキーニウム Lacinium　ブルッティイの岬　*III 552*
ラグス Larus　ルトゥリ人　*X 381*
ラケダエモン Lacedaemon　スパルタの別称　*III 328, VII 363*
ラコーニア Laconia　スパルタを含むペロポネソス半島南部地方　*II 601, VI 511*
ラタグス Latagus　トロイア人　*X 697*
ラダマントゥス Rhadamanthus　冥界の判事　*VI 566*
ラティウム Latium　ローマを含む中央イタリアの地域　*I 6, IV 432, V 568, VI 67,*

VII 38, VIII 5, IX 367, X 4, XI 17, XII 1
ラティーヌス Latinus　ラウレンテス人の王　*VI 891, VII 45, VIII 17, IX 274, X 66, XI 128, XII 18* 他
ラデス Lades　トロイア人　*XII 343*
ラトーナ Latona　アポロとディアーナを生んだ女神　*I 502, IX 405, XI 534, XII 198* 他
ラードン Ladon　トロイア人　*X 413*
ラビーキ Labici　ラティウムの町　*VII 796*
ラピタエ Lapithae　テッサリアの神話的部族　*VI 601, VII 305*
ラポ Rapo　エトルーリア人　*X 748*
ラミュルス Lamyrus　ルトゥリ人　*X 334*
ラムス Lamus　ルトゥリ人　*X 334*
ラムネス Rhamnes　ルトゥリ人　*IX 325* 他
ラリーサ Larisa　テッサリアの都　*II 197, XI 404*
ラリーデス Larides　ルトゥリ人　*X 391*
ラリーナ Larina　カミラの従者　*XI 655*
リカス Lichas　ラティウム人　*X 315*
リキュムニア Licymnia　ヘレーノルの母　*IX 546*
リグリア Liguria　内ガリア、イタリア半島つけ根西側の地域　*X 185, XI 701, 715*
リゲル Liger　エトルーリア人　*IX 571, X 576* 他
リパレ Lipare　シキリア北東岸沖の島　*VIII 417*
リビュア Libya　*I 22, IV 36, V 595, VI 338, VII 718, XI 265* 他
リブルニア Liburnia　イリュリアの沿岸地域　*I 244*
リーペウス Rhipeus　トロイア人　*II 339* 他
リーベル Liber　バックスのローマでの別名　*VI 805*
リュアエウス Lyaeus　バックスの別称　*IV 58*
リュカエウス Lycaeus　アルカディアの山　*VIII 344*
リュカーオン Lycaon　（1）クレータの大工　*IX 304*　（2）エリカエテスの父　*X 749*
リュキア Lycia　小アジア南部の地域　*I 113, IV 143, VI 334, VII 816, VIII 166, X 126, XI 773, XII 344* 他
リュクス Lycus　トロイア人　*I 222, IX 545, 556*
リュクトス Lyctos　クレータの町　*III 400*
リュクルグス Lycurgus　トラーキア、エドーネス族の王　*III 14*
リューディア Lydia　小アジア中部地域。エトルーリア人の起源とされる　*II 781, VIII 479, IX 11, X 155*
リュルネースス Lyrnesus　トロイア地方の町　*X 128, XII 547*
リュンケウス Lynceus　トロイア人　*IX 768*
リーリス Liris　トロイア人　*XI 670*
リリュバエウム Lilybaeum　シキリアの町　*III 706*
ルーカグス Lucagus　エトルーリア人　*X 575* 他
ルーカス Lucas　ルトゥリ人　*X 561*
ルケティウス Lucetius　イタリア人　*IX 570*
ルトゥリ人 Rutuli　ラティウムの部族　*VII 318* 他
ルフラエ Rufrae　カンパーニアの町　*VII 739*
ルペルカル Lupercal　ルペルキ巡行の出発地　*VIII 343*
ルペルキ Luperci　ルペルカーリア祭の神官　*VIII 663*
レーア Rhea　アウェンティーヌス丘の巫女　*VII 659*
レウカスピス Leucaspis　トロイア人　*VI 334*
レウカーテ Leucate　レウカス島（イオニア海の島）の岬　*III 274, VIII 677*
レースス Rhesus　トラーキアの王　*I 469*
レーダ Leda　ヘレナの母　*I 652, III 328, VII 364*
レーテ Lethe　冥界に流れる忘却の川　*V 854, VI 705* 他

レムス Remus　（1）ロームルスの弟　*I 292*　（2）ルトゥリ人　*IX 330*
レムノス Lemnos　エーゲ海北部の島　*VIII 54*
レムルス Remulus　（1）ティーブル人　*IX 330*　（2）ルトゥリ人　（a）*IX 593, 633*　（b）*XI 636*
レルナ Lerna　アルゴリス地方の沼地と町　*VI 287, 803, VIII 300, XII 518*
レレゲス Leleges　ギリシアの民族　*VIII 725*
ロエテウス Rhoeteus　ルトゥリ人　*X 399*
ロエテーウム Rhoeteum　トロイアの岬　*III 108, V 646, VI 505, XII 456*
ロエトゥス Rhoetus　（1）ルトゥリ人　*IX 344*　（2）マルシ人　*X 388*
ロクリ Locri　南イタリアに植民したギリシアの民族　*III 399, XI 265*
ローセア Rosea　サビーニの盆地　*VII 712*
ローマ Roma　*I 7, IV 234, V 123, VI 781, VII 603, VIII 99, IX 449, X 12, XII 166* 他
ロームルス Romulus　ローマ建都の王　*I 276, VI 778, VIII 342* 他